Zinnobertod

Bei den Schauplätzen dieses Romans handelt es sich um reale Orte. Die Handlung und die Charaktere hingegen sind frei erfunden. Etwaige Ähnlichkeiten mit lebenden und toten Personen wären reiner Zufall und sind nicht beabsichtigt.

Reinhard Lehmann

ZINNOBERTOD

HARZKRIMI

Bibliografische Information der Deutschen Nationalbibliothek
Die Deutsche Nationalbibliothek verzeichnet diese Publikation in der Deutschen Nationalbibliografie; detaillierte bibliografische Daten sind im Internet über **http://dnb.d-nb.de** abrufbar.

Zinnobertod

ISBN 978-3-96901-015-0

1. Aufl. 05/2021

Dieser Titel ist auch als eBook erhältlich
in den Formaten ePub und Kindle.

Abbildungsnachweise:
Umschlag (Teufel, Hexentanzplatz Thale) © Frank_P_AJJ74 | pixabay.com
Porträt des Autors © Reinhard Lehmann

Lektorat & DTP:
Sascha Exner

Druck:
Online-Druck GmbH & Co. KG, Krumbach

Verlag:
EPV Elektronik-Praktiker-Verlagsgesellschaft mbH
Obertorstr. 33 · 37115 Duderstadt · Deutschland
Fon: +49 (0)5527/8405-0 · Fax: +49 (0)5527/8405-21
Web: www.harzkrimis.de · E-Mail: mail@harzkrimis.de

Prolog

Sein Job lautet, einen Tathergang zu klären. Die Aktenlage ist dürftig und die Personaldecke eng. Ein Alleinarbeitsplatz, der ihm eine Woche Zeit einräumt. Eine Menge Fragen bleiben zurück.

Wer ist der Mensch, dessen sterbliche Überreste ohne Kopf das Wildwasser des Flüsschens Bode freigab? Wie hochgradig ist die Wahrscheinlichkeit, dass es sich um den vermissten Führer einer ortsansässigen Sekte handelt?

Der Tatortermittler beim Landeskriminalamt in Magdeburg reist nach Thale, einem Städtchen am nordöstlichen Harzrand. Hier erfährt er am eigenen Leib, dass der Mythos im Anbeten heidnisch-germanischer Götter in der Fallbearbeitung eine entscheidende Rolle spielt. Weil er mit dieser Tradition nichts am Hut hat, bringt ihn das in höchste Gefahr. Dabei dreht es sich um die Prophezeiung über den Akt des Teufels, der einen ruchlosen Menschen bestraft. Passiert an einem Morgen, der nach Sommer und Frieden roch. Für einen Moment ließen die Strahlen der Sonne vergessen, dass sich diese Idylle bald mit dem Auftauchen zahlreicher Touristengruppen verlor. Nichts deutete auf jene Katastrophe hin, die Angst und Schrecken verbreiten würde. Sie setzte sich mit einem unschuldigen Kind in Gang, das von der Teufelsbrücke im Harzer Bodetal stürzte. Ein Unfall durch mangelnde Aufsichtspflicht der Eltern. Nicht die Spur vom Teufelswerk, dessen Mythos in der Sagen-und Götterwelt der Region tief verwurzelt ist. Der Vorgang befeuerte eine lebhafte Fantasie, die im Sagenharz einen gewaltigen Aufschrei erzeugte.

Lorenz, der Tatortermittler, begreift zu langsam diese Macht. Zu spät erkennt er die Absicht einer Tätergruppe, künstlerisch visualisierte Skulpturen der Harzer Sagenwelt für ihre Zwecke zu missbrauchen. Seine öffentliche Demütigung und die der Polizei war lange geplant. Vom Wahn getriebene Auftraggeber haben Killer rekrutiert. Die kennen sich bestens mit den Geschichten rund um das Felsplateau des Hexentanzplatzes und der Rosstrappe aus. Sie erzählen von einer geheimnisumwobenen Welt der Hexen und Teufel im Harz. Das sind Kultstätten, die der Huldigung jener Fabelfiguren dienten. Einen solchen Platz wählen sie aus, um Lorenz hier den Geschmack des Todes wahrnehmen zu lassen.

Er erfährt, wie religiöse Rituale Zwietracht säen und in Feindschaft enden. Diese Art der Einflussnahme ist eine neue Erfahrung. Es ist eine gezielte Form der Manipulation des Bewusstseins und der Willensstärke.

Bald kommt er dubiosen Geheimnissen auf die Spur. Dabei nutzte er geschickt die Zuneigung der Enkelin des Vermissten. Solche Verbindungen sind ihr verboten. Der religiöse Glaube verbietet den Kontakt zu Personen außerhalb der Gemeinschaft. Es bleibt nicht aus, dass der Intimkontakt unbekannte Schergen in Position bringt: Feinde. Die greifen ohne Vorwarnung an. Sie überwältigen ihn auf dem Bergplateau Hexentanzplatz. Die vermummten Kreaturen fixieren ihn mit Gewebeband an eine der mannsgroßen Fabelskulpturen aus Bronze. Das Mischwesen mit dem hochglanzpolierten Hintern erfüllt seine Aufgabe vorbildlich. Die heißt Demütigung in der Öffentlichkeit. In skandalöser Machart pressen sie sein Gesicht in die Falte des polierten Bronzehinterns. Hautnah drängt sich ihm bis heute der Geschmack des Blutes mit dem Metall aus der Verbindung von Kupfer mit Zinn im Mund auf. In blinder Wut über das eigene Versagen schiebt er alle Vorsicht zurück. Da passiert es. Seine Peiniger schlagen wieder zu. Lorenz setzen sie in einem Verlies unermesslichen Folterqualen aus. Er entkommt schwer verletzt mit knapper Not.

Ab dem Moment ändert sich die Lage. Die Schlinge um potentielle Täter zieht sich langsam zu. Sie erhellen zugleich Ereignisse in einer finsteren Vergangenheit, die in der Gegenwart weiterhin Zwietracht säen. Das ist eine Geschichte, die der religiösen Familie des Vermissten eine schwere Bürde auferlegt. Es war die Brandmarkung, Werwolf und Nazi zu sein. Verleumdung brachte einem engen Verwandten den grausamen, ungesühnten Tod im russischen Gulag. Wieder ist es ein Mitglied der Familie, das Jahrzehnte später sein Leben verliert. Lorenz erhält Kenntnis vom spektakulärsten Selbstmord in der Geschichte der Harzer Eisenmetallurgie. Es ist ein chancenloser Todessprung, der dem ehemaligen Stahlwerk am Rand der Stadt Thale zu keiner Ehre gereicht. Fakt ist, dass die Gießpfanne mit 1625 Grad Celsius brodelndem Stahl einer ungeborenen Tochter den Vati entreißt. Sie ist heute eine erwachsene Unternehmerin, mit der Lorenz eine Liebschaft in Gang setzte. Der Überlebenskampf schritt voran. Von ihm fordert er, Klarheit in sein Intimleben zu bringen.

Gleichzeitig wuchs die Enttäuschung mit. Alles deutete darauf hin, dass sie ihren Kundenkreis in akute Gefahr brachte. Kekse aus der Herstellung in ihrer Manufaktur wiesen Spuren eines Nervengiftes auf. Das ist Quecksilbersulfid, auch Zinnober genannt. Ein Farbpigment zur speziellen Verwendung bei der Produktion von Keksdosen.

Die Lösung zur Offenlegung des Verursachers ist verblüffend. Sie führt ins Herz der Sekte. In deren Verlauf gelingt es Lorenz, ein Komplott aufzudecken. Die Verbrecher sind alle entlarvt. Dabei sieht Zufriedenheit anders aus.

Kapitel 1

Nichts deutete auf jene grauenerregenden Ereignisse hin, welche die friedliche Idylle der Kleinstadt bald darauf zunichtemachen würde. Am Anfang der schrecklichen Welle von Zerstörung menschlichen Lebens standen dreizehn Buchstaben: Teufelsbrücke! Mittendrin der Teufelskopf mit zwei gebogenen Hörnern auf der Stirn. Klar, dass damit die Neugier des zehnjährigen Jungen explodierte. Er stürzte auf die schnörklige, überdimensionale, schwarze Schrift zu. Sie prangte auf dem die Brücke überspannenden Bogen. Mit seinem kindlichen Gemüt erkannte er nichts von der Gefahr, die voraus bestand. Den Schriftzug entzifferte er wegen der vergnüglichen Ungeduld mit Mühe. Nahe der Gruppe zu bleiben, verschwamm das mahnende Wort der Mama.

»Sieh«, rief er aus voller Kehle, um die entfesselte Energie lebhaft mit den Händen zu bekräftigen. Die leibliche Mutter verharrte zwanzig Meter vor ihm auf dem Wanderweg. Sie hörte den Ruf nicht.

Das tosende Wasser unter der Brücke erlaubte keine Kommunikation. Mit Handzeichen bedeutete sie ihm, zurückzukommen. Vergebens! Die inspirierende Kraft der Maske hatte endgültig das Interesse des Kindes geweckt. Anfassen um alles in der Welt, darauf war er erpicht. Wie? Das blieb unbeantwortet. Er war ein Bürschchen im Wachstum. Das Ziel weit über den ausgestreckten Händen. Unerreichbar, im ersten Moment. Nicht dafür, einen blitzschnellen Entschluss zu fassen.

Das Teufelsgesicht präsentierte sein verheißungsvolles Lachen. Es begleitete den Sturz des Jungen in die Tiefe. Das doppeldeutige Grinsen war, äußerlich betrachtet, des Teufels Lohn. Es flankierte den Burschen den Weg über die Brückenbrüstung hinaus.

Der markerschütternde Schrei, die Ohnmacht der Untätigkeit, der Schock des Ereignisses zeigten sich omnipräsent. Aus der Gruppe setzten Gestalten zu einem Endspurt an. Zu spät.

Der Körper trieb flussabwärts. Der schlauchartige, felsige Talabschnitt gab den Wassermassen genügend Speed. Zig Meter unterhalb der Brücke bremsten Felsbrocken die Irrfahrt, um dadurch die Bergung des Jungen zu erlauben. Glück im Unglück. Ab sofort galt der Kampf der abrupt abflauenden Lebensenergie. Ersthelfer aus der

Wandergruppe pressten den Tod aus dem geschundenen Oberkörper.

»Der Junge übersteht es«, erklärte der eine halbe Stunde später eintreffende Notarzt. »Ohne Wiederbelebung wäre der Tod eingetreten. Sie haben das Richtige unternommen. Keine Sorge. Die Verletzungen verheilen zügig.«

Er hatte es kaum ausgesprochen, da überschlugen sich die Ereignisse. Das Team des Bergrettungsdienstes erlebte Minuten nach dem Abtransport des Kindes eine unheilvolle Überraschung. Knapp neben der Bergeposition des Jungen offenbarte sich ein grausiger Fund. Ein teilskelettierter menschlicher Körper ohne Kopf, eingehüllt in Kleidungsfetzen, forderte neue Aufmerksamkeit. In dem Moment wandelte sich der urige Platz rund um die Teufelsbrücke zum medienwirksamen Tatort.

Frust begleitete Benno Lorenz. »Verdammt, warum ich? Das ist eine Beleidigung für jeden alten Hasen im Amt«, hielt er dem Chef vom Dezernat 25 im LKA entgegen.

»Bleiben Sie cool«, erwiderte der grinsend.

»Oberkommissar, Sie sind ein ausgebuffter Draufgänger. Einer der besten Tatortermittler. Ich setze auf Sie! Zum abschließenden Verständnis: Ziehen Sie den Job nach eigenem Ermessen durch.«

Dies traf den Ehrgeiz des ambitionierten Einzelkämpfers. Er war hundertprozentig die Sorte Mensch, auf den das zu seiner Person erstellte psychologische Profil zutraf.

»Für Sie ein Routinejob«, rundete die Sache ab.

Die Beschwichtigung half. Lorenz presste mit den Zähnen knirschend seine Zustimmung heraus: »Okay, auf mich ist Verlass. Was gibt es zu klären, Chef?«

Der nickte bestimmend. »Ich schicke Sie in den Harz. Urlaubsvertretung, ab sofort, Oberkommissar! Ein teilskelettierter menschlicher Körper ohne Kopf hat gigantische Wellen geschlagen. Meine Erwartung ist, dass Sie den Vorgang in der Stadt der Mythen schnellstens abschließen.«

»Habe ich Unterstützung vom Revierkriminaldienst im Harz?«

»Dem Grunde nach, ja. Bitte, ich brauche vor Ort einen ausgebufften Beamten. Ergreifen Sie die Chance. Ihre Beförderung, steht die nicht an? Na ja, egal, Sie sind dran. Und, es tut mir leid, Lorenz, wegen der unpräzisen Aussage«, sagte der Kriminaloberrat gedämpft. »Sehen Sie es wie ein Trostpflaster. Der Einsatz stimmt die Kollegen garantiert positiv.«

»Wenn Gott nichts anderes im Schilde führt. Okay, Skelettfragmente ohne Kopf werfen eine Menge Fragen auf.«

»Sicher, Lorenz! Ihr Job besteht darin, Licht in die Sache zu bringen. Wo ist das Problem? Ich sehe keines. Verlieren Sie sich im Fulltimejob, vierundzwanzig Stunden. Kommen Sie mit Fakten zurück. Ich beabsichtige, den Fall schnellstens abzuhaken. Begreifen Sie das?«

»Ja!«, erwidert er knapp.

»Ich rekonstruiere aus den mageren Informationen was Brauchbares. Eine makellose Überraschung, versprochen, in drei bis fünf Tagen.«

»Tun Sie das. Mich interessieren keine Ausreden. Wie gesagt, Sie haben freie Hand. Ein Hinweis, Lorenz. Es schadet nicht, wenn Sie die Vermisstenanzeige zu einem Wanderführer in die Ermittlungen einfließen lassen. Schaffen Sie Klarheit.«

Kapitel 2

Das Erwachen brachte höllischen Schmerz mit sich. Nichts passierte. Friedhofsstille, tiefe Dunkelheit und Leere im Hirn begleiteten Lorenz.

»Zeit, die Augen zu öffnen«, blieb ein scheuer Gedanke. Alle Mühe war umsonst! Die Wimpern am Rand des Ober- und Unterlids ließen sich keinen Millimeter bewegen. Verkrustetes Blut bedeckte die zarten Härchen und verschmolz sie miteinander. Der kräftezehrende Kampf, das zu ändern, war zum Scheitern verurteilt. Licht zu erheischen, um das Eingesperrtsein zu ergründen, fiel aus. Das war beileibe nicht alles. Den Kopf hatte sein Attentäter mit Gewebeband fixiert. Den Rest des Körpers mit meisterlicher Gründlichkeit ebenfalls. Das Blut in den zusammengepressten Adern stockte. Verharren in der Bewegungsunfähigkeit brachte Gefühllosigkeit und Schmerz. Das einzig Positive daran: es verordnete Konzentration und verhalf, den ersten klaren Gedanken zu fassen.

»Wo, verdammt, ist der Feind ... mein Peiniger? Wie bin ich in seine Fänge geraten? Welcher Tag ist heute?«

Eine Antwort blieb aus. Die Grabkammer demonstrierte, wofür sie der Täter geschaffen hatte: Angst zu verbreiten. Demut zu schaffen. Ja, was denn, war sein Leben bedroht? Und warum? Fragen, denen sich komplexe Erinnerungen entzogen.

Dabei war es nicht lange her, da überschlugen sich die Wogen in Erwartung auf ein Date. Wartete nicht Evelyn Feist am Ende des Wegs? Der Gedanke war dicht dran. Die aktuelle Lage zeigte sich von ihrer schlimmsten Seite. Mit übermenschlicher Anstrengung gab das Gehirn Parallelen zum Vorgang auf dem Hexenplateau nahe der Stadt Thale frei. Die Gedanken auf Kurs zu bringen halfen sie nicht. Zu penetrant waberte das eigene Unvermögen mit der fatalen Selbstüberschätzung seiner Kräfte. Indes endete das im bitteren Sarkasmus mit einem Ergebnis. Dem perfiden Verfall in einen Gedankenblitz. Das Wort Vertrauen verbarg sich darin. Fehlanzeige!

»Mist«, verbreitete sich die stille Reflexion rasant im Hinterstübchen aus. Ein übler Beigeschmack bedrängte ihn. Dominante Übelkeit setzte ein. Sie verstärkte seinen Wunsch, den quälenden Durst zu löschen. Hinzu kam dieser unsägliche Harndrang. Unverzagt quollen die Gedanken über. Sie reiften zu Worten, die hervorsprudelten, um sich am verschlossenen Mund wie eine Welle in der Meeresbrandung anzustauen. Hier einzig dem Zweck verbunden, Verständigung zu erlangen. Der Verschluss erfüllte das Qualitätsversprechen des Gewebebandherstellers. Lorenz hing festgezurrt wie an einem Marterpfahl.

»He, zeigt euch, ich muss pinkeln. Gebt mir was zu trinken. Wasser!«

Beides verlor sich erneut in seiner Gedankenwelt. Zu den Unbekannten drangen sie nicht vor. Lorenz meinte, deren Verhaltenskodex zu erkennen. Pure Angst des Versagens, was sonst.

Da gab es diese unsägliche Betäubung. Die traf ihn aus heiterem Himmel. Nichtsahnend! Blitzschnell! Hochwirksam! Das, obwohl der Schütze den von komprimierter Luft getriebenen Pfeil nicht zielgenau verschoss. *War er abgelenkt? Hatte er Angst? Kam da Verzweiflung zum Ausdruck? Agierte er daher mit brutalen Schlägen und Tritten?*

Lorenz erinnerte sich ebenfalls daran, dass die Wirkung des Narkotikums die Schmerzempfindlichkeit ausschaltete. Leider bis zu diesem Moment, wo sich der Speichel mit Blut vermischt im Mund sammelte. Er schluckte ihn runter, stieß dabei vor Schmerzen ruckartig die Luft aus. Ein Fehler, denn das Nasenbein schien gebrochen. Vorsicht war angesagt. Nicht aufregen! Nicht husten! Den Erstickungsanfall wegdenken. Dem blutigen Auswurf erlauben, aus der Nase zu fließen.

Die Methode, Angst wegzudenken, funktionierte leidlich. Sie brachte ihm Entspannung und Platz für neue Wahrnehmungen. In Wirklichkeit hatte sich was verändert. Er bemerkte einen sanften Luftzug. Da gab es demzufolge ein offenes Fenster, eine Tür?

»Mein Gott, was ist das?«, verlor sich in der Aufnahme muffig riechende, lauwarme Luft, die über nicht vom Klebeband bedeckten Hautpartien im Gesicht strich. Der Geruch von Schweinestall hatte sich darin verfangen. Dem auszuweichen, schien unmöglich. Sich dem Peiniger gegenüber zu artikulieren nicht. Lorenz fluchte innerlich.

»*Ich gebe nicht auf*«, verlor sich in dem von Schmerz durchfluteten unsichtbaren Blick in der künstlich geschaffenen, bedrohlichen Dunkelheit. In dieser Szenerie wuchs eine tödliche Gefahr heran. Die hatte ihren Ursprung im Speichel, der sich in der Halbmaske staute. Mittlerweile führte der zu einem würgenden Schlucken, welches den ausgeprägten Adamsapfel in der Mitte des Halses krampfen ließ. Nichts geschah, um es zu verhindern.

Ein oder zwei Sekunden lang trieb ihn der pure Instinkt einer taffen, selbst auferlegten Disziplin zu folgen. Das verhinderte, elendig zu krepieren. Die Akzeptanz, die undurchdringliche Dunkelheit wie ein Geschenk zu handhaben, zeigte ihre Stärke. Im Handumdrehen stellte sich die Frage nach dem Wie. Die Antwort hieß: durch absolute Konzentration! Durch Täuschung des Gegners! Bewusstlosigkeit vorzutäuschen wäre eine Option. Das Ziel, die Aufmerksamkeit der Schergen abzulenken. Was immerfort notwendig ist. Er hatte kaum genug Zeit, sich diesem Gedanken zu widmen. Das Martyrium zu beenden hieß, der Notlage mit List zu begegnen. Auf sich gestellt, bedurfte das einer blitzgescheiten Lösung. Sehen, hören, atmen war einzig in der Form machbar, wie man es ihm gestattete. Der ganze Körper, außer der ramponierten Nase, war mit Klebeband umwickelt. Hilflosigkeit schaffen gehörte zu einer ausgeklügelten Strategie. Es setzte mit der wachsenden Handlungsunfähigkeit Ängste frei. Die konzentrierten sich auf Schmerz, Betäubung der Seele und Muskulatur.

Dem Hohn zum Trotz hatte man ihm eine Atemhalbmaske aufgesetzt. Ein geschickter Schachzug, der ein Teil des psychologischen Kalküls der Namenlosigkeit war. Ungeachtet dessen bedeutete das bei ausbleibender Hilfe den Tod. Der zeigte ungeniertes Interesse. Sein betäubter Geist versuchte grade, dem zu entgehen. Er drängte ihn, aus dem Dämmerzustand zu erwachen. Wie sich herausstellte, gestaltete sich das zu einem eher schwierigen Unterfangen. Die Maske saß nicht. Keiner richtete den Sitz, sodass der mit Blut angereicherte Speichel sich darin ansammelte. Die Behinderung erwies sich der Sache dienlich.

Für Lorenz und seine Peiniger öffnete sich dadurch eine Tür ins Heute, mit dem einzigen Ziel: die Anonymität aufzubrechen. *Nein, sterben lassen war nicht drin. Dieses Risiko einzugehen, bedurfte der Billigung eines Auftraggebers, nicht der seiner Vasallen.* Gebetsmühlenartig wiederholte er den Gedanken.

»Abwarten, Lorenz! Füge dich! Erfülle ihnen der Form halber ihren Wunsch. Deine Stärke ist die Anpassung! Locke sie! Lass sie protzen! Stelle fest, ob ihnen das gasförmige Narkotikum Sevofluran ein Begriff ist. Gefesselt, hilflos dazustehen, ist die eine Wahrheit. Die andere, das dem Gegner nicht zu zeigen. Wie? Das liegt an dir. Sie sind scheinbar Meister der Manipulation. Mit deinem Körper und Geist über willfährige Werkzeuge zu verfügen, ist ihre Passion.«

Es blieben mahnende, unausgesprochene Worte, die mit dem salzigen Geschmack von den Lippen auf das Hirn übergingen. Der Versuch, den Kopf in die Schultern einzuziehen, misslang. Ebenso die verklebten Augen zu öffnen. Der Mund weigerte sich, vernehmbare Laute zu artikulieren. Schweiß strömte über das Gesicht. Die beißende Körperflüssigkeit bedeckte mittlerweile den ganzen Körper. Das Gefühl des Ekels verwob sich mit der stickigen Luft. Angst, an einem Krampf zu verrecken, breitete sich wieder aus. In der schrecklichen Bewegungslosigkeit wie eine Presswurst zu verharren, gab dem einen Rang.

Mit einem Ruck änderte sich die Wirrnis. Fahles Licht verdrängte durch die geöffnete Tür einen Teil der Dunkelheit.

»Hey, lass den Schalter auf Off«, schwappte ihm entgegen. Zwei Stimmen in unmittelbarer Nähe drängten sich wie durch eine Nebelwand in sein Ohr.

»Er ist wach, verliert sich grade in einer Art Dämmerzustand.«

»Du Esel, der massive Schock sitzt dem Kerl im Körper. Bist Du blind? Hättest ihn um ein Haar erschlagen. Gefangennahme ja, das war dein Auftrag. Vergessen? Was sehe ich? Einen Kripomann, der nicht ansprechbar ist. Blödmann! Polizistenmord endet lebenslänglich! Ziehst mich da rein, Scheiße verdammt.« Die hohe Stimme klang zunehmend fuchsiger. »Haben wir nicht genug andere Probleme? Mistkerl, elender.«

»Bleib cool, Chef. Der Kerl kam mir schnurstracks entgegen. Ich habe reagiert, ihm eine übergebraten. Na ja, zur Sicherheit opferte ich ein paar Meter extra Klebeband. Ist dir das ebenfalls nicht recht?«

»Das ist Vergangenheit. Augen, Nase, Ohren befreist du von dem Firlefanz«, bellte die Stimme der scheinbar übergeordneten Person. Sie traf den Begleiter auf Anhieb. Zugleich klärte sie unmissverständlich, wer hier das Sagen hatte.

»Warte!«, bohrte sich der zischend scharfe Ton in den Raum. Mit der Hand auf das Panzerband verweisend, senkte er den Befehlston ab. »Trotz alledem, tüchtige Arbeit! Arme und Beine bleiben fest mit dem Körper verbunden. Binde ihn da hinten an den Pfosten. Vierundzwanzig Stunden im Stehen, das ist meine Therapie der Ernüchterung. Den Glaubensbrüdern von Wilhelm zu schaden, hat just seinen Preis. Hör zu. Zweimal am Tag schiebst du dem Kerl fünf Kekse in den Hals. Hinterher ein Glas Wasser mit einem Narkotikum. Ruhigstellen nennt sich das. Begriffen?«, traf der eisig mutierte Ton fragend die zweite Gestalt. Deutlich erkennbar ein Vertrauter, der ihn Chef nannte.

»Ja, keine Frage. Der Bulle erlebt glasklar, welch ein Mist das Leben produziert, wenn man dagegen anläuft.«

»Hast du treffend erkannt. Na hoffentlich irre ich nicht. Wir sind in den nächsten Tagen aufeinander angewiesen.«

»Weil? Was verbirgt sich dahinter, Bestatter?«

»Wisch dir den Rotz vom Kinn. Glotz nicht. Wir schlagen ein neues Kapitel auf. Unser eigenes Spiel kommt in Gang.«

»Das heißt? Eine Erleuchtung? Behandle mich nicht wie einen Aussätzigen. Ich bin dein Partner.«

»Du nervst. Sperr die Hinweise auf unsere Identität weg. Verdammt, hier nicht. Was gibt es da zum jetzigen Zeitpunkt zu erzählen. Wart`s ab«, grinste er breit.

»Mir ist egal, was der über uns weiß. Er ist eine Bedrohung. Eine lebende Gefahr, der wir gegebenenfalls ein paar Monate des Darbens schenken. Ergo, treuer Helfer, du brauchst ihn nicht direkt umlegen. Körperlicher Zerfall sorgt dafür, dass er dahinvegetiert.«

»Ahnte ich`s. Chef, du bist unter die Giftmischer gegangen. Der langsame Tod. Qualvoll! Anstelle die Garotte singen zu lassen. Warum machst du dem Kerl kein Geschenk? Einen kurzen, schmerzlosen Tod.«

»Nein, halte das Maul. Ich setze auf ein Nervengift.«

»Oha, wie im Krieg?«

»Denkbar, du Knallkopf, einzig hier an diesem Ort. Denke an Quecksilber. Die allerkleinsten Mengen schädigen den Menschen. Füttre den Bullen mit den Keksen, mehr ist nicht erforderlich.«

»Hoi, die hab ich ebenfalls gegessen. Du ebenso. Verkauft das Gedöns diese Evelyn Feist?«

»Mensch, drück dich klarer aus. Wer sonst? Die Enkelin der Wahrsagerin.«

»Ja, die sogenannte Älteste der Sekte. Das ist keine gebrechliche Oma. Die hat mehr auf dem Kasten als du Miesepeter.«

»Von mir aus. Ich weiß, diese Evelyn produziert die rote Keramik mit blauen Farbeinträgen.«

»Stimmt! Das Geheimnis liegt in der Keksmischung. Das honigsüße Gelumpe ist ein Verkaufsschlager im Harz. Niemand anderes außer ihr Gott ist im Bilde, wo die tödliche Gefahr des schleichenden Giftes lauert.«

»Korrekt! Hinzu kommt, die Zeichen stehen auf Sturm. Wilhelm steht in den Startlöchern. Er spricht davon, des Herrn Fürsprecher zu sein. Da tobt ein Machtkampf. Zu unserem Vorteil helfen wir dem Stärkeren. Die Evelyn ist ein Bastard, gezeugt von einem Selbstmörder, der gegen den Ehrenkodex verstieß.«

»Für mich zeigt sich da eine lebende Lüge, die ich in deinem Auftrag heimlich beobachtet habe.«

»Klar, du hast das Richtige auf die Reihe gebracht. Wenn das hier mit dem Kripomann vorbei ist, wirst du ihr Schatten bleiben. Wie klingt das für dich? Du schaust in ihre Seele, durch die Haut hindurch. Vergiss es, denn berühren, nein, das funktioniert nicht. Bist du dem gewachsen?« Er lachte mit Niedertracht im Blick auf. »Ha, ha, da werde ich direkt eifersüchtig. Sie braucht einen potenten Kerl.«

»Dich?«, prustete der Helfer fragend los.

»Du Esel, ich trete dir in den Arsch. Such dir gefälligst andere Weiber. Die Evastochter zähme ich langsam. Der impfe ich Gefügigkeit ein, treibe die Gottesfürchtigkeit aus. Zugleich besteige ich die Stute wie ein geiler Hengst.« Er gurrte wohlgefällig. Mit zwei Schritten stand er neben Lorenz. »Hmm, mein Riesenbaby hat dich bestens fixiert. Wir wünschen, dass du den Aufenthalt hier genießt. Ach ja, verstehst mich nicht.« Er schlug sich schallend auf einen Schenkel und sagte: »Bist angepisst, was? Bin gleich weg. Du kriegst sofort Marscherleichterung, der Höflichkeit wegen. Keine Fragen! Klar?«

»War's das, Chef? Der ist hin. Ich füttere ihn später.«

»Ja! Komm!« Ungeachtet dessen, wurmte ihn was. Kurzerhand drehte er den Kopf, reagierte mit Häme im Tonfall. »He Kriminaler, wie schmeckt die neue Erfahrung? Egal, lass dir sagen, es bereitet mir Freude, dich hier zu sehen. Verehrtester, genieße jeden Augenblick. Er ist eine Art Geschenk. Eine Bitte hätte ich. Stirb nicht! Das wäre fatal, weil es mir den Spaß an deinen Qualen vergällt.«

Die Stimme entfernte sich von Benno Lorenz. Mit einem dröhnenden Knall flog die Tür ins Schloss. Urplötzlich herrschte Ruhe. Zeit, um alles neu zu ordnen. Vergebens! Der Komplize des Redners hatte ihm über die Atemmaske eine Droge beigemischt. Die Dröhnung brachte tiefe Dunkelheit. Für den Moment vertrieb sie ebenfalls den Schmerz.

Kapitel 3

Schlaksig, wie man das von Lorenz kannte, trat er vor zwei Tagen durch die Tür zum Dezernat 25 der Abteilung 2. Und wie es aussah, war er nicht mehr in der Lage, dem auszuweichen. Die Vorsehung hieß Jobhopping. Personallücken im Kriminaldauerdienst zu füllen, funktionierte stetig gleich. Seine Begeisterung war dünn. Die Disziplin fordernd. Zu diesem Zeitpunkt war nicht erkennbar, dass er sich durch die Aktivität fanatischer Täter in höchste Gefahr begab. Im Gegenteil. Die Euphorie durch private Glücksempfindungen trieb ihn in den Tag hinaus. Jede Sekunde davon auszukosten, war ein internes Versprechen. Genauso, Kollegen aus der Patsche zu helfen. Diesen heiligen Schwur brach er niemals. Polizist zu sein, bedeutete ihm, für Ehre, Treue und Kameradschaft einzustehen. Im Augenblick gewann eine andere Wahrnehmung die Oberhand. Mit dem frühen Sonnenaufgang erwachte die Lust. Es gab keinen Zweifel. Neben ihm lag Simone, die Spezialistin aus dem Cybercrime Competence Center des LKA. Nackt wie ein Fleck lichterfüllter Farbe schürte sie sein Begehren. Die ersten Sonnenstrahlen reflektierten auf dem zarten Braun ihrer Haut. Sie bemerkte den Blick. Lächelnd ergriff die fünfundzwanzigjährige Polizeikommissarin mit beiden Händen seinen Kopf. Sie näherte sich ihm, um genüsslich ihre Zunge zwischen seine Lippen zu schieben. Euphorisch flüsterte sie: »Komm, küss mich!«

Sie blieb an der durchtrainierten, muskulären Gestalt hängen, die eine erstaunliche Kraft entwickelte. Eine Gegenwehr schied vorbehaltlos aus. Aufstehen, kultiviert den Job anzutreten, war dahin.

»Okay, gib nach, genieße«, redete der erstarkende Geist im Hirn drauflos. *»Schlaf mit ihr. Vergiss den Verdruss. Das Beste, was dir je passierte! Nimm es an!«*

Darüber nachzudenken entfiel. Der Testosteronspiegel stieg sprunghaft an. Das Geschlechtshormon schaffte eine sichere Reaktion auf den Clinch, den ihre kraftvollen Schenkel um seine Lenden bewirkten. Willig ließ ihn die betörende Venus gewähren. Scheinbar in Höchstform, befeuerte sie den Liebesakt mit ungemeinem Ehrgeiz. Die langen, kohlrabenschwarzen Haare hingen ihr wirr vorm Gesicht. Sie verhinderten, ihre Ekstase augenfällig wahrzunehmen. In einer Art Wettkampf krümmte und bog sie sich. Das lebendige Wesen zu beherrschen, funktionierte nicht mehr. Ihre Oberschenkel fixierten ihn wie ein gigantischer Greifarm. Zum Andenken an die Explosion in ihr verblieb ein winziger Kratzer auf seinem Hals. Ein Obolus an den errungenen Sieg, in der Entrückung mit ihren Zähnen erzeugt.

Erstaunlich, die aufgelaufenen vierzig Lebensjahre verliehen ihm die Gabe eines Stehaufmännchens. Im Job des Kriminalbeamten jeden Tag erneut ausgespuckt, rang er dem das Beste ab. Hierzu zählte, den nach den Regeln der Behörde, soweit außer Frage realisierbar, mit eigenen Abläufen zu durchsetzen. Bisher funktionierte das ausgezeichnet. Er stammte aus einem Elternhaus mit geringem Einkommen. In kurzer Zeit lernte er, sich durchzuboxen. Dieses Vermächtnis investierte Lorenz in den Aufbau einer rundweg eindrucksvollen Karriere. Die kam zwar vorwärts, schob dagegen den krönenden Abschluss im gehobenen Dienst der Kriminalpolizei vor sich hin. Um zwei Stufen die Leiter hinaufzufallen, erlaubte das Amt. Das Band tiefer Befriedigung litt streckenweise darunter. Ausgepowert durch ein vom Personal ausgelaugtes Landeskriminalamt, Engpässen bei der Beförderung einschließlich der Vergütung bedurfte es Beamten wie ihn.

Der fliegende Atem mit einem klopfenden Puls verzog sich beim Betreten des Raumes schlagartig. Rasch fand er zu dem stetig gleichen Rhythmus, der für die Bekundung ernsthaft gesetzter Absichten zuständig war. Das betraf ebenfalls, die Peinlichkeit des Auftritts bewusst hinzunehmen. Unrasiert, Zigarettenrauch verbreitend, mit zerknitterten Klamotten bot er nicht den besten Anblick. Das scherte ihn mehr am Rande. Von all dem vermutete die Person hinter dem Schreibtisch nichts. Er war der geschmeidig-protzige Chef. Ein Gigant mit Befehlsgewalt über die Abteilung 2, zu der das Dezernat 25 mit der Tatortgruppe gehörte. Dem ordnete sich Lorenz generell unter. Egal, was da auf ihn zukam. Wie das ausging, stand nicht zur Debatte. All die unterschwelligen Gedanken störten den Beamten nicht im Geringsten.

»Ich brauche Sie für einen Sondereinsatz«, brach die Anspannung endgültig. Alle Anzeichen, wieder einen Ranzer zu kassieren, verschwanden.

»Also hab ich nichts falsch angepackt«, verzog sich im Sekundenbruchteil. Dabei lag die Ausrede im Hinterstübchen parat. Sein Verhältnis mit der Cyberspezialistin gehörte nicht zum Themenkreis. Das war ein Privatproblem, nicht das der Polizei. Na ja, für tiefgründige Gespräche über den Job blieb bisher keine Zeit. Die paar Stunden zwischendurch galten dem Vergnügen. Das war die einzig richtige Verständigungsbasis. Den Versuch, eine Vorstellung

von dem zu erhalten, was ihn erwartete, winkte er im tiefsten Inneren ab. Hängen blieben da gegebenenfalls die Abende in den Kneipen, die 120 Zigaretten pro Tag, die schmuddelige zivile Kleidung. Der Drang nach dem Kick, zu kitzlige Fälle zu bearbeiten.

»*Ich werde meine Haut gepfeffert verkaufen*«, schob den Frust über den Ausfall der geplanten paar Tage Urlaub auf dem Darß in die Ferne. »*Seifenblasen zerplatzen. Waren sie nicht dafür da? Und hatten sie nicht mit ihrem Glanz eine Aufgabe erfüllt, um dann ungeschminkt Wahrheiten zu verkünden?*« Simone blieb der leibhaftige, rühmenswerte Engel mit den schwarzen Haaren. Der Geschmack ihrer Haut lag anhaltend auf der Zunge. Er trug ihn mit hinein zum Chef, um zumindest daraus für den heutigen Tag Hoffnung zu schöpfen. Gedanken für die Ewigkeit, die er in höchstem Maße verinnerlichte. »*Keine Angst, wir geben uns einander hin. Täglich, zwischendurch, mit sportlicher Note. Ich bin dein Preis. Geh in dich. Der Job hat Priorität, sei wachsam!*«, verlor sich in Anbetracht der Aufforderung, sich zu setzen.

Wer von der Obrigkeit dafür ein Auge hatte, entzog sich ihm. Weil sich an dem nichts ändern ließ, erwiesen sich jegliche fieberhaften Überlegungen als unnütz. Hier drehte sich alles um Disziplin. Das Gefühl, Großes zu bewirken, stimmte ihn beschwingt. Intern zählte er zu den leistungsstarken Gutmenschen mit Visionen, die in der Lage waren, einen Riecher für Erfolg zu generieren. Den Spannungsbogen zwischen privatem und dienstlichem Engagement hatte er lange vorher für sich geklärt. Verbrechen Einhalt zu gebieten, ein Anspruch, den er täglich bereit war, anzustreben. Einzig das zählte.

»Lorenz, setzen Sie sich«, klang nach einer Einladung, nicht wie ein Befehl. Der Rest verlor sich in den üblichen Beschwörungen. »Bleiben Sie bei der Stange. Es ist Urlaubszeit. Na ja, Sie wissen damit umzugehen. Ein Sondereinsatz. Vorübergehend überstelle ich Sie dem Revierkriminaldienst der Polizeidirektion im Harz. Ich habe Sie persönlich avisiert. Bereit?«, sah er ihn fragend an und streckte den Daumen nach oben. Die Antwort schien dem Chef geläufig. Trotz alledem schob er den dafür üblichen Spruch hinterher: »Ich sorge für angemessene Unterstützung, Lorenz.« Es dauerte Millisekunden, um sich darauf einzustellen.

»Chef, ich habe kein Problem, auszuhelfen. Seit zwei Jahren arbeite ich in fremden Gefilden. Bin buchstäblich der Ausputzer mit Besoldungsgruppe A 10.«

»Was denn, versteckt sich da eine Beschwerde? Nicht heute. Sie pokern zum falschen Zeitpunkt«, bohrte sich die Antwort monoton in sein Ohr. Sie besaß eine gewisse Schärfe und demonstrierte Angriffslust. Dieser Eindruck bestätigte sich. Es bestand keine Chance, sich zu wehren. Er gewahrte, wie die Disziplin Besitz von ihm ergriff. Ein Grund mehr, das Gesicht zu wahren.

Wie um sich zu beruhigen, sog er ein paarmal die Luft ein und erklärte: »Bringen wir die Sache hinter uns. Ich bin bereit!«

»Und wie Sie das sind. Sie lecken sich die Lippen. Ich sehe, wie es Sie drängt, sich zu beweisen. Das ist wieder eine Chance, sich in unkonventionellen Vorgehensweisen der Fallbearbeitung auszuprobieren. Lorenz, Sie gehören zu den Kriminalisten mit Biss. Die brauche ich bitter nötig. Und bitte, stecken Sie das dämliche Grinsen weg.«

Er schaute zu dem Oberrat auf. Verdammt, sein Verhalten war nicht professionell. Persönliche Interessen der Jobausführung voranzustellen, nein, das funktionierte nicht. Der Chef hatte den Sarkasmus mit der Besoldung auf eigene Art weggesteckt. Gott sei Dank. Wenn es einen Augenblick gab, dieser Blamage zu entrinnen, schien das sofort angebracht. Es kam anders. Der Vorgesetzte drückte eine Taste auf der Sprechanlage.

»Bitte bringen Sie für mich und den Oberkommissar Kaffee, Zucker und Milch und Gebäck. Kommen Sie, Lorenz, setzen wir uns dort drüben an den Tisch. Unser Gespräch dauert eine Weile. Klar, ich erteile Ihnen den Befehl, das war's. Das bringt nichts. Die Sache ist zu prekär. Finden Sie es selber heraus. Da kommt eine Winzigkeit obendrauf«, brachte er in einer Art väterlichem Ton rüber. »Sie realisieren den Job im Alleingang. Ich verfüge volle Handlungsfreiheit. Sagen wir, drei bis fünf Tage für die Zeugenbefragungen. Sie lösen das Rätsel um den Vorgang, den Sie gleich zur Kenntnis erhalten. Und Achtung: Ich schicke Sie in einen Krieg! Erstaunt? Inhalieren Sie das wörtlich. Es ist bitterernst. Vermeiden Sie öffentliches Aufsehen!«

»Chef, was soll die Vorrede. Entweder bin ich dafür der geeignete Ermittler oder nicht.«

»Okay. Auf den Punkt gebracht heißt das: ein teilskelettierter, menschlicher Körper ohne Kopf im Flusslauf der Bode stiftet Unruhe. Hmm, hätte ich bald vergessen. Da gibt es eine ungeklärte Vermisstenanzeige. Die sticht mir ins Auge.«

»Weil? Und weswegen ist das ein Vorgang, der dem LKA anhängig ist?«

»Der Kerl ist beim Staatsschutz eingängig bekannt. Bei dem handelt es sich um den geschassten Anführer einer Sekte.«

»Da ist mein Einsatz eine reine Formsache? Wir reagieren, um Ruhe in den Vorgang zu bringen?«

»Ja und nein! Ich brauche einen nüchternen Bericht, den Sie verfassen. Keine Heldentaten. Ich setze auf Ihre Integrität. Beweisen Sie, dass mein bester Ermittler das nachfolgende Beförderungsamt verdient hat. Diesen Ritterschlag würde ich gern vollziehen.«

»Uff, das haut mich um«, erwiderte Lorenz. »Das Ausputzen mit meinem Vorwärtskommen zu verknüpfen, endet hin und wieder tödlich.«

»Quatsch, das basteln Sie hin. Da bin ich voller Zuversicht. Bitte, Oberkommissar, ich brauche kein Konfliktpotential mit den anderen Kollegen. Wir reagieren auf das Amtshilfegesuch der Polizeidirektion Harz. Schlagen Sie dort auf. Schalten Sie sich in die Ermittlungen ein«, hob er eine Art Sprechgesang an.

»Werde ich, verlassen Sie sich drauf. Okay. Sie erwarten von mir die Abklärung von Identitäten nebst Todesursache in drei bis fünf Tagen. Ist das in Ihrem Sinn?«

Auf das in die Länge gezogene »Hmm, tja, äh« folgte: »Korrekt! Keinen Schritt anders. Vergessen Sie nicht, der Bürgermeister der Stadt betet Sie garantiert an, den Fund tunlichst bedeckt zu kommunizieren. Erfüllen Sie ihm den Wunsch. Den erkennungsdienstlichen Teil, die Daktyloskopie, den Nachweis der DNA, überlassen Sie den Kollegen vom Dezernat 23. Schauen Sie zuerst da vorbei. Die Rechtsmediziner schaffen gemeinsam mit dem Forensiker über den Todesfall Gewissheit. Runden Sie das Bild vor Ort ab. Die Frage, ob ein Gewaltverbrechen beziehungsweise eine natürliche Todesursache vorliegt, ist wie gewohnt nach Handbuch zu klären. Hier lugt eine enorme Verantwortung um die Ecke. Ich bin nicht sicher, meine Vermutung legt mir nahe, dass da Ärger vorprogrammiert ist. Ich rieche das. Die Lage im Harzvorland ist angespannt. Sie sind der

Joker. Ach, ein winziges Detail wäre in dem Zusammenhang zu beachten.«

Er hob den Kopf, sah den KOK mit zusammengekniffenen Lippen an. Die öffnete er schlagartig, um ernüchternde Worte preiszugeben.

»Mensch Lorenz, passen Sie gefälligst auf sich auf! Keine Eigenmächtigkeiten! Disziplin! Gott behüte. Verkacken Sie das nicht. Für den Jahresabschluss der polizeilichen Kriminalstatistik brauche ich aufgeklärte Fälle. Ein solcher Fund ist nicht nützlich für das Tourismusgeschäft der Harzstadt. Mein Rat, spannen Sie den Bürgermeister mit seinem Team in die Datensammlung ein. Irgendeiner hat garantiert was bemerkt. Die Stadt quillt ja über mit potentiellen Nachrichtenträgern.«

»Reden wir von den steigenden Touristenzahlen?«

»Was denn sonst, Lorenz. Mahlzeit, wenn die Medien Beute wittern. Es reicht, dass der Torso mitten in der Urlaubshochzeit zufällig zum Vorschein kam.«

»Chef, Sie haben da Details weggelassen.«

»Was? Quatschen Sie nicht rum!«, brauste der auf. »Sagte ich ja. Begeben Sie sich zu den Kollegen vor Ort. Schauen Sie, ob es da irgendwelche Verbindungen zum Vermissten gibt. Eine Menge treuer Anhänger verehren die gesuchte Person. Lassen Sie sich das vernünftig erklären. Denkbar ist alles. Nachrangig ein möglicher Bezug zum Fund in der Bode.«

»Hmm, wenn Sie meinen. Ich bin voll dabei«, erklärte sich Lorenz, um sofort nachzuschieben. »Rein hypothetisch betrachtet. Mir sind viele Tote bei den Ermittlungen in den Jahren begegnet. Die schmoren in der Vergangenheit. Ich dagegen kümmere mich um das Heute und die Zukunft.«

»Prima! Na das passt bestens in meine Überlegungen hinein. Schätzen Sie sich glücklich und freuen Sie sich, dass ich Sie nicht mit einem nackten Befehl abgespeist habe. Ihr Verständnis ist gefragt. Ich brauche jemanden mit eisernem Kalkül. Um Ihnen mehr Informationen zu liefern, hieße das, in die Trickkiste zu greifen. Funktioniert leider nicht. Erledigen Sie das vor Ort, oder bleibt das am Chef des Amtes hängen?«

»Blödsinn, ist das ein Test? Herr Kriminaloberrat, Sie foppen mich. Die Aufgabe ist eindeutig. Erklären Sie mir die Vorgehensweise in Kurzform. Das reicht. Zufrieden?«

»Ich glaube ja. Das ist eine schlitzohrige Antwort. Hmm, Sie wissen es besser. Ohne Frage mit versöhnlicher Absicht. Passt haargenau in das Klischee eines Spitzenbeamten. Bissig, mit blitzschneller Reaktion.« Er grinste. Sein Blick traf den von Lorenz. Mitleidserfüllt. Glasig. Aufgewühlt von einem harten Disput. »Habe gehört, das hilft, die Aversion gegen Glaubensfanatiker abzulegen.«

»Oh je, das ist zutiefst konkret. Vorschlag, wir kommen wieder runter vom hohen Ross. Sie sind mein Chef, geben die Befehle. Ergo, keine Sorge. Sie investieren in einen Profi mit Hungergehalt«, sagte er mit beißendem Spott auf der Zunge. Dafür erntete er einen fragenden Blick. »Das wüsste ich. Lorenz, erst der Job. Die Lobhudelei folgt. In dieser Reihenfolge. Haben Sie das begriffen? Abtreten!«

Eine Stunde später jagte ein eisiger Schauer über die Haut. Sein Handy schaltete sich per Freisprechanlage im PKW zu. »Hier ist das Sekretariat der Stadtverwaltung. Sie sind Oberkommissar Lorenz?«

»Korrekt, der bin ich!«

»Na Gott sei Dank. Es dreht sich um den Fund menschlicher Skelettreste in der Bode. Ich verbinde Sie mit dem Bürgermeister.«

Seine Konzentration galt in dieser Sekunde unwiderruflich dem Anrufer. Obendrein hatte er eine geistige Notiz parat. Volltreffer! Das traf den Nerv des Stadtpolitikers. Der ursprüngliche Erregungszustand verblasste im Nu. Ein Funke von Sympathie sprang über.

»Herr Bürgermeister, wir sind beide einer Meinung. Hier steht eindeutig eine Menge auf dem Spiel. Ob Unfall, Totschlag oder Mord, es gibt ein Ergebnis, garantiert. Ich verbürge mich dafür. Es stimmt, die Umstände sind kurios.«

»Einzig aus diesem Grund befeuern sie kontroverse Diskussionen. Ein menschliches Skelett ohne Kopf in der Bode, das ist ein äußerst schreckliches Ereignis. Herr Lorenz, das Image der Stadt leidet. Degradiert da jemand den Tourismus in unserer Harzregion zu einem Tal der Tränen? Haben wir ein ernsthaftes Problem? Bitte, lassen Sie mich Ihnen helfen. Wir reden bei mir am Tisch darüber. Ich habe Verstärkung hinzugezogen. Das versetzt Sie garantiert in Erstaunen. Bei dieser Gelegenheit: Negativschlagzeilen verabscheue ich. Sie ebenfalls, meinte Ihr Vorgesetzter. Seien Sie nicht zimperlich«, gab er telefonisch mit auf den Weg. »Und, passt das? Im Übrigen, Sie fahren ja in ein Urlauberparadies«, folgte mit einem vernehmbaren Lachen. »Spaß beiseite. Kundige Kriminalisten besuchen uns nicht jeden Tag. Mein Vorschlag: Lernen Sie den Brunnen der Weisheit kennen. Das dient den Ermittlungen. Wo wir schon mal dabei sind, der Weg zu mir führt unmittelbar daran vorbei. Ein ehrenamtlicher Mitarbeiter vom Harzklub erwartet Sie. Wann treffen Sie ein?«

»In einer Stunde, sagt zumindest das Navigationssystem.«

»Bestens, Herr Lorenz. Konzentrieren Sie sich auf das Café gegenüber dem Rathaus. Ist nicht zu verfehlen. Parkmöglichkeiten finden Sie in der angrenzenden Einkaufspassage.«

»Danke, ich komme klar. Sie kennenzulernen, ist mir eine Ehre«, brummte er zufrieden und drückte das Gespräch weg. Es gab nichts mehr zu sagen. Zurück blieb der Gedanke an die unzureichende Vorbereitung. Dem Termin fuhr er buchstäblich blind entgegen. Mit Wissenslücken aufzukreuzen, gefiel ihm absolut nicht. »Scheiße, die werfen mich in aller Ruhe in eine Sache rein, die mir unter Umständen das Genick bricht«, murmelte er mit Blick auf den Straßenverkehr. Die bloße Erkenntnis, dass der Harzklub mit dem Zweigverein der Stadt enormen Druck auf den Stadtvater ausübte, drängte sich im Gedächtnis nach vorn. Ein bis dahin unbekannter Fakt verblieb. Der Vermisste hatte engen Kontakt zum Verein. Da blieb die Frage offen, wieso sein Verschwinden nicht auffiel. Keine Anzeige bei der Polizei. Und ebenfalls keine Nachfragen im Bekanntenkreis. Einzig die Enkelin reagierte. Für sie war ihr Opa nicht nur ein Teil der Familie, sondern ein Geschichtenerzähler, stetig vermittelnd, um Zusammenhalt der Menschen bemüht. Klar zählte er zu den prominenten Wanderführern in der Region. War ein meisterhafter Kenner der germanischen Mythologie in der Harzer Sagenwelt. Darauf aus, nicht auf der Erde, sondern problemlos über Meere und sogar auf den Wolken zu reiten. Wie Sleipnir, das gewaltige Schlachtross, Wotans achtbeiniges Zauberpferd? War es denkbar, dass sich hier jemand verbarg, der den Zorn Andersgläubiger auf sich zog? Züngelte da ein Glaubenskrieg? Für Lorenz blieb das weitestgehend unbeantwortet. Die Frage drängte nach einer Lösung. Ungestüm, jeden Kilometer anmahnend, den der Passat auf dem

Weg in die Harzstadt zurücklegte. Wie gefährlich war ein Skelett? Oder der vermisste Wanderführer? Für die Öffentlichkeit offenbarte sich mit dieser Person jemand, der in den Sommermonaten die Walpurgisnacht mit der Götterdämmerung den Zuhörern nahebrachte. Ein Künstler, in der Lage, die großflächigen Wandgemälde an der Seitenfassade eines Hauses inmitten der Stadt zum Leben zu erwecken. Ein Meisterredner, der die Mythologie zur Werbemasse erkor, um die Lobpreisung seiner Gottesansichten mit dem Einzug ins Paradies zu verweben. Die verhieß Rettung vor dem grausamen Tod. Eine Botschaft, die den sensationshungrigen Harztouristen zeitweise ein bloßes, primitives Lächeln entrang. Fragmente an Daten, die er dem flüchtigen Stöbern in einem dünnen Ordner entnahm.

»Hier lesen Sie das. Der Rest obliegt Ihrer Intelligenz. Und vergessen Sie nicht, Sie sind im Augenblick meine einzige scharfe Klinge. Mit dem Status des Sonderermittlers verfügen Sie über ausreichende Kompetenzen. Fragen Sie nicht, handeln Sie!«

Erst auf dem Parkplatz, im Auto sitzend, sammelten sich die einzelnen Bilder. Die Zigarettenlänge brachte Klarheit. Unterm Strich hing da eine banale Begebenheit dran. Zwei furchtbar nüchterne Fakten. Ein teilskelettierter menschlicher Körper ohne Kopf und eine Vermisstenanzeige. Alles eingepackt in den Bericht der Kollegen von der Polizeidirektion. Mehr Fragen, keine Antworten. Was stimmte daran nicht?

Am Zielort eingetroffen, schwächelte er. Der heiße Augusttag trieb unnachgiebig den Schweiß auf die Haut.

»Mir ist übel«, murmelte er. Das hielt ihn nicht davon ab, sich die nächste Zigarette anzuzünden. Verständlicherweise draußen unter dem Sonnendach des Eiscafés am Rathausplatz. Den Rauch von vierzig Stück hatte er lange im Vorfeld inhaliert. Im Moment vertrieben die Glimmstängel die Wartezeit auf den angekündigten Besuch. Von dem erhoffte er sich Einsichten über die vermisst gemeldete Person.

Sein Gastgeber stürmte sprichwörtlich auf ihn zu. Alle Achtung. Der Kerl zog das Interesse der Kaffeetrinker, Kuchenesser und Raucher an den Tischen auf sich. Seine massige Gestalt schob sich unaufhaltsam auf seinen Platz zu. Er hatte die Hände ausgebreitet. Das Gesicht von der Anstrengung gerötet und mit Schweißperlen auf der Stirn, stoppte er den Schnellgang. Sein Atem glich dem austretenden Dampf aus einem defekten Rohr. Heiß und zischend schlug er Lorenz ins Gesicht.

Die Sekundenwahrnehmung endete mit der dominanten Aussage: »Ah, Sie sind der Gast des Bürgermeisters. Der Herr Kriminaloberkommissar vom LKA Magdeburg. Treffer, stimmt´s? Scheiß Hitze heute. Na egal, ein herzliches Willkommen in der Stadt der Mythen.« Der gedrungene Vierziger schob zur Begrüßung die Hand vor. »Ich bin Wilhelm Feist, Immobilienmakler, Mitglied im Harzklub. Auf Bitten des Ratsherrn der zuständige Ansprechpartner, Ihr Führer durch den Harzer Mythendschungel.«

»Korrekt! Ihre Annahme stimmt.« Dem folgte sein stummes Lächeln. »Ich würde heute besser schlafen, wenn unsere Verabredung mir weiterhilft. Verehrter Herr Feist, trinken wir einen Kaffee zusammen? Kommen Sie. Setzen Sie sich.«

Die Antwort erstaunte ihn.

»Habe ich Ihre Erlaubnis, das da zu sehen?«, tippte der Begleiter mit dem Finger in Richtung der Ausbeulung unter der Sommerjacke.

Lorenz grinste unverhohlen. »Was ist derart wissenswert? Bin ich bekleckert, ein Kaffeefleck? Ist ja ein merkwürdiger Empfang.«

»Äh, äh, Verzeihung. Hab niemals eine richtige Polizeikanone in der Praxis gesehen. Ich frage mich, ob das die Gelegenheit ist. Problem damit?«

»Nein! Bin gespannt, wie Sie die Antwort interpretieren. Wenn die Waffe hilft, Gefahr von mir abzuwenden, beflügelt das aus Ihrer Sicht Zufriedenheit? Ergo, in fremde Hände geben funktioniert nicht. Die Pistole ist wie eine Lady, auf Befingern reagiert sie kopflos.«

»Klar. Akzeptiert!«

Irritiert fuhr sich Wilhelm Feist über das dünne Kopfhaar. Die Gesichtshaut wechselte innerhalb von Sekunden die Farbe. Aschfahl zeigte sie sich grade.

»Verzeihung, hab mich blöd benommen. Bitte, das bleibt hoffentlich unter uns, Herr Oberkommissar.«

»Hmm, hab es dauerhaft zurückgedrängt. Scheiß Idee, Ihr Interesse. Okay, beschließen wir das Thema. Auf jeden Fall ist das Vorkommnis an der Teufelsbrücke ein unheilvolles Omen. Ohne Aufsehen gerät die Sache nicht in Vergessenheit.«

»Diese Vorstellung trage ich mit, Herr Lorenz. Hier ist mein Vorschlag. Sie hatten einen langen Weg in den Harz. Wechseln wir den Gesprächsort. Es ist heiß. Bitte folgen Sie mir. Der Weg da hinten rund um die Skulpturen ist entspannend. Die Wasserspiele bringen Abkühlung.« Zugleich wies er mit einer Hand in diese Richtung, um fortzufahren: »Ich hoffe, Sie nicht zu überfordern. Schauen Sie.«

Lorenz verzog die Lippen. Er begriff nicht, warum sich dieser Wilhelm hinter einer Fassade versteckte. Wovor, das blieb ein Rätsel. Zumal sie sich nicht kannten. »Vorsicht!«, zischte er denkbar knapp. »Das ist nicht grade cool.«

»Was ist los?«, hob der Gastgeber an, um zugleich fassungslos die Luft auszustoßen. »Ich beabsichtige, Ihnen nichts anderes als die nackte Schönheit der Figuren aus der germanischen Götterwelt nahebringen. Die könnten Teil der Recherchen sein. Vergessen? Sie verweilen auf dem Boden einer Harzer Mythenstadt.«

Lorenz guckte erstaunt auf. »Ist das denn nicht gewollt? Droht uns hier Gefahr? Von dem imposanten Kerl mit dem Speer dort drüben?«

»Nein, um Himmels willen, das ist Wotan, der höchste Germanengott«, traf ihn unbekümmertes Lachen. »Leisten wir ihm Gesellschaft. Er trinkt aus dem Brunnen der Weisheit, die Zukunft vorhersagend. Ein Grund, wie mir scheint, dem Harz einen Besuch abzustatten. Liege ich falsch?«

»Sie haben akkurat den Punkt getroffen«, fuhr es knapp aus seinem Mund. »Herr Feist, wenn ich des Philosophierens wegen angereist bin, würde ich es Sie wissen lassen. Klar?«

»Hmm, Pech, das nennt man angearscht. Hab ich verdient, den Tadel.« Er wandte den Blick ab, schien ins Leere zu starren. Mit gesenktem Kopf fuhr er in bewusst demütigem Ton fort: »Nochmals, äh, äh, äh, tut mir leid«, krächzte er hustend.

Lorenz lachte. »Sie sind ein komischer Kauz. Das die Knarre eine solche Anziehungskraft hat, gottverdammt, ist mir partout nicht bewusst. Sie haben´s versucht. Strich drunter. Erklären Sie mir, wie es sich mit den Proportionen der Skulptur verhält. Wo bleibt das Geheimnisumwobene? Was hat es mit dem gigantischen Kerl auf sich?«

»Sie sprechen von Wotan mit dem Speer?«

»Ja! Das sind Ihre Worte.«

Feist zuckte die Achsel. »Klingt erhellend. Hab das nie in der Form betrachtet. Ich frage Sie, sind Sie denn bereit, dafür ein Opfer zu bringen?«

»Wie meinen Sie das?«

»Symbolisch! Wotan gab ein Auge. Sind Sie ebenfalls für einen solchen Schritt aufgeschlossen?«, versuchte er schmunzelnd den Blick des Kripobeamten einzufangen. Der zeigte sich baff, im gewissen Sinne vom Ansturm der Worte überfordert. Hinzu kam das Gefühl, dass sich Feist auf unerklärliche Art versteckte. Die Angst, dass er dem auf die Spur kam, erzeugte einen erbärmlichen Gestank. Der Gedanke verlor sich abrupt, weil sein Gastgeber grade sagte: »Oberkommissar, ich bin der Auffassung, Sie bedürfen dringend der beiden Raben Hugin und Munin. Die Vögel berichten der Legende nach mit ihren täglichen Erkundungsflügen über das Geschehen in der Welt.« Er sah auf, grinste frech und redete weiter. »Ich helfe, soweit es mir machbar erscheint. Staunen Sie! Es verwundert mich nicht, wenn Sie erschrocken um Rat bitten und beten, um abschließend dem Fest der Verbrüderung zu frönen. Habe ich den Nerv getroffen?«, sprudelte es aus ihm in einer Art Befreiungsschlag heraus.

»Oh Gott, was war das denn? Eine Überraschung wie ein Picknick im Grünen?«, lachte Lorenz entspannt auf. »Das ist eine dummdreiste Vorstellung. Wer hat Ihnen die eingeflüstert? Poesie ist nicht meine Sache. Mich reizt, ob es einen Zusammenhang zwischen dem Skelett und dem Vermissten gibt. Wie sehen Sie das? Wen suche ich? Einen Mörder? Oder hat sich derjenige aus freien Stücken aus dem Leben gestohlen?«

»Entschuldigung, Oberkommissar, wenn ich Sie bedrängt habe. Setzen wir unseren Disput im Rathaus fort. Der Bürgermeister erwartet Sie. Meine Aufgabe ist es, die Harzstadt zu vertreten. Nebenbei bemerkt, die Raben sind auf eine gewisse Art eingenordet. Dutzende verbundene Seelen sind aufgefordert, Informationen zu beschaffen. Das ist, zumindest symbolisch betrachtet, ihre Passion. Spaß beiseite, sehen Sie sich um. Kommen Sie! Den Mörder finden Sie früh genug. Ich verspreche Ihnen, es Sie wissen zu lassen, wenn die Raben mir was soufflieren.«

Lorenz strich sich mit der Hand über das Gesicht. War das ein Signal dafür, sein aufgebauschtes Gehabe wegzuwischen? Nein, zumindest verschaffte es ihm Millisekunden des Nachdenkens. Der Gastgeber schob sich grade ins rechte Licht. Er buhlte um seine Gunst. Die Herausforderung erforderte eine Reaktion.

»Ist ein weiser Spruch. Fangen wir mit dem ersten Schritt an. Greifen Sie zu. Meine Hilfe kostet nichts«, sagte er mit den Achseln zuckend. Stracks schob er nach. »Alleingang hat keinen Sinn. Die Alteingesessenen legen Wert auf eine effiziente Vernetzung. Zum gegenseitigen Vorteil, egal ob sie in irgendeiner Form gläubig oder Freidenker sind. Sie geben nichts preis ohne speziellen Grund, Herr Lorenz.«

Der sah in ein Gesicht, das einer undurchdringlichen Maske ähnelte. Darin fuhr der Mund unablässig fort zu reden.

»Wissen Sie, es ist Zeit, zu akzeptieren, weshalb Sie mich zum Bürgermeister begleiten. Ich bin hierher gereist, um Ihr Städtchen von einem üblen Omen zu befreien. Meine Ausbildung hilft mir, Täter zu entlarven. Das biete ich Ihnen an. Hilfe anzunehmen betrachte ich, wie ein Geschenk zu beanspruchen. Mit Anstand und Würde. Hätte ich einen Wunsch offen, beträfe der die Entscheidung, hier zu leben. Dafür gäbe ich alles, was Ihnen jeden Tag zufliegt.«

»Sie scheinen ein prima Kerl zu sein. Egal. Ich hätte mit einer wärmeren Begrüßung gerechnet. Ein gemeinsames Bekenntnis zum Beispiel. Vorschlag, erlauben Sie mir, Sie mit Ihrem Namen anzusprechen? Ehe ich jedes Mal Kriminaloberkommissar ausspreche, ist Weihnachten.«

»Einverstanden! Der bloße Dienstgrad bringt keinerlei Erkenntnisfortschritte.«

»Danke! Egal was passiert, weihen Sie mich und die Kameraden rechtzeitig ein. Unterm Strich haben wir alle einen untadeligen Ruf zu verlieren.«

»Sie haben es drauf, Spannung zu erzeugen«, gab Lorenz Minuten später beim Gang ins Rathaus eine Erklärung ab. »Überraschen Sie mich.«

Das trat mit der Präzision eines Uhrwerks ein. Das Räderwerk schaltete zugleich den höchsten Repräsentanten zu.

»Schlau eingefädelt, mein Gott«, schüttelte Lorenz den Kopf. Er grinste und behielt für sich, was er nicht auszusprechen gedachte: *»Für mich nicht ausgekocht genug! Dieser Wilhelm ist ein schleimtriefender Unsympath. Ich werde ihn in die Enge treiben.«*

Er hatte das Gefühl, dass Feist Teil dieses von ihm kreierten Netzwerkes war. Der beste Weg, ihn zu überführen, würde sich öffnen, wenn er sich dem Kult anschloss, um ihn von innen heraus zu sprengen. Verlockung pur, von der eine enorme Anziehungskraft ausging. Sie brachte die Entscheidung, Feist wie einen Rammbock zu benutzen. Eine unsagbare Erregung verbreitete sich mit diesem Gedanken. Sie beinhaltete die Lösung des Rätsels innerhalb eines Geheimnisses. Ein Privatkrieg, eine Verschwörung lag im Reich des Möglichen. Zu weiteren Überlegungen reichte die Zeit nicht, denn der Bürgermeister begrüßte ihn mit hartem Handschlag.

»Willkommen Herr Kriminaloberkommissar!«, sagte ein flott daherkommender, geringfügig fülliger Mittvierziger. Gutherzige, dunkelbraune Augen schauten in sein Gesicht. »Ergreifen Sie meine Hand. Ich bin zuversichtlich, mit Ihrer Hilfe dem Verbrechen auf die Spur zu kommen. Bitte, setzen Sie sich. Sie haben die Raben aufgesucht. Das lässt sich nicht verheimlichen. Um Sie bei der Informationsbeschaffung zu unterstützen, dafür sind wir angetreten.« Er erhob sich, zeigte mit einem Lächeln auf zwei Personen in der Tischrunde. »Das hier ist der Chef der Bergwacht, dort mein Pressesprecher, Herr Steiner. Ansonsten sind wir bestens mit der hiesigen Feuerwehr vernetzt. Schön, dass ich Sie als Vertreter der Polizeidirektion begrüßen darf. Ich hörte, es war ihr Wunsch, zunächst mit den Stadtvertretern zu sprechen. Das ist eine gute Idee. Sie können jede Menge Unterstützer gebrauchen, um dem Geheimnis im Bodetal auf die Spur zu kommen.«

Gesichter voller Erwartung sahen ihn an. Die Hand auf den Griff der P6 im Holster erhob er sich. Aufmerksame Augen verfolgten die Geste. Lorenz ließ keine Zeit verstreichen. Betont trocken sagte er: »Ich verstehe! Der Job verlangt von mir, eine Identität zu klären. Die Frage bedarf der Klärung, ob im Zusammenhang mit dem Fund ein Verbrechen vorliegt. Wäre ein Unfall vorstellbar? Ist es möglich, dass ein Wanderführer in der unwegsamen Bergwelt vom Weg abkommt. Ein krankheitsbedingter Sturz ist ebenso nicht ausgeschlossen.«

»Unwahrscheinlich, Herr Lorenz.«

»Bitte, was spricht dagegen? Bedenken Sie. Das reißende Wasser, Geröll und Tierfraß haben den Körper arg geschädigt. Zum Glück fanden unsere Spezialisten auswertbare Spuren, die Schlüsse zur Person zulassen. Eine Reihe von Fragen bleiben auf jeden Fall offen.«

»Welche, Oberkommissar?«, meldete sich der Pressesprecher. »Was erwarten Sie vom Team an diesem Tisch?«

»Eine berechtigte Frage, meine ich. Die Antwort darauf klingt eine Kleinigkeit theoretisch. Habe ich dennoch Ihre Aufmerksamkeit?«

»Legen Sie los. Die Kripo beehrt unser Haus nicht jeden Tag.«

»Okay, Ihr Wunsch. Die Aussage hört sich nüchtern an. Seien Sie nicht geknickt. Es stimmt. Das Landeskriminalamt in Magdeburg beauftragte mich mit der Aufklärung des Falls. Ich bin der Tatortgruppe zugeordnet. Mein Job besteht in der Unterstützung der Kollegen von der hiesigen Polizeidirektion. Es ist Sommer, Urlaubszeit. Ich leiste bei der Zuordnung erkennungsdienstlicher Aufgaben Hilfestellung.«

»Entschuldigung, Sie sind ein Ausputzer? Ich war der Auffassung, wir brauchen hier Spezialisten. Von dem Toten in der Bode existiert ja weiter nichts als ein paar Knochen. Der Kopf fehlt. Was gibt es denn da zu ermitteln?«, presste Steiner giftig raus.

Automatisch füllte sich die Raumluft mit Spannung. Winzige, elektrisch geladene Teilchen ließen die angewärmte Luft knistern.

»Meine Herren, Anspannung ist fehl am Platze. Sind wir einer Meinung?«, griff Lorenz in den Disput ein. »Sie sind Pressesprecher, stimmt's? Sehen Sie, das Fest kommt gerade erst ins Rollen. Wir tanzen gemeinsam in einem Kreis voller Unbekannter, fern jeglichen lautstarken Beifalls.«

»Bei Gott, Herr Lorenz, ich versichere Ihnen ...«, nickte der bedeutsam. »Bei all dem, das ist wundersam«, rief er aus, in dem Bemühen, seine Stimme erschrocken klingen zu lassen. »Erklären Sie, was uns den Atem anhalten lässt. Das hier riecht nach Geheimnissen.«

»Hmm, Sie springen ungeprüft in den Teich der Gerüchteküche. Dachte ich mir's. Typisch Journalist!«

Er hielt kurz inne, sah den Herrn an, um festzustellen, dass der sich durch sein Aussehen von den Teilnehmern der Runde abhob. Die angestaute Wut ließ sich nicht verheimlichen. Zumindest erklärte das dieses verdammte ständige Zusammenziehen der Pupillen, was die Iris vergrößerte. Dadurch erschienen die graublauen

Augen leuchtender, was auf solcherart Emotionslage hinwies. Das verlieh ihm im Übrigen einen vorteilhaften Touch. Mit seinem gebräunten Teint und dem dunkelblonden Haar gehörte er ohnehin zu den gutaussehenden Menschen. Er sah jünger aus und setzte sich dadurch von den Teilnehmern der Tischrunde ab. Die saßen erstarrt auf den Stühlen. Wie angeschmiedet, unfähig zu reden. Diesem einschneidenden Erlebnis entzog sich niemand. Es war die verwegene Art, mit der er Probleme zu lösen anging. Nicht die des vertrauten Trottes, wie in Stadtratsversammlungen üblich.

Lorenz grinste. »Ich bin kein Gespenst, vielmehr jemand aus Fleisch und Blut, einem Hirn, dem Gefühle entspringen. Sie entschuldigen mein Aufbäumen. Wachrütteln ist angebrachter. Bitte, Herr Steiner, für wie blöd halten Sie mich? Ich hoffe, Sie brechen keinen Streit vom Zaun. Am besten scheint mir, Sie aus der Höhle der Unvernunft zu befreien. Seien Sie nicht das Arschloch in Ihrer eigenen, wundersamen Welt. Wir sind quitt, was den Ausputzer betrifft.«

Der Bürgermeister ließ die paradoxen Gedanken auslaufen. Ein paar Sekunden Verschnaufpause vergingen.

»Hmm, das war erhellend. Ich hab Sie ausreden lassen, um den Frust in eine Richtung zu lenken. Sowas gab es in dieser Oase der Vernunft bisher nicht. Ihre Empfindungen wie ein Heilmittel einzusetzen, alle Achtung, cool! Herr Lorenz, das genügt. Belassen Sie es dabei. Der Polizeichef hat uns um Hilfe gebeten. Hier sitzt ein bevorrechtetes Gremium in Warteposition. Sie sind dran. Ich bitte Sie, Ihren Vortrag fortzusetzen. Unser Wohlwollen gehört Ihnen.«

Das war der Zeitpunkt für Einsicht. Der Bürgermeister hatte dafür gesorgt, dass ihm niemand mehr was vormachen würde. Der erste Sieg. Diesen Augenblick zu nutzen, gebot die Vernunft. Er stieg darauf ein. Und Tatsache, die Augen und Münder der Gefolgsleute passten sich ihm jedes Wort verschlingend an. Lorenz sprach in den Raum hinein, bemüht, die Teilnehmer zu einer Aussage zu bewegen.

»Ich bemühe mich, den Blick für den Job des Kriminalisten zu öffnen. In diesem Fall arbeite ich eng mit den Spezialisten vom Bundeskriminalamt zusammen. Hierbei dreht es sich vor allem um die sichere Identifizierung der Personen im Tathergang. Reicht das?«

»Nein! Ist mir zu allgemein«, erklärte sich der Bergwachtchef.

»War das ein Todessturz von den Felswänden im Bodetal? Ein Unfall? Der vermisste Erich ist es garantiert nicht. Der Wanderführer gehört zu den absoluten Kennern der Materie.«

Mit eiskaltem Blick in den Augen mischte sich Wilhelm Feist ein.

»Entschuldigung! Die Wahrheit besteht meiner Ansicht darin, dass bisher nichts passiert ist, was die Aufklärung erhellt. Na ja, abgesehen vom Auffinden der Skelettreste durch Wanderer.«

»Und die Bergung durch örtliche Polizeikräfte?«, schloss sich der Pressesprecher fragend an. »Was meinen Sie, Oberkommissar, liegt hier ein Verbrechen vor? Handelt es sich bei dem Knochenfund um den Vermissten?«

»Sie haben den wunden Punkt getroffen. Jede Menge Fragen, deren Antworten wir im Moment nicht kennen. Darum sitze ich hier. Geben Sie mir ausreichend Input. Sie heben den Herrgott in den Himmel, verfügen auf der anderen Seite über schmalbrüstiges Wissen. Ist ja komisch!«

Sein Gegenüber übernahm die Antwort mit einem Scherz.

»Meine Erfahrungen im Bergrettungsdienst stelle ich gern bereit, wenn es das Wohlergehen von Menschen betrifft. Bitte, ich fange bei Ihnen an. Zeigen Sie mir Ihre Schuhe«, sagte er breit lächelnd.

Stumm zählte Lorenz die Sekunden. Eins. Zwei. Drei. Da traf ihn eine schnippisch-ernüchternde Antwort.

»Na hoffentlich halten Sie im Gepäck brauchbare Wanderschuhe bereit. Die Fundstelle ist mit PKW nicht erreichbar. Zu Fuß ist angesagt. Leider auf einem spärlich ausgebauten Wanderweg. Nix von Gefahr, dagegen Aufmerksamkeit einfordernd. Der führt auf der rechten Seite des Bodeufers entlang. Endstation ist der Bodekessel nahe der Teufelsbrücke. Von Interesse ist das erst, wenn Sie bei Ihrer Version bleiben: tragischer Unfalltod oder Selbstmord. Scheidet beides aus, haben wir ein echtes Problem. Angenommen, dem Erich Feist saß einer der Getreuen im Nacken, spitzt sich die Lage zu. Ein Glaubensstreit ist der einzige Grund für eine interne Auseinandersetzung.«

»Weil?«

»Ist ja den meisten ansässigen Personen in der Region bekannt. Der Erich war über Jahrzehnte Chef der ortsansässigen Glaubensgemeinschaft. Er hat die Menschen missioniert, um sie auf die Gottergebenheit der Sekte einzuschwören. Erst der grausige Selbstmord seines Sohnes im Stahlwerk hat ihn gebrochen. Der Junge war dort Ingenieur.«

Lorenz stand kurz davor zu explodieren. Ungläubig fragte er: »Wieso, in Gottes Namen, leiern Sie das emotionslos herunter?« Seine Augen blitzten gefährlich auf. »Was stimmt nicht mit dem Herrn? Ist es richtig, dass er den Job eines religiösen Anführers mit dem des Harzer Wanderführers eingetauscht hat? Trägt diese Überlegung ebenfalls seine Enkelin?«

Abrupt endete er. Für Sekunden herrschte Schweigen. Lorenz unterbrach die Stille und fuhr gelassen fort.

»Das ist alles, verehrte Herren? Ich bin auf die drei Kilometer vom Ortskern bis an den Fundort vorbereitet. Schauen Sie«, reagierte er aus der Lage heraus. Er hob ein Bein an. »Da, festes Schuhwerk, reicht das?«, entwickelte sich sein Grinsen zu einem lauthalsen Lachen. »Es gibt ausreichend Urlaubslektüre, um den Harz zu erwandern. Wenn ich mich nicht täusche, ist das ein durchgehend befestigter Weg.«

Das Feixen der Teilnehmer überstieg auf Anhieb alle anderen Geräusche. »Angeschmiert, Jürgen«, hob Pressesprecher Steiner an. »Sagte ich ja, du wirst dich blamieren. Reize den Beamten nicht.«

Der Bürgermeister erhob sich zwischenzeitlich. Lorenz sah darin einen taktischen Zug, um die Lage zu entspannen.

»Kommen Sie bitte hierher ans Fenster. Den Herren ist es nicht gelungen, Sie einzuschüchtern. Freut mich. Das verzapfen die hauptsächlich, wenn Fremde in unser Reich eindringen.« Er nickte spielend mit dem Kopf in Richtung des Brunnens. »Sehen Sie, Wotan beschützt uns. Wir vertrauen auf seinen imposanten Speer in der Hand. Diesen Anspruch übertragen wir ebenfalls auf Sie und Ihre Kollegen. In diesem Sinne. Trinken wir Kaffee, einverstanden?«, fragte er. Im selben Moment griff er zum Telefonhörer der Haussprechanlage, um den bei der Sekretärin anzufordern. »Ach bitte, die rote Keramikdose mit den Keksen nicht vergessen«, folgte im Nachsatz.

Lorenz nutzte die Chance, um die Stille zu durchbrechen. »Ich beabsichtige keinerlei Schuldzuweisung, verehrte Herren, denn ich habe einen Ruf zu verlieren. Der verbindet sich logischerweise mit dem LKA. Legen wir die Fakten auf den Tisch. Ihr sagenumwobener Landstrich verdient das«, traf auf verblüffende Gesichter. »Fragen Sie mich, was ich sehe. Die Antwort lautet: Ein Flussbett, wo das Wasser zu kochen scheint. Die in die Tiefe gerissene Luft schäumt perlend wieder auf. Über der Bode reflektieren kleinste Wassertröpfchen. Das sind die Edelsteine im Harz, antworten Sie mir gleich verklärend. Dem halte ich nichts entgegen. Wenngleich mittendrin der Tod lauert. Die Frage ist, wie kam der an diesen Ort?«

Ein Raunen war deutlich hörbar. Die Anwesenden saßen konzentriert am Konferenztisch. Niemand schien die Ruhe durchbrechen zu wollen. Bis sie der Weckruf des Beamten traf.

»Was sieht der erfahrene Ranger? Massen an Touristen. Die spazieren vom Gasthaus Königsruhe zur Teufelsbrücke, den Bodekessel, bis tief in die Felsschlucht des Harzgebirges hinein. Ich frage Sie allen Ernstes: Einhundert Kilometer Harzer Hexenstieg, was vermitteln die uns? Sind die Augen und Ohren der Mitglieder in den Verbänden der Harzregion verschlossen? Nein, sagen Sie? Das glaube ich nicht. Da badet kein Mensch bei der sommerlichen Hitze in den Fluten der Bode? Ist ja ein Witz. Verbotene Kletterei und Abstürze in den Felsschluchten der Region sind ebenfalls nicht bekannt. Hmm, was ist mit dem vermissten Wanderführer? Wann hat ihn letztmalig jemand gesehen? Wer und wo? Sieht sich die Stadt in der Pflicht?«

»Moralisch betrachtet, ja! Weil das Team hier am Tisch den Erich bestens kennt«, kam halbwegs gehemmt über die Lippen des Chefs der Bergwacht. Er richtete den Blick auf den Nebenmann aus. »Bitte Wilhelm, erkläre du das.«

»Gern, wenn das jemand wünscht«, sagte er auf eine Antwort wartend. »Ja«, schob Holger Steiner dazwischen. »Ich rate, zügele deinen Eifer für den Herrgott. Der Kriminalbeamte dankt es dir. Ah, Entschuldigung, das ist unfair von mir.«

»Meine Herren. Rumfrotzeln bringt nichts. Das haben wir nicht nötig. Gebt euer Wissen weiter. Die Lage ist heikel. Erich Feist war ein hochbetagter Mensch. Dass die sterblichen Überreste einen Hinweis auf ihn liefern, ist im Moment Spekulation. Keine Ahnung, ob die Galionsfigur im Sagenharz einem Verbrechen zum Opfer fiel. Ich versichere, die Ratsmannschaft trägt zur umfassenden Aufklärung bei. Versprochen!«

»Ja«, fuhr Lorenz geistesgegenwärtig fort. »Das ist der einzig brauchbare Ansatz. Hand in Hand mit der Polizei vorzugehen. Die Lage zwingt uns zur Ordnung. Kommen wir alle wieder runter auf den Teppich. Bürgermeister, bitte übernehmen Sie das.«

»Entschuldigung, wir sind abgedriftet. Emotionen, Sie übersehen das besser. Unser friedvolles Städtchen zu schützen, ist heilig. Zeit für den Profi«, wandte der sich an den KOK.

»Üben Sie Nachsicht«, schob Wilhelm Feist, ohne abzuwarten, in die Tischrunde hinein. »Ich hätte eine Frage an den Kriminalisten. Wie stelle ich mir heute eine Identifizierung vor? Technisch betrachtet, meine ich.«

»Das zu erklären erfordert einen langen Atem. Ich versuch`s. Zuerst danke ich für den unbeabsichtigten Hinweis. Sie haben mich da auf eine Fährte gebracht.«

»Oberkommissar, auf welche? Bitte lassen Sie uns teilhaben.«

»Okay. Aus meiner Sicht ist es notwendig, beide Vorgänge zusammenzuführen. Erich Feist, Ihr hochgelobter Wanderführer, hatte jeden Grund zu leben. Leider liegt keine Spurenlage vor, die auf ein Gewaltverbrechen hinweist.«

»Was passiert da, Herr Lorenz? Dass ich nicht lache«, kam es von Steiner zurück. In seine Stimme hatte er angestaute Wut hineingezwängt. »Das ist der ganze Kommentar? Wenn die paar Knochen eine Identität erhalten haben, war's das?«

»Nein! Der Reihe nach, bitte. Meine Herren, Sie baten um eine Aussage zur technischen Betrachtung des Vorgangs. Zum Verständnis, ich spreche von einem hochkomplexen Verfahren. Es liefert dem LKA Anhaltspunkte zum möglichen Tathergang. Das Ganze nennt sich Fingerabdruck-Identifizierungs-System. Kurz: AFIS.«

»Oha, das klingt nach einem hochfliegenden Begriff«, mischte sich der Pressesprecher ein.

»Ihre Antwort zeugt von Skepsis, Herr Steiner. Von mir aus nennen Sie es so. Geben Sie mir die Chance, Sie vom Gegenteil zu überzeugen. Schauen Sie, Wissenschaft, Erfahrung und Bauchgefühl treffen aufeinander. Hochleistungsdatenbanken erfassen die biometrischen Charakteristika einer Person. Es kommt zum Vergleich vorhandener und neuer Datensätze. Diese Methode stellt eine beträchtliche Erleichterung für die Strafverfolgung dar. Es ist kein Hexenzeug, auf dem die Harzlegenden aufbauen. Reicht meine Aussage?«

»Nein, Herr Lorenz. Die Leichenteile unterlagen lange dem Einfluss der Naturgewalten. Wie funktioniert denn das mit der Druckerschwärze an den Fingerkuppen? Da sind keine Abdrücke mehr brauchbar«, reagierte Jürgen aufgeregt.

»Bleiben Sie locker, bitte. Die Spurenlage ist momentan katastrophal. Das Wasser hat über Wochen an dem Körper gezehrt, ihn ausgelaugt. Die Frage ist berechtigt. Die Natur zerstört die organische Struktur allmählich. Das schließt alles Mögliche ein.«

»Ist die Kripo da nicht außer sich vor Wut?«, schob Wilhelm Feist fragend hinterher.

Lorenz nickte. »In gewisser Weise haben Sie recht. Wo liegt darin für Sie das Problem? Scheinbar hören alle nicht zu, wenn man ihnen was sagt.« Er atmete hörbar aus. »Kommen wir auf den Punkt, meine Herren. Sie haben mir Ihre Hilfe angeboten. Das erfordert, darüber zu sprechen, welche Art von Informationen mir helfen. Um das Thema Spurensicherung halbwegs abzuschließen, verweise ich auf Beiträge im Internet. Dort finden Sie den Begriff Live-Scan-Technologie. Lesen Sie es nach! Das besser zu erklären, gelingt mir nicht.«

»Klingt sperrig, überkompliziert, Herr Lorenz. Erzählen Sie den Rest. Obwohl ich zugebe, davon bisher keine Kenntnis zu haben«, griff Steiner erneut ins Gespräch ein. Er wandte sich an Feist. »Wilhelm, wechsle den Job. Mit diesem Wissen brauchen wir den Oberkommissar nicht«, lachte er ein heiser klingendes ha, ha, ha.

Lorenz' Miene blieb unerforschlich. »Hmm, je nachdem, wie man die Sache betrachtet. Ernsthaft, was bringt das«, erklärte er kampfbereit. »Ich führe hier nicht irgendwelche Tests durch. Was den Toten in der Bode betrifft, wir sind zu spät gekommen. Der Teufel hat ihn freigegeben. Zumindest, was von dem armen Menschen übrig blieb.«

»Ist ja nicht von der Hand zu weisen«, stimmte Wilhelm Feist mit frostiger Miene ein.

»Meine Herren. Unbeabsichtigt sind eine Reihe von Emotionen hochgekocht. Ordnen wir uns dem Teamgeist unter. Unsere Stadt braucht einen makellosen Tourismus. Die Todesursache der Person aufzuklären ist Arbeit für Spezialisten. Sie sind ebenfalls in Ihren Jobs im Rathaus Profis. Als Ihr Bürgermeister stehe ich mit meinem

Wort an der Seite der Ermittlungsbehörden. Enttäuschen Sie mich nicht.«

»Stimmt! Entschuldigen Sie bitte, Herr Lorenz. Jeder leistet den Teil in der Gesellschaft, wofür ihn Gott auserwählte. Es sei Ihnen versichert, wir sehen das im Kreis meiner Glaubensbrüder in besagter Art«, endete Feist.

»Okay! Fragen an mich?«, nickte Lorenz in den Raum hinein.

»Nein, Vorschlag: Wilhelms Worte lassen wir mal so stehen. Sie erlauben«, setzte Steiner den Gedanken fort.

»Einverstanden! Aus Sicht der Kripo halte ich es für erforderlich, unser Thema zur Identifikation von Personen abzuschließen. Sie löchern mich sonst weiterhin. Ich habe hier einen Toten und einen Vermissten. Schauen Sie sich das an«, sagte Lorenz schmunzelnd. »Das Material hier verschafft eine Menge Einsichten und hält sicher auch die eine oder andere Überraschung parat. Der Blick für die Verbrechensaufklärung schärft sich.«

»Das sagen Sie. Ich sehe einen Berg Statistik, ineinander verschlungene Linien«, verzog Steiner den Mund zu einem eher quälenden Grinsen.

»Schade«, konterte Lorenz. »Zu meiner Verteidigung. Ich hab nicht erwartet, dass Sie mit geschwollener Brust am Tisch sitzen.«

»Wieso das denn?«

»Weil Sie grade Ihre erste Erfahrung mit dem Verlauf von Papillarlinien einfahren. Das trifft logischerweise auf die anderen Herren genauso zu.« Bewusst richtete er den Blick auf den Bürgermeister. »Mir ist klar, Sie sind Jurist, ein Papiermensch, kein Ermittler. Was ich davon ableite, ist reines Handwerkszeug. Geben Sie mir ein paar Minuten zur Erklärung, meine Herren«.

Der Rathauschef unterbrach sein Stimmungshoch. »Sie haben sich bemüht. Oberkommissar, das reicht aus, sonst führen die Details zur Verwirrung.«

»Danke«, sagte er. Schlagartig war ihm die Dringlichkeit der Lage wieder bewusst. Unterstützer zu generieren, darum war er hier. »*Konzentriere dich auf die Mission*«, hämmerte es im Hirn. Die Stimme im Kopf leitete ihn an. Sie versuchte, ihm zu sagen, seine Gefühle zu ordnen und die Konsequenzen der Feststellung zu begreifen. Er beanspruchte drei oder vier Sekunden, um sich einen Ruck zu geben. Die Zeit reichte, die glänzenden Pupillen der anderen Gesprächsteilnehmer am Tisch zu erfassen. Begierig auf Sensationen hingen sie an seinen Lippen. Lorenz gewahrte, dass seine Haut vor Anspannung kribbelte. Den richtigen Ton zu treffen, darauf kam es an. »Hören Sie! Ich bin Tatortermittler und damit ein Erfüllungsgehilfe der modernen forensischen Wissenschaft. Erst sie bietet realitätsechte Rezepte zur Identifizierung sterblicher Überreste.«

»Was heißt das konkret, Herr Lorenz?«, traf ihn die Frage des Pressesprechers.

»Sie kennen die Antwort. Mein Handeln als Kriminalist basiert auf sittlichen und moralischen Grundsätzen. Das versuche ich zu vermitteln. Wenn Menschen sterben, begegnen wir ihnen mit Respekt und Würde. Ich bin sicher, unsere Forensiker lassen sich davon leiten. Wir sind dicht dran, die DNA und weitere anatomische Merkmale aufzuschließen. Seien Sie versichert, dem Skelett entreißen wir sein Geheimnis. Das verspreche ich. Sie erfahren rechtzeitig, wenn das kriminaltechnische Gutachten vorliegt.«

Gerötete Gesichter, die an seinen Lippen hingen, ließen seine Haut kribbeln. Die Anspannung war echt. Er hatte den Job des Kriminalisten mit ein paar Sätzen bestens verkauft. Aus scheinbar unerfindlichen Gründen, wie es aussah.

»Erlauben Sie mir, unsere Zusammenkunft für eine Erklärung zu nutzen«, wandte er sich an den Rathauschef.

Der reagierte sofort. »Meine Herren, mit deutlichen Worten ausgedrückt: Der Jurist meint, das da an der Teufelsbrücke ist Ekel erregend, grauenhaft. Mit der Stadt der Mythen hat das nichts am Hut. Bedenken wir. Der Teufel über der Brücke ist ein hausbackenes Produkt. Geschaffen für einen florierenden Tourismus. Ein Symbol der visualisierten germanischen Götterwelt. Wir bestimmen, wann er Ausgang erhält. Bekannterweise an den Festlichkeiten rund um Walpurgis. Herr Lorenz ist hier, damit das Ansehen der aufblühenden Touristenstadt nicht weiter aus dem Gleichgewicht gerät.« Vor Aufregung rutschte ihm über die Lippen: »Uff, ist eine anstrengende Rede. In diesem Augenblick ist sie raus, bin erleichtert. Zur DNA ein paar Gedanken. Wissen Sie, Herr Lorenz, das Allgemeinwissen des Juristen sagt mir, wir sprechen vom Träger der menschlichen Erbsubstanz. Dass die Spezialisten vom LKA das zu ermitteln versuchen, stimmt mich für die Lösung des Falls zuversichtlich. Geben Sie einen abschließenden Kommentar ab?«

»Ja, kurz. Solange die Ermittlungen nicht abgeschlossen sind, gibt es keine Preisgabe von Details. Ich telefoniere heute mit den zuständigen Beamten beim Bundeskriminalamt. Es ist denkbar, dass die Datenbank nichts von Wert ausspuckt. Die Erfahrung verlangt, Vergleichsmaterial zu beschaffen. Wie gesagt, jede Hilfe ist willkommen.«

»Oh ja. Da bin ich sicher«, meinte Wilhelm Feist. »Eine Chance sehe ich darin, unsere Mitglieder vom Harzklub zu mobilisieren. Der Fokus liegt auf der Suche nach Erich. Ist für mich naheliegend. Er war mein Onkel. Ein Mensch mit positiven Seiten und Fehlern. Mit ihm verschwunden ist seine Warmherzigkeit.«

»Die Zeit ist reif, um die Signale zum letzten Aufenthalt zu bündeln. Korrekt, hier setze ich auf die Kraft der Gemeinschaft«, unterbrach Lorenz.

»Leider wissen wir das nicht«, plapperte Steiner los.

»He Holger, bleib cool, das klärt sich. Da passt meine Frage«, setzte Wilhelm an. Um dem mehr Gewicht zu geben, erhob er sich. Ihm war nicht bewusst, dass seine Worte unter diesen Umständen einen hölzernen Eindruck hinterließen.

»Äh, ach ja, Oberkommissar, sagen Sie, wie verbindlich ist die Erwartung, dass es sich bei dem Skelett um den Vermissten handelt? Wie realistisch ist ein solcher Fall?«

»Beantworten Sie die Frage für sich.«

»Pardon. Ich beabsichtige nicht, Sie anzugreifen. Mein Onkel ist ein 86-jähriger Herr. Körperlich recht ordentlich gestählt. Sonst hätte er den Freizeitjob des Wanderführers nicht ausgeübt. Eine feste Größe im Harzklub. Der hatte garantiert keine Feinde.«

»Sie sagen das mit Bestimmtheit. Woher beziehen Sie Ihr Wissen?«

»Wilhelm, erklär´s dem Beamten«, protestierte der Chef der Bergwacht. »Das ist die klügere Wahl. Erzähl ihm von der Verwandtschaft.«

»Ich höre zu, Herr Feist, bitte sprechen Sie.«

»Sie haben ohne mein Zutun eh Kenntnis von der familiären Bindung. Die Anzeige hat Cousine Evelyn aufgegeben. Wir haben die Kinderjahre gemeinsam in einer Glaubensgemeinschaft verbracht. Erich war für uns die Stimme Gottes.«

»Komm Wilhelm, leg was oben drauf«, traf ihn Steiners Einwurf.

Dafür erhielt der eine Abfuhr. Die zusammengekniffenen Augen des Angesprochenen versprühten Missfallen.

»Wieso ich? Weil wir über drei Ecken verwandt sind?«, drang es aufgeregt aus seinem Mund.

»Ja, eben darum. Sag, verlangt eure Religion nicht das friedliche Miteinander, um Gott zu erleben?«

»Korrekt! Onkel zählte zu den gern gesehenen Menschen. Ich achte ihn wegen der streitbaren Verwirklichung seiner Glaubensvorstellung«, warf er Jürgen einen Blick zu. »Ist ein zu vollendetes Ebenbild unseres Herrn. Bitte akzeptiere, das gehört hier nicht her. Sonst klingt das wie ein Schuldbekenntnis.«

»Oh, solcherart Einsichten sind okay. Das vereinfacht meinen Job. Gibt mir obendrein die erste Richtung vor. Ich beabsichtige auf jeden Fall, mit Ihrer Verwandten zu sprechen. Begleitet mich einer der Anwesenden? Sie, der Cousin?«

Minuten nach diesen Turbulenzen zerstreute sich die Runde.

»Herr Lorenz, einen Moment bitte. Ich habe Ihren Besuch genossen. Mein Sekretariat hat im Berghotel auf dem Hexentanzplatz ein Zimmer reservieren lassen. Passt das?«

»Danke, Bürgermeister. Eine prima Idee. Der Job hier ist bald erledigt. Ich sorge für die Aufhebung der Absperrung an der Teufelsbrücke. An Spuren ist da nichts Neues zu holen. Zum Schluss ein Gedanke außer der Reihe.«

»Bitte, gern. Ich kann mir denken, worauf Sie anspielen«, sagte das Stadtoberhaupt einnehmend lächelnd.

»Hmm, tja, damit ist alles gesagt. Eine hochinteressante Diskussion, die sich hier am Tisch bot. Sie verfügen über mitdenkendes Personal. Herzlichen Glückwunsch!«

»Danke! Die Stadt lebt vom Engagement ihrer Bewohner. Differenzstandpunkte zu verkraften ist Teil meines Jobs. Das trifft auf uns beide zu. Rufen Sie mich an, jederzeit, wenn Gesprächsbedarf besteht. Ich habe Herrn Feist gebeten, Sie zu begleiten. Er wartet vor dem Rathaus. Die Cousine war Ihr Ziel. Oder haben Sie Ihre Absicht geändert?«

»Oh ja, fleißige Raben sehen Sie in der Gestalt des lobenswerten Menschen«, erklärte sich Wilhelm Feist.

»Göttlich, Sie an meiner Seite zu wissen. Steigen Sie ein. Wohin führt die Reise?«

»Unser Ziel ist der Nachbarort. Ein altes Bauerngehöft. Sie werden staunen. Die Besitzer haben ihrer Fantasie freien Lauf gelassen. Meine Cousine wohnt dort. Sie ist ledig, die Eltern bei einem Verkehrsunfall ums Leben gekommen. Ich habe ihr geholfen, von Gottes Pfad nicht abzuweichen.«

»Danke! Ich beabsichtige nicht, die Beständigkeit zur Religion zu prüfen. Für mich ist es bedeutsam, dass von der Person die Meldung zum Verschwinden eines Menschen ausging. Eine Pflicht, die Ihnen ebenfalls oblag. Der vielgerühmte Wanderführer trägt den gleichen Nachnamen. Verbirgt sich dahinter nicht eine ausgedehnte Verwandtschaft?«

»Das stimmt. Allerdings sah ich anfangs keinen Grund zum Handeln. Zudem fand ich sein Verschwinden auch nicht besorgniserregend. Nachdem ich mit anderen Mitgliedern des Harzklubs gesprochen hatte, beschlossen wir, einfach abzuwarten. Eines Tages fehlte der redegewandte Rentner. Der Felsen auf der Rosstrappe blieb leer. Erste Anfragen von Urlaubern trudelten bei der Stadtverwaltung ein. Die Touristen sehnten sich nach den Geschichten des sagenumwobenen Mythenführers. Vergebens! Kein Problem, um zu hinterfragen. Erich hatte sich öfters zurückgezogen. Der Grund: Meditation. Ich sah ihn oftmals wochenlang nicht. Fragen Sie nachher seine Enkelin. Die klärt das auf.«

»Wir sprechen von Evelyn Feist? Mensch Wilhelm, ich habe keine Lust, Ihnen alles aus der Nase zu ziehen. Erzählen Sie. Wer ist sie in Wirklichkeit? Lassen Sie die Kuh vom Eis. Wieso spüre ich Anspannung in Ihren Worten?«

»Verzeihung! Ich versuch´s, fange von vorn an. Sie arbeitet freiberuflich, ist Kunsthandwerkerin. Töpferwaren mit ausgeprägten Farbnuancen stehen ganz ober auf der Beliebtheitsskala. Auf den Wochenmärkten im Harz ist sie oft anzutreffen. Sie begegnen ihr gleich auf dem Wirtschaftshof ihrer Oma.«

»Ist ein Wort. Okay! Ihr Gesicht, Wilhelm. Es ist blass. Gibt es Spannungen, von denen Sie mir nichts erzählt haben?«

»Nein, nicht, wie Sie es erwarten. Ich versuche, Ihnen klarzumachen, dass es besser für Sie wäre, meine Worte zu verinnerlichen. Die Hofbesitzerin ist eine ehrbare Person. Hatten Sie im Leben je die Möglichkeit, einem religiösen Oberhaupt zu begegnen? Höre ich ein Nein?« Er lachte verhalten. »Entschuldigung, ich habe die Antwort vorweggenommen. Das ist die Älteste. Sie steht in der Hierarchie der Gläubiger an erster Stelle. Hinzu kommt der geheimnisumwitterte Ruf einer Wahrsagerin. Mit ihren 86 Jahren ist sie ein wahres Leuchtfeuer. Ihre Passion, die Malerei, erwähne ich nebenbei. Herr Lorenz, ich bin ihr Neffe. Der Familienzusammenhalt ist uns heilig. Machen Sie sich selber ein Bild. Ansonsten treffen wir gleich mit meiner Cousine zusammen. Fragen sind ja erlaubt. Sie bewohnt ein alle Annehmlichkeiten bietendes Appartement innerhalb des Anwesens.«

»Ja. Verstehe. Um die Sache abzukürzen, halte ich für mich fest: Ihre Cousine genießt die Geborgenheit einer intakten Familie. Sie lebt nicht im Nirgendwo.«

»Okay. Dem stimme ich zu. Ihr Verhältnis zum Opa ist logischerweise anders zu bewerten. Ich habe mehr Abstand.«

»Weil? Gibt es dafür eine Erklärung? Das klingt ein wenig nach einem angespannten Verhältnis zwischen Ihnen.«

»Gott hat Kenntnis, dass mein Onkel in einer schweren Vergangenheit gefangen war. Dies hat ihn vom Weg angebracht. Bitte, ich beabsichtige nicht, vorzugreifen. Eines ist sicher, persönliche Befindlichkeiten schaffen Befangenheit. Das ist der Stimme Gottes unwürdig.«

»Klingt logisch. Obwohl dem ein Stück Überzeugung fehlt. Eines spricht für Sie. Es ist eine gewisse Portion an Talent, Menschen zu beschwatzen.«

»Hmm, ist nicht grade ein Kompliment, Herr Lorenz. Ist es nicht legitim, sein Wissen erst freizugeben, wenn keine Gefahr droht? Meine Gefühlswelt mag Ihnen sicher etwas sonderbar vorkommen. Die Bibel zu lesen ist die eine Seite, deren Gebote zu befolgen eine andere. Zumindest gibt es jede Menge weiterer Ebenen, die Genuss versprechen. Graben Sie an der Stelle und mein Onkel verliert den Strahlenkranz der Lichtgestalt. Die Familie, vergessen Sie niemals deren Einfluss.«

»Oha, ich bin im Begriff, das zu unterschätzen. Ist nicht meine Absicht. Herr Feist, ich frage Sie mit aller Deutlichkeit. Weshalb fahren wir zur Hofanlage? Weil dort Ihre Cousine wohnt? Nein, Sie verheimlichen mir was. Für mich ist sie eine Zeugin. Die Vorladung zur Polizei wäre der bequemere Weg.«

»Ihr Problem! Ich helfe Ihnen auf die Sprünge.«

»Nein, danke! Ergo, worum geht's? Ich meine, hat Ihre Cousine Andeutungen gemacht? Wieso bringen Sie die Familie ins Spiel?«

»Herr Lorenz, das überlasse ich Ihrem kriminalistischen Feingefühl. Erich hatte vor langer Zeit die Fähigkeit verloren, Sprachrohr Gottes zu sein. Die Gruppe hat sich von ihm abgewandt. Jene Achtung, die sie früher brüderlich miteinander verband, ist in Wut, Hass und Spott umgeschlagen.«

»Ja, ist eine verrückte Sache. Sie gehören ebenfalls diesem Kreis an«, sagte Lorenz zur Bestätigung nickend. »Vorschlag! Alles ist in Ordnung. Die Vergangenheit ist vorbei. Die Zukunft bietet einen vielversprechenden neuen Ansatz. Sehen Sie in mir eine Art Steuermann. Das entlastet Sie, großspurig zu tönen.«

»Da verkneife ich mir lieber das Lachen. Verzeihung, Herr Lorenz, wonach suchen Sie denn auf dem Hof? Welche Erkenntnis erhoffen Sie sich?«

»Jawohl! In erster Instanz nach der Dame, die eine Vermisstenanzeige aufgab. In Ihrem vertrauten Umfeld. Und, wie sich herausstellte, zu einer Person mit gleichem Familiennamen. Wie Sie, Wilhelm Feist. Mit dem Unterschied, dass er nicht redet. Sie dafür umso mehr. Erstaunlich, wie Sie ihn in den Himmel gehoben haben. Ich habe das nicht rasch genug verarbeitet, weil der Held Sekunden später ein Abtrünniger ist. Für mich ergibt sich da die genialste Aussicht auf eine bemerkenswerte Persönlichkeit.« Seine Stimme überschlug sich. »Ich vermute, der Ort kann uns einiges an Aufschluss verschaffen und helfen, den Tod aufzuspüren.«

In Bruchteilen von Sekunden durchfuhr Wilhelm ein eiskalter Schauer. Er reagierte verhalten. »Hmm, schwer zu sagen. Unser Gott ist unermesslich. Auf jeden Fall begegnen Sie überlegenen Ereignissen.«

Für sein unüberlegtes Herauspoltern ohrfeigte er sich innerlich. *Üppig darüber zu reden, bringt Unglück. Halte Dich zurück,* entsprach da eher den tausend Variablen für ein solches Szenario. Er hatte einen Fehler begangen. Zu spät. Der Bulle hielt bis heute nichts Konkretes in der Hand, außer geborgenen Teilen eines Skeletts. In dem Moment fuhr der PKW auf eine Toreinfahrt zu. Das imposante, zweiflügelige, dunkelbraune Holztor stand offen.

»Wir sind angekommen. Ich gehe vor. Cousinchen erwartet uns.« Der Rest seines Redestroms verlor sich in der verblüffenden Begrüßung.

»Hallo Wilhelm! Ach ja, mit angekündigtem Gast«, traf es beide aus Neugier erfülltem Mund. »Na, in dem Fall ein herzliches Willkommen, Herr Polizist! Ich bin Evelyn Feist. Höchstwahrscheinlich plauderte das Ihr Begleiter bereits aus«, fiel sie ihm mit einer Frage ins Wort. »Ihr Besuch kommt wider Erwarten. Gibt es denn einen Grund dafür?«

»Korrekt! Erinnern Sie sich? Es gibt eine Vermisstenanzeige bei der Polizeidirektion, die Ihre Unterschrift trägt. Beantwortet das die Frage? Fangen wir von vorn an«, sagte er schmunzelnd. »Mein Name ist Lorenz, Kriminaloberkommissar beim Landeskriminalamt in Magdeburg.«

»Oha, da bearbeiten Sie Mordfälle? Das ist hier nicht die richtige Adresse«, meinte sie steif.

»Ich akzeptiere Ihre Meinung, aber ich habe meine Gründe«, unterbrach er sie. »Penibel betrachtet, ist es das einzig Angemessene. Außer Ihnen gab niemanden, dem sein Verschwinden aufgefallen ist. Ist kurios. Ihr Cousin meinte, Sie sind eine Kämpferin.«

»Oh, da irrt er. Ich bin kein Fighter, nichts Übersinnliches. Der Vermisste ist Teil meiner Familie. Er hat mich aufgezogen. Seine Lehren zum Herrn sind auf mich übergegangen. Opa ist ein gutherziger Mensch mit ehrbaren Absichten. Hmm, Wilhelm, hast du das in der Form rübergebracht?«, fragte sie und wies mit einer Handbewegung in Richtung Haus. »Wenn es an dem ist, tretet ein.«

»Klar, was sonst, Evelyn! Familie ist heilig«, erzeugte bei ihr ein verächtliches Zucken der Mundwinkel. Sie lachte gequält.

»Na, ich schätze, du hast dem Kriminalisten deine Version eingeredet. Die Frage, die sich mir auftut, ist: warum?«

Wilhelm Feist zuckte mit den Achseln. »Was glaubst du? Ich habe geantwortet. Bin Zeuge, wie du.«

Lorenz nickte. Der Disput war ihm peinlich. Sein Aufenthalt nicht koscher. Er drehte sich ihren sanftmütig, braunen Augen zu.

»Bitte, mein Besuch ist eine reine Formsache. Ihre Aussagen sind dokumentiert. Ich habe sie gelesen. Dem Cousin gebührt Dank für die Idee, Ihnen persönlich zu begegnen.«

»Tja, was erwarten Sie von mir?«, fragte sie Aufmerksamkeit einheimsend. Das verschmitzte Lächeln ließ sich dabei nicht verbergen.

»Schau´n wir in die Zukunft. Ich glaube, die Lösung des Falls liegt in der Familie verborgen. Bitte, das ist eine rein rhetorische Aussage«, versuchte er den Satz abzuschwächen. Zu spät. Evelyn reagierte mit sichtbarer Leidenschaft, sich darin einzubringen.

»Herr Lorenz, eine Annahme, die sich momentan nicht bestätigen lässt. Außer mit meiner Zuarbeit? Verlangen Sie da nicht zu Anspruchsvolles?«

»Stimmt. Bleiben wir beim aktuellen Thema. Ohne Frage gibt es da weitere Geschehnisse abzuklären. Sofern Sie hierfür bereit sind. Die Vorladung auf die Polizeidirektion entfällt vorerst. Sagen wir, ich gewähre Ihnen eine Art Freundschaftsdienst.«

»Was denn, ist das eine Aufmunterung für ...«, fiel sie ihm erregt ins Wort, ohne den Satz auszusprechen.

»Oh ja. Das wäre vorstellbar«, ließ er sich feixend auf den spöttischen Tonfall ein. »Sie teilen kräftig aus. Ist eindrucksvoll! Ihr Cousin hat mich nicht ausreichend vorgewarnt. Tja, zu spät!«

»Nicht hundertprozentig. Ich bin überzeugt, tief graben ist angesagt. Dem Gedanken stimme ich zu. Wilhelm hat hoffentlich nicht dramatisiert. Was ich nicht zu leisten vermag, darüber entfällt jegliche Spekulation.«

»Genug. Kommen Sie runter, Evelyn Feist. Der Ermittler braucht Ihre Hilfe. Da gibt´s garantiert Informationen, die mich interessieren könnten. Sofern Sie, Verehrteste, das zulassen. Deal?«

»Hab ich eine Wahl?«, wandte sie sich fragend an Lorenz.

Dem war die Frage in Gegenwart von Cousin Wilhelm peinlich. Dessen Reaktion schien angesichts des Disputs verständlich.

»Evelyn, es stimmt. Die Gerüchteküche bietet fesselnde Einsichten, beantwortet sie. Gibt Auskunft darüber, was wahr und unwahr ist? Verdammt, du bringst mich in Schwierigkeiten!«

»Ist keine Absicht. Opa ist wie vom Erdboden verschluckt. Die Polizei ermittelt wegen des Toten in der Bode. Das bereitet mir panische Angst. Das ist meine Wahrheit.«

»Danke! Ein ehrliches Wort«, schob sich Lorenz in die Schusslinie der beiden. »Klar, Evelyn, dass Sie einen dicken Hals einheimsen.« Versöhnlich sagte er: »Ein Grund für Panikattacken sehe ich nicht. Keine Sorge, wenn's an dem ist, merken Sie es.«

»Wie? Werde ich vorgeladen?«

»Nein. Ich bringe Sie zur Polizeidirektion. Das Protokoll fertigt ein Kollege, den ich auf die Lage eingestellt habe. Zufrieden?«

Sie schmunzelte. Lorenz meinte, eine gewisse Gelöstheit zu erkennen. Die knappe Antwort befriedigte ihn. »Ich nehme Sie beim Wort.«

»Hmm, na ja, wenn Sie das sagen.«

»Werde ich, denn uns eint ein Gedanke.«

»Und welcher?«

»Wir suchen beide eine Wahrheit, die für alles eine Erklärung bereithält.«

»Den Schritt gehe ich grundsätzlich mit. Herr Lorenz, bis auf die Tatsache, dass ich Gebete ausschließe, in denen religiöse Überzeugungen zu Worthülsen verkommen. Im Übrigen stehe ich an Ihrer Seite.«

»Davon bin ich überzeugt«, sagte er, bis ihm ein Licht aufging. Hier schwang Sympathie mit. Es gab da keine Sicht der Ereignisse, die diese Gefühlsregung trüben würde.

»Ich liefere Ihnen Auskünfte, egal, ob die mir gefallen oder nicht«, sagte sie gedämpft. Für Lorenz unsichtbar schrie die Stimme in ihrem Hirn: *»Geh in die Offensive.«* Seit einigen Minuten war ihr bewusst, dass sich mit dem Ermittler eine Chance bot, Bewegung in den Anzeigevorgang zu bringen. Zurückhaltung war nicht angebracht.

Seine Antwort bestätigte die Vermutung.

»Gern. Das kommt meiner Interessenlage entgegen.«

Er zögerte einen Augenblick. Sein Instinkt verriet ihm, dass ein schwerer Brocken auf ihre Seele drückte.

In dem Moment sagte Sie zu Ihrer Entlastung: »Mir ist klar, das Sie zur Aufklärung von Opas Verschwinden jede Information gebrauchen können. Also, fragen Sie mich«, endete im Aufblitzen eines Lächelns.

»Hm, das werde ich. Im Hinterkopf hat sich bei mir festgesetzt, dass ihr Opa sich des Öfteren zur Meditation zurückzog. Wann nahmen Sie das letztmalig wahr? Wo hielt er sich auf? Und für mich ist es nicht nachvollziehbar, dass ein bekannter Wanderführer einfach so von der Bildfläche verschwindet. Hat es denn überhaupt keine Nachfragen gegeben?«

»Wissen Sie, Opa hat sich bei mir nicht abgemeldet. Er war da, wenn der Tourismusverband einen versierten Geschichtenerzähler brauchte. Vor ein paar Wochen bin ich zur Polizei. Nicht ohne Grund, denn er war seit Tagen unerreichbar. Herr Lorenz, heute sind Sie hier und ich bin voller Neugier, wie Sie weiter vorgehen.«

»Das verstehe ich. Wissbegierde ist in dieser Hinsicht kein verwerfliches Omen. Wir stehen nicht unter Beschuss. Na ja, Sie wissen, dass meine Konzentration dem Skelett in der Bode gilt. Logischerweise stelle ich mir die Frage, ob es da einen Zusammenhang zu dem Vermissten gibt. Ah ja, hab vergessen, bei Verwandtschaft sind die Regeln der Geheimhaltung straffer ausgerichtet.«

»Korrekt«, reagierte Wilhelm. Einen flüchtigen Blick lang wähnte er, die Kontrolle über das Zusammentreffen zu verlieren. Nein, im Gegenteil. Er gab eine prima Figur im Rennen ab. Alles entwickelte sich wie vorausgesehen. Die Cousine hatte keinen blassen Schimmer, was in den letzten Wochen passiert war. Sie tappte im Dunkeln. »Zuhören, das ist meine Passion«, entschied er blitzartig.

Eine Rolle zu übernehmen, lag ihm seit langem im Blut. Sie war konkreter Bestandteil eines Spiels. Wilhelm fand sich bestens darin zurecht. Er war ein Genie. Beherrschte jedwede Form der Kontrolle, um wirksamen Einfluss auf den menschlichen Geist auszuüben. Soeben passierte das wieder unbemerkt.

»Meine liebe Cousine, mir ist bewusst, das Telefongespräch, unser Erscheinen ... sieht nach einem Überfall aus. Bitte übe Nachsicht! Fakt ist, die Kripo hat reagiert. Sie schickt einen erfahrenen Kriminalisten. Das ist mehr, als ein Protokoll am Schreibtisch aufzunehmen.« Seine Worte erzielten Wirkung. Er hakte nach. »Ja klar. Ich helfe mit, der Polizei Argumente zu liefern. Erich und der Tote in der Bode, das ist für mich die Kernfrage.«

»Hör auf, Wilhelm. Kein Rotz um die Backe. Vergiss die blöden Sätze. Darüber hinaus ist ja bisher nichts passiert.«

»Das sehe ich anders, Cousine. Unterm Strich ist mir die ganze Sache scheißegal. Was dich betrifft, meine Liebe, du bist die Gegenwart und Zukunft. Wir beide verkörpern Gottes Stimme.«

»He, alle zwei. Der Ermittler bin ich. Lorenz, Kriminaloberkommissar. Vergessen? Ich bin hier, weil Ihre Hilfe erforderlich ist.«

»Herr Oberkommissar, Hand aufs Herz, nähern wir uns der Nabelschnur? Der des Skeletts ohne Kopf. Der unseres verehrten Erich? Oder sind Sie hier bald wieder weg, überlassen einen ungeklärten Fall?«, brachte Wilhelm nun schnippisch hervor.

»Nein, ich halte die Stellung! Hellsehen ist out«, bellte Lorenz missgelaunt zurück. »Sorgen wir gemeinsam dafür, dem Tod ein Schnippchen zu schlagen.« Er warf den beiden ein knappes Nicken zu. »Hören Sie. Mein Appell heißt, ich bestimme den Gesprächsverlauf. Das betrifft ebenso die Älteste, Erna Feist.«

Wilhelm reagierte gelassen.

»Einverstanden! Eine Bemerkung, denke ich, ist angebracht«, stammelte er in verkorkster Tonlage. »Der Glaube ist wie ein reinigendes Bad. Er setzt hoffnungsfrohe Gefühle frei. Wie heute zwischen uns dreien.«

»Fertig? Ich schäme mich, Wilhelm. Lauf den frommen Wünschen hinterher«, sagte sie vor Erregung zitternd. »Herr Lorenz, mein Cousin folgt einem alten Verhaltensmuster der Glaubenslehre. Es erlaubt, sich zeitweise an der eigenen moralischen Überlegenheit zu berauschen. Besser, es begünstigt die Voraussetzungen, Antworten auf tiefere Fragen zu finden. Verzeihen Sie ihm. Er ist heute zu direkt und ruppig vorgegangen.«

»Okay! Gern! Sorgen um Sie beide resultieren daraus nicht. Was die Fallbearbeitung betrifft, der Kripo fehlen ausreichend Hinweise, die ein Täterprofil nahelegen. Wir hatten bisher keine Möglichkeit, exakte Tathergänge abzubilden.«

Sie nickte mit einem friedfertigen Schmunzeln.

»Das Verschwinden von Opa aufzudecken ist von hoher Relevanz. Er hat mich gelehrt, zufrieden mit dem Leben zu sein, um sich damit wie ein Teil einer einzigen, weltweiten Familie zu erfahren. Ich frage mich oft genug, warum Gott enorme Mengen an Leid zulässt. Heute stehe ich ohne Fürsprecher da. Verzeihung. Das war´s.«

»Im Augenblick, Evelyn Feist, ist das eine berechtigte Ansage. Mit Verlaub. Wieso gibt der alte Herr uns allen ein Rätsel auf?«

Rote Flecken in ihrem Gesicht zeugten von enormer Aufregung. »Ich frage Sie, Oberkommissar, bringt uns Opa auf diesem Wege bei, die Angst zu beherrschen? Verbirgt sich dahinter ein

Versteckspiel, um eine Sache aus der Bedeutungslosigkeit zu bergen? Das sind jede Menge Unklarheiten. Besseres passiert nicht bei dem Wetter. Kühlen die Gemüter ab. Ein Eistee wäre nicht schlecht. Kommen Sie mit, ich gehe voran«, erklärte sie mit Bedacht, um die Verlegenheit zu umspielen. »Herr Lorenz, Sie erleben garantiert nicht die gleiche Faszination beim Rundgang wie ich. Drücken Sie die Augen zu, wenn Ihnen das herumstehende Gerümpel im Wege ist. Bitte beachten Sie das Sammelsurium nicht.«

Gelegenheit zum Antworten bekam er nicht. Sie schien die Luft anzuhalten, sprach weiter, um ja nicht aus dem Redefluss zu kommen.

»Ich lebe heute mit Oma Erna auf diesem Hof. Der ist mittlerweile eine Art Begegnungsstätte. Aufrichtige, beachtenswerte Menschen einer Konfession versammeln sich hier. Die alte Dame ist das Oberhaupt meiner Familie. Unsere Gemeinschaft verehrt sie sprichwörtlich wie eine Königin.«

»Bitte Evelyn, das ist zu allgemein. Erklären Sie mir das etwas genauer. Betrete ich hier eine Kirchgemeinde mit überzeugten Gläubigern?«

»Ja, Gottes Soldaten, wenn Sie das verinnerlichen.«

»Oh, ein Elitekorps, das sich durch harte Arbeit aufopfert? Trifft das den Kern? Eine Sekte?«

»Nein. Sie liegen falsch. Wir sind eine Gemeinschaft von Menschen, die dem Herrn dienen. Mein Opa stand über Jahre hinweg an deren Spitze. Er war angetreten, die Gläubiger aus der Dunkelheit in ein neues Zeitalter der Erleuchtung zu führen.«

»Stopp, Evelyn Feist«, hob Lorenz mit einer warnenden Gebärde die Hand. »Ach ja, Verzeihung, ich bin in dieser Beziehung ein Ungläubiger. Bei mir prallen solche Aussagen weitestgehend ab.«

»Ja klar. Dafür habe ich vollstes Verständnis. Leider klingt das aus Ihrem Mund abwertend. Die Anhänger widmen ihre Gedanken und auch ihr Tun der Rettung vor dem grausamen Tod. Die Belohnung für diese Mühen folgt mit dem Eingang ins Paradies. Erich Feist, mein Opa, war jahrelang ihr geistiger Anführer. Zum tieferen Verständnis. Für uns ist so jemand ein Sprachrohr Gottes.«

»Verstehe, ich suche einen Clanchef, der urplötzlich verschwunden ist«, stellte er trocken fest.

»Dem stimme ich zu, Herr Lorenz. Ihm reden die verlassenen Anhänger nach, abtrünnig zu sein, weil er Verfehlungen in seiner Ergebenheit zuließ. Da ist was dran, wenn nicht die Gerüchteküche wäre ... na ja, erwägen Sie lieber eigene Gedanken.«

»Hmm, ein Psychogefängnis, aus dem es kein Entrinnen gab«, schoss es Lorenz unvermittelt durch den Kopf. Von Gott auserwählt. Das klang abstrus, war der Wirklichkeit entrückt. Obwohl sich darin ein Stück Wahrheit verbarg. Die Geschichte faszinierte ihn über das normale Maß hinaus. Die Frage, ob es einen Zusammenhang zwischen dem Toten in der Bode und dem Vermissten gab, schien eine verlockende Alternative zu sein. Einzig die Gesprächspartnerin würde hier eine fehlerfreie Antwort finden. Sie schilderte ihm grade ihre Version vom Zusammenleben mit den Großeltern.

»Herr Lorenz, Opa war ein herzensguter Mensch. Seine geschiedene Ehefrau, Oma Erna, steht mir trotz der ehelichen Differenzen mit ihm nahe. Ihr verdanke ich die göttliche Bestimmung. Das ist meine Art, den Vorstellungen der germanischen Mythologie und ihren Berührungspunkten mit der Harzer Sagenwelt künstlerisch zu begegnen.«

»Verstehe. Sie hegen beste Absichten. Vereinfachend gesagt, das übersteigt die bloße Vermarktung von Ideen.«

»Absolut! Ich sehe, Sie sind meinem Cousin haushoch überlegen. Aufrichtigen Dank dafür!«

Lorenz lächelte. »Was führen Sie im Schilde?«

Sie warf ihm einen auffordernden Blick zu. »Lust, mitzumachen?«

»Wenn dem eine Erklärung folgt.«

»Gern. Ich lese in Ihren Augen. Wir halten an einer gemeinsamen Herangehensweise fest.«

»Bin gespannt drauf. Welche?«

»Den Menschen Freude bereiten, sie animieren, das sagenhafte Naturareal im heimischen Bodetal zu erkunden. Das schließt den Hexentanzplatz, die Rosstrappe, den Tierpark und andere Sehenswürdigkeiten ein. Darin sehe ich eine echte Herausforderung. Ehrlich, halten Sie mich für verrückt?«

Der letzte Satz verlor sich beim Durchschreiten einer gigantischen Scheune. Lorenz stand für Sekunden neben sich.

»Oh Scheiße«, huschte es über seine Lippen. »Irrsinnig!«

Den unartikuliert dahingeworfenen Ausspruch registrierte sie grinsend. Das betraf ebenso den Funken, der sich darin verbarg. Er riss die Augen weit auf, um ja nichts zu verpassen. Vor ihm zeigte sich eine gewaltige freie Fläche bis oben zum Dach. Die umschloss eine Konstruktion aus geleimten Holzelementen. Das suggerierte die Wahrnehmung von unvorstellbarer Größe. Eine Handvoll Kojen mit künstlerischem Bauanspruch rundeten dieses Bild vom ersten Eindruck ab.

»Sie brauchen sich nicht anzustrengen, Herr Lorenz«, drang es an sein Ohr. »Das Ganze hier ist dreißig Meter lang, fünfzehn breit, ragt mindestens zehn in die Höhe. Die Entkernung setzte eine gewaltige Hülle frei. Platz für eine großzügige Werkstatt und einen Ausstellungsraum mit Präsentationsfläche. Ich zeig´s Ihnen.«

»Genial«, rutschte ihm über die Zunge, wofür er ein Lächeln erntete.

»Ich habe eine Überraschung parat. Eistee, aus Kräutern hergestellt, selbstgemachtes Gebäck. Mögen Sie?«

Sie hob den Blick. Wie zufällig trafen sich die beiden Augenpaare. Lorenz zuckte elektrisiert zusammen. Der Blitz hinterließ einen Funken, einen Bann, den Zwang, ihr wieder nahe zu sein. Ein Gefühl, das üblicherweise nicht zwischen ihm und einem Kontakt zustande kam.

»Bitte, verschwenden wir keine Zeit«, sagte sie. Ihre Hand wies auf einen Rohrsessel. »Habe ich in eigener Handarbeit hergestellt. Sind alles Haselnussruten.«

Lorenz drehte vor Begeisterung den Kopf hin und her. Überall bemerkte er Holzgestelle mit Keramiktassen, Vasen, Teller, Schüsseln. Der leuchtende Rotton mit wolkenartig eingelagerten graublauen Einfärbungen faszinierte ihn.

»Das ist Spitzenklasse, Evelyn Feist. Ein satter Ton, der zum Hinsehen animiert. Habe ich bisher in keinem Geschäft, geschweige denn Baumarkt gesehen.«

»Freut mich, Ihre Begeisterungsfähigkeit. Ich vermarkte meine Waren direkt auf Wochenmärkten im Harzkreis. Kaum überregional. Der Fokus ist auf das Plateau des Hexentanzplatzes ausgerichtet. Die Produkte verkaufen sich recht ordentlich. Ich lege Wert auf Design und Qualität. Schauen Sie sich in der Werkstatt um. Ich bin gespannt auf Ihre Meinung.«

Lorenz ließ die Worte vorbeigleiten.

»Probieren Sie das da«, meinte sie. In der Hand hielt sie eine zylindrische Keramikdose mit Deckel.

»Kekse, ein Verkaufsschlager im Harz. Das Rezept der Hausherrin.«

»Pardon, mich reizt vielmehr die Form des Behälters. Die Lasur ähnelt der auf den anderen Gefäßen. Irre ich da?«

»Ihr Gefühl trügt nicht. Das sind absolute Highlights. Bitte, ich schlage vor, die Höflichkeit zur Seite zu legen. Eine Stunde Gespräch, vier Gläser Eistee, selbstgebackene Kekse schaffen Lust auf mehr.«

»Trifft auf mich ebenso zu! Ihnen hier zu begegnen, war eine vernünftige Entscheidung. Sie verfügen über eine meisterhafte Begabung. Tja, vor allem das freigiebige Entgegenkommen mit einem geballten Paket an Informationen war erste Klasse«, sagte er. Wilhelm Feist bemerkte das Feixen in seinem Gesicht. Beschämt drehte er sich zur Seite. Lorenz gab keinen Kommentar ab. Es war ihm zu blöd.

»Ich werde am späten Nachmittag im Polizeipräsidium erwartet. Besten Dank!«, erklärte er stattdessen.

»Verstehe, das heißt, Sie checken sicher gleich im Hotel ein?«, wollte Evelyn Feist nun wissen.

»Ja, unter Umständen, weshalb fragen Sie? Ist für mich die Gelegenheit, um noch eine Mütze voll Schlaf zu bekommen. Zu wandern beabsichtige ich nicht.«

»Schade, mir liegt grade ein Vorschlag auf der Zunge. Ich würde Sie liebend gern begleiten.«

»Einverstanden!«, sprudelte es aus ihm heraus. »Nicht heute. Morgen, übermorgen. Wohin möchten Sie mich denn führen?«

»Zur Walpurgishalle, nahe dem Hexentanzplatz. Das ist ein geschichtsträchtiger Ort. Ein blockhausartiger Museumsbau im altgermanischen Stil. Götterdämmerung, Teufel und Hexen zeigen sich dort mit neuem Blick für Übersinnliches. Die beste Gelegenheit, um Verständnis zu schaffen. Ich sehe Ihnen an, wie sich Ihre Gedanken gegen all das hier in meinem Heim auflehnen. Interesse?«

»Angenommen! Zustimmung erteilt! Wann treffe ich Sie?«, unterdrückte er das aufkommende, interne Siegesgeheul im Hinterkopf.

»Morgen, neun Uhr vor dem Hotel, okay?«, schwebten ihre Worte anhaltend in der Luft. Und dem Augenschein nach erzielten sie Wirkung. Sein Gesicht färbte sich puterrot.

»Das ist faktisch unmöglich«, versuchte er sich auf die Gegebenheit einzustellen. »Auf Wiedersehen, Evelyn Feist«, sagte er aus tiefer Inbrunst heraus. Sein Blick konzentrierte sich auf ihren makellos kurzen Haarschnitt. Der passte blendend zu dem fein geschnittenen Gesicht. Ihre Art Lebenskunst, die sich gegen traditionelle Normen des Frauenbildes in der Sekte wandte. Sein Instinkt verriet, dass sie ihm Vertrauen entgegenbrachte. Mit dem Gedanken, dass sie im Augenblick die einzige Möglichkeit war, Insiderwissen zu erlangen, verabschiedete er sich.

Kapitel 4

Stunden später erschien Lorenz in der Polizeidirektion Harz. Eine Entscheidung, die er bezüglich des Zeitpunktes eigenmächtig traf. Sie erwies sich goldrichtig. Zuerst der Bürgermeister, gefolgt von Evelyn Feist. Schlusslicht bildete der Ansprechpartner der hiesigen Dienststelle. Was sie alle gemeinsam hatten, war die Kenntnis über eine dürftige Datenlage. Ein Polizeioberrat riss ihn aus der Traumwelt. Die Gegenwart zeigte sich anders. Brutaler, wie sie im Gesicht geschrieben stand. Der Vorgesetzte ließ ihn spüren, dass Beförderung Macht bedeutete. Sein Titel an der Tür unterstützte diesen Eindruck. Lorenz registrierte es still. Es war ihm scheißegal. Beim Betreten des Raumes bohrte sich der Anblick einer dünnen Akte ins Auge. Sie lag auffällig auf dem sonst leergefegten Schreibtisch. Einem Scheißhaufen voll ungeklärter Fragen gleichkommend.

»Und, Oberkommissar, was tragen Sie bei, den Deckel zu füllen?«, fiel die Begrüßung frostig aus. »Sie haben sich den Befehlen widersetzt. Das kostet Sie Ihren Kopf. Bei allem gebührenden Respekt zu Ihrer Person. Der vorauseilende Glanz passt nicht zu der Tatsache, beratungsresistent zu sein. Ich habe Sie vor dem Auftritt in der Öffentlichkeit an meinem Tisch erwartet. Sie zogen es vor, den Bürgermeister zu beschwatzen. Scheiße, verdammt! Die Ausreden sind nichts wert«, verlor er sich in einer Handbewegung. »Egal. Ich höre Ihnen zu. Setzen Sie sich«, folgte ohne Übergang. »Ihre Kollegen in Magdeburg haben sie der Form halber telefonisch avisiert. Äh ja, das Gutachten, schauen wir uns das an«, erklärte er mit einer Kopfbewegung zur Tischplatte.

Der sprichwörtliche Stock im Rücken lockerte sich geringfügig. *Der Sache zuliebe fahre ich einen Gang zurück.*

»Hier, Ihr Vorgang,« sagte er, den Kriminalisten vom LKA einen Moment anstarrend. Er saß Lorenz aufrecht in einem ohne jeden Reiz wirkenden Büro gegenüber. Beide Hände lagen gefaltet auf einem Stapel beschrifteter Ordner. Die Kontaktlinsen auf den graugrünen Augen ließen seinen Blick kaum deuten.

»Entschuldigung! Ich hege keine Absicht, Stress zu bereiten. Es hätte ein paar Telefonate gebraucht. Stattdessen rechtfertige ich mich hier. Na ja, leider waren Sie nicht erreichbar. Die Order meines Chefs lautet: Handeln Sie! Das ist mit dem Präsidenten des LKA abgestimmt. Soweit zum Anschiss. Fragen?«

»Sie sind mit der Materie vertraut, Kriminaloberkommissar?«, änderte urplötzlich alles.

»Nein, nicht tiefgründig genug. Ich sitze hier, um von Erkenntnisfortschritten in der Fallbearbeitung durch ihre Dienststelle zu profitieren.«

»Herr Lorenz, das klingt nach Kritik. Hmm, die Details lesen Sie besser selbständig. Der Kollege vom Revierkriminaldienst, der den Fall bearbeitet, befindet sich im Krankenstand.«

»Okay. Ich helfe gern. Mit ein Krümchen Glück bin ich in drei bis vier Tagen wieder im LKA.«

»Vorbehaltlich, Sie schaffen es, zwei ungeklärte Fälle aufzuklären.«

»Was spricht dagegen? Der eigentliche Stachel bei meinen Ermittlungen ist die DNA. Darüber lässt sich ohnehin vielschichtig debattieren. Ich werde keine Ruhe geben. Das Bauchgefühl sagt mir, wir jagen einen einzigen Täter.«

»Gefühl hin oder her, Ihr Tatverdächtiger lacht sich eins ins Fäustchen.«

»Von mir aus. Ich leite hier eine komplett andere Ermittlung. Das Tatmotiv scheint sich weit mit Ereignissen in der Vergangenheit zu verknüpfen.«

»Hmm, das verwundert mich. Lassen Sie hören. Bin gespannt. Kaum springt ein Rock über den Weg, da halluzinieren Sie. Ihre leichtgläubige Vorgehensweise korrespondiert nicht mit der wirklichen Lage vor Ort. Mein Rat: Zügeln Sie ihr imposantes Seelenleben. An dieser Stelle bereitet mir das Angst.«

»Weil? Ich verstehe nicht.«

»Lorenz, verschaukeln Sie mich nicht.«

»Im Gegenteil. Sie verfügen über die höhere Dienststellung. Ich habe den Kontakt zur Basis«, schnaubte er. »Da draußen agiert ein Monster. Eine Tötungsmaschine. Wir philosophieren, halten uns an irgendwelche Vorschriften. Was meinen Sie, warum man mich an die Front geschickt hat. Bitte, wir schließen Frieden und vergessen die Kompetenzstreitigkeiten.«

»Lorenz, ihr dreckiges Grinsen sorgt für Irritationen. Sie sind das berühmte Schlitzohr, das Feuer schürt. Ist mir klar. Einzig fehlt den Worten der überzeugende Beweis.« Statt Frust zu versprühen, lächelte er artig. Er erhob sich, um auf Lorenz zuzugehen. »Hier, meine Hand. Schlagen Sie ein.«

Zögerlich folgte dessen Antwort: »Einverstanden! Deal!«

»Prima! In Ihrer Haut zu stecken, verkneif ich mir lieber. Egal! Ihr Geschäft scheinen Sie ja zu beherrschen. Handeln Sie nach Gutdünken.«

»Bin dabei. Es gibt einen relevanten Ansatzpunkt, um Licht in den Scheißhaufen der Gerüchteküche zu bringen.«

»Und? Sie meinen, das ist ein Anfang?«

»Ja! Es betrifft den Sohn des Vermissten. Er hat vor Jahren Selbstmord begangen. Das ist ein schwerer Verstoß gegen den Kodex der Sekte. Selbsttötung entspricht nicht der Moralauffassung der Gläubiger. Und Rache ist ein gebräuchliches Motiv für Tötung und Mord.«

»Dem stimme ich zu und unterschreibe es blind. Sie prüfen jeden Schatten eines Verdachts. Und bitte, nicht übertreiben. Negative Überraschungen brauche ich nicht.«

»Geduld und Diskretion beflügeln die Wahrheitssuche.«

»Da ist was dran. Gefällt mir, Lorenz. Angenommen, ich unterschätze Ihre Ungeduld. Stürzt Sie die Ignoranz der Gefahr in ein tiefes Loch?«

»Nein! Ich bin ja lange genug dabei. Heute gab es bemerkenswerte Begegnungen mit einmütigem Ende.«

»Ja und? Das Ergebnis?«

»Der Vermisste gab erste Hinweise zur Identität frei.«

»Das erstaunt mich. Aber warum überrascht mich das nicht? Ist das einer Ihrer Tricks, Lorenz? Wer verbirgt sich dahinter?«

»Herr Polizeioberrat. Nicht er, sondern was, ist die bessere Frage.«

»Wortklauberei. Karten auf den Tisch. Wie lautet die Lösung?«

»Wenn ich nicht einem Irrtum unterliege, gründet sie auf einem Konflikt.«

»Blödsinn! Sie benutzen wieder einen dieser irrsinnigen Blitzableiter?«

»Ja. Macht kontra Mord!«

»Es reicht. Schaffen Sie eine klare Beweislage. Spekulationen hasse ich. Und formen Sie Ihr taffes Selbstbewusstsein.«

»Das lob ich mir. Es gehört zu meiner Lebensart. Mit dem Auftritt im Rathaus entlädt sich die gigantische atmosphärische Energie komplexer Ermittlungen.« Sichtbar erleichtert fuhr er Luft schnappend in lockerer Tonart fort. »Bitte hören Sie. Ich beabsichtige, den unbekannten Tätern die Wichtigkeit des Erinnerns klarzumachen. Da ist diese rote Linie, die Hass in Gewalt umschlagen lässt. Diese Grenze wahrzunehmen, lautet: Bis dahin, okay. Überschreitung heißt, die Härte des Gesetzes zu erfahren.«

»Mensch Lorenz, wechseln Sie zur Staatsanwaltschaft. Das Denkmuster gefällt mir. Es ist nicht neu, nein. Zugegeben, ein Vermächtnis im Kampf gegen die Kriminalität. Damit das beste Argument, das ich in letzter Zeit zur Kenntnis erhielt.«

»Danke für die Lobeshymne! Schurken jagen gehört zu meiner Mission. Dem menschlichen Skelett in der Bode geben wir bald einen Namen. Die DNA wird's hoffentlich richten. Und ein vielversprechender Anfangskontakt, der mich in die Nähe des Vermissten bringt.«

»Abgemacht, Oberkommissar. Das ist Klartext, der mir zusagt. Ich überlasse Ihnen den Vorgang zur eigenständigen Bearbeitung. Verstärkung wär ja deplatziert. Treiben Sie die Sache voran. Ihrem Chef lasse ich aus erster Hand die Arbeitsfortschritte zukommen. Passt das?«, verlor sich im Nebel der Gedankenwelt von Lorenz.

»Evelyn Feist, ich bin dir nahe«, schob sich grade in den Vordergrund. Zum allerbesten Zeitpunkt, wie es schien. Es passierte unverhofft, einer kurzentschlossen Eingebung folgend. Der Ewiggestrige stolperte in die bekannte Falle. Beziehungsgeflechte zum weiblichen Geschlecht vernebelten ihm oft genug das Hirn. Kaum einer der Gleichaltrigen im Amt schwor mehr auf das Festhalten an lockeren Bindungen, wie er es tat. Der Polizeioberrat würde diese Gedankengänge nicht gutheißen. Sie waren zu abstrakt, dem Instinkt und Glücksmomenten geschuldet.

»Lorenz, Ihre übergroße Klappe haben wir heute mit einem Handschlag besiegelt. Beifall klatschen Sie lieber nicht. Sie stehen sonst auf weiter Flur im Abseits. Na ja. Wem erkläre ich das. Mein Wort hat Gültigkeit: Hier, ergreifen Sie die schützende Hand. Wenn Sie Beistand benötigen, da, das Telefon.« Er hob es in Augenhöhe an und sagte impulsiv: »Es ist für Sie rund um die Uhr empfangsbereit.«

Lorenz nickte dankend. »Ich komme drauf zurück, garantiert«, antwortete er nüchtern in dem Bewusstsein, gleich das Büro zu verlassen. *»Ich wurschtele mich durch«*, behielt er für sich. Ebenfalls die Absicht, zuallererst Evelyn Feist zu befragen. Bei derartigen Gedanken klopfte der Puls. *»Raus hier«*, signalisierte eine Stimme in seinem Hirn. *»Nimm die Akte und geh!«*, verlor sich im weiteren Fortgang, wobei er abwesend darin blätterte.

Weil das Smartphone nervend tönte, schnappte er es, den Frust hineinschreiend. »KOK Lorenz am Apparat. Mit wem spreche ich?«

»Mensch Benno«, erwiderte da der Experte für digitale Forensik. »Das ist ja eine Ewigkeit her. Ausgezeichnet, dich an der Strippe zu haben. Bist mir im LKA entwischt.«

»Hallo Rolf, dein Pech, das mit dem Telefon. Ich mach´s kurz. Vor mir liegt der Bericht zu dem Toten in der Bode. Bekannt?«

»Hmm, ich schlussfolgere daraus, dass du im Moment in der Polizeidirektion im Harz sitzt.«

»Das ist eine veränderliche Größe. Ja, Treffer. Mindestens eine Woche lang. Bin für den Zeitraum unterstützend bei der Fallbearbeitung im Harzvorland tätig. Personalengpässe, du weißt«, verschluckte er nachdrängende Wörter. »Komm, verderben wir uns nicht den Tag mit solchen Themen. Hör zu. Ich benötige dringend deine Hilfe. Am Telefon in Kurzform«, schob er hinterher.

»Ja klar«, folgte blitzartig die Antwort.

»Du kennst meine Einstellung.«

Der Forensiker lachte in den Hörer. »Gib mir die Vorgangsnummer. Bleib den Moment am Apparat. Ich befrage den elektronischen Kumpel. Ah, da lässt sich was erahnen. Hier ist Fieses passiert«, hörte er den Freund ausrufen. »Ich stelle mir vor, dass dich die Analytik nebst Bewertung der gefundenen Spuren irritiert. Sag, haben die Kollegen bei den Ermittlungen Hinweise zum Umgang mit Quecksilber dokumentiert? Das wäre ein Schlüssel von hoher Relevanz. Der Tote hatte damit hundertprozentig zu schaffen. Aus meiner Sicht besteht der Verdacht, dass er der Wirkung des Schwermetalls ausgesetzt war.«

»Rolf, ein chemisches Element? So ein Stoff wie im Thermometer?«

»Korrekt. Ist ein heimtückisches Material. Es schädigt das Nervensystem.«

»Bitte beschreib das näher.«

»Wenn du das wünscht, gern. Ich empfehle, Details nachzulesen. Sieh im Internet nach. Das langt hinreichend, ohne in tiefgründige Fachsimpelei zu verfallen.«

»Vortrefflich gesprochen. Setzt voraus, mein Lieber, die Identität des Toten zu kennen.«

»Benno, das ist die eine Seite. Für eine umfassendere Antwort: Geh tief in dich. Überlege, was ein Mensch erlebt, der Stimmungsschwankungen ausgesetzt ist. Die setzen sich fort mit Erregungszuständen. Schlimmstenfalls treten Sprachstörungen und Muskelzuckungen ein. Sag mir, was der Betroffene unternimmt?«

»Er sucht den Arzt auf, was sonst!«

»Akkurat! Das bedeutet, derjenige vertraut sich im Regelfall einem Facharzt an. Hast du in den Protokollen zu diesem Erich Feist passende Hinweise gefunden?«

»Nein. Aus anderer Richtung steht Hilfe an. Ich bin mit der Enkelin des Vermissten in Kontakt. Sie hat die Anzeige aufgegeben. Staune, ihr Opa war ein bekannter Führer der örtlichen Sekte. Später der beliebteste Wanderführer im Harzvorland.«

»Bleiben wir beim Thema. Für mich liegt der Teufel im Detail. Benno, Gesundheitsschädigungen lassen sich nicht lange verbergen. Erst recht nicht bei einer solch öffentlich bekannten Person.«

»Ich verstehe. Danke, Rolf. Sag mir lieber, was das alles mit der biologischen Arbeitsstofftoleranz auf sich hat. Die findet explizit im Text Erwähnung. Ist mir zu fachspezifisch.«

»Hmm, glaub ich. Ist schwer für den Laien nachzuvollziehen. Pass auf! Anfangs merke dir dafür die Abkürzung, Benno. Ergo, BAT nennt sich das. Die liegt um die zweihundert Mikrogramm pro Liter im Blut, etwa vierhundert im Harn.«

»Ja okay. Was bedeutet das?«

»Das ist kein bloßes Zahlenwerk. Der springende Punkt: Darin versteckt sich der unvermeidliche Todesstoß. Das ist eine Dosis, die ohne ärztliche Behandlung die Gesundheit schädigt.«

»Rolf, bitte mach's dem Laien verständlich. Ich habe einen Versuch, das dem Bürgermeisterteam zu erklären.«

»Verstehe! Bist du empfänglich für eine klitzekleine Lektion?«

»Ja! Du beschämst mich.«

»Ach hör auf. Keine Gefühlsduselei. Merke dir: Bei einer Vergiftung speichern die Organe wie Leber, Milz oder das Gehirn Quecksilber. Die Nieren scheiden es langsam wieder aus. Eine Schädigung zeigt sich durch Müdigkeit, Kopf- und Gliederschmerzen. Die Klärung der Frage, wie das Gift in den Blutkreislauf gelangte, gibt dir Auskunft über die Todesquelle. Die basiert in erster Linie auf langanhaltend verabreichten, hohen Konzentrationen. Zum Beispiel durch Einatmen von Dämpfen oder Beimischung in den Nahrungskreislauf. Richte die Suche darauf aus!«

»Okay, danke für die Lehrstunde.«

»Angenommen! Dafür bin ich da! Das ist pure, angewandte Wissenschaft.«

»Och, brauchst du Lobgesang?«

»Mensch Rolf, dich drückt kein Chef im Hintergrund. Du bewertest Materialien und erfährst Aufmerksamkeit. Ich laufe gegen Wände.«

»Hmm, unter Umständen. Du weißt, im Team waren wir unschlagbar. Ich bin voll aufgeregt. Was hältst du davon, das zu wiederholen?«

»Klingt vernünftig!«

»Wie denn sonst. Ich bin dein Freund. Hinzu kommt die Tatsache, im Dienstgrad höhergestellt zu sein. Hast gewaltig was nachzuholen.«

»He, he, du fieser Knackarsch. Lass uns das beim Bier austauschen.«

»Wann, wo? Benno, einen Wunsch hege ich. Bringe mir den Kopf des Toten. Die Gerichtsmediziner umarmen dich dafür. Ich sage, da ist mehr drin.«

»Scheiße, du triffst den wunden Punkt. Wieso der fehlt, hmm, lässt sich nicht beantworten. Gefühlsmäßig schließe ich einen Sturz aus. Den Kopf hat jemand gewaltsam entfernt.«

»Denkbar. Hier verging sich ein Perverser. Der Normalo ist zu solcherart Schandtat nicht imstande.«

»Hoi, ist da ein Auftragskiller unterwegs?«

»Keine Sorge. Es ist ein vager Hinweis, der sagt, bei den Ermittlungen allergrößte Vorsicht walten zu lassen. Zuerst weben wir ein Spinnennetz.« Er lachte. »Rolf, ich habe dich gefunden.«

»Ja, am Telefon.«

»Das ist ein Anfang. Du wirst hier im Harz gebraucht. Ich brauche meinen Freund. Ein Auftrag. Für uns beide. Der Ermittlungsführer bin ich. Was sagst du?«

Er sah logischerweise nicht, dass sich der Gesichtsausdruck von Rolf verfinsterte.

»Komm her. Ich erzähle dir alles. Da steht eine Riesensache im Raum.«

»Das schaffst du ohne mein Zutun, Benno!«, schallte es aus dem Hörer. »Du gehörst zu der Sorte Mensch, die man einen Heißsporn nennt«, verfiel er in ein lauthalses Lachen, das sich blechern anhörte.

»Ja, nimm mich seelenruhig hops, Rolf. Ich rieche deinen bissigen Spott am Telefon. Bitte minimiere das Risiko für die Heldenpose. Du bist ein Forensiker, der wissenschaftlich fundierte Beweislagen schafft.«

»Benno, echte Hilfe erhältst du erst, wenn ich umfangreicheres Material für die Analytik an die Hand bekomme.«

»Übertreibe nicht, Rolf. Auf Tötung oder Mord zu plädieren, dafür ist es zu früh. Zusätzlich gibt es da unter Umständen ein anderes Problem.«

»Sprich, das wäre?«

»Du glaubst es kaum. Ein ausgedünntes Amt. Im Gegensatz dazu nicht zuletzt mein Ehrgefühl, den Vorgang erfolgreich abzuschließen. Bitte versteh das nicht falsch. Der einzige Joker vor Ort bin ich.«

»Oha, sehe ich da Speichel am Kinn runterfließen? Heftiges Eigenlob, was du da verbreitest! Na, ich wünsche Glück. Schau´n wir, ob das reicht, Personalmanko wettzumachen.«

»Rolf, der Kommentar folgt erst an der Theke beim Bier.«

»Kein Problem. Bis dahin tu mir einen Gefallen. Ich erfahre zuerst, wie das Gift in das Opfer gelangte. Du bearbeitest ab sofort einen Mordfall. Das setzt komplett andere Prioritäten. Wirst du die SOKO leiten?«

»Dieser Blick in die Zukunft ist abwegig. So weit voraus schaue ich nicht.«

»Komm, lass dir nicht jedes Wort aus dem Mund ziehen. Da spinnt sich was im Hintergrund zusammen. Ich würde dich sonst falsch einschätzen, Benno.«

»Dein Riecher erlaubt mir nicht, Hals über Kopf Sachen neu zu erfinden. Die Wahrheit, mein Freund. Es gibt eine heiße Spur.«

»Ich wusste es. Benno, denk dran, Alleinarbeiter sind im Hause auf Dauer verpönt. Es war ein sinnvoller Gedankenaustausch. Tschüss, mein Lieber«, verlor sich im pulsierenden Geräusch des Freizeichens.

Aufgelegt. Die Gelegenheit, urplötzlich aufkommende, gefühlsbetonte Anwandlungen zu unterdrücken. *»Außer zu Evelyn, die auf mich wartet«*, schoss ein Signal durch seinen Kopf.

Kapitel 5

Zwei Monate zuvor. Ein unheilschwangerer Sommertag im Harzvorland. Für Erich Feist der Tag des Harmagedon, der ihm das Ende der Welt in seiner derzeitigen Form brachte. Die entscheidende Schlacht zwischen Gott und Satan, bei der Christus alle ruchlosen Menschen vernichtet, trug sich unerkannt zu.

»Ich fass es nicht, dass du hier wieder aufschlägst«, passte nicht ernstlich zur Begrüßung durch die alte Dame.

»Oh, du raffst das nicht. Das ist echt peinlich. Egal, es ist der beste Moment, den wir bisher miteinander verbrachten, um zu reden.«

»Wenn du wieder fortgehst, kümmert sich die Gemeinschaft um dein Wohlergehen. Im Augenblick bist du hier. Nimm Platz. Schließen wir vorübergehend Frieden, der alten Zeiten wegen.«

Erna Feist kramte eine wuchtige Tasse aus der seitlich stehenden Vitrine heraus.

»Daraus hast du gern getrunken.«

»Stimmt, eine Meisterarbeit. Dafür bewundere ich dich.«

Die Wertschätzung erzeugte bei ihr ein gurgelndes Lachen. »Du kennst meine Gedanken. Wer wagt, der gewinnt. Ich habe auf das richtige Pferd gesetzt. Die Lasur für die Keramikarbeiten, den Figuren aus Holz, auf Papier entstammt einem uralten Rezept. Urgroßmutter hat das hervorgekramt, um den Vorfahren zu huldigen. Vergessen?«

»Nein, ich preise die scharlachrote Farbe mit den graublauen Wölkchen an der Innenwandung. Hmm, obendrein der anregende Pfefferminztee. Mein Gott, ist das ein Genuss!«

»Ja, für dich extra ohne Zucker. Wie die Plätzchen da drüben mit den Haselnüssen, zuckerfrei, dafür mit Naturhonig, Zimt, Anis. Ein Geheimrezept, geeignet, um jegliche Übeltäter von ihren Anhängern fernzuhalten.« Mit einem Augenzwinkern fügte sie hinzu: »Vernichtend, wenn notwendig. Du verstehst, für mich sind sie Köder und Delikatesse zugleich. Sie rücken meine Schäfchen näher zusammen, entfachen dabei in mir eine geistige Kraft, die sie an uns bindet. Keiner kommt davon los, denn sie hilft uns, ins Paradies zu gelangen.«

Erich ließ den Redefluss ungestüm in die Stille fallen. »Ergötzt du dich, dass wir an einem Tisch zusammenfinden?«

Erna zuckte die Achseln. »War nicht unproblematisch, dir gegenüberzutreten.«

»Warum? Du verbreitest Angst. Sind die Kekse vergiftet?« Er wandte sich ihr zu, um daraufhin eine Antwort zu formulieren. »Nein, das bringst du niemals fertig. Wir standen uns in der Ehe einst nahe. Ich liebte dich auf meine Art. Erna, das Glück war uns hold. Mir hat es geholfen, die Freude am Leben zu fördern.«

»Tja, Erich, obschon du seit langer Zeit enge Freundschaften zu den Ungläubigen pflegst, liebäugelst du mit deren schamloser Lust. Auf deiner Wanderschaft bekehrst du sie nicht zu unserer Konfession. Du sonnst dich in ihrem Schmalz. Gefällst dir in der Rolle des Mythenführers im Harzvorland. Ha, ha, ha, da lässt sich nicht drüber lachen. Du bleibst eine Galionsfigur, die weltliche Werte verbreitet.«

»Das klingt gehässig. Gibt es ein Problem damit?«

»Ja! Beweise, dass du dem Leben in der Gemeinschaft ebenso im hohen Alter gebührende Selbstachtung abringst. Wenn du vor Harmagedon stirbst, bekommst du eine zweite Chance, um dich für oder gegen Gott zu entscheiden. Ich spreche im Ältestenrat für dich.«

»Erna, ich hoffe, dein Keksvorrat ist ausreichend. Bitte lass es mich in dieser Form sagen. Verzicht auf den himmlischen Genuss, nein, das zuzulassen ist eine fatale Sünde für die ohnehin arg strapazierten Geschmacksnerven. Die Leidensbilanz seit der räumlichen Trennung von dir ist erdrückend genug. Ich vermisse die überlegene Kochkunst meiner ehemaligen Gemahlin. Ich potenziere das Lob, welches bis auf den heutigen Tag die täglichen Weissagungen für ein beschaulicheres Leben einschließt.«

»Erich, vierzig Jahre lang berührte dich das kaum.«

»Das sagt sich mühelos dahin. Am Ende des Tages zerbrach alles an der Vergangenheit. Ungeachtet dessen hegst du den Wunsch, mich zu bekehren?«

»Richtig! Du gabst mir lange Beistand, warst wie ein Anker. Trotz alledem gelang es mir nicht, ausreichend Seelenfrieden für dich zu erbitten.«

»Nein, unbestreitbar nicht. Verstehe! Zumindest ist dir meine Lage vertraut.«

»Das ist im Nullkommanichts gesagt. Da verkommt alles zur Ausrede! Die Wahrheit lautet anders. Du leugnest die Geschichte, denn die brachte Tränen in die Augen. Sie erzählt das schmerzliche Geschehen über den Tod unseres Sohnes, den meines Bruders in den Nachkriegswirren. Wir liebten sie. Sie starben für den Gottesglauben.«

»Das lässt sich für mich mühelos nachvollziehen. Ich bin mir sicher, der abgrundtiefe Hass in dir zerstört dich eines Tages.«

»Hör auf, Erich, ich beschwöre deine Seele. Das ist eine nicht haltbare Vision. Fakt ist, sie erfuhren einen Wandel.«

»Lass das. Ist doch purer Blödsinn!«

»Hör auf, du verträgst die Wahrheit nicht. Ihr Tod schmerzt heute wie in jenen ausweglosen Stunden. Sie sind nicht umsonst gestorben, weil wir dadurch lernten, die Bibel noch tiefgehender zu lesen und zu erfahren. Die Gebote zu befolgen, ist eine der Lehren daraus.«

»Schluss damit, Erich. Ich habe genug davon. Es ist unerträglich, wie die ehemalige Hand Gottes ständig Lügen fabriziert.«

»Und du schaffst einen Mythos, indem du seine Gebote mit einer Vielzahl von Verboten belegst.«

»Ach ja? Was stimmt nicht mit deiner Seele, die vor Hurerei strotzt? Untreue in der Ehe erfordert konsequente Ahndung. Von dem Recht hast du reichlich abgebissen.«

»Schweig! Erna, ich verzeihe dir nie, dass du mir Fehlverhalten wegen des Kontaktes zu Ungläubigen vorwirfst. Grund genug für dich, um die Beständigkeit unserer Beziehung zu leugnen. Ergo, lass das Aufplustern. Dieses verdammte Orakeln hat mich zur geistigen Gefahr verschrien. Ich versuche, meiner Heimat ein geachteter Wanderführer zu sein. Was ist daran verkehrt? Wieso verstößt du einen alten Gefährten aus der Gruppe?«

»Oh, klingt nach schwerem Vorwurf. Mich mit Worten zu berauschen, gelingt dir nicht. Das zählt nicht. Sag mir Bescheid, sobald mein Versprechen deine Seele mit Ernsthaftigkeit erreicht und dir Schutz bietet. Erich, das gilt bis in die Ewigkeit. Eines akzeptiere. Der Eintritt in das Paradies kostet dich ein erneutes Bekenntnis. Überwinde den Schmerz. Ich kümmere mich um dein Seelenheil, egal, ob ich dafür Unmengen Plätzchen backe. Rette unsere Familie. Tritt vor die Versammlung. Den Brüdern und Schwestern fehlt eine orientierende Stimme. Meine Kraft reicht nicht aus, um die Botschaft Gottes nachhaltig zu verbreiten.«

»Nein, na sowas. Das ist ein verblüffend neuer Zug. Da erschließt sich mir leider eine andere Auffassung.«

»Ach? Erklär´s mir, Erich.«

»Erna, es dreht sich hier nicht um irgendeine Rettung des Seelenheils. Wenn wir uns nicht in der ganzen Komplexität des realen Lebens in der existierenden Welt verantwortlich einbringen, entfremdet sie sich uns. Nein, diese Stimmungslage frisst alles Bewährte auf. Sieh dir die Alten in den Gruppen an. Sie sind wie Wölfe in Schafskleidern. Ihre Heuchelei mit einem Riesenhass auf mich sind allgegenwärtig. Warum verbreiten sie, dass ich es für angebracht heiße, die Religion der Gemeinschaft zu verleugnen. Es gibt Mitglieder, die frönen in übertriebener Selbsteinschätzung offen den weltlichen Freuden. Dein Neffe Wilhelm zum Beispiel ist ein Trinker. Ist dir bekannt, dass er öfters Sex außerhalb der Ehe praktiziert? Wieso ehelicht er nicht eine Schönheit aus der Mitte der Gläubiger? Die Gelegenheit hierfür ist allgegenwärtig. Stattdessen raucht er Unmengen an Zigaretten, trinkt, kifft und beflügelt andere, es ihm gleich zu tun.«

»Stopp! Jammere nicht. Schlage den Maulaufreißern, den Müßiggängern vor, mehr zu beten. Lass sie die Bibel studieren. Bringe sie auf unseren Pfad Gottes zurück.«

»Erna, du verwirrst mich. Ich entspreche bedingt deinem Wunsch. Mein Rat ist, hinaus zu gehen, um die Unordnung dem Schöpfer im Gebet darzulegen. Wenn er aufrichtig ist, findet Wilhelm jemand, der ihm vertraut. Du dagegen hast dich vor langer Zeit von mir abgewandt. Eines habe ich mir bewahrt, Gott der Allmächtige gibt mir Freiheit.«

»Erich, ich fasse es nicht. Dieses Verhalten war es, welches dich von der Gemeinschaft entfremdete. Okay, bleib dabei. Zurückziehen ist eine der Lösungen. Erwarte nicht, dass sich in nächster Zeit jemand um deine Seele bemüht.« Beschwörend hob sie eine Hand, um damit enthemmt in der Luft herumzufuchteln. Erstaunlicherweise entwertete sie den erzeugten Druck. »Versteh, du gehörtest trotz des Verstoßes gegen das Gebot der außerehelichen Fleischeslust zu den aufrichtigen Ehemännern. Es ist mein sehnlichster Wunsch, dass du erneut zum angesehenen Mitglied der Gemeinde aufsteigst. Begreife, Ungehorsam erfordert Bestrafung. Es ist alles gesagt. Trinke den Tee. Wende dich mir zu. Ansonsten erwarte nicht, dass du in nächster Zeit wieder die Gelegenheit hast, dem Familientribunal Antworten zu erläutern.«

»Ich kapiere das nicht«, brummte er im Weggehen von der langen Rede betäubt vor sich hin. In aller Regel gab es keinen Rückwärtsgang.

»Nimm die Büchse mit den Glückskeksen, gönne der Zunge die Freude«, murmelte sie, sodass er den Rest nicht hörte. Ihr wohlmeinender Gesichtsausdruck erstarrte dabei zu einer Maske. »Sie bringen dich mir zurück, in eine andere, heile Welt. Geh, bevor mich dein Verlust schmerzt«, verlor sich im Raum. Die Tränen verbarg sie. »Verdammt, die Jahrzehnte im Dienst am Herrn, unserem Gott, verschwende ich nicht sinnlos.«

Kapitel 6

Das Gespräch lag eine Weile in der Vergangenheit verborgen. Die Sonne auf dem Aussichtsplateau der Rosstrappe zeigte in der Ferne das Ende des Tages an. »*Einen Schluck Tee aus der Thermoskanne, ein paar Kekse gönn ich mir. Ein Nickerchen auf dem Granit vor dem untergehenden gelbroten Licht am Horizont schadet nicht.*« Die letzten verblassenden Gedanken in der freien Natur. Sein Blick schweifte von dem 403 Meter hohen Granitfelsen über die um Haaresbreite senkrecht abfallenden, schroffen Berghänge. Kaum sichtbar drücken sie da unten im Tal die Bode in ein enges Flussbett. Undeutlich erkennbar blieben ebenfalls die 18 Spitzkehren des Wanderwegs Schurre zwischen den Baumwipfeln. Ein lohnendes Streitobjekt, weil Felsabstürze durch die jahrelange Sperrung des Weges sich zum Objekt des Zornes erhoben. Grund genug, morgen den Menschen anderweitig Freude zu bereiten. Diese Überlegungen brachte er nicht zum Abschluss. Die Fantasie im Kopf nährte sich aus dem Bauch. Sie hinterließ ausreichend Spuren, um die Geschichte des steinernen Hufabdrucks auf dem Aussichtspunkt mit Leben zu erfüllen. Pointenreich erzählt, entwickelte sich das Geschehen um das Granitmassiv zum Renner der geführten Touren. In Gedanken versunken hörte er den Hund aus der Sage um Ritter Bodo und Brunhilde tief aus dem Schlund des Bodekessels heulen. Jener Kultplatz zählt heute in der Öffentlichkeit zu den heiligen Stätten der Vorfahren. Sie baut auf einer facettenreichen, visionären Geschichte auf. Angst beschlich ihn. Übelkeit setzte ihm zu. Nein, er war keiner von den vier Jünglingen, die beim Versuch, die Krone aus der Bode zu retten, starben.

Tot sein heißt Leben in einer anderen Dimension. Seine Stimme brummte in der Euphorie der Erwartung.

»Ja, lehne dich weit hinaus. Beweg deinen Arsch. Was sind denn 86 Lebensjahre.« Tonlos, weil in der alten Kehle festgehakt, verhallte die Zahl. Die Unfähigkeit, sie lauthals hinauszuschreien, verschwand in der Akzeptanz der Unsichtbarkeit. Zu einem war sie fähig, sie trieb die müden Knochen an.

»Gib nicht nach, das Paradies zeigt sich alleinig dem wahren Gläubigen.« Die scharlachrote Büchse in der Hand, den himmlischen Genuss verinnerlichend, schritt er das kurze Stück Weg bis zum Hotelkomplex der Rosstrappe zurück.

»Erich, siehst müde aus. Komm für einen Moment rein«, überhörte er das Angebot eines Angestellten vor dem Restaurant. Ebenso verlor sich: »Na okay, an einem anderen Tag passt es besser. Wünsche dir einen geruhsamen Nachhauseweg. Pass auf, heute sind wieder die Downhiller unterwegs.«

»Danke, ich werd`s mir merken. Da besteht keine Gefahr«, antwortete er halblaut, wobei der Rufer unbefriedigt den Kopf schüttelte. Der Wanderer zog unbeirrt weiter. Er verzog schmunzelnd die Mundwinkel, denn dem modernen Bergabfahrsport jugendlicher Enthusiasten an der Rosstrappe gewann er Positives ab. Seine Harzstadt brauchte das Image. Die Mountainbiker rasten die Strecke unter fünf Minuten hinab ins Tal. Für ihn hatte heute die tickende Uhr null Bedeutung.

»Ich gönne mir einen Moment Auszeit«, sagte er kleinlaut vor sich hin. Kein Wanderer erhielt davon Notiz, dass er sich am Wegrand gegen einen Baumstamm lehnte. Er liebäugelte damit, Teile des Radweges der Sportler zu benutzen. Die zählten zu den couragierten Mountainbikern, die im Harz eine neue touristische Attraktion ins Leben riefen. Bei allem Verständnis, die Müdigkeit in den Knochen siegte. Ein Schluck Kräutertee aus der Thermoskanne, eine Handvoll Kekse aus der roten Blechbüchse. In Sekunden senkten sich die Augenlider. Nachdem er drei Stunden dahindämmerte, traf ihn die Ernüchterung. Dunkelheit hatte sich ausgebreitet. Die Blätter in den Baumkronen der Laubbäume verschluckten jedes Fünkchen Licht vom glasklaren Abendhimmel.

»Verdammt, hab verpennt.« Er fasste es nicht, mitten in der Nacht im Wald zu sein. Nach einer Lösung suchend schaute er sich um. »Okay, ich bin am Leben und frei in meiner Entscheidung!«, sagte er vernehmbar in dem Bewusstsein, dass ihn kein Mensch hörte. »Wanderweg oder die Straße hinunter in die Stadt«, fiel wie ein Schatten über seine Miene. Sein Ausdruck verfinsterte sich augenblicklich. Die Asphaltschlange bedeutete ein Vielfaches vom Weg durch den Wald. Der Vorteil: Sie bot ein bequemeres und sicheres Geleit.

Auf halber Wegstrecke registrierte er den grellen Lichtschein eines Fahrzeuges, das sich flott näherte. Leider bergauf. Schade. Das hieß, den Trip fortzusetzen.

Er hob den Arm, um die Augen zu schützen. Dass der Fahrer das Kennzeichen abgedeckt hatte, sah er nicht. Es entging ihm, dass derjenige eine Sturmhaube mit Sehschlitz trug, wie sie Gangster benutzten. Dagegen blieb die Identität des abendlichen Wanderers kein Geheimnis. Ihr kam die Rolle zuteil, schicksalsbesiegelnd zu sein. Dem routinierten Profi, der sich hinter dem grellen Lichtstrahl verbarg, perlte der Schweiß auf der Stirn. Nicht, weil die Angst ihn jagte. Nein, wegen des zu erwartenden Aufpralls auf menschliches Fleisch. Das vorauseilende Geräusch brechender Knochen trieb die Erregung auf den Höhepunkt. Das Gaspedal im Fahrzeug berührte den Boden. Millisekunden lang regte das vegetative Nervensystem an, die Kontraktion der Haarbalgmuskeln anzukurbeln. Die Follikel erhoben sich über der Hautoberfläche und das Haar richtet sich auf. Der sogenannte Gänsehauteffekt setzte ein. Der Tod des Menschen vor ihm war beschlossene Sache. Grelles, weißliches Fernlicht fokussierte die unscheinbare Figur.

»Leck mich am Arsch, alter Knabe«, brummte er verdrossen. Die zweihundert PS brachten den Ford Ranger DoKa Limited auf einhundert Stundenkilometer.

»Halte drauf, ramme ihn«, schrie eine quirlige Stimme in seinem Kopf. *»Erlöse ihn! Los!«* Zeit für Überlegungen verblieb nicht. Millisekunden später gewann das schwere Gefährt den Kampf für sich. Das breit bereifte rechte Vorderrad übernahm den Job des Mordwerkzeugs. Der Aufprall, das Knacken des Schädels, verlor sich im Getöse des Motors und dem Geräusch des abrupten Bremsvorgangs.

Die Gestalt mit dem vermummten Kopf parkte den Pick-up in der Todeszone. Die Scheinwerfer erzeugten gespenstische Schatten.

Er bemerkte sie nicht. Verächtlich grinsend offenbarte er dem Toten nach getaner Arbeit sein Antlitz.

»Mein Versprechen ist eingelöst. Niemand bringt dich zurück. Nimm das hier mit auf den Weg in die Ewigkeit. Wilhelm lässt herzlichst grüßen. Deine letzte Begegnung mit den Wäldern im Harz. Genieße sie«, sagte er mit brutalem Sarkasmus in der Stimme. Zugleich drehte er das Gesicht der am Boden klebenden Hirnmasse zu, um sie sorgsam aufzuklauben. Der verschließbare Behälter mit der eingesammelten Todesfracht landete achtlos auf der Ladefläche. Gleiches geschah mit dem besudelten Laub, Gras und Erdmaterial. Die benutzte Schaufel schlug er aufs Genaueste in einer Plastetüte ein. Alles Tätigkeiten, die ihm geläufig waren. Jeden Zentimeter entkernte Fläche versetzte er mit einer 10%igen Lösung aus Wasser, Wasserstoffperoxid und einem Industriereiniger. Desinfektion funktionierte nie besser. Der Todesfahrer lächelte bei diesem Gedanken. Spuren würde hier niemand finden. Das scharlachrote Metall der Keksbüchse übersah er ungewollt.

»Es ist Zeit. Mach dich auf die Reise, Alter. Dein Sohn lässt ebenfalls grüßen.« Er starrte den toten Körper im Lichtschein der zusätzlich benutzten Taschenlampe an. »Ich bin gekommen, um auf das zerstörte Fleisch zu spucken. Dir widme ich meinen ganzen Hass. Du bist ein Verräter unseres Glaubens. Daher schuldest du mir diesen Kopf hier. Freue dich drauf. Du bestreitest die Macht der Gemeinschaft nicht mehr. Vergiss nicht, die Kameraden sind zahlreich! Ich bin ihr Glaubenswächter und Rächer. Deine Seele gehört mir.«

Aus einem Etui mit Reißverschluss entnahm er ein Skalpell, wie es Mediziner verwenden. Das Scheinwerferlicht reflektierte den Glanz der hochwertigen Edelstahlklinge in den Pupillen. Was übrig blieb, war ein Blitz darin, der von einem Sieg kündete. Der setzte sich in einer geübten Handbewegung fort. Die scharfe Klinge drang unterhalb des Kieferrandes am Kopf in den Hals ein. Wie Butter zerteilte sie die Haut, Knorpel, Muskeln, Sehnen, Arterien und Venen. Die Hand führte das Instrument kraftvoll. Der kompetent auf Zug und Druck abgestimmte Bewegungsablauf zerstörte mühelos den ersten Halswirbel, dessen medizinischer Begriff – Atlas – ihm vertraut war. Seine Aufgabe, das gesamte Gewicht des Kopfes zu tragen, fand damit ein Ende.

»Ab in den Sack, Alter«, sagte er zufrieden, um ihn sofort in einen undurchsichtigen Folienbeutel zu schieben. Zum Schluss verbog er die sterblichen Überreste, indem er solange an ihnen zerrte, bis alles hineinpasste. Die Aufregung war vorbei. Atem und Puls beruhigten sich. Die Dunkelheit verschluckte das Verbrechen. Sie war Teil der sich schleichend ausweitenden Routine im Job des selbständigen Bestatters. Vorsichtshalber kontrollierte er die Verschnürung der Fracht auf dem Pick-up.

»He, hast es bequem?«, nickte er dem Paket zu. »Wir beide fahren in ein Versteck, wo niemand auf die Idee kommt, uns zu suchen. Mit deinem Antlitz habe ich zur Freude der Anhänger Besseres im Sinn.«

Nach ein paar Kilometern wendete das Fahrzeug auf Höhe des Abzweigs zur Rosstrappe. Seine Anwesenheit blieb unbemerkt.

Kapitel 7

Den nervigen Klingelton des Smartphones gewahrte der Gast im Berghotel auf dem Hexentanzplatz wie im Rausch. Minuten vergingen, ehe er begriff: »Für mich. Scheiße, Augen auf. Oh verdammt, wie spät ist es?« Den Oberkörper abrupt senkrecht aufgerichtet, saß er im Bett. »Ah, eine WhatsApp.« Die Nachricht ließ seine Alarmglocken schrillen.

»Ich brauche Hilfe, sofort! Kommen Sie zur Scheune, Evelyn!«

»Moment«, brummte er langgezogen vor sich hin. »Es ist fünf Uhr morgens«, den Blick wie hypnotisiert auf die Zeiger der analogen Armbanduhr gerichtet. Er wählte ihre Nummer.

»Teilnehmer ist abwesend«, erklärte die elektronische Ansagerin.

»Evelyn, nimm ab. Los!« Die Gefühlsregungen im Kopf purzelten durcheinander. Rationale Überlegungen waren ihm nicht vergönnt. Einzig der Gedanke, ihr zu helfen, trieb ihn ungewaschen in die Klamotten. Es gab einen stichhaltigen Grund. Ein Signal auf Rot! Hastig kleidete er sich an. Die Dienstpistole, eine SIG Sauer P6, verstaute er im Holster, das auf der linken Körperseite am Gürtel der Hose hing. Die Frage, ob er von der Waffe Gebrauch machen würde, stellte sich ihm nicht. Im Dienst gehörte es zur Pflicht, sie am Körper zu tragen. Er verließ das Zimmer, begab sich zum Passat auf dem Parkplatz hinter dem Hotel. Von dem Moment an umgab ihn Dunkelheit. Der Schlag auf den Hinterkopf tötete nicht. Nein, der Ausführende schien darin geübt zu sein. Eine Beule mit aufgeplatzter Kopfhaut blieb äußerstenfalls zurück. Unstrittig waren auch die einsetzenden Kopfschmerzen, die mit einer elenden Übelkeit einhergingen. Das Signal, das die Schläger aussendeten, war eindeutig: die Polizei mit beißendem Hohn und Spott bedecken. Sie brauchten nichts im Speziellen zu arrangieren, außer Lorenz dem preiszugeben.

»Komm«, schnarrte der Kleinere den Größeren an. »Versteck deinen blöden Kopf, mach es wie ich«, sagte er bestimmend. »Sieh her. Zieh die Kapuze tief in Gesicht. Los, du gehirnamputiertes Riesenbaby. Ist das Klebeband griffbereit?«, fuhr er stimmgewaltig den Kerl neben ihm an. Er schaute missfallend aufwärts. Zumindest überragte der ihn mit seinen zwei Metern Körpergröße um Längen.

»Klaro, bin ja nicht verblödet«, knurrte der. Dass er dem Rang nach Helfer war, kümmerte ihn nicht. In der Hand hielt er graues, selbstklebendes Gewebeband. »Hier, sieh her! Reicht das?«

Die Antwort entfiel. Stattdessen: »Los, stell den Bullen hier drauf. Halte den Kerl einen Moment fest.« Er griff nach der zusammenklappbaren Sackkarre, um sie eilfertig zu öffnen. »Fixiere ihn darauf provisorisch. Da, das Seil. Zieh los! Ab zur Bronzefigur.«

»Die da mit dem fetten, polierten Arsch? Die Hexe oder was sie darstellt?«

»Was denn sonst? Das ist eine beliebte Kultfigur. Beweg dich, Idiot.«

»Okay. Das ist der Spaß. Sobald das Programm die Bilder hochlädt«, schob er ein feixendes Lachen in den Vordergrund.

»Klappe halten, Kerl. Erledigen wir den Job. Ich trete dir in die Eier, wenn du aufmuckst. Glaub mir, die Älteste schiebt dein dämliches Spatzengehirn in die Verdammnis. Mach hin. Klar?«

»Okay! Bin ja dabei. Stopfen wir ihm das Maul?«

»Ja, pass auf, dass der Bulle nicht erstickt. Haben sonst den ganzen Klüngel am Hals. Und lass die Finger von der Kanone. Deine lüsternen Augen verraten dich. Die Knarre fasst du nicht an. Ist das klar?«

»Von mir aus. Ich mach ja, was du sagst.«

Sie stellten Lorenz dicht an die nach vorn gebückte Bronzefigur heran. Empfindungslos, mit der Routine eines Roboters, folgten Unmengen Klebeband, um seinen Körper mit dem der Figur zu fixieren. Das Riesenbaby zurrte es sorgfältig fest.

»Unzerstörbar«, brummte er befriedigt mit einem Feixen, das dem Ebenbild der Hexe zur Ehre gereichte. Die Umstände beherrschten ihn. »Ist geil, Chef«, sagte er an den Mitstreiter adressiert. »Ein Scheiß Bulle, Bestatter. Sein Markenzeichen verpasse ich ihm eigenhändig. Das brennt sich in den Birnen ein.«

»Fertig mit dem Quatsch? Erledige den Job, du Stück Scheiße«, traf den Redner, dessen Brust sich vor Selbstwertschätzung wölbte. »Keine Namen, hab ich dir gesagt. Schluss damit. Drück den Bullen fester an das bronzene Hinterteil«, hörte er den Meister sagen. »Verdammt, pass auf. Press seine Nase in die Ritze am Arsch. Ich verlange, dass du ihn zumindest symbolisch Scheiße fressen lässt.«

Der Helfershelfer lachte mit einem Grunzen auf. »Ja, kein Problem.« Er drückte das Gesicht mit einem heftigen Ruck an den Werkstoff aus einer Legierung aus Kupfer und Zinn. Zufrieden knurrte er. »Mehr Action? Sieh her, da klebt Speichel mit Blut vermischt an der Bronze.«

»Lass sein. Hast deinen Job erledigt. Es reicht! Die Befreier toben garantiert, wenn sie das Panzerband entfernen. Hat mir Spaß bereitet. Darauf trinken wir nachher einen.«

Von Spaßigkeit blieb angesichts des deprimierenden Bildes nichts übrig. Die Verletzung der Regeln störte sie nicht. Im Gegenteil. Mittlerweile erlaubte das an Helligkeit zunehmende Tageslicht, die Szene mit dem Smartphone lupenrein zu fotografieren.

»Für den Eigenbedarf«, lautete der Befehl ihres Auftraggebers. »Überlasst den schaulustigen Touristen den Vorrang. In einer Stunde gibt es tausende Klicks.«

Und so kam es. Benno Lorenz vernahm aufgeregt diskutierende Stimmen. Das Geschehen aus der Umgebung wahrzunehmen, funktionierte eingeschränkt. Die Augen durchdrangen das undurchsichtige Dunkel der nach Karbol riechenden Verhüllung nicht. Was sich hervortat, erfühlte sich kühl und glatt. Zu allem Überfluss hatte sich im Mund ein metallischer Geschmack aufgebaut. Der vermischte sich mit dem Blut von den aufgeplatzten Lippen. Eine grässliche

Angelegenheit, die ihn unmittelbar mit der Gegenwart vernetzte. Er würgte den Speichel hinunter.

»*Luft, atme*«, schrie die Stimme im Kopf angsterfüllt. Husten begleitete die Welle panischer Angst. Der schmale Spalt unter dem fixierten Mund an der Gesäßspalte der Figur, ließ abfließendes Sekret erkennen. »*Spare deine Kraft. Handele wie ein Blinder, besser, sei ein Taubstummer. Konzentriere dich auf die Umgebung*«, verordnete den Muskeln Ruhe.

Just in diesem Moment kam die Erinnerung zurück. Der Schlag auf den Hinterkopf, der Schmerz in den Millisekunden bis zur tiefen Ohnmacht mit einer plötzlichen Leere. Die Gedanken rasten, ohne ein Gesamtbild zu formen. Allen angespannten Muskeln zum Trotz verschärfte die völlige Bewegungsunfähigkeit die Angst vor der unbekannten Gebrechlichkeit.

»*Bin ich gestürzt? Wo, auf dem Parkplatz?*«

Da umschwirrte ihn das Gewirr eines deutlich wahrnehmbaren Bienenschwarms. Es schwoll an, zeigte sich menschlich, gab der eigenen Ohnmacht des Gefangenseins Gewissheit.

Kapitel 8

Gegen sieben Uhr entstiegen zwei Wandergruppen ihren Reisebussen. Der Menschenstrom formierte sich. Er hatte ein Ziel. Die geheimnisumwobenen, doppeldeutigen Figuren auf dem Hexentanzplatz. Den Bronzehintern der Hexe zu berühren, sich dabei zu fotografieren und die Aufnahme unmittelbar auf sämtlichen sozialen Netzwerken zu verbreiten, war mittlerweile zu einem beliebten Ritual geworden. Unabhängig davon waren Hexen in allen Formen und Größen weiterhin die Verkaufsschlager unter den Mitbringseln aus dem Harz. Die Touristen redeten drauflos. Das Spektrum der Reaktionen schlug urplötzlich um. »Donnerwetter, was ist das da? Ein Besoffener? Ein Streich zu Werbezwecken?« In Grüppchen zusammenstehende Menschen gestikulierten konfus durcheinander. Die Aufregung endete in ohrenbetäubendem Getöse. »Helft dem Gefesselten. Nein wartet, macht ein Foto, los komm, eins mit mir drauf«, hörte er verschiedene Male. Hände zerrten an ihm. Ein ratschendes Geräusch, irgendetwas zerriss. Plötzlich schien sein Gesicht zu brennen. Er hatte höllische Schmerzen. Haarbüschel hingen am Klebeband. Abrupt brach das Befummeln ab. »Hey, verdammt, der hat eine Knarre«, beendete den Vorgang. »Lasst ihn stehen. Die Polizei, ruft sie. Das ist ein Gangster. Seht her! Die haben sich gegenseitig beharkt.«

Lorenz fluchte innerlich. »Ihr Idioten, Schwachköpfe. Ich bin ein pflichtbewusster Bürger, Polizist«, verkümmerte in der Wut der eigenen Unfähigkeit, sich zu befreien. Das Gewebeband hielt. Es gebot dem Gefesselten zu schweigen, weil der Speichel, einhergehend mit der bewusst ausgelegten Bemessung der Luftzufuhr, sein Leben bedrohte.

Das zynische Gefeixe seitwärts stehender Motorradfahrer gewahrte er nicht. Einer davon schob sich als Wortführer in den Vordergrund. Hämisch grinsend sagte er: »Das ist für die aufgeladene Schuld, die dir der Wanderführer auferlegt. Lass den Toten ruhen.«

Er hatte kaum geendet, da fiel ihm der, den er Riesenbaby nannte, ins Wort. »Was redest du für eine Kacke? Knacken wir dem Bullen die Knochen.«

»Du bescheuerter Kerl. Nicht heute. Seh´n wir uns an, wie die Warnung auf ihn wirkt. Begreifst du? Komm, wir verziehen uns.«

Die aufgezwungene, halb hockende Körperhaltung verlieh Lorenz eine ungewohnte Zerbrechlichkeit. Die Atemfrequenz erhöhte sich, begleitet von einem Würgen. Muskelstränge in den Oberschenkeln zitterten. Sie verkrampften sich schmerzhaft. Das Schlimmste aber wahr, dass er diesen Zustand nicht aus eigener Kraft ändern, geschweige denn beenden konnte.

»*Was zum Teufel haben die mit mir angestellt?*« Schrecken und jäh aufkommende Wut erfüllten ihn. Die Umklammerung verhinderte die allerwinzigste Bewegung. Aus dem aufsteigenden Zorn entwickelte sich rasanter Hass. Ohne Fremdhilfe gab es keine Befreiung aus der misslichen Lage. Er stöhnte auf, wenn ihn jemand berührte. Die einzige Möglichkeit, um sich auszudrücken, misslang. Die Masse starrte ihn an wie einen Verbrecher am Pranger.

»Nehmt dem Kerl die Knarre ab«, schrien erneut ein paar der dazugekommenen Urlauber. In diesem Moment mischte sich jemand ein.

»Los, weg hier. Haut ab«, hörte Lorenz den Aufschrei einer furchtlosen Stimme aus der Menge. Die sprach ihn an. »Keine Angst, bin der Busfahrer. Ich werde Sie beschützen. Die Meute ist sensationslüstern. Die Dummheit siegt bei den meisten. Sie verstecken dahinter ihren Flattermann. Sehen Sie es denen nach.« Er beugte sich über den Gefesselten. Der Geruch von Blut mit Erbrochenem hielt ihn nicht ab, sich ihm näher zuzuwenden.

»Halten Sie durch. Ich verschaffe Ihnen Bewegungsfreiheit, um das Atmen zu erleichtern. Keine ruckartigen Bewegungen. Da haben Verpackungsgenies wahre Kunstfertigkeiten gezeigt. Die haben Ihren Körper mit extrem belastbarem Gewebeband fixiert. Ich erkläre das, damit Sie eine Vorstellung von dem kuriosen Bild haben, das Sie abgeben. Ihr Gesicht hängt in der Gesäßfalte des bronzenen Hexenhinterteils hier auf dem Parkplatz am Hexentanzplatz. Das verfolgt Sie garantiert eine Weile. Der Held am Hexenarsch, ist ja cool. Mein Herr, hören Sie mich«, folgte. Im gleichen Augenblick schrie er: »Himmelherrgott, verzieht euch! Ihr seht ja genug. Das hier ist ein Opfer. Gesteht ihm Frieden zu. Die Polizei trifft jeden Moment ein.« Als er registrierte, dass die Menschentraube zurückwich, atmete er einmal tief ein und aus. »Geschafft!«

»Nur noch einen kurzen Augenblick! Ich benutze mein Taschenmesser. Sie sind gleich erlöst. Vorsicht«, mahnte er den Gefesselten. »Drehen Sie das Gesicht zur Seite. Versuchen Sie, Schleim mit dem Blut aus dem Mund auszuspucken. Bitte, keine Rücksichtnahme. Ich bleibe hier stehen, niemand aus der Meute kommt in Ihre Nähe.«

Lorenz konzentrierte sich voll auf den Tonfall. Er bewegte sich ganz langsam. Es gelang ihm, den Kopf zu drehen, und erblickte seinen Beschützer. Sein ehemals blankes Entsetzen verschwand. Er sah in das Gesicht eines Mittvierzigers, das wortlos lächelte. Hastig fuhr seine Zunge über die aufgeplatzten Lippen. Die Haut zeigte sich blass. Sein Helfer sah die Adern, die an der Schläfe pochten. Die Stimme klang kratzig, indes verständlich. Die innere Anspannung aus sich herausschreiend, rief er: »Verdammt, Sie sind mein Lebensretter.«

»Ja, da ist was dran. Im allerletzten Moment. Atmen Sie! Die frische Luft tut gut!«

»Danke für die Hilfe. Ich bin Polizist. Bitte befreien Sie mich auch noch von dem restlichen Klebezeug.«

»Hmm, die Pistole, ein Wunder, dass die fest im Holster hängt. Das Glück war Ihnen wohlgesonnen.«

»Ich lebe! Das zählt! Meine Absicht ist es, das weiterhin zu genießen. Dank Ihres Einsatzes«, schob er hinterher.

Die Reaktion zeigte sich vorhersehbar. »Okay ist mir eine Ehre. Leider ließen sich die Fotografien nicht verhindern. Sie, der Polizist, ein Opfer der Sensationslust. Daraus entsteht mit Sicherheit ein regelrechter Hype.« Er zog die Unterlippe vor Scham zwischen die Zähne, um darauf herumzukauen. Augenblicke später trafen die Einsatzkräfte ein.

»Der Onkel da oben im Himmel ist Ihnen wohlgesonnen, Kollege«, meinte einer der Polizisten mit einem Grinsen auf den Lippen. »Alles dran? Wie riecht denn ein Hexenarsch?«, verkniff er sich nicht.

»Probieren Sie es aus. Vergessen Sie die Hemmungen. Blut, Spucke, Angst sind in hinreichendem Maße verblieben.«

»Verzeihung, Spaß beiseite. Ich sehe äußerlich keine schweren Verletzungen. Ein paar kleinere Schürfwunden. Meine Empfehlung: Bitte konsultieren Sie den Notarzt. Ah, da kommt er ja schon«, sagte er besorgt an Lorenz gewandt. »Vorab bin ich angehalten, dass Sie sich legitimieren. Fürs Protokoll. Sie verstehen?«, brach der Satz mittendrin ab. »Tja, bleibt die letzte, überfällige Sache«, druckste er herum.

»Was? Los!«, brachte Lorenz voller Ungeduld hervor.

»Tja, da, das Holster.« Fahriges Augenzucken und eine betretene Handbewegung folgten. »Verzeihung, meine Pflicht, äh, äh, es tut mir leid, Herr Kollege. Sieht nach einer schrecklichen Demütigung aus. Bitte, die Waffe da, ich bin angehalten, sie auf Vollständigkeit zu kontrollieren, einschließlich der Reservemagazine. Es könnten sich fremde Personen daran vergriffen haben.«

»Stimmt, die Absicht stand einigen Unbekannten ins Gesicht geschrieben. Meinem Retter hier gelang es, dies zu verhindern«, wies er zufrieden lächelnd auf den Busfahrer. »Das ist ein echter Lebensretter und Zeuge der Ereignisse. Der schlug dem Erstickungstod ein Schnäppchen. Danke«, sagte er, um ihm gleichlaufend die Hand zu reichen. »Wir sind ein unschlagbares Team.«

»Ja, bitte ab dem Zeitpunkt, wo ich Sie verschnürt an der Figur fand. Das gebe ich gern zu Protokoll.«

»Okay. Das vereinfacht die Angelegenheit«, traf Lorenz mit Erleichterung.

»Meine Herren, ich bin fertig. Brauche eine Dusche und Kaffee. Im Folgenden ist das Ihr Zeuge«, sagte er an den Leiter der polizeilichen Einsatzgruppe gerichtet. »Unabhängig davon werde ich den Dienstherren über den Vorgang in Kenntnis setzen. Mich erreichen Sie in der Polizeidirektion. Reicht das aus? Ich komme ihrer Bitte nach und lasse den Notarzt einen Blick auf meinen Kopf werfen. Der brummt gigantisch«, meinte er und befingerte die Beule am Hinterkopf. »Verdammter Mist, damit war nicht zu rechnen.«

»Okay, Herr Kollege. Mein Vorschlag, wir reduzieren die Einsatzkräfte.« Er bemerkte, dass Lorenz fahrig auf die Armbanduhr schaute. »Ruhen Sie sich aus«, verlor sich mit dem Handschlag zur Verabschiedung.

Eine Stunde bis zum Treffen mit Evelyn Feist verblieb. Neun Uhr hieß die Vereinbarung. Die Frage, wieso der Anruf nicht rausging, schluckte er vergnatzt hinunter. »Scheiß Smartphone!«

Er mutmaßte nicht, dass sie zeitig in Sorge über den Wirtschaftshof schritt. Ihr Stoßgebet galt der Vergesslichkeit. »Mist, du versteckst dich garantiert wieder bei Erna in der Werkstatt, blödes Mädel«, verschärfte ihre Anspannung. Eine neue Überraschung folgte. Sie formte in ihr den Ruf nach Aufmerksamkeit. Erstaunt, den Cousin um diese Uhrzeit anzutreffen, sagte sie impulsiv: »Du hier, Wilhelm? Was treibt dich um diese Zeit zu uns?«

»Bleib friedlich«, antwortete der mit Spott auf den Lippen. »Ich bin dabei, der Erna die News auf YouTube zu zeigen. Hätte ich von deiner Anwesenheit gewusst, tja, dann bekämst du zuerst das Makabre zu Gesicht.«

Die Schärfe in ihrem Disput blieb nicht unbemerkt.

»Evelyn, lass den Jungen in Frieden seinen Job erledigen«, traf sie überfallartig.

»Oma, ich bin die Ruhe in Person«, verpuffte an der angriffswilligen Haltung der alten Dame.

»Prima, was anderes erwarte ich nicht. Bin heilfroh, dass Wilhelm mich über Neuigkeiten in der Gemeinde unterrichtet. In dem

Fall gebührt ihm explizit der Dank. Das wünschte ich mir ebenfalls für meine Kleine. Ev, wenn da nicht diese verdammte Blindheit wäre. Hoffentlich begreifst du, dass das gefährlich ist. Das Seelenheil der Gemeinschaft verklärt sich. Nur dass du es weißt: Es tut mir nicht leid, was da passierte. Ich rufe dich zur Ordnung, Enkelin. Die überschäumenden Gefühle für den Polizisten verpesten die Luft in meiner Werkstatt. Ich sehe es dir an. Für mich stellen solche Überlegungen gewaltige Energien dar, die sich sichtbar in eine Form gießen. Unser Gott hat verhindert, dass du deinem unglückseligen Vater nachgeeifert hast. Vergessen, was ich dich lehrte über die Kontrolle von Empfindungen und bewussten Gedanken?«

Evelyn suchte nach einer gebührenden Antwort. Sie war sicher, den richtigen Ton mit einem Lob zu finden. »Weißt du, fünfunddreißig Jahre lang lebe ich hier. Eine bessere Lehrerin gab es nicht. Bitte, erklär mir, was du damit bezweckst? Weshalb bist du derart aufgebracht? Wessen werde ich beschuldigt?«

»Schweig still«, drang die Maßregelung wider Erwarten scharf in ihren Kopf. »Was ermutigt dich, Fremden das zu zeigen, was uns heilig ist? Verdammt Ev, du gewährst einem Ungläubigen Einblick in unser Seelenheil. Denen versagen wir die Gnade, sich mit uns zu vermischen, denn ihre Vernichtung steht kurz bevor. Du findest einen Ehemann aus den Reihen der Familie. Wenn ich in das Paradies eintrete, bedarf es einer weitsichtigen Nachfolgerschaft. Denk darüber nach.« Sie faltete ihre Hände. Ev erkannte, dass sich dahinter die Offenbarung ihrer Gedanken verbarg. Für die alte Dame war das ein Spiegelbild des inneren Zusammenhalts, vor allem der Konzentration. »Versuchs mit mir zusammen, Evelyn. Sammle dich, werde ein geschlossenes Ganzes. Lass ab von dem Polizisten, dein Gemüt ist augenblicklich still«, endete sie in einem gleichmäßigen Singsang. Ihre Enkelin fand nicht zu der prophezeiten, vereinten Kraft, die sich in den Lebenslinien der Handflächen verbarg. Fehlanzeige, da gab es keinen Zusammenschluss positiver Energien. Die Wirkung des Handlesens blieb aus. »Konzentriere dich, mein Kind«, murmelte die Alte hypnotisierend in der Tonart eines rauschenden Baches. »Benutze beide Hände, lege die Handflächen aneinander, in Brusthöhe, mit den Fingerspitzen senkrecht nach oben gerichtet. Damit vermagst du das Gebet der Seele bewusster zu unterstützen. Sie verstärkt dein Seelenlicht. Spürst du, was die Gedankenkraft hervorbringt? Das ist wegweisend, um zum geistigen Ursprung, dem Ziel des Ungeformten, zurückzukehren.«

»Es reicht! Verzeih, Oma! Du versuchst, mich wie einen Ungläubigen zu missionieren. Ist dir denn nicht klar, dass ich unseren Glaubensinhalten verpflichtet bin? Ich bete regelmäßig für einen erfüllten Tag. Im Moment suche ich mein Handy. Bitte hab Verständnis dafür. Vorträge sind das Letzte, was ich gegenwärtig brauche.«

Die Alte reagierte ohne Zögern. Das Heft aus der Hand geben, niemals käme ihr das in den Sinn.

»Evelyn, du schuldest mir Respekt. Dein Verhalten ist ungebührlich. Versteck dich nicht hinter fadenscheinigen Sprüchen. Seit den Kinderjahren war das Bestandteil meiner Lehre. Wo führt das denn hin? Sag es offen heraus. Du trägst in dir unlautere Gedanken. Sie erzeugen den unverwechselbaren Geruch, den Sex erzeugt. Ich kann das förmlich riechen. Nimm meine Mahnung entgegen. Sex außerhalb der Ehe führt unentrinnbar zum Ausschluss aus der Gemeinschaft. Dein Opa erfuhr das ebenfalls. Er gehörte zur Sorte der untreuen Hurenböcke. Er trägt Mitschuld am Tod von Werner«, erklärte sie mit grimmigem Blick. »Schau mich an, Ev. Mein treuloser Ehemann verhielt sich wie ein Aussätziger. Wo ich grad dabei bin. Dein Herr Vater folgte seinem Beispiel. Du bist ein Bastard. Die uneheliche Frucht einer verheirateten Ungläubigen. Ich zog dich auf, und das war einzig mein Wille. Das zu vergessen, verzeiht dir Gott nie.«

»Aufhören, Erna«, schrie Evelyn.

»Nein, du hörst zu! Enkelin, du vernebelst dein Gehirn. Verdammt, was treibt dich bloß, mit diesem glaubensfremden Polizisten zu kokettieren. Der schnüffelt in unserer Familie herum. Sein Einfluss schadet der Gemeinschaft. Glaub mir, die Karten haben gesprochen.«

»Sie lügen! Schluss damit! Dein Gefasel schlägt mir aufs Gemüt.«

Die alte Dame heulte buchstäblich auf. »Du wagst es, mich herauszufordern? Ich erwarte Disziplin. Du bist uns, der Familie, gegenüber Treue schuldig«, traf sie der schrille Aufschrei.

»Und? Was bedeutet dieses Wort? Nee, Oma, lass sein. Ich definiere Respekt anders. Er ist Teil des Zusammenhalts, dessen bindende Kraft uns vereint. Ich bin ihm verpflichtet. Dir gebührt das Recht, Sprachrohr Gottes zu sein, erst in zweiter Linie meine Behelfsmama. Der Heilige Geist leitet mich. Er hilft mir, die Wahrheit zu verbreiten.«

»Was du nicht erfüllst, Enkelin. Du fällst mir in den Rücken, zeigst mit deinen unlauteren Absichten Schwäche. Ich bin erleichtert, dass Wilhelm an meiner Seite steht. Das nenne ich Übereinstimmung mit dem Willen unseres einzigen souveränen Herrschers«, wies sie lächelnd mit der Hand auf den Cousin.

Der griff den Bonuspunkt auf. Er grinste unheimlich verachtend. Mit böswilliger Sprachmelodie erklärte er sich: »Evelyn, der Bulle, den ich dir vorgestellt habe, präsentiert sich im Internet der Weltöffentlichkeit. Sieh es dir an. Er gibt sich der Lächerlichkeit preis. Unserer Gemeinschaft ist das nicht grade dienlich«, sagte er.

»Wie ist das zu deuten? Warum belehrst du mich? Das ist eine Zumutung.«

»Stell dich nicht quer. Lenke die Wut in eine andere Richtung. Dein Gebaren ähnelt einem Stachel, der ringsherum alles vergiftet. Eine liebestolle Cousine bringt Schande über die Gemeinschaft.«

»Ruhe, verflixt«, brüllte die Älteste los. »Ich fordere Respekt. Dieses Benehmen gleicht plappernden Papageien. Besinnt euch! Sofort!«

»Verzeih mir die Unbeherrschtheit«, erklärte sich Evelyn Feist mit einer angedeuteten Verbeugung nach vorn. »Oma, ich suche mein Handy. Hast du es in deiner Nähe gesehen? Es liegt hier in irgendeiner Ecke«, schimpfte sie geknickt.

»Kind, kläre das für dich. Zeit ist knapp. Die Worte sind gesprochen. Verlass uns, bete. Am Abend erwarte ich, dass du konzentriert, mit betenden Händen, zur Meditation erscheinst. Vergiss nicht, die verschafft dir wieder Licht im Dunkeln deiner Seele. Sie schenkt gefällige Träume.«

Nahezu gleichzeitig drehte sie den Kopf in Richtung des Neffen Wilhelm. Die mit schwarzer Schminke umrandeten Augen erinnerten an glühende Kohlen. Sie zeugten von einer kenntnisreichen Verschlagenheit, die im Raum schwebte, um sich nachhaltig festzusetzen. Klar, sie war eine Wahrsagerin, die von der Selbstinszenierung lebte.

An Wilhelm gewandt erklärte sie bestimmend: »Komm, Junge, trink den Tee, berichte mir.« Ihre Stimme klang unnatürlich gelassen. Was sie damit beabsichtigte, war eindeutig. Eine Botschaft zu vermitteln, ohne diese weiter zu kommentieren. *»Seht, ich habe alle Karten in der Hand.«* Den Ruf der Enkelin registrierte sie nicht mehr.

»Hab es«, rief die Minuten später außer Atem. »Das blöde Handy lag neben dem Behälter mit Zinnober.«

Wie es dahin kam, verlor sich. Wilhelms gehässiges Grinsen entging ihr ebenso.

»Was für ein Schwachsinn«, flüsterte der. Sie hat nichts bemerkt, »das törichte Weib.« Zufrieden wandte er sich der Ältesten zu. Die Aufgabe war erfüllt. Wilhelm holte Luft. Er hatte den Schwanz nicht eingezogen, sondern für Spannungen gesorgt. Evelyn würde zu spät zum Treffen mit dem Bullen kommen. Zumindest die Hoffnung darauf blieb. Tiefe Befriedigung erfasste ihn. Der Kraftakt mit dem gezielt platzierten Handy erregte ihn. »Mist, Gott erlaubt keine Schonung«, schimpfte er auf den Zustand in der Hose, wo sich das Geschlecht grade zur vollen Größe aufrichtete.

»Verdammt, neun Uhr ist nicht zu schaffen«, begleitete indes der Fluch die genervte Fahrerin. Die Fahrt zum Felsplateau auf dem Hexentanzplatz zog sich unnatürlich lange hin. Entsetzen über die Schmach, den Kriminalisten zu versetzen, machte sich breit. *»Wie erkläre ich das?«* Der Zufall entschied. Die Handynummer des Beamten hatte ihr Gedächtnis bisher nicht verinnerlicht. »Nun, er wird es sicherlich verstehen«, redete sie sich ein.

Benno Lorenz empfing sie vor dem Berghotel.

»Trinken wir einen Kaffee zusammen?« Instinktiv gab sie nach, die Augen weit aufgerissen auf seine Kleidung ausgerichtet. Wie im Nebel vernahm sie: »Kommen Sie bitte. Ich hatte einen befremdlichen Tagesanfang. Bevor Sie fragen. Ich bin nicht empört, dafür leidlich verdreckt, mit einem gewissen Grad an Enttäuschung. Sie haben mich versetzt.«

»Verzeihung«, ging unter, weil Lorenz sich einmischte.

»Sie sind ja da. Ergo, jegliche Rechtfertigung ist gewährt, Evelyn Feist«, sagte er mit einem Lächeln auf den Lippen.

»Keine Ausreden! Ich sag es, wie es war. Ich konnte Sie nicht anrufen. Das Handy, ich hatte es nicht zur Hand. Leider fand ich erst zu spät heraus, wo das blöde Teil steckte. Komischerweise bei Ernas Malutensilien. Hmm, ja, ist eine andere Geschichte, die unangemessen langweilt. Fakt ist, ich hatte keine Chance, eine Terminverzögerung zu signalisieren. Hier stehe ich unverfälscht neben meinem Behüter. Okay?«

»Klar, ich freue mich.«

»Das ist der richtige Ansatz, Herr Lorenz. Zumal der beste Zeitpunkt, um Ihnen Harztypisches zu zeigen. Was ist passiert? Wenn ich Sie ansehe, schaut ein angeschlagenes Gesicht in meine Richtung. Haben Sie mit Verbrechern geboxt?«

»He, das ist drollig, trifft nahezu den Kern. Leider war ich derjenige, den es traf.«

»Entschuldigung, hab die Einspielung bei YouTube gesehen. Die Misere mit dem Fabelwesen. Die erzeugt in den Portalen der sozialen Medien nicht den allerbesten Eindruck«, sagte sie grinsend.

»Da wissen Sie beträchtlich mehr. Erklären Sie das bitte.«

»Herr Oberkommissar, haben Sie denn keine Ahnung, wovon ich spreche?«

»Evelyn Feist, foltern Sie mich nicht. Andere haben das hinreichend versucht.« In der Zeit, in der er redete, flogen ihre Finger über das Display am Smartphone. Der Bildschirm füllte sich. Eine gefesselte Person erschien. »Zoomen Sie«, sagte er in ihre Augen schauend. »Bitte, ich verkrafte das!«

»Klar! Es braucht ein dickes Fell, um nicht aufzuschreien.«

»Egal. Schonung ist fehl am Platz.«

Zuerst sah er die Dienstpistole an der linken Seite im Gürtelholster. Es folgte ein Gesicht, fest mit grauem Panzerband an den bronzenen Hintern der Hexenfigur gepresst. Im nächsten Bild erkannte er sich. Eine männliche Person befreite ihn davon.

»Der Busfahrer«, schoss es Lorenz durch den Kopf. »Wie gut, dass der Kerl da war«, verblasste beim Erscheinen der folgenden Sequenz. Es zeigte die Nase, tief in die Hinterbacke der Figur gepresst. Der eingewickelte Körper ähnelte einer Presswurst. »Oh Scheiße. Das ist haushoch peinlich!«

Evelyn gab ihm darauf ein verwegenes Lächeln.

»Ein Exempel passt besser. Lesen Sie den Text, Herr Lorenz: Hungriger Polizist am Hexenpranger!«

»Okay. Darüber reden wir später. Sie sind dran. Ich brauche Antworten. Was, bitteschön, treibt mich um fünf Uhr in der Frühe in Ihre Scheune? Leider kam ich da nicht an, weil es in meinem Kopf zappenduster wurde. Die Beule da hinten braucht ein paar Tage, um zu verschwinden«, sagte er, um zugleich mit der Hand daran zu fingern. »Da, schauen Sie, sieht aus wie beim Einhorn.«

Ev lachte unverhofft auf. »Sie besitzen das Potential für einen Märchenerzähler.«

»Das ist nicht witzig, verehrte Dame. Spaß beiseite. Mein Vorschlag: Sie checken Ihr Handy. Ich dusche in der Zwischenzeit und ziehe mich um. Bis gleich«, sagte er.

Wie zufällig berührte er im Weggang ihre Schulter. Die unscheinbare Berührung ließ sie erschauern. Die verbotenen Gefühlswallungen, die der Ungläubige in ihr auslöste, rasten wie eine Flamme durch den Körper. »*Was mach ich da?*«, befeuerte die aufsteigende Wut, sich nicht dagegen gewehrt zu haben. Damit nicht genug. Die Annäherung beschäftige Sie in den Minuten seiner Abwesenheit im Bad. Eine schlüssige Erklärung bot sich nicht. Gleich würde Lorenz auf seine Frage eine Antwort einfordern. »*Was sag ich, ohne ihn zu verletzen? Verdammt, ich hab nichts geschrieben! Wird er mir das glauben?*«

»Das Postfach ist leer, Verehrter. Von mir erhielten Sie keine Nachrichten. Auch in WhatsApp ist nichts zu finden. Überzeugen Sie sich.«

»Ist nicht notwendig«, sagte er mit angepasster Tonfrequenz. »Alle Umstände sprechen dafür, hier gelang es einem Fremden, das Handy für eigene Zwecke zu nutzen. Das bleibt unter uns. Ich setze auf Ihre Diskretion.«

»Was ist, wenn ich von der örtlichen Polizei befragt werde? Habe ich dem zu entsprechen? Ist es erlaubt, dem telefonisch nachzukommen?«

»Generell ja. Ein Anruf genügt, in dem Sie auf den zuständigen Kriminalbeamten verweisen. Das bin ich«, sagte er forsch grinsend. »Für mich sieht es aus, dass ein Schweinehund seine Nähe zu Ihnen ausnutzt.«

»Steht das im Protokoll?«

»Wenn ich es für notwendig erachte. Mit einem Unterschied. Das hier ist einer begrenzten Anzahl von Personen bekannt. Ich rate. Die Oma?«

»Nein, die ist zu alt für Spielchen mit der neuen Technik. Ich spreche hier über die Familie, die mir heilig ist. Cousin Wilhelm, der hielt sich heute Morgen bei ihr auf. Er zeigte ihr die Aufnahmen des gefesselten Polizisten, die ich zu dem Zeitpunkt nicht kannte. Aufnahmen von Ihnen, Herr Lorenz! Tja, das Handy fand ich unvorhergesehen neben den Gefäßen mit roten Zinnoberpigmenten. Eigenartig. Wir lesen öfters zusammen in der Bibel, um die Schriften zu verinnerlichen. Das bedeutet mir eine Menge. Es trägt bei, Gott erfolgversprechender zu dienen. Gestern Abend gab es ein derartiges Ereignis. Ich erinnere mich. Wir saßen im Meditationsraum. Ich bin spät ins Bett. Wilhelm unterhielt sich mit einigen Glaubensschwestern und Brüdern, die ich flüchtig kenne. Das Handy lag in der Umhängetasche. Ab dem Moment folgte eine Art Filmriss mit Tiefschlaf bis in die Frühe hinein.«

»Das riecht nach einer Einflussnahme. Ich tippe auf KO-Tropfen. Da hat sich ein Unbekannter an Ihnen vergangen.«

»Wieso?«

»Sagen Sie´s mir. Fangen wir mit Schritt eins an. Sie führen mich ein wenig herum, wir philosophieren, damit ich Sie besser verstehe. Zweitens teilen Sie mir mit, wer gestern Abend an der Runde teilgenommen hat. Drittens erlauben Sie mir, die restlichen Daten vom Handy und der Sicherheitskameras im Objekt auszulesen. Ich bitte unsere technischen Experten, sich darin zu üben.«

»Okay! In dieser Reihenfolge? Fangen wir nach dem Kaffee mit dem Rundgang vom Plateau des Hexentanzplatzes bis zum Bergtheater an. Auf dem Weg dahin betreten wir die Walpurgishalle. Ich sehe es Ihnen an. Sie gehören zu den Menschen, die den Spuk der kreischenden Hexen mit ihren Begleitern, den Teufeln, mit leuchtenden Augen betrachten.«

»Gut erkannt! Was blieb, nenne ich pure Angst, dem Erstickungstod ausgesetzt zu sein. Alles verknüpft mit der geifernden, sensationslüsternen Menge. Ein zutiefst furchtbares Erlebnis. Welche Sichtweise vertreten Sie, Evelyn? Der Hexentanzplatz ist ein altsächsischer, germanischer Kultort. Die Aktion mit mir, ein Zufall. Was meinen Sie? Hängen da Ihre Glaubensbrüder mit drin?«

»Sachte! Locker bleiben, Herr Lorenz. Bis zum Zielort versuche ich, Wahrheiten zu vermitteln. Na ja, Sie sprechen mit einer modernen, unverheirateten Unternehmerin ohne Kinder. Die Passion gebietet mir, den Heiligen Geist wie eine Art Waffe zu handhaben, mit der unser Gott Neues schafft. Das begreifen Sie eines Tages. Für mich ist das im Gegensatz zu anderen Mitgliedern kein Dogma. Das Leben bietet ausreichend Spielräume. Sehen Sie, da unterscheiden wir uns. Meine Familie stellt seit Generationen den Ältesten. Zu Ihrem Verständnis sei gesagt, ich spreche von der lokalen Führungsperson. Wie Opa eine war. Heute verkörpert seine geschiedene Ehefrau die Position. Diese Ehre gebührt ausschließlich dem Stärkeren in der Gemeinschaft. Durch Mehrheitsbeschluss der Gruppenmitglieder verliehen. Es ist ein harter Kampf, der in abgewandelter Form vergleichbar mit einer Königskrönung ist. Entschuldigung, der Vergleich hinkt«, meinte sie mit einem Lächeln auf den Lippen.

»Soweit okay, Evelyn. Sagen Sie, um was zu bewirken?«

Die Frage nutzte er, um in Erwartung einer Antwort, ihren Körper dicht an den seinen heranzuziehen. Sanftmütige Augen schauten ihn für Sekunden an. Sie wehrte sich nicht, errötete, öffnete mit den Händen die Bande und trat einen Schritt zurück.

»Um die Wahrheit zu verbreiten«, stieß sie atemlos hervor.

»Welche, Evelyn? Eine, die darin besteht, den Opa aus der Gemeinschaft auszuschließen? Ich hörte, dem stand das Prädikat eines begnadeten Wanderführers zu.«

»Besser, Herr Lorenz. Er war eine Art Schatzmeister.«

»Hmm, weil er die geheimnisumwobene Erlebniswelt im Harz verbreitete?«

»Ja! Korrekt! Wir sprechen über heidnische Bräuche, die harztypisch sind.«

»Erwächst daraus für Ihre Anhänger in der Sekte eine Beeinträchtigung des Seelenheils?«

»Ach, Blödsinn. Das ist Kauderwelsch. Die Bibel leitet ihre Schäfchen. Das bedeutet nicht, dass die Brauchtumspflege ein Fremdkörper ist. Sagen und Mythen gehören in den Harz. Das sind die typischen Aufhänger für einen florierenden Tourismus. Eine Tatsache, die uns mit den Ungläubigen verbindet. Glaube trennt da nicht.«

»Verstehe! Wieso habe ich das vergessen, Evelyn?«, fragte er in versöhnlichem Ton.

»Erneut, für mich ist das eine schwierige Frage. Keine Bange. Ich setze Sie nicht lange einer Rückantwort aus. Weltoffenheit ist einer der Grundsätze, denen ich fröne. Sonst ist die Chance vertan, die Aufgabe des Wanderführers für Sie zu übernehmen. Mir ist bewusst, dass das hier ist kein Spiel.«

»Stimmt! Ich bin hier, um Beweise für die Todesursache eines Menschen zu erbringen. Da sind wir ja wieder beim Thema. Sie gaben bei der örtlichen Polizeidienststelle die Vermisstenanzeige für den Opa auf. Stückchenweise erklärt sich mir, was andere bisher nicht für erdenklich hielten. Wenn sich de facto ein Verbrechen herauskristallisiert, benötigen Sie Schutz.«

»Nein, der Glaube, die Kraft der Gemeinschaft erfüllt diese Aufgabe. Kommen Sie. Trübsal blasen bringt nichts. Lassen Sie sich erheitern.« Sie führte ihn zu einer bungalowartigen Verkaufsbude aus Holz, unweit der bronzenen Hexe. »Eine Neuerwerbung für zwanzig Jahre auf Erbpacht, Herr Lorenz. Dahinter verbirgt sich ein konzentriertes Ringen um das schnöde Geld. Das vollzieht sich nicht grade mit Feingefühl.«

»Verstehe, das sind begehrte Plätze.«

»Ja! Die mein Verkaufsteam täglich neu verteidigt. Wir haben uns auf Andenken mit Gebrauchswert spezialisiert. Ich zeig´s Ihnen.« Minuten später sagte sie: »Hallo, wie läuft das Geschäft?«, begrüßte sie fragend die Verkaufskraft mit Handschlag.

»Bestens! Die Keksdosen sind der Renner. Hab nachgeordert. Die Keramikfiguren mit dem Abbild von Wotan, dem Göttervater, im Gefolge boomen ebenfalls.«

»Sie meinen die Raben, die Wölfe, korrekt? Habe ich seit meiner Ankunft gelernt«, schob Lorenz hinterher.

Ev schmunzelte zufrieden. »Sagte ich ja«, wandte sie sich dem Begleiter zu. »Die Lizenzen sind begrenzt. Urlaubsgeschäft, Verehrter, bezieht sich auf die Wochenenden, Feiertage, Ferienzeiten nebst Tagestouristen.« Sie drehte sich ihm mit dem Gesicht voll zu. »Hier, ein Geschenk.« In der Hand hielt sie eine bunte Keksbüchse. »Gefällt Ihnen das? Na ja, das ist meine Art von Traditionspflege. Die prallt hier auf ein begründetes Kaufbedürfnis. Oma verwaltet die Rezepte der Kekse. Die Bemalung der Gefäße ist ein gut gehütetes

Geheimnis. Es baut darauf auf, dem Auge gefällige, eindringliche Farben wirtschaftlich auf der Keramik zu verewigen. Sie überlässt die erforderlichen Handgriffe ausschließlich Angestellten aus der Gemeinschaft. Mein Anteil besteht in der Fertigung der heimischen Kultfiguren. Sie prägen die regionale Verkaufskultur an Urlaubsmitbringseln, zu einem vernünftigen Preis, versteht sich. Na ja, die Energiekosten sind mir ein Dorn im Auge. Ich arbeite dran, den Brennofen auf eine alternative Feuerung umzustellen.«

»Ich bin ja platt, Evelyn. Das klingt wissenschaftlich. Ein Energiekonzept, alle Achtung!«

»Verspotten Sie mich nicht«, sagte sie und drückte seine Hand.

»Sagen Sie, die Verkostung vorhin, na das Geschmackserlebnis, passte das?«

»Warum die Frage? Alles bestens.«

»Prima. Die Antwort gefällt mir. Gleich erkennen Sie, dass von den Figuren keine verkappten heidnischen Bräuche ausgehen. Eine These, mit der die Familie und ich im Streit liegen. Einzig mein Opa versuchte, Schlichter zu sein. Leider erschwert unsere Religion auf dieser Ebene die Zusammenarbeit mit den Ungläubigen. Entweder du entscheidest dich dafür oder dafür. Dazwischen herrscht Leere. Ich jongliere jeden Tag, um nicht unterzugehen.«

»Das erledigen Sie bestens, Evelyn.«

»Danke, das baut mich auf. Mein bescheidenes Reich liegt mir am Herzen. Geschäfte für die Familie zu generieren, ist die einzige Möglichkeit und die tragende Säule der Anerkennung. Leider reicht das nicht. Die Enkelposition bietet dafür kaum Schutz. Sie sehen, alles dreht sich um Wirtschaftlichkeit. Klar, Spaß mit einem gesunden Maß an Heimatverbundenheit inbegriffen. Ich verkaufe die Ware ebenfalls auf den Wochenmärkten und in den Touristenbüros. Alles logischerweise mit wachsendem Zuspruch.«

»Absolute Spitze, Evelyn. Die Vorteile liegen auf der Hand. Gibt es Neider unter den Gläubigern, die den Kontakt zu mir, dem Ungläubigen, zum Verstoß erheben?«

»Dass beantworte ich ausweichend. Kommt auf die Betrachtungsweise der Person an. Die gewerbliche Tätigkeit beschert uns eine innige Verbindung zu anderen Gruppen. Das sind vor allem Gläubiger in Italien und Spanien. Von dort beziehen wir Zinnober, das leuchtend rote Mineral mit hoher Dichte. Ein Material, welches schon die Künstler in der Antike verwendeten.« Sie lachte. »Entschuldigung, ich quäle Sie mit Belanglosigkeiten. Ich vergaß, Sie lösen kriminelle Puzzles. Darauf richte ich den Blick aus. Verständnis für die Menschen anderen Glaubens bedarf subjektiver Erklärungsversuche und ebenso zahlreicher individueller Antworten. Ich liefere Ihnen solche Botschaften. Sehen Sie, meine Oma ist mehr. Sie ist die Älteste der Gemeinschaft.«

»Pardon, Sie sprechen von der Sekte und damit von einer Machtposition. Egal. Behandeln Sie das Thema nach Gutdünken.«

»Vielmehr ist sie eine begnadete Heimatmalerin und Wahrsagerin. Sie schenkt einer Anzahl Menschen ihre typisch eigenen Visionen für das tägliche Überleben. Eine natürliche Sache.« Sie zog den Kriminalisten an ihre Seite, hakte sich bei ihm unter und grinste zufrieden. »Folgen Sie mir. Benno Lorenz, hören Sie aufmerksam zu.«

Ihre Lippen verweilten für Sekunden gefährlich nahe am linken Ohr. Das erweckte den Anschein von Vertrauen. Verblüfft registrierte er den heißen Atem. Die unsichtbare Welle positiver Energie erfasste ihn. Sie setzte sich fort in der Art, wie sie redete.

»Ich spreche nicht ausschließlich über das Geheimnis der Keramikkunst mit ihrer individuellen Malerei. Oma ist eine feinfühlige alte Dame. Zugleich eine Art Seelenheilerin mit Zugang zu Scharen an Lämmern und Schafen. Herr Lorenz, verehrter Benno, das ist der Punkt, den ich Sie bitte zu verinnerlichen.«

»Passiert grade, liebe Evelyn«, versuchte er es mit einem verwegenen Angriff. »Mensch Mädchen, das ist mir ausreichend bewusst.« Er hatte sie wohlweislich unterbrochen, im Bewusstsein, ihre Konter einzustecken.

»Was erwarten Sie für eine Antwort? Na prima, statt ernsthaft mit mir zu sprechen, versuchen Sie es mit unseriösen Floskeln. Sie überrollen mich.«

»Das stimmt leidlich, Evelyn«, erklärte er sich artig.

»Okay!«, reagierte sie mit einem Schmollmund, der ihr ausgezeichnet zu Gesicht stand. »Ich habe nicht vor, Versteck zu spielen. Nutzen wir die restliche Zeit bis zum Ziel. Einverstanden?«

»Klar, das hört sich vielversprechend an. Es ist mir eine Ehre, Sie an meiner Seite zu wissen. Der Tag zeigte sich bislang wahrlich nicht großherzig, was die Ermittlungen angeht.«

»Das ist alles? Mehr haben Sie nicht zu sagen?«

»Entschuldigung. Evelyn, Sie sind nicht das Problem. Im Gegenteil. Ich bin in erster Linie wegen der Informationen hier. Davon ab lässt sich meine Sympathie für Sie nicht leugnen.«

»Das zog ich in Betracht. Schade, Sie nutzen mich aus, versuchen, sich bei mir einzuschleimen. Klar, ist ein gangbarer Weg. Ich lasse das ja zu. Und bitte, ist eine Frage gestattet?«

»Gern. Ich höre!«

»Alles dreht sich um den Überfall. Mein Instinkt sagt, dass uns die Zeit wegläuft.«

»Auf was bezogen?«

»Auf jemanden, der bemüht ist, die Wahrheit über das Wegbleiben meines Opas zu verschleiern. Derjenige setzt alles dran, um die Arbeit der Kriminalpolizei zu behindern. Was unternehmen Sie dagegen? Haben Sie keine Angst?«

»Hmm, falsche Frage. Die Antwort verwirrt Sie hoffentlich nicht. Und ja, das Geschehen hinterlässt Spuren. Es ist mein Job, kriminelle Machenschaften aufzudecken. Sie helfen mir dabei, ein besseres Verständnis dafür zu erlangen. Es gibt Menschen in Ihrem Clan, die sich wegen unseres Miteinanders sorgen. Ich weiß, das ist zu allgemein. In Wirklichkeit drängt der harte Kern darauf, dass ich wieder erfolglos abziehe. Den Gefallen erwidere ich vernünftigerweise nicht. Evelyn, bleiben wir beim Spaziergang. Es plappert sich ausgezeichnet. Sie sind dran. Ich warte auf eine Erklärung zu Ihrem Job, inklusiv des Themas Kunstverständnis. Ansonsten, ich laufe Ihnen nicht weg! Damit habe ich das Thema Zeitfonds klar beschrieben.«

»Ist ja beruhigend, Herr Lorenz«, konterte sie grinsend. »Sie sind ein feinfühliger Mensch. Da wir grade dabei sind, danke für das Bekenntnis Ihrer wohlwollenden Zuneigung für mich«, sagte sie mit hochrotem Kopf. »Sie haben in ein paar Minuten die Möglichkeit, die Harzer Kunst aus einer anderen Perspektive zu erleben. Gewaltige Bilder mit schattenhaften, dämmrigen Farbtönen laden dazu ein, tiefer in die Welt der Sagen einzutauchen.«

»Okay, ich lass mich überraschen. Erklären Sie mir bitte Ihr Faible für die rote Farbe, die ja nicht harztypisch ist.«

»Falsch«, antwortete sie abrupt. »Es würde zu weit führen, Stellung zu beziehen. Haben Sie denn an keinem Lagerfeuer gesessen?

Was ist da auffällig?«, sagte sie in schnoddrigem Ton, um sofort die Gedanken darauf auszurichten. »Da ist das Rot der Feuersglut. Typisch für den Kult um die Walpurgisnacht mit dem Tanz der Hexen, dem Teufel und anderen Sagenfiguren.«

»Stopp, Evelyn. Egal, was Sie gedenken, mir ins Ohr zu flüstern. Konzentration bitte.«

»Ihr Wunsch. Da vorn lugt die Walpurgishalle hervor. Wie vorausgesagt, habe ich keine andere Chance, Ihnen in Ruhe die restlichen Informationen zu liefern. In dem Punkt gibt es einen Crashkurs.«

»Ihre Sache, ich war der Meinung, das hätten wir geklärt.«

»Pardon. Wo kommen Sie denn her? Das riecht nach Stress.«

»Nein, da liegen Sie falsch. Legen Sie los, Evelyn. Beseitigen Sie meine Ungeduld.«

»Aufgepasst. Hoffentlich ist Ihr Kunstverständnis nicht auf dem Nullpunkt.«

»Oh, der Schuss sitzt! Sehen Sie mich lächeln?«

»Das zaubere ich Ihnen ins Gesicht, Benno. Mein Verständnis für den Umgang mit Ton, inklusive der Farben, basiert auf einer uralten Tradition. Die hat ihren Ursprung in den Ansichten zur Farbgestaltung der italienischen Frührenaissance. Masaccio zum Beispiel, ein Maler, der sogenannten Krapplack verwendete. Dadurch schuf er imposante Gemälde mit kraftvollen, leuchtend roten Farbtönen.« Sie hielt urplötzlich inne, schaute ihn an. »Langweilt Sie das?«

»Oh, ich bitte um Verzeihung. Es ist informativ. Bin just ein unbeleckter Polizist. Mein Kunstverständnis ist mehr auf praktische Geschehen ausgerichtet. Was mir ins Auge fällt, ist der leuchtende Farbton.«

»Ist ein Anfang. Sie sind nicht farbenblind. Der hat seinen Ursprung im Einsatz von Zinnober. Eins der berühmten Bilder entstand 1428. Es heißt: *Die Heiligen Hieronymus und Johannes der Täufer.*«

Sie bemerkte, wie er Luft holte. Das war ein Zeichen der Überforderung. Sie steuerte dagegen an, klopfte ihm auf die Schulter.

»Sie, ein Kunstbanause? Habe mich täuschen lassen. Ich rieche den Anklang von Inspiration in Ihrem Verhalten. Täuschung hat keinen Platz in Ihrem Verhaltensmuster. Die Figuren auf den Gemälden sind Lichtgestalten der Kirche. Menschen in verschiedenen christlichen Konfessionen sehen in ihnen erleuchtete Kirchenväter. Sie verehren sie. Bitte Benno, Rituale braucht man wie die Luft zum Atmen. Sie vereinen uns und helfen, die gleiche Sprache zu sprechen.«

»Entschuldigung Evelyn, sind wir beide auf dem Weg zu einer geheimnisumwobenen Stätte?«, meinte er schmunzelnd, zugleich auf Antwort wartend.

»Herr Lorenz, Sie strapazieren meine Geduld.«

»Bitte, klären Sie mich auf! Von mir erwarten Sie, in fünf Minuten nachzuvollziehen, wozu Sie ein Leben lang Zeit hatten? Unmöglich!«

»Falsch! Sie suchen den Kontakt zu mir. Ich lasse das zu. Nein, ernsthaft. Das Signal für mein abtrünniges Verhalten ist gesetzt. Verzeihen Sie den Sarkasmus. Unsere Gebote sind unumstößlich. Sie schaffen eine Besessenheit, die Ihnen fremd erscheint.«

»Hmm, klar, ist denkbar. Schaukelt sich hier ein unbedeutendes Problem auf? Ich meine, wir reden locker miteinander. Mehr ist nicht passiert.«

»Verehrter Begleiter. Sie leben nicht auf der Höhe der Zeit.«

»Entschuldigung. Sie schenken mir grade Ihre Aufmerksamkeit. Das ist die Gegenwart im Heute«, sagte er kurzentschlossen und ergriff ihre Hand. »Das ist die Wahrheit. Ein Spaziergang, den wir beide privat auf die Beine gestellt haben. Na ja, eine Winzigkeit dienstliches Interesse steckt dahinter«, verlor sich im genüsslichen Grinsen.

»Sie irren. Wem ich meine Freizeit schenke, unterwirft mich unbeirrten Ritualen. Ob ich das akzeptiere oder nicht. Unsere Glaubensgrundsätze sind für alle bindend. Sie basieren auf der gegenwärtigen Wahrheit, die Gott langsam, mehr schrittweise, enthüllt. Das heißt, sie sind autoritärer geregelt wie in anderen Religionen. Die Älteste wacht darüber. Sie würde niemals den Mangel daran im Versagen aus den eigenen Reihen heraus suchen. Bei Fremden, nein, denn das bedeutet unweigerlich die Bindung an Außenstehende. Die Konsequenz: Die Hardliner maßregeln mich in der nächsten Bibelstunde.«

»Den Kopf waschen, na und? Sie sind eine gewiefte Persönlichkeit. Leisten Sie nicht einen Beitrag für den materiellen Rückhalt der Organisation?«

»Wieder falsch, Benno. Mein Cousin wartet auf eine solche Gelegenheit, um sich bei Oma einzuschleimen.«

»Verstehe. Der ist scharf auf den Posten der Ältesten«, meinte Lorenz mit den Augen zwinkernd.

»Das ist nicht lustig.«

»Blödsinn, Evelyn. Sie begleiten mich auf eine Bitte hin.«

»Hmm, das sagen Sie. Egal, was ich vorbringe. Sie sind ein Ungläubiger.«

»Was hat das denn zu bedeuten?«

»Mich zu begleiten ist ein unerwünschter Frevel. Ja, die religiöse Überzeugung verbietet mir, die Gruppe ohne Zustimmung zu verlassen. Das ignoriere ich grade. Stattdessen halten Sie meinen Arm. Das Verhängnisvolle daran, ich spüre dabei wohlige Wärme in mir aufsteigen. Wehren ist unmöglich.«

»Evelyn, Sie beschämen mich wieder. Leider bin ich nicht allwissend wie der einäugige Göttervater da vorn am Giebel der Walpurgishalle«, reagierte er auf den Druck ihrer Hände auf seinem Arm.

»Zumindest erfüllt der Museumsbau einen Zweck. Schauen Sie sich um. Die Massen an Touristen reißen nicht ab. Das ist dem Verdienst des Erbauers, einem Berliner Architekten, zu verdanken. Bleiben wir in der Gegenwart.«

»Einverstanden! Sagen Sie mir, was es zu sehen gibt.«

»Gern. Ich beabsichtige nicht, Sie zu enttäuschen. Es sind schattenhafte, dämmrige, finstere, mit Lichtpunkten bemalte Wandgemälde.«

»Stopp! Treffer! Ist für mich nicht der Knüller. Der Sache wegen habe ich im Internet nachgelesen. Ich dachte, ein bissel Vorbildung schadet nicht. Das drückt sonst die Stimmung. Vielleicht verderbe ich Ihnen den Spaß?«

»Was bedeutet das, Benno? Sie sind jedenfalls auf dem besten Weg dahin«, antwortete sie verdrossen. »Ich starte nochmal einen letzten Versuch, um Ihr Interesse in die richtige Bahn zu lenken. Ist das ein verlockender Gedanke, Oberkommissar?«, sagte sie mit der Betonung des Dienstgrades.

»Hoi, Respekt! Sie fordern Disziplin ein. Die Motive aus Goethes Faust fallen auf fruchtbaren Boden. Zufrieden? Ihnen zuliebe«, beeilte er sich, ihre Aufmerksamkeit auf sich zu lenken.

»Das ist ein erster, positiver Ansatz. Oma vergöttert den Maler, der die Gemälde schuf. Die Idee zur Errichtung der Halle ist sein Verdienst. Steigert das Ihr Interesse?«, forderte sie ihn auf, Position zu beziehen.

»Klar! Zurück zu Ihren Aussagen vorhin. Die Worte bereiten mir Angst. Sie meinen, jemand beobachtet uns? Wer? Hier oben auf dem Plateau sind Sie keine Unbekannten.«

»Herr Lorenz, das ist unbedeutend. In den Augen der Gruppe helfe ich einem Ungläubigen. Das entspricht nicht der Erwartung an die Enkelin des ehemaligen Ältesten, der lange Jahre eine Ikone war. Ich las seine Tagebücher. Erst dadurch erschloss sich mir seine Gedankenwelt aus einem anderen Blickwinkel. Opa gehörte zu den Entdeckern. Er sprach an, was in Tabus verstaubte. Erstaunlich offenbarten sich mir seine Versuche, in Güte zu schlichten. Es half ihm nichts, er war leider ebenso ein Mensch mit Fehlern. ›Hurenbock‹ beschimpfte ihn Oma wegen seiner Gefühlswallungen zu Ungläubigen. Obschon er ein Anführer mit religiöser Strenge blieb, lebte er nach der Scheidung im Zwist mit ihr.«

»Der Erna, Ihrer Oma?«

»Ja. Sie ignorierte seine Abwesenheit. Außer mir gab es keinen, der eine Vermisstenanzeige aufgegeben hätte.«

»Was denn, Sie halten ihre Hand schützend über sie? Weshalb?«

»Das ist eine hochinteressante Frage, die ich nicht auf dem Spaziergang erörtere. Im Übrigen ist es erst kurze Zeit her, da hielt Sie eine Bestie auf dem Hexentanzplatz gefangen.«

»Na ja, diesem Fakt entziehe ich mich nicht. Wir sprechen von der Aktion an der Bronzeskulptur. Die mit dem polierten Hintern?«

»Jawohl! Was fällt Ihnen da auf?«

»Tja, die Täter unterschätze ich auf keinen Fall. In ihrem Handeln lag berechnendes Kalkül. Das schließt die Kenntnis von der Beliebtheit des vieldeutigen Ortes ein.«

»Stimmt, Herr Lorenz. Das Felsplateau profitiert von der künstlerischen Entfaltung der Gestalten. Auf dem größten Stein sitzt lachend der Teufel, der in die Mitte des sogenannten Hexenrings zeigt. Rechts daneben hockt sein Verbündeter, ein Mischwesen, das teils Schwein, Nagetier und Drachen zu sein scheint. Es gibt über den Daumen kein anderes Kultobjekt, dessen Hintern tagein, tagaus Tausende Touristen auf Hochglanz polieren. Sie, Benno, genossen das unfreiwillige Privileg intimer Nähe. Wer hat denn schon seine Nase in einen Bronzehintern stecken können?«, sagte sie, ihn nachsichtig anlächelnd.

»Mit solchen Vorstellungen bin ich nicht an den Tatort gereist. Meine Hinwendung galt ausschließlich dem Fund im Bodetal. Ansonsten erschloss sich mir die eigene Wahrnehmung mit der unkeuschen Hexe, deren Geruch ich einatmete. Der Rest ist Kult um eine Mythologie, die aus zahlreichen Sagen beständig neu auflebt.«

»Daraus schließe ich, Sie haben nicht auf Anweisung des Teufels den Bannkreis des Bösen erschlossen. Waren Sie nicht ein Gefangener in dieser Welt, ein Todgeweihter? Hmm, die Interpretation erfüllt mich mit Neugier. Sie sind lernfähig. Mir scheint, Sie geben sich cool, Herr Kriminaloberkommissar. Antworten finden Sie im Verständnis für unsere Lehre. Oma ist eine bekennende Verfechterin davon. Meinem Opa verzieh sie für den Fehltritt mit einer Gespielin niemals. Im Gegenteil. Die Mitverantwortung am Tod des einzigen Sohnes stellte sie in der Gemeinschaft öffentlich aus. Ihr ganzes Leben lang lehnte sie enge Freundschaften zu Ungläubigen strikt ab. Ihr Kontakt ist daher dem Umstand der Ermittlungen geschuldet. Ich schlage vor, Sie reden wieder mit ihr.«

»Ja, das lässt sich nicht vermeiden.«

»Bevor Sie das angehen, verinnerlichen Sie meine Gedanken. Ansonsten sitzen Sie in einem Glashaus, ohne zu begreifen. Suchten Sie nicht einen Zusammenhang zwischen dem Bode-Toten und dem Vermissten?«

»Stimmt, das hat mich an Ihre Seite gebracht, was ich schätze«, sagte er deutlich, um zugleich die Rötung der Gesichtshaut wahrzunehmen. *»Irre, die Verlegenheit«*, sprang ihn ein unkontrollierter Gedanke an. *»Lade ich sie zum Abendessen ein«*, verwarf er sofort. »Ich werde die alte Dame um Erlaubnis bitten«, endete er schließlich nach einem Moment des Zögerns.

»Herr Lorenz, ich errate den Inhalt Ihrer Besorgnis. Fragen Sie nicht, das ist ein Schuss in die falsche Richtung.«

»Oh, woher wissen Sie, Evelyn?«

»Weil ich eine Woge von Zuneigung registriere, die Sie blind macht.«

»Da haben Sie Recht. Ich meine, das Richtige zu unternehmen, um Schwierigkeiten von Ihnen abzuwälzen.«

»Vernünftig ist das nicht.«

»Einspruch!«, sagte er, um hinterher kurz in Schweigen zu verfallen. »Ich spüre, dass Sie vor Unbekanntem davonlaufen, gleichzeitig nach einer Stütze suchen. Lehnen Sie sich bei mir an.«

»Würde ich gern. Leider sagt mir mein Gefühl, dass uns ein Schatten folgt. Irgendetwas Fremdes umgibt uns. Zugegebenermaßen ist das eine Annahme. Mit mehr Fantasie entsteht daraus ein begründeter Verdacht? Darüber lässt sich streiten. Hmm, was unternehmen wir? Vorschlag, kommen Sie heute Abend zu mir in die Werkstatt. Bitte zu Fuß, äh, äh«, meinte sie mit sichtbar roten Ohren. »Den PKW stellen Sie im Ort ab, vielleicht auf dem Parkplatz eines der Gasthöfe.«

»Warum die Geheimniskrämerei?«

»Weil sich um 20:00 Uhr die gesamte Gruppe im Betraum des Anwesens versammelt. Cousin Wilhelm richtet die Veranstaltung aus. In meinen eigenen Räumlichkeiten bleibt Ihr Besuch unerkannt. Nach der Zusammenkunft trinken wir einen Tee. Ich zeige dem Herrn Oberkommissar Opas Tagebücher. Sie haben die Erlaubnis, zu bleiben. Das Gästezimmer genügt voll Ihren Ansprüchen, denke ich. Ist das okay für Sie?«

»Oh ja, das ist eine wundersame Überraschung, Evelyn. Was erwartet mich?«

»Menschen, die im Gebet versunken sind. Sie erleben, was die Bibel für sie bedeutet. Ich bin davon überzeugt, die Rolle des Zuschauers gefällt Ihnen.«

»Hmm, die Hoffnung darauf beschwöre ich nicht. Es ist eher Sprachlosigkeit, die mich getroffen hat. Evelyn, Sie heizen mein Erstaunen an. Ich spüre die Energie, die sich in Sekundenbruchteilen wie ein Knalleffekt ausbreitet.«

»Was erstaunt Sie daran? Ich bin ein aufgeschlossener Mensch. Die Sicherheit unserer Gemeinschaft liegt mir am Herzen. Darum werde ich aktiv. Ist das nicht normal, Herr Lorenz? Eine Maßnahme besteht darin, für Schulungszwecke Daten aus Zusammenkünften aufzuzeichnen. Das ist eine interne Angelegenheit, ein Geheimnis. Wir lernen davon, denn der Job ist die Missionierung. Wir tragen den Gedanken an Gott nach unseren Vorstellungen in die Welt hinaus. Sehen Sie das bitte wie einen Geschäftsabschluss an. Ich zeichne die Bibelstunde auf. Hand drauf. Bei der Installation des Equipments hat mein Cousin Wilhelm geholfen.«

»Ich bin ja baff. Die Sekte, nein, Sie bespitzeln die Mitglieder?«

»Was soll´s, Wissen ist Macht. Nichtwissen pure Dummheit. Sie sind bei der Polizei. Gibt es da keine Datenüberwachung? Bevor wir das Kriegsbeil zu diesem Thema ausgraben, schauen Sie wohlwollend darüber hinweg.«

»Evelyn, der Sache wegen und in Ehrerbietung Ihrer Person. Einverstanden! Mir ist klar, die Gruppe beschützt sich nach eigenen Regeln. Das Sicherheitsbedürfnis ist enorm, wie in einer Firma.«

»Ja! Das trifft peinlich korrekt den Kern. Die Daten übergebe ich meinem Cousin. Der verwendet die ausschließlich für Lehrzwecke. Auf Kongressen kommt das bestens an. Dass sich jemand für ausgehorcht hält, habe ich bisher nicht gehört. Kostenloses Schulungsmaterial ist willkommen. Die jüngeren Gläubiger sehen darin eine Form der Verhaltensforschung. Na ja, das ist ein populäres Thema.«

»Was lernen die Teilnehmer?«

»Das versuche ich in zwei Sätzen zu erklären.«

»Tun Sie das, okay, Evelyn«, antwortete Lorenz.

»Zunächst geht es darum, die Wahrheit unserer Lehre zu verinnerlichen. Zweitens: der Umgang mit ihren Glaubensgefährten, das Missionieren durch Konversationen auf den Punkt zu bringen.«

»Das ist alles? Deswegen klauen Sie Daten?«

»Benno, das klingt hart, zugegeben. Dem Geschehen nach stimmt es. Lauschen verschafft der Ältesten die Kontrolle über Informationsflüsse. Ich habe es selber erlebt. Gotteswahrheit und andere Ansichten sind zwei verschiedene Paar Schuhe. Vermisst zu sein, darauf habe ich meinerseits absolut keinen Bock.«

»Nicht grade anspruchsvoll, was ich da zur Kenntnis erhalte.«

»Entspannen Sie sich. Ich bin in zwei Stunden wieder bei Ihnen. Bitte geben Sie durch Ihr Verhalten nicht kund, dass ich einen Besucher beherberge. Sie erkennen mich unter den Versammelten. Vorn, dritte Reihe, rechte Seite. Schalten Sie den Laptop nicht ab.«

Das Riesenbaby grunzte vor Freude. Sein Schatten lag schwer über dem Ziel. Das forderte von ihm den ganzen Tag die volle Konzentration. Das angespannte Belauern lag ihm nicht. Er war verschnupft darüber, dass sich der Hof des Anwesens zu langsam mit Fahrzeugen füllte. Wilhelm hatte ihm eingeimpft, im Hintergrund zu bleiben. »Lass dich ja nicht erwischen. Wehe, du zeigst deinen bekloppten Kopf den Gästen«, schnarrte er den Helfer an. »Nimm die Nikon mit dem hochauflösenden Teleobjektiv. Halte fest, wie sich der Bulle über den Hintereingang ins Haus hineinschleicht. Klar? Erfasse alles, was auf Intimitäten hinweist.«

»Erwischt, verdammte Bullenhure«, brummte er später vor sich hin. *»Scheiß Bevormundung. Den Kerl würde ich killen, um das Liebchen an den Pranger zu stellen. Einen Denkzettel braucht der«*, schloss er in Gedanken versunken den Auftrag ab. Der Adrenalinspiegel im Blut beflügelte den abgrundtiefen Hass. Mit einer Serie von Bildern zog er sich rauchend in Warteposition zurück. »Dem Bestatter tropft der Speichel aus dem Maul, wenn er die Aufnahmen sieht«, schob er flüsternd über die Lippen. Er grinste frech, um dem Moment der Genugtuung Platz einzuräumen. Zufrieden mit sich murmelte er: »Die Zeit kommt, wo Abtrünnige in der Schlangengrube landen. Bis dahin heize ich dir gehörig ein.«

Vorläufig hieß es allerdings für ihn, Ruhe bewahren.

Im Abstand von Minuten erschienen nacheinander vierzig Teilnehmer. Sie alle strömten in den Betsaal im Inneren des Gebäudes. Der war mit abgezählten Stühlen bestückt. Es gab eine intern geführte Anwesenheitsliste. Anspannung lag in der Luft. Irgendetwas war passiert. Ein Großteil der eintreffenden Gäste verhielt sich aufgewühlt. Per Kopfhörer entnahm Lorenz den Gesprächsfetzen Verwirrung.

»Warum der dringende Termin heute Abend, Wilhelm?«, rief soeben ein männlicher Zuhörer quer durch den Raum.

»Sei still, Erna bestellt uns nicht ohne Grund ein.«

»Korrekt«, meldete die sich aus dem Hintergrund, wobei sie auf die vorderste Reihe zuging. Hier stand ein speziell auf ihre Körpergröße abgestimmtes Podium. In Eigenregie gebaut von handwerklich begabten Mitgliedern und somit logischerweise kostenfrei. Die sattrote Bespannung des Sprechpultes entsprach der Farbgebung auf den Keramikdosen. Sie bezog dahinter Position. Mit erstaunlich kraftvoller Stimme eröffnete sie die Gebetsrunde. Lorenz blieb vor Staunen die Spucke weg. Das war ein obskurer Moment. Die Alte setze die suggestive Fähigkeit der Wahrsagerin geschickt ein. Es entstand der Eindruck, dass jeder Teilnehmer den Atem anhielt. Respekt hinterlassend erschauerte ein Donner die Stille.

»Ich entbiete allen Schwestern und Brüdern einen Willkommensgruß. Wir stehen im Krieg mit den Ungläubigen. Das Ende der Welt in ihrer derzeitigen Form ist da. Ich befahl euch her, um klarzustellen, dass einzig aufrichtige Gläubiger eine Chance haben, das gigantische Massaker zu überleben. Anhängern falscher Religionen sei gesagt, sie verdienen keine Schonung. Eine gerechte Sache, in der wir Gott bitten, dem abtrünnigen Bruder Erich für seine Sünden den Eintritt ins Paradies zu verwehren. Er verließ uns im Juli ohne Kommentar. Solch ein Verhalten sät Hader. Es bringt vor allem Abstriche an der Lauterkeit der Gemeinschaft. Das ist geschehen, denn die Kripo ermittelt. Damit verstärkt sich der Zweifel am Zusammenhalt der Schwestern und Brüder. Nicht genug. Es gibt leider Mitstreiter unter uns, denen die Gebote nicht heilig sind. Heißt ihr das für hinnehmbar? Ich antworte mit einem klaren Nein! Was sagt ihr? Höre ich geschlossen eure Abwendung? Stimmt ihr mir zu?«

Ihre Wimpern klappten nach oben. Der starre Blick verlor sich in der Menge. Ihre manipulative Kraft entfachte einen Chor gleichklingender Worte. »Ja, das lob ich mir«, tönte sie. »Ihr habt mich erhört! Erhebt euch!«

Lorenz konzentrierte sich auf das Video. Er sah, dass sich die Personen erhoben. Die salutierten wie Zinnsoldaten vor den Stühlen. Ein nicht enden wollender Sturm der Begeisterung durch klatschende Hände.

»Danke! Hört! Die Älteste spricht durch mich«, verlor sich im Ruf von Wilhelm Feist. Er wartete nicht ab, bis das Stühlerücken beendet war. »Das passiert zu einem ungünstigen Zeitpunkt«, schrie er in den Saal. »Die Verkündung lautet: Armageddon naht. Die epochale Schlacht zwischen Gott und Satan, in der Christus die Teufelei besiegt, steht bevor.«

In der vordersten Stuhlreihe legte eine Dame mittleren Alters den Kopf schief. Sie hüstelte. »Äh, Verzeihung. Ich bin keine versierte Rednerin. Gebt mir eine Chance, meine Gedanken zu äußern.«

»Bitte«, streckte Erna gönnerisch die Hand in ihre Richtung aus. »Na los, trau dich! Alle erwarten gespannt deine Verheißung.«

»Verzeih, verehrter Bruder Wilhelm. Wie es aussieht, funktioniert unser Gedankenaustausch nicht. Erich haben wir aus der Gemeinschaft ausgeschlossen, stimmt. Sag, ändert das einen Funken an dem Leumund, den er in der Stadt genießt? Du arbeitest ehrenamtlich in der Tourismusbranche. Von dort kommt solche Einschätzung. Der beste Wanderführer aller Zeiten fehlt. Fremde Menschen fragen nach, weil sie vom Hörensagen ein Juwel im Harz zur Begleitung erhoffen. Ich habe soeben in den Chor eingestimmt. Daran ändert sich nichts. Mein Herz sagt, lasst die Spezialisten ihren Job ausüben. Erich gebührt die ehrfurchtsvolle Erinnerung.«

»Eine lange Rede, das habe ich erstmalig von dir vernommen«, würgte Wilhelm weitere Gedanken ab. »Die Kripo ist vor Ort, hab ich gehört. Reicht die Antwort soweit?«

Er wandte sich von der Rednerin ab. Die Lage gebot ihm, sanftmütig fortzufahren. »Gott spricht durch uns. Erna, Gebieterin, meine Bitte ereilt dich! Im Namen deiner Schäfchen überbringe unserer Evelyn die Herzensgüte, wie es der Herr befiehlt. Ihr Opa, ein geschiedener Ehemann, der Abtrünnige der Gemeinschaft, ist verschwunden. Vermisst, heißt es. Es ist verständlich, dass sich die Familie besorgt an die Polizei wendet. Ob der Kripomann, an den sie sich wandte, ein Ungläubiger ist oder nicht, das spielt hier keine Rolle.«

»Blödsinn, wer gegen die Gebote verstößt, ohne zu bereuen, von dem trennen wir uns. Ich zeige euch den Weg. Es sind die Worte Gottes. Beuge dich, Wilhelm. Gleiches gilt für unser Mitglied da hinten«, sagte sie heftig gestikulierend.

Dutzende Augenpaare schauten ruckartig in Richtung der Gläubigerin. Sie trafen auf krampfhaft eingezogene Schultern, einen weggeduckten Kopf und Schweigen. Wilhelm Feist registrierte sichtbares Kopfnicken in den Reihen. Jubel setzte bei ihm nicht ein. Er hatte einen Fehler begangen. Die Älteste stand stumm da. Sie starrte in den mäßig erleuchteten Raum. Dort herrschte absolute Stille. Der Neffe hatte soeben ihre Autorität untergraben. Das war sträflich und erforderte eine Reaktion.

»Hört mir alle zu«, überschlug sich ihre Stimme. »Ich teile meine Sorgen mit euch. Der Vorfall auf dem Hexentanzplatz erfüllt mich mit Unruhe. Einen Polizisten bloßzustellen, ist nicht Gottes Empfehlung. Wir sind friedliche Menschen, die in Liebe und Zuneigung in der Gemeinschaft verbunden sind. Hat jemand die Absicht, sich zu äußern?« Sie hüstelte, wartete kurz und fuhr fort. »Mehr ist nicht zu sagen, obwohl es gerecht erscheint, Schwester Evelyn um Stellungnahme zu bitten.«

»Okay, meine Antwort treffe ich ohne Schuldgefühle. Weil ich Kontakt zur Kriminalpolizei habe, entspringt daraus keine verbotene Beziehung. Die Beamten sind Menschen wie wir. Zeuge zu sein ist eine Bürgerpflicht.«

»Ha ha«, erhob sich Wilhelm erbost. Speichelfäden versprühend schrie er: »Du verdrehst die Tatsachen. Scheinbar schwebst du auf einer Welle der Zuneigung zu diesem Kripomann. Der Kerl hat sich im Rathaus vorgestellt. Ich war dabei. Der ist ein Ungläubiger und damit eine Gefahr für die Gemeinschaft.«

»Du hast an der Beratung teilgenommen? Hat der Ältestenrat dem zugestimmt?«, erscholl ein Zwischenruf aus den Stuhlreihen.

»Nein. Dafür blieb keine Zeit. Der Bürgermeister hat mich stellvertretend für den Harzverein darum gebeten. Was habe ich berichtet? Du erinnerst dich, Erna? Der Kripomann tritt unsere Glaubensüberzeugung mit Füßen. Das ist ein Ungläubiger. Nicht die Informationen, die wir ihm der Sache wegen überlassen, bereiten mir Sorge. Nein, der Drang, sich einzuschleichen. Evelyn, da bist du im Gespräch. Er hat sich bei dir angebiedert. Gleichgesinnte trugen mir zu, dass du den ganzen Tag über wie ein Liebchen an ihm hängst. Aus welcher Veranlassung heraus? Erkläre es uns.«

Lorenz verschlug es am Laptop die Sprache. Der Hinweis am Vormittag auf einen Fremden hatte einen echten Bezug. Die angenommene Beschattung war Wirklichkeit. Das hing garantiert mit dem Angriff auf seine Person zusammen.

»Liebeszuneigung, ha, dass ich nicht lache. Nein, das ziehst du an den Haaren herbei. Niemals«, sprang Evelyn Feist in giftiger Abwehrhaltung auf die Beschuldigung hin an. »Blödsinn! Erna, du lehrtest mich die Regeln des rechtschaffenen Betragens und des Anstandes. Genauso ist die Reaktion zu werten. Unterm Strich, ich vermisse einen von der Gemeinschaft ausgestoßenen lieben

Menschen. Das ist der Kern. Ist ja logisch, dass die Kripo in unseren Reihen nach Verdachtsmomenten sucht. Sag, trat Opa eine Reise an, von der wir nichts wissen? Ich bleibe dabei, von mir erhält der Oberkommissar jede Hilfe, die er benötigt.«

»Schluss damit«, rief die Älteste. »Ich bin das Wort Gottes. Du gehorchst. Keine Alleingänge. Vereinen wir uns im Gebet.«

»Oh ja, die Lämmer und Schafe schließen sich dem Aufruf an«, stellte Lorenz anerkennend fest. Die Manipulation der Gehirne funktioniert. Gottes Wort ist Gesetz. Die Bibelstunde endete nach zwei Stunden mit dem wörtlichen Vortrag ausgewählter Passagen aus dem Buch der Wahrheit.

Zurück in ihren Räumen sank Evelyn Feist entkräftet in einen der Sessel. »Herr Lorenz, verzeihen Sie den beschämenden Auftritt. Ich war der Annahme, die Stärke der Gemeinschaft liegt in der Kunst, Disziplin vor allem anderen einzufordern. Wie das funktioniert, haben Sie ja erlebt. Ich schlage vor, wir verfolgen Auszüge der Aufzeichnung gemeinsam.«

»Ist ein akzeptabler Vorschlag. Morgen, übermorgen, Evelyn. Wir sind beide heute zu erschöpft, um eine vernünftige Konversation auf die Beine zu stellen. Jeder sucht sein eigenes Bett auf. Erholsamer Schlaf spendet Kraft.«

»Danke, Benno Lorenz«, sagte sie verschmitzt. »Ich durchforste nachher eine Weile die Tagebücher. Morgen erhalten Sie eine private Führung in Opas Wohnung.«

»Einverstanden! Dort finden wir garantiert ausreichend Proben, die für DNA-Vergleichszwecke geeignet sind. Ist das okay? Bevor ich Sie verlasse, Evelyn, erklären Sie mir bitte, was mit dem roten Zinnober passiert. In meinem Kopf kursiert da eine verdammt unheilvolle Vorahnung. Cool ist die auf keinen Fall.«

»Hmm, was erwarten Sie? Sie beziehen mich inoffiziell in die Beschaffung von Beweisen ein. Was bedeutet die Frage nach dem Pigment? Das ist ein bestens gehütetes Betriebsgeheimnis. Den Verkaufsschlager hielten Sie in der Hand.«

»Die scharlachroten Dosen, die Figuren mit den graublauen Farbeinschlüssen?«

»Tja, das lässt sich in dieser Form nachrangig betrachten. Raus mit der Sprache. Was ist daran sonderbar?« Die Blässe im Gesicht unterstrich ihr Unwohlsein. »Entschuldigung, ich bin abgespannt«, warf sie ihm zugleich entgegen. Es bewirkte bei ihm, ihr entgegenzukommen.

»Akzeptiert, Ev. Hier dreht es sich nicht um Fragen Ihrer Schuld.« Er nickte zuversichtlich, um die Stimmung nicht zu verderben und ergänzte: »Ich ergreife alle Chancen, um den Job nach vorn zu treiben. Ein Freund vom LKA hilft mir dabei. Er ist Forensiker. Die menschlichen Überreste in der Bode werfen meine eigenen Theorien über den Haufen.«

»Ich verstehe. Welche Hilfe erwarten Sie von mir?«

»Mut in Verbindung mit Ausdauer, sich mir zu öffnen. Das ist für die weiteren Befragungen von Zeugen von hohem Belang.«

»Was denn, wie eine Jacke mit Reißverschluss? Da ziehe ich lange genug dran und das war's? Weshalb das Interesse für Zinnober?«

»Okay. Dafür gibt es eine Erklärung. Die Vermisstenanzeige betrifft das nicht. Es erfordert, tiefer zu suchen und die Konzentration auf die Skelettreste zu richten. Mein Freund hat mir mitgeteilt, dass die Überreste hinreichend mit dem Schwermetall Quecksilber angereichert sind. Die Dosis ist beachtlich. Sie führt zwangsläufig ohne Behandlung bei einem erwachsenen Menschen zu Gesundheitsschädigungen. Mich beschäftigt, wie das Gift in den Körperkreislauf gelangte. Die einfachste Form ist die Beimischung solcher Stoffe in den Nahrungsmittelkreislauf. Ev, Zinnoberrot ist Träger von Quecksilber. Ich bitte Sie daher, mir eine Probe bereitzustellen. Erinnern Sie sich, ob Erich Feist Stimmungsschwankungen unterlag? Litt er an Erregungszuständen? Äußerte er sich zu seinen Ängsten?«

»Warum? Was ändert das?«

»Unter Umständen alles. Es handelt sich hierbei um typische Merkmale, die für solcherart Vergiftungen kennzeichnend sind.«

»Benno, das verunsichert mich. Es schürt Angst.«

»Keine Sorge. Im Gegenteil. Es beinhaltet einen Weg zur Klärung der Todesursache. Und es ergeben sich tiefgründige Ansatzpunkte zum Tathergang«, sagte er und himmelte sie dabei an.

»Unser Disput scheint sich hinzuziehen. Ich habe nicht die Absicht, ihn abzuwürgen.« Sie erhob sich mit dem Hinweis: »Draußen weht ein lauer Wind. Wir führen ein bedeutungsvolles Gespräch. Ein betörender sommerlicher Abend verlangt nach einem Glas Wein. Trinken Sie ein Schlückchen mit?«

Das traf Benno unverhofft. Unbeholfen antwortete er: »Ja, ist mir eine Ehre. Gern!«

»Prima. Meine Empfehlung lautet: Weißwein, trocken, ausgewogen temperiert.« Sie grinste, trat auf ihn zu und gab ihm einen Kuss auf die Lippen. »Zur Untermauerung der Leselust, Benno. Rücke näher ran, die Unterlagen hier auf dem Tisch, darauf konzentrieren wir uns. Lass das Video der Betstunde im Hintergrund. Ist im Moment nicht von Bedeutung. Komm«, sagte sie und zog ihn auf die Couch. »Hör zu. Das ist keine plumpe Anmache. Im Gegenteil, ich werde dir helfen, bis hinein in die Abgründe unserer Seelen.«

Sie stießen an. »Evelyn Feist, ich heiße Benno und du bist für mich Ev.«

»Und, wie weiter?«, reagierte sie unbeholfen lächelnd.

»Ein Bruderkuss gefällig? Komm her«, beendete die Anspannung.

»Benno, lass uns beim Wein das Thema Zinnober abschließen«, sagte sie, die Augen vor Erregung verdrehend. »Es ist ein Traditionsmaterial. Da hängt eine lange Geschichte dran. Es brachte der Familie wirtschaftlichen Erfolg und gesellschaftliche Anerkennung. Oma verwendet es zur Farbgebung mit dem Rotton, den du kennengelernt hast.«

»Ist eine kurze Erklärung. Ich staune.«

»Würde mich wundern, wenn das anders wäre. In religiöser Hinsicht dreht es sich darum, traditionelle Werte und Bausteine zu erhalten. Großmutter ist dabei das Alphatier. Schau in die Ahnenreihe. Da gibt es Drogisten, Kolonialwarenhändler, Apotheker. Wie es aussieht, sind dir die explizit bekannt.«

»Das bestätige ich. Ist im Moment zweitrangig.«

»Was treibt dich ansonsten?«

»Meine Aufmerksamkeit gilt dem Quecksilber.«

»Benno«, schob sie augenzwinkernd hinterher. »Das eint uns!«

»Freut mich, Ev. In Zukunft gibt es keinen Stress, der uns zerfleischt. Ich bin hier, um denen Paroli zu bieten, die bereit sind, zu lügen, zu stehlen und zu morden. Alles, um ihr Vermögen und ihre verdammte, biedere Moral zu schützen. Das ist genug Palaver, um in bescheidenen Sätzen den Fall zu erklären.«

»Wie kommst du darauf?«

»Wir reden über ein gefährliches Element, das sich schädigend auf die Gesundheit auswirkt.«

»Darum die Frage, wieso ihr solches Material verwendet?«

»Benno, dafür gibt es eine simple Erklärung. Hast du den Wunsch, sie zu hören?«

»Du wirst es mir verständlich darlegen, bin gespannt.«

»Klar. Es existiert kein Grund, dir das geringste Quäntchen zu verschweigen. Du hast es selber erlebt. Wir verwenden ein rotes Pigment zur Farbgestaltung der Keramikgefäße. Oma benutzt es für ihre Malerei. Es nennt sich Zinnober. Im Ursprung gehört das Material zu den Quecksilbererzen, bekannt unter dem Namen Cinnabarit. Es handelt sich um eine derbe, körnige Masse. Darauf basiert die Gewinnung des bei mir eingesetzten Pigmentes. Ich beziehe es in Pulverform aus dem Minengebiet von St. Giovanni in der Region Sardinien, Italien. Das Mineral enthält Quecksilbersulfid.«

»Ich gehe davon aus, die Lieferungen sind genehmigt.«

»Ja, was denkst du denn?«, reagierte sie angefressen. »Sieh, da ist es wieder, dieses verdammte Misstrauen. Hier passiert nichts Illegales. Die Begleitpapiere weisen den Mineralstatus mit der Farbkennzeichnung zinnoberrot, bleigrau aus.«

Lorenz ließ die Information kommentarlos vorbeiziehen. Er hatte sich auf die sanftmütig leuchtenden Augen der Begleiterin konzentriert. Sie hatte seine Gefühle entflammt. Wortlos ergriff er ihre Hand.

»Evelyn, was die Farbpigmente betrifft, sind weitere Kommentare überflüssig. Diese Hausaufgaben habe ich erledigt. Mein verehrter Freund beim LKA hat mich unterwiesen.«

»Das ist keine Überraschung. Du hast im Mineralienatlas nachgelesen.«

»Was ich vorsorglich erledigte«, lächelte er. »Meine Absicht bestand nicht darin, dich in irgendeiner Form zu beschuldigen. Ich suche eine Erklärung.«

»Klarer Fall, hier lugt der Job des Kriminalisten durch. Verstehe! Halten wir fest. Du erhebst gegen Erna Feist und mich keinerlei Vorwürfe.«

»Nein, bisher schließe es aus. Ich versuche, die Frage zu klären, woher die hohe Konzentration des Schwermetalls im Körper des Toten kommt. Zinnober bietet einen Ansatz. Das erfordert Zugang zum Mineral«, hob er beschwörend eine Hand. »Evelyn, sind wir ehrlich zueinander, ja? Wer schluckt denn rotes Farbpulver. Es sei denn, bei der Verarbeitung entstehen gefährliche Dämpfe, die eine Person einatmet.«

»Nein. Von gesundheitsschädlichen Folgen ist mir nichts dergleichen bekannt. Der Farbstoff entfaltet seine Strahlkraft erst im Brennofen. Lies den Behördenbescheid.«

»Ich hoffe es«, sagte er, ohne sie anzusehen.

»Mensch Benno, verdirb nicht den Geschmack des Weines und mir den Spaß. Das nervt. Wenn du nicht in der Lage bist, Vertrauen zu mir aufzubauen, dann geh bitte.«

»Es gibt keinen Grund dafür, Evelyn. Wieder griff er nach ihrer Hand. Du glaubst es kaum, was Menschen alles unternehmen, um Geheimnisse auszukundschaften. Ich garantiere dir, diese Spielchen sparen wir uns. Du bist mein Joker, ein Ass, ein Insider, den ich vorsorglich hüte.«

Sie nickte stumm. Es war ihr unmöglich, die von ihm ausströmende Gefühlswelle zu ignorieren.

»Anspruchsvolle Rede! Und wieso beschwörst du mich? Aushorchen ist nicht«, sagte sie trotzig. »Ergo, meine Schlussfolgerung: Du springst von einem der hohen Felsen im Bodetal, wenn ich dich darum bitte?«

»Ja klar, was sonst, Ev. Ergänzen wir unser Potential im Team. Alle Wege führen scheinbar zu Personen aus eurer Sekte.«

»Siehst du darin Zufälle?«

»Nein, glaube mir, da steckt mehr dahinter.«

»Oder du irrst, Benno. Wenn´s nicht anders funktioniert, stehe ich hinter dir«, antwortete sie prompt.

»Ev, ich kämpfe gegen eine Menge aufwallender Gefühle zu dir an. Bitte, lass mich nicht ohne Fallschirm springen.«

Dafür erntete er ad hoc ein Lachen. »Idiot, du. Ich opfere keinen Vertrauten, bevor ich nicht jedes Detail dieser Verbindung ausgekostet habe.«

»Nein! Das beruhigt mich kolossal. Ich brenne darauf, dir eine Geschichte anzuvertrauen.«

»Sofort? Und der Wein? Was passiert mit den heimlichen Gedanken?«

»Gedulde dich! Eine Winzigkeit, bitte! Das ist unumgänglich. Meine Befürchtung liegt nahe, dass Fanatiker im Eifer überreagiert haben. Der Herr Cousin ist solch ein Mensch.«

»Weil?«

»Schwer zu sagen. Versteh bitte. Unserem Verständnis nach ist Opas Platz im Paradies vorbestimmt. Und was hast du bisher gehört, Benno?«

»Dass der Vermisste an einem unbekannten Ort ausharrt.«

»Du meinst, eine von den Personen aus der Gruppe würde das gutheißen? Niemals!« Sie nickte ihm zufrieden zu.

»Evelyn, wir werfen alle Vorbehalte über Bord«, hörte er sich konzentriert sagen. »Wir erfüllen grade eine Mission. Meine Aufgabe sieht vor, Täter zu entlarven. Den Angriff auf dem Hexentanzplatz habe ich überwunden.«

Das traf ihren Nerv. Vor Eifer glühend erklärte sie: »Benno, was Opa für lebenswichtig hielt, hat er aufgeschrieben. Ich durchforstete nach dem Verschwinden seine Sachen. Anhaltspunkte für einen Freitod fand ich nicht. Im Gegenteil. Du bist grade dabei, mir die Augen zu öffnen. Mein Cousin Wilhelm hat scharfe Pfeile verschossen.«

»Was hat er angestellt? Ich habe viele solcher Situationseinschätzungen erlebt. Berückend war es nicht. Überzeuge mich. Kriegst du das hin?«, richtete er sich fragend an Ev.

»Ist eh ungeeignet, um ihm Gottlosigkeit nachzureden.«, kam sie ihm entgegen.

»Das reicht vorerst, Ev. Schlag alle Hoffnungen in den Wind. Dir ist klar, dass darin eine Lüge lebt. Nun, in seinen späteren Jahren widmete dein Opa seine gesamte Lebensenergie der Traditionspflege rund um die Sagen und Gebräuche im Harz. Davor, als Ältester, also als Führer der Sekte, muss er ja wohl auch ein Mensch mit sehr speziellen Ansichten gewesen sein.«

»Stimmt! Daher ist er für mich kein Abtrünniger der Gemeinschaft. Eher ein grummeliger, alter Herr.«

»Na prima! Evelyn, ich brauche Beweise.«

»Habe ich begriffen. Hier, nimm«, sagte sie versöhnlich. »Eine gefährliche Waffe. Zehn Tagebücher, handgeschriebene Unikate.«

Im nächsten Augenblick schob sie ihr Gesicht vor. Ihre Nasen berührten sich. Der alkoholisierte Atem streifte ihn mit einer auf Kante genähten Zerbrechlichkeit.

»Ernsthaft? Das sind doch Unikate. Die überlässt du mir einfach so?«, entschlüpfte es ihm unbewusst.

»Das ist meine Absicht«, reagierte sie beherzt.

Er betrachtete sie und bemerkte das schmale Gesicht, welches vor Aufregung zitterte.

»Im Moment gibt es wichtigere Aufgaben«, sagte er grinsend. »Komm, küss mich«, traf sie scheinbar vorbereitet. Ihre Antwort berührte ihn nicht sonderlich.

»Das ist lange fällig, stimmt's?«

Er nickte. Nichts schien mehr unmöglich. Die angerauchte Zigarette brannte halb vergessen zwischen seinen Fingern weiter.

»Leg sie ab«, meinte sie sanft, den Ascher reichend. Ihre rehbraunen, sanftmütigen Augen sahen auf ihn herab. »Hör mich an. Die Angst um eine lästige Affäre ist unnötig. Der Augenblick macht`s. Genießen wir ihn. Keiner stört uns. Du wirst nichts verpassen«, lachte sie mit gurrender Stimme auf. »Fahr nicht ins Hotel. Bleib heute Nacht hier.«

Das war`s. Eine Wolke von Gefühlen verpuffte grade, die Vernunft aufsaugend. Stattdessen stieg ihm der Duft schwer zu beschreibender Gewürznoten in die Nase.

»Hmm, betörend, inspirierend, woher kommt das?«

»Ist eine Gewürzmischung. Die Kekse!«

»Ah ja, Keek … se«, summte er langgezogen, außer Stande, etwas anderes zu sagen. Im selben Moment drückte sie die Lippen auf seinen Mund.

»Komm mit.« Sie zog ihn in einen Nebenraum. »Zieh mich aus«, verlor sich in hastigen Bewegungen. »Du hast lange keine Frau geküsst«, gurrte sie herausfordernd.

»Ev, eine beflügelnde Vermutung. Finde es heraus.«

»Gern«, folgte gehaucht. »Es gibt Unmengen nachzuholen.«

»Ja Ev, ich beabsichtige, dran festzuhalten! Eine Bitte, höre auf, dir was vorzuwerfen.«

»Verzeih! Ich rede zu viel. Obgleich, mir passt es, wie es ist.«

Sie verdrehte die Augen. »*Mehr, mehr, mehr, hör nicht auf*«, schienen diese auszudrücken, wobei sie hastig Atem holte. Sie schlang die Arme um seinen Körper, um ihn mit auf die breite Liegefläche zu ziehen. Ihre Lippen trafen sich ohne Unterbrechung durch einen Redeschwall. Das latente Sehnen nach Nähe war augenblicklich Realität. Es trieb die verheißungsvolle Inspiration, sich zu erschließen, ins Unermessliche. Wortlos fanden sich die zwei Körper. Sie bestaunten ihren Heißhunger, sich miteinander zu paaren.

»Übernimm du das«, presste er überwältigt hervor. Er hatte Glück, den Augenblick der Nähe nicht zerstört zu haben. Im Gegenteil. Eifriger Glanz in ihren Augen breitete sich aus. Pures Begehren, dem sie sich zuerst öffnete. Sie zog ihn herab, umklammerte seinen Oberkörper, um sich nachfolgend in einem wiegenden Rhythmus zu verlieren. Beide ließen sich von einer Minute zur anderen weit forttragen, bis in den Sonnenaufgang hinein.

Kapitel 10

Der Euphorie folgte ein Eklat, an dem Lorenz nicht unbeteiligt war. Ungewollt eckte er beim Polizeioberrat an, dem man ihn für die Dauer der Ermittlungen beigestellt hatte. Ein Vorschlaghammer nagelte ihn fest. Das gab der Verwirrung, dem Schock und der Verzweiflung Auftrieb.

»Sind Sie wahnsinnig! Eine wunderhübsche Scheiße, in die Sie sich hineingeritten haben. Das ganze Amt ist beschmutzt worden. Fällt Ihnen dazu was ein?«

Anstatt weiter zu sprechen, erhob sich der Vorgesetzte. Er postierte sich vor einer Videowand im leeren Meetingraum.

»Ja klar. Mir fehlen die Worte.«

»Ist das alles, Kriminaloberkommissar?«

»Bis auf die Tatsache, dass ich Ihre Begrüßung meine. Ich habe nicht die Absicht, Sie zu belehren. Die Ansage hieß, Lösungen aufzuzeigen. Der bin ich nachgegangen. Mit Erfolg. Es gibt eine Reihe von Indizien, die einen Zusammenhang zwischen dem Skelettfund und der Vermisstenanzeige erkennen lassen. Eine Straftat ist nicht auszuschließen. Mein Bauchgefühl zeigt mir die Richtung.« Er drehte sich dem Polizeioberrat frontal zu. Das zwang dem Vorgesetzten seinen Blick auf. Sofort legte er nach: »Vergessen? Der Chef im LKA hat mir volle Handlungsfähigkeit erteilt. Ich unterstütze die Tatortarbeit vor Ort.«

»Das entspricht der Erwartungshaltung an einen Profi. Zumal das LKA den Herrn in den höchsten Tönen lobt. In Echtzeit ist aus der Hülle ein orientierungsloser Oberkommissar geschlüpft. Das ist nicht grade die beste Referenz. Sie haben sich der Lächerlichkeit preisgegeben. Das ist unverzeihlich. Solide Tatortermittlung funktioniert ohne Bauchgefühl. Sie zwingen mich, dem Direktor des Landeskriminalamtes Bericht zu erstatten. Ihr Abteilungschef haut Sie da nicht raus. Wo bleibt ihre Vernunft?«

»Das heißt? Ich bin freigestellt?«

»Wieso das denn? Den Urlaub im Harz streichen Sie. Ich bestehe darauf, diese idiotischen Alleingänge sofort einzustellen. Klar?«

»Jawohl! Verstanden!«

Von der Begegnung mit Evelyn Feist kam nichts zur Sprache. *»War das der Bluff eines Kartenspielers? Unwissenheit? Eine Irreführung, zum eigenen Vorteil?«* Fragen, auf die Lorenz eher später als zu früh eine Antwort erwartete.

»Chef, Sie beherrschen es, mich zu beruhigen. Ich habe Ihre Ansage verinnerlicht«, hängte er dem an. Das stützte sich auf die Überlegung, sich wie ein echter Spieler zu geben. Goldrichtig, weil es logischen Grundsätzen folgte. Es passte optimal zu dem Oberrat am Schreibtisch. Zeit für taktische Spielchen blieb heute nicht.

»Verharmlosen Sie die Lage nicht. Im Übrigen, was ist mit dem Profi, den mir das LKA angekündigt hat? Wen präsentiert man mir unterm Strich? Sehen Sie selber. Ich habe Sie hergerufen, weil man nicht jeden Tag einen gefesselten Oberkommissar im Internet sieht«, sagte er mit dem Ansatz von beißendem Spott. »Nicht übel, der polierte Bronzearsch. Das bringt Ihnen garantiert keine Lobhuldigung ein.«

Währendem Lorenz darüber nachdachte, fing sein Mund an zu sprechen. Ungewollt öffneten sich die Lippen. Sie verbreiteten Worte in den mager möblierten Raum.

»Es ist passiert. Verzeihung, ich streue mir Asche aufs Haupt. Das Gefühl, an einem hochrangigen Vorgang zu arbeiten, ließ mich die nötige Vorsicht vergessen.«

»Oh, eine Seele von Mensch. Das reicht nicht. Töricht nenne ich Ihre Einstellung. Besser gesagt: dämlich! Dabei drehte es sich grad darum, an einem hochkomplexen Aufklärungsprozess im Harzer Bodetal teilzuhaben. Ich habe mich dafür eingesetzt, Ihnen das federführend zu überlassen.«

»Okay. Ich drehe den Spieß um, mit dem Zweck, wieder auf den eigentlichen Punkt zu kommen. Keine Bange – ohne Schuldzuweisung. Ich habe ein vages Stück Papier in der Hand. Eine ausprägt magere Ermittlungsakte. Welche Erklärung gibt es denn für den Einsatz der Schlappohren.«

»Verarschen Sie mich?«

»Zu keinem Zeitpunkt. Im Hintergrund arbeiten die Kollegen von der Abteilung fünf. Im eigenen Haus, damit das klar ist. Das bedeutet, hier kocht jeder sein Süppchen für sich!«

»Nein, Oberkommissar. Sie sind derjenige, der dem verfallen ist. Ein Techtelmechtel. Geben Sie es zu.«

»Bestrafen Sie mich. Ich hatte Pech, bin auf pfiffige Täter reingefallen.«

»Habe ich abgespeichert, Lorenz. Na ja, eines beruhigt zumindest. Im LKA sagt man allgemein, dass Sie ein Energiebündel sind, das mental seine Bindung aus dem Job schöpft. Ich sage, die Motivation zur Aufopferung für harte Arbeit reicht nicht aus. Obwohl personelle Engpässe bestehen, rechtfertigt es nicht, sich dem Team zu entziehen. Mein Handy hat nicht gebimmelt. Ich hätte unseren besten Ermittler gern an das Sachgebiet fünf der Direktion verwiesen. Zur Erklärung! Elitäre Verantwortung brauchen wir hier nicht. Ihnen kam eine vorbestimmte Aufgabe zu. Sie glänzten in Starpose, anstatt dieses dämliche Ereignis am Arsch der Hexenfigur vorausschauend zu verhindern.«

»Ich habe mich unprofessionell linken lassen, okay. Kommt nicht wieder vor, versprochen.«

»Lorenz, sich voll zu engagieren für eine Sache, die sich lohnt, dafür sind wir alle angetreten. Sie sind da keine Ausnahme. Mein Platz ist hier in der Polizeidirektion. Ihrer vorübergehend ebenfalls.« Er brach ab und meinte: »Genug der Allgemeinplätze. Sparen Sie die Ausreden für sich auf. Bedrängnisse sind mir ein Gräuel.«

»Keine Sorge. Hab mich im Griff.«

»Na, dann sind ja alle Unklarheiten beseitigt. Überdenken Sie meine Fragen: Unterliegt der Fund in der Bode einem Tötungsdelikt? Ist die Identität der Person geklärt? Wie schlüssig ist die Dokumentation der Spurenlage? Wo bleibt Ihr schriftlicher Bericht?«

»Oberrat, ich beabsichtige nicht, Sie aus der Reserve zu locken. Das ist unstrittig die schlechteste Idee. Da kriege ich wieder gewisse Probleme.«

»Korrekt, es klingt um ein Vielfaches besser, was Sie in einem solchen Fall erwartet. Disziplin ist das Zauberwort. Wie gesagt, es ist ernst«, sagte er nickend.

»Ach leck mich...«, erwiderte Lorenz kaum verständlich durch die Zähne schiebend.

»Oh, das hatte ich im Sinn. Ist eine glanzvolle Antwort, die Sie da von sich geben. Ich bin ja kein Unmensch. Mein Wunsch: das richtige Händchen bei der Beruhigung der Stadtväter. Sagen Sie denen, dass das Urlaubsparadies sicher ist. Sputen Sie sich. Drei bis fünf Tage galten dem Zugeständnis, das aus Ihrer Protzerei entstand. Und los geht's! Erscheinen Sie wieder an meinem Tisch. Ich erlaube mir sodann, Ihre Beurteilung zu überdenken. Fragen?«, platzte es aus seinem Mund in der Erwartung, den Untergebenen loszuwerden.

Der unternahm nichts dergleichen, außer zu erklären: »Es gibt eine ganze Menge an Ungereimtheiten.«

»Zum Beispiel? Oh verdammt. Erwische ich Sie da beim Pokern? Um welchen Sachverhalt dreht sich's, Sie Oberschlauer?«

»In erster Linie um eine ausgedünnte Aktenlage. Was ist mit gebündelten Informationen zu dieser Sekte? Wer vertuscht und erschwert die Ermittlungen zu dem Vermissten und dem Skelett in der Bode? Ein Polizist ist angegriffen worden. Nicht der winzigste Hinweis landet bei mir. Das ist nicht normal.«

»Geschwafel, Lorenz! Ist das die Ironie der Selbstverteidigung? Morgen Mittag liegt Ihr Bericht hier auf dem Tisch. Das ist mein letztes Wort. Habe ich mich deutlich ausgedrückt? Ich bluffe nicht. Das Sprichwort sagt: Selbst mit dilettantischen Händen gewinnt man mühelos Geld! Ich brauche ein Zwischenergebnis, egal wie es aussieht. Lorenz, mir ist bewusst, dass Sie ein göttlicher Skatspieler sind. Der Ruf eilt Ihnen voraus«, sagte er mit einem breiten Grinsen. »Sei's drum, raus hier! Trollen Sie sich!«

»Zuvor eine Frage, Herr Oberrat.«

»Ohne Geschwafel bitte«, erwiderte der. Langsam drehte er Lorenz sein langgezogen wirkendes Gesicht zu.

»Gott bewahre. Nein! Ich brauche die Hilfe vom Polizeilichen Staatsschutz.«

»Was denn, dem Sachgebiet 5 des Revierkriminaldienstes. Was haben Sie mit dem RKD zu bekleistern? Der Sinn erschließt sich mir nicht. Erleuchten Sie mich.«

»Ich versuch´s. Ist nicht persönlich gemeint. Pardon! Sie haben vorhin weggehört. Bei dem Vermissten handelt es sich um die ausgestoßene Führungspersönlichkeit der örtlichen Sekte.«

»Mensch Lorenz, Sie haben unleugbar einen respektablen Instinkt. Bitte lassen Sie sich den nicht zu Kopf steigen. Die Kollegen finden Sie gleich um die Ecke«, meinte er kopfschüttelnd. »Versuchen Sie nicht, die Verantwortung auf andere Abteilungen abzuschieben.«

»Oberrat, lassen Sie mich erklären. Das Wichtigste im Leben lässt sich oftmals nicht mit den Augen sehen, sondern mit dem Herzen. Das ist wie in der Liebe. In unserem Fall da, wo grade jemand eine Lanze bricht.«

»Oh wie poetisch. Hat Sie der Hexenarsch verwirrt? Okay, von mir aus. Ich erteile die Erlaubnis, die Kollegen zu konsultieren.« Er schaute ihm direkt in die Augen, um unmissverständlich seine Position zu erläutern. »Herr Kriminaloberkommissar, ich stehe auf Ihrer Seite. Bedenken Sie, mir erschließt sich ausreichend Sinn für Ihre Kreativität.« Lorenz entzog sich, dass der Vorgesetzte murmelte: »Lassen Sie sich von keinem Menschen vom Weg abbringen.«

Zu spät. Er war von einem Gedanken durchdrungen, der ihn anflehte: *»Weg hier! Nimm dir Zeit, nachzudenken, finde dich.«*

Egal, es änderte nichts an der Schuld. Sex mit einer Zeugin, das war tabu! Und das wog mehr als ein geharnischter Fehler, der Abbitte erfordert. Der Verstoß gegen ein Grundprinzip verdiente aufrichtig gemeinte Kritik. Daran gab es keinen Zweifel. Auf eine ungeprüfte WhatsApp zu reagieren, sich in die Falle locken zu lassen, dümmer ging's nicht! Im Zwiespalt mit seinen Gedanken verließ er den Raum. In der nächsten halben Stunde telefonierte Lorenz mit seinem Freund beim LKA.

»Rolf, ich brauche jemanden zum Reden. Bring mich auf den richtigen Weg zurück. Hab Scheiße gebaut.«

»Sehe ich ebenso. Wie ein Elefant im Porzellanladen. Für die Meute war dein Antlitz ein gefundenes Fressen. Hast den Medien hohe Einschaltquoten geliefert. Kriegst garantiert eine Beförderung.«

»Das auf die Spitze zu treiben, brauchst du nicht, Rolf. Sag mir, wie ich da rauskomme, um nicht der Lacher im Amt zu sein.«

»Schwarzsehen bringt ebenfalls keine Punkte. Gefasel verliert sich über Nacht. Greif nicht ein. Ohne Reaktion trocknet der Informationshype aus. Blicke nach vorn. Erledige den Job. Morgen ist das Interesse an dir auf dem Höhepunkt. Reicht das zur Beruhigung? Erlaube mir eine private Frage.«

»Alles, was du von mir verlangst. Schieß los«, trug sein übertriebenes Luftholen am anderen Ende des Telefons mit sich fort.

»Trinken wir ein Bier zusammen? Okay, du bist baff. Rechne mit mir in den frühen Abendstunden. Es gibt eine Reihe Neuigkeiten. Mach mir eine Übernachtung klar.«

»Top Idee! Komm, Treffpunkt 20:00 Uhr im Restaurant der neuen Ferienhaussiedlung im Bodetal.«

»Abgemacht! Verschieben wir alle Fragen auf diesen Zeitpunkt.«

Kapitel 11

»Es ist an der Zeit, dass wir uns kennenlernen, Kollege. Willkommen im Sachgebiet 5. Der Herr Polizeioberrat hat Sie avisiert.«

»Freue mich ebenfalls. Mit euch ist es schwierig, ins Gespräch zu kommen. Ihr seid ohnedem derart geheim, dass man nicht durch die Tür kommt«, entgegnete er mit einem sarkastischen Lächeln in den Mundwinkeln. Entlastend schob er hinterher: »Pardon für mein Dampfablassen. Brauchte Zeit, um wieder von der Palme herunterzukommen.«

»Klingt ja nicht grade erfreulich. Wir sind eine Truppe, zu der nicht gleich jeder vordringt. Egal. Wir sind zusammengetroffen. Ist am Ende des Tages alles, was zählt.«

Der Beamte lächelte einnehmend und entspannte mit einer Frage die Lage. »Benno, ist es erlaubt, Sie mit Vornamen anzusprechen?«

»Gern, einverstanden! Gilt ebenso für Sie, wenn es gestattet ist.«

»Ja, okay! Ich bin ein Urgestein in der Abteilung. Kriminalhauptkommissar am Ende der Beförderungsfahnenstange in der Polizeidirektion. Horst Walther«, sagte er schmunzelnd, um Lorenz daraufhin sofort die Hand zu reichen. »Duzen wir uns«, leitete er, ohne auf Bestätigung zu warten, über in: »Ich hörte von dem Gewaltakt mit deinem Gesicht. Nenn es Schicksal. Du gehörst zu den Berühmtheiten im Amt. Klasse Arsch, da auf der Hexe. Komme kaum in die Gegend. Ab sofort werde ich dafür mehr Zeit einplanen. Da sind wir denn beim Thema. Der Besuch ist nicht unproblematisch, stimmt's?«

»Korrekt. Mich plagt ein saudummes Gefühl. Von euch Jungs gab es bisher offiziell keinerlei Hinweise an die ermittelnde Tatortgruppe.«

»Wozu?«

»Zu dem vor Wochen vermisst gemeldeten Erich Feist«, sagte er. Das Blitzen in den Augen des Gegenübers bemerkte er sofort.

»Wart´s ab«, verband der mit dem pfeilschnellen Griff auf die Computertastatur vor ihm. »Bräuchte ich faktisch nicht«, nickte er in Richtung des Desktops. »Bei mir im Kopf ist alles bestens einsortiert.« Gequältes Lachen verbreitete sich. »Wart einen Moment, Kollege. Kumpel Computer sagt, er hat verbindlichere Daten. Ah, da haben wir was. Hmm, keinerlei Einträge mit strafrechtlicher Relevanz. Ein paar Hinweise auf Ermittlungen vor zehn Jahren. Ich schaue nochmal in die Statistik zur Fallentwicklung bei den Deliktgruppen. Streckenweise hilft einem das weiter«, brummelte er vor sich hin. »Hm, Benno, du verfügst ja ebenfalls über Zugriffsrechte.« Nach einer Verschnaufpause zum Luftholen meinte er: »War ja klar. Der Kumpel sagt nein! Hätte ich dir ebenso sagen können. Es sind keinerlei Hinweise auf Straftaten eingetragen.«

»Alles, Horst?«

»Ehrlicherweise, nein! Der Vermisste ist polizeibekannt. Da gibt es uralte Einträge. Ein gesperrtes Archiv, wenn du verstehst. Dafür braucht es Zugriffsrechte, die du nicht erhalten wirst. Ist ausschließlich Sache des Staatsschutzes.«

»Welche Verbindung besteht mit dem Heute?«

»Na ja, der Vermisste stand über Jahrzehnte unter Polizeikontrolle. Er war Chef einer Sekte. Du kennst ja unseren Job. In den letzten zehn Jahren war er nicht auffällig. Ich würde meinen, dafür im Ehrenamt eines Wanderführers im Harz. Eine seltsame Wandlung. Hat sich den Ungläubigen geöffnet.«

»Horst, woher weißt du das. Steht das da im Computer?«

»Nein, nicht in dieser Form. Ist spezielles Wissen aus dem Archivmaterial zur Personenüberwachung. Die Frage galt es von jeher zu beantworten, ob er rechtes Gedankengut verbreitet. Eines ist klar. Todesmutig war er nicht. Eher ein von der Religion abtrünniger Sektenanhänger. Der Älteste, die Stimme Gottes. Zu aktiven Zeiten ein überzeugter Missionar von ›Ungläubigen‹. Mehr ist nicht drin.«

Horst Walther schaltete den Computer wieder aus. Er erhob sich, um aus dem gegenüber stehenden Blechschrank eine dünne Akte zu entnehmen.

»Benno, darin gibt es halbwegs befriedigende Antworten. Nicht überbewerten bitte. Zu manchen Details fehlen mir ebenfalls die Zugriffsrechte. Die liegen beim BKA. Brauchst eine Freigabe, ein gültiges Passwort, um dich einzuloggen.«

»Das bedeutet übersetzt, der Staatsschutz liebäugelte mit Feist?«

»Korrekt, mehr wirst du von mir nicht hören.«

»Danke. Hast mir sehr geholfen. Das ändert eine ganze Menge. Der Vermisste war eine unter Beobachtung stehende Führungspersönlichkeit der örtlichen Sekte. Ist ein Anfang. Ich horche mich um. Ein langjährig bekannter Prediger und Missionar hat garantiert Spuren mit Erinnerungswert hinterlassen.«

»Benno – Vorsicht. Da verbirgt sich ein ganzes Netz an Informanten.«

»Mir scheint, da ist was Wahres dran. Andersrum, wer sich den Zorn der eigenen Gläubiger zuzieht, da ist was faul. Gehe jede Wette ein.«

»Benno, ich ergänze. Der war ein gutgläubiger, kindischer Greis. Zumindest ein Stück weit jemand, der im Zwist mit sich, seinem Gott, der Ehefrau, der Geliebten, nebst Vergangenem lebte.«

»Pardon, das lässt mich aus allen Wolken fallen. Klingt nach konkreterem Wissen. Wenn es nach meinem Bauch geht, sogar nach mehr, als du bereit bist, mir zu erzählen.«

»Das ist der falsche Ansatz, verehrter Freund. Komm runter vom Pferd. Beruhige dich. Kennst du den Begriff Halbwissen? Dir ist bekannt, dass solche Informationen ausschließlich im Büro des Polizeidirektors auflaufen.«

»Ja klar. Ich bin der ausführende Ermittler. Den sperrt man aus. Es ist unqualifiziert, dass jede Abteilung die eigene Wurst brät.«

»Oh, damit übersteigst du eine Grenze.«

»Nein, das trifft nicht zu. Hier fügen sich vorhersehbar zwei Sachverhalte zusammen. Der teilskelettierte Körper ohne Kopf. Der Vermisste. Alles spricht dafür: Das ist ein Vorgang. Die Stadtväter erwarten eine astreine Antwort. Für sie hat dieser Erich Feist im Touristengeschäft wie ein Magier Wirkung entfaltet.«

»Verstehe, Benno. Ja, das lasse ich gelten.«

Sein Gesprächspartner zuckte gleichgültig mit den Schultern, was sich gespielt anfühlte.

»Horst, eine ehrliche Antwort bitte.«

»Bekommst du, sofern die Geheimhaltung tiefgründige Aussagen zulässt.«

»Was ist mit persönlichen Daten?«

»Du meinst Fingerabdrücke, DNA, Ansatzpunkte für Zeugenbefragungen? Versuche, zwischen den Zeilen zu lesen. Ich habe mich weit aus dem Fenster gelehnt.«

»Akzeptiere ich. Es zeigt sich wieder, eure Truppe ist mehr Geheimdienst als Polizei.«

»Wieso versetzt dich das in Erstaunen? Wie lange bist du bei der Kriminalpolizei? Die Antwort auf deine Frage lautet: ja! Zumindest, was die Machart der Beschaffung von Informationen betrifft. Inoffiziell unter Einbeziehung geeigneter Quellen. Dafür hat der Staat den Staatsschutz erschaffen. Das erfordert, in das Herz der Sekte einzudringen. Glaubst du, die offenbaren ihre Geheimnisse? Die Kunst ist es, denen jedes Zipperlein aus dem Mund zu ziehen, ohne dass es jemand bemerkt. Antworten auf den praktizierten Totalitarismus zu finden, das ist die Frage, zu der wir Position beziehen.«

»Darum beschattet ihr die?«

»Mensch Benno, tu das nicht. Sei nicht derart vorwurfsvoll. Stimmt, im gewissen Sinn. Wir praktizieren das, um herauszufinden, ob die Denkweise dieser Personen die Gesellschaft gefährdet. Sie sehen sich vor allem in der Position, einem Elitekorps der

Menschheit anzugehören. Ist verrückt! Für die stellt sich das erstrebenswert dar. Zur Beruhigung: Bis heute habe ich im Rahmen meiner Ermittlungen keine feindlich gesinnte Prägung in ihren Ritualen erkannt. Vielmehr subjektiv Bilder im Kampf um die Position des Ältesten.«

»Horst, ich verstehe, solche Geschehnisse sind den Menschen nicht ins Gesicht geschrieben.«

»Du sprichst mir aus der Seele, Benno. Insiderwissen ist das Nonplusultra. Wir sind Kollegen. Jeder werkelt in seinem Spezialgebiet. Ich gehe davon aus, dass du von uns demnächst neutralisierte Information erhältst.«

»Und die sind wozu geeignet?«

»Mensch Benno, zur Beweissicherung, was sonst. Ich drücke die Daumen, damit du den Täter schnappst. Schade, du bist angepisst. Das vergeht.«

»Du hast es erfasst. Deine Hilfe ist unentbehrlich. Was ich benötige, sind Botschaften mit Beweiskraft.«

»Okay! Arbeiten wir daran. Für mich ist auf Gott zu bauen nicht strafbar. Solange aus der Sekte heraus keine öffentliche Gefahr erwächst, die das Wohlergehen der Mitmenschen einschränkt, bleibt die Beobachtung das einzige Stilmittel. Verehrter Kollege, da kommt das Ende der Fahnenstange. Unsere Informationen aus vertrauenswürdigen Quellen besagen, dass der Vermisste seit Wochen verschwunden ist. Zuletzt hat ihn ein Angestellter auf dem Plateau des Berghotels Rosstrappe gesehen. Da war er mopsfidel.«

»Das heißt, Tötung oder Mord sind keine Hausnummern?«

»Sagte ich das? Höre hin, Benno. Ein persönlicher Tipp. Es gibt da diesen Wilhelm Feist, einen Makler und ehrenamtlichen Mitarbeiter im Harzklub.«

»Bin ich zigfach begegnet«, fiel er ihm ins Wort. »Ein Arschloch, wie es sprichwörtlich im Buche steht.«

»Klar, meine Zustimmung dafür gebe ich. Aber unterschätze den Herrn nicht. Sei auf der Hut. Mehr gibt es nicht zu sagen. Schläfer sind brennend gefährlich. Quellen hauchen in dem Milieu ihre Seele rasant aus.«

»Hm, danke für die Warnung.«

Im Freien zündete sich Lorenz eine Zigarette an. Den Rauch sog er begierig tief in die Lunge. Sofort setzte sich das Gedankenkarussell in Bewegung. Es nötigte ihn zu einer Erklärung. Ihm blieb nichts weiter übrig, als lauthals aufzuschreien. »Verdammte Scheiße. Warum wundert`s mich nicht, dass die Ermittlungen sich bisher schleppend hinziehen. Höhere Gewalt erfordert List, um sie zu toppen.«

Sein Ehrgeiz schien mit jedem Zug an dem Glimmstängel zu wachsen, der verwegen zwischen den Fingern klemmte. Es drehte sich nicht mehr um die Zeugenbefragungen. Genugtuung stand zumindest Evelyn Feist zu. Die gehörte ihr zugesprochen. Sie hatte das verdient. Der betörende Sex letzte Nacht zeigte sich ihm grade wie schmückendes Beiwerk. Gleichermaßen setzte sich eine Erkenntnis im Kopf fest. Bei dem Vermissten handelte es sich unstrittig um den Fund in der Bode. Zweifel daran hatte er nicht mehr.

»*Ruf sie an*«, wischte er die durcheinander driftenden Gedanken mit der Handfläche weg. Er schüttelte den Kopf, hob abwehrend die Hände. »*Verdammt, ein Nein akzeptiere ich nicht. Warum ist das derart schwer? Weil sie nicht mein Mädchen ist, sondern eine dem Zweck dienliche Informationsquelle?*« Hastig wählte er ihre Handynummer. »Es gibt Neuigkeiten, Ev.«

»Besser, du kommst zu mir. Ich hätte gern dieses wundersame Erlebnis von gestern mit dir wiederholt. Interesse?« Weil er schwieg, schob sie fragend hinterher: »Benno, gibt es Antworten auf die Ereignisse, nach denen du suchst? Ich habe nachgedacht und ich will, dass du von meinen Möglichkeiten profitierst. Lass mich für dich verschlossene Türen aufschließen. Der rationale Teil meines Gehirns hat angefangen, darüber nachzudenken. Es gibt da Geschehnisse, mit denen könnte ich dir Erleuchtung verschaffen. Bitte lass mich nicht warten!«

Mit einer solchen Aussage rechnete er nicht. Nicht in dem Moment. Urplötzlich forderte eine im Kopf schwebende Frage nach einer Antwort. Drehte es sich hier nicht um bloßen Sex mit einer Informantin? Mit einem müden Lächeln drängte er die unreifen Gedanken in eine Ecke.

»Was ist mit dir, Benno? Strafen dich Zweifel?«

»Ehrlich gesagt, bedingt.«

»Brauchst du Hilfe?«

»Nein. Es liegt an meiner Zeitplanung. Ich habe dem Material zu wenig Aufmerksamkeit geschenkt. Dafür schäme ich mich. Ich werde es umgehend nachholen.«

»Hm, musst dich nicht wie ein begossener Pudel fühlen. Hier dreht es sich nicht um Schuld. Schon gar nicht, was dich betrifft, Benno. Wir werden uns dem Problem beide stellen. Ich kenne den Inhalt. Du musst mich eben einfach fragen! Okay! Fangen wir mit einem Eistee und selbstgemachtem Gebäck an.«

»Das wäre ein wunderbares Geschenk!«

Sie nickte bedächtig. »Komm erst einmal rein«, löste die Anspannung teilweise auf. »Bitte nimm Platz. Und jetzt sag mir, was dir auf den Nägeln brennt?«

»Ich ... es tut mir leid, Ev, wegen des Drucks mit den Tagebüchern«, stammelte er in dem Moment, wo sich ihre Hände berührten. »Na ja, Ausflüchte helfen nicht. Eine unsichtbare Kraft drängt mich, in deiner Nähe zu sein. Das Gefühl ist mir neu. Weißt du, es spricht eine innere Stimme zu mir. Sie rät, eine Schutzhülle auszubreiten.«

»Was, vor mir? Das ist nicht dein Ernst, oder?«

»Nein, nein, nein!«, beeilte er sich, auszurufen. »Das habe ich nicht so gemeint. Versteh! Mir ist erst seit heute bewusst, dass eure Lehre den außerehelichen sexuellen Kontakt zu Ungläubigen verbietet.«

»Mein Lieber, das fällt dir ja rechtzeitig ein«, grinste sie genüsslich. »Hattest du keinen Spaß?«

»Evelyn, du siehst das zu nüchtern.« Er brachte den Gedanken zu hastig vor, als wisse er nicht, wie viele Worte ihm blieben. »Es gibt da eine Menge mehr zu sagen. Zum Beispiel die dämliche Ausrede, die Tagebücher nicht komplett gelesen zu haben. Das ist Bullshit, Ev. Es quält mein Hirn. Die Sache ist damit nicht erledigt.«

»Das zeigt sich bald. Du bist nicht wegen der Videoaufnahme gestern Nacht bei mir geblieben. Bereit für mehr Worte, Benno?«

»Du hast es ja drauf.«

»Bestens getroffen. Um eines klarzustellen: Ich bin eine Frau, die sich wünscht, dass man sie begehrt«, sagte sie. »Lass deine coolen Sprüche. Rede nicht davon. Zeig mir, dass du mich begehrst. Meine

Hilfe ist dir nach den Ereignissen in der gestrigen Versammlung sicher. Da hängt dir ein Feind im Nacken!«

»Der Wilhelm? Das kläre ich in eigener Regie. Zweigst du genug Zeit ab? Ausreichend, um über die Unendlichkeit der Zukunft zu philosophieren? Sagen wir, wieder eine ganze Nacht?«

Sie nickte. Gleichzeitig brach aus ihrem Mund ein Lachen hervor, was sich wie das Gackern einer Batterie Hühner im Stall anhörte.

»Irre, Benno!«, setzte sie nach. »Ja, du hast meine Aufmerksamkeit. Ich schenke dir Wärme«, erwiderte sie, um einen Schritt auf ihn zuzugehen.

»Wir finden gemeinsam deinen Opa. Versprochen. Das ist ein Schwur, Ev«, brachte er mit heiserem Ton hervor. Er stand dicht bei ihr. Sein Heißhunger war unübersehbar. Er griff in ihr Haar, wühlte darin, sagte mehr fragend: »Alles klar?« Und sofort hinterher: »Das ist die unausgesprochene Antwort für mein Begehren.«

»Benno, Lieber, es ist eine coole Art, zwischen den Zeilen Gedanken in Szene zu setzen. Tu es. Ergreife Besitz von mir. Das ist der Lohn für die folgende Nachbetrachtung«, verlor sich im wortlosen, brünstigen Aufprall der Körper. Der endete so abrupt, wie er hereinbrach. »Treffen wir eine Übereinkunft«, gurrte sie atemlos. »Ich verspreche dir rückhaltlose Nähe, wenn du mich festhältst und in den Himmel entführst.«

»Meine Verweigerung akzeptierst du nicht, stimmt's?«

Sie zog einen Schmollmund und gab einen einzigen Laut von sich: »Oha!« Zugleich setzte sie sich aufrecht im Bett hin. Die Beine angewinkelt, umfassten die Hände die Knie. In diesem Zustand hing sie scheinbar einer Überlegung nach. Millisekunden später platzte es aus ihr heraus. »Klar, du brauchst dich nicht zu verstellen.«

Sie drehte sich ihm zu, um seine Stirn, den Hals und die Brust zu streicheln.

»Weißt du, wenn ich dich ansehe, zeigt sich mir die Vergangenheit, die du beim Lesen in den Tagebüchern erfahren wirst. Hast du Lust drauf, das gemeinsam im Heute zu erleben?«

»Ja, ist eine echt super Frage. Sofern das keinen Liebesentzug bedeutet, einverstanden.« Schmollend schob er hinterher: »Hm, Evelyn, reden wir darüber, wo alles seinen Anfang nahm?«

»Ja! Im Herbst 1945. Für mich ist das ein historischer Zeitpunkt, weil er mit der Gegenwart Gemeinsamkeiten aufweist: Die Missachtung der Gebote unseres Herrn.«

»Weil wir nackt zusammen im Bett liegen? Ist ja völliger Blödsinn.«

»Falsch. Du hast noch viel zu lernen. Bist eben ein einfallsloser Mensch in Liebesdingen. Unser Versteckspiel zieht die gleichen Konsequenzen nach sich wie die Gefahr einer Entdeckung in der Jugendzeit von Großvater.«

»Du sprichst über Kriegszeiten, Ev. Hast du dich vertan?«

»Nein! Der Zeitabstand hat nichts an dem Verständnis darüber geändert. Sich dem Partner zu öffnen, heißt, sich ihm anzuvertrauen. In der Sprache, dem Handeln und sexuell. Ich bewirke das in diesem Augenblick«, sagte sie und verschloss mit den Lippen seinen Mund. »Komm, fülle mich aus. Ich wünsche mir, dass du tief in mir stillhältst. Das heißt, nicht bewegen, weil ich beabsichtige, mit dir die zweite Fahrt in den Himmel anzutreten.«

»Okay, du reitest auf mir, ohne in den Galopp zu fallen«, lachte er lauthals auf. »Hast du Kraft genug dafür?«

»Darauf verwette ich die nächste Runde. Opa beschreibt im Tagebuch ein ähnliches Erlebnis. Ich habe nie erfahren, dass Erna für ihn mehr eine Freundin war, keine Ehefrau. Echte Gefühle verband Oma ausschließlich mit Erwin, dem älteren Bruder. Pass auf. Ich lese die Passage vor«, sagte sie sich auf ihm rekelnd, um Druck gegen den Schaft in ihr auszuüben.

»Stillhalten, Ev«, protestierte er. »Auf diese Art funktioniert das nicht. Bitte lies den Text, lenke mich ab. Oh Gott, ich explodiere jeden Augenblick«, verlor sich in einer verblüffenden Aussage.

»Warte damit!« Abrupt unterbrach sie den wiegenden Rhythmus. »Dein Wunsch, Liebster«, grinste sie zufrieden. »Im August 1945 datiert steht hier:

Der Neid knabbert an meinem Ehrgefühl. Gott überträgt mir eine schwere Bürde. Wie sie sich umarmen, busseln. Das furchtbar Geheime daran bringt mich um. Die Regung in mir hinterließ eine Schwellung, monströs ausufernd, so wie ich das Mädchen erblickte. Ein gnadenloses Spiel, bei dem ich von Sinnen bin. Die Angst, sich Verbotenem hinzugeben, ist fürchterlich. Gestern folgte ich ihnen bis zur Zinnoberhöhle, einem verlassenen tiefen Felseinschnitt nahe der Bode am Eingang zum Bodetal. Sie wähnten sich mutterseelenallein. Adleraugen, gepaart mit einem hellichten Scharfsinn offenbarten ein mir bisher nicht entdecktes Liebesspiel. Das ist vor der Ehe verboten. Die Geräusche verkündeten das Gegenteil. Mein Bruder berührte das Mädchen an Stellen, von denen ich vage Vorstellungen hatte. Sie beleuchteten die Stätte ihrer Vereinigung mit Petroleumlampen. Sahen sich, ließen innige Berührungen folgen. Niemals sah ich einen nackten Mädchenkörper, in den ein Penis eindringt. Es war der von Erwin. Ein Skandal! Ich entfloh. Mir ward nicht vergönnt, der sündhaften Untat zu vergeben.«

Ev hielt an. Sie beugte sich zu Benno herab, um ihn zu küssen.

»Weiterlesen, Ev«, sagte er stöhnend vor Lust. Das war das falsche Signal. Sie hob langsam den Körper, senkte ihn, um in einen konstanten Rhythmus zu verfallen. Chancenlos, sich dagegen zu sträuben. »Aaah, ein irres Gefühl, stopp, Ev ...«, hielt er mitten in der Aussprache des Namens inne. »Ich brauche eine Pause. Halte still, die Empfindungen sind ... oh, unheimlich dominant.«

»Dein Wunsch, lenke dich getrost ab. Du entkommst mir nicht. Ich mache mit dem September 1945 weiter«, sagte sie, um sich wieder dem Text im Tagebuch zu widmen.

»Die Freizeit ist beschränkt. Pendle zwischen Beten, Essbarem beschaffen, einem endlos langen Schulweg, Schweine füttern, Ausmisten von einem Tag in den nächsten. Zwischendurch ertrage ich wiederholt die Bestrafung, jenes geräuschvolle, interne Liebesleben meines Bruders. Ich komme davon nicht los. Purer Neid hat mich erfasst. Dem hängte sich der Schock an. Der Russe steht in der Tür. Verschwitzt, drohend mit der Waffe in der Hand. ›Wo ist Werwolf?‹, rufen sie in gebrochenem Deutsch. ›Wo ist Kerl von Hitlerjugend?‹ Sie treiben die Familie vor dem Haus zusammen. Die Gewehre gnadenlos im Anschlag. Ein Lichtblick folgt, der Sprachkundige mit wohlgesinntem Blick. ›Sag ihnen, wo sich der Werwolf aufhält. Wo ist dieser verdammte Nazi Erwin?‹ Woher kannte er den Namen? Sie schlagen mir den Gewehrkolben an den Kopf. Die Soldaten lassen sich nicht davon abhalten, meint der Dolmetscher. ›Los! Faschist kaputt, du Werwolf rufen. Komm mit‹, endete darin, dass sie ihn bis zur Ladefläche eines LKW

schleiften. Du tot, zeigen sie auf Mama. Da die Wende. Mein Bruder steht in gebückter Haltung vor dem Übersetzer. Ich bin kein Werwolf. Umsonst. Von mir lassen sie ab. Stattdessen zerren sie Erwin auf den LKW. Der Spuk ist vorbei. Ich renne zur Höhle, brauche lange Zeit, um mich zu finden. Unerträgliche Stille steht im Vordergrund. Mit jedem Schritt bemerke ich den Geruch von Petroleum. Achtzig Meter stolpere ich hinein. Da erst greift eine Schrecksekunde. Volltreffer! Enttäuschung! Der Platz mit einer Lage Stroh ist leer. Das nackte Fleisch ist weg. Keine vollendete Ekstase vereinter Körper. Ich schreie abgehackt. Die Russen, die Schweine, sie bringen ihn um. Er kam nie aus Sibirien zurück. Typhus raffte ihn hin, hieß es.«

»Steht das im Buch, oder ist das deine Interpretation?«

»Ja! Ich merke, die Geschichte raubt dir die Kraft. Lass uns ausruhen.«

Die achtundvierzig Kilogramm auf seinem Körper bemerkte er nicht. Hitze umströmte sie beide.

»Mein Gott, deine Haut, sie glüht«, sagte er. »Deprimierend, das in der Vergangenheit.«

»Stimmt. Die Geschichte war gutherzig zu Opa. Benno, er beherrschte sie mit Dominanz. Das, was ein Ältester am ehesten bedurfte.«

»Was denn, verlieh das dem Geist die nötige Kraft?«

»Unwiderlegbar. Sag, hast du was von Verhaltens- und Gedankenkontrolle gehört? Das ist kein Wortgebilde. Nimm die regelmäßigen Betstunden, das Lesen in der Bibel. Das ist die Ebene, wo du auf all deine Fragen eine Antwort findest.«

»Das versetzt mich nicht in Erstaunen, Evelyn.«

»Mein Lieber. Ergründe, ob der einzelne Mensch in der Lage ist, Veränderungen zu erzielen. Wenn du bereit bist, lausche dem Wort Gottes. Im Übrigen, vergiss nie die Magie des ersten Eindrucks. Schau mich an, deinen Preis«, lachte sie aufgekratzt.

»Evelyn, was hat dich dein Opa gelehrt?«

»Zum Beispiel, Schuldgefühle zu hinterfragen.«

»Weiter! Erkläre mir, bist du dem nachgekommen?«

»Urteile, schau auf den heutigen Tag. Ich habe mir jede Sekunde an deiner Seite eine Frage gestellt.«

»Du spannst mich auf die Folter.«

»Ist Absicht. Werde ich den Erwartungen gerecht? Darum dreht sich alles. Das ist ein zentrales Element der Bewusstseinskontrolle. Ich stelle mir die Frage oft, um die Angst zu bekämpfen. Sie zu schüren, trägt zum Aufbau eines Feindbildes bei. Gefühle sind ein gefährliches Instrumentarium. Die Ältesten achten darauf. Ihre Lehre ist widersprüchlich, effizient. Wer widerspricht, bekämpft uns.«

»Hmm, verehrte Dame neben mir im Bett. Ich bin da eine Ausnahme?«

»Nein. Bilde dir nichts ein. Du hast Glück, denn ich fühle mich zu dir hingezogen. Oh je, das nach zwei Tagen.«

»Da bin ich mit den Gedanken bei dir. Wir sind erwachsene Menschen. Das dicke Ende kommt bald. Da stößt dich deine Oma aus der Gemeinschaft aus.«

»Von mir aus. Das Geschacher um die Informationskontrolle schafft ohnehin Verbitterung. Cousin Wilhelm schließe ich darin ein. Er ist ein Kontrollfreak, der seine Schergen für sich arbeiten lässt.« Sie richtete den Oberkörper auf, um resolut zu sagen: »Schluss, Benno. Ich beanspruche meinen Preis. Sag dem das da unten. Der ist eingeschlafen. Ist es dein Wunsch, dass ich den klein wüchsigen Kerl aufwecke? Zur Belohnung begleite ich dich ins Hüttenmuseum. Das liegt direkt am Eingang zum Bodetal.«

»Oh du meine Güte, da ist mir eine gestrenge Wegbegleiterin begegnet. Bitte ja, erwecke ihn!« Bei dem Vorsatz blieb es nicht. »Fahr zur Hölle, du da unten«, schimpfte Lorenz lachend.

Evelyn grinste ihn an. »Überanstrengt? Zuviel geschwafelt? Angst?«

»Komm runter von mir!«, erhielt sie stattdessen zur Antwort.

»Du meinst, in aller Ruhe, um gemeinsam darauf hinzuarbeiten, dass die Knie nicht mehr wackeln? Drehen wir uns um. Ich nach unten auf den Rücken. Du obenauf.«

»In der Form. Los!«

In Wirklichkeit schaffte sie es nicht, den Vorschlag umzusetzen.

»T'schuldige, hab zu lange auf dir gehockt. Die Beine sind eingeschlafen.« Der Versuch, mit verkniffenem Mund zu lachen, stand ihr nicht.

»Ha, ha, wer hat sich da übernommen?«, grinste Lorenz. »Ich zeig dir was. Legen wir los«, sagte er.

Augenblicklich füllte er sie aus. Der kurze Aufschrei vernahm sich wie der Versuch, einen irren Kontext zu beschreiben. Das war jener erregte Zustand, der sich von den geröteten Wangen über den Hals bis zu den nackten Brüsten hinzog.

»Oh bitte Benno, Mach, tu`s, lass es zu, ich halte es nicht länger aus.«

Kapitel 12

»Du brauchst Hilfe, Benno. Höchste Eisenbahn, dass wir uns zusammensetzen.«

»Beruht auf Gegenseitigkeit, mein Freund. Bleib cool. Klar, ich freue mich auf die Begegnung.« Er sah sich um. »Gefällt mir. Top Ausstattung! Und Platz genug, um einen Tisch zu ergattern.«

»Vergib nicht voreilig zu großherziges Lob, Benno«, erwiderte Rolf. »Ich beschaffe uns zwei Sitzplätze«, meinte er. »Es ist Urlaubszeit. Da gibt es viele Reservierungen.«

»Ich weiß. Wir sind heute ebenfalls Touristen, das wird für einen Sitzplatz reichen.«

Minuten später erfüllte sich der Wunsch.

»Prima, dass es mit uns beiden geklappt hat. Ich sagte am Telefon, dass du Hilfe benötigst, Benno. Ich unke nicht, dein Fall ist lange nicht zu Ende. Klar, du wurdest angehalten, umfassender zu graben. Was seinen Grund hat. Du musst wissen, in vier Wochen mache ich Urlaub. Umso dringender ist es, mit dir einiges außerhalb der Diensträume zu bereden.«

»Okay. Mach's kurz. Trinken wir ein Bierchen dazu?«

»Ich halte mit. Die paar Meter bis in mein Hotelzimmer erlauben, einen ordentlichen Stiefel zu füllen.«

»Was ist derart dringend, dass du persönlich erscheinst? Rollen da Probleme auf mich zu?«

»Hmm, ja, unter Umständen. Oder auch nicht. Sagen wir, Kompetenzstreitigkeiten liegen in der Luft! Sie erreichen dich erst, wenn du Daten abrufst. Das zum Thema des Besuchs beim Staatsschutz.«

»Ach du heilige Scheiße. Du weißt davon. Das ist ja wie im Film.«

»Na was glaubst du denn? Der Kollege hatte keine Wahl. Sein Befehl lautete: Konsultation! Das schließt ein, die Lage abzuchecken, herausfinden, über welchen Kenntnisstand der Gesprächsteilnehmer verfügt. Quellenschutz ist eine Kostbarkeit in der Geheimdienstbranche.«

»Ist mir aus meiner Praxis geläufig. Die Fünfer legen da übersteigerten Wert drauf. Sie begreifen sich wie der Verfassungsschutz.«

»Klar, vereint und geschützt unter dem polizeilichen Dach.«

»Akkurat! Das schränkt unnötige Fragen ein. Rolf, ist zumindest für mich kein Thema. Mein Interesse bezog sich auf eine Datenlage, die eine sichere Identifizierung erlaubt. Das mit der Zustimmung des Polizeioberrats, dem ich für die Dauer der Ermittlungen beigestellt bin. Tja, siehe da, der Vermisste ist denen bekannt.«

»Da existiert ein anderer Hintergrund, Benno. Darum unsere Zusammenkunft. Du bist mein Freund. Ich will damit verhindern, dass du dich im Feuer des Ehrgeizes verbrennst.«

»Heißt das, ich erledige nichts anderes als einen Job?«

»Im Rahmen der dir eingeräumten Kompetenzlage. Die ist aber um einiges vertrackter, als du annimmst.«

»Verrate mir deine Vision. Komm, fangen wir damit an: Prost auf unsere Freundschaft«, sagte er, um mit dem Glas Bier an seinem anzustoßen.

»Die haben eine Quelle mit Bezug zur Führungsebene der lokalen Sekte. Mein Bauchgefühl flüstert mir zu, dass die Geheimen ihre Position nutzen, um dich in die Irre zu führen. Die religiöse Gruppe ist bisher politisch weder rechtslastig noch anderweitig eine Gefahr. Das lässt sich im Hause mit dem Fingerzeig auf eine wirkungsvolle Quelle bestens verkaufen. Sieh das in der Form. Der nachrangige Beamte vom Dezernat 25 entwickelt sich zum Problem. Du selber bewegst dich im Umfeld eines Wespennestes. Irgendetwas ist außer Kontrolle geraten. Die Behörde ist schlagartig wegen dir im Zentrum des Interesses. Ob das ein Glücksfall ist, lasse ich besser unbeantwortet.«

»Ja mein Freund, der Öffentlichkeit wird suggeriert, hier findet ein Krieg statt.« Er schaute ihm ins Gesicht, grinste dabei wissend. Ohne Übergang sagte er tonlos: »Ich brauche eine Zigarette. Kommst du mit vor die Tür?«

»Ich lass mich gern verleiten. Beim Bier ist mir eine Fluppe recht. Spendierst du eine?«, meinte er grinsend.

»Alter Schleimscheißer. Wie früher im Studium. Das Omen des Zigarettenschmarotzers rennt dir hinterher. Rauchen von den anderen, ha, ha, dein Versteckspiel fliegt auf.«

»Ich stehe dazu. Wogegen dich die Verbote überschatten. Du, ein Sklave der Unvernunft, ein verkappter Gesundheitsapostel, wirst dir ständig heimlich die Lungen füllen! Na los, komm mit vor die Tür. Die Schachtel heute Abend spendiere ich.«

Draußen standen weitere Raucher.

»Scheiße, was, diese Gängelei von ein paar Idioten. Die vermiesen uns den Spaß, greifen dessen ungeachtet die Steuerkohle ab«, verlangte nach einer Reaktion.

»Verzeihung, wir beide bauen Stress ab. Ohne Qualm dreht sich nichts. Wir ziehen zwei durch und verschwinden wieder.«

Das Erstaunen der zehn Raucher hielt sich in Grenzen.

»Klar«, rief eine der Figuren. »Lässt sich nachvollziehen. Was steht an? Längere Zeit Nikotinentzug?«, um sofort hinterher Beistand zu signalisieren. »Appetit auf was Stärkeres? Einen Joint?«

»Danke, wir sind versorgt«, sagte Lorenz, um Hände hebend Desinteresse zu bekunden. Minuten später wandte er sich an Rolf: »Haken wir das Angebot ab. Das sind Urlauber, die sich einen Spaß organisieren. Kleinstmengen, nicht unser Thema. Wir reden über richtige Scheiße. Komm, drei, vier Bierchen deichseln wir ohne Kopfbrummen hin. Ich greife mir nachher ein Taxi zum Hotel. Die Einschlafdosis legen wir der Lage nach fest.«

»Von mir aus gern, Benno. Solange es an Zigaretten nicht mangelt, bin ich dabei.«

»Sagte ich ja, Schmarotzer, elender«, lachte er auf, um sofort auf das Kernthema zu verweisen. »Wie zu erwarten, enthalte ich dir das Beste nicht vor.«

»Mensch, langatmiger kriegst du's nicht hin?«

»An mir liegt es nicht. Ich bemühe mich. Hör dir meine Überlegungen an«, sagte er zwischen einem Schluck Bier. »Die Sekte formiert ihre Bewusstseinskontrolle mit Hilfe der Staatsmacht. Quellenschutz ist denen daher das willkommene Mittel, um die normale polizeiliche Ermittlungsarbeit zu verschleiern.«

»Eine gewagte Hypothese. Danke mein Freund. Mir ist klar, dass da mehr dahintersteckt. Spiele ich just für dich eine Weile den Prellbock. Ich beschaffe dir verwertbare Spuren von dem Vermissten. Du verhilfst mir zu einer raschen Bewertung. Sodann sehen wie weiter. Bitte Rolf, lass uns hierauf konzentrieren. Die Politik wartet. Stoßen wir darauf an. Vor allem auf unsere Freundschaft. Den Erfolg. Meine Beförderung.«

»Da sind praktische Zielvorgaben, Benno. Prost! Im Handgepäck liegt für dich eine Überraschung parat. Du brauchst eine DNA. Korrekt?«

»Stimmt, einen Schlüssel, um den Datenabgleich auf den Punkt zu bringen. Die Frage, ob der tote Körper in der Bode dem vermissten Erich Feist zuzuordnen ist, scheint sich zu verkomplizieren. Ich beabsichtige, einen Countdown einzuläuten, um die beteiligten Sachgebiete an einen Tisch zu locken.«

»Wart´s ab, sieh dir das hier an.« Rolf kramte in einer Umhängetasche aus derbem Stoff. »Hier, lies das, der Rest erschließt sich von selber. Das Material hat man dir bisher vorenthalten. Die Schlappohren, verstehst du. Eine höhere Kraft drängt dich in den Hintergrund. Es sieht alles nach einem ungelösten Fall aus.«

»Mensch, das ist ja der Bericht zum DNA-Abgleich von Feist!«

»Na meinst du, ich bin ausschließlich zum Biertrinken hergekommen? Egal, was passiert. Ich leiste einem Freund Hilfe, solange es funktioniert. Nebenher, du stehst tief im Fokus der Geheimen. Deine Ermittlungszeit ist knapp.«

»Was redest du für Blödsinn, Rolf? Ist das eine Prophezeiung, ein Vorgang im Hintergrund, den du mir gleich erläuterst?«

»Bestens getroffen! Die Herren da oben ziehen dich morgen Mittag von dem Fall ab. Das LKA mit dem Staatsschutz übernimmt den wieder in Eigenregie. Du wirst zurückbeordert. Im Großen und Ganzen ist alles aufgeklärt. Der Tote in der Bode ist offiziell nicht mehr zu identifizieren. Die Skelettreste ohne Kopf erhalten keinen Namen. Es gibt aktuelle Zeugenberichte, wonach der Vermisste jemanden ähnelte, der sich angeblich auf dem Plateau der Rosstrappe aufhielt.«

»Du wirst gleich betonen: vor dem Fund.«

»Klar, was sonst. Das ist eindeutig Erich Feist. Damit ist die Wahrscheinlichkeit, dass es sich bei ihm um den Toten in der Bode handelt, nicht relevant. Der Vermisste setzte sich aus Frust irgendwohin ab.«

»Na okay, erklär mir, für wen ich weiterhin kämpfe. Den Chef, die alte Erna Feist, für die Enkelin, Evelyn?«, sagte er in einer Art geübter Teilnahmslosigkeit.

»Quatsch nicht. Dir fehlen die Details. Wir sitzen hier, um darüber zu sprechen. Es entzieht sich meiner Kenntnis, warum man dir die Aktion der Bergwacht vorenthielt. Die zogen vor Wochen mehrmalig Suchaktionen durch. Auf den gängigen Wanderwegen haben sie sprichwörtlich jedes Blatt umgedreht. Erfolgreich, heißt es. Eine Keksdose mit identischer DNA zu der des Skelettfundes. Fall abgeschlossen, Punkt, Benno!«

»Verdammt! Das riecht doppelzüngig. Mir erschließt sich nicht, warum? Das bedeutet, meinen Kollegen liegen längere Zeit Erkenntnisse zum Aufenthalt des Vermissten vor?«

»Benno, ist das nicht nachvollziehbar? Den Ermittler vor dir hat der Präsident des LKA einem hehren Ziel geopfert. Versetzung in eine andere Polizeidirektion. Heute ist er krankgeschrieben. Eine ausreichende offizielle Datenlage ist nicht vorhanden. Die zu präzisieren, gehörte zu den Aufgaben des Beamten im Revier.«

»Was soll's, Rolf. Der Kerl hat nichts dergleichen veranlasst. Dem scheiße ich vor den Koffer!«

»Ja, ist eine brauchbare Idee. Meine Hilfe hast du. Frag mich, worin die besteht. Okay, ich sag's dir«, fuhr er fort. »Es ist überlebenswichtig, den Moment des Vorteils aufrechtzuerhalten. Ich sage das, weil du im Augenblick nicht in der Position bist, Beleidigungen anzubringen. Vor allem keine mit Fäkalienhintergrund. Sei besonnen, Benno, schmatz das ab. Hier dreht sich's um Fragen der inneren Sicherheit. Der Staatsschutz plädiert dafür, aufzurüsten. Er hat eine Armada zur Beobachtung der Sekte aufgeboten. Hochkarätige Informanten versorgen die Kollegen mit allen möglichen Daten. Und Achtung! Die sind brisant.«

»Du meinst, Rolf, das weiß ich nicht?«, fauchte er, den Bruchteil eines Wimpernschlags nutzend.

Der vernahm dessen Ausraster gelassen.

»Sieh genauer hin, du wirst es herausfinden.« Er zwinkerte mit den Augen, schmunzelte und meinte sanft: »Benno, ist ja eindeutig, diese Informationen beinhalten den Weltuntergang. Verstehst du,

Religionsanschauungen mit geballter Politik treffen aufeinander. Der Druck auf die Entscheiderebene ist gewaltig. Logisch, dass der aufgeblähte Apparat dringend Erfolge braucht.«

»Blödsinn, mein Freund, das ist deren Wahrheit. Die Sekte nennt das Harmagedon. Ein Glaubensbekenntnis der Gemeinde. Hier droht nichts dergleichen, Rolf. Ich berufe mich da hundertprozentig auf Evelyn Feist.«

»Du sprichst von der Enkelin des Vermissten?«

»Ja! Sie hat die Vermisstenanzeige aufgegeben. Mit ihrer Hilfe versuche ich, in die Denkweise der Sektenanhänger einzudringen. Definitiv, die Wahrheit liegt in den Tiefen ihres Bibelverständnisses verborgen. Hierin erschließt sich der Zugang zu dem Toten in der Bode, den Brandstiftern und den Verrückten, die mich öffentlich bloßgestellt haben.«

»Okay! Zu deiner Kenntnis. Mir lag kurzzeitig ein geheimes Protokoll vor. Sie brauchen einen Sündenbock. Beschaffe dir schnellstens für den DNA-Abgleich verwendbares Material, um eine offiziell verfügbare Datenlage zu schaffen. Ich sehe zu, dass den Vorgang keiner behindert.«

»Danke. Und Rolf, ich bin angetreten, ein Verbrechen aufzuklären. Von höherem Staatsinteresse, dem nicht nachzukommen, ist mir nichts bekannt.«

»Benno, was ich dir zur Kenntnis gebe, ist top secret. Bei dem Toten handelt es sich um eine Quelle des Staatsschutzes. Die haben ihn bis zu seinem Verschwinden abgeschöpft. Warum ist spekulativ. Wenn du mich fragst, ob die eigenen Jünger ihn beseitigten, passe ich. Da steht ein Nachfolger in der Spur. Der reagiert hungrig, buhlt um die Erfüllung von Befehlslagen. Ein energiegeladener Aufschneider, auf Macht aus. Der nächste Älteste. Nicht die hochbetagte Erna Feist, wenn du das glaubst. Klar sind wir von Amts wegen gehalten, das vor der Öffentlichkeit zu verbergen, daran gibt es keinerlei Zweifel.«

»Du deutest an, Rolf, die Kollegen nutzen den privaten Konflikt in der Sekte, um der ein Feindbild unterzujubeln?«

»Was denkst du denn? Das ist eine gigantische Inszenierung. Der Polizeiliche Staatsschutz ist allgegenwärtig. Sein Vorteil: Er hat einen geringen Bekanntheitsgrad. Na ja, Absicht oder nicht. Die Kohle für klassische Ermittlungsarbeit einzusetzen wäre sinnvoller.«

Er hob die Hände. »Pardon. Entschuldige. Die Meinung passt nicht zu einem Polizeioffizier.«

»Verdammt, das ist makaber, Rolf.«

»Ich leg einen drauf, Benno. Fakt, morgen Nachmittag ist Endzeit.«

»Das klingt nach einer böswilligen Unterstellung. Du foppst mich, oder?«

»Betrachte das im Rahmen deiner eigenen Wertvorstellungen.«

»Ich bin beeindruckt, Rolf. Grade ist es mir gelungen, mich öffentlich zum Affen aufzuschwingen!«

»Bestätige ich gern, mein Freund. Unternimm was, schwimme dich frei. Schreib einen zusammenfassenden Bericht an den Direktor des LKA. Tu das mit Bauernschläue und Vorsicht. Beleidige nicht die Kollegen der Abteilung 5. Unterstreiche die Einsicht, dass du in einem Mordfall ermittelst und Hilfe benötigst.«

»Ja, wo die Täter im Umfeld der Sekte zu suchen sind«, klinkte sich Lorenz aufgeregt ein. »Gründe: Rivalität um den Führungsanspruch.«

»Mensch Benno, das ist der Nerv. Öffentlich verwertbare Ermittlungserfolge, das ist der Kern, dem der Direktor verpflichtet ist. Die Fünfer behalten das Sagen bezogen auf ihre Quelle. Die Frage ist, welche Aussagekraft dahintersteckt. Was liefert die? Ein politischer Mord ist in dem Fall nicht verkaufsfähig. Es gibt ihn nicht. Damit ist die Sache für dich gelöst. Die DNA ist der Schlüssel. Ich habe dafür Sorge getragen, dass der Bericht buchstäblich fehlgeleitet in deiner Post landet. Von dem Moment an ist das Ergebnis nicht mehr zu leugnen. Erich Feist ist der Tote in der Bode. Aufgabe erfüllt!«

»Klingt unkompliziert, Rolf.«

»Korrekt! Mein freundschaftlicher Rat lautet daher: Vertiefe die Verbindung zu dieser Evelyn Feist. Dort findest du Lösungen. Erinnere dich an den Fragenkatalog bezogen auf die Analytik zu den Quecksilberparametern. Tötungsabsicht zu beweisen ist eine schwierige Aufgabe. Bleib den Maßstäben der Ermittlungsarbeit treu. Lass keine Zeiteinschränkung für die Fallbearbeitung zu. Schaffe beweiskräftige Argumente. Erst dadurch zeigt sich, was die Informationen der neuen Fünfer-Quelle wert sind. Sie neutralisieren die Berichte des Geheimschutzes wegen. Okay, das ist nicht dein Problem, denke ich.«

»Dem stimme ich zu. Du packst an der richtigen Stelle zu.«

»Der Ehre? Na darauf stoßen wir an. Die Zunge hängt mir bei all dem Gequatsche raus.« Sie lächelten beide.

»Team, mein Freund?«

»Ja, ein eng verschworenes, Rolf!«

Kapitel 13

Weit nach Mitternacht schlug Lorenz ruckartig die Augen auf. Die stickige Luft gab der inneren Unruhe Auftrieb. Irgendetwas stimmte nicht. Er lag schweißgebadet im Bett. Aus der Ferne vernahm er den Klingelton. Aus dem Handy dudelte die bekannte Hip-Hop-Version von Jingle Bells. Automatisch griff er nach dem Teil. Er setzte sich aufrecht hin, starrte in das spärlich vom Lichtschein des Displays aufgehellte Halbdunkel der Nacht. Von draußen drang lauwarme Luft durch das geöffnete Fenster. Zugleich traf ihn ein gelblich flackernder Blitz. Beißender Rauch beflügelte die Ernüchterung.

»Verdammt, es brennt. Raus hier.«

»Wasser marsch«, schwebten Wortfetzen nebulös an sein Ohr. In Sekunden angezogen, eilte er ins Freie. Sparsam bekleidete Gäste des Berghotels kreuzten seinen Weg. Lärmend und mit den Händen gestikulierend drängten sie in Richtung Ausgang.

»Fehlalarm, kein Feuer im Hotel«, rief eine Stimme. Dafür lag der bestialische Gestank von Rauch in der Luft. Jemand schälte sich aus dem Hintergrund des Feuerscheins heraus.

»Bewahren Sie Ruhe. Der Brandherd ist unter Kontrolle. Für Sie besteht keine Gefahr«, rief er dem Personenpulk vor dem Hotel zu. Er drehte den Körper wie ein Kreisel, hob die Arme in Richtung Hoteleingang deutend. »Begeben Sie sich wieder in ihre Unterkünfte, meine Damen und Herren! Ihre Sicherheit ist nicht gefährdet.«

Lorenz schob sich aus dem Gedränge der Gäste nach vorn. Sein Dienstausweis verschaffte ihm Zugang zu einem Beamten. »Was ist passiert, Brandmeister?«, sprach er ihn an. »Benötigt Ihr Team meine Hilfe? Ist die Polizei alarmiert?«

»Danke! Ich bin der Einsatzleiter. Alle Maßnahmen sind veranlasst. Wir bekämpfen einen Vollbrand bei einer der Verkaufshütten aus Holz. Die Ortsfeuerwehren aus der Umgebung sind im Einsatz. Menschenleben sind nicht bedroht. Es ist uns gelungen, die Ausweitung des Brandherdes auf weitere Gebäude abzuwenden.«

»Das klingt beruhigend«, sagte Lorenz. Zugleich zog er eine Visitenkarte hervor. »Hier, meine Karte. Ich ermittle in einer anderen Sache. Bitte sprechen Sie mich kurz vorm Abschluss der Löscharbeiten an.«

Minuten später telefonierte er mit Evelyn Feist.

»Oh Benno, um diese Uhrzeit? Ist was passiert?«

»Lausige Neuigkeiten. Komm zu mir ins Berghotel, gleich! Du wirst mich an der Einfahrt zum Parkplatz finden.«

Er registrierte, wie sie Luft durch die Zähne zog und benommen antwortete. »Ich fahre sofort los.«

»Prima!«, erwiderte er knapp und drückte den Anruf weg. Für sie damit unsichtbar zuckte er mit den Schultern, sah auf das weiterhin erleuchtete Display und schob eine Bemerkung hinterher. »Es wird dir nicht gefallen, was du siehst!« Aus dem Stand meldete sich seine innere Stimme. *»Die ganze Scheiße trifft sie hart. Sei behutsam. Überlege! Das hier klingt alles ein Krümchen zu armselig. Wo ist der Haken?«*

In solche Gedanken versunken traf er am Brandherd ein. Seine Befürchtung bewahrheitete sich. Hier gab es nichts mehr zu retten. Außer darüber nachzudenken, wie das passierte. Der Totalverlust in der Urlauberhochzeit bedeutete mit Sicherheit wirtschaftliche Einbußen. Unschlüssig trat er von einem Fuß auf den anderen. Die innere Stimme riet ihm, bei der Wahrheit zu bleiben. Die Karten auf den Tisch legen, zählte zu den besten Optionen. Insgeheim legte er sich Sätze zurecht, die sich ihren eigenen Weg aus seinem Mund suchten. Selbstsüchtig sprach er vor sich hin: »Meine grauen Zellen sagen, du verheimlichst mir was! Ich werd's hoffentlich nicht auf die harte Tour angehen? Oh Ev, da bahnt sich eine offene Konfrontation an. Hier führt jemand einen Krieg gegen deine Familie. Sei achtsam. Enttäusche mich nicht.«

Mittlerweile zündete er die fünfte Zigarette an, den Rauch tief in die Lunge einziehend. Ihm leuchtete ein, dass heute nicht der beste Moment war, um sich den Wunsch nach einer festen

Beziehung einzugestehen. Er zog am Glimmstängel und warf ihn dann auf den Boden. Nein, darüber wollte er im Augenblick nicht nachdenken. Der neue Tagesanbruch half ihm dabei. Die Sonne schickte ihr goldenes Licht mit einer belegbaren positiven Wirkung auf seine Stimmungsschwankungen. Minuten später legte es die brutale Tragweite des Brandes offen. Der Gestank von Verbranntem und den animalisch anmutenden Geräuschen des Löschvorgangs hinterließ einen Schauer. Urplötzlich stellte er jemanden wie aus dem Nichts ins Rampenlicht. Zitternd, müde, angespannt glich diese Person in seiner Vorstellungskraft einer gutherzigen Fee.

»Benno, hier bin ich. Evelyn! Was bedeutet der Gestank in der Luft, die Feuerwehr, das Blaulicht da vorn?«

»Ev, unser schwärmerischer Start in eine glänzende Beziehung ist vom Pech verfolgt. Komm, ich zeig dir was.«

Er griff ihre Hand, zog sie buchstäblich hinter sich her.

»Sicher, dass du das durchstehen wirst?«

»Hab ich ´ne andere Wahl?«

»Das ist keine Antwort auf meine Frage. Es wird gleich deutlicher. Sieh hin. Vergiss diesen Eindruck niemals. Bitte lass uns nicht philosophieren. Das da vorn ist dein Verkaufskiosk. Besser gesagt, er war es. Zurückgeblieben ist ein Haufen verkohltes Holz.«

»Benno, das ist verrückt. Wofür straft mich Gott. Scheiße!«, endete in einem Weinkrampf. Abrupt drehte sie sich in Richtung des Brandherdes. Gefolgt von einem Aufschrei ließ sie los. Er hatte das erwartet und sah sich trotz allem dieser Lage rettungslos ausgeliefert.

»Warte, Ev, es ist sinnlos«, verpuffte wirkungslos. Minuten später blieb sie vor den qualmenden Resten des zerstörten Gebäudes stehen.

»Welch ein Teufelswerk. Benno, hilf mir.«

Rauch, rote und gelbe Funken aus den Glutnestern der abgebrannten Hütte drängten sich zwischen sie. Die dadurch eingeschränkte Sicht verhinderte nicht den Blick in ihr Gesicht. Benno sah sie erstmals mit aschfahler Haut.

»Aufs Tiefste berührt schwöre ich Rache für dich, Ev«, sagte er bewusst gedämpft sprechend. Er registrierte mit Erstaunen ihren Versuch, die Beherrschung nicht zu verlieren.

»Warten wir die Helligkeit ab. Begleitest du mich? Lass uns Kräfte sparen. Ich riskiere keinen offenen Kampf, egal mit wem. Vergebung auszusprechen, darüber wünsche ich mit dir zu reden.«

Benno versuchte, sich auf sie zu konzentrieren. Der Gedanke, ihr beizustehen, saß fest. Er witterte Gefahr.

»Ev, bitte, Verbrechern verzeiht der Ermittler nicht. Ich fordere gerechte Bestrafung. Mit mir funktioniert dein Wunsch nicht. Ich werde die Täter zwingen, ihre Motive offenzulegen. Ist Milde angebracht, erhalten sie die. Für Totschlag und Mord fällt sie gering aus. Objektiv und vorurteilsfrei denkend wäre das angemessen. Hör zu, ich empfehle dir, die Sache in kompetente Hände zu legen. Erstatte Anzeige gegen Unbekannt. Es bleibt genügend Zeit, um zu reden. Kriegst du das hin?«

In ihren Augen zeigten sich Tränen. Sein Fehler. Wozu diese verdammte Förmlichkeit? Er gewahrte, wie sein Herz hämmerte. Ein Signal. Urplötzlich schien die Welt um ihn herum wieder greifbarer.

Ihre Stimme lag ihm drängend im Ohr. »Benno, ein Neustart wäre angebracht.« Evelyn beugte sich dicht zu ihm hin. Zentimeter trennten die Berührung der Lippen voneinander. Ihr Atem erschauerte ihn. »Bevor ich mehr verliere, komm! Es ist meine Entscheidung, dir Nachhilfeunterricht zu geben. Ich bin genauso an der Aufklärung zum Verbleib von Opa erpicht, wie du in deinem Job. Dessen ungeachtet erwartet uns ein Gewaltritt. Verfügst du über ausreichend Kraft, mir zuzuhören?«

»Entschuldige«, sagte er verstört. »Ich bin ein Esel.«

»Du bist zuallererst Polizist, der Täter jagt. Gerechte oder ungerechte Urteile, darüber hast du nicht zu entscheiden. Ich versuche, dir inneren Frieden zu vermitteln. Deine Seele bedarf der Genesung. Versteh, erst durch Vergebung heilen Verletzungen. Sie stärkt Körper und Geist. Beherrscht du das, lässt sich die angestaute Angst, Wut und Ohnmacht bei der Suche nach den Tätern besiegen.«

»Ich glaube, das Gleiche gilt für den Sieg und das Löschen der Emotionen um Trauer, Depressionen, Mutlosigkeit und Aggressionen.«

»Du begreifst. Ja! Deren Heilung löst jedes Hindernis auf.«

»Ev, ich empfinde Begeisterung in den Worten, die wie Musik mitschwingt.«

Sie tippte mit der Hand gegen seine Schulter, um damit ihre klare Absicht zu unterstreichen. »Bedenkenlos?«

»Oh Kacke«, meinte er jovial. »Ich platze vor Neugier, Evelyn.«

»Benno, ich erlebe hier die reale Welt, fern jeglicher Wunschvorstellung. Der stinkende Rauch, die brutale Zerstörung verwirren mich, stimmt.«

Das war der Moment, wo der Boden unter den Füßen wankte. Ein Zustand, der seinen Einsatz erforderte.

»Hab begriffen, Ev! Legen wir los! Ich versuch, gutherzig zu sein. Nein besser, es liegt mir am Herzen, dir zu helfen. Beenden wir das Geplapper.«

Gegen 06:00 Uhr morgens betraten sie gemeinsam ein Hotelzimmer auf dem Bergplateau. Sie schwiegen. Eine enorme Erwartungshaltung drückte Lorenz. Er saß auf der Bettkante, sie im Sessel an der Fensterfront. Die an Helligkeit zunehmenden Lichtstrahlen trafen mitten in ihr Gesicht. Für ihn war das der Augenblick einer Erklärung.

»Mach dir darüber Sorgen, wenn's so weit ist. Konzentriere dich auf diesen Moment, Ev. Du bist hier an meiner Seite. Mehr wünsche ich mir nicht. Wir finden gemeinsam eine Antwort.«

In diesem Augenblick überkam ihn das Verlangen, sie anzufassen. Im Nachdenken darüber zerrte eine Welle überschäumender Atmosphäre an ihm. Leidenschaft kursierte und ließ den Puls ansteigen. Er klopfte bei 100 Schlägen die Minute. Zu rasant, Aufregung verbreitend. Der Adrenalinschub im Blutkreislauf zündete ein wahres Feuerwerk der Gefühle. Mitten in dieses Gewirr schob sich wie ein Wächter die göttliche Stimme hinein: *»Mach nichts kaputt, sei behutsam. Höre zu, sie braucht einen gefühlvollen Menschen, keinen liebestollen Guru.«*

Mit einer Hand klammerte er sich an der Bettdecke fest, um gegen das Verlangen zu kämpfen, sie zu berühren. Eine natürliche Reaktion, die sie grinsend abtat. Sie hatte seine Nöte bemerkt.

»Ich ... ich hab ein Problem!«, sagte sie unaufdringlich. »Die Familie, verstehst du? Die Disziplin, unser Glaube an eine bessere Welt. Der Brand. Das ist ein gewaltiges Konfliktpotential, mit dem ich lernen werde, umzugehen.«

»Stimmt! Bitte, du stehst nicht ohne Hilfe auf weiter Flur«, gab er aufgewühlt von sich. Er konzentrierte sich mit unglaublicher Anstrengung darauf, die Augen auf sie zu richten. »Schau mich an.«

Sie bemerkte, wie sich seine Muskeln anspannten. Er zog ihren Körper zu sich heran. Verlegen lächelnd sagte sie: »Brauchst du Hilfe? Womit fange ich an?«

»Erst wenn ich das erlaube. Du weißt, was zu tun ist«, erwiderte er prompt. »Bleib friedlich, ich bin bei dir. Loslassen, mehr verlange ich nicht. Ev, schenk mir Zeit.«

»Sei's drum, ich setz mich gern an deine Seite. Gib mir die Hand.« Sie streckte sich symbolisch im Sessel. Das war ihr Entgegenkommen, um den körperlichen Abstand zwischen ihnen abzubauen.

»Ich komm nicht ran«, erwiderte er mit einem unbekümmert frechen Lächeln. Es gelang ihm nicht, den aufkommenden Drang, Sarkasmus zu versprühen, zu beseitigen. Er erntete ein: »Ach danke, ist mir nicht aufgefallen.« Das war mehr als peinlich. Dafür hasste er sich einen Moment lang.

»Los, Ev. Du schaffst das. Lehne dich an. Wir streicheln uns. Du erzählst mir, ob das deinen Wünschen entspricht. Alles klar?«

»Benno«, flüsterte sie, »liebend gern. Wir schwimmen auf einer Welle. Ich erschaffe eine Verbindung in Großvaters Welt.«

»Ja! Erklär es mir mit verständlichen Worten. Ich bin still, höre zu.«

»Okay, wie du es verlangst. Es ist mir jahrelang nicht gelungen, tief in die Gedankenwelt von Opa einzudringen. Die Vorhersage bescheinigt ihm den Tod. Was er ins Bild gesetzt hat, ist extrem aufwühlend. Die Wahrheit ist, er hinterließ mir einen Schatz.«

»Hilft mir das bei der Spurensuche?«

»Benno, leg die Zweifel ab. Denk an unsere Lesestunde. Vergessen?«

»Nein, ich habe die Episoden vom Herbst 1945 verinnerlicht. Text aus einem Dutzend Tagebüchern. Das ist hochbrisanter Lesestoff. Du hast mir einen Riesendienst damit erwiesen.«

»Weil?«

»Ich habe nachgedacht. In der Zukunft kommen die Zweifel am Gottvertrauen auf den Prüftisch. Ev, wir hatten keine Zeit, uns in Sorgen zu verschleißen. Besserwisserei ist ebenfalls die schlechteste

Option. Vor allem die Spekulation darüber, aus welchem Grund Täter die Polizei verhöhnen.«

Sie nickte. »Ein Kurzschluss. Wäre nicht auszuschließen. Jemand verbirgt sich hinter der Kulisse der Glaubensrituale. Diejenigen, die den Ältesten für abtrünnig erklärt haben.«

»Hmm, für mich sind es Bibeltreue aus dem Ältestenrat, die auf einem eigenen Trip sind.«

»Ja Ev. Ich setze den Gedanken fort. Um ihn aus der Gemeinschaft auszustoßen.«

»Redest du von Cousin Wilhelm? Der war zu dem Zeitpunkt ein Kind.«

»Na und? Im Heute ist er der einzige männliche Kandidat, den die Familie aufbietet. Er ist irrsinnig ehrbegierig. Sein Vorzug besteht darin, ausgeprägten Hass zu entwickeln. Das ist neben dem Status der weiblichen Bewerberin für das Amt einer meiner Nachteile.«

»Ev, du verlierst dich. Deine Großmutter übt den Job aus.«

»Korrekt. Die Feistdynastie stellt seit Jahrzehnten den Ältesten. Bisher hält der Glaube die verzweigte Familie aus Onkeln und Tanten, nebst deren Nachkommen, zusammen. Opa ehelichte seine Angetraute erst auf Geheiß der Gläubigerversammlung. Daraus lässt sich eine erzwungene Heirat interpretieren. Das funktionierte ausschließlich durch Disziplin, Hörigkeit unserem Schöpfer gegenüber. Ihr Traummann kehrte nicht aus russischer Kriegsgefangenschaft zurück. Das war dem Verrat in den eigenen Reihen geschuldet. Ich hab dir ja Passagen aus Opas Tagebuch vorgelesen. Sein älterer Bruder Erwin erfuhr die absolute Liebe. Wilhelms Familie denunzierte den Geliebten. Sie nannten ihn auf Grund der Tätigkeit in der Hitlerjugend einen Werwolf. Ein folgenschwerer Vorwurf, der dazu führte, dass die Russen ihn jagten. Für Opa bestand damit die Aufgabe, Erna zu heiraten. Mit dem Zugeständnis, die Vermählung mit Erich zu arrangieren, stiftete unser Gott wieder Frieden. Nicht in den Herzen der Betroffenen. Aus Disziplin, nicht Hingabe, wurde 1951 mein Vater Werner gezeugt.«

»Dein Cousin ist ein Arschloch«, sagte Lorenz und tätschelte dabei ihr Gesicht. »Du bist davon überzeugt, dass er sich im Hintergrund zu einem Widersacher entwickelt hat? Oder irre ich da?«

»Ja, anders würde ich das nicht sehen. Die Tür ist für ihn offen. Erna fristet ein biblisches Alter. Wie lange sie den sich mehrenden Verstößen mit Härte dagegenhält, lässt sich schwer einschätzen.«

»Ev, bleiben wir bei der Wahrheit. Entschuldige, für mich ist das eine Sekte.«

»Ja, verstehe. Zumal sämtliche Grenzen ihres Handelns verschwimmen.«

»Ach höre auf. Du brauchst mir keinen Vortrag zu halten. Na klar. Erna ist die Älteste und zugleich die Stimme Gottes?«

»Korrekt. Sie wacht über die Gebote, den menschlichen Geist der Mitglieder. Egal, nenn es, wie du es für angebracht hältst, Benno. Das ist eine Form der Willkommensbotschaft.«

»Was fällt dir weiterhin ein, Ev?«

»Was meinst du?«

»Du bist unbeherrscht! Warum? Erkläre es mir, Evelyn.«

»Das lässt sich ohne ausgereifte Worte sagen. Ich setze mich uneingeschränkt für das Recht der Menschen ein, ihren religiösen Überzeugungen nachzugehen, Benno. Egal, wonach ihnen der Sinn steht. Mit einem Unterschied: Zwang auszuüben lehne ich strikt ab.«

»Was bedeutet das für unsere Beziehung?«

»Du versetzt mich in Erstaunen. Ehrlich! Die ist blitzartig, innerhalb von Minuten entstanden. Sie basiert auf Zuneigung. Reicht das?«

»Na ja, entscheidend ist, ich bestimme, wem sie gehört. Das lasse ich mir nicht vorschreiben. Für Vater bot sich dahingehend keine Möglichkeit«, sagte sie, ihre Sitzposition auf dem Bett verlagernd. Die Nasenspitze berührte seine Wangen, die Augen, den Mund. Lippen trafen heftig aufeinander. »Gefällt dir das? Mehr davon? Komm, spülen wir den Rauch ab. Das ist der beste Zeitpunkt dafür. Siehst du, es besteht keine Chance, mir zu widersprechen. Denke an den Hexenarsch. Das Reiten übernehme ich gern für dich. Fragen?«, sagte sie lachend. Der Versuch, sich mit der Haut aneinander zu reiben, verursachte beim ihm eine blitzartige Reaktion.

Gedankenverloren murmelte er: »Entschuldige, ich hab für meine Ermittlungen einen eng begrenztes Zeitfenster. Du schwebst in Gefahr. Das ist mir erst heute bewusst geworden. Ich glaube nicht, dass die Angstmacher im Hintergrund unsere Emotionen wertschätzen.«

»Wo sind die denn?«, fragte sie, um sofort hinterher zu erklären: »Ich stimme dir zu. Wenn alles vorbei ist, finden wir einen Weg. Ich denke, das ist die richtige Antwort, um Wünsche auszuleben, davon bin ich überzeugt.«

»Danke Ev, garantiert haben die Kotzbrocken von Hintermännern gerochen, dass wir ein Gespann sind. Die meinen, uns seelisch korrumpieren zu können. Lass ihnen das Gefühl.«

»Hör aufmerksam zu«, sagte sie. »Die brauchen Antworten. Mir egal, welchen Illusionen sie sich hingeben. Sieh mich an. Du siehst hier eine kultivierte, gefühlsbetonte Frau. Und nun Schluss mit dem Gequatsche. Was ist denn? Habe ich dich brutal erwischt? Hmm, krieg ich wieder hin. Duschen wir gemeinsam?«

Da war sie, die erste Welle der Betroffenheit. »Wie zur Hölle vermag ich dem zu widersprechen, Ev? Du bist wunderschön. Ich sehne mich nach diesem Augenblick«, fügte er hinzu. »Glaub mir, spätestens in einer Minute fällt der Frust zusammen mit dem Brandgeruch in den Ausguss.«

Geistesgegenwärtig erhob sie sich und nestelte an den Verschlüssen ihrer Bluse. Das Teil mit einem Finger haltend, schritt sie ins Bad. »Bis gleich, mein Lieber!«

»He!«, rief er ihr nach. Im letzten Augenblick, bevor sich die Tür zum Bad mit einem sanften Laut schloss, erhaschte er ihr Lächeln. Und verdammt, das war die Gelegenheit, Sprachbarrieren zu überwinden. Er fuhr mit der Hand durch die struppige, blonde Mähne. *»Scheiß Verlegenheit«*, schimpfte die innere Stimme.

»Was tue ich da?«, verschwand im Hintergrund. Eine Antwort blieb aus. Er lag auf dem Bett, gewahrte das verlockende Prasseln des austretenden Wassers aus dem Duschkopf. Seine Vorstellungskraft mauserte sich bis zur Grenze des Erträglichen. Der Aufprall stachelte die Rezeptoren des Verlangens, der Begierde ins Unendliche an. *»Lauf hinterher«*, schrie eine Stimme. Sie forderte ihn auf, der Auserwählten zu folgen. *»Berühr ihre Haut! Küsse sie!«*

Zu spät! Sie trat schmunzelnd aus dem Bad. Eine Wolke dampfend heißes Wasser umgab sie.

»Angst?«, sagte sie mit einem Lächeln im Gesicht. »Ich hatte mit dir gerechnet, Rücken waschen, Bauch, Po! Hast du die Absicht, das in diesem Augenblick nachzuholen? Schau her!«

»Nein, Ev. Keine Ablenkung. Auf irgendeine Art bin ich mit den Gedanken woanders. Mein Vorschlag: du versuchst, dich freizureden. Dein Ansehen ist heute schwer geschädigt worden.«

»Lass das! Das ist eine Scheißausrede!« Ihr Blick mit diesen wundersam tiefgründigen Augen war panisch. Sie presste das Gesicht in ein Handtuch, schlug es sodann um die nassen Haare und sagte: »Worin, verdammt, besteht dein Problem?«

»Darin, dass die Gefahr echt ist. Weißt du, ich klammere mich fest an diesen Gedanken. Ich bin befangen. Eindeutig. Weil ich den Wunsch verspüre, dich zu beschützen. Mir liegt eine Menge daran. Bitte erzähl mir von deinem Vater. Ich erhoffe mir davon Hintergrundwissen, um die Zusammenhänge im Leben der Sekte zu überblicken. Das geht nur mit deiner Hilfe. Versuche, mir das zu vermitteln. Ist es nicht wahr, dass Gott seinen Dienern ein anschauliches Vorzugswissen vermittelte, das andere nicht haben?«

»Klar, nach unserer Lehre sind sie vom Herrn beauftragt, vor dem nahen Ende der Erde zu warnen.«

»Ach du je. Wann trifft denn diese Hiobsbotschaft ein?«

»Um das zu begreifen, Benno, erfordert es, in die Tiefe der Gedankenwelt einzudringen. Es gibt da gewisse Unterschiede. Du sprichst wieder von einer Sekte. Ich von einer Gemeinschaft religiöser Anhänger.«

»Okay. Was verstehe ich da nicht?«

»Frag dich selbst. Schau an dir herab. Meine Glaubensbrüder sehen täglich ihre Lebensaufgabe darin, zur Schaffung einer idealen Welt beizutragen. Und du?«

»Daran ist nichts Falsches zu erkennen.«

»Ausgezeichnet, dass du mir zustimmst. Großvater und Vater haben diese Werte verteidigt.«

Er warf ihr ein knappes Nicken zu und sagte mit einem trockenen Kichern: »Da stimmen wir überein! Du hast vorerst gewonnen. Vorschlag: Nutzen wir die restliche Nacht, um den Vorwurf der geistigen Verwirrung zu entkräften.«

»Wenn du rücksichtsvoll und einfühlend bist, sofort. Es besteht kein Anlass, um mir Informationen in substanzloser Form zu entlocken. Ich bin bereit, dich in eine andere Welt zu führen. Baue darauf deine Story auf.« Sie kuschelte sich dicht an ihn. »Du gibst mir die Nähe, die mich alle Hemmungen verlieren lässt.«

»In Ordnung. Das ist ein sauwohles Gefühl«, sagte er, machtlos, sich gegen das Erwachen der Lust zu wehren.

Kapitel 14

»Reihen wir uns ein?«, meinte Evelyn Freist am folgenden Vormittag.

»Klar, wir sind Touristen«, erwiderte Lorenz. »Das riecht nach einer aufschlussreichen Begegnung.«

»Obwohl es unwahrscheinlich klingt. Was passiert, wenn du dich irrst, Benno? Die Erfahrung sagt, ohne vorherige Anmeldung im Hüttenmuseum ist das eine zeitaufwendige Angelegenheit«, erklärte sie in letzter Sekunde, bevor die Menschenschlange sie beide aufsog. Grund genug, um sich festzuhalten. Sie ergriff die Hand von Lorenz. Der bedachte sie mit einem liebenswürdigen Lächeln.

»Ev, entschuldige wegen heute Nacht. Das Gequatsche, na ja, es war überlebenswichtig.«

»Es gibt nichts zu verzeihen oder nachzuholen. Für mich war es ein makelloser Abend.«

»Sicher?«

»Ja klar. Wäre schade, deinen Liebreiz zu verplempern!«

»Du alter Süßholzraspler. Versuchen wir lieber, dem Tag das Beste für uns abzuringen.«

Sie wandten sich dem Menschenpulk vor ihnen zu. Die Urlauber, die eine geführte Besichtigung gebucht hatten, quetschten sich um die Dampfmaschine Nr. 7 herum. Die einfallenden Sonnenstrahlen hatten die Freifläche mit dem Walzasphalt aufgeheizt. Der Menschenstrom trat von einem Fleck auf den anderen. Die Schuhe klebten teilweise in dem aufgeweichten Brei fest.

»Wir haben´s gleich geschafft«, sagte Lorenz, um die nervige Ungeduld zu überspielen. Dankbar erhielt er die geeignete Antwort.

»Das ist hier zu den Öffnungszeiten Normalität.« Ev drückte um Aufmerksamkeit heischend seine Hand. »Ich liebe dich«, formulierten die Lippen einschmeichelnd, ohne einen Laut zu erzeugen.

Benno erkannte in den sanften Bewegungen, was sie ihm mitteilte. Er lächelte, um sofort darauf einzugehen: »Ich ebenfalls!«

Die Schlange wand sich. Sie riss die beiden Liebenden mit sich. Dem heimlichen Beobachter am Rande des Parkplatzes boten sich Einblicke in ihre Gefühlswelt. Der schniefte vor Wut. Das hochauflösende, digital verstärkte Fernglas mit LTE- Zugang ins Internet hielt er krampfhaft fest.

»Nicht auszuhalten, dieses Gehabe. Die Hure zerfließt ja buchstäblich an dem Bullen. Der Bestatter springt in die Luft«, stieß er aus und klopfte sich schadenfroh mit den Händen auf die Brust. Unmittelbar darauf betätigte er den Auslöser. Ein kurzes Klacken folgte. Im gleichen Moment rasten fünfhundert Bilder pro Sekunde durch den internen Speicher. Die Besonderheit dieser Technologie ermöglichte dem Betrachter tiefgehende Eindrücke. Es war vor allem der Bewegungsablauf, den das menschliche Auge nicht mit solcher Geschwindigkeit erfassen konnte. Die verordnete, versteckte Lobhudelei, gewann dadurch Profil.

»Leugnen, nein, unmöglich. Ha, ich kriege dich, Hure. Uff, Militärtechnologie, genial«, brummte er vor sich hin. »Eure Liebestollheit entgeht mir nicht. Das ist ein wiederholt klarer Verstoß gegen die Regeln der Gebote. Die Älteste fährt drauf ab. Prima, Bestatter! Das Gerät ist ein Traum«, stieß er im zischenden Selbstgespräch hervor. Sekunden später versandte er die Fotos über eine gesicherte Verbindung via Internet.

»Eine geniale Erfindung, diese Heißdampfmaschine Nr. 7«, suchte Benno in den rehbraunen Augen der Partnerin Zustimmung.

»Was schlussfolgerst du draus?«, fixierte sie ihn mit einem Wimpernschlag.

»Ich denke, das war ein nützlicher Einstand für den Szenenwechsel, der uns gleich bevorsteht.« Eine Aussage, die Benno mit Zufriedenheit erfüllte. Erst später erkannte er, dass seine Begleiterin eine immense Erwartungshaltung daran geknüpft hatte.

»Prima freut mich, die halbe Stunde Rundgang hat dir die Einstimmung auf den Museumsbesuch erleichtert.«

»Warten wir's ab. Ich bin mir nicht sicher. Auf jeden Fall ist es die einzig logische Erklärung für deinen Heißhunger auf Informationen. Hoffentlich hat sich die Wartezeit in der unbarmherzigen Sommerhitze gelohnt. Schau mich an, ich verdiene einen kühlen Raum«, sagte sie ihn anhimmelnd.

»Hmm, dem stimme ich zu. Obschon du meine Begeisterung grade mit Allgemeinfloskeln drückst«, antwortete er.

»Hört sich das nach einer Herausforderung an? Haben wir uns verzettelt?« Einen Herzschlag später war die Frage überholt. Routiniertes Interesse empfing sie.

»Herzlich willkommen im Hüttenmuseum Thale, Oberkommissar Lorenz.« Eindrucksvoll tiefgründige Augen hefteten sich auf ihn. Augenblicklich erblühte das ganze Gesicht zu einem einzigen Lächeln. »Ich freue mich. Polizei taucht hier eher selten auf. Egal, mein Gruß gilt ebenfalls ihrer Teamkollegin.« Die Chefin reichte zuerst ihm die Hand. Verunsichert suchte sie nach dem Namen der Begleiterin. »Verzeihung, die Anmeldung beschränkte sich auf den männlichen Part.«

»Kein Problem. Sie erlauben? Feist, Evelyn. Ich begleite den Herrn bei seinen Recherchen in beratendem Auftrag.«

»Oha, der Name, ja, das fiel mir sofort auf. Sie sind nicht bei der Polizei. Ist das Ihr Kiosk, der auf dem Hexentanzplatz abgebrannt ist? In einem Städtchen wie unserem spielt Tratsch eine herausragende Rolle.« Sie wandte sich Lorenz zu. »Welche Hilfe erwarten Sie? Vorab, damit es keine weiteren Unstimmigkeiten gibt. Ihre Anfrage führte bei meiner Kollegin zur Irritation. Sie hat sich daraufhin in der Polizeidirektion über Ihre Person erkundigt.«

Lorenz schluckte irritiert. »Hoppla, das trifft mich hart. Ist es denn sonderbar, dass die Kriminalpolizei sich an ein Museum wendet?«

»Nein, nicht im Geringsten.«

»Trotz alledem rief eine Mitarbeiterin in der Direktion an, ohne Ihr Wissen. Warum?«

»Bitte, Herr Lorenz, alles ist in bester Ordnung. Verzeihen Sie die Ungeduld.«

Sofort wandelte sich seine Stimmung. Der erste euphorische Moment verflüchtigte sich grade. Er registrierte ihre Erleichterung, sich redlich verhalten zu haben.

»Es ist okay, dass einer der Kollegen unser Eintreffen bestätigte. Dabei würde ein Anruf von mir genügen. Zu spät!«, sagte er und strich sich fahrig durch die Haare.

»Nichts da, Herr Lorenz. Vorwürfe sind unangebracht. Ich bemühe mich, keine falschen Hoffnungen zu schüren. Ihnen ist hoffentlich geläufig, dass Sie sich an einem originalen Standort der Eisenverhüttung und -verarbeitung aufhalten«, sagte sie schmunzelnd auf Antwort wartend.

»Ja! Eine gigantische Maschine hab ich da vor Augen.«

»Das ist eine zu geringe Ehrerbietung, Herr Lorenz. Verlassen wir die Schmidt'sche Heißdampfmaschine Nr. 7. Sie ist ein Unikat. Allgemein bekannt ist, dass sie von 1912 bis zur Stilllegung Anfang 1990 dem Blockwalzwerk als Antriebsmaschine für die Walzgerüste diente. Das sind 80 Jahre voll funktionsfähiger, ununterbrochener Einsatz in der Schwerindustrie. Die eigentliche Frage ist, was es Wissenswertes zu vermitteln gibt. Wie ich annehme, keine verbale Geschichtsbetrachtung. Daher bin ich mir sicher, dass Ihnen das Glück hold ist. Verehrter Herr Lorenz, genug der Vorreden. Sie sind dran. Wonach suchen Sie? Nach Personen, die in der Vergangenheit im Stahlwerk eine Tätigkeit ausübten? Mehr haben Sie mir nicht zu sagen, Herr Oberkommissar?«, mündete in einer Art Aufbegehren. Sie sah ihn an. »Das ist 'ne Scheißidee. Die Räume beherbergen ein Industriemuseum, kein Personalbüro. Die Hochphase der Stahlproduktion ist Teil der Geschichte. Sie stehen im Haus der Erinnerung. Wir bewahren in einer bemerkenswerten Sammlung die Entwicklung von der Blechhütte im Jahre 1686 zum industriellen Großbetrieb des 20. Jahrhunderts.«

»Ich suche nach Hüttenmeistern. In der Zeitschiene bis zur Jahrhundertwende. Es ist unumgänglich, dass diese Herren alle den Namen Feist tragen?«

Er registrierte, wie sich ihre Stirn in Falten legte. Sie stützte das Gesicht mit einer Hand ab, um sofort die Lippen zu verschließen. Waren ihre Sinne überreizt? Nein, denn sie antwortete vollauf normal.

»Das ist eine Überraschung, eine Herkulesaufgabe. Auf Anhieb erzeugt das bei mir Sprachlosigkeit. Gab es irgendeine Besonderheiten in deren Schaffen?« Sie sah den Beamten abwartend an.

»Tja, strenggenommen, hmm, sieht nicht danach aus.«

»Oh je. Mehr Mühe für Details wäre der Sache dienlich. Bitte, ein Vorschlag zur Güte. Suchen wir gemeinsam. Am besten fangen wir mit einem Museumsrundgang an. Schauen Sie, ob es da irgendwelche Bezugspunkte gibt. Wenn Sie mir Zeit einräumen, durchforste ich im Archiv Bestandslisten.«

»Ist nicht erforderlich, danke. Zu Ihrem Verständnis. Ich ermittle im Rahmen einer Vermisstenanzeige. Gesucht wird ein älterer Herr mit dem Vornamen Erich. Meine Begleitung ist die Enkelin der Person. Sie haben von dem Toten ohne Kopf in der Bode gehört?«

In dem Moment reagierte die Museumsleiterin mit einer Antwort. »Es ist mir kein Vergnügen, eine Verwandte unter diesen Umständen kennenzulernen.« Das hörte sich artig an.

Evelyn erwiderte rücksichtsvoll: »Verzeihen Sie die unpräzise Anfrage. Liegt an mir. Der Gedanke ist in meinem Kopf gewachsen. Ich suche nach einer Person, die in der Lage ist, Auskunft über Großvater zu geben. Der war Hüttenmeister im Stahlwerk bis zu dessen Stilllegung.«

»Das liegt lange zurück. Wieso ist das für die Ermittlungen bedeutsam? Darüber hinaus reicht mein Kenntnisstand nicht. Treffen wir uns an anderer Stelle«, sagte sie und lächelte die beiden an. Benno stand stumm da.

»Fertig?«, meinte er trocken. »Ich fühle mich nicht bereit, um das zu akzeptieren. Bitte, geht's etwas konkreter?«

»Ich versuche es«, erwiderte die Museumschefin. »Passen Sie auf, wir erreichen gleich den Themenbereich Stahlschmelze. Im Dezember 1984 fand der letzte Abstich am Siemens-Martin-Ofen II statt. Aufschluss darüber gibt eine Ehrentafel. Ich empfehle, hierzu das Gespräch mit dem damaligen Stahlwerksleiter zu führen. Das ist zielführender, um bis dato lebende Auskunftspersonen zu benennen.«

»Danke vielmals. Da besteht im Moment kein Bedarf. Erlauben Sie mir, meine Beweggründe zu erläutern«, sagte Lorenz. Er gestattete sich eine winzige Sprechpause und wartete auf eine Reaktion. Ein herzliches Lächeln umspielte seine Lippen. Das bloße Kopfnicken entfachte eine Art Kampfstimmung, die jäh einknickte.

»Herr Lorenz, Verzeihung, ich verstehe den Bezug auf das Verschwinden des Erich Feist nicht. Sie verwirren mich.«

Er hielt inne. »Ich versuche, es zu beleuchten. Das Problem ist Folgendes: Der Vermisste genoss eine Erziehung in einem religiösen Elitekorps. Er predigte ein Leben nach dem Tod im Paradies. Darin sah er seine soziale Verantwortung. Finde ich hier Unterlagen, die den überwiegend technischen Horizont der Archivmaterialien übersteigen? Ist Ihnen bekannt, dass Feist neben dem Stahlwerksjob ein dominanter Sektenanführer war? Sehen Sie, das Groteske besteht darin, dass er kurz vor der Schließung des Stahlwerks den einzigen Sohn verlor.« Abrupt bremste er das Tempo.

Bei der Museumschefin erzeugte die lange Ansprache Aufbegehren. Sichtbar erschöpft stieß sie ein gepresstes Lachen hervor. »Und was zum Teufel hat ein vermisster ehemaliger Stahlkocher mit der Kriminalpolizei am Hut?«

»Korrekt. Ja, das ist auf jeden Fall befremdlich. Ich suche die Wahrheit. Erschreckend ist, dass ich sie gleich nach der Ankunft in Thale erfahren habe.«

»Na ja, Herr Lorenz, die Hexen und Teufel haben niemand, der sie beschützt. Nicht ausgeschlossen, dass die Fabelfiguren in Ihrer Umarmung ein Angebot sahen«, sagte sie verschmitzt grinsend. »Spaß beiseite, die Polizei hat wahrlich keine manierliche Figur in den Medien hinterlassen.«

Lorenz richtete seine graublauen Augen auf die Museumschefin. In seinem Blick lag eine heftig glühende Leidenschaft. »Finden wir die Wahrheit heraus. Was ich strikt abweise, ist Sensationshascherei.«

»Da stimmen wir überein, Herr Lorenz. In meinem Haus taucht das Publikum in erlebbare Industriegeschichte ein. Touristengags sind mir zuwider. Dieser Erich Feist spielte mit seinen religiösen Anschauungen in der Hüttengeschichte keine Rolle. Das ist reine Privatsache.«

»Klar«, sagte Lorenz. »Das stimmt, wenngleich er eine Legende ist.«

»Der in diesen Räumen ein Platz fehlt«, mischte sich Evelyn Feist ein. Sie erschien Benno kämpferisch und dadurch betörend, einnehmend. Ihr dunkelblondes halblanges Haar und die feingeschliffenen Züge im Gesicht bestärkten sein Verlangen nach ihr. »Bitte, lassen Sie es mich erklären.«

»Von mir aus gern«, erwiderte die Museumschefin. »Ich stehe der Thematik offen gegenüber.«

»Danke! Mein Großvater war eine Leitfigur für die Gemeinschaft. Er besaß eine Gabe: Aufmerksamkeit zu erregen. Womit? Durch Missionierung Nichtgläubiger. Für ihn bedeutete das eine Lebensaufgabe, weil dies zur Schaffung einer idealen Welt beiträgt.«

Benno Lorenz bemerkte, wie die Gastgeberin die Kiefer zusammenpresste. Er warf Evelyn einen Blick zu, was hieß, dass er am liebsten eingreifen würde. Ihr stilles Nicken bestärkte ihn.

»Jeder Mensch verfügt über Stärken und Schwächen. Bitte, ich ergänze meine Begleiterin. Dieser Grundsatz basiert darauf, dass sich die Sektenmitglieder für Gottes Soldaten halten. Frau Feist bestätigt das gern. Sie ist Mitglied einer Sekte, Entschuldigung, einer Glaubensgemeinschaft. Um das abzuschließen. Ich spreche von Menschen, die eine Bibel in der Form auslegen, wie es angeraten ist, sie zu lesen.«

»Das erschließt sich mir nicht, Herr Lorenz. Ich leite ein Hüttenmuseum. In meinem Gedächtnis spielt der Name der Person keine Rolle. Religiöse Aspekte, egal ob Sekte oder nicht, haben auf die Entwicklung im Stahlwerk keinerlei Einfluss ausgeübt. Es ist eine Privatangelegenheit, wenn der alte Hüttenmeister Botschaften an Gläubige im Werk verkündete. Ein gesellschaftlicher Auftrag ergab sich daraus nicht.«

»Bitte, Sie gestatten«, schob sich Evelyn Feist ins Gespräch, um sofort daran anzuschließen. »Großvater führte exakt Tagebuch. Er beschreibt das Ableben seines Sohnes. Das ist mein Vater, den ich nie kennenlernte. Er fand aus Glaubensgründen im Stahlwerk den Tod eines Märtyrers.«

»Entschuldigung! Das ist mir nicht geläufig. In der Vergangenheit tickten die Uhren im Eisenhüttenwerk anders. Ich verstehe Sie. Ihre Zeit war das nicht. Religion im Betrieb zu zelebrieren, war nicht erwünscht. Heute ist es nicht machbar, tiefergehende Informationen zu liefern. Es fehlen die notwendigen Daten. Ich räume Ihnen trotz alledem die Möglichkeit ein, unser Archiv zu durchforsten.«

»Danke! Das ist nicht erforderlich. Ihre Aussage akzeptiere ich. Erich Feist war der Meister im Stahlwerk, wo Vater den Tod wählte. Er war jugendhaft, ungestüm, voller Leidenschaft. Verinnerlicht hat sich mir, dass die fehlende Bereitschaft, sein Wissen an den Prüfsteinen der Gemeinschaft zu messen, den Untergang bedeutete. Da ist der Mythos des Pfannenspringers entstanden. Leider hat die Öffentlichkeit davon unzureichend Kenntnis erhalten. Ich würde das gern abändern.«

»Für mich riecht das nach einer Form von finsterer Entschlossenheit, Frau Feist. Ist ja ihr verbrieftes Recht«, erklärte die

Museumschefin mit wachsendem Unwohlsein. »Die Frage ist, wem das heute nützt. Ein Suizid aus missverstandener Liebe ist kein Anlass, um die Hüttengeschichte damit zu belasten. Obgleich es ein unrühmliches Thema bleibt. Wir haben das Geschehen ausgeblendet, bis eines Tages Historiker darüber stolpern. Ich helfe, soweit es mir leistbar erscheint. Wenn Sensationshascherei ins Spiel kommt, steige ich aus. Einverstanden?«

Lorenz seufzte. Das Gespräch verlief ins Leere.

»Wo führt das hin?«, hob er fragend an, um zugleich darauf zu antworten. »Klar, ich verstehe. Das Museum außen vor. Das höre ich in anderen Fällen dauernd. Alles, was mir weiterhilft, ist gesagt. Ein paar Namen von Auskunftspersonen aus der Vergangenheit sind drin, oder?«, meinte er in Erwartung einer positiven Reaktion. Seine Spekulation lohnte sich. Die Belohnung folgte auf den Fuß.

»Ich schreibe vorsichtshalber zwei Namen auf. Es handelt sich um ehemalige Schichtleiter, die sich der Pflege des Hüttenmuseums verpflichtet sehen. Mit einem Krümchen Glück birgt die Personalie Feist Erinnerungen, die hilfreich sind. Verzeihen Sie mir, wenn ich dem Pfannenspringer die Show stehle. Das Verständnis für solcherart Polemik fehlt mir. Stellen Sie sich vor, ein Mensch springt in eine 1625 Grad Celsius heiße Stahlschmelze. Wie kaputt derjenige war, ist aus heutiger Sicht schwer nachvollziehbar. Wenn die Presse von dem bisher unterdrückten Vorgang erfährt, rennen die uns wochenlang das Haus ein. Das ist kein erfreuliches Omen für den Museumsstandort.«

»Da vertreten wir eine Meinung, was sonst«, erklärte sich Lorenz. »Ich bin hier, um Sichtgrenzen zu erweitern. Die Suche nach Anhaltspunkten für potentielle Täter hat mich hierher geführt. Erich Feist und sein Sohn sind nicht der Nabel der Welt. Ein Religionskrieg ist nicht zu geringschätzen. Ich hatte gehofft, einen Berg von Kontakthinweisen zu finden. Schade, ist nicht an dem.«

»Falsch, Herr Lorenz.« Sie sah in mit ernster Miene an. »Es klingt überzeugend, wie Sie Probleme aus der Nähe beäugen. Hören Sie, für mich ändert sich an der Sachlage des Todessprunges kaum was.« Eine bedeutungsschwangere Pause entstand, ehe sie fortfuhr. »Seit dem Stillstand des Werkes ist die Entfremdung vom Gemeinschaftsgefühl dereinst in Wut und Hass umgeschlagen. Aus diesem Grund versuche ich, Ihr Anliegen zu überschlafen. Das ändert nichts daran, aufzupassen, dass solche Themen nicht überhandnehmen. Meine Aufgabe ist es vorrangig, die Geschichte der Eisenverhüttung und Eisenverarbeitung den Menschen ins Gedächtnis zu rufen. Dahinter verbirgt sich eine historische Leistung am Harzrand, getragen von einer gigantischen Spannweite menschlichen Handelns.«

»Verstehe!«, endete darin, dass sie zu einem Widerspruch ansetzte. Da brachte sein Blick sie zum Schweigen. »Es verbleibt eine Möglichkeit, Genaueres herauszufinden.«

»Die wäre?«

»Ich bin dabei, Anhaltspunkte herauszuarbeiten, die eine Tötungsabsicht begründen. Vor allem durch Personen aus dem internen Umfeld von Erich Feist. Der hat eine Doppelfunktion ausgefüllt. Oberhaupt einer Sekte, zugleich Meister im Stahlwerk. Bitte, für jeden Hinweis bin ich dankbar.«

»Damit lässt sich´s vernünftig umgehen. Ihnen ist klar, dass der Todessprung Teil eines makabren Rückblickes ist, oder? Sie schaffen sich keine Freunde. Reicht mein Hilfsangebot?«

»Ja! Danke!«

Augenblicke später standen sie wieder vor dem Eingang zum Hüttenmuseum. Wie angewurzelt blieb Evelyn stehen. Der Körper zitterte. Benno bereitete es Angst. Sein Herz klopfte zum Zerbersten.

»Komm, wir verschwinden hier«, sagte er mit belegter Stimme.

»Benno, leider gibt es keinen Erkenntnisfortschritt, der uns weiterhilft. Siehst du das anders?«

Sie sog tief die erwärmte Luft ein, trat auf den Begleiter zu. Ohne zu sprechen lehnte sie ihren Kopf an seiner Schulter an. Das erzeugte in ihm erneut Nachdenklichkeit. Lorenz versuchte, das aufsteigende Gefühl abzuschütteln. Definitiv war heute ein reizvoller Sommertag.

»Sie begleitet mich«, mehr zu erwarten, wagte er nicht. Seine Bemühungen, die eigene Unsicherheit zu überspielen, erwiesen sich als schwierig. »Hör zu«, sagte er, wobei er ihr einen anhimmelnden Blick schenkte. »Wir brauchten was zum Festhalten. Das haben wir erreicht. Dein Vater und dein Opa waren wohlgesonnene Menschen. Schieb die Sorgenfalten in den Hintergrund. Streif die alten Geschichten vom Bösen ab. Nochmal, was den Museumsbesuch betrifft. Ev, der ist insgesamt bestens abgelaufen. Die Chefin schützt

den Laden vor negativen Einflüssen. Das rechne ich ihr haushoch an.«

»Ja, einseitig betrachtet ist das stimmig«, sagte sie.

Für eine Sekunde verschmolz alles mit den Schatten, den sie beide im Tageslicht warfen. Er zeigte eine langgestreckte Kontur, die symbolisch für tiefe Verbundenheit sprach. Evelyn gewahrte zugleich seine Hände, die sich fest um ihren Oberkörper schlangen. Ein dominantes Gefühl von Zuneigung erfüllte sie. Es hielt leider nur einen kurzen Augenblick. Benno lockerte die Bindung und der ergreifende Moment des Körperkontaktes setzte aus. Irgendetwas war passiert. Was, erschloss sich ihr mit dem Blick in sein Gesicht. Dort saß die Angst, die eine Reaktion erforderte. Sie formte mit den Lippen Worte, nahezu flüsternd sagte sie: »Ach Benno. Lass uns hier verschwinden. Ich bin von meiner Familie gefrustet. Was bleibt vom Leben, wenn man sich ständig aufopfert und hart arbeitet?«

Betroffen von dieser Aussage reagierte er. Mit beiden Händen griff er ihren Kopf, um das Gesicht in seine Blickrichtung zu drehen. Einen Augenblick fragte er sich, was er anstellen würde, wenn Ev in die Fänge der Peiniger geraten würde. Gefesselt, ohne Hilfe, auf sich gestellt.

»Ist es an der Zeit, jegliche Vorsicht über Bord zu werfen und im Alleingang nach den Tätern zu ermitteln? Welche andere Wahl bleibt übrig? Ev tiefer in die Ermittlungen einbinden?« Einer Eingebung folgend sagte er: »Evelyn, was bedeutet es, die Menschen aus der Dunkelheit zu führen? Hat sich dein Großvater aus der Welt zurückgezogen? Ist das die Wahrheit? Wie vermagst du der Gemeinschaft zu dienen, um deine Kraft für ein neues Zeitalter der Erleuchtung einzubringen?«

»Mein Lieber, vergiss das. Mit dem Irrglauben vom Teufelszeug räume ich auf. Und ebenso damit, dass hier irgendwelche Mächte am Werk sind.«

»Evelyn! Sieh mich an! Schalt ab! Soeben haben wir die bestechende Aufarbeitung vom Aufstieg und Untergang der Harzer Hüttenindustrie erlebt. Schau auf die grüne Lok da hinten«, forderte er sie grinsend auf. »Du hast gehört, dein Clan hinterließ keine dauerhaften Werte. Außer religiösen Fanatismus.«

Verwirrt sah sie ihn an. »Benno, was willst du mir damit sagen Ich verstehe nicht.«

»Ev! Dahinter versteckt sich mehr. Trau dich! Denk nach! Das Stück Metall lässt sich anfassen. Es ist ein Zeuge des technischen Fortschritts vergangener Zeit. Dein Opa ist ebenfalls ein Unikat der Geschichtsschreibung. Er umgab sich mit einem Heer von bibelfesten Gläubigern. Sieh, was er dir hinterlassen hat. Die Dynastie der Hüttenmeister Feist unterliegt dem Vergessen! Ist ein natürlicher Vorgang ohne Marketing. Ich bin bemüht, solche Gefühle nicht zuzulassen. Mein Auftrag ist bisher nicht erfüllt. Dafür ist mir Bedeutenderes passiert«, meinte er schmunzelnd. »Die Botschaft an dich ist: Lass mich dich küssen, hier in der Öffentlichkeit.«

Willig ergab sie sich dem Geschenk der Nähe. Tränen purzelten über die Wange bis zu den Lippen. Weiter kamen sie nicht. Mit der Zunge leckte er jeden Tropfen der salzigen Flüssigkeit auf. Erst, nachdem sie mit erstickender Stimme sagte: »Benno, entschuldige, ich schäme mich für den Namen Feist. Du wirst mir dafür eines Tages Groll entgegenbringen«, hörte er auf.

»Oh nein, weshalb? Das ist Blödsinn. Keine dämliche Gefühlsduselei. Das brauchen wir beide nicht. Leider gibt es eine ganze Menge Ungereimtheiten. Ich versuche, Klarheit zu schaffen. Abgesehen davon bedarf das eines exakt beweisbaren Tathergangs und eines Täters. Der Suizid von Werner Feist hilft mir nicht, das auf den Punkt zu bringen. Komm, Ev, uns bleiben zur Entspannung rund fünf Minuten Gehweg bis zum Restaurant an der neuen Ferienhaussiedlung. Da trinken wir Kaffee.«

»Das ist fürsorglich von dir«, antwortete sie. »Trotz allem, du suchst Tatmotive. Die sind im Streben einer ganzen Reihe von Mitgliedern nach religiöser Vollkommenheit verborgen. Ich bin davon überzeugt, einzig darin erfährst du die Klarheit, um mehr zu den Lebensansprüchen von Opa zu erfahren. Sei ohne Sorge. Großvater führt dich. Er öffnet dir eine Tür. Sei auf der Hut, denn es gefällt dir nicht, was du siehst.«

»Das Risiko gehe ich ein, Ev. Bedenke, erst wenn Menschen über sich hinauswachsen, sind sie in der Lage, Großes zu leisten. Dem gebe ich mich grade hin. Du stehst an meiner Seite. Das bedeutet, wir sind mittendrin.«

Sie stand unbeweglich, da. »Ich hoffe es.«

»Um dem zu entsprechen, kommst du ins Spiel. Du bist die persönliche Geheimwaffe.«

Kapitel 15

Februar 1983. Der frostklirrende Monat endete unheilvoll. Eine Schockwelle hatte die Eisenhüttenindustrie am Rande der Harzstadt an der Bode erfasst. In den Medien nicht kommuniziert, verlor sie sich in den Tiefen der Zeit, um fünfunddreißig Jahre später erneut zu erwachen.

Werner Feist war angefressen. Der Ingenieur im Stahlwerk der Eisenhüttenwerke richtete seine Wut gegen den eigenen Vater. Der, ein anerkannter Hüttenmeister, trug den Spitznamen ›Prediger‹ mit erhobenem Haupt. Leider verkannte er die Gefahr, die sich in dem religiösen Begriff verbarg. Das war kein Schutzschild, um die Worte der Bibel in seiner Gemeinde am Harzrand zu verbreiten. Im Gegenteil. Wegen des Verdachts aufwieglerischen Verhaltens erhielt er ständig Vorladungen vom Büro der Polizeidienststelle am Eingang der Eisenhütte. Damit war Ärger vorprogrammiert. Bis zu jenem ereignisreichen Tag. Der würde sich erbarmungslos in die Geschichte des Eisenhüttenwerkes einfressen wie der Bohrer ins Metall. Unaufhaltsam verbreitete sich die Angst um den Fehlschlag einer Mission. Ein Eklat war vorbestimmt. Er brach ohne Ankündigung in der Meisterbude im Stahlwerk aus. In einer der unzähligen Frühschichten konfrontierte der aufgewühlte Sohn den Vater mit seiner Wahrheit.

»Du warst gestern wieder nach Feierabend bei diesem Kripomann. Kollegen haben dich gesehen. Wer missioniert hier wen? Du bist unser Ältester, die Stimme Gottes. Wie vereinbart sich das, zu dir aufzublicken, wenn du uns verrätst?«

Erich Feist blieb dem Sohn die Antwort darauf schuldig.

»Wir reden darüber. Vertraue mir.«

»Worte, Vater. Bloße Versicherungen. Du predigst die Aufopferung des Einzelnen für das Gemeinwohl. Weißt du, dass dein Verhalten Gefahr bringt?«

»Stopp, Werner! Es reicht. Ich bin dran. Gib Ruhe! Wenn ich meine ausgebreitete Hand über dem Kopf entferne, brechen alle Hirngespinste zusammen.«

»Blödsinn. Du verkennst die Lage. Ich liebe eine unglücklich verheiratete Frau. Wo liegt das Problem? Ich gebe zu. Wir haben gestern Abend einen über den Durst getrunken. Hältst du mir das vor?«

»Nein! Mir missfällt deine Inkonsequenz, die fehlende Leidenschaft im Beruf. Du bist mein Sohn. Nicht ein x-beliebiger Ingenieur im Stahlwerk. Mich kennen die Menschen rundherum. Ich bin einer der Meister, dem sie vertrauen. Ein Prediger und Missionar. Ich bin bereit, die ganze Welt zu schultern. Erkennst du darin deine eigene Mission?«

»Versuchst du, mir weiszumachen, die gesamte Menschheit im Stich zu lassen? Hey, wegen meiner Liebe zu einer Ungläubigen?«

»Es verwehrt dir kein Mensch, innerhalb der Gemeinschaft heiraten. Egal, wer dir vorschwebt. In dieser Wahrheit erklärt sich der Sinn der Existenz. Daraus resultieren Pflichten. Nicht in der außerehelichen Leidenschaft. Dein Geheimnis ist gebrochen. Die Geliebte ist schwanger, erzählen Vertraute. Stimmt's? Werner, ich biete dir meine Hand, letztmalig.«

»Was, wenn ich die ablehne, Vater? Sperrst du mich aus?«

»Ja! Zwinge die Gemeinschaft nicht, das anzustoßen. Ich berufe die Versammlung ein. Die Mitglieder urteilen über dein Verhalten. Erkläre, warum du trinkst und dem Kettenrauchen frönst? Du hast gegen unsere Lehre verstoßen.«

»Du meinst die der harten Arbeit? Der Genügsamkeit? Der Bibeltreue?«

»Schluss mit dem Gejammer. Verzieh dich. Die Kollegen warten«, überschlug sich seine eigene Stimme.

»Ich hab's begriffen! Gib mir Zeit!«

Was er nicht ansprach, war der Druck, den die ausweglose Unfreiheit in ihm erzeugte. Ein Umstand, der einer Falle gleichkam, darauf ausgelegt, gnadenlos zuzuschnappen. Und das würde bald sein. Der psychische Zusammenbruch nahte. Er kündigte sich soeben mit dem Schauer einer Vorahnung an. Die Reibung an dem totalitären Netzwerk der Kontrolle des Verhaltens war fortgeschritten. Seine Gedanken, Gefühle, Worte des Zorns und der Wiedergutmachung suchten eine Nische, einen Ausweg.

Der blieb ihm an diesem Tag versagt. Der Älteste, sein Vater, forderte Disziplin. Die brachte er heute ebenfalls ein. Mehr als Werner in der Lage war, zu geben. Anstandslos, mit überlegtem Kalkül. Ein gegebenes Versprechen löste sich grade auf. Das war verwirrend, unwürdig. Wo blieb der Geheimschutz? Jeder Mensch sah, dass er die Treppe zum Büro des Kriminalmeisters hinaufging. Mit solchen Gedanken betrat er den Raum.

Ins Auge fiel ihm sofort das zerknitterte Jackett, welches auf irgendeine Art nicht zu der hageren Gestalt passte. Das dicke, runde Brillenglas in der Fassung aus schwarzem Draht verhielt sich auf der Nase wie eine Lupe. Es erzeugte übergroße Augen, die einem Froschgesicht beim Balzen ähnelten. Die beiden Thalenser waren sich nicht fremd. Akzeptanz ließ sie bisher miteinander auskommen. Obwohl, der Kripomann war dem Schichtmeister im Nachteil. Die Kunst der freien Rede lag ihm nicht. Er folgte stereotypen Mustern in endlos wiederkehrender Befragungstaktik. Oftmals erzeugte das unüberwindliche Peinlichkeit. Egal, die beiden hatten sich arrangiert. Sie gehörten zum Getriebe des gigantischen Eisenhüttenwerkes am Rande des Bodetals. Bis zu jenem Tag, der alles andere in den Schatten stellte.

»Erich, Sie erschweren meinen Job«, eröffnete der Kripobeamte die Befragung. Die zeigte sich feucht. Dicke Speicheltröpfchen erzeugten ein unschönes Ereignis. Sie hinterließen in den Mundwinkeln eine schleimige Ablagerung. Eine Art Schaum, der auf die Tischplatte tropfte. Gleichzeitig quälte sich aus dem Speichel sprühenden Mund eine Entschuldigung. Die ungebührliche, leibliche Schwäche missachtete er. Eine zittrige Hand verschwand in der Innentasche des Sakkos. Sie beförderte eine angefangene Schachtel Zigaretten der Marke Duett auf den Schreibtisch. Ungeniert steckte er eine davon an.

»Gott verbietet Ihnen ja, zu rauchen, stimmt's? Wenn die hier leer ist, sind wir mit dem Vernehmungsprotokoll fertig.« Eine Antwort wartete er nicht ab. »Rücken Sie näher ran«, forderte er Feist auf, der auf dem klapprigen Stuhl aus der Nachkriegszeit saß.

Er bemerkte seinen verständnislosen Blick. Das Ergebnis befriedigte ihn nicht. Kein Ton trat über dessen Lippen. Dabei war die Sitzposition auf dem wackeligen Gegenstand alles andere als bequem. Die Zeit schien stehen zu bleiben. Einzig das Froschaugengesicht des Kriminalmeisters hing, den Rauch der Zigarette in Kringel ausstoßend, an Erich Feist.

»Verdammt, wir kennen uns Jahre. Sie haben den besten Leumund im Betrieb, den sich jemand vorzustellen vermag. Was bedeutet dieser Mist hier?« Er beförderte eine halbe Seite mit Hand beschriebenes Papier auf den altersschwachen Schreibtisch. »Erich, das hier ist absolute Scheiße. Sage ich ehrlich. Und ernsthaft, warum quatschen Sie denn jeden Kollegen wegen der verdammten Religion an? Lass die Leute in Ruhe. Mensch, Stahlwerksmeister, stoppe das, sonst wanderst du eines Tages in den Knast. Die Klappe zu halten, erwirkt hin und wieder Wunder. Ich bin bald nicht mehr in der Lage, Sie zu schützen.«

»Danke für die Aussage. Ist ehrenhaft. Die Mission, der ich folge, ist erst der Anfang«, sagte er und sah dem Kripomann ins Gesicht. Er fragte sich kurz, ob der irgendwelche Schuldgefühle hegte, ihn laufend zu verhören. Zumindest ließ er es sich nicht anmerken. Das war typisch. Verständlich, dass dem Zuckerbrot und Peitsche folgten. *Blöd abgelaufen,* schoss es ihm grimmig amüsiert durch den Kopf. Logisch, dass er den Gedanken hasste. Er würde ihn wie ein Werkzeug verwenden, mit dem man präzise das Material gestaltete. In dem Moment bohrten sich Worte in sein Ohr, die dieser Herausforderung nahekamen.

»Meister Feist, ich schätze Sie, bis auf die Tatsache, dass die Euphorie, mit Ihnen zu plaudern, zunehmend schwindet. Am Ende gilt es, Staatsinteressen zu wahren, das ist meine Aufgabe. Sie sind Freizeitchef einer Sekte. Sagen Sie mir unmissverständlich, ob der Gruppendruck, den Ihre Gemeinschaft erzeugt, eine Gefahr bedeutet. Sie sind ein Seelsorger, der einen Haufen Menschen betreut. Es existieren Beschwerden, weil Sie versucht haben, denen einen fremden Willen aufzuzwingen. Sie begreifen, Erich, es besteht Klärungsbedarf.«

»Hmm, liegt eine Anzeige gegen mich vor?«

»Nein. Ich rate Ihnen dringend, den Kontaktkreis zu überdenken. Weil wir uns lange kennen, hören Sie drauf. Fangen Sie damit ohne Zögern und Bedauern an. Es hat sich ein höllisches Drecksloch aufgetan, durch das angebliche Freunde kriechen, um Sie hinterrücks zu verkaufen.«

»Herr Kriminalmeister, ich bin dankbar für die Belehrung. Die Botschaft der Gemeinschaft ist unkompliziert. Jedermann ist in der Lage, sie zu deuten. Sie richtet sich vor allem an Menschen, die auf der Suche sind.«

»Wie, wonach? Das bedarf einer Erläuterung. Feist, das ist ja verrückt.«

»Verzeihung, aus ihrer Sicht. Wir bieten eine Plattform für die banalsten Ereignisse der Welt. Inspiration zum Beispiel. Die nach Orientierung und Anerkennung. Antworten finden sie nicht in der Kirche, einzig bei uns. Ich bin deren Ältester und stehe für eine Botschaft ein. Hier im Betrieb und anderswo.«

»Das haut mich um, Erich. Sie, ein Persönlichkeitsformer? Ha, ha, da lache ich mir die Seele aus dem Leib. Oder schreie ich lieber, weine wie ein Baby? Verdammt, das akzeptiert keiner der Chefs. Raus mit der Sprache.«

Erich Feist schüttelte staunend den Kopf. »Großartig. Na schön, ich komme Ihnen entgegen. Hören Sie. Wir gleichen uns zu Teilen in den Ansichten. Denn einzig wer genug das eigene Profil schärft, hat Erfolg.«

»Oha, das war's. Ich bin es leid, Sie zu überwachen. Ehrlich! Ich habe bisher nichts herausgefunden, was Sie belastet. Und es ist geschmacklos, einem anerkannten Meister der Produktion in der Form zu begegnen. Erich, das ist ein Zugeständnis für mehr Loyalität. Es sind nicht meine eigenen Regeln. Betrachten wir das Gespräch wie eine Übung, wo jeder auf seine Machart 100 Prozent gibt. Na ja, wie lange, das ist die Frage.«

Erich Feist horchte auf. Mittlerweile duzte ihn der Kriminalmeister. Die Gelassenheit verschwand in dem Moment aus dem Kopf. Stattdessen formte sich urplötzlich ein Achtungszeichen.

»Leg die Überraschung beiseite, Meister«, traf ihn überfallartig. »Du arbeitest an der Basis. Was ist mit den Unkenrufen? Wann stellt der Betrieb die Stahlschmelze in den Siemens-Martin-Öfen ein? Ist ja nichts anderes als eine Frage der Zeit. Sag, erwächst daraus dein Frust, die Kollegen mit spirituellem Gehabe zu missionieren?«

»Gut, dass Sie das herausgefunden haben«, warf Erich Feist ein. »Das ändert alles zwischen uns. Es verleiht der Ausübung meiner Mission eine neue Dringlichkeit.« Er sah den Kripomann schief an. In Erwartung einer Antwort sagte er: »Erklären Sie, was zieht das nach sich?«

»Ich bin kein Hellseher. Spekulationen bringen nichts. Aus diesem Grund sehe ich mir das erst genauer an. Auf jeden Fall entfällt eine Anzeige. In meinem Bericht erscheint ein Werkmeister, der aus einer ehrfurchtsvollen Dynastie von Hüttenwerkern stammt.«

»Sie erstaunen mich. Haben Sie bestens recherchiert. Die reicht bis weit um die Jahrhundertwende. Steht in den Berichten, dass meine Freizeit den religiösen Menschen gehört? Ich bin ein Missionar.«

»Ihre Sache, Feist. Der Glaube an Gott ist nicht verboten. Das öffentlich kundzutun, baut einen Risikofaktor auf. Scheinbar stört Sie es nicht, das Umfeld im Betrieb für ihre Zwecke zu nutzen. Sind ja ein Haufen Kumpel vor Ort, die sich nicht Gott widmen. Bitte, wieso mit aller Gewalt die Hütte?«

»Moment, Sie stellen sich ebenfalls in den Dienst Ihres Herrn. Zum Nachdenken: Fragen Sie sich, wer ist das. Wem vertrauen Sie.«

Feist rutschte auf dem unbequemen Stuhl hin und her. Ihm entging nicht, dass sein Gegenüber unentwegt mit der Zigarette im Mundwinkel ins Leere starrte. »Ich hätte gern ein Glas Wasser«, unterbrach er die sich hypnotisch anfühlende Gesprächsführung. Er gab das bewusst vor, ohne Durst zu haben. Damit zog er an einer Art Reißleine. Es verhalf ihm, über dem Vernehmer zu stehen. Aufs Genaueste der Zeitpunkt für eine glasklare Botschaft. Der Kripomann erhob sich, holte eine Flasche Mineralwasser aus dem Schrank hinter dem Schreibtisch.

»Bitte, das Glas«, sagte er und schenkte seinem Gegenüber Wasser ein. »War zuvor Senf drin, hab improvisiert«, begleitete den Vorgang, auf den er keine Antwort erhielt. Die vom Nikotin in kräftigem Gelb gefärbten Finger zitterten. Ein Moment, der sich in das Gedächtnis von Feist einbrannte. Mit Blick auf die entstellten Fingerkuppen bedrängte er grinsend den Kriminalisten.

»Der Prediger rät Ihnen dringend zum Gespräch mit einem Vertrauten. Der Zigarettenqualm bringt Sie eines Tages um. Sehen Sie auf die Finger. Sind quittegelb!«

»Ja und? Komm zur Sache, Stahlwerksmeister. Deine Hütte transportiert mehr Dreck in die Luft, als die Zigaretten in meine Lunge tragen.«

»Disziplin«, jaulte das Hirn in Erichs Kopf. Es forderte: *»Füge dich seinem Wahn. Er hat keine Ahnung, dass ihm das Paradies verwehrt bleibt.«*

Der Qualm zog sich im Luftzug der hastigen Bewegungen des Kripomannes zu ihm hin. Da tauchte der Gedanke wie eine geheime Order in den Tiefen des Kopfes wieder auf: *»Ja nicht meckern.«*

Ergänzend sagte er: »Ich bin der Älteste einer Gemeinschaft bibeltreuer Gläubiger. Das stellt kein Geheimnis dar. Ein Verbrechen ebenfalls nicht. In der Position trete ich uneingeschränkt für das Recht der Menschen auf ihr individuelles Glaubensbekenntnis ein. Egal wie abwegig Ihre Vorstellungen sind. Sie reden von einer gefährlichen Sekte. Im Gegensatz dazu spreche ich von einer religiösen Glaubensgemeinschaft.«

»Das heißt, Kollege Meister?«

»Ich sage es direkt. Ehrfurcht vor den Gefühlen der Mitmenschen bringt Ihrem Leben neuen Glanz. Heute haben Sie den ersten Schritt vollendet. Danke!«

»Hmm, solange diese es zulassen. Ich fasse zusammen. Sie haben mir zugestimmt, dass die Organisation und Verbreitung religiöser Glaubensinhalte durch sektenähnliche Gruppen strafbar ist. Was sagen Sie?«, fuhr er fort. Im gleichen Moment ratschte der Papiereinzug der betagten Schreibmaschine. »Ist nicht mehr die Jüngste«, meinte er lächelnd und nickte mit dem Kopf.

Feist wartete auf das fahrige Zucken der Mundwinkel. Gleich würde der Mund den üblichen Regenguss aus weißlichen Speicheltröpfchen versprühen. Er behielt Recht und es ließ ihn grübelnd zurück. Die Kripo war nahe dran. Es gab keine Attrappen im Bekenntnis zur Religion außer der Wahrheit. Ein falsches Wort und die Behörden hatten ihn am Arsch. Ob Absicht oder nicht. Diesem Echo zu folgen hieße, alle Türen für die Zukunft zu verschließen.

»Meister Feist, ich sehe ihr Engagement in der Form: Sie sind ein Bibelfreund, der mit seiner Religion Einfluss auf den menschlichen Geist ausübt.« Weil der zum Sprechen ansetzte, winkte er am Zigarettenstummel saugend, ab. »Mein Ärger ist gegenüber Ihrem gering. Oh Scheiße, die da in den Stuben können mich«, sagte er mit deutlichem Frust auf den Lippen. »Verdammt, diese dämlichen Blaupausen verrutschen laufend. Tausend Durchschläge, wer braucht die denn.« Wieder entnahm er mit fahrigen Händen eine Zigarette. »Meister Feist, das ist meine Sucht in eine andere Welt«, sagte er mit einer wuseligen Handbewegung auf sich weisend. »Weiter im Text. Sie sind dran. Was notiere ich? Verkaufen Sie Ihre Haut, los, ich warte.«

»Verzeihung, ich enttäusche Sie ungern. Sie haben gegen mich nichts in der Hand. Belassen wir es beim wohlmeinenden Gespräch.«

»Das funktioniert nicht. Ich brauche Handfestes, kein Gequatsche oder religiöse Floskeln. Reue, Einsicht, Nachdenken, Verzicht würde mir reichen.«

»Wie Sie wünschen, denn für mich steht fest: wir sitzen hier an einem Ort der Wahrheit. Ich werde die Zeit nutzen, um mein ganzes Wissen über die Bibel neu zu überdenken. Das ist ein echter Prüfstein. Im Übrigen erklären Sie mir, ob ich damit Anlass für öffentliche Ärgernisse gegeben habe.«

Mittlerweile zog der Zigarettenrauch in dicken Schwaden durch den Raum mit der Dachschräge. Das winzige Fenster darin entwickelte eine bemerkenswerte Sogwirkung. Der Qualm hatte diesem sprichwörtlichen Vulkanschlot nichts Vergleichbares entgegenzusetzen. Auf jeden Fall war ihm das bestens vertraut. Gespenstische Stille hatte eingesetzt. Das beschwor eine Ansage herauf. Daraufhin stellte er eine Frage.

»Haben Sie die Absicht, mir den Posten des Meisters im alten Schmelzbetrieb zu entziehen?«

»Nein, mein Auftrag lautet, mit Ihnen zu reden. Erklären Sie mir, was die Sekte ungefährlich macht. Grund, Sie einzusperren, gibt es ja ohnehin nicht«, sagte er lachend, um dabei wieder Sabber auf die Hand zu klecksen. Den dicken Tropfen wischte er mit dem Ärmel des zerknitterten Jacketts weg. »Scheiße, das Bespucken kriege ich nicht in den Griff. Entschuldigung, Meister Feist.«

Die Antwort darauf vernahm er wohlwollend: »Reden wir!«

»Das klingt vernünftig. Vorschlag: Sie sagen mir, wie das Leben bei Ihnen abläuft. Ich füge das in meinen Bericht ein. Zwischen uns herrscht Friede, Freude, Eierkuchen!«

Der Kripomann steckte sich eine neue Zigarette an. Er sog hastig daran. Die freie Hand beförderte den Schlitten der Schreibmaschine in die Anfangsposition. Dabei setzte sich eine ausgetüftelte Konstruktion metallener Zahnräder in Gang. Das vertraute Geräusch forderte den Prediger heraus. Der Kripomeister ergänzte: »Ich höre, Herr Meister Feist. Du bist dran. Wir treffen eine Vereinbarung. Einverstanden?«

»Ja. Ich verrate nichts Neues. Zum Verständnis für das Geheimnis unseres Zusammenhaltes gibt es allerhand zu sagen. Schreiben Sie's auf. Das Gebet vollzieht sich in Gruppen im engsten Umfeld der Familie, mit Verwandten, Freunden, Bekannten.«

»Das beantwortet meine Frage unzureichend. Reden wir über eine Vielzahl von Menschen. Die geschätzte Anzahl bitte. Wo treffen die sich alle?«, verschwand im Hintergrund des Raumes.

Stattdessen vernahm er einen leisen Seufzer: »Sie nerven, verdammt! Es gibt keine Geheimnisse. Unsere Religion ist öffentlich. Wir sind ein miteinander vertrauter Kreis von Menschen, die zusammenkommen, um aus der Bibel zu lesen.«

»Klingt nach einem Vorgang, der staatlich nicht reglementiert ist.«

»Klar. Was gäbe es denn da zu verbieten. Glaubensbekenntnisse?«

»Nein, solange keine Intervention gegen den Staat davon ausgeht.«

»Quatsch, Herr Kriminalmeister. Das ist an den Haaren herbeigezogen. Wo wir grade dabei sind. Kennen Sie mein anderes Leben?«

»Woher denn? Erzählen Sie.«

»Ja gern. Das ermöglicht Ihnen, eines fernen Tages Geschichte zu schreiben. Ich gehöre zu einer langen Kette von Hüttenmeistern, die bis weit vor dem Ersten Weltkrieg in gleicher Manier arbeiteten. Kriege bedurften des Stahls und der Fachkräfte. Die stellte der Kriegsherr vom Dienst an der Waffe frei.«

»Heißt, von denen diente keiner?«

»Korrekt!«

»Sie inbegriffen?«

»Ja. Ich war im jugendlichen Alter belastbar. Mit dem Wissen um die Stahlerzeugung für die Kriegsproduktion unabkömmlich. Die Nachkriegsjahre folgten eigenen Gesetzen. Heute bin ich ein Unikat kurz vor der Rente. Es gab eine Unmenge an Konfliktsituationen. Ebenfalls in meiner Eigenschaft als Stimme Gottes. Ich habe mich dem Grundsatz verschrieben, den Menschen Hoffnung zu geben. Im Einklang mit der Bibel. Das bedeutet, sie aus der Dunkelheit in ein neues Zeitalter der Erleuchtung zu führen.«

»Oha, das ist heftiger Tobak. Schwer zu verdauen. Sie, ein Weltenretter?«

»Das müssten Sie bei der Polizei bestens nachvollziehen. Welchem Glaubensbekenntnis folgen Sie? Wie bindend ist das?«

»Ist ja ´ne überflüssige Frage, Meister Feist. Sie haben Ihre Arbeit vollendet und das Beten zu Ihrem Heiligen in vollen Zügen genossen.«

»Das ist Ihre Annahme? Nein! Wir leben couragiert nach verbrieften Glaubensgrundsätzen. Dieser eine Weg, der Belohnung verspricht und genauso eine Bestrafung erfordert.«

»Wer gibt das vor? Sie?«

»Nein! Um zu begreifen, ist es notwendig, sich mit unserem Kodex auseinanderzusetzen. Die zentrale Versammlung lenkt mein Seelenheil. Sie hat mir redliche Gedanken mit auf den Weg gegeben.«

»Ein Beispiel bitte.«

»Gern. Es ist den männlichen Mitgliedern verboten, in Entscheidungsprozesse außerhalb der Gruppe regulierend einzugreifen.«

»Das ist alles? Betrifft es ebenfalls das weibliche Geschlecht?«

»Nein! Ein weiteres Beispiel. Sie wissen, dass jede Menge Material im Betrieb vom Diebstahl betroffen ist. Das widerspricht unseren Grundsätzen. Ausschließlich ehrliche Arbeit zählt. Das gilt genauso für dramatische Materialengpässe durch private Entnahmen. Nicht mit uns. Meine Aufgabe ist die des Hirten.«

»Da bin ich ja platt. Daraus schöpfen Sie Wohlbefinden, Erich? Ich verstehe. Daher kursiert der Begriff des Predigers in der Masse?«

»Stimmt. Eines hat sich verändert. In der Folge bin ich gegen jede Art misslicher Angelegenheiten, die nicht die Gemeinschaft betreffen, abgestumpft. Interesse daran?«

»Fragen Sie nicht ständig. Erzählen Sie.«

»Alles klar! Anfang der Siebziger traten neue Konflikte zu Tage. Der teure Import von Steinkohle für die Gaserzeugung der Stahlkocher entfiel. Ölbeheizte, ganzbasische Siemens-Martin-Öfen kamen in Mode. Zu jener Zeit gewann der Beruf des Stahlwerkes gesellschaftsfähigen Zuspruch.«

»Erich«, unterbrach der Kriminalmeister. »Ich brauche keinen Geschichtsunterricht. Es fehlt mir der Bock, dir alles aus der Nase zu ziehen. Der Punkt ist, wir sprechen über deinen Sohn Werner. Liege ich daneben?«

»Nein, goldrichtig! Ich schätze den Jungen.«

»Mensch, das ist ja ätzend. Was schätzt du? Erklär's mir für das Protokoll.«

»Okay! Auf Drängen der Familie fing er eine Lehre an. Metallurge, mit der Spezialisierung Stahlwerk. Der Widerstand war enorm. Ein Großbetrieb kam für ihn niemals in Frage. Vergebliche Mühe, schien es. Die Disziplin trieb ihn in die staatliche Lehrwerkstatt. Berufsausbildung mit Abitur hieß das. Es folgte ein Studium zum Ingenieur für Instandhaltung. Eine Ausbildung, die ihn nie erfüllte. Mein Fehler. Und ja, eine fatale Fehleinschätzung.«

»Tut mir leid. Ich verstehe nicht, warum die Familie dagegen sprach. Komm zur Sache, Meister Feist.«

»Frage: Haben Sie irgendeinmal das prächtige Rot von Zinnober gesehen?«

»Nein! Sie sprechen wovon?«

»Herr Kriminalmeister, in allererster Linie vom Geruch kreativer Freiheit. Mein Sohn steht mit heimlichen, unerfüllten Wünschen vorn dran. Es war nie sein Ansinnen, Stahlwerker mit Abitur zu erlernen. Erst recht kein Ingenieur zu werden.«

»Sie übertreiben, Erich. Schöne Geschichte. Was hat sie mit uns am Hut?«

»Eine Menge. Sehen Sie, er hat in aller Selbstverständlichkeit eigene Wege angedacht. Ich habe ihm nie angemessen zugehört. Die Farbe Rot steht für seinen heimlichen Wunsch, das Stahlwerk gegen eine kunsthandwerkliche Arbeit einzutauschen.«

»Mensch, Sie sind ein komischer Kauz. Versauen dem Sohn die Perspektive durch ihren Glaubensquatsch. Von wegen Paradies. Jeder erhält zum Ende das, was er verdient. Der eine reichlich davon, der andere ... Sprich, was schreibe ich ins Protokoll?«

»Hmm, Ihre Sache. Betrachten Sie das wie ich. Alles dreht sich um Disziplin, dem höchsten Besitztum. Das schließt ein, vorgezeichneten Aufgaben nachzukommen. Dem stellt sich keiner widerwillig entgegen, ohne Schande zu verbreiten.«

»Das ist Murks. Ihr Sohn Werner ist Ingenieur. Er steht dem Vater damit beruflich nahe. Mist, elender«, schimpfte er. »Sie bringen mich aus dem Konzept. Wie schreibe ich das ins Protokoll?«

»Meine Gedanken. In erster Linie dreht sich alles um das Verständnis für die schwere Bürde der Verantwortung, die sie in sich trägt. Damit habe ich Werner konfrontiert.«

»Wie hat er reagiert?«

»Vater, das sind Worthülsen. Ich lebe in einer Zeit der Lügen. Verzeih die Härte! Du versuchst jeden Tag, mir eine Maske vom Gesicht zu reißen, die nicht existiert. Du verschließt dich mir gegenüber zunehmend. Gefühle interessieren nicht. Die Familie schaufelt mein Grab, das ist die Prophezeiung. Rede mit Großmutter.«

»Und weiter? Was passierte daraufhin«, schüttelte der Kripomann kleinmütig fragend den Kopf. »Warum erzählst du mir diese dämliche Geschichte, Meister? Was ist dein Problem?«

»Ich befürchte, der Luxus einer protokollgerechten Erwiderung erschließt sich nicht. Ich habe ihm ins Gesicht geschrien: Schiebst du mir den Schwarzen Peter zu? Hegst du die Absicht, uns beide umzubringen? Ich schleuderte ihm entgegen: Niemals bist du hierzu fähig. Den Bastard, den du mit dem verheirateten Weibsbild gezeugt hast, schließt die Gemeinschaft aus ihrem Kreis aus. Wenn du glaubst, der Einzige zu sein, der die Bibel beansprucht, dass sie persönlichen Zwecken dient, irrst du, mein Sohn. Ich bin der Älteste, damit Gottes Sprachrohr.«

»Herrje. Wir kommen keinen Schritt weiter. Scheiße, Meister«, sagte sein Verhörer. Resolut griff er dabei in den verklemmten Schlitten der Schreibmaschine. »Blödes, verleidetes Mistding«, knurrte er, um sofort einzuwerfen: »Entschuldigung, jedem sei ein Aussetzer gestattet. Erich, ich bitte inständig darum, greifen Sie meinen Vorschlag auf. Ich suche Sie morgen zum Schichtbeginn auf. Ist für mich hilfreich, den Arsch vom Schreibtisch abzuheben. Reden wir vor Ort. Sie zeigen mir bekehrte Schäfchen, die Ihnen am Herzen liegen. Ich halte die Klappe, in der Hoffnung auf eigenen Frieden. Es gibt keine Aufzeichnungen. Na, wie klingt das in Ihren Ohren?«

»Was denn, Sie besuchen mich im Dreck des Stahlwerkes? In diesen Klamotten da, im laufenden Betrieb?«

»Ja, was gibt es da zu wundern? Helm auf, ab geht's.«

»Tja, nichts. Ich stelle mir die Frage, ob Sie verrückt sind. Ist es das denn wert?«

»Was? Die Hitze, der Lärm, der Staub in der Luft. Oh nein, die sind mir nicht fremd?«

»Von mir aus. Das hat den Vorteil, zugleich mit Werner zusammenzutreffen. Ich sorge dafür, dass es klappt. Wir trinken nach dem Abstich am SM-Ofen II in der Meisterstube einen Kaffee. Suchen Sie bei meinem Herrn Sohn Antworten zu den Schäfchen.«

»Gern! Werde ich. Einen Versuch ist es wert.«

Kapitel 16

Stürmischer Wind fegte über das Gelände der Eisen- und Hüttenwerke Thale. Der Kriminalmeister schnaubte vor Anstrengung. Er stemmte den schmalbrüstigen Bürokörper gegen eine Windböe.

»Scheiße, das ist eine echt abgefahrene Idee, hier aufzukreuzen«, brummte er vor sich hin. Er registrierte die Unmenge an Feuerkörben, die mit schwarzem Qualm die Luft verpesteten. Sie glichen stinkenden Wärmepaketen, die Helfer mit ölverschmiertem Holz und Bitumenresten fütterten. Dem Körper Wärme zu spenden, war ein Teil ihrer Aufgabe. Der andere, um Frostschäden an nicht isolierten Leitungen zu verhindern. Gegen die eisige Kälte am Rande der zugigen Gießhalle des Stahlwerkes waren die Feuerchen machtlos.

Gewissensbisse plagten ihn. Ein Trost blieb. Die luftdurchströmte Werkhalle hatte manch heimeliges Plätzchen. Im Umfeld der Siemens-Martin-Öfen würde sich die Hitze stauen. Das stimme ihn friedlich. Er hatte hier am Rande wegen kleinerer Diebstähle ermittelt. Der Lärm, der Staub in der wabernden Luft der Halle waren ihm leidlich geläufig. Zeit für hoffnungsvolle Betrachtungen blieb nicht, weil eine missgelaunte Stimme ihn bedrängte.

»Kollege, ich bin dein Beschützer, arbeite unter Erichs Fuchtel. Kannst mich Willi nennen«, sagte er trocken. »Hast nichts dagegen, wenn wir uns duzen, meine ich. Hier verlässt man sich aufeinander.« Er betrachtete den Kripomenschen mitleidsvoll. »Scheiß Kälte da draußen, was?«, versuchte er den Kontakt zu dem Kripomann weiter mit dem Thema Wetter auszubauen. »Sag mir, was ist das für ein Gefühl, im Dreck zu sein? Hier klaut niemand. Brauchst keinen zu verhaften. Der Vorteil, es ist behaglich in Nähe der Stahlkocher. Das passt heute, stimmt's?«

»Würde ich meinen«, erwiderte sein Gast. »Wann geht´s los? Meister Feist hat mir versprochen, am Abstich teilzuhaben.«

»Kriegst den zu sehen. Keine Angst. Bin ja an deiner Seite. Sag dir gleich, wie's abläuft. Willst alles erfassen, komm mit. Ist urkomisch mit dir. Siehst aus, wie aus dem Ei gepellt. Meinst, das schützt dich?«

»Wird's müssen. Hab ja den Schutzhelm, die Brille mit den getönten Gläsern.«

»Wenn dir das reicht. Deine Straßenklamotten mit den dünnen Halbschuhen sind nicht die beste Wahl. Du wirst voller Staub sein. Hier riecht es nicht nur nach Arbeit. Wir packen an. Akkord im Schmelzbetrieb. Ein Bürohengst wie du, weiß der denn, was hier Sache ist?«, brummte er vergnüglich. Sein Körper drehte sich zum Schmelzofen, wo der Abstich in Vorbereitung war. »Horch zu. Bleib dicht an meiner Seite. In ein paar Minuten ergießen sich nahezu hundert Tonnen Stahl da in diese Gießpfanne. Sieh hin. Die hängt am Haken der Laufkatze von dem Kran da oben. Tu was Vernünftiges. Verstecke dich hinterm Rücken. Ich gebe dir Deckung vor dem Funkenflug, der gleich einsetzt. Die Hitze ist verdammt gefährlich. Der Stahl fließt mit nahezu 1625 Grad Celsius in die Pfanne.«

Der Schmelzer gewahrte, wie sein Gast fasziniert in die Richtung schaute.

»Was geht da ab?«

»Na das volle Programm, Kollege. Meister Feist hat mir gesagt: Zeige dem Kriminalen auf Biegen und Brechen alles Notwendige, bevor du im Büro mit ihm redest. Hast Glück, ein Ingenieur ist ebenfalls anwesend. Mein Tipp: Es ist sein Sohn. Und Achtung! Schau nach vorn. Jeden Moment eröffnen zwei Schmelzer den Abstich.«

»Hmm, klingt simpel. Ich sitze sonst mehr am Schreibtisch.«

»Klar, du kommst nicht umhin, deine Brötchen zu verdienen wie jeder vernünftige Mensch. Du hast keine Ahnung von den Mühen, um eine Tonne Stahl zu erzeugen. Das ist energieaufwendig. Ein Hitzearbeitsplatz im wahrsten Sinne des Wortes. Die feuerfeste Ausmauerung ist ein technisch anspruchsvoller Akt für sich. Schluss mit dem Gequatsche. Siehst du was?«, brach er abrupt das Gespräch ab.

»Was meinst du? Hier liegt alles im Dunst verborgen. Rauch, Staub, Hitzeschwaden und der Lärm. Ich sehe nichts.«

Ihm fiel das Reden schwer. Auf der Zunge lag ein metallischer Geschmack. Er schluckte, rieb sie am harten Gaumen, der weit in die Mundhöhle hineinreichte. Vergebens. Der Speichelfluss ließ sich nicht kontrollieren. Die alten Reflexe, ständig auf den Fußboden zu spucken, lebten wieder auf.

»Scheiße«, durchfuhr es ihn für den Moment. In der nächsten Sekunde sonderten sich filigrane Speichelfäden ab. Sie formten sich zu bizarren Gebilden, um sich in den aufeinanderprallenden Luftschichten einen Weg zu bahnen. Dabei dockten sie an die Millionen aufsteigender Partikel in der Umluft an. Ungefiltert verschwanden sie glitzernden Punkten gleich in der Ferne. Er sah beleidigt auf. Der Schmelzer hatte ihn vorgeführt.

»Putz die Brille, Kriminaler«, beendete der Begleiter die Prozedur. »Habe deine Nöte gesehen. Der friedfertige Nasenstüber passt dir nicht, stimmt's? Hast genug von der Sache hier?«

»Nein! Sag, ist hier Rauchen erlaubt?«

»Na klar! Ich schnurre eine mit. Reich rüber den Glimmstängel«, erhielt er reflexartig zur Antwort. »Oh, vornehm, Duett, die sind für einen Arbeiter wie mich unerschwinglich. Drum biste bei der Kripo, wegen der Kohle? Na los, steck an, das beruhigt die Nerven. Adrenalin brauchen wir. Der Abstich steht kurz bevor. Hier, nimm die geschwärzten Gläser. Sieh nicht ohne in die flüssige Glut, da wirst du blind. Wenn das hier vorbei ist, zeige ich dir da oben die Krankanzel. Das gibt einen bombastischen Blick aus der Höhe. Ist das okay?«

»Na schauen wir«, klang mürrisch.

»Dieser verdammte metallische Geschmack auf der Zunge. Scheiß Staub«, brummte er an der Zigarette ziehend vor sich hin.

In dem Augenblick überschlugen sich die Ereignisse. Der 140-Tonnen-Gießkran verharrte am Ofen in Abstichposition. Flüssiger Stahl ergoss sich in die Gießpfanne. Die Luft flirrte ringsherum von der Glut des Metalls. Sie waberte im Sog des Luftzuges in der Halle auf den Kriminalisten zu. Der erstarrte sofort, schaute durch die getönte Schutzbrille wie gebannt in Richtung des Feuerballs.

»*Was war das?*« Nicht die ungewohnte Hitzewelle versetze ihn augenblicklich in einen Schockzustand. Das absonderliche Verhalten des beigestellten Stahlwerkers schuf die Verwirrung. Der gestikulierte. Die Hände schlugen wie Windmühlenflügelräder in die Luft. Gleichzeitig mit der Ruderbewegung hörte er Schreie, wie sie von einem verletzten Tier stammten.

»Da, da, da, seht! Das war der Werner. Das gibt's nicht. Himmel und Hölle, nein«, verlor sich der heisere Ruf im Getöse der vor Hitze flimmernden Luft in der Werkhalle. »Verdammt, was macht der verrückte Kerl da? Hast du das gesehen?«, schlug er vor Aufregung dem Kripomann die Faust auf die Schulter. Das erzeugte für den Moment höllische Schmerzen.

»Spinnst du, Kollege?« Sein Unverständnis traf ihn mit einem erstarrten Blick. »Was, wovon redest du? Was ist passiert?«

»Na der Werner, der ist in die Gießpfanne gesprungen.«

»Für wie blöd hältst du mich? Der Ingenieur, der Sohn von Meister Feist?«

»Ja, der.« Die Stimme überschlug sich, um unter dem Strich im mörderischen Aufschrei zu enden. »Erich, Erich, Eriiiich«, brüllte sein Begleiter. Er zog den Namen in nervenzerreißender Tonlage auseinander. Kurzerhand ließ der Schmelzer den Kripomann stehen. »Komm hinterher«, rief er aufgeregt gestikulierend, um in Sekundenbruchteilen im Dunst der Halle unterzutauchen.

»Geh aus dem Weg«, schrie ihn ein anderer Kollege an. »Bist du verrückt, ohne Schutzkleidung hier rumzustehen? Folge mir in die Meisterbude.«

Minuten später traf er dort auf seinen Begleitschutz. Was er sah, gefiel ihm nicht. Geknickte Gesichter. Ein geschockter Meister Feist am Tisch sitzend, den Kopf mit den Händen abgestützt. Arbeiter umringten ihn. Einer davon leichenblass. Großflächige Schweißflecke auf der Stirn und dem Arbeitshemd zeugten von einer ungeheuren Belastung. Dicke Perlen des wässrigen, salzhaltigen Sekretes rannen über die Wangenknochen, bevor sie unvermeidlich auf den Tisch tropften. Das schmuddelige Schweißband um den Hals richtete nichts dagegen aus. Er erbrach grade gelblichen Schleim. Zusammen mit dem Speichel blieb der am Kinn hängen, um tröpfchenweise zu Boden zu fallen. Alle Augen waren auf ihn gerichtet, der scheinbar am allerbesten unterrichteten Person. Ein Kranfahrer, verantwortlich für das Befüllen der Gießpfanne mit dem verflüssigten Stahl. Das hieß, blitzschnell Entscheidungen zu treffen, um die flüssige Last zur Gießgrube zu transportieren. Eine Wahl blieb ihm nicht. Die unverfälschte Sicht auf das Geschehen unten auf Flurebene hatte sich ihm ungeschönt offenbart.

»Fragt den Schmelzer von der Ofenbühne«, schrie er, unfähig, weiter zu sprechen.

»Erich, ich bin total fertig«, stotterte der. »Das alles geschah in Nullkommanichts. Dein Werner stürzte an mir vorbei. Ich hab ihn angeschrien: Bleib stehen! Umsonst! Pure Angst blieb mir im Halse stecken, hinderte mich, weiter zu schreien. Sekunden später verschwand er hinter der Feuerwand.« An dem altersschwachen Tisch sitzend, stützte er den Kopf in die Hände. Tränen kullerten hemmungslos.

»Ich will wissen, was du gesehen hast«, brüllte Meister Feist den Kranfahrer an. »Rede!«

»Erich, der verrückte Kerl rannte wie um sein Leben auf die Gießpfanne zu. Keiner hat ihn getrieben. Ich habe gesehen, wie Werner von der Bühne in den kochenden Stahl sprang. Wie in ein Wasserbecken. Verzeih, Meister. Dort wartete der Teufel auf ihn. Der öffnete die Glut, um mit ihm gemeinsam auf der Oberfläche zu tanzen. Der Körper drehte sich wie ein Kreisel, schrumpfte und war augenblicklich verdampft. Er war einfach weg, hatte sich komplett aufgelöst. Schrecklich, das mit anzusehen! Dein Sohn hat seinen Erlöser gefunden. Ruhe in Frieden. Armes Schwein«, schob er schluchzend hinterher. »Ich weiß, dass er den Herrgott ehrte, um den Weg ins Paradies zu finden. Das hat sich bei mir eingeprägt, zur ewigen Erinnerung. Scheinbar hat sich sein Wunsch erfüllt.«

»Ruhe, verdammt! Klappe halten. Ich sehe mir das erst an. Wer spinnt hier? Mein Werner ist nicht lebensmüde. Selbstmord, nein, kommt nicht in Frage.«

»Egal, Erich, ich klettere runter von der Kanzel. Wohin mit dem abgestochenen Stahl, ist nicht mehr Sache des Kranfahrers. Ich bin da raus.«

Er wischte sich mit dem Handrücken über die Stirn, die Wangen, das Kinn. Schweiß mit einer Menge Staub vermischte sich. Der verdeckte die Blässe im Gesicht, die Angst, wieder in die Kanzel unter dem Hallendach zu steigen. Die Antwort des Meisters blieb aus. Der stummen Ohnmacht folgte: »Was hast du angestellt, mein Sohn?«

Kapitel 17

Das Gleichmaß der Schritte erboste den unsichtbaren Beobachter. Benno Lorenz hatte den Arm um Ev geschlungen. Für den heimlichen Schnüffler sah das nach einem verknallten Pärchen aus. Er brummte hämisch vor sich hin.

»Frevel über dich, Evelyn Feist. Du entwickelst Qualitäten einer Abtrünnigen, einer Hure.« Egal, solche Szenen brauchte sein Auftraggeber. Für den Beobachter Grund genug, sich in ein Sauergesicht zu versteifen. Liebe blieb für ihn eine Fehlfunktion des Geistes. Das war eine Schwachstelle, der er den Kampf angesagt hatte. *»Scheiß Lüsternheit«*, drohte die Stimme im Kopf zum richtigen Zeitpunkt. *»Ich werde dir helfen, dem Pack den Hals umdrehen.«*

Von dem inneren Konflikt erhielt das Liebespaar keine Kenntnis. Seine Anwesenheit blieb unbemerkt. Zu gern hätte er gewusst, worüber sich die beiden austauschten. Für den Anfang genügte ihm eine Portion Jagdfieber. Später würde er das Balzen per Video einzufangen. Ihm entzog sich, wie der männliche Begleiter erklärte: »Die Sache findet ein vernünftiges Ende, Evelyn. Wir stoßen garantiert auf Erkenntnisfortschritte, die uns weiterhelfen.« Dass er ihr einen zarten Kuss am Ohrläppchen gab, erfasste er mit purem Ekel.

»Du ungläubiges Schwein, das wirst du bereuen!«, trieb kühle Wut in dem verwirrten Kopf an. Ungeachtet dessen näherte sich das Paar dem Ziel, dem Restaurant im Bodetal.

»Früher war das ein Bahnhof. Ist alles tot, die Bahnstrecke abgebaut«, sagte Evelyn. »Fahren wir lieber zu mir. Es warten schmackhafte Kekse auf dich. Selbstgemacht!«

»Das klingt vernünftig«, erwiderte Benno. »Bis dahin rauche ich zwischendurch eine. Oh, entschuldige, macht es dir was aus, wenn ich in deiner Gegenwart qualme?«, fragte er auf den missbilligenden Blick hin. »Die Lunge, na ja, das begreift nur jemand, der dampft wie ich.«

Darauf erhielt er keine Antwort. Verunsichert fingerte er in der Innentasche des Jacketts, um die Zigaretten auszupacken. Mit einem Lächeln fügte er an: »Stress erzeugt bei mir diese erstaunliche Eigenart. Ich komme von den Giftstängeln nicht los. Weißt du, da schwirrt mir eine Vermutung im Kopf herum. Davon ab. Mir ist seit gestern laufend mulmig vorm Magen. Konzentrationsprobleme, die gehören abgeschaltet. Ab sofort mit deiner Hilfe, Ev.«

Sie stieg auf seinen Ton ein. »Kommt garantiert von der Unmenge Kekse, die du bei mir ständig in dich reingeschlungen hast. Das ist keine richtige Mahlzeit, Benno! Essen wir nach dem Kaffee ein paar Happen?«, schob Sie fragend hinterher. Die Anspannung war überwunden. Ihre Gegenwart hatte in ihm seit den Ereignissen auf dem Hexentanzplatz einen Rausch erzeugt. Eine Art Losgelöstheit legte sich wie ein Zauber darüber. Erstmals in seinem Leben. Dagegen verblasste das Verhältnis mit der wesentlich jüngeren Simone.

»Entschuldige, ich war abgelenkt. Ist eine prima Idee mit dem Essen. Ansonsten verstehe ich, dass du einen geliebten Menschen nicht freigibst, ohne ihn mit der gebührenden Ehrerbietung zu beerdigen.«

»Ist ein dankbarer Ansatz. Benno, Gutes zu tun, um ins Paradies zu gelangen, dem dient unser Glaubensbekenntnis. Das ließe niemals zu, sich hinter Floskeln zu verstecken. Versteh, ich bin eine bibeltreue Gefährtin. Hat dich das davon abgehalten, mit mir zu schlafen? Nein, das ist ausgeschlossen«, schob sie die Antwort hinterher.

»Du verwirrst mich wieder, Evelyn. Ich gebe zu, der Ansatz gefällt mir. Was den Prediger betrifft, er ist ein Produkt des über lange Zeiträume überlieferten Glaubens. Er blieb diesen Grundsätzen treu. Dieser Auffassung stimme ich leider nicht zu. Die Gemeinschaft ist eine Sekte. Ihr Programm, dem du dich ja ebenfalls verschrieben hast, zeigt das eindeutig. Daran hat sich bis heute nichts geändert. Die Bibeltreuen stehen für religiösen Terror. Sie sind der Auffassung, im Gottesauftrag zu handeln, um auf der Erde vorm näherrückenden Ende der gegenwärtigen Herrschaftsform zu warnen.«

»Ja Benno, das ist deine Formulierung. Gott zu dienen ist niemals eine gefährliche Mission.«

»Weil?«

»Du bist ein Staatsdiener, ein Kripomensch. Entschuldige, meine Gedanken sind konfus. Dagegen hege ich für dich Gefühle.«

»Was denn sonst?«

»Das weißt du. Ich sehe in dir den Menschen, dem meine Sehnsucht gilt. Verstehst du das?«

»Ja, ich spüre es«, lächelte er, um sie im gleichen Moment trotz des Zigarettenqualms an seinen Körper zu pressen. Die Reaktion zeigte sich prompt. Der Drang, sich an Lorenz anzuschmiegen, ließ sie alles andere vergessen. Egal, was Fremde dahinter vermuteten. Das Klacken der Hochgeschwindigkeitskamera bemerkten sie nicht.

Ein Liebespaar. Einen besseren Schluss ließen die unkommentierten Bilder auf dem Tisch von Wilhelm Feist nicht zu. Er schniefte erhaben. »Ich brauche mehr davon«, forderte er später seinen Handlanger fürs Grobe auf. »Die Zeit ist reif. Der Krieg ist ausgebrochen. Warte nur, Ungläubiger, deine Mätresse verliert ihr Anrecht, Gottes Dienerin zu sein.«

Der Bestatter grinste blöd. Er legte dabei seine gelblichen Zähne frei.

»Scheiße, zeig mir gefälligst, wie wir den Bullen fassen. Nacktszenen, Liebesschwüre sind angesagt. Beweg dich in diese Richtung. Die Versammlung tagt bald. Ich stehe Erna gegenüber in der Pflicht, ein Paradebeispiel zu formen. Gottvertrauen wiederzugewinnen, das ist oberstes Gebot.«

»Mach, was du denkst, bezahle mich ordentlich und der nächste Schritt folgt.«

»Na schön, wie wäre es damit? Du entführst den Kerl. Röste ihn bei lebendigem Leib. Hast du nicht dafür dein Riesenbaby, diesen halb vertrottelten Helfer?«

Für Lorenz ergab sich daraus eine gefährliche Lage. Das Intimverhältnis mit Evelyn beschwor den Zorn der Sekte. Daran änderte ihre Entschlossenheit, ihm zur Seite zu stehen, nichts. Das Entscheidende, er hatte sie da hineingedrängt und unprofessionell seinen Gegnern ausgesetzt. Die hatten keine Ahnung von der niederen Wertschätzung, die ihnen Lorenz zuteilwerden ließ. Ein Fehler, wie er bald schmerzlich feststellen würde. Dadurch blieb der Beobachter, den sie schickten, im Verborgenen. Er hatte die beiden konzentriert im Visier.

Ohne Sprache waren die Aufnahmen von begrenztem Wert. Na ja, es war ihm egal, wie die miteinander turtelten. Wenn sein Vorhaben ins Rollen kam, änderte sich die Lage sprunghaft. Die Bibeltreuen ließen nichts unverzagt, Abtrünnige zu bestrafen. Sie folgten einem gnadenlosen Kodex, der sich blitzartig zur gefährlichen Waffe wandelte. Die Strafen waren hart, weil sie sich zerstörerisch entfalteten. In seinem Spatzenhirn frohlockte der Wahnsinn. Er hatte genug gesehen. Sich die Lippen leckend brummte er: »Ihr entgeht mir nicht. Darauf mein Wort«, verlor sich ungehört für fremde Ohren. Er brach die Observation befriedigt ab.

Für Benno bot die Fahrt in ihre Wohnung die Gelegenheit, sich nach Bauchgefühl zu äußern. »Mensch Mädel, das ist ein erhabenes Gefühl mit dir an der Seite.«

»Wie in einer echten Beziehung, meinst du?«, erwiderte sie prompt.

»Ja«, sagte er, dabei das Fahrgeräusch übertönend. »Das alles baut mich auf. Daran werde ich niemals was ändern. Hast du Angst?«

»Nein! Unter Umständen ein paar Sorgen.«

»Erklär's mir bitte.«

»Benno, verdächtigst du mich?«

»Niemals, im Gegenteil. Eine wertvollere Quelle finde ich nicht. Dieser Konflikt ist das eigentliche Problem. Er schafft Machtlosigkeit. Verzeih, wenn ich dich mit hineinziehe. Mein Gespür sagt, hier führen rivalisierende Personen einen Krieg. Die Sekte ist, abgesehen von der alten Erna, führungslos.«

»Das stimmt nicht. Oma bezieht den Cousin Wilhelm zur Lösung organisatorischer Fragen aktiv ein. Sie ist das Sprachrohr Gottes und definiert den Weg der Gemeinschaft.«

»Glaubst du echt daran, mit 86 Jahren?«

»Ja, Oma ist vital genug, um rhetorisch kraftvoll zu agieren. Von den Anhängern erfährt sie Achtung.« Sie schüttelte den Kopf. »Benno, betrachte das nicht zu einseitig. Oma übt ihre Macht geschickt aus. Vergiss dabei nicht, sie zählt zu den vielbesuchten Wahrsagerinnen am Harzrand.«

»Egal, ich habe den Eindruck, da sind eine Menge Personen höllisch erregt. Hängt das damit zusammen, dass ihr ehemaliges Sprachrohr verschollen ist. Mein Gespür sagt, das Verschwinden benutzt jemand, um die Erna zu verdrängen.«

»Benno, das ist vielleicht ein brauchbarer Ansatz, der dich dem Täter nahebringt.«

»Meinst du? Drück mir die Daumen. Die Chance, dass das Quecksilber in den Körperresten des Toten in der Bode dieses Geheimnis lüftet, ist greifbar. Das liegt im Rahmen der Möglichkeiten, denke ich.«

»Wovon sprichst du?«

»Von dem Gift im Zinnoberpigment.«

»Entschuldige! Die geruchlosen Kristalle?«

»Ja, die ihr zur Farbgebung verwendet. Mir scheint, euch ist das nicht bewusst.«

»Hmm, erklär es verständlich.«

»Ich versuch's. Weißt du, das Geheimnis besteht in der Toxizität von Quecksilber. Ich spreche von der Intensität einer Giftwirkung.«

»Was hat das mit deinem Job auf sich? Ich verwende Zinnoberrot ebenfalls zur Farbgebung meiner Figuren. Ich bin nicht tot, sondern lebe. Schau mich an. Rennst du nicht einem Gespenst hinterher?«

»Denk nach. Die Giftigkeit hängt wesentlich von der chemischen Form ab, in welcher das Element vorliegt.«

»Ich bin nicht ungebildet. Erteilst du mir eine Lektion in Chemie?«

»Nein. Ich sage, dass sich unser Körper mit der Aufnahme solcher Stoffe ein Problem verschafft. In dem Fall dreht es sich um Quecksilbersulfid. Eines ist jedoch klar. Du, wie auch Erna Feist, ihr beide habt mit dem Zinnoberpigment regelmäßig Umgang. Hohen Temperaturen unterzogen, setzt sich metallisches Quecksilber ab, halbwegs wie bei einem defekten Thermometer. Dämpfe entstehen. Die sind extrem giftig.«

»Stimmt! Das lässt sich bestens nachvollziehen. Benno, im Klartext. Ich verarbeite in der Werkstatt Zinnober, ein Farbmittel. Warst ja persönlich im Atelier von Erna. Dagegen spricht nichts. Ebenso nicht gegen den satten Rotton der Keramikgefäße. Das ist nicht illegal.«

»Okay! Verschieben wir das Kapitel auf einen späteren Zeitpunkt. Ein paar zusätzliche Gedanken. Erlaubst du?«

»Warum nicht. Tobe dich aus, Benno. Ist klar, du suchst Anhaltspunkte, um den Tod der Person in der Bode aufzuklären. Meine Hilfe ist dir sicher.«

»Danke, das schätze ich. Bitte denke über den Umgang mit dem Stoff nach. Gewisse Enzyme im Körper sorgen dafür, dass eine metallorganische Verbindung entsteht. Die nennt sich Dimethylquecksilber. Sie ist fettlöslich und in der Lage, die Zellmembran zu durchdringen. Das heißt, das Schwermetall verteilt sich über den ganzen Körper. Es reichert sich im Fettgewebe an.«

»Lieber Freund. Verzeih mir. Ich fühle mich gerade wie zurück in die Schule versetzt. Ist das erforderlich? Dem Seelenfrieden hilft das nicht. Es ist schwer zu ertragen, dich an diesen unschönen Ereignissen scheitern zu sehen, Benno. Meine Naivität in Glaubensdingen ist leider neuen Wahrheiten gewichen. Der abgebrannte Kiosk ist Teil davon.«

»Versuche, den Vorgang wie einen vorübergehenden Verlust zu sehen. Das verkraftest du, Ev. Was uns beide betrifft, wir haben genug Zeit, um uns besser kennenzulernen. Vorbehaltlich aus der Sicht einer betörenden Zukunft.«

»Dem stimme ich zu. Ach«, seufzte sie, »mir ist, ob das eine Ewigkeit her ist. Du bist Polizist, ein Kriminalbeamter. Sag, erfordert das, unsere Gespräche zu trennen? Da der private Teil, auf der anderen Seite der dienstliche?«

»Wäre zumindest eine Überlegung wert«, sagte er grinsend. »Evelyn, eine gemeinsame Lehrstunde ist der Sache dienlich. Die erste habe ich hinter mir. Mein Freund Rolf von der Forensik im LKA hat zum Weckruf geblasen.«

»Das heißt, ihr beide habt irgendetwas gefunden?«

»Ja! Hör mir zu. Für mich ist das lehrreich. Fakt ist, dass in den Geweberesten des Toten hohe Konzentrationen an Quecksilber nachgewiesen wurden.«

»Bedeutet, Benno? Mach's nicht so theatralisch.«

»Tja, lässt sich nicht vermeiden. Lass mich den Triumph genießen, zumindest einen Moment lang. Auf jeden Fall habe ich meine Aufmerksamkeit neu ausgerichtet.«

Evelyn zuckte wieder mit der Schulter. Sie hob ihren Kopf und antwortete mit einem vielsagenden Blick. »Da fehlt ′ne Menge Substanz.«

»In der Hinsicht nicht. Die Analytik ist unverfälscht. Jede einzelne Probe verweist auf Spuren von Quecksilber. Die Frage lautet: Wie kommt das Mineral da hin?«

»Benno, das entzieht sich meiner Kenntnis.«

Er nickte. »Überleg. Hast du je irgendwelche Symptome bemerkt. Zum Beispiel Kopfschmerzen, Nackenschmerzen, Probleme mit den Nieren?«

»Nein«, warf sie abrupt ein. »Ansonsten, Opa war ein älterer Herr. Natürlich plagten ihn da einige Wehwehchen.«

Benno seufzte. »Mehr hast du nicht beizusteuern, Ev? Geh in dich. Das Mineral ist gefährlich. Nach kurzer Zeit treten im zentralen Nervensystem Störungen auf. Schreitet die Vergiftung fort, kommt es zu schweren neurologischen Schäden mit Todesfolge.«

»Hab ich begriffen. Du hast mich faktisch auf die Schulbank zurückversetzt. Sag«, fuhr sie ihn überrumpelnd an, »brauchst du eine Pause von mir?«

»Nein, um Himmels willen! Niemals! Ich bin happy, dass du an meiner Seite bist. Ich habe nicht die Absicht, dich zu belehren!«

»Okay. Dann erkenne auch an, dass wir in der Gemeinschaft nach verhaltensbestimmten Normen leben. Klar, mir ist bewusst, Großvater hat die leider wie ein Prinzipal gestaltet.«

»Nein Ev, wie ein Gott. Alles blieb seinem Gutdünken überlassen. Er vergaß, dass da eine echte Familie auf den Vater im Hintergrund wartete. Nicht die der Glaubensgemeinschaft, sondern die Liebsten mit ihrer Wärme und Geborgenheit.«

»Dem schließe ich mich an. Da gibt es eine Menge, was wir nicht wissen.«

»Scheinbar ist Erna Feist uns um Längen an Kenntnissen voraus. Mir ist bewusst, du behütest sie, weil sie dir ein beschauliches Leben ermöglichte. Ev, sieh dich um. Du wirst beschattet. Ehrliche Beziehungen zu Menschen außerhalb der Sekte sind verboten. Und vieles mehr.«

»Ach hör auf. Das ist abgehakt.«

»Ich weiß«, sagte Lorenz. »Da funktioniert seit ewiger Zeit alles Mögliche nicht. Deine Oma hat sich aus der Masse erhoben. Sie ist machtgeil. Das Ergebnis ist ein Klärungsprozess, aus dem sie als Älteste hervortrat. Was dich betrifft: Wir planen einen Befreiungsschlag.«

»Warum? Wie sieht der aus?!«

»Komm zu mir. Vertraue der Privatperson und dem Polizisten. Lass uns einen neuen, gemeinsamen Weg suchen.«

Er hielt inne. Einen Augenblick lang schwiegen sie.

»Ich bin kein braves Mädchen, Benno. Was ist, wenn du den Fall abgeschlossen hast?« Sie lehnte sich an ihn.

»Besprechen wir das beim Kaffee. Ich versuche, dir meine Vorstellungen anzuvertrauen. Mir scheint, da hat sich jemand vergafft«, sagte er lachend.

»Absolut. Dich anzuhimmeln, reicht mir nicht. Es vereinnahmt mich, solche Vertrautheit zu erleben. Ich hoffe, das erzeugt keine Schwierigkeiten in deinem Job.«

»Nein, meine Gefühle zu dir sind echt. Ich denke, die paar Scharmützel um uns herum sind ausgestanden. Andere Fragen sind überflüssig.«

Sie runzelte verblüfft die Stirn. »Ich hätte es wahrlich vorgezogen, weitaus mehr solcher Worte von dir zu hören. Dachte ich's mir. Du steckst in einer Glocke fest. Ich gestehe dir die Zeit zu, erst den Job zu erledigen. Die Tagebücher stehen dir komplett zur Verfügung. Lies sie in Ruhe, Benno«, sagte sie. »Und bitte, bleib heute Nacht bei mir. Einundzwanzig Uhr, passt das?«

»Ja! Wir erlauben uns, einen frostig distanzierten Blick auf fremdes Leid zu werfen.«

»Klingt kurios, Benno. Ich meinte eher kuscheln, sich vereinen. Schade, du kommst nicht aus deiner Haut.«

»Das ist eine verblüffende Aussicht.«

»Ja, ist es. Daran lässt sich nicht ändern.«

»Hier, schau her«, sagte sie und schaute ihm dabei in die Augen. »Das ist für die Analytik der DNA hilfreich.« Sie griff zu Umhängetasche, um ihr eine per Heißluft verschlossene Plastetüte zu entnehmen. »Reste von Fingernägeln, Haare mit Wurzel, Hautschuppen. Gefunden im Bad, Schlafzimmer, Küche, dem Wohnbereich von Opa. Wie du siehst, mein Versprechen ist eingelöst, Liebster«, gebrauchte sie das bescheiden verwendete Wort. »Ich sorge mit dafür, dass deine Mission nicht scheitert.« Es waren die vorerst letzten Gedanken. »Benno, sei pünktlich, Schlag einundzwanzig Uhr erwarte ich dich.«

Nachdem er sich verabschiedet hatte, fuhr Lorenz sofort in die Polizeidirektion.

»Rolf«, rief er dort hastig in das Telefon. »Ich schicke dir per Eilboten auswertbares Material zur Bestimmung der DNA des Vermissten. Das reicht aus, um die Daten zur Identität der Personen aus den beiden Vorgängen zu präzisieren.«

»Hmm, Benno, klingt erbaulich. Warum sagt mir die innere Stimme, dass es hier stinkt?«

»Komm schon, ich liefere dir hier etwas Handfestes! Ich hoffe, dass deine Aktivitäten in einem Durchsuchungsbeschluss münden. Wünsch mir einfach Glück!«

»Na ja, äh, was denkst du? Ich setze mich nicht in ein Nest voller Brennnesseln«, brummte er. »Benno, dein Alleingang ist ungeeignet zur Beweissicherung. Ich sehe dennoch zu, dir zu helfen. Versprochen! Das dauert ein paar Tage. Beschaffe du die nötigen Papiere. Du weißt, es gibt die berühmte Ausnahme. Überreize die nicht!«

Lorenz sah sich hilfesuchend um. Der Freund saß hundert Kilometer entfernt im Magdeburger Büro. Eine helfende telefonische Hand. Mehr nicht.

»Ansonsten scheinst du ja wohlauf zu sein«, sagte er.

»Hab ein galaktisches Kopfweh. Obwohl es keine richtige Sause wie in alten Zeiten war. Auf jeden Fall war es klasse, mit dir zu schwatzen. Bist ein prima Freund.«

»Das gebe ich zurück, Benno«, quoll es aus dem Lautsprecher.

»Ja ja, könntest du sagen. Bis auf eine Sache, die mir am Herzen liegt.«

»Du meinst, ich ahne nichts von deinem Dilemma? Um das klarzustellen, lass mich raten. Dich hat es erwischt. Die Liebe, verdammt, sie verführt den Freund. Das steht dir, verflixt nochmal, ausgezeichnet.«

»Das hab ich dir nicht erzählt. Bitte sei ehrlich, wer hat dir Details verraten, Rolf?«

»Die Frage ist fehl am Platz. Liegt ja auf der Hand. Die Proben stammen unmissverständlich von deinem weiblichen Kontakt. Darüber haben wir ausführlich philosophiert. Vergessen? Also, woher denn sonst? Du hast mir Material aus einem Ermittlungsvorgang ohne richterlichen Beschluss anvertraut. Müssen wir das nun am Telefon ausdiskutieren? Du sprichst ja bei jeder Gelegenheit in den höchsten Tönen von der Enkelin des Vermissten. Also, was ist in dich gefahren?«

»Mein Problem, Rolf ... sie ist eine Zeugin.«

»Oha! Ha ha, verehrter Freund, da liege ich mittendrin in der Wahrheitsfindung? Mein Gefühl trügt mich also nicht?«

»Alles andere wäre glatt gelogen. Sie ist die Quelle meiner Inspiration.« Seine Augen weiteten sich unbemerkt für den Gefährten. Die Stimme tönte fest: »Entschuldige! Ich bin eine Winzigkeit überdreht. Du bewegst den Arsch auf dem richtigen Weg. Ja, Evelyn ist für mich das Feuer im Hasardspiel.«

»Oh, höre ich da etwa ein Grinsen in der Leitung? Verstecke dich nicht. Einem Freund steht das Wissen darüber zu. Das ist kein Spiel.«

»Welche Antwort erwartest du?«

»Die makellose Wahrheit.«

»Klar, Rolf! Bin auf dem besten Weg dahin.«

»Was ich arg bezweifle, Benno. Du bist seelisch eher kompromittiert. Das würde die Lage besser beschreiben.«

»Überraschung! Es funktioniert.«

»Ha ha, sieh dir erst den Befund zur DNA-Untersuchung an.« Lorenz fuhr mit der Hand über die graue Plaste des Telefonhörers. »Irgendwie liegt eine Spur von Verlegenheit in der Luft, Benno. Verschlägt es dir die Sprache? Eh, Junge, lass mich deine Stimme vernehmen.«

»Mensch Rolf. Du bist schwer zufriedenzustellen. Das werte ich unterm Strich als ein hilfreiches Vorzeichen.«

»Das ist der richtige Schlenker«, lachte der in den Hörer hinein.

»Vollenden wir einen Schritt nach dem andern. Ich brauche dringend die Daten. Bitte rufe mich an, wenn du darüber verfügst.«

»Dir gilt mein persönliches Lob. Prima, dass wir telefoniert haben, Benno.«

»Pass auf dich auf!«

»Du ebenfalls.« Im selben Augenblick brannten sich die Gesichtszüge des Freundes fest.

Wilhelm Feist reagierte genervt. »Wenn es denn nicht anders funktioniert, verpasst dem Hundesohn mit seinem Liebchen einen weiteren Denkzettel. Ohne Öffentlichkeit und dezent vollführt. Bringt mir keine Polizei ins Spiel. Der Bulle hat es verdient, mit Ernas Enkelin eine Weile zu schmoren. Schließt mir ja Querverbindungen zu unseren Schwestern und Brüdern aus. Habt ihr das begriffen? Du, Bestatter, haftest mir dafür. Lass deinen Hund los, aber führ ihn konsequent an der Leine.«

»Ja, Chef. Wie du befiehlst!«

»Wehe, das sind leere Worte. Gott würfelt nicht. Ich hoffe, du kannst dir auszumalen, was seine Strafe bedeutet.«

Er sah sich im Raum um. Erstaunt stellte er fest, dass es hier kaum Mobiliar gab. Es war hoffentlich kein Fehler, den Bestatter im eigenen Heiligtum aufzusuchen. Egal, der Anlass dafür war über die Maßen prekär. Aufgewühlt wälzte er sein Hirn nach weiteren Fragen durch, die einer Antwort bedurften. Fakt war, der vermisste Wanderführer brauchte ein Begräbnis. *»Wenn man ihn findet«*, lachte er in sich hinein. Der Zweigverein bot sich im Auftrag der Stadt an, ihm Ehre zu erweisen. Erst eine ordentliche Bestattung würde den Vorgang besiegeln. Er frohlockte. Spielend verdientes Geld! Das Stadtoberhaupt und der Harzverein hatten angekündigt, für die Beerdigungskosten aufzukommen. Steiner, Sprecher des Bürgermeisters, erledigte das Notwendige. Die Signale standen auf Abschluss. Das Ende der Suche nach dem abtrünnigen Widersacher zeichnete sich ab. Jeder Versuch, ihn anzupinkeln, war zum Scheitern verurteilt. Was blieb, war der saure Geruch des Aufstoßens bei den Gebetsrunden. Die Gläubiger zählten ihn garantiert an. Er war grade dabei, hausgemachte Grundsätze außer Kraft zu setzen, um – der Gebetsmühle zum Trotz – Privates nicht mit dem Geschäft zu vermischen. *»Mist, zu spät«*, schimpfte er innerlich gegen die eigene Stimme an. Irgendwer hatte ständig was zu meckern.

Da zwang ihn ein neues Ereignis zur Besinnung. Süßlicher Duft wabbelte durch die Luft. Cannabis, aus Beständen der medizinischen Nachsorge. Eine ihm vertraute Droge. Das Glimmen eines Joints ließ den aufziehenden Beziehungswolken den gebührenden Rang verlieren. Den Kopf zur Seite drehend, fiel der Blick auf den Bestattungsunternehmer.

»Du bist ein unausstehlicher Kerl«, flüsterte er in sich hinein. Leider steckte er zu tief drin, um den vorausberechneten Segen des Jobs eines Ältesten zu gefährden. Mit Härte regieren, Brosamen verteilen, fiel den sinnbetäubenden Schwaden zum Opfer. Der Bestatter war im Moment eine brauchbare Waffe. Zu mächtig, um sie abzulehnen.

»Damit das klar rüberkommt. Mein Ruf ist das Zünglein an der Waage«, dozierte er. »Du bist mir ein treuer Erfüllungsgehilfe.« Dass hier die richtige Summe an Geld den Ausschlag gab, brauchte er nicht einzustreuen. Üblicherweise erledigte der Kerl dafür alle Jobs. Der Form halber schob er hinterher: »Dessen ungeachtet erwarte ich vollste Konzentration. Der Bulle hat mindestens drei Tage in der Dunkelheit zu schmoren. Im Anschluss daran lässt du ihn frei, ungewaschen, stinkend von der eigenen Pisse und seinem Kot. Gib ihm die Kekse aus der roten Dose zu fressen. Erklär ihm, die schickt ihm sein Liebchen, damit er nicht verhungert. Ist das angekommen?«

»Du belegst einen Gefährten? Was bedeutet das, Wilhelm?«

»Damit du kapierst, dass mich sein Leid ergötzen soll. Verstanden?«

»Warum gebe ich dem Kerl was zum Fressen?«

»Führe einfach meinen Befehl aus, okay. Nochmal, lass die Finger von dem gezuckerten Müll. Das gilt ebenfalls für deinen schwachsinnigen Helfer. Vermeidet, Gift in euch hineinzustopfen.«

»Wenn du das sagst! Was für ein Teufelszeug ist das überhaupt?«

»Scheiß drauf. Ist eine Floskel. Es gibt höhere Kräfte, die für das Gleichgewicht sorgen. Dagegen gehörst du zu den winzigen Arschlöchern. Ein Befehlsausführer. Darum, tummle dich! Jawohl, nimm das ernst! Ich wiederhole das ungern.«

»Wilhelm, ich bin kein Lakai. Behandle mich nicht wie ein Arsch. Du brauchst den Bestatter. Ich sorge für die Balance unter deinesgleichen. Vergessen?«

»Dich dürstet nach Streit? Mach deinen Frieden. Es ist an der Zeit. Reich mir nen Joint rüber.« Sein verzerrtes Lächeln sah beängstigend aus. Er streckte den rechten Mittelfinger aus, drückte die Finger daneben zum Boden hin. »Hier, den Stinkefinger hast du verdient.«

»Ääh, ääh, leck mich am Arsch, Wilhelm«, erhielt er als Antwort, wobei der Bestatter die einzelnen Worte betont langsam aussprach.

»Du drohst mir?«

»Nein, meinem Unterstützer werfe ich nichts vor. Nimm es gleichbedeutend für das, was es darstellt. Ein wohlwollendes Achtungszeichen.«

Er grinste zufrieden, darauf bedacht, dass der dick gepackte, brennende Joint die angespannte Lage entlud.

»Klasse Stoff, da hätte ich mehr von«, erklärte Wilhelm sich gegenüber dem Bestatter.

Der reagierte schroff. »Siehst du, die Abhängigkeit setzt sich fort. Wer ist denn der Gelackmeierte? Damit ist alles besprochen. Ich übertrage dem Riesenbaby den Job. Der sucht sich mit meiner Hilfe einen geeigneten Ort aus. Nostalgie gehört mit zur Ausführung, sagtest du. Ich sorge dafür.«

»Okay! Eine letzte Frage, bevor du loslegst. Ist die technische Ausrüstung der Aufgabenstellung gewachsen?«

»Im Großen und Ganzen, ja! Fahrzeuge, Kamera, Hilfsstoffe, alles am Platz. Einzig wie der Bulle unbemerkt in den Schlaf tritt, ist offen. Ich berede das nachher mit meinem Helfer. Das Beste ist, wir schießen ihm einen Betäubungspfeil in den Hals.«

»Mach, wie du es für notwendig erachtest, Bestatter.«

»Darauf lasse ich einen.«

»Einen Furz? Ha, ist ja nichts Neues. Ansonsten hast du alle Freiheiten. Außer ihn zu töten. Auf keinen Fall! Ist das klar? Er verschwindet eine Woche von der Bildfläche. Das Drama verfolgen wir live. Ich schätze, der schäumt über vor Angst. Ich habe meine eigenen Finger in der Wunde. Die Informationen landen da, wo ich sie brauche. Glaub mir, bald vollzieht sich ein Wandel. Gott hat prophezeit, die Führung der Sekte gehört den energiegeladenen Mitgliedern. Setze alle Karten auf mich.«

»Du wirst reichlich Ernte einfahren, Wilhelm. Mir kommt da gerade noch ein anderer Gedanke.«

»Machs kurz. Die Zeit ist knapp.«

»Klar. Ist wichtig genug, es anzumerken.«

»Hmm, was? Leg los.«

»Du hast die glanzvollen Bilder von der Hure und dem Bullen erhalten.«

»Ja und?«

»Dir ist klar – oder etwa nicht? – die basieren auf dem Einsatz von Militärtechnologie.«

»Was laberst du? Es sind Fotos und Videos. Das ist alles.«

»Na klar, sie vermitteln tiefe Eindrücke rund um den Sex. Die beiden treiben es wie die Karnickel.«

»Blödsinn. Bist du eifersüchtig? Na ja, hast zu viele Beerdigungen am Hals, verstehe ich. Ansonsten höre auf, ständig um Lobhudelei zu buhlen! Klar!«

»Dir ist gar nichts recht. Schickst mich mit dem Helfer in den dicksten Dreck ohne Dank.«

»Halt's Maul! Mach einfach deinen Job aus. Das Fotoequipment behältst du bei dir. Es folgen weitere Arrangements.«

»Was denn, stehen die in der Warteschleife?«

»Ja! Denk dran, dem Bestatterservice sind eine Menge Geschäftsleute wohlgesonnen. Das genügt als Lobhuldigung.«

»Oho, entschuldige das ungebührliche Verhalten«, entgegnete der Bestatter mit feuchtglänzenden Augen. »Ein irres Geschenk. Heute Abend erhält Evs Liebhaber den besprochenen Denkzettel. Der Problemlöser bin ich. Mein Helfer ist mit dabei. Zufrieden?«, sagte er mit den Armen fuchtelnd, um sofort nachzusetzen. »Hier Wilhelm, nimm den letzten Joint.«

»Hör zu! Heute Nacht steigt die Party mit dem Kripomann. Ich halte mich im Hintergrund, beobachte die Lage. Mein Eingriff findet erst statt, wenn akute Gefahr droht. Was den Transporter betrifft, dein Thema, klar! Eine Kleinigkeit vergesse nicht. Heute Abend kassierst du die Waffe zusammen mit den Magazinen ein.«

»Ja, Wilhelm. Lektion erteilen, mehr nicht. Knarre abnehmen.«

»Du bist sicher, was das heißt?«

»Ääh, ja, ääh«, dehnte er in gewohnter Manier die Silben. »Einsperren für fünf Tage. Völlige Dunkelheit. Ihm Fesseln anlegen, sodass er sich nicht mehr ... Ein einziges Mal täglich Kekse füttern. Wasser einflößen, kein Klo. Ha, der freut sich drauf. Suhlt sich in der Scheiße. Juchhei«, betonte er den Gedanken voller Überschwang. »Wie die Schweine leben, das gefällt mir.«

»Hmm, der Kommentar scheint mir überflüssig. Du bist ein Meister darin. Alles andere ist geregelt.«

Aus dem kantigen Gesicht des hageren Menschen hangelte sich ein schroffes Grinsen. Er meinte zu erkennen, dass der die für dieses Mienenspiel benötigten Muskeln lange nicht mehr benutzt hatte. Bisher gefiel ihm die Grobschlächtigkeit. Sie baute auf einer realistisch zutage tretenden, voraussehbaren Größe auf.

»Weitere Anweisungen, Wilhelm?«

»Ja! Nochmal, vergiss nicht die Knarre. Die kriege ich unbenutzt von dir, klar! Die Fotoausrüstung ist ein Geschenk der Gemeinschaft an dich.«

»Wow! Bombastisch! Ein prima Geschäft. Gebongt, Chef.«

»Lass die Euphorie. Die ist fehl am Platz. Kannst du dir ausmalen, wie viele Probleme großkotziges Gehabe bereitet? Bleib cool, setze einfach meine Anweisungen um. Die Älteste braucht keinen toten Polizisten. Zumindest so lange nicht, bis der neue Führungsanspruch greift. Die Gläubiger jagen uns, wenn wir gegen die Gebote Gottes verstoßen. Die machen den Laden hier dicht. Und du stehst ohne Job bis zum Ende deiner Tage da. Ade Familiengeschäft. Und tschüss, Leichenbestatter!«

»Okay, wenn du das sagst, stimmt es. Ich verabscheue alles, was die Religion der Auftraggeber verunglimpft, weißt du ja. Für mich zählt die Kohle in der Tasche. Ausreichend davon! Darüber werde ich gegebenenfalls mit dir reden. Eine Anschubfinanzierung für das Schweigen an deiner Seite käme dem entgegen«, brachte er mit einem deutlichen Röcheln zum Ausdruck.

»In diesem Fall sind wir uns einig. Jeder erfüllt seinen Auftrag.«

»Ich liefere den mundtoten Bullen in der Scheune ab. Was auch sonst. Sicher im Gehöft verstecken, das ist das Ziel. In den alten Stallungen vermutet den kein Mensch. Mein Helfer hat einen Verschlag eingerichtet. Blanker Boden, ein absolut finsteres Verlies.«

»Prima. Hast es begriffen. Da lädst du den Kerl ab. Gefesselt mit Panzerband. Wenn er aufwacht, trifft ihn der Schock. Ha, wie auf dem Hexentanzplatz. Sein Schicksal ist vorbestimmt. Überschüttet ihn mit dem Reichtum des Versagens. Das ist für den Anfang Strafe genug. Pass auf, dass du die Nase nicht abbindest, ansonsten erstickt der noch irgendwann. Erklär das deinem Statisten.«

»Okay, es besteht keine Gefahr. Ich hau dem sonst das Krumme aus den Ohren.«

»Vortrefflich gesagt! Du fährst direkt auf den Hof.«

»Klar! Abgemacht. Und rede nicht alles kaputt. Morgen Nachmittag hören wir voneinander. Da schwappt die Welle über den Köpfen zusammen.«

Voller Ungeduld verschloss der Bestatter die Tür hinter Wilhelm Feist. Im Nebenraum wartete ein Zuhörer. Das Riesenbaby grinste ihn blöd an.

»Scheiße abgelaufen, Chef?«, fragte er mit einem unbeholfenen Schafsblick. Das erzeugte eine heftige Gegenreaktion.

»Ich sag's dir unverblümt«, schoss zugleich aus dem anderen Mund. »Der spekuliert auf Überlegenheit. Von mir aus. Sein Problem. Der macht sich keine Illusion darüber, welches finstere, bluttriefende Ende ihm blüht, wenn er mich bescheißt. Wir drehen unsere eigenen Sachen. Ist das verständlich ausgedrückt?«

»Ja! Ist es, Chef.«

»Dann ist ja alles okay.«

»Nein. Wie kriege ich den Kerl lebend ins Auto? Ein offener Kampf, das funktioniert niemals. Dass ich ihm nochmal so nen Schlag auf die Birne verpasse, wird wohl nicht klappen. Der ist ein Profi und wehrt sich garantiert. Wenn er es schafft, was ich vermute«, kam es brabbelnd über die Lippen, »stirbt einer von uns beiden.«

»Du meinst, der zieht die Knarre, um dich zu erschießen? Blödsinn, eh der bemerkt, was abgeht, hast du ihn erledigt.«

»Wie stelle ich das an?«

»Du betäubst ihn.«

»Wie ich das sonst erledige ... mit den tollwütigen Hunden?«

»Ja. Das ist der Vorteil, wenn man einen Friedhof betreibt. Tiere sind ein prima Geschäft.«

»Auf die Idee kam ich nicht, entschuldige, Chef. Kommt der in ein Loch?«

»Nein! Unterstehe dich, Wahnsinnskerl. Wir brauchen Futter für die Aasfresser. Nimm das Gewehr nachher aus dem Waffenschrank. Du bekommst einen Betäubungspfeil. Klar?«

»Kein Problem. Das ist was Konkretes. Einen umlegen, ohne ihn zu töten. Was mach ich mit dem Kerl hinterher?«

»Bist du taub? Jeder führt heute Abend eine Aufgabe aus. Du kümmerst dich um den Kripomenschen. Bringst ihn hierher. Ich peile die Lage. Das bringt ein Mordsspaß. Wir bereden das nachher. Komm mit, betrachte mein Werk. Lerne!«

Eine tiefe Befriedigung durchströmte den hochgewachsenen Kerl. Die plötzliche Wertschätzung ließ die Adern an der Stirn anschwellen. Adrenalin jagte durch die Blutbahnen. Wie ein gehetztes Tier folgte er dem Chef. Seine Angst, die eigentümliche Lage zu zerstören, verlieh ihm dabei eine seltsame Schweigsamkeit, obschon das Herz raste. An den halbdunklen, mit weißen Fliesen ausgestatteten Kellerraum ohne Tageslicht hatte er sich im Laufe der Zeit gewöhnt. Für ihn mauserte sich der Ort mehr zu einem Platz der Rituale, wo Inspiration im Umgang mit dem Tod gefragt war. In den nächsten Minuten würde er jäh zurückschrecken. Es lag nicht daran, dass der Bestatter in dieser Umgebung künstlerische Talente beim Zurechtmachen der Leichname offenbarte. Nein, denn er hatte zigfach das Leuchtfeuer in dessen Augen erblickt, wenn die Hinterbliebenen ihm wohlwollende Blicke schenkten. Tiefe Befriedigung erfüllte ihn. Die vollzog sich ausschließlich durch die Reinheit des Körpers. Erst dadurch erlaubte das der scheidenden Seele den Auftrieb in eine höhere Ebene. Diese Zufriedenheit stand ihm. Sie gab die Garantie für Respekt, den er heute zuerst von seinem Helfer einforderte. Für ihn hielt er den Spitznamen Riesenbaby bereit. Ein taktischer Zug, denn der Kosename spornte den geistig nicht grade auf der Höhe befindlichen Menschen an. Egal, er gehörte zu den vertrauten Personen, denen er Zutrittsrechte in den gekühlten Raum gewährte. Diesem Kreis der Begünstigten anzugehören, berührte den schlaksigen Helfer mit Ehrgefühl. Pflichtbewusst blieb er für den Moment stehen. Irgendetwas war heute anders. Seine Augen reagierten auf die Reizwirkung von Formaldehyd.

»Ist ja was los hier unten«, sagte er auf Anhieb.

»Blöder Kerl, du bist eh jemand, der ständig untertreibt.«

»Das liegt an dem beschissenen Geruch«, erwiderte er.

Die Mühe, schlagkräftig zu klingen, war umsonst. Der Bestatter kannte seine Schwächen. Er bemerkte, wie die Worte des Helfers in einen abgehackten Flüsterton übergingen. Er redete indes weiter, ohne dass sich dem Begleiter der Inhalt erschloss. Eine Art Traumzustand, der seinen Blick verklärte, war eingetreten. Nebulös drangen Worte wie *Geruchsschwelle, Sensibilitätsgrenze, dir passiert nichts* an sein Ohr.

»He Kerl, sieh dir an, was ich vorbereitet habe. Komm weiter. Gleich wirst du speziell aufbereitete Gewebeproben sehen.«

»Verzeihung, Chef. Das macht mich schläfrig.«

»Reiß dich zusammen. Ich benutzte eine 4-8%ige Formaldehydlösung. Pass auf, du Riesenkerl, gleich wirst du einem Test unterzogen«, schuf die nächste, angstvolle Reaktion. »Okay«, fuhr der Bestatter belehrend fort, um sich weiter zu erklären. »Ich glaube, die Geruchsschwelle der Lösung schrammt dicht an deiner Sensibilitätsgrenze vorbei.«

»Äh, was? Wovon sprichst du? Ich verstehe das nicht«, gab er sich kleinlaut.

»Hab ich nicht erwartet. Ist nicht die Sprache, mit der wir uns verständigen. Merkst du zumindest ein prickelndes Brennen auf der Zunge?«

»Ja! Ist auszuhalten. Himmel, Arsch, Chef ... obendrein tränen die Augen furchtbar.«

»Oh, ist ja abscheulich. Bei mir nicht«, sagte er und drehte sich dabei zu seinem Helfer um. »Und wenn, ist nicht unser Thema. Egal! Von Chemie hast du sowieso keinen Schimmer«, meinte er die Zähne bleckend. »Es riecht nach Formaldehyd. Das ist ein farbloses, flüchtiges, stechend riechendes Gas, eine organisch-chemische Verbindung. Gehört zur Stoffgruppe der Aldehyde. Darum spreche ich von der Geruchsschwelle. Ist das verständlich?«

»Hmm, für wie doof hältst du mich, Chef?«, blieb nachhaltig im Raum zurück. »Du beleidigst deinen besten Helfer.«

»Erwartest du Trottel darauf eine Antwort?« Genervt fuhr er fort: »Blöder Kerl, ich verplempere meine Zeit. Hör zu. Den Stoff benutze ich, weil es dem organischen Gewebe eine gummiartige Konsistenz verleiht.«

»Verstehe, wie im Film, wenn die Gangster sich Masken überstülpen.«

»Oh du meine Güte. Von mir aus. Bastle dir deine eigenen Vorstellungen zurecht. Wie mir scheint, bist du doch nicht auf den Kopf gefallen. Merk dir: Durch die Vernetzung der Proteine entsteht eine dauerhafte Haltbarkeit. Für die Herrichtung der Leichname die idealen Bedingungen.«

Mit jedem Schritt in den Raum hinein verstärkte sich der Geschmack des Fixierungsmittels auf seiner Zunge.

»Eine Frage, Chef. Schlafe ich ein?« Der Gedanke rang zu spät um Beachtung, um das Missfallen zu ignorieren.

»Was brabbelst du da?«, traf ihn mitten am wunden Punkt. Das war der Zustand, wo er atemlos von den eigenen wirren Gedanken keuchte. »Gerätst du in Panik, du Trottel?«, beeilte sich der Bestatter, ihn in seinen Bann zu ziehen. Die Wirkung war vergleichbar mit der Urkraft der Explosion einer Granate. »Komm!« Ein Wort mit nachhaltiger Konsequenz, weil es ihn augenblicklich in den Bannstrahl der folgenden Ereignisse zog.

Gehorsam verbeugte sich der Helfer steif. Dienen, das war sein Job. Der Bestatter nickte knapp. Er grinste.

»Damit bei dir der Groschen fällt, horch hin. Der Job nachher braucht doppelte Vorbereitung. Den Bullen hierher holen, ist die eine Seite. Die andere, deine Vorlieben auf schaurige Momente zu sensibilisieren. Beides verlangt ausgeprägte Siegeszuversicht. Korrekt, was ich sage?«

Er musterte den Bestatter. »Nichts steht dem im Wege. Ich schwöre es.«

»Hör zu, treuer Freund. Ich gewähre dir eine voreilende Belohnung für deine Ergebenheit. Gleich. Du wirst von dem toten Gewebe dort hinten im Raum genauso angetan sein wie ich.«

Die mysteriösen Wortgebilde verfehlten ihre Wirkung nicht, schufen Verwirrung. Er hatte oft genug erlebt, wenn sich Organe und Blut auf dem Boden verteilten. Das Riesenbaby zog eine ernsthafte Miene.

Das tat sein Bestes, ließ aber zähneknirschend Resignation erkennen: »Hilf mir, Chef! Der Geruch macht mich irre.«

»Ich hatte es drauf. Du versaust mir die Spannung, dir ein Geschenk zu bereiten. Verdammter Arsch! Blöder Kerl! Zeige mit allem Drum und Dran Stärke. Folge meinem Kurs!«

Der Bestatter registrierte den Zustand der Psyche des Helfers mit Genugtuung. Er hatte die Schnüffelbewegung seiner Nase bemerkt. »Du weißt, was in den Räumlichkeiten passiert?«

»Ja klar. Ich bin dein Assistent. Du bereitest Leichen auf, um sie später für die Kundschaft im Wald zu verscharren. Brauchst du mich heute dafür?«

»Blödmann. Zumindest ist in dem Hirn was hängen geblieben. Mal seh´n, was du über die Haltbarmachung histologischer, anatomischer Präparate abgespeichert hast.«

Er bemerkte, wie sich die Lippen des Helfers verfärbten. Ein winziger Moment und die Zähne durchtrennten das empfindliche Gewebe. Blut spritzte hervor. War das ein Achtungszeichen? Eine bedrückende Vorahnung? Bedrohliches erfüllte den Raum. In der Sekunde, als der Bestatter vor ihm das verhüllende Tuch von einem Gegenstand abnahm, ereilte ihn ein Brechreiz. Grelles, weißes Licht fiel zugleich mit der Schrecksekunde auf einen Glaszylinder. In der klaren Flüssigkeit schwebte der Kopf eines Menschen.

»Bist baff, was?«, war das Einzige, das er in diesem Moment wahrnahm. »Schau hin. Daneben in den Behältern, das ist ein Herz. Dort die Leber. Hier zwei Nieren. Meine Kreation, zugleich die Wandlung eines abtrünnigen Teufels. Sag was. Ist mir das gelungen?«

»Seit wann präparierst du Körperteile, Chef?«, brachte das Riesenbaby benommen zum Ausdruck. Man sah ihm an, dass er jeden Augenblick die Kontrolle über den eigenen Körper zu verlieren drohte.

»Eh Kerl«, traf ihn die harte Stimme des Bestatters. »Du schaffst das!«, ordnete sich dem Beugen seines Oberkörpers unter. Auf die matt schimmernden, weißen Fliesen ergoss sich ein dicker Schwall der letzten unverdauten Essensreste. Grünlicher Schleim folgte.

»Scheiße, du kotzt alles voll«, traf das Riesenbaby mitten ins Gesicht. »Mach den Mist nachher weg!«, schrie er ihn an. »Du Volltrottel, markierst ständig den kraftstrotzenden Herkules. Sieh dich an, eine weinerliche Mimose. Jammerlappen, ich dulde das nicht. Erkläre mir, warum meine Geduld beispiellos erschöpflich ist. Na los, sag`s«, fand er seine Stimme zurück. Zugleich wandte er sich kopfschüttelnd von ihm ab.

»Verzeih«, stöhnte der Helfer atemlos. »Das ist krass. Entschuldige, bin wieder voll bei dir. Ich vermute, du hast ihn eigenhändig ausgeweidet? Hier, in diesem Raum?«

»Von wem sprichst du? Angst, Schisshose?«, brüllte sein Gegenüber los, wobei ihm die Stimme versagte. »Okay! Kommen wir wieder auf den Teppich. Es ist unser Job, mit Toten zu jonglieren. Ein uraltes Geschäft. Vater sei Dank. Zu Recht siehst du hier ein Meisterwerk. Ist das nicht ein geniales Bild? Schau dir die einer Überraschung geschuldeten, friedvollen Züge an. Das Objekt stand in den letzten Sekunden des Lebens garantiert keine höllischen Seelenqualen aus. Die Kunst, jenen kurzen Augenblick für die Ewigkeit einzufangen, gereicht mir zum Verdienst. Ich hab demjenigen das ermöglicht«, wies er den Kopf nickend in Richtung des Gefäßes. »Klar, zur Richtigstellung, da hab ich gebastelt, um den wieder anschaulich herzurichten. Ich zeig dir später mal, wie das geht«, warf er dem Helfer zu. Für den hatte sich die Welt um ihn herum verlangsamt. Mühsam versuchte er, Fassung zu erlangen.

»Mensch Chef, das ist ja der Erich Feist, der Wanderführer? Der Vermisste«, verlor sich im wohlgefälligen Grinsen des Bestatters.

»Ja, unstrittig! Ich habe ihm jenen Augenblick zugestanden, in dem der Tod willkommener war als die Qualen, in der religiösen Gemeinschaft verschmäht zu sein. Im Übrigen, Wilhelm hat mir großherzig die Ehre zuteilwerden lassen, dem Sprachrohr Gottes eine himmlische Gabe zu bereiten. Der Schlüssel steckt dafür am richtigen Platz. Ich habe ihm versprochen, Wort zu halten. Der Schmerz hilft unserem Auftraggeber, an der Offenbarung der alten Dame teilzuhaben. Ein irrer Spaß zeichnet sich ab, wenn der Kopf des verstoßenen Ehemannes auf sie einwirkt. Was meinst du? Schock, Gelassenheit, wie wird sie wohl reagieren?«, lachte er von Hass erfüllt den Helfer an. Dabei rannen ihm Speicheltropfen von den Lippen. »Ansonsten gilt genauso für dich: raushalten aus dem internen Krieg! Wir erledigen einen Job, Punkt! Schluss mit dem Drumherumreden, du bist dran. Alles andere kümmert mich nicht!«

»Wie du befiehlst, Bestatter.«

»Das lieb ich mir! Da steckt trotz der langen Seiten ein durchtriebenes Kerlchen in dir. Ich meine, die Alte reißt sich für uns Ungläubige nicht den Arsch auf. Warum, ist klar. Die hat ihre Bibeltreuen, die sie wie ein Schwarm Raben schützend umfliegen.«

»Das nenne ich mit Weisheit gesprochen, Chef. Damit lässt es sich leben. Im Nu würde das sonst ein Blutbad geben, bei dem wir beide verlieren.«

Seine Worte versetzten den Bestatter in Erstaunen. Sichtbar angesäuert erwiderte er: »Du redest geschwollen. Bin ich von dir nicht gewohnt. Stiehlt sich dein dämlicher Grips davon?« Er nickte dabei kaum merklich, um sofort eine Erklärung hinterherzuschicken. »Wehe, du strebst solchen Idealen nach. Das wäre dein Todesurteil. Die Gläubiger zerhacken dich. Cool. Du hast Angst, na klar, ist verständlich. Merke dir, ich bevorzuge, dass die Gemeinschaft sich ihrer Aufgabe besinnt. Daraus folgt, Tod dem Verrat. Was bringt das ganze Gottesgequatsche vom Paradies denn sonst? Wir sind eine Art Katalysator. Wenn der Bulle und sein Liebchen verschwinden, gewinnt Wilhelm.«

»Das ist eine gefährliche Aussage, Bestatter. Die Gläubiger dieser beschissenen Sekte finden es heraus.«

»Wer? Die Erna, ihre Enkelin, die Hure? Nein, die Sorge teilen wir nicht. Angsthase. Dabei steht neben mir ein riesengroßer Kerl, ein Militärjunkie. Jammerst rum. Verschwendest Energie mit deinem Rumgeheule. Ich rate dir dringend: Gewinn unserer Zusammenarbeit Spaß ab. Das ist die Basis, um ein Team zu bleiben.«

»Sonst?«, schob der schlaksige Kerl nach. Er straffte das Kreuz, sodass der Körper an Größe gewann. Für Sekunden hinterließ das einen echt bedrohlichen Zustand. Die Versuchung, eine Faust hinterherzureichen, unterdrückte er rechtzeitig.

»Nichts sonst! Lass die dämliche Fragerei. Such dir von mir aus einen anderen Job.«

»Entschuldige, Chef! Auf mich ist Verlass. Der Kopf, der Geruch hier im Raum, das ist eine Horrorversion. Da stehe ich neben dem Gedöns hier im Glas. Du bist vom Fach. Die Toten sind dein Geschäft. Das ist abgefahren, mehr nicht. Sie bei Bedarf herrichten, das liegt dir im Blut.«

»Klar. Für mich ist das eine Lebensaufgabe. Jede Leiche drückt mir eine Verpflichtung auf. Ich bereite sie für die letzten Minuten mit den Hinterbliebenen präsentabel her. Und jetzt sag mir, was du siehst. Schau deutlicher hin. Schieb die Kotzerei auf. Machbar? Wenn nicht, sag Bescheid.«

»Ja!«

»Hoffentlich. Nichts anfassen«, befahl er.

»Jawohl, Chef.« Das klang nicht, als hätte er freiwillig vorgehabt, sich dran zu halten.

»Es ist Zeit. Ich zeige dir mein Todeswerkzeug. Du wirst es später selber anwenden. Bewähre dich an diesem Ort. Hier, nimm es in die Hand.«

Er griff nach einem Stück glänzenden Drahtseil mit circa zwei Millimeter Durchmesser.

»Das ist ekelerregend. Da klebt Blut dran«, schrie der Helfer erschrocken auf. Automatisch trat er einen Schritt zurück.

»Nein, das Gerät ist harmlos. Fass es an. Eigene Arbeit. Die Griffstücke habe ich persönlich für den Anwendungsfall modifiziert. Die hat ein Verstorbener gesponsert.«

»Begreife ich nicht, Chef.«

»Tja, glaub es oder jammere wieder rum. Das sind Teile der Oberschenkelknochen. Von mir sorgsam aufbereitet. Sieh, wie die Oberfläche schimmert. Ist das nicht erregend?«

»Was, menschliche Knochen mit Schmirgelpapier zu bearbeiten?«

»Ja klar, was sonst? Das ist verrückt. Hmm, na ja, es hat dieses Quäntchen Wahnwitz, was mich anspricht. Und es gefällt mir. Du jedoch bist ein Schisser. Wähle die Antwort nach eigenem Geschmack. Nebenbei bemerkt, das Seil besteht aus hochreißfestem, handelsüblichem Material. Kaufen lässt sich das in allen Baumärkten«, sagte er monoton. »Kein Mensch ist in der Lage, daraus Tötungsabsicht abzuleiten. Du wirst Freude an dem Spielzeug haben. Das Werkzeug schneidet wie in Butter. Vergiss nicht, wir haben gemeinsam Feinde der neuen Hand Gottes zu bekehren. Er übernimmt bald das Zepter von der alten Garde. Den hier hake ab«, sagte er auf den Kopf in der Flüssigkeit zeigend. »Na ja. Verschwörungstheorien verbreitet der Verräter nicht mehr.«

»Ein echt geiler Ansatz, gefällt mir, Chef. Warum zeigst du mir das heute?«

»Weil ich deine Hilfe bei einem genialen Akt brauche. Was sagst du, wenn wir den konservierten Kopf der Erna zum Geschenk herrichten?«

»Was denn? Hat dich der Wilhelm hierfür beauftragt? Ich sehe einen Haufen beschissenen Fleisches in einem Glasbehälter«, erwiderte er und suchte etwas, an dem er sich festhalten konnte. »Tut mir leid, ich brauche einen Stuhl. Der Geruch, Chef«, endete der Satz in einem Fiasko. Seine Beine knickten ein. Er sackte zusammen. Der schwere Körper prallte unsanft auf dem Fliesenboden auf. »Scheiße, verdammt«, brummte er lallend im Versuch, die Sprache wieder zu finden. »Entschuldige, Chef! Ich bin dein Werkzeug. Zähle auf mich! Der Job gehört mir!«

Das Gesicht des Bestatters verfinsterte sich.

»Was bedeutet der Quatsch? Du schuldest mir einen Job. Erklär, warum du dich bekotzt und am Boden suhlst! Da erwartest du, dass ich dir eine brisante Mission übertrage? Verdammt, du kapierst es nicht. Der Kopf ist ein symbolischer Fingerzeig. Eine Mimose brauche ich nicht.«

Der Helfer erhob sich mit blankem Entsetzen im Gesicht. Er hatte die Augen für den Moment geschlossen. Und da war diese Stimme. Sie trieb ihn an. Der Tenor war ihm vertraut.

»Erhebe dich!«, entsprach einem Begehr, dem er sich niemals entziehen würde. »Gut! Ich übe Nachsicht! Schau hin. Da, wo der Hals durchtrennt ist, hinterließ das Werkzeug eine glatte Schnittkante. Profiarbeit, sagt der Leichenbeschauer. Dieses Szenario zu erzeugen, darum dreht's sich. Angst zu verbreiten ist Absicht. Jeder, der sich mit Bibeltreuen anlegt, erlebt hautnah Gottes Zorn«, herrschte er den Helfer an.

»Ich folge deinen Anweisungen exakt«, sagte er, wobei er seinen Chef fixierte. »Für mich sieht das hier aus wie eine Gesichtsmaske. Die erinnert an das englische Wachsmuseum der Madame Tussaud. Allerbeste Arbeit!«

Der Bestatter schlug ihm mit einem Lachen derb die Faust gegen die Brust. »Helfer, mein bester Freund, ich spüre deine Frustration. Das Bedrohungsgefühl ist echt. Krieg dich wieder ein. Das Gerät nennen Experten eine Garrotte.«

»Für mich ist das ein Hinrichtungsinstrument«, kam es prompt zurück. »Ein furchtbares Teil.« Er prustete, schnappte Luft, um einzulenken: »Du beabsichtigst ernsthaft, den Kopf des Ältesten zu präsentieren?«

»Ist beschlossene Sache. Klar, ein Schritt nach dem anderen. Im Moment bleibt es unser internes Vorhaben. Der Wilhelm ist davon ausgeschlossen.«

»Wann erzählst du ihm das?«

»Vorerst nicht. Sein Anteil an dem Spielchen besteht darin, freie Bahn zu schaffen.«

»Wofür?«

»Eh, hast du nur Scheiße im Hirn? Du stellst erst morgen Abend den Zylinder ungesehen im Gebetssaal ab.«

»Ich?«

»Hatten wir beschlossen, vergessen? Du bist der Bote. Die Brüder und Schwestern erhalten von dir ein famoses Geschenkpaket zugestellt. Lass sie zetern, mir egal. Es ist in erster Linie ein Ablenkungsmanöver. Eine List. Ein falsches Ziel. Zugleich eine Mahnung! Hör zu«, meinte er theatralisch mit nicht zu übersehendem Frohlocken. »Es gibt zeitweise Umstände, bei denen es erforderlich ist, künstlich Gefügigkeit zu erzeugen. Die Älteste hat das bestens drauf. Der Kopf wird sie nicht umkippen lassen. Ich rechne damit, dass sie davon ein Zeichen ableitet. Gott ließ den abtrünnigen Erich bestrafen, indem er ihm den Platz im Paradies endgültig versagte. Ich bin sicher, Wilhelm begrüßt das, obwohl er nicht in die Details eingeweiht ist. Die Wunderkräfte kommen nicht von irgendeinem Ort. Es gibt sie einzig, wenn Menschen sie dazu erheben.«

»Verstehe. Du greifst Ernas Neffen damit ungewollt unter die Arme. Schaffst vollendete Tatsachen, hoffst auf wohlwollende Anerkennung. Dein Leichenschauhaus erlebt dadurch einen Wachstumsschub. Verhökerst du den Laden an die Sekte?«

»Warum denn nicht? Bedauerlich ist, du dussliger Kerl verstehst mich nicht.«

»Ja klar, wieder der dämliche Helfer. Erkläre mir deine Version. Vor dir steht kein Blödmann.«

»Hmm, wenn du das sagst. Beweise es. Ab nach oben ins Büro. Ich brauche einen Joint. Rauchen wir! Trinken Kaffee«, sagte der Bestatter versöhnlich. Mit ein paar hastigen Schritten stand er vor einer Vitrine, um eine rote Dose zu entnehmen. »Hier, das ist der Mantel für ein echtes Wundermittel. Ursprünglich für Kekse entworfen. Heute stecken die Selbstgedrehten drin.« Er zog zwei der am vorderen Ende zusammengedrehten Glimmstängel heraus. »Mein Vorrat ist begrenzt«, sagte er in wonnevoller Erwartung. »Wilhelm hilft mir, Cannabis zu beziehen. Je nach Laune versetze ich es mit Tabak.« Er entfernte den Deckel ohne die geringste Mühe. »Wenn du dich fügst, vertraue ich dir bei Gelegenheit mehr von dem weitgreifenden Geheimnis an. Der Wilhelm ist die Quelle des Genusses. Da hängt eine wachsende Organisation dran.«

Kaum ausgesprochen, zündete er den Joint an. Er inhalierte den Rauch in einem tiefen Zug, um ihn nach Sekunden in einer dichten Wolke durch die Nasenlöcher auszustoßen. Plärrend durchbrach seine Stimme den Dunst.

»Zur Sache. Hier, fühle das Stück Draht. Es passt in jede Tasche. Das Metall verschafft dir die Möglichkeit, nahezu geräuschlos über Leben und Tod zu entscheiden. Der Kopf ist in Nullkommanichts ab. Es fließt kaum Blut. Ich habe das ausprobiert«, meinte er eiskalt und wandte sich seinem hünenhaften Helfer zu, der hilflos mit den Schultern zuckte.

»Zu zweit sind wir ein prima Team. Auf jeden Fall bist du der größere Mistkerl von uns beiden, Chef. In der Form abgebrüht bin ich lange nicht. Und, es ist mir eine Ehre, von dir zu lernen. Ich versichere, das funktioniert bald ohne dämliche Rumkotzerei«, sagte er, den angestauten inneren Druck weglächelnd.

»Cool bleiben, Alter. Kontrolliere die Grenzen der Höflichkeit. Dreh nicht durch«, ließ der Bestatter den Satz unvollendet. Geringschätzend folgte: »Ach Quatsch, alles okay. Merk dir. Für mich ist das ein Kick, ein geiles Gefühl von Macht. Das Leben oder den Tod in der Hand zu halten, das ist abgefahren.«

»Ich versuch´s.«

»Es regt dich genauso an wie mich.« Er griff nach dem Tötungswerkzeug, um daran zu ziehen. Ein Summen erfüllte die Luft. Der silbrig schimmernde Metalldraht erzeugte Ehrfurcht. Mit Hingabe sagte er: »Spürst du das Singen der gespannten Saite, den Ton des Todes?«

»Oh, du lässt nicht locker. Versaust mir den Tag. Es erinnert mich an mein Versprechen. Ich habe dir Treue geschworen. Zurück zu der Dose. Die ist unschuldig wie ein Lämmchen und bestens zur Aufbewahrung der Joints geeignet.«

»Im wahrsten Sinne des Wortes. Zinnoberrot verleiht dem Artikel das Attribut eines Verkaufsschlagers. Der Inhalt ist zigfach gefährlich. Im Normalfall sind da Kekse drin. Ich habe davon reichlich gekostet. Erna verwendet im Teig eine Mischung aus Kräutern nach einem uralten Geheimrezept. Viele Besucher im Harz sind zu Recht drauf aus. Sie sehen darin eine Art Jungbrunnen. Was für uns beide ebenfalls zutreffend ist«, sagte er, den letzten wabernden

Rauchschwaden nachschauend. Für Bruchteile von Sekunden mutierte das Antlitz des Gegenübers zu einer Fratze.

»*Verdammt widerspenstig ist der Kerl. Überleg Dir was*«, hämmerte da eine übernatürliche Kraft auf ihn ein. Erst mit dem schwindenden Rauch zog sich diese Einsicht zurück.

»Das ganze Gequatsche nervt. Los, an die Arbeit. Der Kripomann taucht am späten Abend bei der Dirne Evelyn auf. Er stellt das Auto stets auf dem Parkplatz am Gasthaus ab. Den restlichen Weg läuft er zu Fuß. Passe ihn an der Mauer kurz vor dem Gehöft ab. Da bemerkt dich kein Mensch. Die Schussdistanz mit dem Schalldämpfer beträgt maximal fünfzehn Meter. Nicht vergessen. Richte das Zielfernrohr direkt auf die Brust. Das Betäubungsmittel haut ihn sofort um. Ich habe es nach eigener Rezeptur zusammengemischt.«

»Ist es wieder das Narkosezeug, äh, Thiopental?«

»Ja klar, was glaubst du denn? Das ist ein kurzzeitig wirksames Hypnotikum aus der Wirkstoffklasse der Barbiturate.«

»Erklär´s mir verständlicher, Chef.«

»Was ist denn unklar? Ich habe daraus ein eigenes Präparat entwickelt. Die Anpassung beschleunigt die Reaktionszeit bis zum Zusammenbruch exorbitant. Eine Angelegenheit von Nanosekunden! Vorsicht. Nimm meinen Warnhinweis ernst. Die Mischung macht´s. Der Stoff greift unmittelbar das zentrale Nervensystem an. Pass auf, dass es dich nicht ebenfalls wie einen Baum fällt. Verwende es mit Bedacht.«

»Verstehe. Ist wie ein heftiger Elektroschock, klatsch und du fällst um.«

»In der Form, ja! Der Bulle ist für die nächsten zwei bis drei Stunden in Gottes Hand. Er stirbt nicht, keine Angst. Die Dosis habe ich berechnet. Er fällt dir buchstäblich in die Arme. Gib ihm ausreichend Wasser, wenn er aufwacht. Das ist alles.«

»Wie du befiehlst. Da zeigt sich ein imposanter Spaß. Was stelle ich mit dem Kopf an?«

»Den siehst du nicht. Ist im Paket fest eingeschlossen. Leg es am Hoftor ab, wenn die Lage es hergibt. Lade erst den Bullen in den Transporter. Überzeuge dich, dass er unversehrt ist und von alldem nichts mitbekommt! Den Zeitpunkt, wann du startest, lege selber fest. Zuerst beobachte, übe.«

Der Bestattungshelfer beobachtete aus unmittelbarer Nähe den Zustrom an Gläubigern. Sie alle kamen, um Erna, der Anführerin zu huldigen. Eine Bibelstunde stand heute an. Er zählte vierzig Personen, die in einem eng begrenzten Zeitfenster auf den Hof des Anwesens fuhren. Sie bemerkten den heimlichen Lauscher nicht. Wilhelm schwatzte mit dem Pressesprecher Steiner aus dem Rathaus. Evelyn half, die privaten Fahrzeuge auf die gekennzeichneten Parkplätze im Innenhof zu dirigieren. Die Menschen verschwanden wie im Schlund eines monströsen Bergwerkes. Durch die erleuchteten Fenster waren vereinzelt die Umrisse ihrer Körper zu erahnen. Die Schatten huschten, sich aneinander überholend, wie im Film vorbei. Fasziniert von dem bunten Schattenspiel ließ sich der Beobachter kurz ablenken. Er zwängte sich dicht an die Steinmauer.

»Hauptsache, mich sieht keiner, um Himmels willen nein, erspare mir das Übel«, zog die schweißnasse Angst ihn in den Bann. »Glück gehabt, Scheiße«, brummte er vor sich hin. Die Abhörausrüstung mit Militärtechnologie ermöglichte, jede Regung zu erfassen. Kein Wort würde ihm entgehen. Den in Blei eingefassten Glasscherben war das egal, sie erfüllten unverkennbar ihren Zweck. Sie redeten miteinander: »Seht her, die Schatten gehören dankbaren Brüdern und Schwestern, die Teil einer einzigen, weltweiten Familie sind.«

Wilhelm verinnerlichte diese Sprache. Er bekundete in protziger Manier, dass ein Sponsor dieses Wohlgefühl ermöglichte. »Komm, Steiner, ich zeige dir die Halle, wo die roten Keramikgefäße entstehen. Interesse? Ein paar Minuten Zeit hätten wir.«

»Später, lass uns zu den Gläubigern vorstoßen. Ich freue mich auf die Einführung in das gespenstische Lichtspektakel.«

»Denkbar, dass Erna dem nachkommt. Lobe ihr künstlerisches Engagement. Du hast sie gleich auf deiner Seite. Ein Tipp, die Rottöne entstanden unter Verwendung von zinnoberroten Farbpigmenten. Die bezieht sie aus Italien. Der Mix macht es. Da steht eine Geheimrezeptur dahinter.«

»Der Farbton ist bemerkenswert. Wilhelm, hilfst du mir?«

»Na klar.«

Gelassen kratzte er sich auf der Brust. Eine unbeachtete Geste, die Steiner nicht bemerkte. Die eingeschaltete Diktierfunktion in seinem Smartphone blieb unerkannt. *»Ich werde liefern. Prima Gefühl«,* jubelte er innerlich. »*Rede du nur. Je mehr Ziel du offenbarst, umso tiefgründiger verschafft es mir Glaubwürdigkeit beim Staatsschutz. Steiner, du Hund, nimm dich in Acht. Mein Stern erstrahlt*«, verhallte unausgesprochen. Eines bedachte er unzureichend. Vorsicht walten zu lassen. Im Gedanken, zu spät zu sein, trieb er zur Eile an. Euphorisch verkündete er. »Ich begleite dich. Es ist dein Vorrecht, der Stimme Gottes zuerst zu begegnen. Daraus wirst du Vorteile ziehen. Mit meiner Hilfe«, schob er einen Nachsatz hinterher. Er zog den Pressesprecher am Arm mit sich. »Los, komm! Darüber hinaus zieht´s mich aufs Klo.«

Der Gast ließ seine Worte über sich ergehen, hörte ihm kaum zu. Das Geschwätz nervte ihn. Augenblicklich bemerkte er aufsteigende Eiseskälte. Die war klinisch kühl, wie Wilhelm voraussichtlich bald sein würde. Sein Herz versteinerte. Der Krampf steigerte sich in eine Hasstirade. »*Nicht hier*«, versuchte er dagegen anzukämpfen. Ihm war bewusst, dass dieser Zustand ziellos war. Die Verwirrung darüber drohte ihn zu übermannen. Der Versuch, sich abzulenken, endete darin, dass sein Gesicht einen versöhnlichen Ausdruck annahm. Die Augenbraue wölbte sich dezent, entspanntes Stirnrunzeln zeigte sich. Gequält auflachend, sagte er ungeschönt: »Es erstaunt mich, dass der Kripomann am Leben ist. Wie siehst du das?«

Wilhelm Feist erstarrte. »Entschuldige, meine Antwort ist nicht sattelfest.«

»Das hat Zeit, du wirst sie bald tiefgründiger formulieren«, knurrte Steiner voller Spottlust.

»Ich bin hierfür nicht verantwortlich. Du hast mir was eingebläut. Dafür bin ich dankbar.«

»Wilhelm, rede nicht ständig in Rätseln.«

»Okay. Deine Worte: Wer uns widerspricht, bekämpft uns. Stimmt's?« Er nickte dabei wohlgefällig mit dem Kopf. »Steiner, um unsere Gemeinschaft mach dir keine Sorgen!«

»Über was denn?«, schnalzte der mit der Zunge, bevor er fortfuhr. »Was ist los? Hast du Angst, Abtrünnigen die Faust zu zeigen?«

»Nein, drück mir keinen Stempel auf! Ich bin kein Schisser, eher akribisch, penibel. Und ich lege Wert darauf, mit schlichten Worten meine Glaubwürdigkeit zu untermauern.«

»Zu spät«, verehrter Freund. »Eines beherzige. Vergib nie die Chance, die Oberhand zu behalten. Ich helfe dir dabei.«

»Schwer zu sagen, ob das der beste Weg ist oder nicht. Eines weiß ich jedoch«, sagte er. »Zu Ungläubigen halte Mindestabstand. Du bist leider einer von denen. Erna heißt dich erst mit meinem Willkommen für ein Zusammentreffen würdig. Lass uns dieses Spiel inszenieren. Ich kümmere mich drum, dass du das Recht erhältst, es auszukosten. Im Übrigen gibt es tausend Variablen für solche Szenarien.«

Durch die hochtechnisierte digitale Ausstattung des Fernglases erkannte der Bestattungshelfer jede Pore in Wilhelms Gesicht. Die gerötete Gesichtshaut und die erweiterten Pupillen waren klare Anzeichen von gesteigertem Stress. »*Wieso kratzt der sich ständig auf der Brust. Sonderbar*«, verfiel er in eine tiefe Unruhe. Irgendetwas Unerklärliches spulte sich in dem Menschen ab.

Wilhelm sah sich hektisch um, rief nach der Cousine Evelyn. »Hast du einen Moment?«, tönte die Stimme über den Hof.

Sie lief mit erhöhter Schrittfrequenz auf ihn zu. Ihr Atem trat stoßweise aus dem Mund. Der Herzmuskel pumpte enorme Mengen an Blut durch die Adern.

»Was hetzt du mich, blöder Idiot!«

»Du änderst dich nie, Evelyn. Bist trotzig wie ein kleines Kind. Dir ist bewusst, dass zu spätes Erscheinen bei der Bibelstunde ein schwerwiegendes Vergehen darstellt. Ich sag dir, wie du mir antwortest«, erwiderte er mit scharfem Ton.

»Gut. Ich höre. Deinem Gast gefällt garantiert nicht, was ich dir entgegenhalte. Verschmähe mich getrost. Bedenke bitte, in Gottes Wort erfährt die Herzlichkeit und Freundlichkeit Fremden gegenüber lobende Erwähnung. Zeig dem Gast zumindest, wie wir Neue in der Versammlung begrüßen.«

Das Riesenbaby verfolgte den Disput ohnmächtig vor Wut. »*Die Hure, sie ist anmaßend. Warte, du Abtrünnige, dein Beschäler büßt dafür.*« Wie betäubt drückte er sich an die Wand. »Das war Glück im Unglück. Nein, der Herr im Himmel hat mich geleitet. Meine Tarnung ist intakt«, brabbelte er.

Die schwüle abendliche Sommerluft legte sich aufs Gemüt. Der Stress, aufzufliegen, ergoss sich wie ein Alptraum in der Seele. Unwirklich, gespenstisch. Klarer Gedanken unfähig, entnahm der Schütze das Gewehr aus der Umhüllung. Die moralische Last der Waffe wog angesichts des Verwendungszwecks schwer. Sie war nicht geladen. Mit flatternden Händen ergriff er die Patrone. Sie enthielt ein Treibmittel, Kohlendioxidgas.

»Mist verdammt, elende Angst«, flog über seine Lippen. *»Baue ja keine Scheiße«*, zeterte da im Hirn jemand hinterher. *»Die Zeit rennt dir davon«*, blieb eine Mahnung zurück. Lax entnahm er das Narkosegeschoss, um es mit fahrigen Händen in den Lauf einzuführen. *»In Ruhe zielen, das war Gesetz. Ja nicht daneben schießen«*, trieb seine Gedanken an. Er sog die Luft ein, sammelte Speichel im Mund, um den sofort wieder in hohem Bogen auszuspucken. *»Scheiße nochmal, diese Angst, zu versagen!«*

Er setzte das Gewehr ab und war mit sich nicht zufrieden. Zum Glück würde der Bulle erst nach der Bibelstunde auftauchen, wenn alle weg waren. Zeit genug, um sich zu sammeln. Er zitterte vor Aufregung und beschloss, sich mit einem Anruf beim Bestatter zu melden.

Auf der gegenüberliegenden Hofseite hatten sich inzwischen die Schatten verzogen. Dem Beobachter zeigte sich ein kurioses Bild. Soweit die Fensterfront Einblick gewährte, gab es volle Stuhlreihen. Die Bibeltreuen saßen dicht gedrängt nebeneinander. Er grinste, weil ihm der Vergleich mit aufgefädelten, getrockneten Pflaumen in den Sinn kam.

»Ha, ha, für die Ernte bereit«, grunzte er. Widerspruchslos, mit Apathie im Blick, würde die Älteste sie einschwören auf ihren Herrn. Ein wiederkehrendes Ritual, unabwendbar, ein Symbol für den Gang ins Paradies. Heute stellte sich der Beobachter auf mindestens drei Stunden ein. Beste Bedingungen, um wie befohlen die Fracht zu laden.

»Ob der Steiner den Kraftakt aushält?«, blieb unbeantwortet in der Luft hängen. Der war ein gewaltorientierter Kumpan. Unsympathisch, mit entfremdendem Habitus. Ein Typus Mensch mit zweifelhaften politischen Zielen. Fremdenfeindlichkeit und Nationalismus zu verbreiten, trieb ihn in die Arme der Sekte. Ein idealer Nährboden, wie es schien.

»*Nutzte Wilhelm das für den eigenen Aufstieg?*«, beschäftigte ihn ungewollt. Instinktiv wählte er die Nummer des Bestatters.

»Statusbericht, Chef. Ich beobachte eine illustre Gesellschaft.«

»Manchmal ist das Leben sonderbar. Gibt es was Wichtiges? Weshalb rufst du an? Haste Mist gebaut? Glaub mir, dafür wirst du büßen, ich spaße nicht. Mach´s kurz.«

»Ich brauchte Ablenkung, Chef. Hab den scharfen Schuss geübt. Und ich schicke dir nachher gleich eine Audiodatei von Wilhelm. Der spricht über sein Ziel. Er beansprucht den Job des Sektenführers. Da ist was im Busch. Mein Bauch sagt, der Steiner mischt mit.«

»Schluss! Alles Hörensagen, du schwachköpfiges Schaf.«

»Nein! Siehst du falsch. Die Bibeltreuen setzen auf seine Ansage, neue Mitglieder zu gewinnen.«

»Oha, das Sackgesicht. Wusste ich´s. Hast keine vernünftigere Antwort parat. Ist dir nicht dieser Gemeinschaftszwang zuwider? Die zelebrieren das vor deinen Augen und du lässt dich einlullen?«

»Das stimmt nicht! Was empfiehlst du, um dagegen zu halten? Beobachten, hast du angewiesen.«

»Bleib cool! Im Moment gibt es nichts, was unserer Aktion schadet. Weitere Anrufe unterlässt du, klar! Konzentriere dich! Du weißt, dieses Volk schafft eine Atmosphäre des bedingungslosen Akzeptierens.«

»Ja. Das führt zur Unfreiheit. Nicht mit mir, Chef.«

Diesen Makel kannte er. Der Preis stieg stetig. Er mutierte zu einem täglich dicker werdenden Kloß an Gehorsam, den der Bestatter einforderte. Um ihn herum zerriss die Stimmung. Bewegungslos verharrte er. Die Rangfolge der zeitlichen Abläufe war ihm entglitten. Dieser Steiner schwatzte unaufhörlich. Für ihn war das eine unbekannte Erfahrung. Auf jeden Fall musste der Abschlussbericht an den Chef rund sein. Eine Überlegung, die auf Wohlwollen zielte und ihm mehr Bewegungsfreiheiten einbringen würde. Mittlerweile hatte er sich auf den Pressesprecher eingeschossen. Der stand direkt neben Wilhelm.

»*Verpisst euch!*«, schob der Helfer ein lautloses Aufbegehren in den Abendhimmel hinein. »*Verdammt, ich warte auf meinen Auftritt! Der Bulle rückt bald an.*«

Seine Angst zerstob mit dem schrillen Ton einer Schiffsglocke. Sie rief zum Platznehmen auf. In drei Minuten herrschte auf dem Anwesen absolute Ruhe.

Er hatte die Videofunktion der Hightechkamera aktiviert und erfasste die letzten Worte von Wilhelm: »Wir vertiefen das Gespräch, Steiner. Gleich erlebst du den Bann der Bibel auf den menschlichen Geist. Erna widmet der Erzeugung des Gefühls von Liebe und Frieden enorme Aufmerksamkeit. Sie verdeutlichen ein Leben nach einem Weltbild, das die Lösung aller bestehenden Probleme bietet.«

»Okay, Wilhelm. Ich bin auf Kurs. Überlasse es deiner Tante, mir zu danken oder nicht.«

Er sah, dass dem Neffen der Ältesten jede Farbe aus dem Gesicht wich. Egal, der blieb ein machtbesessener Kerl, der mit leisen Tönen am Aufstieg arbeitete. Er hatte keine Kenntnis davon, dass sein Gastgeber vor kurzem eine Entscheidung traf. Eine Beichte. Der Gedankenerguss riss eine Menge Personen des Staatsschutzes von den Stühlen. Alles mit der Versicherung, dass Informationen von Quellen strikter Geheimhaltung unterliegen. Für ihn bedeutete das Schutz und Freiraum, um eigene Interessen zu verfolgen. Es kam ihm nicht in den Sinn, damit Verrat an der Gemeinschaft auszuüben. Nein, im Gegenteil. Es war ein Tausch. Alles mit dem Ziel, eine autoritäre Führungskraft der Zukunft zu sein.

Vorübergehend blieben Steiner diese Gedanken verborgen. Er war ohnehin der Ansicht, dass Wilhelm in der alten Bibelsuppe weiter wurschteln würde. Ein totalitäres, staatliches Regime zu errichten, war nicht dessen erklärtes Ziel. Hierfür fehlte ihm der Mumm. Woher, zum Teufel, hätte er das Wissen abgegriffen. In eigener Rolle als Stimme Gottes auf dieser Bühne zu stehen, entsprach eher seinen Vorstellungen von Erleuchtung. Steiner sah einen anderen Sinn in seinem Leben. Der Machthunger in der Politik leitete ihn. Er nutzte den akuten Informationshunger des Polizeilichen Staatsschutzes geschickt für sich aus. Die Herren im LKA hatten mit ihm eine Perspektivquelle geschaffen. Ein scheinbarer Glücksgriff, der Zugang in die obere Hierarchie einer gewaltbereiten rechten Szene bot. Installiert im Rathaus der Bode-Stadt, funktionierte sein Job wie ein Schutzmantel. In der Sache brachte er bisher passable Ergebnisse. Die zukünftige Führungskraft der Sekte hing am Haken.

Leider zeigten sich die Informationen daraus mit jeder Beauftragung unkontrollierbarer. Die örtliche Abteilung 5 der Schlappohren robbte dem Ziel, die Gemeinschaft der Gläubiger zu entzweien, weit hinterher. Ein Grund, warum Hauptkommissar Horst Walther Trübsal blies. Da garte was im Hintergrund. Er wähnte sich ausgenutzt von den überregionalen Kollegen sowie seiner Quelle. Dabei war er überzeugt vom Erfolg, die göttlichen Teufel durch polizeiliche Einflussnahme zu bekehren. Solch Leuchtzeichen fehlten dem Amt. Zu spät, denn die Gefahr, dass den Ermittler ein Meer von Leichen erwartete, stieg potentiell an. Würde Wilhelm eigenmächtig den Auftrag zum Töten erteilen? Das zu beantworten, war nahezu unmöglich.

Fest stand, die üble Nachrede gegenüber Lorenz war eindeutig konstruiert. Das roch nach Gefolgsleuten, die an alten Zöpfen der Denkmuster dieser Sekte festhielten. Durch den Quellenschutz blieben ihm konkretere Aussagen verwehrt. Klar, der Tatortermittler war der Enkelin dieser Wahrsagerin Erna Feist verfallen. Aus deren Sicht eine schwere Schuld, aber kein Grund, um zu töten. Wilhelm, der Zufallsfaktor, erhielt ein neues Gesicht. Unbekannt für Walther rangierte neben ihm ein Stück Sahnetorte, dieser Pressesprecher Steiner. Mit ihm wuchs die Chance, Zugang zur oberen Hierarchie einer gewaltbereiten rechten Szene zu erhalten.

Der Kriminalhauptkommissar griff zum Telefon. Nach dem ersten Signalton hob Lorenz ab.

»Mensch Horst, was treibt dich an mein Ohr?«

»Wir haben was zu besprechen! Heute Abend!«

»Oh, verzeih mir, bin vor dir eine Verabredung eingegangen. Ist ebenfalls dringlich!«

»Morgen?«, drängte sich die Stimme fragend in sein Ohr.

Lorenz warf dem Anrufer automatisch ein unsichtbares Nicken zu. »Ja, gegen zwanzig Uhr, Parkplatz der alten Eisenhütte.«

»Benno, für dein abendliches Gespräch ein hilfreicher Tipp. Dass du eigene Wege bei der Suche nach dem Toten und Vermissten gehst, ist dir auf die Füße gefallen.«

»Du erklärst mir gleich, warum. Es versetzt mich in Erstaunen«, klang es verblüfft aus dem Lautsprecher.

»Na ja, leider ist deine Reiseroute nicht korrekt abgesteckt. Zu viele Irrwege, alter Freund! Vor allem das mit dieser Enkelin.«

»Du kennst Details? Ist ja prima. Hab mir gewünscht, dass wir gemeinsam einen Weg finden, Informationen auszutauschen.«

»Klar! Beachte, dass ich dem Geheimschutz verpflichtet bin. Aber es gibt ohne Frage gewisse Gestaltungsoptionen.«

»Danke, Horst. Halten wir uns an den Dienstweg. Keine Bange, ich respektiere das. Bist just ein Schlappohr. Lass mich zwischen den Zeilen lesen. Das reicht! Und ja, das mit der Kleinen ist beträchtlich riskant«, sagte er dünn in den Hörer lächelnd. »Meine Natur erlaubt es nicht, zu kuschen.«

»Ist mir bewusst, Benno. Du hast dein Handwerk gelernt. Mensch, ich ebenso. Vergiss nicht ... sieh dich an. Der Fall hat alle Beteiligten in den paar Tagen verändert. Gewaltige Emotionen überlagern alte Sichtweisen. Mein Hinweis zu der Kleinen scheint angekommen.«

»Unter Umständen! Spuck's aus, Horst. Ist das auf deinem Mist gewachsen? Das riecht nach Bekehrung.«

»Ich will mich nicht zu weit hinauslehnen. Wir beide gleichen uns, sind sprichwörtlich die allerbesten Jäger. Nimm zur Kenntnis: Ich habe es gewollt und gewähre dir Schutz.«

»Das ehrt dich. Ich bin überwältigt. Sag, der Tote, der Vermisste, die persönlichen Angriffe, die alte Geschichte mit dem Todessprung, ist das alles ein berauschendes Missverständnis?«

»Du kriegst eine kurze Antwort drauf, Benno. Fakt ist, du schwebst in Gefahr. Du hältst an Evelyn Feist fest. Diese Uneinsichtigkeit hat Kräfte heraufbeschworen, deren Absicht mörderisch ist. Lass sie los! Du gefährdest Aktionen des Staatsschutzes. Glaub mir, die übersteigen die Dringlichkeit deines eigenen Jobs. Politik, verstehst du? Brisante Sicherheitslagen, gegen die du verstößt. Drei, maximal fünf Tage hat man dir Zeit eingeräumt, um den Vorgang abzuschließen. Doch was hast du getan? Du dringst in ihr Herz ein und nagelst eine Beschuldigte.«

»Horst, das klingt wuchtig. Du hast es faustdick hinter den Ohren. Wäre erhellend zu wissen, wie sich das derart fix herumgesprochen hat.«

»Um das zu beantworten, schwatzen wir eine Runde. Nicht am Telefon. Schluss, Benno. Stecken wir den Informationsaustausch zwischen uns neu ab. Ich bin kein Freund von Kompetenzgerangel.«

»Das ist Blödsinn. Stimmungsmache!«

»Korrekt! Hab damit gerechnet, dass du so reagierst. Wir sind gleichermaßen Betroffene, die sich der Sache wegen austauschen.«

»Du bist ein miserabler Lügner, Horst. Sprich weiter! Sinngemäß kommt mutmaßlich raus: Der Bulle stört den Frieden der Gemeinschaft.«

»Du bist unbelehrbar. Akzeptiere, diese Freundin ist nicht in der Lage, unter deinem Einfluss den Leitsätzen der Gruppe zu folgen. Schenke meinen Worten Beachtung! Begreife sie als verdeckte Warnung. Es ist die einzige Möglichkeit, um dir zu helfen. Bald!«

Das Gespräch war zu Ende. Aufgelegt, was sonst. Hängen blieb die Überraschung, mit einem Fünfer-Kollegen auf einer Welle zu schwimmen. Und tiefgründiges Nachdenken darüber, sich nicht in unbedeutenden Scharmützeln zu verlieren.

Kapitel 18

Gleiches galt für den Beobachter. Ein schwieriges Unterfangen, dem er sich zu stellen hatte, erforderte volle Aufmerksamkeit. Er musste den Bullen einfangen, ohne ihn zu töten. Zu viele abwegige Gedanken schwirrten durch seinen Kopf und waren im Begriff, ihn daran zu hindern.

Nachdem er den Disput zwischen Wilhelm und diesem Steiner mitbekommen hatte, schwor er einen Eid: *»Nie wieder aus dem Fenster lehnen. Ist nicht meine Sache, wenn die sich bekriegen. Dieser Kampf ist ein zu heißes Eisen.«* Terroristengesindel an die Macht zu helfen, dafür den Arsch hinzuhalten, widersprach jeglichem Recht und Gesetz. Die Kohle ist das Maß des Geschehens, nicht diese Personen zu hofieren. Verwirrte Gedanken überschlugen sich. Er hatte sich in einem Traum verfangen und nicht mit Geld aufzuwiegende Zeit vergeudet. Urplötzlich kam es über ihn.

»Scheiße!«

Kaum ausgesprochen, sah er schemenhaft eine Gestalt vor sich auftauchen. Heftige Rachsucht verdrängte den Willen, Ruhe zu bewahren.

»Erst wenn ich es erlaube, schießt du!«, verlor an Bedeutung. Der Kontrollfreak in ihm trat mit wuchtigen Schlägen dagegen an. Sie

erzeugten den beißend mahnenden Schmerz für mehr Aufmerksamkeit. Den Blick auf das Hightechgerät beendete er mit einem abgeklärten Grinsen. Sein technischer Sachverstand war halbwegs ausgeprägt. Daher hielt er sich beschlagen genug, um es effektiv anzuwenden. Das Gerät ähnelte in der Bauart einem klassischen Feldstecher. Der Hersteller hatte es mit einer Software ausgestattet, die eine Person buchstäblich durchleuchtete.

»Ich kriege dich Bulle«, durchfuhr es ihn grimmig. *»Cool bleiben!«*, folgte ein zufriedenes Grunzen. *»Bist verdammt gefährlich!«* Er drehte es in den Händen, in dem Wissen, dass die Kalibrierung auf die Signalerfassung von Schrittfolgen, Körpertemperatur, Puls-und Herzfrequenz, Nachtsichteignung, Fotofunktion und WLAN-Hotspot ausgelegt war. Wozu der Chef die Daten brauchte, hatte er verdrängt. Für den Job heute waren sie überflüssig. Ein normaler Feldstecher hätte genügt. In dem Moment tauchte in der Ferne die Zielperson auf. Euphorisch zoomte er sie heran. Die extreme Vergrößerung versetzte den Beobachter in Erschrecken. Der Kripomann erweckte den Anschein, ausgepowert zu sein.

»Ha, da habe ich leichtes Spiel. Der Fangschuss mit dem Narkotikum ist kein Problem«, triumphierte das Gefühl der Überlegenheit. *»Komm ruhig näher. Ich bin unsichtbar. Meine Fangarme greifen dich, Bulle«*, gab er sich dem Augenblick der Wahrheit hin.

Den Kerl einzufangen, bedeutete einen Heidenspaß. Mit dem Blick durch das Zielfernrohr war dafür der Anfang gesetzt. Er sah ihm in scheinbar inhaltsleere Augen und erfasste die vergrößerten Poren der Gesichtshaut. *»Scheiße, auf das steht die Hure?«*, durchfuhr es ihn mit einem Gedankenblitz. *»Ich poliere dir die Fresse«*, schob er hinterher. Mit der Euphorie des Sieges tätschelte er den matt glänzenden Stahl des mitgeführten Gewehres. Reflexartig spannten sich seine Schultern. In dem Augenblick reduzierte er das Ziel zu einem bloßen Objekt der Begierde. Er ignorierte das Näherkommen des Gegners. Stattdessen schwelgte er verkrampft in einer durch Folter beherrschten Gedankenwelt. Heute würde er mit dem Erfolg zu sich selber zurückfinden. Eines war sicher, ein anderer Mensch kehrte der Baustelle Menschenjagd den Rücken. Er hielt sich für weiser, düsterer, zynischer und vertrauensvoll. Dem Bestatter schickte er eine erste Probe der Eindrücke von der Zielperson. Ein Druck auf den Sende-Button reichte, um das Bild- und Videomaterial über einen privaten ausländischen Server zu verschicken.

Lorenz entging das alles. Er näherte sich dem Unbekannten ausgesprochen flott. Zeit, die den Schützen in eine missliche Lage brachte. Zu lange hatte er die Beobachtung ausgedehnt. Die Rache folgte auf dem Fuße. Sie verbannte den Übermut, das Grunzen in überschäumender Selbstzufriedenheit.

»Ich werde dir das Spionieren und Rumhuren austreiben«, geisterte ein rüder Gedanke durch seinen Kopf. Anspannung erfasste ihn. Das Gewehr mit dem Betäubungspfeil zu laden, war trotz der Übung schwierig. Zu spät! Die Fehleinschätzung brachte den Paukenschlag. Das war der Moment des Atemzugs bis zum Druck auf den Abzugshebel. Diesen Augenblick verwünschte er.

»Scheiße«, kreischte die eigne Stimme lauthals, weil der Schuss sich unkontrolliert löste. Ungläubiges Erstaunen erfasste den Schützen.

»Was denn, wieso fällt der nicht um? Habe ich vorbeigeschossen? Nein!«

Ein auswegloser Blick folgte, zu mehr war er nicht in der Lage. Der Betäubungspfeil saß nicht in der Brust, nahe dem Herzen. Er steckte im rechten Oberarm.

»Verdammter Mist!«, brüllte er in heilloser Aufregung. »Fall um.«

Weil Lorenz dem Wunsch nicht sofort nachkam, rannte er auf sein Opfer zu. Glasige, verdrehte Pupillen sahen ihn an.

»Hat der mich erkannt?«, verlor sich in seinem keuchenden Atem. Das Gewehr fest mit beiden Händen umklammert, schritt er auf die Zielperson zu. Er hob es in unmäßiger Angst des Versagens an. Zwei, drei, vier Stöße folgten in Richtung Kopf und Brust. Die wuchtigen Schläge an die Schläfe ließen Lorenz endgültig einknicken. Die Mahnung, aufzupassen, den Polizisten zu betäuben, verpuffte. Der lag blutüberströmt und verkrümmt auf dem Boden. Nach dem ersten Schlag hatte der Bestattungshelfer aufgehört zu zählen. Im Affekt des Blutrausches reduzierte sich seine Aufnahmefähigkeit auf den geschundenen Körper. Er starrte auf das Blut, das aus der aufgeplatzten Haut von der Stirn tropfte, um sich in einer Lache am Boden zu sammeln.

»Weg hier!« In geduckter Haltung zerrte er den Kriminalisten in eine der Mauernischen. Von dort aus zog sich eine in Sandstein errichtete, mannshohe Mauer über hundert Meter entlang des Grundstücks hin. Mehr gab es nicht zu sehen. Er spurtete los, um den VW Caddy zu holen, den er auf dem unbefestigten Privatweg neben den angrenzenden Feldern geparkt hatte. Das Riesenbaby war davon überzeugt, unerkannt zu bleiben. Grobschlächtig warf er den Körper durch die geöffnete seitliche Schiebetür in den Laderaum. »Scheißkerl«, begleitete den Vorgang. Dann trat er dem Bewusstlosen in die Rippen und Nieren. *»Mein privates Andenken, Bulle.«*

Eine Stunde verging. Der Schütze fuhr nahe dem Stadtrand auf ein Grundstück. Vor dessen Zufahrt stand eine Werbetafel mit dem Slogan: Bestattungen in der Natur! Tierfriedhof! Der aufwendig befestigte Weg endete vor einer gepflegten Freifläche mit schlichtem Holzbau. Das Gebäude diente den Trauernden vorrangig der Ruhe und Besinnung. Der Transporter umfuhr die Anlage. Er hielt vor einer Scheune mit ungenutzten Stallungen zur Viehhaltung.

Derbe Hände stießen Lorenz aus dem Wagen. Sie schleiften ihn in einen Verschlag, eine Art Grabkammer nach Lesart des Bestatters. Sofort beherrschte wieder undurchdringliches Dunkel den Raum. Nichts geschah, außer dass der Helfer eine neue Bereitschaft zeigte. Er brach geltende Regeln. Solche, die Respekt einforderten. Eine davon lautete: »Kenne deinen Feind.« Eine weitere: »Lerne! Wende dich ihm zu und töte, wenn es an der Zeit ist.« An diesem Punkt trennten sich die Auffassungen. Er zog den gebrochenen Körper auf dem Boden hinter sich her, um ihn dann die Stufen hinunter zu hieven. Ein misslicher Job in der abendlichen Sommerschwüle. Die Gelegenheit, um ein paar unfaire Tricks anzuwenden.

Er sprach den regungslos daliegenden Lorenz an. »Du wirst lernen, damit umzugehen. Hast es verdient, Bullenschwein.« Mit rasselndem Atem trat er erbarmungslos zu. Die unheilvolle Bewegung ließ sich nicht stoppen. Ein erneuter Tritt traf den Körper hart in die Seite. Gott sei Dank förderte das verabreichte Rauschmittel im Blutkreislauf die vorübergehende Bewusstseinsstörung. Inzwischen erwuchs daraus eine akute Gefahr. Seine medizinischen Kenntnisse waren unzureichend. So verschwendete er auch keinen Gedanken daran, dass die Tritte an den Kopf und Torso bleibende Schäden verursachen könnten. Indes, ihn weiter zu quälen, lohnte nicht. Der

Spaß endete mit der fehlenden Sicht auf das Leid des Opfers. Gleichzeitig drängten sich die mahnenden Worte des Bestatters auf. Banges Warten auf den ersten Atemzug des Gemarterten überschattete seine Angst.

Lorenz gab sein Bestes. Er überlebte.

Zwischenzeitlich machte sich der Peiniger daran, die Gliedmaßen seiner Zielperson mit künstlerischem Anspruch zu fixieren.

»Gewebeband, wie am Hexenarsch«, brummte er vor sich hin. Zugleich spuckte er auf den Fußboden, um seiner Wut über den Fehlschuss Ausdruck zu verleihen. Aus Angst, wieder falsch zu handeln, sprach er den Gefangenen an.

»Ich wickle dich wie eine Wurst ein, dort am hölzernen Stützpfeiler. Du wirst leben, hat mein Chef gesagt. Die Freude ist mir nicht eigen. Eine ungereimte Bewegung und ich reiße deine Seele aus dem Körper.« Er verzog die Lippen und erzeugte ein diabolisches Grinsen. »Ich weiß, was zu tun ist. Das braucht mir keiner zu erklären«, presste er hervor. »Beeile dich, werde wach, sonst ist meine Geduld im Eimer. Blöder Kerl, dämlicher Bulle.«

Mittendrin brach er ab. Scheinbar zufrieden mit seiner Arbeit stellte der Helfer einen Stuhl neben den Gefesselten. Den Joint in seiner Hand verwendete er, um die Grübelei zu unterbinden. Die wabernden Rauchschwaden trafen auf Lorenz.

»Was ist passiert? Wo bin ich?«, blieb im ersten Moment versagt. Langsam kehrte die Erinnerung zurück. Sie brachte ihn in die Nähe von Evelyn, die er liebte. Das Kompetenzgerangel im Amt zerrte an den Nerven. Es verdrängte die Aufmerksamkeit mit fatalen Folgen.

Da, das winzige Aufblitzen vor ihm.

Unmittelbar darauf der nagende Schlag auf den rechten Oberarm. Ein blitzartig eintretender Schmerz, der alles andere überschattete. Es folgte eine Benommenheit, die in einer Eingebung endete: *»Bin ja nicht tot, hab keinen Schuss vernommen.«*

Die wuchtigen Hiebe auf den Kopf, gegen die Brust registrierte er wie im Rausch. Nebulöse Wahrnehmungen, Gedankenfetzen von einem Gesicht folgten ihm in tiefe Dunkelheit.

»Verdammt, woher kenne ich den? Ist das der Kerl vom Bergplateau? Der Spaziergang mit Ev? Mist, bleib bei mir.«

In diesem Moment drängte sich der haushoch gewachsene Peiniger ihm auf.

»Aufgewacht, Bulle.«

Das galt ihm. Mit dem kantigen Gesicht, an das er sich erinnern konnte, wäre der niemals bei einer Rasterfahndung durchgeschlüpft. Hier verlor er sich wieder im Nirgendwo. Die erschreckende Unfähigkeit, den Mund zu öffnen, schloss sich darin ein. Die Ohren waren verschlossen. Was blieb, war pures Rauschen. Das Klebeband saß fest. Sprechen war unmöglich.

Das trieb den Kerl neben ihm an. Er gestikulierte unbeherrscht mit den Händen. Wie ein Karpfen riss er den Mund auf, um ihn nach dem Ausstoß eines Befehls wieder zu schließen.

»Marscherleichterung, Bulle. Du bist der Rammbock der Hure Evelyn, stimmt's? Die Gemeinschaft der Gläubiger straft dich. Du hast penetrant gegen ihre Gebote verstoßen. Das hier ist eine Warnung.«

Wortfetzen bohrten sich wie der Wurm in den Apfel in das linke Ohr. Rechts verblieb wegen der Schläge ein gleichtönendes Rauschen. Ungehört näherten sich dem Befehlsgeber Schritte. Ein aufgeschwemmter Mensch mit markanter, tiefer Stimme baute sich hinter ihm auf. Zu sehen war er im Halbdunkel des Raumes nicht. Ein Schatten trat auf Lorenz zu. Der kleinste Ruck an dem Klebe band brachte ungeahnten Schmerz. Dem Ausführenden bedeutete das einen Furz. Er handelte, wie es ihm die Stimme im Kopf verhieß.

»He, leg los! Beichte! Das hier ist nichts Persönliches. Meinst du, Bulle, der heutige Tag ergibt einen neuen Anfang? Vorschlag, wir schaffen einen reinen Tisch. Wenn du einverstanden bist«, schob er hinterher.

Er riss an dem Klebeband. Dabei war es ihm egal, welche Höllenqualen damit für den Fixierten verbunden waren. Hautfetzen mit Haarbüscheln von der aufgeplatzten Schläfe und den Augenbrauen blieben daran haften. Die Stirn, die Augen gaben einen Spalt Haut frei. Lorenz stöhnte. Wortfetzen erreichten ihn.

»Hör zu, das hier funktioniert nach meinem Schema, klar? Du bist in fremder Hand. Kein Arsch hilft dir. Stell dich duldsam mit mir und du lebst. Ich entferne den Knebel aus deiner Fresse. Hole Luft. Hier, trink was«, sagte er hämisch grinsend. »Pass auf. Ich bin in der Lage, dafür sorgen, dass an diesem Ort hier alles endet. Ich vermag, es anders ablaufen zu lassen. Du entscheidest!«

Er wandte sich an den großgewachsenen Schläger vor ihm. »Dein Kunde, Helfer«, sagte er. »Wir sind fertig. Ich verpisse mich.«

Der erwiderte kurz. »Wenn du drauf bestehst, von mir aus. Der Spaß ist ohnehin im Arsch, Chef.«

Seine knarrende Stimme brannte sich Lorenz ins Gedächtnis. Ebenso die Hass versprühenden Blicke mit den Worten: »Für dich, Bulle, das bringt dir erholsamen Schlaf. Ha, ha, ein paar deftige Kopfschmerzen ebenfalls.« Er lachte mit schäbigem Grinsen, bereit, die angekündigte Schandtat zu vollziehen. Daher griff er nach der Gesichtsmaske, um sie über Mund und Nase von Lorenz zu stülpen. Ein Entkommen war aussichtslos. Der Vorgang dauerte Sekunden. Gleich würde einströmendes Gas folgen.

»Die erste Anprobe hier hast du überstanden. Denk an mein Versprechen«, verlor sich im Sarkasmus der Drohung, seinem Leben ein Ende zu bereiten. Ihm stand nichts Gutes bevor und kaum Zeit für eine angemessene Widerrede. Er bewegte den Kopf, deutete ein Nicken an und versuchte ein Lächeln, das unsichtbar blieb. Die Lähmungen im Körper schränkten den Spielraum ein, sich auszudrücken. Zumindest reagierte der Kerl auf den von Schmerzen verzerrten Gesichtsausdruck. Auf irgendeine Art gelang es ihm, Worte über die Lippen zu pressen. Durch die Atemmaske klangen sie verfremdet, obwohl sie an Schärfe keinerlei Einbuße hatten.

»Verpiss dich, Schisser. Das ist mein Versprechen: Du kriegst die volle Breitseite des Gesetzes ab. Wenn notwendig, lege ich was obendrauf!«

»Coole Rede, Bulle. Schau´n wir, ob dir das neuen Schwung verleiht.« Er plärrte ihn grob an und riss die Maske rücksichtslos ein Stück nach oben. »Mach das Maul auf, ich werde dich füttern wie ein Kleinkind. Ääh, ääh, im Einzelfall«, senkte sich der Ton abrupt. Angestauter Hass schwang darin mit. »Hier, sauf, verrecke daran!«, schob er zur Vertiefung der Ankündigung in den Vordergrund. Er langte nach den mit Essensresten übersäten Napf. »Kein Mucks, du gehst sonst leer aus. Das ist die einzige Ansage. Fragen?«, sprang Lorenz die Stimme in unverhohlenem Verlangen an, ihn zu demütigen. »Versuche nicht, den Wohltäter zu bequatschen. Vertreib dir die Zeit. Ach, zur Information, die Knarre hab ich abgegriffen. Wurdest ja von mir aufgegabelt, ha, ha, Scheiße für dich«, grunzte er, den Kopf dabei schüttelnd. »Leck mich am Arsch, Bulle. Die Uhr,

Zigaretten, Feuerzeug, Papiere, Bargeld, Geldkarten, das schwarze Auto hast du grade verloren.«

Hustend und keuchend nach Luft schnappend, reagierte Lorenz mit piepsiger Stimme. »Verdammter Mistkerl.« Blutiger Speichel rann das Kinn runter. Er schluckte voller Ekel den nachfolgenden Sud hinunter. Mit Mühe nuschelte er: »Was sabberst du? Ich bin derjenige, der das Zuckerbrot verteilt und die Peitsche schwingt. Es ist deine Erlösung, die bringt lebenslangen Knast wegen Mordes.«

Erstaunlich, die enorme Kraftanstrengung war nicht umsonst.

»Ha, ha, Mistsack. Da bleibt mir glatt der Arsch offen. Vergessen? Ärgere mich ja nicht, das bereust du sonst.«

Sekunden drauf herrschte eine bedrückende Totenstille mit tiefer Dunkelheit. Durst quälte Lorenz. Seine Lage war nicht von Vorteil. Sie erforderte Anpassung. Wie? Mit reißfestem Klebeband an einen Holzpfosten fixiert gab es nicht den winzigsten Teil an Bewegungsspielraum. Im Gegenteil. Das geronnene Blut in der Nase erschwerte die Atmung zusätzlich.

»Verhalte dich abgeklärt, spare unnötige Kraftaufwendungen«, befahl ihm die innere Überlebensstimme. *»Lass den Hurensohn erzählen, reize ihn nicht. Gib ihm das Gefühl der Überlegenheit. Der hasst Bullen. Versuche das Dilemma wegzulächeln«*, verloren sich in einem unbändigen, stechenden Schmerz im Kopf. Für Bruchteile von Sekunden verdrängte der Geschmack des Blutes die Angst um das Wohlergehen von Evelyn.

»Fass sie ja nicht an. Lass sie in Ruhe. Ich warne dich«, knurrte er mit starrendem Blick in die Finsternis. Die Antwort blieb aus. Das Brennen in der Kehle verstärkte sich. Lorenz begriff, Hilferufe brachten hier keinen Erfolg. Eine andere Lösung zeigte sich nicht. Außer die quälende Ungewissheit wegzulächeln. Den Freunden vertrauen. Seine Lage war prekär, denn das Bewusstsein schwand. Von konfusen Gedanken bedrängt, sackte der Kopf nach unten. *»Werde ich im Leichensack enden? Hat Simone mein Handy geortet?«*, verblasste vor dem Hintergrund der nahenden Ohnmacht.

Da schlug die Tür auf. Sein Peiniger kehrte zurück.

»Na, Luft geholt? Ich schicke dich Kreatur wieder in die tiefschwarze Nacht. Schlafe, träume von der Qual, die ich dir weiterhin bereiten werde.«

Lorenz gewahrte noch nicht den nächsten Schub des gasförmigen Narkotikums.

Der Helfer knurrte: »Du glaubst, ich hätte ein Gewissen, weil dir der Schmerz entweicht? Da täuschst du dich. Entsage der Dirne und du bist erlöst.«

»Komm näher ran, du Riesenkerl. Höre zu! Das bleibt ein frommer Wunsch. Die Alternative heißt: Den Rest deines Lebens verbringst du in einer einzigen Seelenqual, wenn du mich nicht freilässt.«

Die Augen des Helfers blitzten auf. Blindwütig holte er aus, um Lorenz einen Faustschlag gegen die Stirn zu setzen. Dem darauf einsetzenden Schmerz entging er. Das Narkotikum versetzte ihn im Handumdrehen in tiefe Bewusstlosigkeit.

Kapitel 19

Wilhelm Feist buhlte um die Gunst der Ältesten. Die erahnte nichts von den Aktivitäten im Hintergrund um Lorenz und der Enkelin. Das war demzufolge der richtige Zeitpunkt für einen Besuch in der Malwerkstatt.

»Oh, du bist spät dran, Wilhelm. Was kann ich für dich tun?«, hielt sie ihm brummend entgegen.

»Nichts Unmögliches, Tante. Mit dir suche ich einzig das Gespräch.« Sein hämisches Schmunzeln floss an der Herrscherin der religiösen Sekte ohne Regungen vorbei.

»Du bist ein Teufel, Wilhelm. Glaube nicht, dass du mich täuschst. Spiele mir ja nichts vor. Vergiss nicht, dass ich dir die Knochen zu brechen vermag. Leg los.«

»Erna, verehrte Stimme Gottes«, traf sie wohlig schmeichelnd. »Weißt du, das Verhalten deiner Enkelin, meiner Cousine, bereitet mir Sorgen.«

Damit war der Köder ausgesetzt. Das Spiel kam ins Rollen. Den Bestatter hatte er in die Spur geschickt. *»Ade Lorenz, tschüss Evelyn, vorerst habe ich euch ausgeschaltet«*, versuchte er lächelnd, die Gedanken zu ordnen.

»Wie das? Warum sprichst du nicht persönlich mit ihr? Ich bestelle deine Cousine ein. Kein Problem. Sie arbeitet nebenan, um den Verlust durch den Brand zu minimieren. Wir brauchen dringend Keramikdosen mit Keksen zum Verkauf. Dass die alle den Flammen zum Opfer fallen, war nicht vereinbart. Ich habe unserem Herrn versprochen, das Symbol der Gemeinschaft schnellstmöglich wieder in Umlauf zu bringen.«

»Und ich unterstütze dich dabei aus vollen Kräften. Verzeih, wenn meine Worte forsch klingen. Meine Absicht dient schließlich den Interessen der Gemeinschaft. Also bitte, verklebe dir nicht die Augen und Sinne. Immerhin hat deine Enkelin darauf bestanden, der Kripo weiter behilflich zu sein. Daher muss ich wissen, was das mit den Keksen in den Büchsen auf sich hat? Und da ist noch eine Sache, die aus meiner Sicht höchst brisant ist. Ich musste feststellen, dass Evelyn ihrem liebreizenden Bullen Proben aus der Wohnung von Erich zur Verfügung gestellt hat. Das ist ein ungeheuerlicher Frevel.«

Ihre Reaktion versetzte ihn in Erstaunen. »Ja, sehe ich ebenso, Wilhelm. Evelyn hört leider bloß ab und zu auf mich. Unsere einzige Verbindung besteht in der künstlerischen Formgestaltung. Durch den Brand hat sich das verkompliziert.«

»Wieso? Warum gibst du dem Holzschuppen eine solche Wertigkeit?«

»Ist die halbe Wahrheit, Wilhelm. Du schießt daneben. Evelyn gehört zu den fleißigen Unternehmerinnen. Sie vertritt uns würdig in der Öffentlichkeit. Im Übrigen begleicht die Versicherung den Schaden.«

»Klar, dagegen spricht nichts. Wir sind eine selbstlos aufgestellte Familie. Unser Glaube basiert auf Disziplin. Meine Cousine missachtet das. Sie drängt sich diesem Kripomann auf. Das bedarf einer Zurechtweisung durch die Gemeinschaft. Andere Vorschläge?«, verschluckte er den Rest des Satzes, um die Älteste verwundert anzusehen.

Die reagierte pikiert. »Was gaffst du? Die Antwort lautet: Evelyn beerbt mich eines Tages. Wenn im Paradies ein Bett gerichtet ist, haben wir eine neue Stimme Gottes.«

»Das meinst du nicht im Ernst«, empörte sich Wilhelm. »Ich bin der Herr im Hause, der letzte Feist, der ehrenvoll die Tradition fortsetzt. Darin verbirgt sich die Bestimmung, Familienwerte zu mehren.«

»Entschuldige! Welche? Die der Vielzahl sündiger Mädchen, des Alkoholgenusses, des Geschwafels von der Rolle eines Machtbesessenen? Ja, was bildest du dir ein? Meinst du, das bleibt der Ältesten verborgen? Du rührst seit langer Zeit im Teich der Arroganz. Dessen ungeachtet, okay, ein Feist, das verbindet uns. Stimmt! Das leugne ich nicht. Gottes Stimme, nein, die füllst du aller Voraussicht nach niemals aus.«

»Harte Worte, Erna. Das gebe ich zu. Die Gemeinschaft zu führen, funktioniert nicht durch Milde. Du wendest ebenso massiv Tricks an. Denke, was du für notwendig erachtest. Die Evelyn braucht eine Zurechtweisung. Ich hab da was im Auge.«

»Hmm. Du fällst mir in den Rücken. Glaubst, eine kraftlose Alte vor dir zu haben? Du irrst. Dafür wirst du höllische Schmerzen empfangen.«

»Oho, die angesehene Wahrsagerin beschwört den Teufel herauf, um mir den Eintritt ins Paradies zu verweigern. Mach nur! Aber pass auf, nicht auf die Nase zu fallen. Ich kenne dein emsig gehütetes Geheimnis um den Debütanten, den Bullen. Fütterst du ihn nicht die ganze Zeit mit zuckersüßem Stoff an.«

»Wilhelm, was faselst du?«

»Nix da. Erkläre mir, warum du Spuren von Zinnoberrot in den Keksteig mischst. Um den Geschmack zu verbessern? Wen beabsichtigst du zu vergiften?«

»Blödsinn. Du versündigst dich. Die Kekse sind ein Verkaufserfolg. Besitzt du andere Informationen?«

»Nein. Bisher gab es keinerlei Beschwerden. Wieso erklärt mir Cousine Evelyn das nicht persönlich? Ich erfahre das erst im Streitgespräch mit dir, Erna. Das ist nicht normal. Du vertraust mir nicht!«

»Da ist was dran. Du arbeitest nicht hart genug an deinem Bekenntnis. Tu dir einen Gefallen. Lies die Bibel mit Hingabe, heiß und innig. Jeden Tag! Verdränge nicht den Hochgenuss. Schütze unsere Familie. Greife nicht nach dem Zepter der Macht. Stimme mich milde. Trifft das ein, legt dir die Gemeinschaft eines Tages das Amt des Ältesten nahe. Erfülle diese Mission mit Weitsicht. Zeige

Güte. Halte deine Vasallen im Zaum. Hüte die Geheimnisse der Brüder und Schwestern bei der Verbreitung von Gottes Wort.«

»Erna, das ist beschämend«, sagte er mit trockenem Grinsen. Verhalten hielt er seine Hand hin. »Wir treffen eine Vereinbarung. Einverstanden? Wir lehren den Ungläubigen das Staunen und schaffen Ordnung in der Welt. Nutze meine Fähigkeiten. Ich bin einzig das Sprachrohr für dich, geliebte Tante, verehrte Älteste. Akzeptiere, denn ab diesem Moment sind Probleme tabu.«

»Du erstaunst mich. Dein Ehrgeiz drückt dir eine Rolle auf. Das Imponiergehabe habe ich satt. Du bist kein Bahnbrecher, der unsere Lehren würdig verbreitet.«

»Das ist enttäuschend, Erna. Da gibt es den übermotivierten, schnüffelnden Bullen. Deine Enkelin mit ihrem Hang, Erich aufzustöbern. Na ja, dem bringst du unangemessen Respekt entgegen. Bitte, was es denn sei. Ich gehe tief in mich.«

»Schluss mit der Beweihräucherung, Wilhelm. Mein Scharfsinn sagt mir, es ist sinnlos, Vorwürfe zu erheben. Die einzige Priorität besteht darin, die Gefolgsleute auf Kurs zu halten. Sorge dafür, dass die Polizei die Geschäfte nicht kaputtmacht. Erich ist tot. Wir beide wissen das. Er hat über Jahrzehnte Unheil angerichtet. Die Rache der Ehefrau ist gestillt. Meinen bescheidenen Kunstgriff in die Trickkiste der Verführung hat er überstanden. Geschadet hat ihm das nicht. Ich wüsste gern, wo er sich aufhält. Garantiert führt diese Treppe nicht in das Paradies. Wilhelm, du weißt ja sonst alles. Überzeuge mich von deinen Fähigkeiten der Weissagung. Neffe, ich befehle«, sagte sie aus der Bewegung heraus mit scharfer Stimme, »das ganze Drumherum bleibt ein absolutes Tabu. Es ist ein hochspezielles Thema, das unsere Glaubwürdigkeit enormen Gefahren aussetzt.«

»Korrekt, ich setze mich dafür ein, dass es so bleibt. Danke für die freie Hand. Das wirst du nicht bereuen.« Er schob den Unterkiefer mit knackendem Geräusch vor. »Bei dieser Gelegenheit, mit dem Steiner sind wir dicke im Gespräch.«

»Was denn, der Gast, dein Besucher?«

»Ja. Ich habe ihm gesagt, dass wir ihn hier gern sehen, in der Hoffnung, treue Mitglieder zu gewinnen. Klar, Erna. Das ist die Abmachung.«

»Okay. Schaff augenblicklich deinen Arsch hier raus. Befreie Evelyn von der Höllenqual der Liebe zu dem Ungläubigen. Diskret bitte. Setze einen Köder.«

»Du sprichst vom Wiederaufbau des Gebäudes auf dem Hexentanzplatz?«

»Das ist ein praktischer Vorschlag. Logischerweise zu Lasten meiner Person. Warte nicht auf die Versicherung!«

Wie betäubt verließ Wilhelm Feist den klimatisierten Raum der Hofanlage. Erna hatte ihn entgegen ihrer Art im Atelier empfangen. Ihrem Heiligtum, dem Rückzugsort für spirituelle Ideenfindung. Dort entzog der Reiz des knalligen Rottones der experimentellen Arbeiten die Wahrnehmung für alles andere. Bestechende Muster von Hexen, Teufeln und beliebten Figuren aus der Harzer Sagenwelt beanspruchten ihren Platz in gebranntem Ton. Die Augen tränten ihm angesichts des Überflusses der Sinnesreize. *»Raus hier«*, trieb ihn hinaus auf den Hof. Die Stille war befremdlich. Das gleißende Sonnenlicht glich einem Schlag in die Magengrube. Ihn fröstelte für Sekunden. Das zirkulierende Adrenalin förderte die Energie für den Fausthieb auf den Handlauf des Treppengeländers neben ihm. *»Oh verdammt. Erna ist die Hölle. Sie hat kein Herz.«* Wieder hieb er unkontrolliert auf das polierte Holz. Das blieb von den Bibelfreunden auf dem Anwesen unbemerkt. Es schloss den Jammerlaut ein, den er gegen eine imaginäre Person richtete. *»Ja, du wirst es bald bemerken. Ich bin ein unbeherrschter, affengeiler, rachsüchtiger, nach Macht strebender Mensch. Das ist nicht genug.«* Er blinzelte zum Schutz vor dem gleißenden Licht. *»Ich werde auf diesen Mauern hier mein eigenes Imperium mit einer Vielzahl gutherziger, gläubiger Schäflein aufbauen.«*

Eine Stunde später versprühte er seinen Frust auf dem Anwesen des Bestatters. Die Worte dehnend sagte er: »Du verblödeter Einfaltspinsel. Ääh, sag nichts. Ich bin in der Stimmung, dich zu erwürgen.«

Überfallartig schlug er ihm die flache Hand wie mit einer Fliegenklatsche auf die Schulter. Das zischende Geräusch passte zu der Frage, die sich geradewegs im Wehklagen der elementaren Wucht verlor.

»Scheiße, der Untergang steht bevor, Bestatter.« Der Aufschrei des eigenen Entsetzens traf ihn vehement. »Der Bulle, er lebt? Wo hast du den Kerl versteckt? Ist die Wumme gesichert? Ich brauche sie heute. Lass dich nicht zehn Mal auffordern. Unser Deal hat Gültigkeit. Rück sie raus.«

Das war ein fataler Fehler, ein Bittgesang, der dem Bestatter Auftrieb brachte.

»Bleib cool, Wilhelm. Der Job ist erledigt. Die Knarre, schau her, ist zwar ein älteres Modell, indes zuverlässig. Das Beste daran, die Munition lässt sich problemlos beschaffen.«

»Woher weißt du das? Vom Schwarzmarkt?«

»Egal«, sagte er und schritt zu einer Vitrine an der gegenüberliegenden Wandseite. Das Gesicht glich einer Maske, darauf konzentriert, sich von der Waffe einnehmen zu lassen. »Hier, der matt getönte Stahl, das ist ein geiler Anblick, was?«

»Ja, glänzend, todbringend, wenn du den Abzug drückst«, kicherte der Gesprächspartner lauthals. »Zum Verständnis, doof bin ich nicht. Mit dem Schützenverein haben wir auf dem Polizeischießplatz mit solchen Knarren geschossen. Knallt recht geräuschvoll, hat 8 Patronen. Ein Grund, weshalb die Waffe weitestgehend zur Ausmusterung ansteht. Dafür ist das großformatige Kaliber 9 x 19 mm verlockend.«

»Okay, begeisterungsfähig bist du nicht grade. Ich überreiche dir das Standardmodell, die P 6 oder P 225.«

»Ist das eine Anmache, du bekloppterer Kerl? Hier dreht sich's um eine Modellvariante aus den SIG-P 220-Serien.«

»Schluss, Bestatter. Ich kenne mich damit aus.«

»Von mir aus. Brauchst den Sicherungshebel nicht suchen. Es gibt keinen.«

»Klar! Das bedeutet, dass die P 6 fertig durchgeladen und sofort schussbereit ist. Hmm, oh Scheiße, war zu voreilig. Wie funktioniert das noch mal?«

Das unverhohlene Grinsen bemerkte er nicht. Stattdessen bohrte sich der markante, belehrende Ton in sein Gehirn.

»Hier sieh her, ich zeige es dir.« Ruckzuck zog der Bestatter geschmeidig den Schlitten zurück. »Damit ist die Pistole geladen. Pass auf, das ist lebenswichtig. Schießt du nach dem Laden nicht, entspanne die Waffe mit dem links angebrachten Entspannhebel«, sagte er eifrig. Er brachte den Hebel in diese Position. »Da, entspannt!«

»Alles?« Zu mehr hatte Wilhelm keine Lust.

»Nein! Du bist erregt. Lass mich weiter erklären. Du wirst bemerken, dass das Stückchen Waffenkunde im Sportschießklub nicht in Fleisch und Blut übergegangen ist. Ergo, mit dem Hebel da sorgst du dafür, dass sich das Schlagstück kontrolliert nach vorne bewegt. Erst dadurch besteht keine Gefahr für das Zünden der Patrone.«

»Und?«, kam ihm genervt entgegen.

»Ohne Frage, du bist begriffsstutzig. Pardon Wilhelm, sei nicht beleidigt.«

»Nein, keine Angst. Du stellst meine Unwissenheit ins rechte Licht. Egal, ist verziehen! Hab mich saublöd angestellt.«

»Hör weiter zu. Packst du das?«

»Was denn, bist nicht sauer?«

»Tja, was bleibt mir übrig? Sonst knallt es im falschen Moment«, sagte er durch die zusammengepressten Lippen zischend. »Schau her und registriere, was gleich passiert. Die Waffe entspanne ich. Das bedeutet, der Schlagbolzen blockiert durch die interne Schlagbolzensicherung. Da, sieh. Wenn du das Abzugszüngel nach hinten ziehst, löst das Schlagstück aus«, fuhr er fort und krümmte gleichzeitig den Finger. Das klackende Geräusch war unüberhörbar. »Ohne Patronen, kein Problem, Wilhelm.«

»Verstehe! Ansonsten hätte es geknallt. Der Schlagbolzen beschleunigt gegen den Anpressdruck der Schlagbolzenfeder nach vorn. Durch den Schlag auf das Anzündhütchen zündet die Patrone.«

»Mensch, das war ja eine richtige Lehrvorführung. Keine Angst, ich bin nicht beleidigt. Bestatter, du hast Spaß an solchen Sachen. Ich beabsichtige, jemandem mit der Knarre eine Gefälligkeit zu erweisen.«

Er hielt sie fest in der rechten Hand. Der Handgriff schmiegte sich ihm kühl und wohlgefällig an. Das erzeugte einen leuchtend, feuchten Schimmer in seinen Augen.

»Okay, Deal ist Deal«, erklärte der Bestatter daraufhin. »Was du damit anstellst, ist uninteressant für mich. Nimm das Teil. Hier, ein volles Reservemagazin. Trinken wir einen drauf!« Wohlwissend, dass er seinen Auftraggeber damit wegen des Gelübdes der Gemeinschaft provozierte. Bewusst registrierte er dessen Blick. »Wilhelm, koste den hier. Ein Selbstgebrannter, Kirsche mit orakelhaften Ingredienzien gemischt. Haben Bekannte mir geschenkt. Für ein paar Euro gibt es ein ganzes Fass. Bei mir wirst du nicht verdursten«, schlug er sich gönnerhaft lachend mit der flachen Hand auf einen Schenkel.

Wilhelm Feist fuhr herum, quiekte wie ein Angestochener. »Ha, ha, ha, das Saufen bringst du mir nicht bei. Beherrschte ich lange vor dir. Schenk ein«, sagte er sofort tonlos hinterher. »Vorsicht, übertreib es nicht. Meine Älteste verbietet ungehörigen Alkoholgenuss.«

Zwei Stunden später schrie er gequält: »Bestatter, ich bin voll und hungrig. Bestell was für die Kiemen. Beeile dich!« Er torkelte zur Tür, stellte sich draußen breitbeinig hin, um die Blase zu entleeren.

»Bist du bekloppt, du Schwein?«, brüllte der Bestatter. »Pisst in meinem Haus auf den Boden. Du Sau, was bildest du dir ein?«

»Hallo, willst du mir das Pinkeln verbieten? Merk dir, mit bloßem Gebrüll besiegst du niemanden. Rennst du los, um mir das auszureden? Pah, dafür fühlst du dich kraftstrotzend genug. Ich falle gleich um vor Lachen«, murmelte er lallend. »Komm, zeig mir den Bullen. Der verdient es, nicht zu verdursten, bevor wir ihm das Lebenslicht ausblasen. Füttern wir ihn mit den Keksen von Erna, das gibt beschauliche Träume. Braucht der Herr eine Dosis Narkotika?«

»Kacke, lassen wir ihn in Ruhe. Bekniest du mich, dem Kerl ja nichts anzutun? Vergnüge dich gefälligst anders. Wir hängen auf Gedeih und Verderb zusammen. Ich bin kein besoffener Idiot, der alles verdirbt. Der Bulle verlässt den alten Schweinestall unerkannt. Die Verhandlung fällt ins Wasser. Im Übrigen lebt hier der Geist der Improvisation. Bedanke dich bei meinem Helfer. Das Riesenbaby hat den Kerl ausgefeilt verschnürt. Das vergisst der nie. Für die Hure Evelyn liegt eine Überraschung parat. Der Paketservice ist unterwegs. Der Dreck fällt ihr direkt von Gottes Himmel aufs Haupt. Äh, pathologisch gesehen. Glaub mir, da setzt eine gigantische Suchaktion ein. Die unantastbare Enkelin wandert unter Umständen in den Knast. Du warst auf Action aus, bekommst demnächst welche.«

»Ja, erst ab morgen, übermorgen, da sucht die Polizei den Kripomann ohnehin. Was hast du angestellt, Bestatter?«, meinte Wilhelm besorgt. »Was für ein dreckiges Spiel bauscht sich da auf?«

Darauf erhielt er keine Antwort. Der Besucher torkelte ruckartig.

»Warten wir ab, was passiert«, kam es unverständlich genäselt über die Lippen. »Schlaf den Rausch erstmal aus.« Kaum ausgesprochen, bugsierte er ihn in eins der freien Zimmer.

Evelyn Feist schlug den Weg zur Ältesten ein. Dort angekommen, vergaß sie ihre Vorsätze. Stattdessen sagte sie frostig: »Du hast mich rufen lassen, Großmutter? Was ist los?«

»Das sind unbedeutende Worte, meine Liebe. Ich spür das Feuer in dir. Du bist aufgebracht. Meditation ist das einzig wohltuende Mittel. Hör zu, Enkelin. Ich empfehle dringend: Widersetze dich nicht unseren Geboten. Du begehst eine Torheit. Beziehungen zu Ungläubigen sind dir tabu. Hatten wir das nicht geklärt?«

»Ja! Das ist mein Versprechen. Dessen ungeachtet, der Oberkommissar ist nicht erreichbar. Großmutter, das ist nicht Gottes Wille.«

»Was sonst? Eine Fügung. Nenne es Schicksal. Großvater ist ebenfalls nicht zu sprechen. Er meldet sich garantiert bald. Kennst ja seine Eigenarten. Wir alle haben unseren Beitrag geleistet. Mehr gibt es der Polizei nicht zu sagen. Der Rest basiert auf deinen Gefühlen und Liebesschwüren, die du einem Ungläubigen entgegenbringst. Konzentriere dich auf den Aufbau der Verkaufsbude auf dem Hexentanzplatz.«

»Warum verwehrst du mir, Liebe zu erfahren? Ich bin geknickt. Du rätst mir Zurückhaltung. Das da oben am Berg war Brandstiftung. Ich schufte für die Gemeinschaft, stecke jeden Euro in das Wohlbehagen der Allgemeinheit.«

»Wie wir das alle anstreben. Mein Rat. Stelle dich nicht über das Geschehen, diene durch Disziplin.«

»Oma, dem folge ich. Zumindest auf Telefonanrufe zu reagieren, schließe ich darin ein.«

»Nichts da, keine Ausreden. Ich brauche deine Fähigkeiten hier. Du fährst heute nach Italien. Unsere Brüder erwarten dich. Ich beabsichtige, das rote Farbpulver aufzufüllen. Der Brand hat Teile der fertigen Keramik zerstört. Ersatz zu schaffen bedeutet, Zinnoberrot einzukaufen.«

»Wieso bestellen wir das Material nicht und lassen es durch eine Spedition anliefern?«

»Weil uns der Älteste dort einen göttlichen Gefallen erweist.«

»Quatsch, Ausrede. Du drehst ein krummes Geschäft.«

»Nein! Und wenn, dann ist das nicht dein Bier. Du erhältst ordentliche Transportpapiere mit der notwendigen Einfuhrgenehmigung. Wilhelm begleitet dich. Der VW-Transporter steht bereit. In zwei Tagen erwarte ich die Rückmeldung.«

»Ich befürchte, Oma, du hast den Durchblick verloren.«

»Hmm, das ist eine verrückte Ansicht. Die ändert sich, das ist keine Frage, nicht wahr?«, erwiderte die Alte, um dranzuhängen: »Spätestens, wenn du aufwachst. Himmle den Bullen nicht mehr an, alles renkt sich ein. Erfülle den Auftrag«, sagte sie bestimmend. »Geh! Unser Schöpfer wacht über dich!«

Kopfschüttelnd verließ Evelyn den Raum. *»Benno, wo steckst du?«*, fragte sie sich in einer Mischung aus Frust und Wut angesichts der ohnmächtigen Überrumpelung durch ihre Großmutter. Nicht vorstellbar, dass der Tag mit einem leergeblasenen Gehirn endete, das sich gegen die Liebe stellte. Den Cousin zwei Tage zu ertragen, würde ein unerträgliches Unterfangen darstellen.

»Ich werde nicht Däumchen drehend in den Himmel starren.« Da fiel ihr der Name Rolf ein, der Forensiker beim LKA, Bennos Freund. Sie erinnerte sich an die Gespräche der beiden. An die Eile, die Sehnsucht des Geliebten, bei ihr aufzuschlagen. Den Drang, sich ihr anzuvertrauen, die Ehrfurcht, Achtung, verbunden mit der Akzeptanz, die Benno dem Freund entgegenbrachte. Deutlicher denn je zeigte sich, dass Erich Feist nicht ohne Grund von der Bildfläche verschwand. War da was dran? Erahnte der ihr inzwischen so vertraute Beamte einen Täter. Spielte hier Rache eine Rolle? *»Wie stelle ich mich dem Thema?«* Plötzlich wurde sie aus ihren Gedanken gerissen, als sie Wilhelm neben dem Transporter auf dem Hof entdeckte.

»Cousine, hast du deine Reisetasche gepackt? Na los, spute dich. Fügen wir uns dem Willen der Ältesten. Sie braucht jetzt unsere Hilfe«, rief er ihr hochgestimmt zu. Wenn du fertig bist, steige zu mir auf den Bock. Er tippte mit dem Finger auf die

Armbanduhr. »Los! Die Zeit läuft. Ach ja, ich habe mir extra ein paar Tage Urlaub genommen.«

Es war unübersehbar. Eine Chance auszuweichen, bestand nicht. Sich dem Willen von Erna zu beugen war die einzige Alternative. Ihre Verärgerung darüber ließ sich nicht verbergen. »Es dauert einen Moment. Ich hole meine Sachen«, erklärte sie widerstandslos. Überrumpelt saß sie eine halbe Stande später neben Wilhelm auf dem Beifahrersitz, der den Kleintransporter in Richtung Italien steuerte.

Anspannung und zugleich Hilflosigkeit begleiteten sie. Eine Menge Fragen warteten auf Antwort. *»War es sinnlos, Benno hinterherzulaufen?«* Den Spaß mit ihr, der gottesfürchtigen Eroberung, hatte er ausgelebt. Es gab nichts mehr zu gewinnen. Seit gestern Abend blieb jegliches Lebenszeichen aus. Einzig das konstante Symbol des ausgehenden Anrufs haftete im Gedächtnis. Die Gelegenheit, um nachzudenken. In ihr hatte sich eine Stinkwut ausgebreitet. Die Kerzen, der Wein, das Arrangement, alles umsonst. Da war er wieder, der Gedanke: *»Keine WhatsApp, nicht der kleinste Hinweis darauf, dass er mich begehrt.«* Die einzige Priorität bestand darin, Klarheit zu schaffen. *»Benno, wo bist du?«*, blieb unbeantwortet. Bis in die Abendstunden hinein. Da rastete Wilhelm aus, schuf dadurch einen neuen Spannungsbogen. Seine Worte waren belehrend und zunehmend im höchsten Maße beleidigend.

»Schweigen ist der falsche Weg, Evelyn. Du hast dich von einem Ungläubigen besteigen lassen. Deine Sache, klar, da ist jede Hilfe unangebracht. Ich habe dem Kripomann versprochen, ihm hilfreich zur Seite zu stehen. Mehr ist nicht drin. Davon ab muss die grazile Dame den Kerl ja noch in die Koje ziehen. Verdammt, Ev, was dachtest du dir dabei? Unser Kodex verbietet die außereheliche, körperliche Vereinigung mit Andersdenkenden.«

»Bitte, Wilhelm. Du redest mir zu geschwollen. Fahr einfach weiter und achte auf den Verkehr. Ich bin in Lorenz verknallt. Dafür, dass er bei der Kripo arbeitet, hat er keine Strafe verdient.«

»Nein, dafür nicht. Die Unruhe, die mit den Ermittlungen in der Gemeinschaft einhergeht, ist nicht belanglos. Der Sex mit dem Kerl bringt Unheil über uns alle. Siehst du das nicht?«

»Falsch. Er öffnet neue Wege. Du, Wilhelm, gehörst zu denjenigen, die das zunehmend anprangern. Wir leben in einer modernen

Zeit. Gottgläubig sein heißt nicht Abstinenz. Egal in welchem Zusammenhang. Den Gedanken werde ich unterstützen, wenn Erna mir das Zepter übergibt.«

»Niemals tritt das ein«, prustete Wilhelm heraus und verfiel in ein höhnisches Lachen. Evelyns Versuch, darauf etwas zu erwidern, blieb erfolglos. Ihr Cousin ratterte eine vorgefertigte Antwort runter, wobei sich seine Lippen krampfhaft verzerrten. Seine Worte bohrten sich gewaltsam in ihren Schädel. »Nicht solange ich der Cousin und zugleich männliche Namensträger im Hause bin. Ein Feist, verstehst du. Dein Opa hilft dir nicht. Der ist lange tot, äh, hat sich abgesetzt«, suchte er nach einer Korrektur.

»Wilhelm, wieso redest du über den Tod? Es schmerzt mich, wenn du das tust.«

»Oh, entschuldige, ist mir rausgerutscht. Verdammt, passiert, wenn sich Kripoleute einmischen. Dieser Lorenz ermittelt in einem Todesfall. Warum das infrage stellen? Pass auf. Wir bauen den Kiosk wieder auf. Kostet dich keinen Euro, hat Erna zugesichert. Du überdenkst die Haltung zu dem Bullen.«

»Lass mich gefälligst in Ruhe«, traf ihn wie ein Stachel in die Haut. Ev hatte sich entschieden. Die WhatsApp an den Freund Rolf setzte sie eine Minute später ab.

»Ich bin Evelyn, die Freundin von Benno. Bin auf dem Weg nach Italien. Irgendetwas ist passiert. Habe seit gestern Abend keinen Kontakt zu ihm. Handy abgeschaltet. Mache mir große Sorgen. Brauche Hilfe!«

Augenblicklich traf die Antwort ein: »Danke, Ev. Horche mich um. Ja, ist seltsam. Bleiben in Verbindung. Rolf!«

Simone, die Cyberspezialistin, reagierte aufgebracht. Das lag an der Schuld, die sie sich zusprach. Beherrscht von der Verzweiflung, der Liebe von Benno nicht würdig zu sein. Es wucherte aus, quälte sie und erweckte ein allmächtiges Gefühl zum Leben.Sie nickte missgestimmt. Ihre Gedanken hingen schwer während des Telefonats mit Rolf, dem Forensiker.

»Danke für deinen Anruf. Ich stimme zu, die Sorge um sein Verschwinden ist berechtigt.«

»Absolut, Simone! Die Hilfe von Freunden ist gefragt. Bevor sie in einem tiefen Strudel verschwindet, lass uns eingreifen.«

»Wie?«

»Wir brauchen Zeugen. Aussagen zum letzten Aufenthaltsort. Der geringste Hinweis auf einen möglichen Tatort würde weiterhelfen. Die Indizien sprechen für das Einwirken fremder Personen. Ich meine nicht aus der Sekte. Nicht aus den Kontakten im Rathaus.«

»Wieso?«

»Ist mir zu armselig und glatt. Öffentliche Gewaltbereitschaft ist denen fremd.«

»Und die Demütigung auf dem Hexentanzplatz? Der abgebrannte Verkaufskiosk? Das Quecksilber in den Skelettresten? Das abgeschaltete Handy?«

»Hmm, die Nerven zu verlieren bringt nichts. Ich spekuliere auf eine Falle. Jemand hat Benno da hineingelockt. In der Polizeidirektion ist sein Fehlen bisher nicht aufgefallen. Hör zu, Simone. Deine Überlegungen trage ich mit. Heute erhielt ich eine Nachricht von Evelyn Feist. Es ist ein Hilferuf. Klar, Benno hat einen abstrusen Weg zur Informationsbeschaffung eingeschlagen. In Teilen habe ich davon Kenntnis. Verzeih mir, das gefällt dir garantiert nicht.«

»Du sprichst von dieser Unternehmerin? Der Enkelin des Vermissten?«

»Ja. Und von offenkundigen Machtkämpfen in der Sekte um den Rang des Ältesten.«

»Warum hat die Dame Benno nicht beschützt? Ach Rolf, hier geht's um das Ansehen der Polizei. Entschuldige, stelle mir grade die gebückte Haltung an diesem Hexenarsch vor«, sagte sie mit erkennbar beschädigtem Lachen. »Das ist zu komisch. Und zugleich ein Schlag in unsere Fresse! Wir sind verpflichtet, ihn zu suchen. Glaubst du, dass eine politische Motivation dahintersteckt?«

»Ist schwer einzuschätzen. Eher nicht.«

»Weil?«, hob sie fragend die Stimme, um sofort darauf zu reagieren.

»Tja, die Antwort lautet, dein alter Kuschelbär ermittelt in einer Sache, die einem Wespennest gleicht.«

»Das hört sich vage an. Oder hat Benno da Hornissen zum Sturmangriff aufgerufen?«

»Hoi, bewahre Ruhe. Was wir annehmen, zählt nicht. Niemand greift rechtzeitig ein, wenn wir da nichts anleiern. Ich weiß, es ist für dich schwer verdaulich. Ihr seid miteinander liiert.«

Simone konterte. »Bei diesen Worten knistern meine Haare. Mir ist übel vor Hilflosigkeit.« Winzige Blitze schienen die Ernsthaftigkeit ihrer Sprache zu befeuern. »Du kennst Benno. Tiefgründige Beziehungskisten sind nicht seine Kiste. Ich persönlich fühle eine brennende Zuneigung, das ist alles. Frage beantwortet?«

»Klar. Das reicht, um Hilfestellung zu geben. Davon abgesehen, das sind wir einem Kollegen und Freund schuldig.«

»Okay. Vorschlag. Wir ziehen das auf zwei Arten durch. Erstens, ich fahre sofort zur Dienststelle, um auf eigene Faust das Handy zu orten. Zweitens, du beschaffst gleichlaufend eine richterliche Verfügung, um das offiziell mit allen Mitteln zu unterstützen.«

»Simone, der erste Teil scheint mir geeigneter. Benno ist ein Polizeibeamter, ein Kollege in Not. Morgen früh verständige ich den Polizeidirektor.«

»Einverstanden. Ist der schnellste Weg. Das mit dem Handy dauert nicht lange. Unsere Software bezieht alle Netze mit ein.«

Rolf schluckte den angesammelten Speichel im Mund hinunter. »Du, mir ist da eine Idee beigekommen. Hmm, Simone, es gibt einen weiteren Lösungsansatz. Ich leite dir gleich eine Handynummer zu. Über die gab es garantiert eine Reihe Anrufe, die für uns von Bedeutung sind.«

»Von dieser Evelyn Feist? Brauchst dich nicht zurückzuhalten, Rolf. Ich verstehe das. Ist es denkbar, dass unser Freund Glück hatte? Wie ich ihn kenne, hat er sich diese Aufregung nicht zum Spaß aufgebürdet. Ich versuche die GPS-Ortung anzuleiern. Es existieren garantiert Nachrichten per SMS oder WhatsApp. Wann hast du zuletzt mit ihm telefoniert? Egal, ich mach mich los. Tschüss!«

Das Gespräch war abrupt zu Ende. Sein Versuch, sich zu konzentrieren, endete klaglos. Zurück blieb Zähneknirschen. Grübeln! Das abzulegen, hatte er bisher vergebens versucht. Der erhoffte Geistesblitz wollte nicht zünden. An seine Stelle trat vorübergehende Leere mit unbeantworteten Fragen, die Zweifel an der aufrichtigen Freundschaft hinterließen.

»War es denn denkbar, hier an der Oberfläche zu kratzen?«, schob er sofort zurück. Für Wehklagen war die Zeit zu schade. Mit solchen Gedanken verfiel er in einen chaotischen Schlaf. Gegen sieben Uhr morgens schreckte ihn der Klingelton des Handys auf.

»Simone?«

Die Frage brachte sie unnötigerweise auf die Palme. »Wen erwartest du sonst?«

»Entschuldigung«, brummte er. »Erzähle!«

»Konzentriere dich«, verlangte sie. »Höre zu. Die Nacht hat sich gelohnt. Es gibt einen Kontakt. Ich schlage vor, du benutzt das Wissen darum, um Bennos Chef im LKA einzuweihen. Ansonsten brauchen wir jemanden an der Spitze, um erfahrenes Personal für eine Suchaktion zu aktivieren. Das überlassen wir unter keinen Umständen denen in der Direktion. Stimmst du mit mir überein?«

»Klar! Du weißt, dass die einheimische Mannschaft ausgedünnt ist. Urlaub, Krankenstand, andere Sachen. Ich werde versuchen, Spezialkräfte der Stadt zu gewinnen.«

»Wie, welche Kräfte?«

»Die stehen auf meiner Wunschliste, Simone. Na, da gibt es die Profis von der Bergwacht und vom Zweigverein des Harzklubs. Alles Sachkundige, die sich bestens im Harzvorland auskennen. Wir organisieren eine Suche ohne Lärm. Das Einzige, das Krach macht, ist der Hubschrauber mit Wärmebildsensoren.«

»Wenn wir das denn deichseln!«

»Schluss mit dem Pessimismus, Simone. Wir schaffen das. Die Konzentration gilt den Fakten«, endete in einem unsichtbaren, verkrampften Lächeln. »Hör mir zu«, buhlte er um ihre Aufmerksamkeit. Seine Stimme bohrte sich knirschend durch das Telefon: »Steck die Eifersucht beiseite. Verweigere den grauen Zellen solche Gefühle.«

»Oha, du versuchst, mich zu umgarnen. Weiß ich zu schätzen. Dieses Benehmen leihst du von deinem Kumpel. Bereden wir später. Ich erwarte dich.«

Kapitel 20

Am dritten Tag im Verlies endete das tiefe Dahindämmern. Bisher hatte die schwere Dosis des Narkotikums alles andere ausgeblendet. Der Tag zuvor blieb im Dunkeln. Die Erinnerung daran verlor sich in einem Zustand bodenloser Benommenheit. Urplötzlich kam das Erwachen und damit die Erkenntnis – er lebte. Der Rest würde sich finden. Trügerisch kündete die Zunge von dem Geschehen. Sie klebte fürchterlich am Gaumen. Die Augen brannten. Den Körper, beziehungsweise einzelne Teile davon gleichmäßig zu bewegen, funktionierte nicht. Die Gedanken konzentrierten sich instinktiv auf Geschichten mit höllischen Torturen am Marterpfahl. Indianerbücher hatte er massenhaft verschlungen. Die aufkommende Erregung ließ langsam nach. Sie forderte Besonnenheit. Gelassen das Geschehen anzugehen, darum drehte es sich. Zuallererst hieß es, den Kampf um ausreichend Luft zu gewinnen. Blut verklebte die von den Schlägen geschwollene Nase. Die Peiniger hatten ihm nach dem ersten Zucken der Mundwinkel einen breiten Klebestreifen verpasst. Durch den Mund zu atmen war ausgeschlossen. Ein schwerwiegender Fehler, der den Erstickungstod begünstigte und damit ein eklatanter Verstoß gegen die verordnete Aufmerksamkeit durch den Bestatter. *»Wenn du den Bullen verrecken lässt, leg ich dich um«*, haftete nachhaltig im Gedächtnis des Helfers. Der unternahm grade einen Kontrollgang. Lorenz blendete das einfallende künstliche Licht. Zu lange hatte er im Dunkeln ausgeharrt. Schemenhaft erfasste er den baumlangen Kerl vor sich.

»Fühlt sich beschissen an, da am Marterpfahl, Bulle?«, bemühte der sich um einen halbwegs gewogenen Klang. »Mein Freudentanz ruft zur Ordnung. Na ja, du lebst«, sagte der Riese heftig mit dem Kopf schüttelnd. »Ist die Überraschung des Tages. Der Chef beglückwünscht dich gleich.«

Eine Reaktion darauf blieb erwartungsgemäß aus.

»Hättest irgendetwas dahingebrummt, ein Zeichen gesetzt, um mich wohlwollend einzustellen. Okay. Höre, du Pisser, ich habe keine brauchbaren Antworten für ein fremdes Seelenheil. Bist tot, mir wurscht. Wie du meinst. Ansonsten freu dich auf die nächste Lektion. Hast die ganze Zeit gepennt. Das Zeitgefühl hat sich verflüchtigt? Ich war der Ansicht, dass du nicht mehr an mir klebst«, sagte er mit einem verzerrten Grinsen. »Du bist verdammt zäh. Ist dein dritter Tag heute in meinem Gewahrsam. Los, wach auf! Es ist Mittagszeit, ich füttere dich. Und bilde dir nichts darauf ein. Ist ein notwendiges Übel.«

Mit einem Ruck entfernte er den Klebestreifen vom Mund. Der höllische Schmerz bewirkte keine Reaktion. Er blaffte Lorenz mangels einer Antwort an.

»Tu ja nicht stark. Ich breche dich!«

Sofort senkte sich wieder unwirtliche Stille über den Raum. Die Kraftanstrengung, nicht zu schreien, war gewaltig. Sie trieb dem Geknebelten die Tränen in die angeschwollenen Augen.

»In deiner momentanen Verfassung«, traf ihn der mitleidlose Ton des Peinigers, »hab ich befürchtet, dass du nicht antwortest. Hier, sauf das Wasser, friss die Kekse. Du hast keine andere Wahl, ich kredenze dir eine Weile nichts Besseres. Ansonsten, scheiß drauf. Na ja, so lange, bis du das Leben verwirkt hast. Sterben ist angesagt. Du bist enttarnt. Hast die Enkelin der Sektenchefin gebumst. Heißa, welch ein Skandal. Kennst du die Regeln nicht, Bulle? Ungläubigen ist der Weg in die Gemeinschaft versperrt. Sieh zu, wie du da rauskommst. Gibst eine stattliche Leiche ab. Es dauert eine Weile, dich auf Staatskosten für den Gang unter die Erde herzurichten. Dein Henker wartet!«

Das Halbdunkel in dem aufgeheizten Raum schützte Lorenz. Wie hätte der Peiniger wohl reagiert, hätte er die spöttisch verzerrten Lippen in dem misshandelten Gesicht seines Opfers gesehen? Allen Rötungen, Schwellungen und damit verbundenen Schmerzen zum Trotz schien Benno seinen geschundenen Körper in einen stillen Widerstand zu versetzen. Abwartend, suchend! Er hatte das Gefühl, dem Täter um Lichtjahre voraus zu sein. Am liebsten hätte er ihm die Augen ausgekratzt. Um Gnade zu winseln, nein, niemals! Das fiel aus. Der Folterknecht reagierte grimmig. Er ließ eine Art Knurrlaut hören, schnalzte im Gehabe des Siegers mit der Zunge. Seine Art, Dominanz kundzutun, endete in geharnischten Beleidigungen.

»Du gehirnamputierter Kerl, verlierst den Kampf wegen des dämlichen Stolzes im Kopf. Die Hure Evelyn hilft dir nicht. Sie ist eine Sterbekandidatin. Denkbar wäre zusammen mit dir. Warum legst du dich mit den Bibelleuten an? Verschwinden hätte dir besser zu Gesicht gestanden.«

Es folgte keine Erwiderung. Der Kopf des Opfers baumelte scheinbar orientierungslos, was den Riesenkerl störte. Er schrie den bewegungslosen Körper wiederholt an.

»Du wühlst in den Sachen des abgewirtschafteten alten Herrn. Du müsstest wissen, dass die Auserwählte Gottes seinen Tod beschieden hat. Das hochbetagte Weibsbild braucht sie für Handlangerdienste. Ich bin einer davon. Hä, gibt´s Fragen?«, knurrte er.

»Hmm, wohl keine«, schob er als Antwort hinterher. Er bückte sich zu dem am Boden Sitzenden, um dessen Verschnürung mit Panzerband zu überprüfen. »Tja, da kommst du niemals raus. Buhlen ist unverzichtbar. Zeig mir deine Ehrfurcht. Los, bettle um das Leben der Hure. Zur Kenntnis, mein Kumpel ist ein Künstler im Abschneiden von Hälsen. Da fällt mir ein, Videoanleitungen gibt´s genug im Internet. Übung ist besser. Frag ihn bei Gelegenheit. Nicht ausgeschlossen, dass er dir sein Wohlwollen schenkt«, triefte der Sarkasmus in einer Sprechblase aus dem Mund. »Der Edelstahlfaden trennt dein Gesicht vom Rumpf. Schmerzfrei, das ist sicher. Freu dich drauf. Ein Augenschmaus wartet auf mich«, sagte er mit sich nahezu überschlagener Stimme. »Scheißkerl, hier, der Schlaftrunk.«

Lorenz hatte keine Kraft, um dagegenzuhalten. Der Peiniger schob ihm brutal den Rand eines splittrigen Emaille-Bechers zwischen die Zähne.

»Los, sauf das«, wies er ihn an. »Ist harmlos, dein Lebenselixier hier bei mir. Bist ja mit vertraut. Verwendet mein Boss zum Einschläfern von Viehzeug. Du bist ein toter Hund. Daran ändert sich nichts mehr.«

Lorenz fluchte stumm, unsichtbar für den Psychopaten ihm gegenüber.

»Komm näher ran, damit du meine Worte verstehst«, versuchte er, Wortfetzen miteinander zu verbinden. »Verdammter Hurenbock. Ich überstehe das hier. Wehe dir, du setzt Evelyn Leid zu.«

Das fratzenhafte Gesicht hörte das nicht gegenständlich. Sein einziger Gedanke bestand darin, den Ermittler zu demütigen. Der Befehl lautete, ihn am Leben zu erhalten, nicht, wie das auszusehen hatte.

»Du bleibst hier sitzen. Wenn du nicht aufmuckst, halte ich das Bullenschandmaul einen Spalt breit offen. Überleg! Schreist du, gebe ich dir den Hammer. Arme, Beine, den Rest habe ich fest umwickelt. Licht fällt weg. Und pissen, ha, ha, denk an die Schweine, die hier früher rumstanden«, sagte er beim Verlassen des Raumes.

Mit der Zeit gewöhnten sich die Augen an die undurchdringbare Finsternis. Die Fesseln behinderten an einigen Stellen den Blutfluss. Zwangsläufig endete das in der völligen Gefühllosigkeit der Gliedmaße. Das Kribbeln kündigte den Beginn dafür an. Ein behagliches Plätzchen zum Ausharren war das nicht. Nass vom Schweiß und den eigenen Exkrementen bot er ein hilfloses Ziel. Das Narkotikum war im Grunde ein Glücksumstand. Gott sei Dank lebte der Körper mit dem Geist in ständiger Wandlung zwischen Aufwachen und Einschlafen.

»Die halten mich eine Weile hier fest«, ließ ihn eine letzte, matte Überlegung frösteln. *»Rolf, alter Freund, tu was«*, entwich in eine tiefe Dunkelheit. Mit aller Kraft konzentrierte er sich darauf, die Störung der Atemregulation durch eine beschleunigte, vertiefende Atmung zu unterdrücken. Der Versuch, die Lungen mit einer gesteigerten Belüftungsanstrengung zu füllen, gelang leidlich. Es dauerte ewig, bis sich der vor Anstrengung rasende Puls beruhigte. Abgesehen davon rettete ihm die Konzentration auf die Vereinigung des Körpers mit dem Geist das Leben. Es funktionierte. Die Lebenserhaltung verbrauchte all seine Energie. Der Angstschweiß auf der Stirn verminderte sich. Der stockende Atem verschwand allmählich. Dem geschundenen Leib stand ausreichend Sauerstoff zur Verfügung. Das Aufwachen nach dem künstlich erzeugten Schlaf würde erträglicher sein.

Kapitel 21

Der Forensiker wandte sich an die Begleiterin. »Simone, hast du die Daten abrufbereit?«

»Ja, ja«, erwiderte sie, um Aufmerksamkeit heischend. Unbewusst schmunzelnd sah sie zu Rolf auf. Heute trug sie keine Uniform.

Der grinste. »Siehst irre aus. Ist das der neue Polizeilook?«

»Blödmann«, fiel sie ihm ins Wort. »Es freut mich, dass es dir gefällt.«

Dem Augenschein nach schmiegte sich das dünne Sommerkleidchen effektvoll an die schlanke Figur an. Er war kurz davor, die Beherrschung zu verlieren.

»Bei allem nötigen Respekt, Simone. Du erwartest eine Menge von mir.«

»Mein verehrter Kollege, in erster Instanz das Auffinden von Spuren. Auf einem Privatweg hat das Smartphone von Benno den letzten Standort gemeldet.«

»Hmm, ja, das ruft was in mein Gedächtnis zurück.«

»Rolf!«, tönte sie missgestimmt. »Was verbirgst du? Kein Rumdrucksen bitte. Ich will die Wahrheit wissen, auch wenn sie ungeschönt sein sollte.«

»Bekommst du! Benno hat mir vom Besuch bei Evelyn Feist erzählt. Äh, besser von der Absicht, sich am Abend mit ihr zu treffen.«

»Wann? Mensch Rolf, lass dir nicht alles aus der Nase ziehen. Ist okay, wenn er die Informantin aufsucht. Hast selber gesagt, ist sein Job.«

»Vor mittlerweile zwei Tagen. Nach einer Betstunde. Die genaue Uhrzeit ist mir nicht bekannt«, sagte er mit dem bitteren Geschmack der Lüge auf der Zunge. »Das ist ein interner Anfangskontakt. Er hat es mir voller Ehrgefühl erzählt. Mitten im Herzen der Sekte zu ermitteln ist ein schwieriges Unterfangen. Die beiden verbindet in unumstrittener Weise der Angriff auf die eigene Person.«

»Benno hat nichts davon erwähnt. Typisches Herrengebaren, wenn sich´s um Weiberröcke dreht.«

»Tja, ist eine Unart, Simone. Drumherum reden ist sinnlos. Wir müssen nun unserem Freund helfen.« Er wühlte in der Umhängetasche. »Hier, für den Fall, dass wir Reste von Blutspuren finden. Benutze das Set. Ist alles drin, was du brauchst.«

»Du meinst von einem Kampf? Vom Kidnapping?«

»Das ist zu vermuten. Suchen wir!«

»Rolf, das Signal ist vor zwei Tagen gegen 22:00 Uhr abgekackt. In einer halben Stunde finden wir Antworten. Das mit der Enkelin überlasse mir. Was unser Liebesleben betrifft, habe ich Benno nie auf irgendeine Art gegängelt. Wir pflegen mehr eine offene Beziehung. Das ist seine ureigene Natur. Wir vertrauen uns im Job absolut. Privat, na ja, soweit es sich nicht um Sex dreht, ebenfalls. Und nun Achtung, Konzentration bitte.«

»Die Handyortung ist eindeutig. Sie führt uns in eine Privatstraße. Dort endet sie.«

»Hmm, dann sind wir vor Ort, richtig?«

»Ja! Mein Vorschlag: Wir steigen an der Kneipe aus. Die letzten Meter geht's auf Schusters Rappen weiter.«

»Einverstanden! Klingt poetisch. Und es erregt kaum Aufmerksamkeit. Fünf Minuten bis dahin. Was meinst du, hat einer aus der Sekte Benno hergelockt, um ihn zu töten? Hier gibt es keine Deckung.«

Der Forensiker drehte sich zu ihr um. »Mädchen, negative Spekulationen drücken aufs Gemüt. Denkbar wäre es. Aber ich schließe das aus. Benno ist kein Anfänger. Er hätte sich gewehrt. Suchen wir die Stelle. Kampfspuren lassen sich nicht komplett verwischen.«

»Dem stimme ich zu. Rolf, hat sich Evelyn Feist noch mal bei dir gemeldet? Wenn da eine Beziehung dranhängt, au Backe. Mir schwant Böses. Dann wäre unser Freund in ein Minenfeld geraten.«

»Weißt du, das ist typisch für ihn. Er hat sich verrannt, spielt Cowboy. Dabei ist ihm garantiert klar, dass jeder Alleingang ein extremes Risiko birgt.«

»In der Theorie, Rolf, kennen wir ja«, hob Simone widersprechend an. »Worin bestand denn sein Job? Du weißt mehr. Komm, Karten auf den Tisch.«

Er sah ihr in dem Augenblick direkt in die Augen. Ihr unverkennbarer Drang, Antworten zu erhalten, gebot ihm, eine weitere Ausrede zu gebrauchen.

»Eigentlich ein Anfängerjob. Nennen wir es Klärung der Identität eines Torsos ohne Kopf. Beachte, in Urlaubsvertretung!«

»Verdammt, was bildet sich der Kerl ein? Dass wir ihm hinterherlaufen?«, sagte sie empört, wobei sie die restliche Luft heftig auspustete. »Rolf, hier im Umkreis endet die Handyspur.«

»Was fällt uns ein für den Fall, dass wir konkrete Hinweise finden?«

»Wir schreiben sofort einen Lagebericht. Dadurch erhält der Vorgang um Benno die nötige Aufmerksamkeit. Sag mir, wie sonst regelt sich der Scheiß hier?«

»Ja, ja! Solche Gedanken vernebeln mir ebenfalls das Hirn. Lass uns nach Blutspuren suchen.«

Rolf rückte das Pistolenhalfter unter dem Jackett zurecht, weil es fürchterlich drückte. Er hob flüchtig den Kopf.

»Verstehe, Abstand zueinander maximal fünf Meter. Simone, deine Frage vorhin zum Thema Karten auf den Tisch. Klar, ist nicht schicklich, was ich dir anvertraue. Der alte Sack hat wohlweislich Frust verdient. Pass auf. Die Informantin hat auf dem Anwesen vor uns ihre Keramikwerkstatt mit Einliegerwohnung. Dein verehrter Freund war auf dem Weg zu ihr.«

»Hmm, da ist er nicht angekommen«, wehrte sie ab.

Er sah Simone an. Sie erschien irritiert von dem, was sich dahinter verbarg.

»Rolf, ich passe auf mich ohne fremde Hilfe auf. Fahr runter mit der männlichen Verteidigungsstrategie. Fuck, erklär mir, wo er hin ist!«

Er lächelte. »Simone, wie wirst du reagieren, wenn sich dahinter ein Schäferstündchen verbirgt?«

»Oha, das ist definitiv undenkbar. Na hey, ich trete in seinen Arsch!« Sie seufzte hörbar. »Schluss damit, Rolf. Lass uns den Job erledigen. Wir brauchen dringend verwertbare Spuren. Weitersuchen ist angesagt.«

Von ihrem Zauber fasziniert lächelte er.

»Ach Mädchen, du hast eine inspirierende Art an dir«, erwiderte er voller Überschwang.

»Halt die Klappe, Rolf«, unterbrach sie ihn auf die Schulter klopfend. »Bist ein prima Kumpel. Frieden?«

Bevor ihre Worte endeten, bemerkte er auffällige Flecke zwischen den Pflastersteinen. »Komm her, Simone. Da, schau. Das hilft uns hoffentlich weiter.«

»Treffer! Ja, das könnte was sein. Hier ist mehr davon. Da ebenfalls. Sieh, eine winzige Spur, die in Richtung der Mauer verläuft. Hmm, ich täusche mich nicht. Das sieht nach einer Schleifspur aus. Die Verfärbung lässt auf eingetrocknetes Blut schließen.«

»Ich sehe es. Hier hat es einen Kampf gegeben. Meine Sorge scheint berechtigt. Benno schwebt in Lebensgefahr.«

Er zog einen Edelstahlspatel und einen Flachpinsel aus der Tasche. Umsichtig trug er Material vom Boden ab. Simone registrierte die dicken Schweißperlen auf seiner Stirn. Sie sprach ihn an.

»Ein Königreich für eine Dusche. Stimmt's? Mir geht's ähnlich, die Anspannung frisst mich auf. Wie ich das sehe, brauchen wir Unterstützung.«

Er zuckte mit den Schultern. »Ja, unbestritten. Dessen ungeachtet, es gibt ein Problem. Bennos Zustand scheint den Blutspuren nach fraglich zu sein. Da sind Profis am Werk. Lass uns das hier beenden. Gib mir die Tüten da«, sagte er, um das Gemisch aus gefärbtem Sand, Straßenkehricht und eingelagerten Gewebepartikeln zu verpacken. »Ich fahre sofort zur Dienststelle, gebe die Analytik in Auftrag. Es besteht akuter Handlungsbedarf, sonst verlieren wir ihn. Stimmen die Ergebnisse mit den gespeicherten Daten von Benno überein, haben ihn brutale Killer in der Hand.«

Dieses Szenario bestätigte sich. Der Warnruf des Forensikers kam einer Explosion gleich. Er punktete. Von KOK Lorenz gab es kein Lebenszeichen.

Kapitel 22

Der Direktor der Polizeidirektion erhob sich von seinem Platz. »Ich begrüße Sie«, sagte er in Richtung der zehn Personen im Meetingraum. Sie alle hatten sich um ihn herum an einem ovalen Tisch versammelt. Sechs Uniformträger und vier Herren Mitte fünfzig hingen an seinen Lippen. Neugier gepaart mit militärischer Disziplin schuf eine gespannte Stille. Da quollen die ersten Worte aus dem Mund. Was er sagte, verlor sich wie in den Weiten des unendlichen Weltraumes. Zu seiner Überraschung erweckte keiner der Anwesenden den Eindruck, irritiert zu sein. Die Ansage schien kaum Befindlichkeiten hervorzubringen, auf die üblicherweise eine Reaktion zu erwarten wäre. Dabei schwangen jede Menge Emotionen mit, geeignet, um den kreativen Kampfgeist aufzuputschen.

»Meine Herren, ein beispielloser Vorgang führt uns heute zusammen. Wir haben Grund zu der Annahme, dass der Tatortermittler Lorenz einer Entführung zum Opfer gefallen ist. Das ist ein schwerer Schlag, der dem Ansehen der Polizei enorm schadet. Über die Details gibt unser Gast vom LKA Auskunft. Bitte Herr Kriminalrat«, sagte er betont wohlmeinend.

»Danke! Ich bin ein alter Freund des Oberkommissars. Die Ermittlungen im Milieu einer Sekte habe ich aus der Sicht des Forensikers begleitet. Sein Verschwinden ist eine ernsthafte Bedrohung.

Darüber hinaus schwächt es die Werte unserer Arbeit. Aus meiner Sicht scheint er zwischen die Fronten eines internen Machtkampfes in der Glaubensgemeinschaft geraten zu sein. Der Kontakt zu ihm brach vor drei Tagen ab. Es ist uns gelungen, sein Handy in unmittelbarer Nähe eines Zielobjekts zu orten. Das dort aufgefundene Blut stammt eindeutig von ihm. Ich schlage vor, interne polizeiliche Suchmaßnahmen einzuleiten. Da er Kontakt zur Bergwacht und dem Harzklub in der Region hatte, wäre die Bündelung mit diesen Kräften sinnvoll.« Er hielt inne. »Soweit meine Ausführungen, Herr Direktor.«

»Sie sind Forensiker, kein Ermittler«, klang die Stimme des Polizeidirektors nach. »Wie hoch ist die Wahrscheinlichkeit, dass Sie sich geirrt haben?«

»Im vorliegenden Fall gegen Null.«

»Bitte, Herr Kriminalrat, präzisieren Sie das?«

»Ja, gern! Das Auffinden des Vermissten bedurfte einer dringenden Entscheidung. Hier ging es um die Abwehr von Gefahren von Leib und Leben. Ein Freund und Kollege war in allerhöchster Bedrängnis.«

»Was Sie als Grund nahmen, um sein Handy auch ohne Einwilligung zu orten«, unterbrach ihn der Polizeidirektor mit kritischem Blick. »Hinzu kommt, dass Sie keinerlei Rücksprache mit Vorgesetzten trafen. Ich sehe darin einen schweren Verstoß gegen die Ihnen übertragenen Dienstpflichten. Wir besprechen das später. Das wird Konsequenzen nach sich ziehen.«

»Das akzeptiere ich! Es geschah in dem Wissen, dass es dem Auffinden des Vermissten dient. Und es war meine Entscheidung. Ich habe mich darauf gestützt, dass die Polizei in einem solchen Fall ein Handy auch ohne Einwilligung orten darf.«

»Und das rechtfertigt Ihre Eigenmächtigkeit?«

»Nein! Und es tut mir leid, die Entscheidungsketten übergangen zu haben. Dennoch hat mein Tun einen Ermittlungsfortschritt gebracht!«

»Bitte, lassen Sie hören.«

»Den Cyberspezialisten gelang es, ein im Funknetz eingebuchtes Handy zu lokalisieren. Schnell war klar, es gehört Oberkommissar Lorenz. Das hat uns direkt an einen Tatort geführt. Dort fanden wir jede Menge biologische Stoffe. Alles, was gerichtlichen und kriminologischen Charakter hatte, wurde forensisch untersucht. Die Analytik von Körperflüssigkeiten, Haarresten, Hautabrieben und Fasern von Textilien lassen zwei Erkenntnisse zu. Erstens: Die DNA-Spuren bestätigen den letzten Aufenthaltsort von Herrn Lorenz. Hier hat man ihn überwältigt. Vermutlich gab es einen Kampf. Zweitens: Eine weitere DNA wurde extrahiert. Das könnte der entscheidende Hinweis auf den Täter sein.«

»Fertig?«, fragte der Direktor und drehte den Kopf in Richtung eines Beamten in Zivilkleidung. Eine Sekunde später traf ihn seine Frage. »Kriminalhauptkommissar Walther, ich hoffe, Sie haben schlüssige Antworten parat. Sagen Sie uns, wie beurteilt der Polizeiliche Staatsschutz das Verschwinden des Kollegen Lorenz? Ich hatte darum gebeten, dass der Oberkommissar mit Ihnen spricht. Und klar, zu dem Zeitpunkt drehte sich ja alles um die Vermisstenanzeige des Opas dieser Evelyn Feist. War der alte Herr nicht ein ehemaliger religiöser Führer?«

Der Beamte reagierte gelassen. Es bestand keine Pflicht, darauf in dem anwesenden Personenkreis Kreis erschöpfend zu antworten. »Verzeihung, aus der Sicht meiner Dienststelle war es mir nicht gestattet, auf den Ermittlungsvorgang Einfluss zu nehmen.«

»Danke! Das reicht aus«, stellte der Dienstherr fest. »Okay! Gibt es derzeit Hintergrundinformationen, für die eine Freigabe vorliegt?«

»Nein! Wie´s aussieht, ist Lorenz eigenen Spuren nachgegangen. Ich schließe mich den Ausführungen des Herrn vom LKA an. Die Einbeziehung ortskundiger ehrenamtlicher Kräfte wäre sinnvoll.«

»Sie meinen in aller Ernsthaftigkeit Privatpersonen?«

»Ja klar. Lorenz hat zu Personen ermittelt, die sich im Touristengebiet rund um das Bodetal aufhielten. Es ist legitim, ihn zuallererst in dieser Region zu suchen. Was meinen Sie«, nickte er dem Forensiker aufgeregt zu.

»Na ja, mehr als dass sie's verkacken, kann nicht passieren. Die Richtung anzupassen ist drin. Setzen wir also auf die erfahrenen Einsatzkräfte der Bergwacht und die Spezialisten im Harzklub. Vorbehaltlich der Zustimmung durch den Bürgermeister.«

Der Polizeidirektor erhob sich wieder vom Platz. »Ich habe Ihre Meinung gehört. Sie sind mit der Materie am allerbesten vertraut. Ich erteile Ihnen Handlungsvollmacht, die Suche zu koordinieren.«

»Kommen Sie übermorgen ins Rathaus«, erklärte das Stadtoberhaupt am Telefon. »Ich rufe die Mitglieder der letzten Beratungsrunde an den Tisch, an der Herr Lorenz teilnahm. Bitte üben Sie sich in Geduld. Herr Feist, unser Vertreter im Harzklub, kehrt erst morgen Abend von einer Reise zurück. Ich denke, es macht Sinn, auf ihn zu warten.«

Heute saß er ihm am Besprechungstisch gegenüber. Der panische Blick irritierte ihn. »*Wieso? Es gab keinerlei Grund dafür. Hatte der Mann ein schlechtes Gewissen?*«, lenkte ihn für einen Moment ab. In dem Augenblick erklärte sich Wilhelm Feist.

»Danke, dass die Mannschaft auf meine Rückkehr gewartet hat. Hab es grade rechtzeitig zurückgeschafft. Cousine Evelyn begleitete mich auf einer Reise nach Italien. Herr Kriminalrat, von dem Oberkommissar habe ich heute Kenntnis erhalten. Ich war es auch, der ihn mit Frau Feist bekanntgemacht hat. Das ist auch schon mein ganzer Kenntnisstand. Sie war es, die eine Vermisstenanzeige aufgab. Es tut mir leid, ich hatte keine Zeit, ihn zu bemuttern. Das wissen ja alle Teilnehmer am Tisch ohnehin.«

»Wilhelm! Komm auf den Punkt«, erwiderte der Bürgermeister. »Herr Lorenz hatte uns aufgesucht, um über die Ermittlungen der Kriminalpolizei zu informieren. Wir entsprachen seiner Bitte um Hilfe. Unsere Zusage hieß: Soweit machbar, tun wir das. Da passt was nicht zusammen. Wieso vermisst man den Oberkommissar? Im Bodetal müssten ihm Dutzende Personen begegnet sein.«

»Das ist wieder typisch«, schaltete sich der Chef der Bergwacht ein. »Ein Mensch braucht gezielt Hilfe. Wie reagieren wir? Mit ewiger Diskussion. Wilhelm, du warst früher konsequenter. Hat dir der Kriminaloberkommissar die Cousine ausgespannt?«, meinte er mit einem frivolen Schmunzeln auf den Lippen. Dafür erntete er dessen erbosten Blick. Mit zerknirschtem Gesicht erhob er sich.

»Entschuldigung, Bürgermeister, natürlich unterstütze ich das Anliegen der Polizei, bei der Suche zu helfen. Ich schließe nicht aus, dass der Herr schwer verletzt in irgendeiner Felsschlucht liegen könnte.« Er schaute kurz zu dem Chef der Bergwacht, den er ursprünglich mit dieser Aussage zu adressieren gedachte. »*Mistkerl*«, schien er ihm damit zu sagen. Sprachgewandt erklärte er sich in der Manier des Missionars: »Gott hält seine schützenden Hände über den Herrn von der Kriminalpolizei. Und auch ich bete dafür, dass die Suche von Erfolg gekrönt sein wird.«

Am Tisch verlor sich für den Augenblick die Disziplin. »Du bist sicher, dass der Allmächtige wirklich zuhört?«, wehrte Wilhelm gelassen ab.

»Jürgen, du fühlst dich der Region mit ihrem geschichtsträchtigen Bergbau verbunden. Ich bin ein gottgefälliger Mensch. Sag, hat nicht der Steiger sein helles Licht schon angezünd't? Ich bin überzeugt, das wird den richtigen Weg weisen. Glück auf!«

»Meine Herren«, mischte sich Rolf aufgebracht ein. »Wir verlieren uns. Ich fasse zusammen, okay, Herr Bürgermeister?«, wandte er sich an den Hausherrn. »Ich danke dem Team für die Einsatzbereitschaft. Die Polizei setzt in der nächsten Stunde bereits einen Hubschrauber mit Wärmebildkamera ein. Zusätzlich erhalten wir Unterstützung von zwei ausgebildeten Fährtenhunden. Sechs angehende Polizeikommissare begleiten die Suchteams der Stadt. Der Zweigverein vom Harzklub stellt einen Koordinator, der zusammen mit der Feuerwehr Ortskundige betreut. Der Funkkontakt ist gesichert. Beachten Sie, ohne meine Erlaubnis dreht sich nichts. Ich erwarte stündlich ihre Lageberichte«, sagte er scharf.

Wilhelm Feist schrie aufgeregt in das Mikrofon seines Smartphones. »Sie sind unterwegs.«

Der Bestatter reagierte bedacht auf den Anruf. Er schürzte die blassen Lippen, um unbewusst die Zähne zu blecken. Euphorisch biss er darauf herum, bis es unerträglich schmerzte. Die Mimik glich der eines wiehernden Pferdes. Das sah erbärmlich aus. Er brauchte das zur Ablenkung. Die so oft zitierte ›Stunde der Wahrheit‹ stand unmittelbar bevor, als er wenig später dem Delinquenten Lorenz gegenüberstand. Der hing im abgedunkelten Raum an einem der hölzernen Pfosten. Das Riesenbaby hatte ihn zusätzlich zum Gewebeband mit Stricken fixiert. Just in der Form, dass die Zehenspitzen sein Gewicht trugen. Das monotone, unbequeme, stundenlange Stehen zeigte Wirkung. Der Körper war verkrampft in sich zusammengefallen. Er war nicht ansprechbar.

»Verdammter Mist, du Blödian«, schimpfte der Bestatter missgelaunt auf den Helfer. »Hast ihn mit Narkotika übersättigt. Der Bulle hat zu leben. Das ist eine Anordnung von Wilhelm.«

Er setzte Lorenz eine Sauerstoffmaske aus dem Notfalldepot auf und regulierte den Zustrom des lebenswichtigen Gases.

»Blöder Kerl«, sagte er geräuschvoll genug, dass der Helfer es oben hörte. Misslaunig verließ er den Ort. Draußen empfing ihn Turbinenlärm. Hämisch grinsend sah er dem Fluggerät nach. Der Polizeihubschrauber kreiste über dem weitläufigen Gelände des Tierfriedhofs. Er schaute auf die Armbanduhr und brabbelte vor sich hin.

»Ha, wie Wilhelm es vorausgesagt hat. Sucht nur! Ihr seid blind.« Seine angestaute Wut trachtete nach einem Entladepunkt. Zur richtigen Zeit trat ihm der Helfer in den Weg.

»Scheiße, oh Mann, das ist ja ein Lärm. Die Bullen reagieren flotter als erwartet. Chef, ich bin dir nachgegangen, wollte mit dir reden.«

»Hör zu, du Riesenbaby, das ist deiner Dämlichkeit zu verdanken. Die Bullen haben Blut aus den Fugen gekratzt. Du hast den Kerl vor dem Gebäude der Erna zu Brei geschlagen. War das vereinbart? Ich gebe dir eine halbe Stunde. Im Anschluss erkläre mir, was das Gemetzel im Keller bedeutet. Wer hat dir ins Gehirn geschissen? Spute dich!«, schrie er.

Der Helfer bestätigte seine Vermutung. Er wich aus. »Äh, äh, mir fehlte die Zeit, um den Kerl zu bemuttern«, fiel ihm stotternd über die Lippen. »Es bringt nichts, ihn am Leben zu lassen. Ist zu gefährlich für uns.«

Der Bestatter fing den panischen Blick auf. »Wo ist deine Disziplin geblieben, verdammt, frage ich mich. Wilhelm reagiert mit Sicherheit stinksauer. Hier dreht sich´s um Höheres. Du fängst einen Krieg mit der Sekte an, bekloppter Arsch. Die opfern dich ihrem Gott. Ich verliere mein Unternehmen. Alles, weil du den Reizen des Bullen nicht widerstanden hast.«

»Ach du Scheiße!«, tropften Wortfetzen über die Lippen des Helfers. Er blähte die Nasenflügel auf, seufzte hilflos. »Ich bin dein Diener, Bestatter. Bestrafe mich.«

»Anständig, das zu wissen. Ich stelle dich in der Ferne zum Beobachten ab. Vorher übertrage ich dir eine andere Aufgabe.«

»Jederzeit!«, entblößte der die Zähne, um damit das Signal für seine Unterwerfung mit einem Grinsen anzuzeigen.

»Okay! Scher dich in den Raum da runter. Wasche den Bullen. Versorge seine Wunden, soweit das machbar ist. Sieh zu, dass er dich nicht erkennt. Zieh dir was über deine hässliche Visage. Ich wünsche, dass der Kerl lebt, kapiert!«

»Ja klar, Chef. Ist deutlich angekommen.«

»Und nun los, mach hin. Oder meinst du etwa, ich fasse den verschandelten Bullen an? Der Kerl stinkt erbärmlich!«

»Ja!«, kam es kurz zurück.

»Ab die Post, los! Ich sehe mir nachher an, wie du ihn hergerichtet hast. Wehe dir, wenn du nochmal meine Befehle missachtest«, schob er hinterher. »Glaub mir, ich werde dich töten, wenn du aus der Spur läufst. Das ist ein Versprechen, du hirnloser Trottel!«

Dem hageren Kerl saß urplötzlich ein Kloß im Hals. »Negativ«, sagte er dabei konfus den Kopf schüttelnd. »Es gibt keinen Grund dafür. Erst probiere ich die Garotte aus. Bestatter, du hast mir versprochen, mich anzulernen. Vergessen? Die Sache ist geil. Sie bringt einen dubiosen Tod. Was du mit dem Kopf angestellt hast, Mann, echt krass! Das mit dem Formaldehyd ist verrückt. Ich helfe dir, deine Galerie mit einem kostbaren Präsent zu bereichern.«

»Schleim dich nicht ein. Und noch was!«

»Lass hören! Bin voll bei dir, Chef!«

»Eh, schließ das Maul, verdammter Kerl. Du bringst mich auf die Palme«, entgegnete er nahezu feindselig. »Am späten Abend schaffst du den Bullen nach draußen. Ohne Fesseln. Das Narkotikum ist auf vier Stunden ausgelegt. In dieser Zeit erledigst du alles.«

»Was verlangst du da? Soll ich ihn etwa freilassen?«, fragte er kopfschüttelnd.

»Jawohl, das erwarte ich. Oder hast du was daran nicht verstanden? Du legst den Kerl dort ab, wo du ihn eingesammelt hast. Pass auf. Ich habe ein Geschenk für ihn. Du brauchst hinterher keinen Postboten mehr spielen. Ich habe meine Meinung geändert. Erinnere dich! Das Präsent steht verpackt hier im Nebenraum. Rate!«

»Ich bin mir nicht sicher, der Kopf des Abtrünnigen?«

»Oha, Volltreffer! Der Behälter ist mit Spuren des Polizisten gespickt. Fingerabdrücke, DNA. Beides lässt sich zur Identifizierung extrahieren. Das gibt ausreichend Rätsel für ein neues Spiel auf. Der Bulle – ein blutgieriger Mörder, was hältst du davon?«

»Unsinn, mutmaßt kein Mensch«, reagierte der Helfer auf Anhieb. »Das ist Bullshit.«

Sein Pessimismus erzeugte beim Bestatter sofort einen brennenden Schauer. Er lachte zynisch vor sich hin.

»Das wäre einmalig. Das Spiel hat soeben angefangen. Lass die Herren der Polizei sich anstrengen. Dir empfehle ich dringend, Wilhelms Ziele zu verinnerlichen. Der zahlt unsere Kohle. Vergessen?«

»Was denn, leben wir in einer Art Krisenzeit?«

»Blödsinn. Soll heißen, dass wir beide über alles reden können. Aber es gibt Grenzen, die solltest du besser nicht überschreiten.«

»Verstehe, Bestatter. Jeder hat sein Päckchen zu tragen.«

»Akkurat erkannt. Nichts bleibt dem Zufall überlassen. Beherzige das und der Spaß gehört uns.«

»Mensch, Chef, da klingt ja eine poetische Ader durch. Versuchst du, mich zu bekehren? Bibellesen ist scheiße, basta!«

»Okay. Du legst die Messlatte für dich an. Es reicht, dass du mir dienst. Berücksichtige meine Lesart des Kontraktes, damit alles passt.«

»Kapiert!«

»Na, was denn. Sag es!«

»Hmm, Gehorsam verlangst du«, brummte der Kerl unterwürfig.

»Dabei bleibt es unwiderruflich! Nochmal! Du legst den Bullen vor dem Objekt der Sippe ab, am besten in der Dämmerung. Unser Geschenk platzierst du neben dem Kerl. Wenn alles funktioniert wie geplant, platzt die Bombe. Das gibt ein ungeheures Debakel.«

Der Helfer rieb sich die Hände. »War das in diesem Fall der Mühe wert?«, schob er fragend hinterher.

»Ja! Die Wertschätzung Wilhelms für deine Hingabe ist dir sicher. Ein Problem gibt es allerdings noch. Er hat keine Ahnung von der Existenz des Paketes.«

»Er erfährt es früh genug. Was meinst du, wie das abgeht?«

»Na was denn, keine Ahnung!«

»Idiot. Der angehende Sektenführer schenkt dir dafür sein Vertrauen. Heute und in der Zukunft. Du hilfst ihm in die Spur. Einschüchterung erzielt die allerbeste Wirkung«, sagte er und bedachte seinen Helfer mit einem frostigen Blick. »Zweifelst du daran etwa?«

»Nein, das ganze Gequatsche schlägt mir auf die Nieren. Ich erledige den Job, fertig. Religionen sind nichts für mich, sag das dem Wilhelm.«

»Erklär's ihm selber. Vorher schickst du der Evelyn eine WhatsApp. Nimm das Handy des Bullen, das riecht eher nach Glaubwürdigkeit. Sie sieht ihn ja nicht.«

»Bemerkenswerter Schachzug. Mach ich. Das gibt ein kolossales Aufsehen, wenn sie ihn vor dem Tor auffindet.«

»Dir ist klar, warum? Überleg«, schnauzte der Bestatter zurück. »Heute lesen die Vöglein wieder in der Bibel. Da sind mindestens vierzig von denen im Objekt. Die Evelyn hat nicht den Mumm, um den auf Narkotika gesetzten Kerl zu bugsieren. Was unternimmt sie? Um Hilfe rufen! Ich schwör es, genial, der Plan. Da kommt der Wilhelm ins Spiel.«

»Stimmt. Der bringt Schwung in das Geschehen. Du sprichst vom Paket mit der Aufschrift Geschenksendung, ja? Mensch Chef, ich schwitze vor Aufregung.«

»Du hast die Ehre, den Spaß zu starten. Ich will, dass du ihn auf Hochtouren bringst. Noch Fragen?«

»Nein. Das hört sich alles total abgefahren an.«

»Das ist der Zweck der Sache. Du bist unser Heilsbringer. Die Botschaft wird eindeutig sein. Wie auf dem Hexentanzplatz. Doch diesmal bringt sie auch eine vom Tod. Bin gespannt auf das Gesicht von Wilhelm. Das wird ihn lehren, was es heißt, mit uns Geschäfte zu machen. So, genug gequatscht«, sagte er abrupt. »Mach dich endlich in den Keller. Säubere den Bullen! Oder soll ich dir Beine machen? Und verpass ihm die letzte Dröhnung mit Narkotikum.«

»Okay! Bin unterwegs, Chef. Kannst dich auf mich verlassen. «

Die Luft war stickig. Dicke Schwaden von Körperschweiß, Kot, Urin und der Geruch geronnenen Blutes schwebten wie blubbernd giftiges Gas über dem Boden des Raumes.

Benno Lorenz begriff instinktiv, dass es überlebenswichtig war, sich in Ruhe der Lage zu stellen. Jede Bewegung in dem Kokon aus Panzerband brachte unnötigen Schmerz. Zusätzlich kurbelte sie den hämischen Spott der Folterer an. Dem gemütsarm zu begegnen, war die einzig vernünftige Lösung. Den Kidnappern schien der Aufenthalt an dem stinkenden Ort ebenso zu missfallen. Im Endeffekt war er genauso für ihresgleichen eine von der Zeit ausgestoßene, fremde Welt, unwürdig, dass moderne Menschen sie betraten. Ihre Beute hatten sie genug gequält. Sie war mit Blutergüssen übersät. Das Gesicht geschwollen. Die Augen kaum wahrnehmbar. Die eingeengten Blutgefäße transportierten das Blut – und damit Sauerstoff, Nährstoffe und Hormone mit Einschränkungen durch den Körper. Er hatte Glück, dass es noch nicht zu einem Gefäßverschluss durch ein Blutgerinnsel gekommen war. Es war höchste Zeit, die Fesseln zu lösen. Gott sei Dank unterdrückte die brachiale Anwendung der Narkotika den Schmerz der Misshandlung. Sie rettete ihm das Leben.

Indes stürzte der Helfer misslaunig los, um die Anordnungen des Chefs zu erfüllen.

»Heute kommst du heil hier raus. Morgen ist ein neuer Tag, wehe dir…«, dachte er, als er die vor Dreck strotzende Augenbinde festzog. Einen Augenblick später schaltete er die Beleuchtung ein. Trübes gelbliches Licht einer Glühbirne erhellte die Dunkelheit des Raumes. »Himmel, Arsch, hast überlebt«, schniefte er stockend an Lorenz gewandt. An dem rauschte das vorbei. Eine Antwort blieb aus. Sein Peiniger brabbelte vor sich hin. »Okay! Wie du denkst! Mach mich wütend und ich verpasse dir eine.« Zugleich erinnerte er sich an den Befehl. Widerwillig griff er nach der vom Chef persönlich aufgezogenen Spritze. Er stieß die hauchdünne Kanüle mit Wucht in den Hals. Das Narkotikum gelangte innerhalb von Sekunden in den Körper. Der Peiniger ächzte zufrieden. »Erledigt!«, brabbelte vor sich hin. Er zog ein Taschenmesser aus der Hosentasche und durchtrennte den größten Teil des Panzerbandes an den Armen, Beinen, der Brust und dem Bauch. Das Handgelenk befreite er nicht.

»Damit du die Gefangenschaft nicht vergisst«, sagte er grinsend. »So, jetzt kriegst du noch ein Bad. Warte!« Er entfernte sich und kam mit einem Eimer voll Wasser zurück. »Hier, für dich!« Den eiskalten Inhalt schüttete er Lorenz ins Gesicht. »Säuberung beendet!«, schrie er ihn an. Kurze Zeit später zog er den geschundenen Körper über die Treppenstufen hin zum Transporter. Er beeilte sich, um die Fracht abzulegen. Das Opfer widmete er keines Blickes.

»Der Job verlangt eine sichere Ausführung«, wiederholte er im Stillen. »Ergötzliche Reise«, flüsterte er und ließ den Motor an. Sein Ziel, die Privatstraße der Bibelgemeinschaft, zeigte sich wie leergefegt. Mit jedem Meter des näherrückenden Ausladepunktes stieg seine Anspannung.

»Angekommen!«, ermahnte ihn seine innere Stimme. »Sei *auf der Hut!*« Zu spät! Der Stress setzte grade Unmengen von Adrenalin frei. Es puschte den Blutdruck kurzzeitig nach oben. Mit feuerrotem Gesicht registrierte er das als Unregelmäßigkeit, ohne dem Vorgang tiefergehende Beachtung zu schenken. Den Bullen abzuladen hatte Vorrang. Obwohl das eher der Routinehandlung eines Kraftfahrers entsprach. Er hielt auf der Höhe des Hoftores an. Der bewusstlose Kriminalist fiel wie ein Baumstumpf von der Ladefläche. Emotionslos wandte er sich ab. Seine Aufmerksamkeit galt einem Karton. Der war das Nonplusultra. Ein Schatz für die initiierte Wahrnehmung der Bibelleute. Sein Inhalt würde die Gottesanhänger bis zum Äußersten herausfordern und sie mit dem Antlitz des brutalen Todes konfrontieren. Seine Vorstellungskraft von den seelischen Qualen übertraf das mögliche Szenario. *»Ha, die Schreie der Hure Evelyn werden endlos sein. Schade, dass ich die nicht persönlich höre«*, endete die lautlose Überlegung. Der Singsang aus der Ferne bekräftigte seine Annahme, dass sich dieser Zeitpunkt näherte. »Aha, die Kirchenfritzen«, winkte er ab.

Im gleichen Moment drückte er auf den Button Senden, um die vorbereitete Nachricht per WhatsApp zu verschicken. »Die Fracht ist abgeliefert.«

Das Smartphone von Lorenz warf er wie abgesprochen unachtsam neben ihn auf den Boden. Der ganze Spuk dauerte dreißig Sekunden.

Der Bestatter las die Nachricht. Er grunzte zufrieden. Mit dem Gefühl der Genugtuung stieg er in den leeren Kerker hinab. Nach einer Minute verließ er ihn fluchend.

»Sauerei, verdammt, diese Scheiße überall.«

Der Gestank von den Exkrementen des Gefangenen war unerträglich.

Dem flüchtigen Blick der Cyberspezialistin entsprang impulsiv Aufmerksamkeit. »Hab ich dich, Mistkerl«, formten sich ihre kehlig anmutenden Laute. In dem Augenblick begriff sie, dass Benno lebte. Die Software zur Datenerkennung erzeugte ein blinkendes Signal. Das Handy des Kriminalisten hatte jemand eingeschaltet und damit eine Textnachricht abgeschickt. Es blieb aktiv. Um sicher zu sein, sprach sie einen der Analysten an. »Schauen Sie. Das Signal ist echt? Oder täusche ich mich?«

»Hundertprozentig. Das bestätige ich«, erklärte der Beamte.

»Verstehe, oha, das ändert alles!«

Den Forensiker erreichte die Nachricht Sekunden später. Die Erstarrung war echt. Er begriff, dass da beispiellos Positives passiert war. Benno lebte. Zumindest sprachen die Handydaten dafür.

»Du Teufelskerl! Ich hoffe, dir geht es gut! Wir kommen, mein Freund«, rief er aufgeregt und löste einen Moment später den Einsatzalarm aus. Zwei Polizeifahrzeuge rasten mit eingeschalteten Sirenen los. Rolf fuhr im ersten Fahrzeug mit. »Kollegen, wir konzentrieren uns auf die Koordinaten des Smartphones. Die Zeit drängt, beeilen wir uns!«

Das klang unmissverständlich. Adrenalin flutete seinen Kreislauf. Das Ziel war identisch mit dem Platz, an dem er Bennos Blut fand. Das behielt er für sich.

»Ist das ein Traum oder ein Alptraum?«, durchfuhr es Evelyn Feist. Ihr blieb vor Überraschung die Luft weg. Den wutschäumenden Blick der Ältesten am Podium des Betsaales steckte sie weg. Das war ein Lebenszeichen von Benno, was da auf dem Display blinkte. Eine Nachricht per WhatsApp. Sie erhob sich, um in gebückter Haltung an den Stuhlreihen der Betenden vorbeizulaufen.

»Stopp, Ev«, folgte auf den Fuß. Wilhelm Feist hielt sie flüchtig am Arm fest. »Ich begleite dich!«, nuschelte er ihr nachlaufend.

»Ja, Cousin warte einen Moment. Hab eine Nachricht von Benno.«

»Oh«, sprudelte es erstaunt über seine Lippen. »Wie das? Wäre ja prima. Du weißt, ich gehöre einer Sonderkommission an, um

Lorenz aufzufinden. Bisher haben wir nichts erreicht. Der Einsatz des Polizeihubschraubers, die Suchhunde, ein absolutes Desaster.«

»Hier schau!«, sagte sie und wies auf das Display. »Er ist hier. Sehen wir draußen nach.«

»Ev, ist ja völliger Blödsinn, warum versteckt er sich vor uns?«

»Ist mir egal. Herr Lorenz hält sich garantiert in Hofnähe auf. Sonst würde er nicht schreiben: hol mich rein, bin verletzt.«

»Zu blöd, das war nicht abgesprochen. Verdammte Idioten«, kämpfte Wilhelm Feist innerlich gegen den Frust, den die paar Zeilen verursachten. *»Dieser dämliche Bestatter hat den Helfer nicht im Griff. Das wirst du mir büßen«*, versuchte er, sich gegen das Gefühl unbändiger Wut im Bauch aufzulehnen. Die plötzliche Blässe im Gesicht gab dem ein sichtbares Gepräge. Evelyn bemerkte die Unsicherheit nicht. Dass der Cousin unbewusst mit den Händen die Griffschalen der versteckt gehaltenen SIG Sauer berührte, entzog sich ihrem Blick. Die Pistole steckte hinten im Hosenbund, was sein ohnehin dominantes Ego noch beflügelte. Rachsucht überkam ihn. Ihm blieb nichts anderes übrig, als seiner Cousine hinterherzulaufen.

»Die beste Entscheidung, die ich je getroffen habe«, würde er ihr später sagen. Im Augenblick sah er sie neben einer zusammengekrümmten männlichen Gestalt am Boden knien. Daneben ein Handy und ein beschrifteter Karton. »Ich helfe dir«, rief er ihr zu.

Seine Cousine hatte sich über das Bündel gebückt. Als er neben ihr stand, drehte Ev ihm das Gesicht zu. Mit dicken Tränen auf der Wange sagte sie: »Das ist Benno Lorenz. Gott hat ihn mir erhalten. Das ist alles, was zählt.« Sie streichelte die gefesselten Hände und küsste immerfort dessen Stirn, die geschlossenen Augen und den Mund. Mit einem tiefen Seufzer erhob sie sich. »Ich bin erleichtert, er lebt, er atmet. Seinen Geist hat man betäubt, Cousin. Ruf den Notarzt und die Polizei! Hier, nimm gleich sein Handy. Es funktioniert per Fingerabdruck. Leg seinen Zeigefinger auf den Sensor am Display. Bitte mach das für mich.«

»Okay, gleich. Bringen wir den Herrn erstmal ins Haus. Ich werde den Leiter der Suchtruppe verständigen.«

»Du sprichst vom Kriminalrat, dem Freund von Benno, ist dir klar, ja? Was verbindet dich mit ihm?«

»Vergessen? Ich bin Mitglied der gemeinsamen Suchmannschaft der Polizei, die von der Stadt Hilfe erhält«, antwortete er und betonte dabei jede Silbe.

»Klar. Ist mir entgangen, entschuldige«, erwiderte sie.

»Geschenkt, Evelyn. Der Beamte ist ein umsichtiger Kerl«, sagte er versöhnlich. Seine Täuschung gelang. Sie gab sich mit der Aussage zufrieden. Er sah sich um und stellte fest, dass in der Umgebung keine sichtbaren Spuren vorhanden waren, wie der Polizist an diesen Platz gelangte. Mit dem letzten rotierenden Blick verbarg er seine geheimen Ängste vor der Cousine. Nichts schien dem entgegenzustehen. Den Karton schob er achtlos zur Seite. »Hole ich gleich«, signalisierte er Evelyn mit einem Zwinkern.

»Bitte!«, reagierte sie unmutig. »Fass endlich mit an. Tragen wir Benno hinein. Das Paket hat Zeit.«

»Okay. Der Polizist atmet. Das bedeutet, er lebt! Evelyn, in spätestens fünf Minuten treffen zwei Einsatzfahrzeuge der Polizei ein. Ich gehe wieder hinaus, sehe zu, dass die Mannschaft potenzielle Spuren nicht verwischt. Gibt es eine Adresse auf dem Karton? Hatte vor Aufregung keinen Blick dafür.«

»Hmm, keine Ahnung. Ich habe da eben grade nicht so genau geachtet. Sind unter Umständen Sachen von Herrn Lorenz. Schau nach«, meinte sie besorgt.

»Kein Problem, ich kümmere mich, Ev«, erklärte er beflissentlich. »Nicht ausgeschlossen, dass der Inhalt für die Polizei von Bedeutung ist.«

»Hast du nicht gesagt, die Einsatzkräfte treffen gleich hier ein?«

»Ja. Ich hatte den Kriminalrat am Handy. Die Polizei ist grade auf den Weg hierher.«

»Was, rein zufällig?«

»Woher soll ich das denn wissen?«, rief Wilhelm entrüstet.

»Okay! Warum verschwenden wir Zeit mit endlosen Diskussionen? Hilf mir, Benno zu versorgen. Die haben ihn bestialisch zugerichtet«, sagte sie aufgebracht mit Tränen in den Augen.

»Der Notarzt ist unterwegs! Sei unbesorgt, das wird wieder.«

»Danke, Cousin. Bist ein gutherziger Kerl«, meinte sie lächelnd. »Und bitte, hilf nachher der Erna. Sie verkraftet die Angelegenheit unter Umständen nicht.«

»Klar, wir haben hier einen verletzten Polizisten vor dem Anwesen der Gemeinschaft aufgefunden. Das ist richtig. Aber ich glaube kaum, dass sie die Bibelstunde deswegen abbricht. Die Gläubiger haben ein Anrecht darauf, sich in Ruhe Gott zuzuwenden. Dem Verletzten kommt jede erdenkliche Hilfe zu. Er liegt hier sicher im Haus. Du beschützt ihn. Meine Hilfe biete ich dir ebenfalls an. Du weißt, Unheil von der Familie abzuwenden, ist ein gemeinsames Ziel.«

Er entfernte sich und gewahrte aus den Augenwinkeln heraus, wie sie sich neben den Beamten niederkniete. Sie tätschelte das Gesicht. Gott sei Dank war der Augenblick zu kurz, um darüber nachzudenken.

Für Evelyn zeigte sich der Moment übersinnlich. Sie vermeinte, göttliche Vorzeichen zu erkennen. Eines lag direkt vor ihr. Das war kein Traum. Benno lebte. Die Erleichterung darüber zeigte sich in einem Lächeln, das sie – zumindest für einen Augenblick – alle Anspannung vergessen ließ.

»Ich beschütze dich!«, sagte sie kraftvoll. Sie erhob sich, weil vom Hof her Sirenengeräusche ertönten. Kurze Zeit später führte sie den Notarzt mit zwei Rettungsassistenten zur Liegestatt von Benno. Zu ihrer Überraschung war noch eine andere Person hinter dem Rettungsteam. Bennos Freund.

»Hallo Evelyn Feist. Ich freue mich, Sie kennenzulernen. Sie haben sich toll geschlagen. Herr Lorenz lebt. Der Rest klärt sich auf. Ich bin überzeugt, unseren Kumpel überrascht es, in der Aufwachphase ein vertrautes Gesicht zu sehen. Und bitte, wenn das hier vorbei ist, quatschen wir. Aber wenden wir uns zuerst an den Notarzt.«

Der hatte sich über Benno gebeugt und taste seinen Körper ab.

»Einen Moment«, sagte der und schaute kurz auf. »Sie sind der Herr von der Kriminalpolizei, richtig?«

»Ja! Vom Einsatzstab der Polizeidirektion. Der Verletzte ist ein Kollege und Freund.«

»Oh, das tut mir leid«, sagt er betroffen. »Sie sehen ja. Man hat ihn in eine tiefe Bewusstlosigkeit versetzt. Ich bemühe mich, seinen Kreislauf zu stabilisieren. Er überlebt, wenn die inneren Verletzungen nicht zu schwerwiegend sind. Die sichtbaren Blessuren stellen kein Problem dar. Trotzdem müssen wir abwarten. Begleiten Sie den Verletzten doch ins Krankenhaus!«

»Ja, das werde ich. Und was denken Sie, wie lange hält die Bewusstlosigkeit an?«

»Nun, korrekt dosierte Narkotika verfügen über keine Langzeitwirkung. Was und wie viel dem Geschädigten tatsächlich verabreicht wurde, lässt sich hier nicht bestimmen. Bitte, ich bin Notfallarzt. Spekulationen verunsichern Sie. Befragen Sie die Ärzte auf der Intensivstation.«

»Das werde ich«, sagte Rolf und wandte sich an Evelyn. »Sie haben es gehört! Begleiten Sie mich?«

»Gern! Danke! Das hilft meinem Gemütszustand auf die Sprünge, Herr Kriminalrat. Ich werde mich revanchieren.«

Von den Aktivitäten mit Simone erzählte er ihr nichts. Benno würde die Umstände seiner Gefangennahme garantiert selber erzählen.

»Evelyn Feist, für Sie bin ich außer Dienst der Rolf. Ein aufrichtiger Freund ihres Partners.«

Der Moment der Hilflosigkeit hing nachhaltig in der Luft. Sie sahen sich an. Er registrierte ihr Lächeln und erwiderte es, ohne Peinlichkeit zu gewahren. Worte von enormer Relevanz für den Gedanken der Freundschaft setzten ihn unter Druck.

»Meine Gebete verleihen dem Ganzen Kraft. Das ist der Beitrag, den ich gewillt bin, zu leisten. Benno ist ja nicht gläubig. Ich habe in der kurzen Zeit unserer Begegnung von ihm gelernt.«

»Ich begreife, was meinen Freund bewegt. Da existieren Gedanken ans Sterben und vor allem an die Auferstehung. Benno hat mir zu diesem Thema eine passende Antwort gegeben.«

»Oha, bin gespannt. Rolf, um sich da hinein zu versetzen, müssen Sie es mit Ihrem eigenen Verstand erleben.«

»Ist das so schwer? Mein Job hat mich geformt. Ich lebe für die Möglichkeit, all das Negative um uns herum zu ändern. Bitte, Evelyn, nicht, um es der Einfachheit halber ungeschehen zu erklären.«

»Es ist nicht zu fassen! Rolf, Sie beschämen mich!«

»Blödsinn. In aller Bescheidenheit. Ich sehe eine bärenstarke Frau.«

Er hatte es kaum ausgesprochen, da geschah vor ihren Augen Schreckliches.

»Es ist vorbei!«, schienen die Gesichter um Benno herum zu sagen. Ausdrucksloses Starren blieb. Niemand rührte sich. Der Forensiker brach zuletzt kopfschüttelnd die Stille.

Der Redeschwall des herbeistürmenden Wilhelm Feist ebbte ab. »Warten Sie. Das Gepäckstück von Herrn Lorenz! Ich hole es!«

In Rolf klingelten die Alarmglocken. Doch für überstürztes Handeln fehlte der Grund. *»Versucht da jemand im Hintergrund, Aufmerksamkeit zu erwecken?«*, verwehte im Unterbewusstsein.

Da stolperte der Gepäckträger. Wilhelm Feist stürzte der Länge nach auf das Hofpflaster. »Oh Scheiße«, verhallte im Geräusch des aufschlagenden Körpers. In den abgespannten Gesichtern der Umstehenden war nun wieder Regung zu erkennen. Sie urteilten stumm über den Anteil an Schmerz des Gestürzten. Dann richteten sich alle Augenpaare auf das Gepäckstück. Das fiel nicht geradewegs zu Boden. Es schien, als hätte eine höhere Macht im Voraus eine Flugbahn berechnet. Der Forensiker erstarrte. Er begriff, dass soeben rundweg Schreckliches passierte. Das Durcheinander kippte. Wilhelm blieb Nebensache. Für das Einsatzkommando und das Notarztteam schien sie endgültig eine neue Wertigkeit zu erlangen. Das Paket schlitterte an ihnen vorbei und krachte gegen den Wagen des Notarztes. Das Geräusch von splitterndem Glas riss die Anwesenden aus der Schockstarre. Flüssigkeit breitete sich aus.

»Benzin!«, schrie einer der Polizisten. »Achtung! Explosionsgefahr, eine Bombe«, folgte. Der Ruf endete mit einem imposanten Sprung seitwärts.

»Los, nicht dumm rumstehen. Fasst mal mit an«, ereiferte sich ein bulliger Rettungssanitäter. »Tragt den Mann zur Seite.«

Im gleichen Moment griff er einen der Handlöscher aus der Halterung im Heck des Wagens. Aus wiederkehrenden Präsenztrainings hatte er Kenntnis über die Wirkung des Löschmittels. Kohlendioxid im Druckbehälter gehörte zu den ausgesprochen bewährten Flammenlöschern. Zur Bekämpfung von Bränden mit Benzin die ideale Anwendung. Nach zwei Minuten war der Spuk zu Ende – und die anfängliche Verwirrung der umstehenden Kräfte wandelte sich in blankes Entsetzen. Rolf stand unmittelbar neben ihnen. Einer der Polizisten versuchte herauszufinden, welcher Schaden eingetreten war. Er schaffte es, den Karton zu ergreifen. Angewidert schob er ihn zurück.

»Kameraden, das ist schauderhaft. Der Geruch beißt in der Nase, meine Augen tränen.«

»Weg da von dem Ding«, rief der Chemiker in Rolf. Er schnauzte den Beamten an. »Zurück, das austretende Gasgemisch ist unter Umständen brennbar und mit Luft explosionsfähig. Löschen Sie weiter mit Kohlendioxid.« Dessen Begleiter wies er an: »Sie holen ein paar Eimer Wasser. Ich rufe die Kameraden der Gefahrenabwehr. Alle anderen ziehen sich zurück. Keine Entwarnung, solange das mit dem Geruch nicht geklärt ist.«

Aufatmen und gesenkte Augenlider hefteten sich den Worten an. Einer der Polizisten löste sich aus der Erstarrung. »Befolgt die Weisung des Einsatzleiters«, rief er mit sich überschlagendem Ton. Seine Warnung hatte Gewicht. »Rückzug, Sicherheitsabstand bis auf den Hof ausweiten«, ertönte der Ruf aus der Menge widerhallend.

Rolf stand mittlerweile neben den Sanitätern und dem Notarzt, die sich um den gestürzten Wilhelm Feist kümmerten. »Und, muss er stationär behandelt werden?«, fragte er.

»Nein! Zum Glück sind es nur Hautabschürfungen. Unkompliziert! Der Sturz ist glimpflich verlaufen. Haben Sie eine Ahnung, was da passiert ist?«

»Nun, die Wucht des Aufpralls hat ausgereicht, um den Glaskörper im Paket zu zerstören. Der ausströmende Geruch ist mir vertraut.«

»Mir als Mediziner auch, das riecht nach einem Fixierungsmittel.«

Wilhelm fuhr ihm ins Wort. »Wenn das zutrifft, Doktor, enthält das Gefäß sowas wie Karbol. Ein Produkt zur Haltbarmachung von organischem Gewebe.«

»Wäre denkbar. Sie meinen, der Oberkommissar hat in dem Behälter einen Fund präpariert?«, erwiderte der Arzt. »Herr Kriminalrat, was denken Sie?«

»Meine Herren, wir ergehen uns hier unnötig in Spekulationen! Das Team vom Chemieschutz der Feuerwehr wird das Geheimnis in Kürze lüften.«

»Verstehe«, erwiderte Wilhelm. »Danke für Ihre Hilfe, Herr Doktor. Oberkommissar Lorenz braucht sie sicher dringender. Ich verständige nun die Älteste unserer Glaubensgemeinschaft. Im

Moment sitzen vierzig Mitglieder beim Lesen der Bibel im Gebäude. Die haben eine kurze Erklärung verdient. Sie entschuldigen mich?«

»Einverstanden!«, erwiderte der Forensiker. Er wandte sich Evelyn Feist zu und stieß auf unerwarteten Widerstand. Sie wich einen Schritt zurück.

»Ich habe nichts zu erzählen. Herrn Lorenz bin ich freundschaftlich verbunden«, suchte sie kleinmütig nach einem Haltepunkt Rolfs Arm.

Der hatte keine andere Wahl. Er reagierte. Das war er dem Freund schuldig. Jedes Wort betonend sagte er für die Umstehenden hörbar. »Verehrte Evelyn Feist, ich bin der Einsatzleiter dieser Untersuchung und an Regularien gebunden.«

»Verstehe! Für Sie ist es unverzichtbar, der Form zu genügen.«

»Ja, ein anderer Weg bleibt mir verschlossen.« Er zog sie zur Seite und sprach nun merklich leiser. »Hören Sie mir bitte zu. Ich verwende mich für Sie. Benno würde es gutheißen, dass ich Sie beschütze. Das ist der Grund für dieses Szenario. Ich ziehe Sie aus dem Geschäft.«

Rolf bemerkte Tränen in ihren Augen. Es bereitete ihm Mühe, seine eigene emotionale Befangenheit zu verstecken. Der Freund hatte Scheiße gebaut, das war Fakt. Der Polizei gelang in sozialer Partnerschaft ein Coup. Der Kriminalist Lorenz lebte. Das war die Hauptsache. Die Suche nach den Tätern erhielt Auftrieb. Rolf verwarf den Gedanken. Das Einsatzteam der Feuerwehr traf ein. Konzentration war gefragt. Minuten später gab deren Einsatzleiter Entwarnung.

»Herr Kriminalrat, ich hebe den Alarm auf. Der mobile Gasmesscontroller zeigt, das toxische Gase in der Umgebungsluft nicht vorhanden sind. Der Sauerstoff in der Luft liegt bei 20,94 Volumenprozent.«

»Das heißt, Paket öffnen erlaubt?«

»Na, was soll´s. Sachte, sachte, verehrter Kollege! Sie haben ihm das Leben gerettet. Unser Job ist erledigt. Wir verlassen den Einsatzort. Okay?«

»Danke für die sachkundige Unterstützung.« An Evelyn Feist gewandt, sagte er: »An Sie hab ich ein paar Fragen.«

»Die wären?«, entgegnete sie.

»Wieso schleppt Benno eine Kiste mit sich herum? Ich bin mir sicher, dass die Peiniger wissen, wie sie vorzugehen haben. Die überlassen nichts dem Zufall. Dahinter verbirgt sich eine Botschaft.«

»Na ja, auf jeden Fall hat er eine WhatsApp-Nachricht abgesetzt, damit wir ihn finden.«

»Nein, sicher nicht. Mein Team hat das überprüft. Benno war nicht in der Lage, eine Meldung abzusetzen. Die haben ihn aus einem Auto im Vorbeifahren ausgeladen. Bis dahin war er gefesselt und bewusstlos. Die Handgelenke weisen extreme Verletzungen infolge des Gebrauchs von Fesseln auf. Damit scheidet die Aufgabe einer Mittelung aus. Sein Zustand war durch die Verabreichung von Medikamenten kritisch. Den Sensor des Handys zu aktivieren, ist kein Glanzstück. Die Fingerkuppen von Benno gab es ja gratis.«

»Verdammt Rolf. Was erzählen Sie da? Warum reden Sie alles kaputt? Was ist das hier?« Sie verwies auf die Handynachricht in ihrem Smartphone.

»Hier, lesen Sie!«, kam es aufgeregt über die Lippen. Er verstummte. Es hatte keinen Zweck zu diskutieren. Grüblerisch gab er einem der umherstehenden Beamten einen Wink.

»Hier, ziehen Sie die Handschuhe über! Öffnen Sie dann den Karton. Vorsicht, die Pappe ist durchnässt!«

»Okay«, erwiderte der Polizist, um im nächsten Augenblick wieder zu verstummen. Ruckartig straffte sich sein Körper. »Verdammt, was ist das denn?«, rief er. »Das stinkt ja furchtbar. Hab sowas in der Gerichtsmedizin gerochen. Formaldehyd, ich erinnere mich.« Er fummelte an der Pappe herum, hielt sich die Nase zu, um dabei gleichzeitig den Kopf angewidert zur Seite zu drehen. »Mein Gott, da liegt ja eine Art Maske zwischen den Scherben«, sagte er, sich demonstrativ an die Zuschauer wendend. Widerwillig hielt er das nasse Teil in der Hand, um sofort loszuschreien. »Ach du heilige Scheiße, verdammt, das ist ein abgetrennter Kopf!«

Seine Aussage trieb der umstehenden Mannschaft das blanke Entsetzen in die Augen. Evelyn Feist befreite sich zuerst aus der Erstarrung.

»Nein, das gehört nicht Benno. Bei allem, was recht ist, das ist keine Maske.« Sie zitterte am ganzen Körper. Ihr Gesicht war schmerzverzerrt. »Rolf, um Himmels willen. Das ist ein präparierter

Kopf. Den Konturen nach hat er Ähnlichkeit mit meinem Großvater!«, rief sie mit dem Mut der Verzweiflung.

Der Polizeibeamte ließ angewidert den Haarschopf mit den graugelben Hautfetzen zu Boden fallen. »Was? Das ist keine Theatermaske, sondern echt?«

»Sichern Sie den Fundort«, traf ihn die Antwort.

»Die Kriminaltechnik übernimmt die Spurensicherung. Sie, Evelyn Feist, bitte ich eindringlich, mich aufs Revier zu begleiten. Eine Zeugenvernehmung ist unerlässlich. Wie ich sehe, sind Ihnen die sterblichen Überreste bekannt. Dass es sich hier um ein oder mehrere Verbrechen handelt, ist nicht mehr zu leugnen. Ich hoffe, dass Sie nicht darin involviert sind. Rache ist zeitweise ein ungebührlicher Kamerad.«

»Was hat das mit mir zu tun?«, reagierte sie aufgekratzt.

»Es gibt zwei Gründe. Erstens existiert eine enge Verbindung zu KOK Lorenz. Zweitens liegt eine nicht aufgeklärte Vermisstenanzeige zu Herrn Erich Feist vor. Die stammt aus Ihrer Feder. Ist ihr Opa, stimmt`s?«

»Ja, korrekt. Kein Grund, um mich zu vernehmen.«

»Sie irren. Das ist im Moment eine hinreichende Begründung, um die Zeugin Feist auf dem Revier zu befragen.«

»Ergo bin ich damit eine Tatverdächtige?«

»Evelyn, bitte, ich bin auf Ihrer Seite«, bemühte er sich um eine annehmbare Aussage. »Zu mehr Freiraum sind mir die Hände gebunden. Das ist ein Schutzschild. Wir warten ab, bis Benno wieder aufwacht. Mir ist bekannt, dass Sie beide Angriffen durch unbekannte Personen ausgesetzt waren. Vertrauen Sie mir. Sei's drum, ich bin derjenige, der sich um Sie kümmert. Akzeptieren Sie das bitte. Stellen Sie sich auf ein paar Tage bei der Polizei ein. Man setzt Sie einer Gewahrsamsmaßnahme aus. Auch zu Ihrer Sicherheit. Ist befristet, keine Angst. Ihnen steht obendrein ein Rechtsbeistand zur Seite. Alle Unklarheiten beseitigt?«, hob er mit einem Kopfnicken fragend an.

Die Antwort darauf hatte er erwartet. »Nein, alles klar. Ich bin sicher, Benno findet in alter Form zu mir zurück. Er lebt. Bald erfahren wir die Wahrheit.«

»Das bezweifle ich nicht, Cousine Evelyn«, fuhr Wilhelm Feist überfallartig dazwischen. Er hatte abseits gestanden, nur um auf die Gelegenheit zu warten, sich einzumischen.

»Ich habe euer Gespräch zum Teil mitbekommen. Mich wundert´s, dass der Einsatzleiter vertrauensvoll mit dir spricht. Egal, das ändert nichts. Fakt ist: Du hast dich an deinem Großvater vergangen, elendes Miststück. Ein Schandfleck in der Gemeinschaft.«

»Schweig, Wilhelm. Gott würfelt nicht. Er straft den Täter! Ich bin sicher, damit verwehrt sich demjenigen der Eintritt ins Paradies.«

Wilhelm Feist wandte sich daraufhin dem Forensiker zu. »Sie entschuldigen«, sagte er. »Das betrifft einzig uns beide.« Er zog Evelyn derb am Arm zur Seite.

»Hör auf mit dem Gequatsche. Du hast lange Zeit gegen unsere Gebote verstoßen. Geheime Liebeskontakte zu einem Ungläubigen lassen sich nicht ewig verstecken. Heute kam endlich die Wahrheit ans Licht. Und alle Schuld weist auf dich! Du hast deinem Opa und mir den Stuhl des Anführers, der Stimme Gottes, geneidet. Ich sage dir, Erich hat diesen trostlosen, dreisten Tod nicht verdient.« Während seines Monologs fuchtelte er heftig mit den Armen. »Mein Vertrauen zu gewinnen, dafür ist es zu spät. Du bist eine Schlange. Wen hast du angeheuert, um ihn zu töten?« Er grinste hämisch und endete mit einer Ankündigung. »Hör zu. Ich werde gleich die Gemeinschaft der Gläubiger im Saal davon unterrichten. Glaube mir, ihr Hass wird dir gebühren!«

Sein süffisantes Grinsen entging dem Kriminalrat nicht. Einen Moment lang hing er erstmals einer vagen Eingebung nach. *»Mistkerl! Ein Komplott, verdammt, das wäre der Gipfel.«*

Viel Zeit, um den Gedanken zu Ende zu führen, blieb Rolf nicht. Wilhelm Feist wandte sich direkt an ihn: »Gibt es Fragen, die meiner Aussage bedürfen?«

»Nein, im Augenblick nicht. Sie erhalten zeitnah eine Vorladung zur Zeugenaussage. Das wäre alles«, erwiderte Rolf, um sich stracks abzuwenden. Er sah Evelyn an. »Sie folgen den Kollegen bitte zum Wagen und begleiten Sie uns zur Polizeidirektion, wie vorhin angekündigt. Das Krankenhaus ist vorerst tabu.«

»Oha, das ist ja eine Überraschung.«

»Eine groteske Wahrheit, nicht wahr? Es ist ein Weg, um Sie aus dem Blickfeld der Täter zu jonglieren. Leider tappen wir bezüglich der infrage kommenden Personen im Dunkeln. Ich bin davon überzeugt, das ändert sich bald. Damit ist eine Sorge ausgestanden. Vergessen? Ich habe Benno versprochen, mich um Sie zu kümmern.«

»Danke! Sie sind ein verständnisvoller Freund.«

Rolf ließ sie aussprechen. Den Schmerz über die schrecklichen Ereignisse rund um ihren Großvater, einschließlich der Todesangst um Benno sah er deutlich in ihren Augen. Sie hielt das schaurigfeuchte Schimmern nicht zurück. Urplötzlich entstanden daraus über die Wange kullernde Tränen. Ein sichtbares Zeichen dafür, dass ihr der gemeinsame Freund etwas bedeutete.

»Ich verstehe, Sie haben meine volle Aufmerksamkeit«, sagte er.

Sie reagierte vorhersehbar. »Erklären Sie mir, bin ich in der Lage, Großvater solch Grausamkeit anzutun? Ich bin dankbar, dass Sie mich schützen. Alles klärt sich auf.«

Damit traf sie den Kern. Zwölf Stunden später öffnete Benno Lorenz die Augen. Rolf stand am Bett.

»Mensch Alter. Du hattest einen langen Schlaf. Verdammt!«

»Wie lange war ich weg, mein Freund?«

»Wenn du drauf bestehst... okay! Eine Ewigkeit. Wir hatten pure Angst um dein Leben!«

»Oha, hört sich nicht erbaulich an. Meine Erinnerungsfähigkeit ist am Arsch.«

»Verständlich. Deine Peiniger hatten dich mit Narkotika vollgepumpt. Hier gab es keinerlei Zufälle. Die Freiheitsberaubung unterlag einer ausgeklügelten Prozedur.« Er schmunzelte. »Es fehlt zum Glück nichts. Da unten ist alles dran an dir. Kannst du dich dennoch an irgendwas erinnern?«

Benno hob erschrocken die Bettdecke, um in Richtung seines Genitals zu sehen.

»Keine Sorge. Der Kleine regt sich bald wieder. Du hast ansonsten den ganzen Rest der Schikane versäumt. Leider mit Nebenwirkungen, die eine langfristige Behandlung erfordern.«

»Was heißt das, Rolf?«, unterbrach er den Freund besorgt. Mit schmerzverzerrtem Mund schob er hinterher: »Hilf mir, aus dem gottverdammten Scheißbett heraus. Du bist mein Vertrauter. Krankenhäuser sind mir verhasst. Da draußen lauert auf Evelyn der Tod.

Die Täter stehen bereit. Sie sind angetreten, um erneut Komplotte zu schmieden.«

Beide schwiegen für den Moment. Die innere Anspannung trieb Lorenz an, Fragen zu stellen.

»Ich überlege grade, was du denkst. Tja, mein Freund. Ein Gefühl lässt mich Gefahr riechen.«

»Ich befürchte, das trifft zu. Du hast in ein Wespennest gestochen. Unsere Aufgabe ist es, Beweise zu schaffen. Benno, an diesem Punkt hapert es. Hinzu kommt das ärztliche Urteil. Du brauchst Zeit zur Erholung. Dein Chef im LKA hat mich gebeten, dass du dem nachkommst. Ich koordiniere ab sofort die Ermittlungen. Dir haben die Ärzte Ruhe verordnet.«

»Was denn. Ich bleibe hier liegen?«

»Ja! Das zählt mit zur Befehlslage, mein Freund.«

»Was verheimlichst du mir?«

»Jede Menge. Wir haben tief in den Topf gegriffen. Benno, du warst Tage verschwunden. Es hat sich Dramatisches ereignet. Konkrete Verdachtsmomente sind massenhaft auszuwerten. Das Thema Vermisstenanzeige ist überholt. In erster Linie dreht sich alles um die Tötung, unter Umständen den Mord an Erich Feist. Es ist anzunehmen, dass die Entführer darin involviert sind.«

»Ich hasse es, untätig rumzuliegen.«

»Das glaube ich dir. Mein Freund, in deinem Blut haben die Ärzte erhöhte Werte von Quecksilber gefunden. Erinnerst du dich an unser Gespräch zu dem Fund in der Bode?«

»Klar!«

»Verstehe bitte, du wirst in dem Zustand nichts bewirken. Deine neue Freundin ist in Sicherheit. Sie sitzt in Polizeigewahrsam. Das war meine Idee. Ich habe ihr das Vorgehen erläutert.«

»Und das hat sie akzeptiert?«

»Mit Murren hat sie zugestimmt. Sieh zu, dass du wieder in die Seile kommst. Im Übrigen haben die Bibelfreunde Wilhelm Feist mit dem Verschwinden des Ältesten belastet. Er hat das Zünglein an der Waage zu verantworten. Negativ sind die persönlichen Befindlichkeiten, was dich betrifft. Das gefundene Fressen für den Kerl. Die Konsequenz ist, dass du komplett von den Ermittlungen abgezogen wirst.«

»Das ist absoluter Blödsinn«, sagte Lorenz mit kaum vernehmbarer Stimme. Erschrocken stemmte er den Oberkörper im Bett auf, um sofort schmerzverzerrt zurückzusinken.

»Siehst du, nicht einmal aufrecht sitzen funktioniert.« Sein verzerrtes Lächeln erreichte den Freund nicht. »Ich habe keine andere Wahl, Benno. Eine Woche brauchst du, damit das Ärzteteam die Vergiftung in deinem Körper im Griff hat. Gib dir die Zeit. Das ist ein dringliches Gebot, ein freundschaftlicher Rat obendrein«, sagte er lächelnd. »Die paar Hautabschürfungen sind nicht lebensbedrohlich. Wir reden morgen weiter.«

»Deine Ermahnung ist angekommen«, nickte Benno ihm zu. »Ich versuche, den Kopf freizubekommen.«

»Ja, das ist angebracht.«

»Wieso? Lass es mich wissen.«

»Du wirst es herausfinden. Das ist der beste Zeitpunkt, um darüber zu reden. Konzentriere dich auf den Abend, wo du zum Spielball wurdest. Jedes Detail ist bedeutsam. Vor allem, was du über dieses ominöse Paket weißt.«

»Stopp! Ich war auf dem Weg zu Evelyn, des Ermittlungsfortschritts wegen. Sie ist ein relevantes Bindeglied, um dahinter zu kommen, wieso ihr Opa verschwand.«

»Benno, das mit ihm ist lange her. Hier dreht es sich nicht ums bloße Missionieren. Du hattest mit Kriminalhauptkommissar Walther vom Staatsschutz ein Gespräch.«

»Was ist daran falsch? Da kam nichts Brauchbares rum. Quellenschutz, lautete das Veto des Kollegen. An mir lag es nicht. Was deutest du damit an?«

»Dass du selbstverliebt gegen Regeln verstoßen hast.«

»Welch ein Unsinn. Weshalb?«

»Na, du behinderst die Geheimhaltung polizeilicher Quellen.«

»Häh, was denn, ich?«

»Ja! Du bist darin verwickelt. Die Beschwerde kommt vom Fachkommissariat der Zentralen Abteilung Kriminalitätsbekämpfung der Polizeidirektion.«

»Ist das ein Witz?«

»Nein. Dem Direktor des LKA liegt ein Bericht vor, der schwere Vorwürfe gegen dich erhebt! Das ist bitterer Ernst, Benno. Du hast unwissentlich einen laufenden Vorgang gestört.«

»Kennst du Details?«

»Bruchstückhaft. Fakt ist, das übersteigt die Aufgaben deiner Abteilung als auch die des Dezernates 25.«

»Lass mich was raten.«

»Versuch es. Denk dran, du liegst im Krankenbett, um zu genesen. Bist grade dem Tod von der Schippe gesprungen. Wie ich gehört habe, hat daran eine verdeckte Quelle Anteil.«

»Moment, Rolf. Du versuchst, mir einzureden, dass die Schlappohren mein Leben gerettet haben? Mensch, das ist ja extrem krass!«

»Stellt sich zumindest in der Form dar.«

»Dem Schein nach? Ist das echt? Vergiss nicht, deine Aussage hat eine immense Bedeutung.«

»Du dramatisierst. Ich weiß, was in dir gärt.«

»Was denn?«

»Bist du begriffsstutzig? Es geht um deinen Eingriff bei der Ausübung von verdeckt geplanten Maßnahmen.«

»Konkreter, Rolf!«

»Mein Freund, wir reden von Gefährdern. Das ist ein hochsensibles Thema. Ha, hast damit den Punkt der Sensibilitätsschwelle getroffen! Hinzu kommt, dass du dich verknallt hast. Gleich in zwei Damen.«

»Ja! Stimmt! Ist mir verdammt peinlich! Einzig Evelyn verschafft mir bei den Ermittlungen eine brauchbare Lösung.«

»Benno, du windest dich wie ein Aal. Ohne Scheiß. Erklär's mir, ist sie denn unentbehrlich?«

»Für mich auf jeden Fall!«

»Okay! Spitze die Ohren, mein Freund! Hör aufmerksam zu! Ich erzähle dir nun was über ein weiteres Puzzleteil.«

»Allmächtiger Gott. Was kommt den nun noch, Rolf?«

»Du bist unfreiwillig ein Ziel geworden. Fünferquellen belegen das. Sie sagen auch, dass du in einen Glaubenskrieg geraten bist und als Prellbock missbraucht wirst.«

»Und das bedeutet?«

»Benno, zunächst, dass sich dies in der Öffentlichkeit nicht mehr geheimhalten lässt. Der Aufenthalt im Krankenhaus schon, vorerst! Es gibt auch positive Effekte.«

»Na, da bin ich gespannt! Das, was du sagen willst, betrifft hoffentlich die Schweine, die mich eingesperrt und misshandelt haben.«

»Bleib cool! Dein Vorgehen hat etwas in Gang gesetzt.«

»Hmm, Rolf, da tauge ich doch noch zu was, außer Prellbock zu sein«, sagte mit dem Anflug eines schmerzverzerrten Lächelns.

»Ja, auf jeden Fall. Du hast in ein Nest gestochen, in dem die rechte Szene versucht, Fuß zu fassen. Benno, das alles ist inoffiziell. Fürs Erste gib dich damit zufrieden.«

»Und das teilt dir Horst Walther einfach so mit?«

»Nicht, wie du es formuliert hast. Ich habe offiziell von der Polizeidirektion den Auftrag, die Ermittlungen fortzuführen. Das ist ein koordinierter Einsatz mit Unterstützung der Fachabteilungen. Werd gesund und du bist wieder dabei.«

»Komm, füttere mich nicht an. Was sagen die Fünfer?«

»In erster Linie bestehen sie auf Quellenschutz.«

»Mensch Rolf, du eierst rum. Ich bin körperlich geschwächt, im Kopf aber klar! Vergessen?«

»Tut mir leid. Ich wollte dich nicht überfordern.«

»Danke! Ist mir bewusst. Ich verstehe auch, dass die Informationen uns den Tätern nahebringen. Die Fage ist, sie so aufzubereiten, dass sie offiziell verwendet werden können.«

»Benno, daran arbeiten wir gemeinsam. Für heute Schluss damit! Bevor du mir zusammenbrichst, hätte ich gern eine weitere Sache besprochen. Die ist so abscheulich, dass ich dich fragen muss, ob du das in deinem Zustand erträgst...«

»Mensch Rolf, ich bin keine Mimose. Foltere mich nicht. Sag´s mir!«

»Nun, Erich Feist ist tot. Er fiel einem Verbrechen zum Opfer. Das kann ich heute mit Sicherheit sagen. Und genau darin liegt das Problem. Sag mir, kursiert in deinem Kopf irgendein Hinweis, warum eine Pappkiste neben dir abgestellt wurde?«

»Nein! Darauf schwöre ich einen Eid.«

»Das solltest du, mein Freund! In dem Paket lag ein Glaszylinder mit einer Flüssigkeit. Formaldehyd! Ein Mittel zur Haltbarmachung organischer Substanzen. Es kommt auch bei Leichenteilen zur Anwendung. Was glaubst du, wovon ich spreche?«

»Na klasse, nun soll ich auch noch rätseln.«

»Ach!« Er zog eine Augenbraue nach oben. Mit kaum vernehmbarer Stimme stammelte er zerknirscht: »Benno, der abgetrennte Kopf darin ist der von Erich Feist.«

»Oha! Scheiße, ein Zeichen!« Seine Angst nicht verbergend, schob er gleich hinterher: »Wenn sie beabsichtigten, mich umzubringen...«, verschluckte er den Rest es halbfertigen Satzes, »dann wäre ich tot«, schloss er den Gedanken ab. Stotternd tröpfelte es über seine Lippen: »Der das vollstreckt hat, beherrscht sein Handwerk.«

»Korrekt. Geh davon aus, der oder die Täter trennten seinen Kopf vom Rumpf. Die Gerichtsmedizin sagt, dass dazu spezielles Wissen erforderlich ist.«

»Du meinst medizinisches Basiswissen.«

»Ja, mindestens. Das wurde mit hoher Wahrscheinlichkeit mit Hilfe eines Skalpells vollbracht. Die Person hat einen Hang zum Sadismus. Ein Perverser, der seine perfide Kunst in den Dienst der Sekte gestellt hat.«

»Eine vage Annahme. Das bedarf einer konkreten Begründung, Rolf.«

»Ich versuch´s. Der Kern ist, dass der Ausführende für diesen Mord Verdammnis riskiert. Der Eintritt ins Paradies nach dem Tod bliebe ihm auf Ewigkeit versperrt.«

Benno erwiderte den Blick des Freundes. »Sind das Erkenntnisse der Fünfer-Kollegen?«

»Ja! Egal wie flammend deine Wut hochkocht. Wir gehorchen einer Befehlskette. Werde gesund. Ich verspreche dir, dass du wieder mitmischst. Wir bleiben täglich in Kontakt. Eine Frage: Hast du den Wunsch, der Evelyn Informationen zukommen zu lassen?«

»Ja. Sage ihr, ich bestärke sie in ihrem Gottesglauben, Gefühle zu zeigen, egal, ob sie abdriften oder nicht. Ich vertraue auf ihre Kraft und bewundere sie dafür. Mach ihr klar, dass es gefährlich ist, Hohlköpfe wie den Cousin zu unterschätzen.«

Wilhelm Feist geriet ungeahnt in einen der doppelsinnigen Auftritte seiner Tante. Die Älteste hatte den Heimvorteil auf ihrer Seite. Hier, im Refugium der Wahrsagerin, gab es kein Tageslicht. Ihn erwartete eine Theaterkulisse, deren prägende Bestandteile auf Unmengen vieldeutiger Symbole basierten. Es stand für das Engagement einer Meisterin. Erna Feist hatte die Kunst erlernt, diese Sprache für ihre

Zwecke einzusetzen. Sie besaß die nötige Reife in der Seelenpersönlichkeit, um die geistige Natur der Schöpfung und des Menschen zu erfassen. Geschickt nutzte sie den Stimmungsfaktor Licht. Überall brannten Kerzen. Deren gelbliche Flammen erhellten den Raum spärlich. Dunkelheit und Schatten boten ihr ein ideales Versteck. Sie lieferte dem Neffen eine Show, die er nicht erwartet hatte. Wie Phönix aus der Asche stieg sie aus der Finsternis. Ein Harlekin, ein Phänomen, das den Hang zur Exzentrik unterstrich. Ihr kalkweißes Gesicht, die Augenhöhlen in tiefem Schwarz und in Zinnoberrot geschmückte Wangen ergänzten das Bild. Wilhelm streckte der alten Dame beide Hände entgegen. Das sackartig wirkende Gewand aus Leinen gebot ihm Respekt und Ehrfurcht. In dem Moment berührten extrem lange, leuchtend rot bemalte Fingernägel seine Haut.

Wie betäubt hörte er sie sagen: »Komm! Tritt näher. Erzähl mir von den Geheimnissen, die dich drücken.« Ihre Stimme schnurrte in angriffslustiger Tonlage. »Ich empfange das Pulsieren des Blutes, spüre die Wucht des Adrenalins in deinem Leib! Übe Mäßigung und ein Herzenswunsch erfüllt sich. Dein Horoskop, das Sternzeichen Stier im August, spricht für dich, Neffe. Zuvor klären wir, wer du in Wirklichkeit bist. Reden wir darüber?«

Wilhelm zögerte. Er wog die Ernsthaftigkeit der Lage ab. Sich mit Erna anzulegen, erschien ihm zu heikel. Jede gedankenlos ausgeführte Tarnung gefährdete seine Mission. Seine Absichten zu verschleiern, reichte nicht aus, zumindest nicht heute. Das hat ihm seine Tante über viele Jahre hinweg immer wieder eingetrichtert.

»Jungchen, die Legende ist erst perfekt, wenn sie glaubhaft erscheint.«

Stotternd beugte er sich ihrem Willen, um ihr weiterhin das Gefühl der Überlegenheit zu vermitteln. »Ich ... ich weiß es nicht. Eines ist sicher, Geheimnisse sind bei mir dort abgelegt, wo sie hingehören. Hier im Kopf«, sagte er und hielt sich einen ausgestreckten Finger an die Schläfe.

»Mein Gott, Wilhelm, sei vernünftig! Übe dich in Diplomatie! Du hast deine Cousine der Gefahr ausgesetzt. Ich erinnere mich. Gab es da nicht einen Schwur, der dir Pflichten auferlegte? Ich beschütze sie, klingt mir in den Ohren.«

»Hab ich allen zuteilwerden lassen. Aussichtslos, wie mir scheint. Du, die Älteste, hast nichts gegen mein Veto unternommen.

Diese Hure überschritt tagein, tagaus Grenzen. Das schwächt den menschlichen Geist. Wie bei Erich, den du verhätschelt hast.«

»Nein. Schweig still. Du bist ein Teufel! Einer, der drauf aus ist, seine Tollkühnheit anderen begierig zu verkündigen.« Sie erhob sich aus dem Sessel mit den geschwungenen, handgeschnitzten Armlehnen. Reglos stand sie da. Ihre Brust hob und senkte sich mit unregelmäßigem Atem. »Du stehst hier, weil Erich einen unwürdigen Tod starb«, sagte sie herablassend lächelnd. »Es ist schwer, mir vorzustellen, warum du unserer Gefolgschaft den Genuss der Qual eines langen Leidensweges für den Treubrüchigen vorenthieltest. Seine Reise fand durch dein Eingreifen ein jähes Ende. Dabei bin ich mir sicher, dass meine Medizin ihm eines Tages den Weg gewiesen hätte. Wie wir das seit jeher bei Aussätzigen für notwendig erachteten.«

Ihr Statement berührte ihn nicht sonderlich. Nein, es war keine Überraschung. Polternd schob sich über seine Lippen: »Erna, sind das die gewissen Anstandsregeln, die du einforderst, um mit Verboten umzugehen?«

»Ja, sind es! Zufrieden? Was erhoffst du dir von mir?«, fragte sie, ohne ihm die Chance einer Antwort einzuräumen. Sie setzte sich aufrecht hin, die Lippen von einem süffisanten Lächeln umspielt. »Schmecken dir die Kekse? Wieso spüre ich da pure Panik?« Mit diebischer Freude erwartete sie seine Konter.

»Du alte Hexe, ich bringe dich um«, klopfte es im Hirn des Neffen. *»Du hast versucht, mich zu vergiften. Das wirst du mir büßen.«* Er sprach diese Gedanken nicht aus. Zugleich färbte sich seine Gesichtshaut aschgrau.

Erna Feist bemerkte, wie er hektisch, von Angst gequält, durchatmete. Seine Vorstellungskraft reichte nicht aus, um ihre Boshaftigkeit zu erfassen. Gleichzeitig ließ sie zu, dass er ihre Hand ergriff.

Untertänig, schmalzig, beteuerte er: »Erna, wir sind die Familie. Die ist heilig. Erich war einst ein Kämpfer. Aus ihm entwickelte sich ein Arsch, ein Abtrünniger, ein Betrüger. Er hat unser Wohlwollen mit dem geistigen Beistand nicht verdient. Leider habe ich kein Recht zu erfahren, wer dir die Befugnis auf göttliche Bestrafung entrissen hat. Das oblag aller Voraussicht nach einem Schwachsinnigen. Jemand, der mit größerer Wut dir die Freude vorweggenommen hat. Tut mir leid!«

»Wilhelm, du redest wirr. Allmählich begreife ich das.«

»Oh Gott, ich hoffe trotz alledem, dich an meiner Seite zu haben. Erna, wenn solche Menschen wie der Bulle Schuldgefühle in uns verursachen, ist die Kacke am Dampfen!«

»Das ist passiert. Evelyn sitzt in Polizeigewahrsam. Ich brauche sie hier. Ihr Job ist, die Produktion und den Verkauf der Keramikgefäße zu beaufsichtigen. Sie fehlt mir überall.«

»Keine Angst. He, das übernehme ich mit ein paar Freunden.«

»Ach ja?« Hob die alte Dame stirnrunzelnd an. »Solange die Brandermittlungen nicht abgeschlossen sind, gibt es keine Baufreigabe. Die Wochenmärkte sind die einzige Alternative zum Verkauf.«

»Da fällt mir eine Lösung ein. Übermorgen legen wir los.«

»Sicher, Wilhelm«, antwortete sie fragend und kurz angebunden. »Meine Freigabe ist erteilt. Komm mit. Ich zeige dir den Lagerbestand der Gefäße mit den Keksen.«

Er sah sie an. »Ah, verstehe. Die sind köstlich«, ließ er seine Verärgerung im Ton mitschwingen.

»Was ist los? Alles in Ordnung?«

»Erna, nichts ist los. Sind das die, von denen Erich und ich gegessen haben?«

»Welche sonst? Warum fragst du? Keine Angst, das Backrezept stammt von mir. Hab es eigenständig abgemischt. Du lebst, Wilhelm. Hast du Fracksausen? Täusche ich mich?«, versuchte sie dem Neffen die sichtbare Verkrampfung zu entreißen. »Ich bin keine Giftmischerin, wie du das befürchtest. Hier, koste«, sagte sie, um ihm einen duftenden Keks aus der Schale auf dem Tisch zu reichen.

»Nein danke!«

»Unsinn! Nimm!«, trieb ihm den Schweiß auf die Stirn. Ihr Ton fuhr ihm hart in die Glieder. »Wilhelm, wenn du mir nicht alles erzählst, wirst du mich kennenlernen. Wünsch dir das nicht. Deine Älteste hast du niemals in der Form erlebt. Ich koche dich im Höllenfeuer. Begreif das endlich!«

»Das traust du dich nicht!«, erwiderte er fassungslos.

Voller Schreck schlug es ihm entgegen: »Erstaunlich! Ich würd´s keinem weitersagen. Unsere Brüder und Schwestern haben ein waches Auge auf jede deiner Bewegungen. Meinst du, mich zu hintergehen, bleibt ungestraft?«

»Bitte, das würde ich niemals wagen.«

»Zum Teufel«, zischte die Alte. »Ich glaube dir nicht. Die Gemeinschaft hätte das Recht, von deiner Selbstjustiz zu erfahren. Wir sind keine Mörderbande. Jeder Einzelne sieht seine Berufung in der Missionierung der Ungläubigen. Wir schaffen eine auserwählte Elite mit vorbestimmten Aufgaben. Wilhelm, das bringt eine schwere Bürde der Verantwortung mit sich. Was den Erich betrifft, ist zutiefst familiär. Das hat dich nicht zu interessieren.«

»Erna, verzeih. Ich habe Fremden Eintritt in unsere Welt gegeben.«

»Du gottverdammter Esel. Wieso? Erkläre das!«

»Es sind Vertraute, die sich wie wir für Gottes Soldaten halten. Sie deuten die Bibel, wie du uns geraten hast, sie zu lesen.«

»Blödsinn, was faselst du da. Die stehen außerhalb unserer Familie.«

»Nein, denen ist klar, dass sie die ganze Menschheit im Stich lassen, wenn sie ihre Pflichten nicht in vollem Umfang erfüllen.«

»Was wäre das, Wilhelm? Los, bitte etwas konkreter!«

Mit unschuldigem Lächeln antwortete er und erhob sich vom Stuhl. »Deiner Enkelin mit ihrem Liebhaber die eigene Schuld an der Misere wahrnehmen lassen. Sie wieder auf den richtigen Weg zu bringen.«

»Indem du Köpfe abschneiden lässt? Wie krank musst du im Hirn sein?«

»Nein. Erna, du verdrehst diesen Umstand. Das würde ich meinem Onkel niemals antun. Der Gedanke daran ist verwerflich.«

»Wilhelm, dir zu vertrauen, fällt mir schwer. Gib es zu. Das Geschehen hat sich verselbständigt. Du hast in mancher Hinsicht die Weitsicht für Gottes Angelegenheit verloren. Sieh dir diesen Steiner an. Ein schmieriger Kerl, schäm dich, solche Menschen in unsere Gemeinschaft einzuführen.«

»Erna, Angst zu erzeugen, gehört zum Leben.«

»Du bist ein Zyniker, Neffe. Es ist ein alltägliches Grundgefühl, das Besorgnis auslöst. Ich löse jeden Tag welche aus. Sie dient mir, um das Schiff der Gläubiger zu steuern. In die eine oder andere Richtung. Es ist notwendig, um die Bibelgemeinschaft mit harter Hand zu führen. Du bist davon weit entfernt.«

»Tante, das täuscht. Manche brauchen einen Tritt in den Arsch. Ich bin ein Werkzeug. So definiert dein Neffe sein Verständnis für die Sache! Es sind meine Regeln! Ich bemühe mich grade, die Schar der Glaubensanhänger zu mehren. Prüfen wir die Wägbarkeit ab. Es sind Menschen rund um Steiner. Es lohnt sich, ihnen unsere Philosophie nahezubringen. Komm, ein Versuch ist es wert. Bedenke bitte, deine Enkelin ist dabei, den Pfad der göttlichen Wahrnehmung zu verlassen. Ich hure nicht rum. Sie dagegen beschmutzt das Ansehen der Stimme Gottes. Keine intimen Kontakte zu Ungläubigen. Das entspricht unserem Glaubensbekenntnis.«

»Verdammt, Wilhelm. Du weichst aus. Wer sind die Totengräber? Hast du erwartet, das dauerhaft geheim zu halten?«

»Der verletzte Polizist ist bald wieder genesen. Gnade uns Gott. Dieser Lorenz ist angetreten, um seine Peiniger zu jagen. Dich eingeschlossen.«

»Hmm, die Älteste? Du sprichst von mir, Neffe.«

»Erna, wache auf. Die Polizei findet garantiert Rückstände, die dir nicht genehm sind. Was meinst du, ob dein Zinnoberwahn das verträgt? Nebenbei bemerkt, ich habe gehört, dass Evelyn eine gewisse Sorte Kekse im Verkaufskiosk auf dem Hexentanzplatz eingelagert hatte.«

»Der ist ausgebrannt.«

»Ja. Sag das dem Brandermittler der Polizei.«

»Scheißkerl, Schmarotzer, du bist Fleisch und Blut der Feist-Linie. Nichts passiert ohne Grund. Du steckst dahinter.«

»Erna, wer sonst? Das bleibt ein Geheimnis. Ein Neuanfang. Unsere von dir verschmähten Freunde haben der Gemeinschaft einen Bärendienst erwiesen. Die Polizei hätte uns alle eingesperrt. Das heißt, vorbei der Traum, von Gott auserwählt zu sein.«

Erna zog eine säuerliche Miene. Brummelnd kehrte sie ihm den Rücken zu. »Unverschämter Hundesohn«, schoss es Sekunden später über ihre Lippen. »Du wirst Disziplin wahren. Ordne dich unter bis die Zeit des Anführers gekommen ist.«

»Ich staune, Erna. Das klingt versöhnlich.«

»Elender Schleimscheißer. Deine Art, Kampfeslust zu versprühen, springt aus der Spur. Übertreib es nicht. Bisher hast du dich nicht würdig erwiesen, den Stuhl der Stimme Gottes zu übernehmen. Basta!«

»Klar! Rede nur weiter so mit mir, bist ja die Älteste.«

»Oh weh, was höre ich da? Klein beigeben. Wie ein armseliger Depp. Mir scheint, ich habe mich getäuscht. Glaub mir, deine Zeit ist nicht gekommen. Wirst nicht umhinkommen, es zu akzeptieren. Wenn die Berufung zum neuen Ältesten ansteht, brauchst du einen würdigen Bürgen.« Wieder richtete sich ihr listenreicher Blick auf Wilhelm. Der war merklich bemüht, nicht zusammenzuzucken. »Mein letztes Angebot, Junge! Sei vernünftig! Du bist ein Feist. Um den Listenplatz für das Amt des Nachfolgers zu erheischen, gilt: Strample dich frei! Fair bitte. Zumindest ist es nicht erlaubt, dass bibelferne Gedanken die Gemeinschaft beschädigen. Verstehst du?«

»Ja. Das ist eine vernünftige Lösung, Tante! Ich pfeife die angeheuerten Jungs zurück. Versprochen!«

»Okay, setz dich wieder. Hab es nicht gern, mir den Blick im eigenen Haus zu verstellen. Das Schlimmste ist damit vorbei. Es ist heiß hier drin. Trinke einen Schluck Limonade mit.«

»Ja, gern, wenn sie eisgekühlt ist!«

»Ist sie, und mit Gin versetzt. Mein Wohlwollen. Sieh darin den Akt der Versöhnung für die Schmerzen, die wir uns soeben bereitet haben.«

»Oha, du bietest mir Alkohol an? Das ist verrückt«, sagte er verwundert.

»Wilhelm, diese Gefolgsleute versetzen die Menschen in Angst. Sei wachsam. Den Blutrausch zu stoppen, ist eine schwierige Mission.«

»Erna, nochmal, was ich unternahm, war die pure Höflichkeit dir gegenüber. Eine korrekte Sache.« Sein Herz klopfte. Im Mund sammelte sich, vom süßlichen Geschmack der Limonade überdeckt, die Angst.

»Ist ab sofort nicht mehr dein Problem. Ich werde sie alle umbringen. Einen nach dem anderen. Wie in den Jahrhunderten vor uns, wenn du nicht einschreitest, Wilhelm. Es bleibt unser Geheimnis, unter vier Augen, Neffe!«

Der strahlte erleichtert. Er leerte das Glas mit dem eiskalten Mix aus Limonade und Gin, um sofort ein Schmatzen hören zu lassen.

»Oha, ja, das lässt sich trinken«, kroch anerkennend über seine Lippen. Trotz alledem hatte er ihre Verachtung bemerkt. Die Wut beiseiteschiebend, pflanzte er die Saat vorgetäuschter Naivität. Das zog bei Erna jederzeit.

»Mein Gott, Älteste, der Weg ins Paradies, wieso vergaß ich das? Zähle auf mich, vertrau mir!«

Welch ein Schlamassel. Lorenz brütete vor sich hin. Sein Gewissen quälte ihn. Er war außerstande, die zwanghafte Zuneigung zu Evelyn Feist abzuschütteln. Im Stillen dankte er Rolf für die Umsicht zur Zeit der eigenen Unpässlichkeit. Sie war vorerst in Sicherheit. Die initiierte Untersuchungshaft ließ sich nicht mehr lange aufrechterhalten. Alles andere war zweitrangig, erforderte, grob gesagt, beherztes, überlegtes Eingreifen. Da waren diese unsichtbaren Killer. Sie setzten dem Ganzen die Krone auf. Er hatte ihre Vorgehensweise bildlich vor Augen. Sie genossen den Spaß an der Jagd, in deren Mittelpunkt er mit Evelyn stand. Abrupt erhob er sich aus dem Bett. Die Schwellungen im Gesicht ließen sich nicht vertuschen. Echt interessieren würde das da draußen auf der Straße keinen Menschen. Mit diesen Gedanken schwanger, erklärte er dem diensthabenden Oberarzt in der Magdeburger Uniklinik fünf Minuten später: »Ich checke aus. Die paar Kratzer heilen ohne Aufenthalt im Krankenbett. Spricht was dagegen?«

»Egal, was ich rate. Sie treffen die Entscheidung für sich. Meine Hilfe benötigen Sie nicht. Halten Sie Kontakt zum Hausarzt. Der Medikamente wegen. Den Arztbericht lasse ich an Ihre Adresse schicken.«

»Danke, Doktor«, lag bereits in der Vergangenheit.

Seine Partner waren nicht erbaut davon. Ihr Treffen in seiner Wohnung stand daher unter keinem günstigen Stern.

»Rolf, Simone – verzeiht, ich bin nicht in der Lage, weiter im Bett zu liegen. Zuschauen liegt mir nicht. Klar, ihr seht das anders.«

»Ja, unangemessen!« Strafende Blicke signalisierten Frust.

»Dein einziger Job heißt: Kuriere dich aus. Benno, ich rate dringend davon ab, in Euphorie zu verfallen«, erklärte der Freund. »Heldentaten braucht das Amt nicht.« Er sah dabei in Richtung Simone, die sofort reagierte.

»Ich stimme dem zu. Wir stehen an deiner Seite, kameradschaftlich, miteinander verbunden.«

»Ist okay. Ich habe es kapiert!«

»Nein, das reicht nicht. Ich protestiere, mein Freund. Gestatte, dass ich einhake«, sprach Rolf, von Simone unterbrochen, dazwischen.

»Du hattest schnödes Glück. Mehr gibt es da nicht zu sagen.«

»Hört auf, mich zu attackieren. Mädchen, eines gebe ich zu. Meine Verzweiflung da unten im Keller mit den Fesseln, dem Schmerz, der schieren Ausweglosigkeit war unermesslich. Ihr wart die einzige Chance, dem standzuhalten. Ich habe aus solchen Gedanken Kraft gezogen, um das durchzustehen. Keine Sache der Welt reicht aus, um mich dafür zu bedanken«, schob er mit ehrfurchtsvoller Miene hinterher. »Tut mir leid, euch in diese Lage hineingeritten zu haben.«

»Benno, du brauchst dich nicht mehr zu entschuldigen.«

»Rolf, und ob ich das muss! Eigens der beiden Frauen wegen. Ich habe Simone und Evelyn Feist in Gefahr gebracht.«

Er schluckte, sah der ihm gegenüber sitzenden Partnerin direkt in die Augen. Sie erkannte, dass er sich an die letzte heiße Liebesnacht erinnerte. An jenes Versprechen, die taufrische Liebe zu schützen, um daraus auch mehr Kraft für den Job zu erlangen. »Das verzeihe ich mir niemals«, fügte er schließlich hinzu.

Zu seiner Überraschung entgegnete sie: »Du hast getan, was notwendig war. Deine Absicht ehrt dich. Leider hast du dabei vergessen, dass Täter mit kriminellen Neigungen im Hintergrund lauern. Für Evelyn Feist gibt es Entwarnung. Morgen Nachmittag wird sie aus dem Gewahrsam entlassen. Es ist unstrittig, der abgetrennte Kopf ist Profiwerk. Ich hoffe, dass du fortan Alleingänge vermeidest«, schloss sie mit einem Nachsatz ab. »Lass mich wissen, was du willst, was dir wichtig ist.«

Schlagartig änderte sich die Lage. Bennos Miene verfinsterte sich. Er warf ihr einen Blick zu, der keiner weiteren Worte bedurfte.

»Verlass dich drauf, Simone. Ich werde auf diesen Moment hinarbeiten. Erst wenn die Verbrecher einsitzen, ist Evelyn außer Gefahr. Glaub mir, ich stehe in ihrer Schuld.«

»Über die dienstlichen Belange hinaus?«, konterte sie fragend. »Benno, ist ja dein Leben. Meines vergeude bitte nicht. Okay! Ich fasse mich in Geduld, versprochen!«

»Danke, Simone! Ich brauche euch beide. Wir haben keine Zeit, um hier rumzustehen und zu diskutieren. Die Identität des Skeletts ist bekannt. Es ist Erich Feist. Damit ist die Fahndung nach dem Vermissten hinfällig.«

»Korrekt!«, schüttelte Rolf vehement den Kopf. »Bis auf die Tatsache, dass der Täter fehlt. Und wie kam das Quecksilber in den Körper. Was ist mit den Anschlägen auf dich, Benno? Wer hat den Kiosk auf dem Hexentanzplatz angesteckt?«

»Ihr streitet? Oh verdammt! Die ernüchternde Konsequenz dieser Fragen trifft mich wie ein Faustschlag. Jungs, an euch scheint das vorbeizurauschen. Cool, nicht wahr?«

»Nein! Wir packen die Verbrecher am Arsch. Zuerst kosten wir deinen Kaffee«, sagte Benno, den Blick auf Simone gerichtet. »Wisst ihr, der erste Job besteht per se darin, dem Chef meine Anwesenheit zu erklären. Klar, dass der angefressen reagiert.«

»Oha, Angst, Benno? Ist denkbar. Packe ihn bei seiner Schwachstelle.«

»Die wäre?«

»Argumentiere mit der Statistik! Er braucht Erfolge, Quoten, die sich positiv verkaufen. Ist ja klar. Muss ich das noch weiter ausführen?«

»Nein. Ehrlich gesagt, die Zahlen auf dem Papier kümmern mich einen Dreck. Mit eurer Hilfe fasse ich die Verbrecher.«

Die Aufregung in seiner Stimme war wie weggeblasen. Sie wich einem gequälten Lächeln, das er vor den beiden Freunden zu verbergen suchte.

Kapitel 24

Am folgenden Vormittag meldete sich Lorenz im LKA zurück.

»Ich bin froh, dass Sie lebend aus dieser Hölle entkommen sind«, verschlug ihm die Sprache.

»Chef, ich hatte Glück. Na ja, ist die halbe Wahrheit.«

»Bitte, setzen Sie sich. Ich höre«, waren neue Töne.

»Aufpassen, Benno«, hämmerte es im Kopf. Er nickte. »Den Bericht schreibe ich nachher. Er liegt in einer Stunde auf dem Tisch.«

»Einverstanden. Sorge bereitet mit Ihr Alleingang. Sie haben sich aus der ärztlichen Aufsicht auf eigenem Wunsch hin entlassen. Aus medizinischer Sicht heiße ich das unverantwortlich. Egal, Sie sind wieder im Dienst. Ich akzeptiere Ihre Gesundmeldung. Hier lesen Sie«, sagte er mit dem gleichen Atemzug.

Der Kriminaloberrat schob ihm eine dünne Mappe zu.

»Unser Forensiker hat DNA-Spuren nachgewiesen, die zu denen einer polizeibekannten Person passen. Das ist ein Anfang. Sie bleiben dran. Die Sache mit dem abgetrennten Kopf hat sich herumgesprochen. Das setzt uns enorm unter Zugzwang. Nach Ihrem Dilemma müssen Sie doch vor Ehrgeiz triefen, Lorenz. Oder liege ich da falsch? Kassieren Sie den perversen Täter ein. Schauen Sie, ob der Bericht der Fünfer weiterhilft. Vorsicht, zerbrechen Sie keine zarten Pflänzchen. Sprechen Sie mit Hauptkommissar Walther vor Ort. Die Ermittlungshoheit bleibt in Ihrer Hand. Ich stelle das in der Polizeidirektion durch.«

Draußen stieg Lorenz in den von der Sonne aufgeheizten Wagen. Die ganze Sache nervte. Der erstaunlich wohlmeinende Ton vom Chef traf ihn unvorbereitet. Auf solche Umstände eingestellt zu sein, das gelang ihm in der Vergangenheit nicht oft. Heute verfiel er in ein anderes Extrem. Eine Art Neuanfang mit Evelyn. Das brachte ihn aus dem Gleichgewicht. Sein Innenleben schrie: *»He! Unterlasse das! Das ist 'ne Scheißidee. Sie braucht lediglich Hilfe. Sorge dafür, dass sie wieder nach Hause kommt.«*

Die flatternden Gedanken ließen alle Bewegungen erstarren. In den Fahrzeugsitz gepresst stöhnte er auf, denn auch sein Körper meldete sich zurück, um ihn daran zu erinnern, dass die Strapazen der jüngeren Zeit noch nicht wirklich auskuriert waren.

»Oh Mist! Ich bin für Evelyn ein Fremder, der nicht das Geringste vom Leben in einer Glaubensgemeinschaft verinnerlicht hat. Es sei denn, ich halte mein Versprechen.« Er verdrängte den scharfen Schmerz, den der unfreiwillige Biss auf die Unterlippe verursachte. Ihm wurde schwarz vor Augen. Der lauwarme Luftzug aus der anlaufenden Klimaanlage riss ihn mit dem Gedanken an sie zurück in die Realität. Er brauchte ihr Wissen um die Geheimnisse der Sekte. Es galt, die Frage zu beantworten, wer über ausreichend medizinische Kenntnisse verfügte, um den Kopf professionell abzutrennen.

»Ihr Cousin? Mit Gewissheit nicht. Unbekannte? Wer sonst? Welche Rolle spielt Hauptkommissar Walther?« Weiter kam er nicht.

Während der traumgleichen Fahrt hatte Lorenz sein Zeitgefühl komplett verloren. Erst als er seinen Wagen auf dem Hof der Manufaktur abstellte, kehrte der Kommissar mit Besinnung auf die Faktenlage zurück in die Realität. *»Evelyn ist hier drin!«*, drängte sich in den Vordergrund. Es gab nichts, was überzeugender war. *»Raus aus dem Auto.«*

»Oh Gott«, seufzte Evelyn. Sie bedeckte mit den Händen ihr Gesicht. Tränen rannen aus den Augen. Sie flossen über die Wangen, um von dort auf den Boden zu fallen. Lorenz hielt den zitternden Körper in den Armen. Er schmeckte das Salz im Tränenfluss, bekam weiche Knie und verharrte in der Stille des Augenblicks.

»Komm rein«, schuf Ernüchterung. »Ich habe auf dich gewartet«, sagte sie. Zugleich drehte sie sich abrupt aus der Umarmung. »Benno, es gibt eine Menge zu bereden.« Sie zog ihn am Arm durch die Tür, wobei ihr Bennos Verlegenheit und Zögern nicht entgingen.

»Evelyn, das hier ist ein Privatbesuch.«

»Ja! Das wissen wir beide. Oma Erna sieht das anders. Sie ist erzürnt und wirft mir Verrat an Gott vor.« Wieder kullerten die Tränen. Sie schluchzte und sagte weinend: »Großmutter bemerkt die Mörder nicht. Das hat Opa nicht verdient. Unser Glaube verbietet es, anderen Menschen Leid zuzufügen. Sag mir, wie lege ich in Zukunft Gottes Wort aus?«

»Versuchen wir, darauf eine Antwort zu finden. Hilfst du mir? – Du zweifelst daran? Die Täter bangen um ihre Deckung. Ich bin überzeugt, es gelingt ihnen nicht, sich weiter zu verstecken. Wir stöbern sie auf! Garantiert!«

»Das sagt sich locker. Ein friedlicher Schlaf ist mir nicht mehr vergönnt.«

»Warum? Dich trifft keine Schuld!«

»Leider stimmt das nicht. Im Raum steht Verrat an der Gemeinschaft. Ein Leben lang! Die Gläubiger zeigen mit dem Finger auf mich. Der Weg ins Paradies ist mir versperrt.«

»Das ist Blödsinn, Ev. Besinne dich auf deine Stärken!«

»Tue ich ja. Leider spielt Cousin Wilhelm ein falsches Spiel! Irgendwie habe ich das Gefühl, dass in dieser Richtung kaum ermittelt wird.«

»Ev, mir ist das bewusst. Es gibt ein Problem, an dem ich arbeite. Überall haben die Kollegen DNA-Spuren gesichert, die den Ursprung bei dir haben.«

»Du glaubst, ich bin die Schuldige?«

»Nicht im Mindesten! Mir ist bewusst, du könntest deinem Opa niemals was antun. Aber mein Veto reicht nicht. Ich brauche schlüssige Beweise, ein Tatmotiv, Täter. Die Brandstifter auf dem Hexentanzplatz zum Beispiel. Meine Kidnapper.«

»Benno, es gibt eine Menge Hintergrundwissen. Warte einen Moment. Hier trink inzwischen einen Schluck. Da der Tee, greife zu, bitte.«

Sie sah ihn einen Augenblick voller Hingabe an. Langsam öffnete sie die zur Faust geballte freie Hand.

»Hier, der USB-Stick. Damit erschließt ein neues Blickfeld«, sagte sie mit einem Lächeln.

Bennos Gesicht verfärbte sich. Leichenblass starrte er auf den Datenspeicher. Er kam nicht umhin, sich ihren Kommentar anzuhören.

»Was ist los, Herr Kriminaloberkommissar? Verschlägt es dir die Sprache? Ahnst du die Quelle?«, mahnte sie mit verhaltenem Spott.

»Ja. Ich habe mehr Zeit in deiner Wohnung vor dem Bildschirm verbracht, als mir zustand.«

»Korrekt, Benno. Das war mein Wunsch und du bist dem gefolgt. Du begreifst, wie brisant die Daten sind?«

»Ev, entschuldige. Das versetzt mich nicht in Erstaunen. Ich habe nur Angst, dass die gottesfürchtigen Mitglieder eurer Gemeinschaft dich dafür lynchen.«

»Hmm, das glaube ich nicht. Wir beide haben es in der Hand, Informationen zu streuen beziehungsweise für uns zu behalten. Du hast mir gezeigt, wie mit delikaten Daten umzugehen ist. Benno, lass das Sprücheklopfen.«

»Oha, du denkst an meine Ansage?«

»Klar! Formen wir aus den nicht darstellbaren Spuren ein Gesicht.«

Er lächelte zweideutig. »Ab ins Getümmel. Ein Schritt nach dem anderen. Der Erfolg spricht für sich. Du bist dran.«

Evelyn streckte den Arm aus, hielt die geöffnete, flache Hand direkt vor sein Gesicht. »Na der Stick. Der Inhalt ermöglicht dir einen neuen Blickwinkel. Ich bin sicher, das führt uns zum Mörder von Großvater.«

Benno roch ihre Angst. Das Lächeln der Wiedersehensfreude erstarb. Welch eine Wendung. Er empfing das Warnsignal und runzelte die Stirn.

»Der Kopf! Du suchst einen durchgeknallten Mörder mit medizinischem Hintergrundwissen. Einen Ausführenden. Nicht den Drahtzieher. Bitte hör dir das hier an.«

Sie führte den Ministecker des Sticks in die Buchse am Smartphone ein. Sekunden später plärrte es aus dem Lautsprecher.

»Versuche, dich zu konzentrieren«, sagte sie mit gepresstem Tonfall. »Die weibliche Stimme gehört meiner Oma, die männliche Cousin Wilhelm.«

»Stopp, Ev! Du weißt, dass damit eventuell Konsequenzen für dich verbunden sind?«

»Ja! Ist egal. Ein Verbrechen ist geschehen. Der Mörder rennt frei herum. Die Aufzeichnung entlastet mich. Und dich! Sie nimmt den Verdacht der Mitwisserschaft von dir, Benno. Sie enthüllt, was sich zugetragen hat.«

»Nein! Trotz alledem, die Indizien für einen Auftragsmord sind nicht von der Hand zu weisen. Die Tonaufzeichnungen liefern das Futter dafür. Dein Cousin spielt falsch. Er strebt nach der Macht mit dem Titel *Stimme Gottes*. Die alte Dame abzulösen, um dich zu verdrängen, ist sein Ziel. Das wird sich noch herausstellen, hoffe ich. Ob er dafür gemordet hat, auch das wird sich zeigen.« Sein Herz klopfte bei den Worten wild. »Du bist der erste Mensch, Ev, dem ich Zuneigung schenke.« Betretenes Lächeln begleitete die Ansage. »Fuck ...«, flüsterte er. »Das ist schwer zu erklären. Nie nachlassen, dem Prinzip folgen wir beide. Bitte, ein letzter Satz sei erlaubt«, sagte er mit Fassung. »Ich liebe dich!«

Wie im Traum erhob sich Evelyn. »Komm mit!« Sie zog ihn mit sich, quer durch den Raum in ein Zimmer, wo sich Körper und Seele nahe waren. »Spürst du den Geruch unserer letzten Begegnung?« Er schwankte, getrieben von der Vorahnung dessen, was daraus entstehen würde. Weglaufen, nein, das war nicht in seinem Sinn. Eher, sich ihrer Werbung hinzugeben. Ein tiefes, behagliches Gefühl breitete sich aus. Dunkelheit, Schatten und Licht in dem Raum verwirrten ihn. Der Duft ihrer Haut überzog seinen Körper mit einer Gänsehaut.

»Brauchst du mich?«, blieb unausgesprochen. Stattdessen schlug das Herz rasend. Die Vernunft zu zwingen, sich an den Zweck des Besuches zu erinnern, geriet in Vergessenheit. Er stand da, mit den Achseln vor Verlegenheit zuckend. Der Erregung nicht mehr Herr, ließ er ihr freien Lauf. Mit einem befreienden Lächeln sagte er das entscheidende Wort: »Evelyn!«

»Ja? Benno, ich begehre dich!« Zugleich zog sie ihn zum Bett. Sie glitt zuerst hinein, wandte sich um, sah ihn an. »Du hast Angst. Ich ebenfalls.«

Reflexhaft erschauerte er, weil ihre Hand seine Wange berührte. »Oh Gott«, murmelte er, ihre Geste abweisend. »Entschuldige, Evelyn. Ich bin nicht bereit, mich drauf einzulassen. Nicht heute Abend. Es klappt nicht.« Er setzte sich aufrecht im Bett hin. »Erlaubst du?«, sagte er, zugleich darauf bedacht, ihr die kullernden Tränen von der Wange zu wischen. »Versteh mich bitte. Nicht, solange uns die Jäger verfolgen. Du bist eine mit Gott verbundene Person, ich ein Ungläubiger. Deine Gefolgsleute lassen uns nie in Ruhe. Für sie sind wir unzivilisiert. Im Verlaufe der Geschichte sind zu viele Menschen aus diesem Grund gestorben. Im Übrigen scheint es Schicksal zu sein, dass wir hier sind. Beschwören wir daraus das Beste.«

Bennos Worte lähmten sie. Instinktiv schmiegte sie sich an ihn. Ohne zu sprechen vergingen Minuten. Unruhe stieg in Evelyn auf. Die Angst, dass sie ihn im Herzen nicht erreichen würde, wog schwer. Sie streichelte seine Stirn, fuhr mit den Händen sanft durch das volle Haar. Das Erschauern blieb ihr nicht verborgen. Es endete mit einem Zungenschlag. Der traf beide mit unbändiger Wucht. Das Kribbeln wanderte von den Lippen hinüber zu den Ohren. Erst auf der rechten Seite, dann links, bevor es sich bis zum Grübchen in der Mitte des Halses ausdehnte. Das war eine winzige Belohnung für den qualvollen Schmerz, den er ihr bereitete. Mittlerweile war es eine Frage der Zeit, bis sie in eine tiefe Umarmung fielen. Er bemerkte, wie sein Geschlecht anschwoll und sich ohne Scheu gegen ihre Taille drängte. Inzwischen begriff er die Wucht der unwiderruflichen

Verstrickung in die fremde Welt der Bibelleser. Um seine Verlegenheit zu kaschieren, sagte er mit belegter Stimme: »Ich bereite dir Kummer, Ev. Es ist ein Fehler, sich in einen Ermittler zu verlieben. Mach dir keine Sorgen«, beendete die innere Anspannung. »Bitte verzeihe mir«, hauchte er demütig. »Ich wünsche mir, dass es uns gemeinsam gelingt, die Gefahr für dein Leben abzuwenden.«

»Wenn du das nicht vergisst, würde es mich freudvoll stimmen«, schwang ein beängstigender Unterton mit.

»Verlass dich drauf! Auf der anderen Seite weißt du, ich bin Polizist, der einen Job zu beenden hat. Die Verbrecher zu enttarnen, sie vor ein Gericht zu schleppen, darum dreht sich meine Welt.« Sein Atem beschleunigte sich. Adrenalin breitete sich im Blut aus. »Wir sitzen beide in einem Boot.«

»Das klingt verheißungsvoll, Benno. Ich halte mich zurück. Ich warte auf dich. Du wirst mir eine Menge zu erzählen haben, stimmt's?«

»Du sagst es!«

»Okay, ich befolge deinen Wunsch. Der Gedanke an unsere Liebe schützt uns! Davon bin ich überzeugt.«

»Ja!« Lorenz lauschte aufmerksam dem Ton des Wortes. Es schuf eine Verbindlichkeit, die ihn aussprechen ließ: »Ich würde gerne hierbleiben – bei dir.« Wieder streckte er die Hand nach ihr aus. Seine Finger zitterten. »Aber es geht um deine Sicherheit, Ev!«

»Ach Liebster. Ich vermute, dir fehlt die Entschlossenheit. Du bist in den Job vernarrt. Dich beherrschen die Toten, die Intrigen, der Glanz der Anerkennung und des Genusses. Ich strebe ein Leben in der Familie an, mit Kindern und Gottergebenheit. Du bleibst auf ewig ein Ungläubiger.«

»Blödsinn. Was ist denn meine Absicht? Klar, ich habe einen Killer zu enttarnen. Das ist mein Job. Richtig! Das bin ich der Gesellschaft schuldig, um sie vor einem Verbrecher zu schützen. Aber das ist nur die eine Seite der Medaille. Auf der anderen Seite ist es mein Geschenk an dich. Betrachte es als ein Friedensangebot an deine Gefolgschaft. Du bist das Preisgeld.«

»Warum?«, fragte sie verwundert.

»Weil es dir Stärke bringt. Deine Gläubiger werden zu dir aufschauen. Du hast ein Tabuthema überwunden. Das Verbrechen an deinem Opa wurde aufgeklärt. Dein Freund, der Ungläubige, hat so die Chance, an deiner Seite zu bestehen. Ich werde dich nicht verlieren.«

»Benno, was ist, wenn ich mich weigere, das in dieser Form anzunehmen?«

»Ja bitte, verzeih, da bleibt mir keine andere Wahl. Ich entscheide. An deiner statt.«

»Verliert sich unsere Liebe, Benno?«

Anstelle einer Antwort schlang er die Arme um sie. »Ev, ich fühle mich aufgekratzt wie ein Sonntagskind, ein Glückspilz ... wie seit langer Zeit nicht mehr.«

Ihr Scharfblick erschreckte ihn. Sie hatte seine Absicht erkannt. Schutz hieß, alles zu unternehmen, um ihre Beziehung dem Einfluss der Mörder ihres Opas zu entziehen. Benno hatte die Entscheidung für sie beide getroffen.

»Nicht weinen, Ev. Die Zeit bringt uns zusammen. Die Täter sind der Dreh-und Angelpunkt. Ich bin der erste Ungläubige, der das Kontaktverbot durchbricht. Stell dir vor, inmitten eurer Gemeinschaft zu leben. Ohne Zwist! Wäre das nicht unglaublich? Egal, was sich uns in den Weg stellt, ich kümmere mich drum.«

Wilhelm Feist war sich allmählich der Dringlichkeit der Lage bewusst. Er knallte das Handy auf den Beifahrersitz seines Wagens. »Gleich trete ich euch in den Arsch«, rief er ungezügelt. Voller Wut drängte er den Fünfer Turbodiesel vor dem Beerdigungsinstitut in eine Parklücke. Der Bestatter nickte ihm bei der Begrüßung mit kummervoller Stimme zu.

»Tut mir leid, die Mission ist schiefgelaufen.«

»Kein Gejammer. Nicht nötig, dass wir uns beweihräuchern«, sagte Wilhelm lauthals.

»Ihr solltet den Bullen zügeln. Mehr hatte ich nicht verlangt. Die Liebelei des Ungläubigen mit der Evelyn ist nicht vorbei. Unternehmt was.«

»Was denn, Wilhelm? Das funktioniert erst, wenn du die eigene Gefühlsduselei im Griff hast«, erklärte der Bestatter.

»Ha, du gibst dieser Hure, deiner Cousine, Schutz«, blökte der Helfer dazwischen. »Tod wäre die beste Lösung.«

»Quatscht nicht blöd. Ich für meinen Teil setze alles dran, um die beiden zu Gesetzlosen erklären zu lassen.«

»Du verlangst, dass wir sofort handeln? Womit denn? Heute ist nicht der geeignete Zeitpunkt dafür. Wir warten«, schob der Bestatter keifend ein. Erbost schaute er in Richtung des Helfers.

Das Riesenbaby grinste unverhohlen. »Hab ich vorhergesagt. Das funktioniert erst, wenn wir einen richtigen Krieg zündeln.«

»Ja, weiter nichts? Reden wir darüber. Was hindert dich daran?«, griff der Besucher den Ton auf. »Wollt ihr beide wissen, wie mich das juckt? Ich bezahle euch horrende Summen.«

»Und nun?«

»Der Ton gefällt mir nicht. Bestatter, mäßige dich! Deine Totenschmiede lebt von meinen Aufträgen«, herrschte Wilhelm ihn an. »Bleib cool!«

»Was nörgelst du? War nie anders. Du gibst die Kohle, ich liefere das tote Fleisch. Glaub mir, das ist voll nach meinem Geschmack. Hauen wir den Säuen eins vor den Latz. Der Bulle ist mit dieser Evelyn ein Geschwür, das niemals heilt. Erst wenn wir es ausbrennen.«

»Es gibt jedoch ein Problem. Setzen wir uns und bereden das«, schnauzte Wilhelm die beiden an. »Alle beruhigen sich, klar? Ein Vorschlag zur Güte. Wir trinken einen, vergessen dabei den Zwist. Fakt ist, da draußen schwirren massenhaft Polizisten rum. Alles, weil du dem Alten den Kopf abgeschnitten hast. Egal, die Götter sind uns wohlgesonnen. Die Angelegenheit erfordert allerdings strengste Diskretion. Auf den Zufall warten bringt nichts.«

»Wir schaffen reinen Tisch«, sagte der Bestatter bedeutungsvoll. »Was trinkst du? Wodka? Joint dazu?«

»Beides, wenn es nach mir geht«, brüllte das Riesenbaby. »Ich bin schließlich kein unbedeutender Helfer mehr.«

»Oha, aber einer, der die Ausführung des Jobs nicht makellos zu Ende gebracht hat. Hoffentlich kommen wir wegen dir Idiot nicht in den Knast.«

»Bleib friedlich, Bestatter«, klinkte sich Wilhelm in den Disput ein. »Ich stelle fest, dass du den Tatsachen hinterherhinkst. Hättest den Hund hier besser zurückgehalten. Den Kopf von Erich Feist öffentlich zu präsentieren, hatten wir so nicht abgesprochen. Das war deine Entscheidung. Du trägst Mitschuld an dem Dilemma, Bestatter.«

»Was soll das, Wilhelm?« Er nickte angestrengt.

»Die Wahrheit? Okay! Schon vergessen – ich bin euer Auge, euer Ohr, euer Sprachrohr, um der Meute zu begegnen. Stellt euch vor, die suchen mit Macht nach Zeichen. Erklärt mir, was halten wir dagegen?«

»Was denn, redet ihr von Spuren? Ich hab alles unternommen, um keine zu hinterlassen. Wie du es befohlen hattest, Bestatter.« Der Helfer sah Wilhelm verwundert an. Mit auffahrend impulsiver Gestik presste er hervor: »Gebt mir nicht die Schuld. Chef, du hast das angewiesen. Paket zusammen mit dem Hurensohn von der Kripo abladen.«

»Ja. Ich hab auf dich gesetzt, weil du ein Kämpfer bist. Leider fehlt dir unter dem Strich ein Stück Hirn. Wie bescheuert kann man sein, das Paket direkt neben dem Bullen abzulegen!? Geplant war, den Gläubigern eine Abschreckung zu offerieren. Ihnen hausintern zu sagen, dass Abtrünnige der Tod ereilt. Bieg das wieder hin. Deine letzte Chance, im Team zu bleiben.«

»Wie, Chef? Was erwartest du?«

»Locke die Hure mit ihrem Springbock in die Falle. Spieße die beiden auf. Besser noch, enthaupte sie mit der Garrotte. Übe dich darin für die Zukunft! Egal, was geschieht, Verlierer sind die!«

»Du bist verrückt.«

»Ja! Und du gehorchst.«

»Seid ihr bekloppt?«, brüllte Wilhelm. »Nichts davon passiert. Wir trinken, rauchen, schwatzen. Das ist alles! Kapiert? In den nächsten Tagen erfahre ich, was es mit den Spuren auf sich hat.« Er drehte sich dem Helfer zu und blies ihm eine Wolke von dem Kraut entgegen. »Horche! Sie haben dein Blut gefunden. Die Kriminaltechnik hat einen Forensiker beauftragt. Dem entgeht nichts. Ein Profi, der Freund von dem Bullen, den du um ein Haar erschlagen hättest. Die DNA verschafft denen ein Gesicht. Uns ebenfalls. Du wirst dich eine Weile verpissen. Geh nach Polen oder in die Ukraine. Egal. Hauptsache weit weg, solange deine Fresse verborgen bleibt.«

»Scheiße, Chef. Ich brauche Hilfe.«

Der Bestatter schmunzelte. »Was meinst du, Helfer, zeigen wir Wilhelm unser Geheimnis? Bist du bereit, das Zepter zu übernehmen?«

»Auf Teufel komm raus«, traf ihn die alkoholisiert klingende Stimme. »T'schuldige, der Wodka. Problem damit?«

»Nein, woher denn. Verträgst nichts. Übe dich darin!«, sagte er und schenkte den Schnaps ein. »Hier, wie bei den Russen. Hundert Gramm. Wilhelm und ich eifern dir nach.«

Unbemerkt kippte er eine klare Flüssigkeit in das Glas. Ein hochwirksames Schlafmittel, dessen Wirkung in fünf Minuten eintreten würde.

»Prost, Freunde! Auf das Geschäft. Auf den sicheren Aufenthalt meines treuen Helfers!«, rief er, um sofort hinterherzuschieben: »Hör zu. Hab da eine Idee. Eine Demonstration, extra für Wilhelm. Zeige unserem Auftraggeber, dass ich dir solides Wissen in der Kunst des Tötens vermittelt habe. Geh runter ins Labor. Bereite alles vor. Du weißt, die Wachsfigur, der Kopf. Nimm dir eines der Musterexemplare aus dem Schrank«, sagte er grinsend.

»Mach ich. Gib mir ein paar Minuten. Bin aufgeregt. Wilhelm, das wird einen Mordsspaß.« Heftiges Keuchen beendete das Redespiel. »Scheiß Wodka. Hat mich nie geschafft. T'schuldige, Chef.«

»He, du pfeifst ja gerade aus dem letzten Loch. Mach langsam! Denk an die Vorführung!«

»Ich sag Bescheid. Wenn das Licht unten angeht, kommt runter.« Mit der Zunge schnalzend wandte er sich ab und verschwand in Richtung Keller.

»Was war das denn, Bestatter?«

»Ein Spiel. Wir beide sind die Schiedsrichter. Die rote Karte ist verteilt.«

Wilhelm schloss sich dem an. »Oh Gott, das Hirn des Kerls ist düster und leer. Was hat es damit auf sich?«

»Überraschung! Versprochen! Zuerst spielen wir mit der Kripo. Gefällt dir das? Nein! Horch zu. Wir bequatschen das morgen um die Mittagszeit bei mir im Büro.«

»Bestatter, du bist im Begriff, mich zu verarschen.«

»Niemals. Sieh selbst. Ich liefere dir eine Demonstration. Es ist ein Test. Wirst lernen, was Gewaltigem zuzusehen. Glaub mir, es zieht dich mit verborgener Kraft an. Komm, ab ins Untergeschoss. Mein Helfer hat alles vorbereitet.«

Wenig später betraten sie den Aufbereitungsraum. Eine offizielle, von den Behörden genehmigte Arbeitsstätte. Hier gelang ihm so manches Meisterstück, um zerstörte Körperbereiche für den Moment des Abschiednehmens herzurichten. Für den Bestatter war es zugleich ein Ort der Befreiung, um die eigene Lust in geordnete Bahnen zu lenken. Furcht vor dem Tod, nein, die gab es nicht. Das, was ihn anmachte, Höhenflüge verlieh, war der Kick, dem entseelten Fleisch einen Stempel von feierlicher Würde aufzudrücken. Die beachtliche Kreativität, die er dabei an den Tag legte, übertraf oftmals die Anforderungen seines Berufsstandes. Der Bestatter frönte der Bezeichnung ›Meister‹.

»Ich werde mich ausprobieren, die Fehlfunktion des Helfers beheben.« Diesen geheimen Gedanken behielt er für sich, um ihn mit Würde in den kleineren Nebenraum hineinzutragen. Der eigenwillige Geruch von Desinfektionsmitteln reizte die Schleimhäute der Nase, trieb Tränen in die Augen. Genervt darüber grunzte er. »Bleib einen Moment stehen, Wilhelm. Verzeih die Panne.« Er entnahm dem verglasten Kasten mit aufgemaltem roten Kreuz zwei Atemschutzmasken. »Vorsichtshalber, damit die belastete Luft uns nicht umhaut. Warte«, sagte er besorgt. »Der besoffene Kerl hat die Abluftanlage nicht eingeschaltet. Wo steckt der dämliche Hund?«

Eilig behob er den Mangel. Die Ventilatoren beförderten die kontaminierte Luft über ein Filtersystem nach draußen. Gleichzeitig trugen sie Frischluft in den Raum. Der Bestatter setzte sich erschöpft an einen langen Tisch, der ihm zur Aufbereitung toter Körper diente. In der Hand hielt er eine angebrochene Flasche Wodka.

»Trinken wir den Rest bis zur Neige. Auf spannungsreiche Momente«, sagte er und schenkte beiden ein. »Das ist verrückt. Ich habe den Kerl ernährt, ihm meine Weisheit für die Seelen der Toten übertragen. Das ist der Dank. Inkompetenz!« Sofort schwenkte er um. »Wilhelm, ein Joint gefällig?«

Die Selbstgedrehten züngelten wie erwartet. Der pure Genuss, keine Frage. Beide inhalierten den Rauch tief in die Lungen. Zwei, drei Züge und sie zeigten Wirkung. Eine Art Erleichterung ergriff Wilhelm. Sie manifestierte sich in Kampfeslust, Gewinner sein. Es war ihm egal. Die Lage bedurfte eines Sieges. Das Kraut würde helfen, der Selbstüberwindung unter die Arme greifen. Das vernebelte Hirn bemerkte nicht das auffällige Zittern in Wilhelms Stimme. Die schwebte über ihm. Sie flüsterte: »Du stehst an einem Abgrund, in meinem Bann. Bist hilflos einem Sicherheitsrisiko ausgesetzt.«

»Bestatter, redest du mit mir?«

Er sah ihn an. Das Gesicht erhielt eine Form. Es nickte ihm zu.

»Scheiße, Wilhelm. Ich habe die Büchse der Pandora zum falschen Zeitpunkt geöffnet. Es kommt sofort ein Deckel drauf, der meinen maßlosen Ungehorsam verschließt«, verlor sich mit dem Nebel weiterer zwei Joints. »Hier passiert es«, frohlockte der Bestatter und traf damit den Kern seiner Ängste. »Komm, ich zeige dir ein Kunststück. Bereit? Wir packen alles neu an, Wilhelm. Sieh hin!«

Vom Alkohol und den Joints benebelt kam der sich wie in einer Art Theatervorstellung vor. Der Helfer saß auf einer Holzbank. Er schlief, den Kopf auf der Tischplatte aufgelegt. Das wunderte die beiden Zuschauer nicht. Das wohlige Gefühl der Benommenheit hatte sie selber ergriffen. Warum fragen, den Kerl ansprechen? Es gab keinen Grund. Und dort saß derjenige, der scheinbar mit sich im Reinen war. Eine willkommene Gelegenheit, auf die der Bestatter hingearbeitet hatte.

»Komm, ich brauche Hilfe, Wilhelm. Halte den Kopf fest. Erfreue dich mit mir am Klang meines neuen Lieblingsinstruments. Schau her. Eine Garotte. Probieren wir sie aus?«

Er warf die Wachsfigur zur Seite, die der Helfer vorsorglich aufgestellt hatte.

»Die brauchst du nicht. Du blöder Hammel kriegst alles, was ich dir versprach. Packe ihn bei den Haaren. Presse den Kopf gegen deinen Bauch, Wilhelm. Mach, sonst fehlt mir der Bock für das Spielchen. Meine Zeit ist begrenzt. Und vergiss nicht, jeder Spritzer Blut ist unnötig geflossen.«

Keine Ahnung, woher sie kam, nebulös erkannte er die Garotte in den Händen des Bestatters. Die Benommenheit verstärkte sich. Alkohol, Joints und ein paar Tropfen von einem Betäubungsmittel entfalteten ihre unheilvolle Wirkung.

»Ich helfe dir.«

Er stellte sich in Position. »Komm her. Presse dich gegen meinen Bauch, wie beim Fallschirmsprung, bin sowas wie huckepack. Hier fass an. Packe fester zu. Verschmelze mit dem Draht. Spüre, wie er durch die Haut gleitet. Ein einziger Zug, die Butter schmilzt dahin, wie das Fleisch dieses Deppen hier. Und los. Ziehe gleichmäßig die Schlinge zu. Wupps, du trennst die Rübe ab«, schrie er hysterisch. Zu spät. Die Blutspur zog ihre Bahn, endete auf dem Fußboden. Sie hinterließ eine stetig anschwellende Lache.

Unbeachtet lallte der angetrunkene Bestatter: »Mein Versprechen ist eingelöst. Du bist befreit von all den Sorgen, Helfer.«

Wilhelm gewahrte die Übeltat wie in Trance. Er zeigte keinen Schmerz oder Reue. Schäbig blökend traten eine Reihe gelber Zähne hervor. Speichel versprühend drehte er sich in Richtung des Bestatters. »Ist unnachahmlich! Ein Tod ohne Fehl und Tadel. Ich bin ein Künstler«, schloss er lallend ab. Sekunden später fiel er volltrunken auf den Fußboden.

»Nein, du Arsch. Du bist ein elender Mörder, ein Verbrecher wie ich. Schlappschwanz, Arschgesicht, Feigling«, traf ihn eine beleidigende Kanonade. »Hier, nimm das Teil zum Geschenk«, sagte er und legte den abgetrennten Kopf zwischen Wilhelms Arme. Er zog einen Stuhl heran und setzte sich rasch atmend neben die beiden Körper.

»Was hast du der Welt zu bieten? Verzeih mir, Helfer. Ich hasse dich für meine Untat. Wer macht den Dreck weg, sag´s, Blödmann.«

Am späten Vormittag kam es zum finalen Krach zwischen Wilhelm und seiner Cousine.

»Du hast dich in meine Angelegenheiten eingemischt«, erklärte sie grade lautstark. »Das verbitte ich mir.«

»Evelyn, die Erna hat mir den Auftrag erteilt, den Verkauf des ganzen Klimbims auf den Wochenmärkten aufrechtzuerhalten. Dich hatten die Bullen ja festgesetzt. Sei dankbar, murre nicht rum«, schrie er aufgebracht.

»Ja, Enkelin«, tönte es über den Hof. Erna Feist stand dort mit ausgestreckten Händen auf ihren Cousin zeigend. »Der Wilhelm sagt die Wahrheit. Bedanke dich. Kurble die Produktion der Keksdosen wieder an. Das sind nach wie vor die Verkaufsschlager«, säuselte sie mit Nachdruck. »Komm her, sei friedlich. Erzähle mir von dem Fund vor unserer Tür. Das war garantiert ein schrecklicher Anblick. Dein Opa, mein undankbarer, geschiedener Ehemann, hat das nicht verdient. Du weißt, ich weine dem Kerl nicht hinterher. Die gemeinsame Zeit ist lange vorbei. Ansonsten hatte ich nie den Verdacht, dass du mit der Freveltat in Verbindung stehen könntest«, betonte sie und drehte sich dabei in Richtung ihres Neffen. »Da stimmst du mit mir überein, Wilhelm, oder bist du anderer Meinung?«

»Das ist nicht zu leugnen. Ohne Hintergedanken. Wir sind eine Familie. Unser Name steht für das glanzvolle Wort Gottes. Der Dank ist das Paradies.«

»Sicher«, sprang Evelyn darauf an. Sie war erzürnt über die Reaktion ihrer Großmutter. Vor allem aber war es der Hohn in Wilhelms Worten, der ihre Nerven freilegte. »Ich habe für den winzigen Augenblick eine schreckliche Maske gesehen. Sie trug das Konterfei von Großvater. Eine furchtbare Offenlegung menschlichen Leids, die Zähne zu einem Totengrinsen gebleckt. Es hat mich in höchstem Maße verletzt.«

»Der Mörder meines Onkels ist ein brutaler Psychopath«, warf Wilhelm emotionslos ein. Er sah entrüstet auf. »Ich bin schier mitgestorben, als ich seinen Kopf entdeckte. Lass die Kripo ermitteln. Ist deren Job, nicht der unsere, Ev. Was bringt denn die Diskussion heute? Nichts. Außer Klagelieder.« Innerlich frohlockte er, davon überzeugt, dass ihn niemand aufhalten würde. Der Kontakt zu Hauptkommissar Walther war Gold wert, vor allem geheim.

Benno Lorenz starrte gedankenverloren auf den Desktop. Die Finger lagen auf der Tastatur, ohne einen flüssigen Text zuwege zu bringen. Er hielt inne, um nach der richtigen Formulierung zu suchen.

»Scheiße, das hier ist kein astreines Ende«, schimpfte er sachte vor sich hin.

»Es gibt Schlimmeres, mein Freund«, konterte eine Stimme aus dem Hintergrund. Rolf hatte einen Augenblick neben der offenen Tür des Büros gestanden. »Du träumst. Das braucht dir nicht leid zu tun. Ist im Endeffekt belanglos.«

»Weil?«, antwortete er fragend.

»Tut mir leid«, murmelte Rolf. »Ich sehe dich betroffen. Das ist echt hart. Wenn's deiner Seele Trost bringt, persönlicher wird´s nimmer. Du stehst unmittelbar vor einer Wahl. Simone oder Evelyn Feist. Mit zwei Freundinnen erlebst du eine Pleite.«

»Siehst du falsch, Rolf. Es gibt keine tiefe Liebesbeziehung. Beide sind nette Mädchen. Ehrlich, ich habe mich von einer Traumvorstellung hinreißen lassen. Bin vom Weg abgekommen. Sie waren und sind Werkzeuge. Entschuldige, im ermittlungstaktischen Vorgehen betrachtet. Die Kollegen in der Polizeidirektion bringen den Fall zu Ende.«

»Das haut mich um. Ich rieche einen Sack voller Ungerechtigkeiten, die du verteilst. Was ist los? Schlägt da ein versteinertes Herz in deiner Brust?« Rolf stand wie eine Statue mit verschränkten Armen vor ihm. »Schau mich an. Ich verstehe, dass der Inhalt deiner Träume im Krankenhausbett nicht erbaulich war. Was Evelyn betrifft, da bist du nicht der Erste, der durch Sex Informationen erlangt.«

»Ey, Rolf, geht es dir gut?«, fragte Lorenz rücksichtsvoll. »Lass die Luft ab. Zumindest ist das menschliche Skelett in der Bode identifiziert.«

»Ja! Nebenbei hast du den Vermissten aufgespürt. Sei zufrieden, Benno!«

»Wie kann ich das denn sein? Wer hat Erich Feist getötet? Das ist nicht geklärt. Ich hatte mir von Evelyn mehr versprochen. Das Geheimnis bleibt im Dunkeln. Ha, ich höre schon die Kollegen spötteln. Sie zeigen mit dem Finger auf mich.«

»Hör auf, in Mitleid zu versinken. Ist ein berechtigter Grund, um die Verbrecher zu hassen. Sie begegnen dir mit Überlegenheit, du strafst sie dafür.«

»Rolf, was führst du im Schilde?«, erwiderte Benno. Ruckartig schleuderte er den Drehsessel herum, um dem Freund in die Augen zu schauen. »Was ist los?«

»Ich denke, wir stoßen bald auf ein aufgeräumtes Ende an. Es gibt da eine Spur, der wir nachgehen. Eine winzige zwar, aber wenn die sich zur Bombe entwickelt. Direkt im Herzen der Sekte ...«

Benno pfiff verblüfft. »Ich bin mir nicht mehr sicher, ob deine Annahme einem einzigen Zweck dient, und zwar: mich zu beruhigen.«

»Nein! Auf jeden Fall hat sich in den letzten Tagen Erstaunliches ereignet«, sagte Rolf.

»Mein Freund, gestatte mir, den Biss auf den alten Heißhunger anzukurbeln. Bewege deine verschrammte Kruste in Richtung Evelyn. Es ist dringend. Triff dich vorher mit Hauptkommissar Walther in der Polizeidirektion. Im LKA bist du derjenige, der dem Rennen neue Impulse verleiht. Und bitte, vergiss mich nicht, wenn's nach vorn losgeht, Benno!«

Benno nickte. »Okay, das hört sich prächtig an. Ich spreche mit dem Kollegen. Hast du noch weitere Überraschungen parat, Rolf?«

Der lachte. »Ja, es kommt heiß in den nächsten Tagen. Kühle dich im Wasser der Bode ab. Halte deine Quadratlatschen rein. Sprich mit Evelyn. Das wäre mein Rat. Alles klar?«

»Zumindest fürs Erste«, erwiderte Benno.

Kapitel 25

»Schön, dich wiederzusehen«, lautete die Begrüßung durch den Beamten der Abteilung Fünf. Er führte den Gast durch eine Tür mit der Aufschrift Sicherheitsbereich. Nach wenigen Schritten landeten sie in einem spärlich möblierten Raum. Der Sommerhitze wegen hatte Hauptkommissar Walther die Rollos zur Hälfte heruntergelassen.

»Keine Bange, wir verlieren uns nicht aus den Augen«, sagte Lorenz schelmisch grinsend.

»Benno, was erwartest du? Schau dich um. Der Raum ist gecheckt. Da, der Laptop, die Flasche Wasser und zwei Gläser. Alles top, mein Freund. Ich bin ermächtigt, mit dir zu sprechen, Details eingeschlossen. Prima, dass du den Weg zu mir gefunden hast. Dein Fall, Benno.« Er reichte ihm die Hand. »Insgeheim habe ich damit gerechnet. Okay! Kommen wir gleich zum Thema. Hör zu. Es gibt da eine Entwicklung, die Nüchternheit erfordert. Du schreibst ja grade den Abschlussbericht. Hast ihn aus irgendwelchen Gründen nicht eingereicht. Stimmt's?«

»Ja, korrekt. Ich war der Meinung, die Gestaltungsoptionen der Abteilung Fünf wären ausgereizt. In Wirklichkeit schützt du Personen im Hintergrund. Na ja, verstehe, das ist eure Art Sicherheitsphilosophie. Die hängt logischerweise von der Sichtweise des Betrachters ab.«

»Bitte Benno, der Umgang mit Botschaften aus den Tiefen der Sekte stellt das am besten gehütete Geheimnis dar. Entschuldige, du kennst dem Grunde nach unsere Vorgehensweise. Wir steuern Quellen und schützen sie.«

»Mensch Horst, du fütterst mich wieder an. Wen stört das denn? Logisch, dass darin eine gewisse Gefährlichkeit liegt. Heiße

Informationen sind die schönsten Geschenke. Dennoch verbergen sich die Täter weiterhin im Hintergrund. Die verarschen uns.«

»Nein, Benno. Dich halten sie hin. Hier dreht es sich ausschließlich um dein Ansehen. Du hast in einen Misthaufen gestochen. Die Beziehung zu dieser Evelyn ist der Stein des Anstoßes. Tu das nicht mit einer Handbewegung ab. Deine Intimpartnerin hat dich darüber aufgeklärt, oder? Durch dein Verhalten ist die Lage aus den Fugen geraten.«

»Hört, hört!«, reagierte Lorenz grimmig. »Meine Zweifel hast du nicht zerstreut.«

»Gleich, Benno. Gedulde dich einen Moment.« Er stand auf und drehte eine Runde um den Tisch. »Unterm Strich ziehen wir an einem Strang. Du bist Tatortermittler, dem ich helfen werde. Aber nicht uneigennützig.«

»Was erwartest du, Horst?«

»Dass du für mich Informationen überprüfst. Die sind dermaßen heiß, dass ich an der Glaubwürdigkeit zweifle.«

»Okay. Was gibt es anzupacken?«

»Rede mit Evelyn. Ich warte auf deinen Rückruf, schnellstens! Unterm Strich stellt sie eine schwere Bedrohung dar.«

»Das ist doch ausgemachter Blödsinn, Horst«, fuhr Benno ungelenk auf. »Die ganze Zeit über versucht jemand, von sich abzulenken.«

»Das ist dein Eindruck. Ein Spiel steht an, bei dem wir mittendrin die Fäden ziehen. Hab gehört, du seist beim Skat ein eiskalter Zocker«, meinte er grinsend und drückte Benno seinen Blick auf.

Der war drauf und dran, vor Scham im Boden zu versinken. »Scheiße! Komm auf den Punkt.«

»Hier, lies das«, sagte Walther. »Ein Vertrauensbeweis und zugleich Pflichtverstoß. Hab ich dir nie zur Kenntnis gegeben. Benno, das sind bloß ein paar Seiten. Unkommentiert versprühen sie eine Kraft, die aufsehenerregende Ereignisse heraufbeschwört. Im Zentrum stehen Menschen, die rücksichtslos eine Fehde austragen. Ein halsbrecherischer Kurs, glaub mir.«

»Daran gibt es keinen Zweifel. Horst, handeln wir gemeinsam!«

»Du hast es begriffen. Uff, was für eine schwere Geburt.«

»Hmm, es hört sich nach Rache an. Ein interner Krieg, den der tote Wanderführer vor Jahrzehnten initiiert hat.«

»Was nicht bewiesen ist. Du, Benno, bist in der Lage, alles aufzuklären. Die Spur führt zu Evelyn Feist. Bitte, lies den Text zu Ende. Ich war genauso baff wie du.«

Lorenz' Puls beschleunigte sich augenblicklich. Der Schock ließ sich kaum verbergen.

»Mensch, wenn das zutrifft, ist eine großangelegte Rückführung erforderlich. Verdammt, Horst, ich bin selber betroffen. Mein Körper hat die Schadstoffe bisher nicht im vollen Umfang ausgeschieden. Klar, dass ich noch lebe, verdanke ich der Kunst der Ärzte.«

»Benno, wir alle sind heilfroh darüber. Du bist das Opfer eines Giftanschlages. Dein Verbindungsweg in die Sekte hat ein Leck. Geh in dich! Du warst begierig auf eine Liebelei, hast das Risiko unterschätzt.«

»Ich würde es in der Form nicht beschreiben. Du kennst die Quelle besser und den Wahrheitsgehalt. Evelyn ist nie im Leben in der Lage, Menschen zu vergiften. Hier behauptet eine unbekannte Person das Gegenteil. Es gibt keinen Grund, die Kekse mit diesem Zinnoberzeug zu versetzen. Niemals!«

»Wie auch immer. Am besten, du siehst dir das Leid an, das die verdammten Idioten angerichtet haben. Es wird dir nicht gefallen, da bin ich mir sicher! Im Krankenhaus liegen drei Kinder und zwei Erwachsene. Und bei denen deutet alles auf eine Quecksilbervergiftung hin. Sprich mit Evelyn. Erkenntnisfortschritte sind der einzige Weg, um Schlimmeres zu verhindern. Den Ball flach halten. Panik vermeiden, das ist das Gebot der Stunde. Und ein Freundschaftsbeweis für mich. Der erfordert dein Mitwirken.«

»Wobei?«

»Zuerst, um dem Rüffel des Dienstvorgesetzten entgegenzuwirken. Der hängt mir wie ein Klotz am Bein. Hilf mir, zu beweisen, dass mein Informant korrekt berichtet hat. Alles dreht sich um deine Freundin. Egal, welche Bedeutung sie für dich hat«, sagte er.

»Horst, ich erkenne das Problem nicht. Erkläre es mir.«

»Es sind die Aussagen einer Quelle, die direkten Kontakt zur Führungsebene der Sekte hat. Mir sind die Hände gebunden. Höhere Interessenlagen. Du müsstest doch langsam wissen, wie dieses Spiel gespielt wird, Benno. Oder? Wie gesagt, deine Hilfe würde Licht ins Dunkel bringen.«

»Danke für dein Vertrauen. Und natürlich leiste ich meinen Beitrag. Die Technologie, die in der Manufaktur eingesetzt wird, ist überschaubar. Dafür gibt es behördliche Genehmigungen. Was mir aber auffällt, ist, dass du anscheinend auf eine Intrige reingefallen bist. Irgendwer hat eine Blase mit falschen Beschuldigungen in die Welt gesetzt.«

»Benno, die Gefäße sind randvoll mit selbst gebackenen Keksen. Die Analytik weist Spuren von Zinnober nach. Verkäufe fanden an ihrem Stand auf dem Wochenmarkt statt. Das ist erwiesen. Und weiter. Es gibt jede Menge Indizien, die sie zur potentiellen Täterin erheben. Die forensische Abteilung im LKA hat gemeinsam mit der Gerichtsmedizin Quecksilber in den Körperresten des Toten in der Bode gefunden. Die Identität des Vermissten Erich Feist ist damit belegt.«

»Hmm, daraus folgt?«

»Das Problem mit dem Giftpotential ist erledigt. Die Herkunft ist geklärt. Restbestände haben die Kollegen bereits beschlagnahmt. Mit dem offiziellen Teil der Tatortarbeit bist du am Zug. Fang mit der Durchsuchung der Privatwohnung und der Arbeitsstätte an und nimm dir dann das Anwesen der Sekte vor.«

»Das hat Zeit«, erwiderte Benno. »Wir lassen die Kerle auflaufen, bald. Dir garantiere ich Quellenschutz. Ist ja logisch. Unter der Bedingung«, schob er den Nachsatz hinterher, »dass die Ermittlungen in meiner Hand bleiben.«

»Benno, ab sofort arbeiten wir eng zusammen. Ich setze mich dafür ein, dass eine Sonderkommission die Federführung übernimmt. Du stehst an deren Spitze. Der Polizeiliche Staatsschutz klinkt sich mit ein. Es sei denn, du lehnst den Verbindungsmann ab.«

»Also haben wir einen Deal?«, flüsterte Benno.

»Darauf setze ich. Wir sind ein kompetentes Team«, sagte Walther mit Nachdruck.

»Die nächsten Tage bringen die Wahrheit ans Licht, Horst. Da zeigt sich, ob die Beziehung zu Evelyn was gebracht hat. Ihre Worte hatten mich überwältigt, stimmt. Aber eine Garantie für den Erfolg sind sie nicht. Gib mir die Gelegenheit, mit ihr zu reden.«

Am frühen Abend suchte Benno Evelyn in der Wohnung auf. Er war innerlich aufgeladen.

»Komm rein. Ich habe Eistee und Gebäck.«

Er sah sich um und gewahrte die frischen Blumen auf dem Tisch. All das dämpfte den Frust, den er ihr zugedacht hatte.

»Wenn du mich nicht vergiftest, bitte beides«, sagte er. Sein ironisches Schmunzeln traf auf ihre runden Kulleraugen, die sich sofort weiteten.

»Du machst mir Angst, Benno. Dein Lächeln ist nicht echt. Was verbirgst du?«

Die Reaktion darauf verstärkte ihre Verängstigung. Ein bitterkalter, albtraumhafter Druck legte sich um ihr Herz.

Benno zurrte sich an seiner Frage fest: »Ev, bitte erklär mir. Wer bist du?« Zugleich wurmte ihn die eigene Härte, mit der er ihr begegnete. Das hatte sie nicht verdient. Ein Blick in ihr bleiches Gesicht bestätigte den Akt von Dreistigkeit, ihr Vertrauen in der Art zu belohnen. Sie brachte im Augenblick weder ein Lächeln und erst recht keine kaltschnäuzige Retourkutsche zustande.

»Du weißt, wer ich bin, Benno«, sagte sie ungekünstelt. »Deine Informantin, eine Frau, mit der du schläfst und in der du Hoffnungen für Zweisamkeit weckst. Dir reicht das scheinbar. Mir nicht.«

Sein knappes Kopfnicken beendete den angestauten Frust. Ihr Anblick schlug ihn abermals in ihren Bann. Sie war ein Hingucker. Ihn reizte das lange dunkelbraune Haar, das sie hochgekämmt und zu einem straffen Knoten am Hinterkopf zusammengebunden hatte. Ihre Augen glänzten mehr als je zuvor.

»Ich begehre dich«, ließ er nicht über seine Lippen kommen. Stattdessen sagte er: »Hör zu, Ev. Ich stelle keine Besitzansprüche. Meine Zuneigung zu dir ist echt. Es gibt ein Problem. Solange die Täter frei herumlaufen, bringt dich das unnötig in Gefahr.«

»Was gedenkst du zu unternehmen, Benno? Mich einzusperren ist keine Lösung.«

»Korrekt! Wir müssen herausfinden, wie die Verbrecher es schaffen, quasi aus dem Nichts anzugreifen. Hierauf muss es doch Hinweise geben. Deine Familie steht ohne jeden Zweifel im Blickfeld.«

»Benno, du ebenfalls.«

»Ja, weil ich der Sekte jemanden aus dem Führungskreis wegnehme. Es gab garantiert irgendwelchen Zwist, der die verkündete Reise ins Paradies bedroht. Was verbirgt sich dahinter?«

»Benno, das habe ich dir offenbart. Es ist eine Mission. Wir verlangen Disziplin, um Gottes Segen zu erhalten. Klar, mein Cousin Wilhelm führt seinen eigenen Kampf. Wir beide stehen kontrovers zueinander. Er strebt nach dem Titel Stimme Gottes, das muss hier klar sein.« Sie verstummte.

»Du sprichst von einem Machtkampf, Evelyn?«

»Ja. Der ist unausweichlich. Oma lebt und hegt die Absicht, mir ihren Rang zu vererben. Wie du weißt, entstamme ich der Feist-Linie.«

»Und, wie ist deine Antwort?«

»Die Frage abwegig zu beantworten, steht mir nicht zu. Und du bist ein Wildfang. Auf dich ist kein Verlass. Mich inspiriert das Wort des Herrn. Es ist erfreulich aufbauend. Das rein Materielle ist nicht meine Sache. Wilhelm ist darauf erpicht. Der Herr Immobilienmakler schwebt auf einer Erfolgswelle. Gönne ich ihm, ehrlich. Das schließt ebenso den Job des Finanzcontrollers der Gemeinschaft ein. Hier genießt er Freiräume, die der breiten Mitgliedschaft nicht geläufig sind. Na ja, bis auf ein paar Ausnahmen.«

»Zum Beispiel?«

»Benno, ich habe über all das nachgedacht. Deine Sorgen sind überflüssig. Der Finanzchef hat die Erlaubnis, das Geld zu mehren, ohne Rücksprache zu halten. Es gibt da drei oder vier Personen in Kontrollfunktion, die er hofiert. Ich habe entdeckt, dass er zwanzigtausend Euro vergeben hat.«

»Moment, Ev. Wofür?«

»Keine Ahnung. Es gab keinen Grund, da weiter nachzuforschen.«

»Heißt das, die Älteste überlässt ihm alle Geldangelegenheiten?«

»Ja! Das nutzt er eiskalt aus. Oma äußert einen Wunsch. Er erfüllt ihn. Dadurch gibt es keinen Anlass für Fragen.«

»Bleiben wir bei dem, was dir aufgefallen ist.«

»Benno, ich habe nichts dagegen. Sag mir, bist du ausschließlich wegen des Falls zu mir gekommen?« Ihr schlanker Körper zitterte dabei. Tränen rollten die Wangen runter. »Ich weiß, diese Kerle haben dir wehgetan«, flüsterte sie. »Die sind unberechenbar und gefährlich. Es gibt eine Chance. Wir durchbrechen ihre Absichten.«

»Ja! Und bleiben am Leben. Das ... das stimmt. Ich ignoriere deine Worte nicht, Evelyn. Wenn wir uns vertrauen. Sag es und küss mich endlich!«

Er bemerkte, dass sich ihre Augen weiteten. Bevor er darauf reagierte, lächelte sie ihn an.

»Benno, Liebster, gönnen wir uns den Moment vor dem Sturm. Morgen ist wieder alles vergangen. Komm zu mir ins Bett.«

Ohne Widerstand folgte er ihr.

Wilhelm Feist erreichte tief in Gedanken versunken sein Ziel. Erschrocken registrierte er den Schriftbogen Haubach-Bestattungen. Sich Hanno zu beugen, war das Herabwürdigendste, was ihm je passiert war. Der Sache geschuldet, hatte er den Tod erlebt und sich dabei ertappt, dem nicht gewappnet zu sein. Das Letzte, was er sah, war ein Stück Draht um den Hals des Helfers. Dem unerträglichen Gestank von Tod, Drogen und dem Alkohol folgten Dunkelheit und Filmriss. Unklare Bilder von den Ereignissen zerrten an den Nerven.

Er zögerte. In dem Moment stand der Bestatter in der Tür. Er nickte und sah zufrieden aus.

»Komm rein, Wilhelm«, sagte er knapp. »Schön, dass du hergefunden hast. Ist dein Kopf wieder klar? Ich hab gehörig gekotzt«, endete in einem kräftigen Fluch. »Äh, äh ... Scheiße.«

»Mir erging es nicht besser. Was ist denn passiert?«

»Das ergründen wir beide zusammen. Schau dir die Sauerei im Untergeschoss an. Komm mit, ist dein Werk. Hab dich total unterschätzt. Ha, hattest eine Menge nachzuholen, was? Na ja! Mit Bravour vollstreckt, Wilhelm! Eifere mir weiter nach. Du hängst in einer Schuld fest.«

»Und du rück die Pistole raus! Mein Abnehmer wartet drauf. Glaub mir, der hat brutale Killer im Schlepptau. Spaß verstehen die nicht.«

»Sachte, du hast vergessen, dass der Tod mein Broterwerb ist. Ich halte da mit. Denk an das Stück Draht.«

»Ich habe befürchtet, dass du das sagst. Ist eine Menge, die du dir zumutest, Hanno.«

»Wegen dieser dämlichen Pistole kacke ich mir nicht in die Hose. Was bildet sich dieser Kerl ein? Wer ist er?«

»Deine ewige Fragerei ist ätzend«, sagte Wilhelm kopfschüttelnd. »Ich habe nicht alle Antworten parat. Eines schreibe dir hinter die Ohren. In meinen Augen ist derjenige ein potentieller Gegner. Schlimmer, er stellt eine Gefahr für mich dar und will mir den Rang des Ältesten ablaufen. Zufrieden?«

»Nein, bin ich nicht! Du versuchst, mir das einzureden. Wieso wundert mich das? Was ist mit dem Glaubensbekenntnis? Du bist ebenfalls ein Bibelheini. Sucht ihr nicht Erlösung im Paradies? Liege ich da falsch?«

Sein Lächeln gefror, weil Wilhelm sagte: »Was ist mit dir, Bestatter? Du bist eine lüsterne Mordmaschine. Gottvertrauen ist für dich ein Fremdwort. Ich denke, wir grenzen unsere Verbindung in Zukunft stärker ab. Was meinst du?«

»Ich ordne mich niemals unter. Feigling«, schimpfte er.

Vergebens. Wilhelm blieb hart.

»Höre! Die Älteste wünscht diesen Kurs auf Dauer nicht. Sie lässt dir ausrichten, wir verstecken uns nicht. Die Bibel weist den Weg, denn im Paradies wartet die Erlösung.«

»Mir ist das wurscht«, hörte er Hanno Haubach mürrisch antworten. »Reden wir. In meinen Augen findest du Trauer und Fassungslosigkeit über das, was wir beide gestern angestellt haben. Der Helfer ist tot. Ist dir das bewusst?«

»Nein! Du hast von einem Hurensohn gesprochen. Mit mir hat das nichts am Hut. Du hast die Situation zum Kochen gebracht. Mit dem Shit im Blut fühlt sich heute alles kotzübel an. Der verdammte Schnaps, das Gejohle um dieses Stück Draht hat mich betäubt. Klar? Halte dich zurück und lade deine Sucht nicht auf meinen Schultern ab.«

»Bei wem sonst? Zugegeben, er war ein Unsicherheitsfaktor. Brauchst nicht geschockt zu sein. Heb dir die Moral für andere Gelegenheiten auf. Was ist mit den zehn Riesen? Ein Mordauftrag am eigenen Verwandten. Dein Onkel, der Erich, der Kopf. Schon vergessen? Das war ein Mordsspaß. Hättest es ebenfalls genossen. Das Knacken des Schädels. Das Spritzen des Gehirns. Kein Zauberwerk. Solides Handwerkszeug eines Leichenbestatters«, sagte er und wandte sich von Wilhelm ab. »Genug gequatscht. Komm, ich zeig dir was. Hab aufgeräumt. Entspanne dich! Folge mir nach unten! Es gibt eine Unmenge zu bereden. Wilhelm, immerfort habe ich mich ermahnt. Mir gesagt, du bist Bestatter, ein Mensch, der mit dem Tod spricht. Daher geh sorgsam mit dem Leben um. Alles mein Werk. Der Helfer hat den Bullen an den Marterpfahl gebracht. Dilettantisch. Er hielt sich für den Größten. Dieses Denken stand ihm nicht zu. Er platzte vor Hass, den du gesät hast.«

Die Worte klangen aus. Wilhelm Feist war einen Moment lang versucht, den Gang nach unten auszuschlagen. Seine Vorahnung bestätigte den Verdacht, ein Schlachthaus zu betreten. Auf der Treppe, die in die Kellerräume führte, schlug ihm der penetrante Geruch von Formaldehyd entgegen. *»Beherrsch dich«*, wiederholte er immer wieder in seinen Gedanken und war erstaunt über die innere Kraft, die ihn auf den Füßen hielt. Gelbliches Licht erhellte ein Dutzend Vitrinen. Das elend flaue Gefühl im Magen verschlimmerte sich mit jeder Sekunde. Die Angst, dem krankhaften Wahn des Bestatters zu begegnen, zerrte an den Nerven. Für ihn waren solche Gedanken neu. Jemanden mit einer Tötung beauftragen, ja, das war was anderes. Es hatte ihn kaum berührt. Wenn seine Anhänger davon erfuhren, würde eine gigantische Narbe zurückbleiben.

»Gefällt es dir?«, schrammte am Ohr vorbei. »Ey, Wilhelm, ist konserviertes Material. Die Toten vermissen das nicht. Ist keine Straftat. Bevor ich sie beerdige, erfüllt sich ihr Wunsch. Ist im Endeffekt ein im Voraus bezahlter Auftrag.«

Wilhelm drehte sich angewidert um. »Ich brauche einen Wodka.«

»Okay, gleich. Noch einen Moment. Ich hab eine Überraschung für dich. Ist der letzte Anlauf, bevor ich dir die Knarre übergebe und du der Wahrheit ins Gesicht siehst. Wir sind durch den Tod miteinander verbunden. Und mein Lieber, wir haben die Aufgabe, die Kripo aus dem Gleichgewicht zu bringen.«

»Was orakelst du da für einen Mist?«

»Damit du nicht in eine Falle schlickerst. Das verkrafte ich nicht.«

»Was?«, entfuhr es Wilhelm nun mehr als misslaunig.

Er fuhr herum, um dem Bestatter in die Augen zu schauen. In ihnen spiegelte sich der Tod. Der eiskalte Blick war dermaßen desorientierend, dass er einen Schmerzimpuls brauchte, um sich abzulenken. Ein Biss auf die Lippen genügte. Er brachte ein paar Tropfen Blut und Ernüchterung. Beides geschah in unmittelbarer Abfolge. Solche Momente kannte er aus der Missionarstätigkeit. Sie verbreiteten den Schmerz der Enttäuschung, schufen ein Gefühl der Ohnmacht und Distanz. In diesem Gewirr ein Unding. Der Bestatter würde ihn auflaufen lassen und opfern.

»Höre zu, Hanno«, sagte er gönnerisch in energischer Tonfolge. »Das ist mein Risiko. Wenn du mich anschmierst, verlieren wir beide.«

»Nein, darauf wartest du vergebens. Du, Wilhelm, wirst leiden, ich triumphieren. Verabschiede dich vom Paradies. Du wirst nicht darin einziehen! Stattdessen wirst du von meinen Kumpels gehäutet, glaub mir. Sie verarbeiten das Fleisch zu Futter. Schließ dich mir an, sei weiterhin ein honoriger Partner. Der Älteste in einer Herde Schafe.«

»Du vergisst, ich bin dein Geldgeber«, schnauzte der zurück. »Du nervst, komm wieder runter. Die Position des Primus liegt dir nicht.«

Der Bestatter erwiderte gelassen: »Warum, meinst du, ändert sich das? Hm, hab ich das gesagt? Falls du das Angebot abschlägst, na ja ... macht das nichts. Mir eilen willige Menschen zu Hilfe. Und was ist mit dir? Töten gehört nicht zu eurer Religion. Ich komme zum Kern. Setz dich! Das ist keine Bitte!«, sagte er und schaltete ein TV-Gerät ein.

»Ich verstehe«, flüsterte Wilhelm. »Mein Gott, du zeigst dein wahres Gesicht. Verdammt, es war gedankenlos, dass ich eingewilligt habe, den Ältesten auf diese erbärmliche Weise aus dem Weg zu räumen. Erna hätte das mit den Keksen besser im Griff.«

»Zu spät! Halte durch!«, fiel mit der hemmungslosen Parole des Bestatters zusammen. »Prost darauf, dass du meine Worte erhörst.« Lächelnd befüllte er die beiden Trinkgläser mit 100 Gramm russischem Wodka. »Auf uns! Hüte dich davor, das hier als eine bedeutungslose Phrase zu verstehen!«

Abrupt verkrampfte sich sein Magen, Speichel sammelte sich in der Mundhöhle. Auf keinen Fall Schwäche zeigen war alles, was ihm im Kopf herumschwirrte. Wilhelm hätte nie im Leben damit gerechnet, den Tod des Onkels hautnah erleben zu müssen. Was er jetzt auf dem Bildschirm zu sehen bekam, war erbarmungslos. Die

Helmkamera des Bestatters lieferte Grausamkeiten wie das austretende Gehirn von Erich Feist in High Definition. Ein eiskalter Schauer kroch über seine Haut. Sekunden später entleerte er einen Schwall übelriechenden Breis auf den Fußboden.

»Es gefällt dir nicht, was du siehst. Kotz dich aus, damit du die nächste Filmsequenz durchstehst.«

»Scheiß drauf, schlimmer kann es nicht mehr werden.«

»Ja! Du wirst erkennen, wie heilsam das ist. Raus mit dem Dreck, solange du ihn selber wegmachst.« Er grinste. »Du hast mich ausgewählt, weil die Feigheit dich gefangen hält. Hast du vergessen, dass dein Onkel es war, der meine Familie zerstörte«, sagte er mit einem Nachsatz. »Wegen des dämlichen Glaubens.«

»Bleib ruhig, Bestatter. Die Vorsehung hat einen Weg aufgezeigt, der uns allen nicht genehm war.«

»Ja klar. Evelyn hat ihren Vater durch Selbstmord im Stahlwerk verloren. Ihre Mutter schied durch einen Unfall aus dem Leben. Was ist daran gerecht?«

»Die Tatsache, dass wir dem Säugling einen Weg gewiesen haben. Die Gemeinschaft vergab den Namen Feist nach ihrem Erzeuger. Sonst würde Evelyn heute Haubach heißen, wie ihre verstorbene Mutter und du.«

»Scheiß drauf. Bin gespannt, was du gleich sagen wirst.«

Er registrierte, dass Wilhelm fassungslos auf den Bildschirm starrte, wie er es geplant hatte.

»Ich habe keinen Zwang ausgeübt, damit du irgendwelchen Befehlen folgst. Sieh hin. Du hast dich als Mörder qualifiziert. Na ja, der letzte Schliff, eine Garotte wirkungsvoll einzusetzen, braucht Zeit.«

Bis auf ein kaum hörbares Knurren erschien Wilhelm teilnahmslos. »Das da bin ich nicht. Niemals! Du versuchst, mich zu manipulieren.« Hastig griff er zum Wodka. »Schenk nach, beeile dich!«

»Wilhelm, bezwinge die Furcht. Du bist der Anwärter auf mehr als nur einen Titel. Erleuchtung bedeutet dir wirklich was.«

»Ich habe keine Ahnung, wovon du sprichst. Du hast mit mir gespielt, dafür Sorge getragen, dass ich in deiner Gewalt bin.«

»Ja klar, ist eine verlockende Aussicht. Und ein Sprung in die Zukunft. Dort bin ich ein Berater, den du honorig bezahlst.«

»Sei still!«, fuhr Wilhelm aus dem Stuhl empor. »Der Besuch hier, das Gespräch und die Filmchen bleiben ein Geheimnis. Ich schwöre, linkst du mich, wirst du es bereuen.«

»Sicher. Welch Fortschritt in unserer Beziehung! Ha! Absolut meine Meinung, Partner! Ein Hinweis noch. Egal wem du die Knarre übergibst, säubere sie. Nimm einen Industriereiniger. Check die Waffe hinterher mit Schwarzlicht in einem abgedunkelten Raum.«

»Ist mir bekannt. Es regt fluoreszierende Stoffe an. Und es dient zum Erkennen von Sicherheitsmerkmalen.«

»Nun gut, dann bist du ja bestens informiert. Dank ist dafür nicht erforderlich«, meinte der Bestatter ironisch.

»Du denkst nicht klar«, flogen Worte der Kritik an Benno vorbei. Er saß mit Rolf im LKA und las bestürzt den letzten Lagebericht der Fahndungen. Sein Freund holte ihn aus der Erstarrung zurück. »Ist brandneu. Identifizierung einer männlichen Leiche. Erinnert dich das an Feist, den Ältesten der Sekte?«

»Ja! Seit wann weißt du davon?«

»Ein paar Minuten. Ist echt Scheiße. Der falsche Weg. Hier waren wieder die Bürokraten am Werk. Deine Ermittlungen zu einem ähnlichen Vorgang sind scheinbar in der Versenkung verschwunden. Mein Vorschlag: Erhebe Einspruch beim Chef.«

»Bist du sicher? Die Kollegen in der Polizeidirektion handelten nach Vorschrift. Da mische ich mich nicht ohne Auftrag ein.«

»Tja, dann ist das bedauerlich. Aber es hilft dir nicht, die Ermittlungen abzuschließen. Der abgetrennte Kopf von diesem Erich Feist wartet auf die Zuordnung eines Täters.«

»Bin ja dabei. Weißt du, mein Bauchgefühl sagt, dass der uns diesen Hinweis bewusst geliefert hat. Er spielt mit mir, versteckt sich hinter einem Panzer.«

»Bauchgrummeln? Konzentration, Benno!«, traf ihn die hart klingende Stimme des Freundes. »Der Zeitpunkt ist passend gewählt. Ich unterstütze dich. Wir schlagen dem Chef gemeinsam vor, dass er dir den Status eines Sonderermittlers zuordnet. Damit ist eine Reihe von Vorteilen verbunden. Du entscheidest über das nötige differenzierte Vorgehen. Ich denke, deine Verbindung in die Sekte ist dem Vorhaben dienlich!«

»Du bist der Einzige, der darauf pocht«, sagte Benno.

»Ist ja ein Anfang. Oder gibt es andere Ideen? Wach auf! Wir brauchen keine netten Worte, um die Öffentlichkeit zu beschwichtigen.«

»Alles klar! Der Reihe nach heißt das: Chef ansprechen. Zweitens: Status Sonderermittler kassieren. Drittens: DNA-Abgleich. Viertens: Leiche aus der Fahndungsliste streichen. Fünftens: Diskretion zum Thema der vergifteten Kekse wahren und deren Einhaltung überwachen.«

»Das ist alles nicht von Dauer. Wir brauchen handfeste Beweise.«

»Ja, ja, ja, die kriegst du, Rolf. Ich hab eine vortreffliche Idee«, quoll es aufgeregt aus ihm hervor. »Horst vom Staatsschutz hilft uns. Wir täuschen einen Angriff vor. Erst brauche ich die DNA. Bitte, das ist dein Job. Team ist Team. Du bist ein Teil davon! Also leg dich ins Zeug! Spätestens in zwei Tagen ... liegt da die DNA vor?«

»Ja!«

»Es ist Zeit, um mich für heute zu verabschieden. Ich fahre an den Harzrand. Evelyn freut sich. Und bitte, Rolf, diese Information ist nur für dich.«

»Tu mir einen Gefallen, Benno!«

»Jeden! In Ordnung! Ich weiß, was dir auf der Zunge brennt. Klar, es gibt keinen weiteren Sumpf. Im Moment hat meine Kleine ausreichend Ärger mit ihrem Cousin.«

»Ruf mich an, Benno, wenn du so weit bist.«

In den nächsten drei Tagen überschlugen sich die Ereignisse. Der DNA-Abgleich des Toten mit der Person auf der Fahndungsliste war ein Volltreffer.

»Benno«, erklärte der Forensiker grade, »dein Bauchgefühl passt. Die Person ist polizeilich erfasst. Er ist ein strafrechtlich belangter Wiederholungstäter. Den Kerl hat es vor Jahren in den Harz gezogen. Ist ein verkappter Waffennarr.«

»Das sieht ja mal nach einem Lichtblick aus. Gibt es Adressdaten?«, erwiderte Lorenz aufgeregt. »Rolf, ich rufe das Team an einen Tisch.«

»Mach das, Kollege Sonderermittler«, grinste der. »Vorher werfe ich dir einen Bonus zu. Such einen bequemen Sitzplatz und hör mir zu.«

»Sieh dich um. Den gibt´s hier nicht. Planst du, mich mit deiner Euphorie zu beeindrucken?«

»Ja, mit aller Gewalt. Es existiert eine Meldeadresse. Ich habe das nachgeprüft. Volltreffer!«, sagte er erregt. »Ein Bestattungsunternehmen, mein Freund. Ein imposanter Komplex mitten in der Stadt. Ich tippe auf eine Einliegerwohnung. Ich spekuliere mal, dass der Kerl auch dort beschäftigt war. Zumindest weisen die Einträge beim Kranken- und Rententräger darauf hin.«

»Klingt nach einem Schuldigen.«

»Sehe ich ebenso. Um dem Ziel ein Stück näher zu rücken, habe ich oben auf unserer Checkliste vermerkt: Unternehmer befragen!«

»Nicht in diesem Fall. Bin absolut dagegen. Bitte, wir warten ab.«

»Worauf? Mensch Junge, das ist der Kracher. Ich hab mir die Daten zu den Spurenfragmenten nochmals reingezogen. Und zwar speziell von der Stelle, wo die Täter dich aus dem Fahrzeug warfen. Bedank dich bei Simone, denn das Auffinden des Tatortes war ihr Verdienst. Im LKA hat sie sich durchgesetzt, um die Kräfte auf deine Suche zu fokussieren. Obendrein hat sie den Dreck von der Straße akribisch aufgeklaubt. Das Ergebnis präsentiere ich dir grade. Die DNA aus den Blut- und Speichelresten ist identisch mit der vom Rumpf des Toten auf der Fahndungsliste. Mensch, und warum bist du nicht erstaunt?«, endete er mit einem Gefühl der Verwunderung über das Schweigen des Freundes. »Was spult sich in deinem Kopf ab, Benno?«

»Entschuldige. Das lässt sich schwer in Worte fassen. Es ist eine Art Hochgefühl, begleitet von Bauchrubbeln«, sagte er ohne Hast. »Pass auf! Karten auf den Tisch! Ihr Laborratten habt ein Topergebnis präsentiert. Für mich ergibt sich heute ein klareres Bild. Allmächtiger! Wir haben im Glück gebadet.«

»Ist das so? Erkläre es mir. Was hast du vor? Um jemanden des Mordes zu beschuldigen, dafür reichen die Anhaltspunkte nicht.«

»Du irrst. Wenn es stimmt, was ich annehme, stoßen wir direkt in eine Mördergrube.« Er drehte sich dem Freund zu, starrte ihn an. »Rolf, lassen wir die Bewohner in Ruhe, damit sie sich in Sicherheit wiegen. Aufscheuchen bringt nichts. Mit der Befugnis des Sonderermittlers fordere ich das Mobile Einsatzkommando an.«

»Verrückt, Benno. Mit welcher Begründung?«

»Observierung des Bestattungsunternehmers wegen Mordverdachts und Waffenbesitzes.«

»Die Idee kommt zum besten Zeitpunkt. Den Weg gehe ich mit. Der kopflose Rumpf verrät endgültig in der Gerichtsmedizin sein Geheimnis. Glaub mir, hinter dieser Schandtat stecken medizinische Grundkenntnisse.«

»Darum besteht die verdammte Pflicht, das abzuklären. Die Observation ist ein Anfang. Der Bestatter – Haubach heißt der, oder? – weist uns den Weg.«

»Rolf, den Chef der Abteilung 3 habe ich vorab konsultiert. Die Einsatzkräfte müssen eingewiesen werden. Das machen wir am besten gemeinsam. Einverstanden?«

»Ja! Benno, mir ist bewusst, wozu die Beamten fähig sind. Deine Sorge um die Beziehung zu Evelyn Feist ist berechtigt. Die Keramikdosen, die Kekse mit Spuren von Zinnober und die Menschen im Krankenhaus sprechen dafür. Sie ist eine Zeugin. Du bist befangen. Daher lass die Vernehmung von einem anderen Kollegen durchführen.«

»Versprochen, unter den Tisch kehre ich nichts. Ich bin erleichtert, das zu sagen, denn es dreht sich um Vergangenheitsbewältigung. Um angestauten Hass. Dieser Haubach ist weitläufig mit Evelyn verwandt. Du hast Kenntnis vom Todessprung des Sohnes im Stahlwerk der ehemaligen Eisenhütte im Jahr 1983. Nicht vom Unfalltod des Menschen, den er liebte. Kurz nach der Geburt ihrer unehelichen Tochter verstarb sie infolge eines Unfalls. Man sagte, am gebrochenen Herzen. Erna und ihr damaliger Ehemann, Erich, haben sich der Kleinen angenommen. Seitdem trägt sie den Familiennamen Feist.«

»Benno, darin schwingt ein schwerer Vorwurf. Du sagst, Haubach hatte Grund genug, um sich zu rächen?«

»Klar, was sonst. Ein Schwelbrand, der sich seit Jahrzehnten hinzieht. Seit dem damaligen Zerwürfnis hat Erich Feist das Schwert des Gehorsams über die Gläubiger geworfen. Ein Patriarch, dem sich sein Neffe ständig widersetzte.«

»Hm, na ja, die Erklärung ist nachvollziehbar. Du deutest an, dass der die Gunst der Stunde nutzte, um den Haubach aufzuwiegeln?«

»Ja! Das denke ich. Der Bestatter ist ein Waffennarr, Sportschütze und Jäger, organisiert im Verein vor Ort. Ich hab abchecken lassen, ob die Stadtverwaltung Empfehlungen für Bestattungsleistungen ausgesprochen hat. Und siehe da: Treffer.«

»Wilhelm, der Immobilienmakler, Mitglied im Harzklub? Hatte ich im Urin, Benno. Der gibt sich gönnerisch.«

Kapitel 26

»Das funktioniert nicht. Hier steht ein Haufen Technik sinnlos rum. Ist mir zu passiv«, sagte Lorenz grade zum Teamleiter des Mobilen Einsatzkommandos vom LKA in Magdeburg.

»Die Fakten sind nicht von der Hand zu weisen«, erwiderte der.

»Zwanzig Tage Observation. Vier Einsatzteams zu je drei Beamten. Zwei Objekte. Nichts ist bisher passiert. Zielpersonen, die jobbten, schliefen, schwatzten. Alles mit mustergültiger Wiederholung im täglichen Einerlei. Dass Sie's wissen, äh, falls es Neugier weckt«, sprach Benno abgehackt mit mürrischem Tonfall in das Handy. »Ich hab mir mehr versprochen. Die Zielperson lacht sich eins über die dämliche Kripo.«

»Mit dem Unterschied, dass Sie der Sonderermittler sind«, kam es unaufgeregt zurück. »Wir befolgen Ihre Anweisungen. Es ist alles da, was eine Überwachung braucht.«

»Tut mir leid, Teamleiter. Ich hab das Gefühl, auf einem Abstellgleis gefangen zu sein.«

»Na ja, die Einsatzkräfte sind bisher unsichtbar geblieben. Daran liegt es nicht. Die Schaltung der Video-und Telefonüberwachung läuft. Bitte, Oberkommissar, ich habe keine Zeit, um im Moment darüber nachzudenken. In einer Stunde ist es dämmrig. Die Kräfte sind ausgebildet, um die kleinste Bewegung zu erfassen. Ich brauche klare Ansagen. Daran beißen sich meine Jungs fest. Das festzulegen, gehört zu Ihrem Job, Benno.«

Vier Tage nach ihrem Disput summte Lorenz' Handy. Eine Zahlenfolge erschien auf dem Display. Ein Code. Was war passiert? Einzig das Lagezentrum war befugt, solcherart Nachricht zu senden. Es war ein Signal, eine Anweisung, die befolgt werden musste. Rückfragen waren nicht erwünscht. Der Befehl hieß: Ausführung! Das war unmissverständlich.

Benno legte den separat am Körper verwahrten zweiten Chip in das Gerät ein. In Sekundenbruchteilen stand die sichere Verbindung. Eine Aufforderung, die besagte: »Erscheinen Sie morgen 11:00 Uhr im Meetingraum des Lagezentrums. Keine Information an Ihr Team!«

Benno versuchte die Nachricht einzusortieren. Es gelang ihm nicht. Drohend kursierte ein Gedanke durch den Kopf. *»Hab Mist gebaut.«* Düster begriff er, dass ihn dieser Termin aufforderte, auf der Hut zu sein. Eines war sicher. Angenommen, die Suche nach den Tätern blieb erfolglos, er wäre ein gefrustetes Opfer – wie Evelyn.

Es war so weit. Die fünf Minuten in Warteposition bescherten ihm unheimlich hoffnungsfrohe Emotionen, die sich wie der Lockruf auf ein Date anfühlten. In dem Augenblick sprach ihn ein Polizist in Uniform an.

»Was zum Henker ist hier los?«, rutschte Benno über die Lippen.

Ein mitleidiges Grinsen des Beamten blieb zurück. »Ich gehe voraus. Folgen Sie mir!« Er öffnete ihm die Tür, sagte trocken: »Bitte!«

Ein eisiger Stich lähmte ihn für Nanosekunden. Seine Anspannung hatte sich bis zum Rand der Schmerzgrenze gesteigert. Ob unbegründet oder nicht, die Antwort darauf blieb aus. Zumindest strahlten die drei Personen vor ihm an der hochglanzpolierten ovalen Tischplatte Gelassenheit aus. Ihre Geisteshaltung sprang über in ein: »Herzlich willkommen, Oberkommissar. Erstaunt? Setzen Sie sich.«

»Danke, Herr Präsident«, traf auf Männergesichter mit fragenden Augen. Sie riefen ihm zu: *»He, wir stecken in einem tiefen Loch der Verzweiflung. Rette uns!«* Das kam der Wahrheit nahe. Der nüchterne Teil seines Hirns zog grade in Betracht: *»Hm, was, wenn sie am Ende Recht behielten?«* Die Magie dieser Gedanken verflüchtigte sich. Die Qual, einer Anklage zu begegnen, war vorbei. Die Aussage des Chefs der Behörde klang versöhnlich.

»Oberkommissar Lorenz, ich habe Sie herbeordert. Keiner springt Ihnen an die Gurgel«, sagte er. »Im Übrigen zolle ich Ihrer Person Anerkennung. Sie haben sich durchgesetzt. Es hat mich allerhand Überredungskunst gekostet, Sie nicht aus dem Verkehr zu ziehen. Na ja, Geschichte. Ich erwarte, durch Ihren Einsatz das Ansehen der Polizei wieder ins rechte Licht zu rücken. Nach unserem Gespräch sind Sie in der Lage, Ihren ursprünglichen Job abzuschließen. Gibt es damit ein Problem?«

»Herr Präsident, ich bin Tatortermittler und arbeite an einem konkreten Auftrag. Bitte beantworten Sie mir eine Frage«, sagte Benno. »Wieso gewinne ich den Eindruck, dass meine Ermittlungsergebnisse hier im Hause untergehen? Die Täter da draußen sind nicht unbekannt. Sie bewegen sich direkt vor unserer Nase.«

»Was heißt das, Oberkommissar? Wissen Sie mehr? Ich enttäusche Sie ungern. Immerhin ist der Staatsschutz anderer Meinung. Hinzu kommt, dass Ihre Freundin im Fokus der Ermittlungen steht. Warum? Darauf jetzt zu antworten ist der falsche Ansatz. Sie ist eine Quelle. Durch sie lernen wir die Vorgehensweise des Täters zu begreifen. Hier dreht es sich nicht um einen simplen Mord oder eine Vermisstenanzeige. Macht ist das Triebwerkzeug. Und ich bin mir bewusst, wo die Werkzeuge lagern.«

»Stopp! Genug! Das ist ein heikles Thema. Es unterliegt dem Geheimschutz. Die Details sind einem begrenzten Personenkreis bekannt. Sie, ich, der Kriminaloberrat von der Abteilung 3 und der leitende Kriminaldirektor vom Polizeilichen Staatsschutz sind einbezogen«, hörte Benno die Stimme des Präsidenten wie aus der Ferne. Dessen Hand schlug grade einen weiten Bogen, um an ihm haften zu bleiben.

»Okay, Oberkommissar! Es gibt eine neue Herausforderung. Und zur Erklärung. All das Gerede über Ihr stümperhaftes Handeln wegen dieser Dame in der Sekte ist Quatsch. Tun Sie sich einen Gefallen. Stellen Sie ab sofort Ihre Neigung zu blöden Sprüchen ein. Das war's mit der Maßregelung. Ich erwarte, dass Sie sich im Terrorismus- und Extremismus-Abwehrzentrum einbringen. Ab heute gehören Sie einer Sondereinheit an«, sagte er mit nüchternem Ton. »Wenn es keine Frage gibt, hören wir den Bericht der Abteilung Drei. Herr Kriminaloberrat, bitte.«

»Gern! Ich komme gleich zur Sache und schalte die Videoüberwachung zu. Das da ist Wilhelm Feist, die andere Person ist Hanno Haubach. Auf diesen Kontakt hat sich das Observationsteam eingeschossen. Das komplette Programm. Adressen. Telefonnummern. E-Mails. Konten. Bewegungen in den vergangenen zwanzig Tagen, privat und geschäftlich.« Seine Finger flogen über die Tastatur des Laptops. »Aus reiner Neugier, Oberkommissar«, sagte er, »ist Ihnen bekannt, dass Ihre Freundin mit Haubach entfernt verwandt ist?«

»Ja! Das haut mich nicht um. Dem habe ich in meinen Ermittlungen geringe Bedeutung beigemessen. Sie hat Ihren Vater nie kennengelernt. Er ist an den Geboten seiner Religion zerbrochen und hat sich aufsehenerregend aus dem Leben befördert. Seine Geliebte trug den Namen Haubach. Erna und Erich Feist haben das Baby adoptiert und großgezogen.« Er hielt inne und sah den Oberrat mit einem leidenschaftsvollen Blick an. »Wissen Sie, dieser Name ist in der Region weit verbreitet. Ich bin der Auffassung, hier in einen schwelenden Konflikt hingeraten zu sein. Die Bibeltreuen haben jemandem was weggenommen. Wen wundert's, die schlagen zurück.«

Benno verfluchte sein Geschick. Heute zeigte sich die Woge des Hochgefühls anders.

»Herr Oberrat, ich höre Ihnen zu«, sagte er mit rasch schlagendem Puls. »Was hat die Observation für die Sache Greifbares gebracht? Fragen wir Evelyn Feist.«

»Entschuldigung, Oberkommissar«, fuhr der Kriminaldirektor vom Staatsschutz ungestüm dazwischen. Er sah Benno fragend an. »Sind Sie komplett übergeschnappt? Lassen Sie die Dame vorerst raus. Sie ist im Grunde eine Mitwisserin. Mehr nicht. Der Kerl dagegen hat jede Menge Dreck am Stecken. Ernsthaft! Grade stechen wir in ein Wespennest. Waren dies nicht Ihre Bestrebungen? Handfeste Beweise für Festnahmen liegen greifbar nahe.«

»Möglicherweise! Ich bin in der Lage, das zu toppen. Evelyn ist der Schlüssel. Das ändert komplett alles. Ich bin gern bereit, unter dem Siegel der Geheimhaltung offene Fragen anzusprechen. Selbst auf die Gefahr hin, wieder im Fokus von Anschlägen auf mich zu stehen«, sagte er mit dem Versuch, sein Hochgefühl erneut zu zügeln. »Ein Problem liegt mir auf der Zunge. Es gibt eine Person, auf die unser Vorgehen scheinbar keinerlei Auswirkungen hat. Und Sie wissen das, Herr Kriminaldirektor.«

»Stopp, das gehört nicht hierher.«

»Wohin sonst?«, erwiderte Benno. »Ein Grundprinzip lautet: die Wahrheit auf den Tisch zu legen. Hier und heute! Überlassen Sie mir den Part, das Gezerre um die Macht in der Sekte aufzudecken. Das bezieht den Neffen der Ältesten mit ein. Wilhelm Feist!«

»Dachte ich mir. Versprochen, das Thema versickert nicht. Zuvor würde ich den Oberrat bitten, den Vortrag fortzusetzen. Dadurch fügt sich alles besser zusammen.«

»Einverstanden«, sagte der. »Zuletzt, nachdem sich tagelang nichts Außergewöhnliches ereignete, konnten wir Folgendes beobachten. Sehen Sie: Haubach bedient auf dem Gelände seines Tierfriedhofs einen Minibagger. Den hat er gekauft und im Bestand des Betriebes erfasst. Er hebt drei Gruben an verschiedenen Positionen aus. Pro Aushub bringt er einen Leinensack ein. Er verschließt sie sodann und setzt ein Holzkreuz ohne Inschrift drauf. Zu dem Zeitpunkt ist er die einzige Person auf dem Grundstück. Am einundzwanzigsten Tag verließ die Zielperson mit einem weißen Kleintransporter die Stadt. Wir wissen, es handelt sich um eine Beschaffungstour. Er hat eindeutig unbekannte Mengen an Cannabis und Amphetaminen an Bord transportiert. Die Drogen verstaute er in einem Kellerraum. Den Transporter hat er nicht gereinigt. Kontakte zu seinem Bestattungshelfer gab es nicht. Wir haben den Herrn zu Beginn der Beobachtung in das Gebäude des Bestattungsgeschäftes eintreten sehen. Heraus kam er nicht wieder. Gleich kommt Hochspannung auf«, fuhr er fort. »Das ist für den weiteren Ablauf ein Meilenstein. Schauen Sie hin. Wilhelm Feist und jemand, der sich Steiner nennt. Wir haben ihn identifiziert. Er ist der Pressesprecher im Rathaus der Stadt. Es gelang dem Team, Teile ihrer Gespräche aufzunehmen. Neu ist Folgendes«, sagte er nüchtern nickend. »Die Videoaufnahme zeigt das Zusammentreffen beider im Stadtzentrum von Weimar. Sie treffen sich zum Abendessen beim Griechen.«

In dem Augenblick war deutlich zu vernehmen, wie Wilhelm sagte: »Ein Geschenk, Steiner. Einzig für dich. Ich habe mein Wort gehalten.« Er griff in seine Umhängetasche und schob ihm einen sorgsam verpackten Gegenstand zu. Urplötzlich verschwand die Farbsequenz in der Videoaufzeichnung. Ähnlich wie beim Passieren einer Sicherheitsschleuse am Flugplatz erschienen die Umrisse des Inhalts.

»Sie erkennen deutlich eine Waffe, meine Herren. Es gibt keinerlei Zweifel daran. Die nächste Überraschung gab es wenig später. Haubach offenbarte sein Geheimnis. Er tätigte einen Anruf per Handy. Das Gespräch haben wir in Zusammenarbeit mit den IT-Spezialisten zurückverfolgt und aufgezeichnet. Der Bestatter gratulierte ihm zur Übergabe des Geschenks. Die Auswertung der Anruferlisten auf den Handys ist offen. Es dauert eine Weile, ehe die IT in den passwortgeschützten Laptop hineinkommt.«

»Okay!«, unterbrach der Präsident. »Was hat Haubach zu Feist gesagt?«

»Unser Boot hat abgelegt, Wilhelm, du erweist dich als kompetenter Steuermann. Vergiss nicht meine Kohle.«

In dem Moment schien der Kriminaldirektor zu erwachen. »Observation hin und her. Alles okay. Wir sind uns einig, das sind keine Beweismittel. Wie gelangt der Tatortermittler Lorenz daran? Die Waffe existiert auf dem Video. Punkt!« Er stellte seine leer getrunkene Kaffeetasse abrupt auf die Tischplatte. »Wie ich hörte, sind Sie mit Hauptkommissar Walther im Dialog. Vorab! Ihre Eigenmächtigkeit hat mir nicht gefallen. Angesichts des Bearbeitungsfortschrittes verzeihe ich Ihnen. Alle Achtung! Sie haben uns eine Menge beigebracht.«

»Und das wäre?«, fiel ihm Lorenz ins Wort. »Ich habe zwei brutale Mordfälle aufzuklären. In Ihrer Abteilung gibt es Erkenntnisse, die dabei helfen könnten. Das war und ist der ganze Grund für meinen Koordinierungsanspruch, Herr Kriminaldirektor.«

Der sah ihn mit breitem Lächeln an. »Mit dieser Reaktion war zu rechnen. Oh ja, ich bin erleichtert, dass Sie in dieser Form agieren. Das ist wesentlich besser, als hintenrum zu brabbeln. Ich sitze hier, um eine Erklärung einzubringen. Das Warum rechtfertigt mein Eingreifen. Herr Lorenz, bitte nicht über Ihren Kopf hinaus.« Wieder zeigte er lächelnd wie ein Raubtier die Zähne.

»Der Gedanke ist mir nicht gekommen«, erwiderte Benno prompt. »Ich ziehe das nicht in Zweifel und übe mich in Besonnenheit.«

»Das steht dem Ermittler bestens zu Gesicht. Hören Sie mir zu. Gefällt Ihnen nicht, was Sie vernehmen, ist Meckern erlaubt. Zur Erinnerung, Quellenschutz besitzt oberste Priorität.«

»Ja!« Benno lächelte schief. »In meinem Job ist das ebenso eine normale Anforderung.«

Er hob den Kopf und bemerkte, dass der Präsident auf dem Stuhl hin und her rutschte. Ein unmissverständliches Zeichen. Das hieß, den eigenen Frust begraben. Besonnen sein, zuhören, Klappe halten. Zeit zum Nachdenken bot sich keine.

»Ich schlage Ihnen einen Fahrplan vor«, prallte ihm entgegen. »Den durchdenken Sie bitte. Dieser Wilhelm ist schlau. Er tut sein Bestes, um uns hinzuhalten, auf einen Irrweg zu führen. Hauptkommissar Walther weiß ein Lied davon zu singen. Die Frage, woher Feist die Waffe hat, verweist auf kriminelle Machenschaften. Das lassen wir uns nicht bieten. Ihnen, Herr Lorenz, gelang es, über Ihren Intimkontakt zu Evelyn Feist eine ausgezeichnete Informationsquelle in der Sekte zu erschließen. Eine reife, wenn auch gewöhnungsbedürftige Leistung. Von mir aus, wenn´s der Sache dient. Prügel haben Sie genug dafür eingesteckt«, sagte er mit unverkennbarem Grinsen. »Die Story am Hexenarsch belustigt das Amt noch eine Weile.«

»Hm, das ist nicht Gegenstand des Meetings. Ich nehme es locker, jede Art Lacher eingeschlossen.«

»Hmm, da brauche ich mich nicht umständlich zu äußern«, antwortete der Kriminaldirektor. »Weit brisanter ist die Verbindung zum Pressesprecher. Wozu der eine Pistole braucht, erfahren wir bald. Leider bin ich nicht unschuldig an dieser Entwicklung. Wissen Sie, Quellen in Führungspositionen erweisen sich oft explosiv. Steiner wächst grade in die Szene hinein. Wir waren der Meinung, mit ihm über das Potential der Gläubiger in eine verschlossene Welt einzudringen. Wilhelm, der zukünftige Älteste. Das hat er uns immerfort suggeriert. Eine Fehleinschätzung, gebe ich heute zu. Die Bibeltreuen unterliegen eigenen Gesetzen. Müssten Sie ja erfahren haben, Herr Lorenz.«

»Ja. Ich bin gern bereit, meine Erkenntnisse weiterzureichen.«

»Danke! Später! Sie hören von mir! An diesem Tisch bitte ich darum, den Steiner aus allen Ermittlungsaktivitäten herauszuhalten. Es gibt keinen Grund, ihn zu verbrennen.«

Der Präsident der Polizeidirektion hob die Hand. »Okay! Ihrem Vorschlag stimme ich zu. Oberkommissar Lorenz, Sie treiben die Ermittlungen voran. Die Entscheider sitzen hier am Tisch und leisten Schützenhilfe. Klar? Das ist alles, meine Herren. Legen Sie los.«, sagte der Polizeipräsident. »Die Aktion schlägt Wellen, garantiert. Und es ist Ihre erste Bewährungsprobe in der Führung von Einsatzkräften, Lorenz. Schnappen Sie die Giftmischer und mordlüsternen Tatverdächtigen. Wie gesagt, behelligen Sie nicht den Steiner. Legen Sie los. Die schriftliche Order erhalten Sie über mein Sekretariat.«

Kapitel 27

Die Polizeiaktion in der Stadt blieb nicht unbemerkt. Gaffer postierten sich an den Absperrungen mit Folienband. Eine Truppe von zwanzig SEK-Beamten stürmte das Gebäude. Haubach-Bestattungen stieg zum Tagesthema auf.

»Eine filmreife Szene«, stellte Benno mit Befriedigung fest.

»Ja, amerikanischer geht's nicht«, schloss sich Rolf an. »Und danke für die Einbeziehung in die Aktion.«

»Ey, du hast es vergessen? Ohne deine Hinweise wär ich übel dran.« Er drehte sich zu Simone um, die neben ihm und dem Forensiker stand. »Es ist beruhigend, euch an meiner Seite zu wissen«, sagte er lächelnd. »Wir haben alles besprochen. Die Konzentration gilt der Beweissicherung. DNA, elektronische Spuren. Ihr seid die Spezialisten, weist die Suchmannschaft ein und begleitet sie. Leute, wir warten ab. Treten erst in Aktion, wenn das SEK den Job erledigt hat.«

»Klar. Den Auftritt genießen wir«, sagte Simone. »Wir lehnen uns zurück. Fehlt nur noch das Popcorn!«

Ihre Bemerkung ging in der Erstürmung des Gebäudes unter. Ein geniales Bild offenbarte sich. Es versetzte die Laien an den Absperrungen in Staunen.

»Hmm, die sind bis an die Zähne bewaffnet. Das sind knallharte Burschen mit Schussweste und verdecktem Gesicht«, gaben andere Umstehende von sich. Ihre Konzentration galt nicht der gebückten Haltung, die Waffe im Anschlag, vorwärtsdrängend. Erst recht nicht dem Umstand, dass sich darin die Schnittstelle für den Überlebenskampf des Einzelnen verbarg.

Lorenz entging das nicht. »Das gehört zum Standardvorgehen der Einsatzkräfte«, meinte er verhalten.

»Oha, die tragen keine Waffe wie der Normalo bei der Polizei«, erklärte Rolf, woraufhin ihn Benno mit einem hilflosen Blick bedachte.

Simone bemerkte das und nickte zustimmend. Sie hatte das Gefühl, einen Faden gefunden zu haben. Nicht ausgeschlossen, dass dies ein Zugang war, um mit ihm über Evelyn Feist zu reden. Sie machte ein zerknirschtes Gesicht, das keinem der Kollegen auffiel. Ihre eigene Hartnäckigkeit sprach Bände. Rückhaltlos schoss es durch ihren Kopf: »*Was tu ich? Soll ich den beiden Unterricht in Waffenkunde geben? Wäre das anmaßend?*« Zeit, um tiefgründiger darüber nachzudenken, blieb nicht. In Nanosekunden reifte der Entschluss: »*Angriff! Zeig es Ihnen!*«

»Wenn Ihr der Meinung seid, ich halte mit euch Männern nicht mit, täuscht das gewaltig. Ich habe in den Schulungen aufgepasst. Die SEK-Kollegen tragen Waffen von Heckler & Koch, dem deutschen Rüstungsunternehmen. Die sind bestens für Einsätze in Gebäuden geeignet.«

»Du weißt sicher auch warum?«, traf sie nicht sonderlich erstaunt.

»Klar! Wie lange wollt Ihr mich wie ein Schulkind behandeln? Also beenden wir dieses Katz-und Mausspiel.«

Benno grinste amüsiert. »Simone, deine Mühe, die Wartezeit zu überbrücken, rechne ich dir als einen Freundschaftsdienst an.«

»Okay, dann spricht ja nichts dagegen, ihn zu vertiefen.« Sie bemerkte, wie er die Augen verdrehte und geschlaucht sagte: »Von mir aus! Du gibst doch keine Ruhe!«

Simone lächelte. »Ich versuch's in drei Sätzen. Erstens: Die vollautomatische Maschinenpistole verschießt Pistolenmunition mit Unterschallgeschwindigkeit über einen fest integrierten Schalldämpfer. Zweitens: Die Geschosse treten ohne Überschallknall aus dem Lauf aus. Drittens: Dadurch gibt es kaum eine negative Auswirkung auf das Gehör.«

»Ist das alles? Das gehört zur Allgemeinbildung in Waffenkunde. Hast du prima auswendig gelernt«, meinte Benno trotzig. In dem

Moment sah er das Handzeichen des Teamleiters vom SEK. »Ist angekommen! Rolf, Simone, wir folgen dem Einsatzkommando, wenn die ersten Räume freigegeben sind.« Das klang angespannt und verlor sich Gott sei Dank gleich.

»Keine Gefährdung in der Atemluft nachweisbar. Geringste Spuren von Formaldehyd schließen eine Begehung nicht aus«, schallte es im Ohrhörer des Headsets.

Minuten später erfassten die Helmkameras Behälter mit konservierten Körperteilen. Die Nahaufnahme zeigte den abgetrennten Kopf eines Menschen. Benno tippte Rolf auf die Schulter. Der stand neben ihm und beobachtete die Szene konzentriert. »Haben wir eine Meinung«, fragte er angeekelt nach.

»Ja, sieht dem Antlitz auf dem Fahndungsfoto ähnlich. Könnte der Kopf vom Bestattungshelfer sein. Ich veranlasse den Datenabgleich. DNA, Blut, Rasteraufnahme vom Gesicht und all das. Das Puzzle schließt sich, Benno«, erklärte der Forensiker. »Mein Bauch sagt mir, dass wir die abgetrennten Arme und Beine auf dem Tierfriedhof finden.«

»Ich schätze, damit liegst du richtig. Bin gespannt auf die Ergebnisse.«

Benno verfolgte den Zugriff in diesem Terrain über die Helmkameras der SEK-Mannschaft. Auf dem Gelände gab es für ihn im Moment keine ermittlungsrelevanten Erkenntnisse.

»Abwarten!«, meinte er unmutig in Richtung der Gefährten schauend.

Simone drehte sich zu Benno um. »Hier hat ein Psychopath Menschen umgebracht und seziert.«

»Den Eindruck teile ich«, stieg Rolf darauf ein. »Das mulmige Gefühl im Bauch ist unerträglich. Eine kurze Abstimmung zur Herangehensweise wäre ratsam. Was meint ihr? Ich vermute, dass hier ein Kampf stattfand.«

»Du meinst zwischen dem Helfer und seinem Chef?«, fragte Simone. »Aus welchem Grund? Die Bilder allein liefern noch keine Antworten. Wir brauchen den Haubach. Erst dessen Vernehmung löst das Rätsel.«

Benno nickte, ohne sich zu erklären. Ein bedrückendes Schweigen machte sich breit.

»Den Kerl finden wir!«, sagte Rolf dafür knapp.

Simone zuckte mit den Schultern. »Ich bin scheinbar die Einzige, die das Gefühl hat, zur falschen Zeit an einem schurkischen Ort zu sein.«

»Nein! Bleib cool. Wir haben es gemeinsam bis hierher geschafft und bringen es auch zusammen zum Abschluss.«

Ihre Miene hellte sich auf. »Ist ein tröstlicher Gedanke.«

»Das hoffe ich. Es gibt eine Menge zu bereden. Später!«

Sie war verblüfft. »Ja«, antwortete sie und sah sich eine Nanosekunde zurückversetzt. *»Die Liaison. Gab es wieder eine Chance? Oder blieb es eine Laune des Schicksals?«*

Der forsche Ton im Headset unterbrach die Gedanken. »Gebäude komplett gesichert«, meldete der SEK-Teamleiter. »Ich schicke einen Beamten. Der begleitet Sie in die Räume im Untergeschoss. Folgen Sie getrost dem Geruch.«

Der maskierte Kollege führte sie in den Keller. Was sie dort fanden, war ausgesprochen schrecklich. Ein Schlachthaus voller Blut. Hautfetzen, Haare und zerrissene Kleidung auf dem Fußboden und dem Mobiliar. Mitten im Raum ein moderner Operationstisch. Entlang den Wänden standen zwei Kühlaggregate und Tische mit medizinischen Geräten. Keine Tatortreinigung.

Den Polizisten gefror das Blut in den Adern. Simone bemerkte, wie Benno einen Augenblick lang nach Worten suchte. Ein gequälter Ausdruck herrschte in seinem Gesicht. Aus der Stimme hörte sie den Schmerz. Rolf, der Forensiker, schwieg. Es schien, als ob er die Bilder aus dem Kopf verbannte.

»Einen Moment, Gefährten«, sagte Benno. »Lasst uns einen Augenblick Kraft tanken. Kommt her. Gebt mir eure Hände. Das hier ist nicht geheim.« Schweigend hob er den Kopf, um den beiden Partnern mit den Augen zu begegnen. »Das ist die Zeit der Wahrheit, Freunde, sie schweißt uns zusammen«, sagte er schwitzend und mit zitternden Armen.

Rolf kommentierte als Erster die sichtbare Anspannung seines Freundes. »Du zitterst«, murmelte er. »Ich wünschte, du könntest das einstellen. Hier im Raum ist nichts weiter. Ein leerer Waffenschrank. Mein Freund, klar ist, das verschafft dir erhöhte Aufmerksamkeit. Überlasse mir die Drecksarbeit. Mit der Erfassung konservierter Organe kenne ich mich aus. Geh an die frische Luft. Die Übelkeit verschwindet dann schnell wieder«, sagte er lachend. »Bist wieder um eine Erfahrung reicher, Sonderermittler des Präsidenten.«

»Okay? Ja, tue das. Ich suche mit Simone nach digitalen Beweisen. Solche Chaoten teilen sich gern anderen Menschen mit. Garantiert liegt hier sowas rum.« Er wandte sich der IT-Spezialistin zu, die in unmittelbarer Nähe stand. »Simone, gedulde dich einen Moment. Ich muss dringend telefonieren.«

Innerlich jubelte er. Der Bann brach. Die Aktion würde Ergebnisse liefern. Die Geschichte um den Mord an Erich Feist barg ihr Geheimnis hier an diesem Ort. Nirgendwo anders, da war er sich sicher. *»Gib acht«*, rief er in Gedanken.

»Ach, Evelyn«, verlor sich im ausgehenden Ruf an den Teamleiter vom SEK außerhalb der Stadt. Der reagierte sofort. Eine knappe Ansage, die seine Auskunftsbereitschaft signalisierte.

»Oberkommissar Lorenz, Sie fallen gleich um.«

Gleichmäßiges Atmen drang aus dem Handy-Lautsprecher. Dann folgte Stille.

»Sind Sie dran?«, zerriss die Sekundenstarre.

»Ja, tut mir leid. Haben Sie den Kerl aufgestöbert? Was liegt in den Gruben? Lässt das Material Rückschlüsse auf die Ausführung von Straftaten zu?«

»Und ob! Im ersten Ansatz sage ich: Volltreffer! Meine Jungs sichern gerade noch das Gelände. Die kriminaltechnische Untersuchung durch unsere Spezialisten wird das garantiert ans Licht bringen. Ich habe gehört, dass die jeden Moment hier eintreffen. Vorab, dieser Haubach ist ein ausgekochter Gauner, ein Psychopath, ein Geschäftemacher. Der war im Begriff, einen deformierten menschlichen Arm in einem Loch zu vergraben. Na ja, Benno, überlassen wir den Fachleuten, Beweismittel zu sichern, die diesen Kerl überführen.«

»Danke, Kollege! Das klingt ja schon mal vielversprechend. Wenn wir hier im Gebäude fertig sind, komme ich rüber zum Tierfriedhof. Mein Einsatzteam begleitet die weiteren Ausgrabungen und unterstützt die Spurensicherung.«

»Ich hatte den gleichen Gedanken, Oberkommissar. Ich bestätige, dass die Kollegen weitere Körperteile entdeckt haben. Wie gesagt, der Rest ist ja Ihr Job. Der Haubach schweigt und pocht auf einen Anwalt. Aus meiner Sicht ist das ein eiskalter Verbrecher.«

»Das ist alles, Teamleiter. Wir bleiben in Kontakt.« Daraufhin drückte er das Gespräch weg.

Simone funkte dazwischen. »Zeit, um Gedanken an den Vorgang da draußen zu verschwenden, haben wir nicht. Fordere die Ergebnisse vom Tierfriedhof bitte erst ab. Komm, Benno«, erklärte sie mit zögerndem Lächeln. »Schauen wir uns weiter um. Ich hab da so ein Gefühl!«

Ihre Leichtigkeit irritierte ihn. Zugleich versprühte ihr Erscheinungsbild einen griffigen Charme. Das künstliche Licht verstärkte die Konturen des wohlgefälligen Gesichts. Sie trug legere Zivilkleidung. Und alle Achtung, in einem, dem Anlass angemessenen Kleidungsstil. Eine Art Dresscode mit dunkelblauem Blazer und knielangem Rock. Für Sekunden entzog ihm der Blitzgedanke kurzerhand die Aufmerksamkeit. *»Eine irrsinnige Liebschaft«*, verblasste sein aufkeimender Jubel in dem Moment, wo sie ihn wieder mit der Realität konfrontierte.

Simone hatte im Raum mit dem TV-Monitor ein Versteck entdeckt. Es enthielt ein tragbares DVD-Abspielgerät und massenhaft DVDs.

»Benno«, sprach sie ihn an. »Dieser Haubach hat sich hundert prozentig in Sicherheit gewähnt. Hier, die Scheibe ließ er gleich für uns im Schacht.«

»Genial getroffen«, antworte Lorenz knapp. Mittlerweile hatte sich auch Rolf wieder zu den beiden gesellt.

»Ihn zu erwischen, hat höchste Priorität. Ich wette, damit entwischt er dem Knast nicht mehr. Entschuldigung, Freunde, der Sarkasmus fällt mir grade auf die Füße. Ja, ist Beweismaterial! Hab es nicht vergessen.«

»Rolf. Lass diese halbseidenen Anwandlungen. Wir schaffen Fakten. Hier! Sofort! Nicht, dass da urplötzlich Musik plärrt, und wir uns bis auf die Knochen blamieren!«

»Einverstanden!«, erwiderte er.

»Ich bin dafür, die eingelegte DVD abzuspielen. Ein kurzer Einblick würde ausreichen. Simone, setz das Gerät in Gang, bitte.«

Sie nickte und schrie auf: »Himmel und Hölle, was ist das denn? Das dreht mir den Magen um. Dieses perverse Schwein«, endete sie schluchzend. »Verdammte Scheiße!«

»Leute, sicher, dass wir weiterschauen sollen? Wilhelm Feist posiert hier wie ein Scharfrichter. Was zur Hölle ist das?«, rief Lorenz ebenfalls fassungslos. »Alles habe ich erwartet. Aber nicht Wilhelm Feist in der Pose des Henkers.«

Mit glühendem Zorn erfasste Rolf dessen Zustand. »Der Kerl hat auffällig erweiterte Pupillen. Sein Blick ist wirr. Er spricht stockend.«

»Ganz klar, Rauschmittel«, sagte Simone voller Frust.

»Feist steht hinter einer Person. Die sitzt zusammengesunken, scheinbar ohne Bewusstsein, auf einem Stuhl. Das ist der Helfer. Ach du, ich ahne Böses.«

»Ja! Der Haubach freut sich diebisch. Ich fasse es nicht.« Angewidert starrte Rolf auf den Bildschirm. »Verdammter Mist! Was macht der? Seht, er führt Wilhelms Hände auf die Schulter des Helfers.«

»Und spricht ihm aufmunternd zu«, ergänzte Simone. »Das Gespräch dreht sich um die Anwendung eines dünnen Drahtseiles, das er Garotte nennt. ›*Zieh, Wilhelm*‹, schreit er ihm grade ins Ohr!«

»Schluss damit. Wir haben ausreichend Beweismittel gesammelt«, fiel ihr Benno ins Wort.

Er sah, dass sie ihn von oben herab anblickte.

»Da, sieh hin«, schrie sie apathisch. »Sein Kumpan hält den abgetrennten Kopf seines Gehilfen in der Hand.«

»Ja, und ich empfinde Schmerz und Übelkeit. Hier hat die Perversität gesiegt. Sichern wir alles. Bitte, übernimm du diese Aufgabe.«

»Probieren wir unser Glück«, meinte sie. »Die Auswertung dauert eine Weile. Ich brauche Hilfe.«

»Die erhältst du garantiert«, erwiderte er. »Was meinst du zu dem Vorschlag, das mit mir anzugehen?«, sagte Benno schmunzelnd. Sie bemerkte, dass er gerade in eine Art Charmeoffensive überging. »Hör zu. Ich bin erleichtert, dich an meiner Seite zu haben. Versuchen wir´s?«

»Du bist ein lieber Kerl, Benno. Von mir aus gern. Mehr hast du heute nicht zu erwarten. Lass uns den Job zu Ende bringen. Kläre dein Verhältnis zu Evelyn Feist. Versetz dich in meine Lage.« Zögerlich tastete sie unbemerkt nach seiner Hand. »Ein Deal, Benno. Gib uns Zeit. Wenn du mit dir im Reinen bist, reden wir.«

»Einverstanden«, antwortete er. »Du sollst wissen, ich habe mich entschieden. Verstehst du, Simone? Mir ist klar, unsere Beziehung ist nicht ermutigend, im Gegenteil. Das Allerwichtigste für mich ist, wir verbuchen im Augenblick Erfolge im Teamwork. Das bin ich dir und Evelyn schuldig! Was danach kommt, muss ich erst entwirren. Ich brauche mehr Zeit dazu!«

»Gib mir deine Hand«, sagte sie, bemüht, Atem zu schöpfen, um den klopfenden Puls zu beruhigen.

Er sah sie an. Heiser fügte er hinzu: »Mir fehlen die Worte. Verzeih mir die Untreue.«

Mit einem Stirnrunzeln sagte sie sanft: »Es braucht keine Entschuldigung. Solche Sachen passieren, Benno. Und nun mach den Mund wieder zu. Sprachlosigkeit hilft nicht. Akzeptiere, dass dein Job dich formt. Es ist normal, dass jeder bestimmte Ereignisse unterschiedlich betrachtet! Lächle mal wieder! Offenherzige Liebe schafft Erfüllung. Arbeite an dir, um diesen Anspruch umzusetzen. Du findest eine Lösung. Klopfe an die richtige Tür. Vergiss es nicht. Und im Übrigen, wir sind ein imposantes Gespann.«

»Ja, Simone, das Beste, das verspreche ich dir. Und deshalb lege ich großen Wert auf deine Begleitung zum Tierfriedhof.«

»Okay! Du weißt, das ist der Ort, an dem du gefoltert wurdest. Meinst du, dass du dem gewachsen bist?«

»Ja! Keine Angst, ich verkrafte das! Wir sehen uns um. Ich habe so ein Gefühl, dass das Objekt ein dunkles Geheimnis birgt.«

»Und du glaubst, es mit deinem Auftritt zu knacken?«

»Nein, nicht sofort. Du kennst diesen Funken, der überspringt. Oder es bleibt bei der Illusion. Evelyn hat mir ihre Geschichte erzählt. Tiefer Hass vergiftet seit Generationen das Verhältnis zwischen Haubach und Feist. Nun, wie soll ich es dir erklären? Da ist ein Bild in mir, das ich nicht zu fassen bekomme. Ich muss einfach dorthin, Simone. Danach fahren wir in die Polizeidirektion. Versprochen!«

»Oha, du bist fest entschlossen, den Erfolg heute auf den Punkt zu bringen?«

»Ja, korrekt. Es bleibt nur Zeit für eine mündliche Berichterstattung. Entscheidend ist, ich kann den dringenden Tatverdacht begründen. Du kennst die Zusammenhänge. Meinem Team liegen erdrückende Beweismittel vor. Zum Beispiel zeigen sie Wilhelm Feist und Hanno Haubach bei der Tötung eines Menschen. Das reicht aus, um die richterliche Anordnung der Untersuchungshaft durch Haftbefehl zu erwirken.«

»Da stimme ich dir voll zu, Benno. Zumal durch Fluchtgefahr ein zusätzlicher Haftgrund vorliegt.«

»Oh ja, das vergesse ich nicht. Danke! Und bitte hilf mir bei der Zusammenstellung einer kompletten Mannschaft. Unser kleines Team kann das nicht allein stemmen.«

»Du bist sicher, den Durchsuchungsbeschluss und Haftbefehl heute noch zu erwirken?«

»Ja! Zur Not greift der richterliche Bereitschaftsdienst. Ansonsten nehmen wir Feist und Haubach in polizeilichen Gewahrsam. Nach der Festnahme führen wir sie am gleichen Tag dem Haftrichter vor. Mord ist im Strafrecht eines der schwersten Verbrechen. Und um sich darauf zu berufen, schreibt das Gesetz Tatmerkmale vor, die objektiv am Handeln des Täters ablesbar sind.«

»Ist mir bewusst! Benno, was hast du mit Evelyn vor?«

»Was wohl? Sie ist eine hochrangige Zeugin, aber keine Person, die Menschen vergiftet. Nein, das scheidet definitiv aus. Ich werde dem Chef vorschlagen, sie ohne richterliche Anordnung bis zum nächsten Tag vorläufig festzunehmen und zu befragen. Ebenso Erna Feist, ihre Oma. Finden wir Zinnoberrot in den Keksen und Beweise für eine Tötungsabsicht, muss sie in Untersuchungshaft. Als Anführer der Sekte hat sie sowieso keine Chance mehr.«

»Oha, das klingt nach Stress. Egal, was du in dieser Richtung unternimmst, es schadet eurer Beziehung.«

»Ist denkbar. Ja gut! Ich bringe es auf den Punkt! Wir hatten ein Verhältnis, gebe ich zu. Evelyn war bloß ein Werkzeug. Ich habe alles unternommen, um den Ermittlungsfortschritt voranzutreiben. Wie kannst du sonst in ein internes Gebilde eindringen? Die Sekte ist ein in sich geschlossenes System. Die lassen keinen Aussenstehenden in die Karten gucken.«

»Hm, das aus deinem Mund zu hören, ist nicht cool. Bist du sicher?«

»Ja! Ich rede mit Ihr. Wir bleiben Freunde.«

Wilhelm Feist barst vor überschäumender Erregung. Der Bestatter hatte ihn festgenagelt. Zehn Riesen für Haubach zu beschaffen war in der gegenwärtigen Lage ein Problem. Die Älteste warf neuerdings ein Auge die Finanzen der Gemeinschaft. Das Geld steckte vorerst im Aufbau des Verkaufskiosks auf dem Plateau des Hexentanzplatzes. Die Möglichkeit, sofort Bargeld aus anderen Kanälen freizuschießen, war versperrt. Einziger Ausweg blieb ein Gespräch mit Evelyn. Sein Herz klopfte bis zum Halse. Wieder hielt eine der unzähligen Lügen her. In diesem Fall galt seine Spekulation ihrer Zuneigung für den Kripomenschen. Zwei Fliegen mit einer Klappe zu schlagen, das fand seine Begeisterung. In ihm reifte eine Idee. Erst den USB-Stick mit dem Video der Garotte beschaffen. Zweitens den Hauptkommissar mit der Waffe von Steiner füttern. Wenn der mit an Bord war, die eigene Stimme schärfen. Die allerbeste Gelegenheit bestand mit der Kenntnis über Vorgänge im Kellergewölbe des Bestattungsinstituts. Die Cousine würde der zweite Joker im Spiel sein. Er spekulierte darauf, dass sie sich gegenüber dem Kripomenschen offenbaren würde. Er runzelte die Stirn und fand sich im Selbstgespräch wieder.

»Wenn ich bezahle, endet diese Reise niemals. Der Bestatter, dieser Mistkerl, ist tot. Das schwöre ich. Nicht heute, später. Seine Zukunft in einem Grab sichert mein Erleben. Darauf trinke ich einen.«

Er hatte sich entschieden, den Tag im Büro auf dem Anwesen der Gläubigergemeinschaft zu verbringen. Ein Privileg des obersten Finanzberaters. Und damit eine Gelegenheit, um in Evelyns Nähe zu sein.

Aus heiterem Himmel riss jemand die Tür zum Büro auf. Vermummte, schwarz gekleidete Gestalten mit Maschinenpistolen im Anschlag stürmten herein. »Polizei, auf den Boden, sofort«, brüllten sie. Blitzschnell drückten sie Wilhelm nach unten. Handschellen klickten. Er lag aus dem Gleichgewicht gebracht und sabbernd auf dem Parkett. Wehrlos ergab er sich dem Geschehen.

»Was bedeutet das?«, spulte sein Hirn ab. Vergebens. Hauptkommissar Walther fiel ihm ein. Das würde die Lage nicht verändern.

»Verhalten Sie sich friedlich«, vernahm er stattdessen. Alles andere ergoss sich wie ein Traum über ihn. Minuten später saß er im Betsaal. Erna, Evelyn und Beschäftigte der Gemeinschaft hatten die Polizeikräfte ebenfalls dorthin verbracht. Die Cousine musterte ihn erschrocken. Wilhelm sah furchtbar aus. Dünnlippig, blass, schlaksig, in beschmutzter Kleidung. Er starrte sie an. Die Geräusche in der Halle rissen ihn aus dem Stumpfsinn heraus. Er schaute sich um.

Fassungslos und mit erstickter Stimme sagte er: »Erna, verzeih, ist nicht meine Schuld. Es klärt sich alles auf. Bei Gott, das verspreche ich!«

Im gleichen Atemzug beschlich ihn Angst. Er meinte, zu wissen, wonach die Beamten suchten. Die Keksbüchsen, was anderes war nicht vorstellbar. Hier drehte es sich um den Kopf von Evelyn, nicht um seinen eigenen. Die Beimischung des giftigen Zinnobers in die Keksmasse hatte Erna zu verantworten. Seine Gedanken überschlugen sich.

Mit verkrampftem Lächeln murmelte er: »Alles in Ordnung, Evelyn!«

EPILOG

Zum Jahresende stand die Auflösung der Ermittlungsgruppe bevor. Vor dem Hintergrund bat Benno seine engsten Mitstreiter Simone und Rolf um ein Treffen.

»Danke, dass ihr gekommen seid.«

»Kein Problem. Du brauchst Hilfe! Hier sind wir. Zwei Stimmen, die für dich sprechen. Wie können wir dir zur Seite stehen?«, erklärte sich die IT-Spezialistin fragend.

»Bitte, ich hätte gern eure Meinung gehört. Ich hab das Gefühl, etwas nicht erledigt zu haben. Was meint Ihr, sollte ich den Chef um Verlängerung des Einsatzes ersuchen?«

»Du meinst, die Ermittlungen fortsetzen? Gegen wen? Aus welchem Grund? Entschuldige, Benno. Ist nicht alles gesagt? Die dicke Akte da vor dir, ist die unvollständig? Die Täter sind in Haft. Ihre Verurteilung steht bevor!«

»Ist klar, weiß ich! Die Aktenlage ist okay!«

»Und wo drückt der Schuh?«

»Na ja, das mit Evelyn. Außerdem hat mich der Bürgermeister zum Gespräch gebeten. So richtig wohl ist mir nicht in meiner Haut.«

»Du spinnst, Benno! Ich sag dir was: Immerhin ist die Gefahr für die Menschen am nordöstlichen Harzrand gebannt. Wir haben gemeinsam die vergifteten Kekse sichergestellt. Was das anbelangt, wären allenfalls Restrisiken ein Thema. Fakt ist, die Anhänger kommen friedlich dem Gebet nach. Nur eines hast du vergessen.«

»Was denn, Rolf?«, fuhr er genervt auf.

»Benno, ich habe mit Evelyn gesprochen. Du hast sie alleingelassen. Sie steht im Moment hilflos da. Einzelne Bibelanhänger wollen deine Vertraute aus der Gemeinschaft drängen. Ein Haubach taucht da namentlich auf. Ein Holzhändler der bei den Ermittlungen bisher keine Rolle gespielt hat.«

»Das ist nicht mehr mein Problem. Wir haben uns ausgesprochen. Die Chance auf eine echte Beziehung habe ich verspielt.«

»Das ist deine Antwort? Kampflos? Ich fasse es nicht! Du bist mein Freund. Gemeinsam schulden wir ihr was. Zumindest eine Erklärung.«

»Ich bedaure. Es gibt keine Schuld. Wenn dein Ratschlag an sie heißt, die Führungsposition von Erna zu übernehmen, ist das eine Sache zwischen euch beiden.«

»Oh Scheiße, Benno. Du bist mies drauf. Simone, hilf mir!«

»Wie es aussieht, bin ich hierzu nicht in der Lage.«

»Unser Freund hat sich entschieden und du bist weit vorgeprescht.«

»Stopp mal! Habe ich da was falsch ausgelegt? Es ist also meine Schuld? Das ist verrückt!«, rief er aufgeregt.

Ihre Reaktion traf sie beide unverhofft. »Was?«, hallte ihr Ruf nach. »Ihr seid doch große Jungs. Wieso braucht ihr mit einem Mal einen Anker? Runter mit den hochgekochten Emotionen. Streit zwischen uns ist ein unliebsames Omen. Besprechen wir später dieses Thema. Rolf, dich bitte ich, die Wogen zu glätten. Rede mit Evelyn.«

»Und sprich mein Bedauern aus«, warf Benno dazwischen. »Sag ihr, es tut mir leid. Ich melde mich!«

Das war drei Tage her. Die innere Anspannung hatte sich bei ihm inzwischen gelegt. Der Gang zum Rathaus war eine Routinesache. »*Was soll schon passieren*?« Im Vorzimmer des Stadtoberhauptes angekommen, vertrieb das wohlmeinende Händeschütteln des Gastgebers alle Bedenken.

»Kommen Sie. Der Meetingraum ist reserviert und Kaffee in Arbeit. Was nehmen Sie: Milch, Zucker? Gebäck auch?«, schob er fragend mit einem Grinsen hinterher, um dem Sarkasmus eine Ebene zu bieten. »Keine Angst, verzeihen Sie den einfallslosen Test. Die Plätzchen hat ein hiesiger Bäcker angeliefert. Herr Lorenz, Scherz beiseite. Gestatten Sie mir, rückblickend meinen Dank auszusprechen. Ich habe Sie als Bürgermeister hergebeten, um Ihnen persönlich die Hand zu schütteln.« Er straffte den Oberkörper und zeigte mit einer gönnerhaften Handbewegung auf seinen Begleiter. »Den Chef der Bergwacht kennen Sie ja. Er gehört zum Rest des alten Teams, dass Ihren Ermittlern zur Seite stand. Der andere Teilnehmer war Pressesprecher Steiner. Er ist zu meinem Bedauern einem Jobangebot in der Zentrale des größten Pfadfinderverbandes Deutschlands gefolgt. Nun Jürgen, bitte, du wolltest Herrn Lorenz ebenfalls etwas mitteilen. Tu es!«

»Unbedingt! Ich fühle mich der Traditionspflege verpflichtet, Sehenswürdigkeiten im Harz zu erhalten. Was nutzt es, auf ein Bauwerk aus dem Jahre 1863 stolz zu sein, wenn es als Unfallquelle verschrien ist. Wir haben gehandelt und oberhalb des Geländers der Teufelsbrücke Absturzsicherungen verbaut. Kein Teufel zieht je wieder ein Kind in den Abgrund. Das Wildwasser der Bode fließt weiterhin saukalt und klar unter dem Brückenbogen entlang. Heute verfügen wir über ein sicheres touristisches Kleinod, auf das ich stolz bin.«

»Hm, das klingt nach Herzblut. Ich hätte ebenfalls Positives zu berichten.«

Der Bürgermeister schaute ihm ins Gesicht. Er nickte kurz und sagte: »Ich bin gespannt!«

»Na ja, der Bronzehintern auf dem Hexentanzplatz verfolgt mich schon, denn das Internet hat den Bullen nicht vergessen. Ich aber schmecke in meinen Träumen das Metall, das Blut und den Schweiß der Angst.«

»Das haben Sie treffend formuliert. Es lässt sich nachempfinden. Ich bin sicher, diese Last fällt irgendwann von Ihnen ab, Herr Lorenz. Obwohl es makaber klingt, unserem Städtchen beschert der Vorgang boomende Einschaltquoten. Sie sind in gewisser Weise ein Held«, sagte er lachend.

»Ich bin Tatortermittler und dem Job verpflichtet«, platzte es Benno ungewollt über die Lippen. »Lassen wir die Emotionen in der Tasche.«

»Gefällt mir, Herr Lorenz. Ich habe Sie nicht einzig des Dankes wegen hergebeten. Der geistige Führer einer Sekte wurde ermordet. Im Zuge der Ermittlungen sind Sie tief in das Verständnis ihrer Glaubenslehren eingedrungen.«

»Weil mir eine hervorragende Lehrerin zur Seite stand, was Ihnen bekannt ist«, antwortete er schmunzelnd.

»Ah ja, eine Verbündete. Sehen Sie, um die dreht sich momentan alles. Es hat sich herumgesprochen, dass Sie mit der Dame ein Verhältnis hatten.«

»Das ist eine private Angelegenheit, sagte Benno missgestimmt. Wir sind Freunde. Sie ist keine Täterin und hat der Polizei als Zeugin zur Verfügung gestanden.«

»Kann ja sein. Der Stadtrat ist dem Wohlergehen seiner Bürger verpflichtet. Das zwingt uns zum Handeln. Frau Feist leitet eine Keramikmanufaktur. Sie ist aktives Mitglied einer religiösen Sekte, die christliche Werte auf eigene Weise fördert. Und Sie kennen ja das Dilemma der mit Quecksilber verunreinigten Kekse. Abgesehen von ein paar Blessuren ist der Schreck geblieben. Die Frage heißt: Schenken wir dem Team in der Manufaktur erneut unser Vertrauen? Ist der Entzug der Gewerbegenehmigung die bessere Alternative?«

»Meine Herren, Sie sind dem Grundrecht der Bürger auf Glaubens- und Gewissensfreiheit verpflichtet. Entscheiden Sie. Ich sage, die Manufaktur muss leben. Machen Sie die Gläubiger zu Verbündeten. Meinen Teil habe ich dazu beigetragen. Ich habe Täter entlarvt. Frau Evelyn Feist war zu keiner Zeit davon betroffen.«

»Lorenz, das haben Sie geschickt eingefädelt.« Der Bürgermeister sah den Bergwachtchef an und meinte: »Der Gedanke ist für mich okay. Jürgen, siehst du das ebenso?«

»Ja! Die Ermittlungen richteten sich nicht gegen die Gemeinschaft der Gläubiger. Sie konzentrierten sich auf einzelne Personen. Doch Sie sind der Profi. Die Zusammenhänge sind Ihnen vertrauter.« Lorenz registrierte darin den Hauch einer Aufforderung, sich konkreter zu äußern. Er gewahrte, wie sich ein Augenpaar wissensdurstig an sein Gesicht heftete. Nanosekunden später folgte der Appell: »Legen Sie los!«

»Gut, Ihr Wunsch!«, erwiderte Benno. »Ich verzichte auf Theatralik und vereinfache die Sache. Sie betrifft Wilhelm Feist. Er hat Ihr Vertrauen erschlichen. Sie haben es ihm abgekauft. Ungeprüft und unbegrenzt! Seine religiösen Ansichten störten Sie nicht. Dabei war er ein hochrangiges Mitglied der Sekte. Sie verschafften dem Herrn eine Plattform und bemerkten nicht, dass durch ihn Bewusstseinskontrolle meisterhaft funktionierte. Er war kein harmloser und gläubiger Christ, der sich im Harzklub engagierte. Ich beschreibe ihn als souveränen Herrscher. Ein von Intrigen, Hass, Neid und Habsucht getriebener Mensch. Damit hat er seine eigene Wahrheit verbreitet, nicht die der Organisation, in der er ein führendes Mitglied war.«

»Lassen Sie mich daran anknüpfen, Lorenz!«, fuhr das Stadtoberhaupt mit lebhafter Gestik dazwischen. »Auf den Punkt gebracht: Der hat nicht verstanden, dass religiöse und weltanschauliche Überzeugungen zum Zusammenhalt der Gesellschaft beitragen. Die übrigens Grundrechte der Bürger sind. Darin liegt unser Versagen«, fügte er außer Atem gekommen ein.

»Tut mir leid, Bürgermeister, Sie müssen sich nicht rechtfertigen. Ich bemühe mich um mehr Sachlichkeit. Der Kontakt zu Evelyn Feist hat mir das deutlich vor Augen geführt. Mich persönlich stören die Glaubensgrundsätze der Bibelleute. Ich kann nicht akzeptieren, dass alle anderen Religionen falsch sind und von Gott verachtet werden. Erst recht nicht, dass ihre Vernichtung bevorsteht. Das ist eine persönliche Meinung. Nur unterm Strich, Sie haben es angesprochen, Grundrechte sind unumstößlich.«

»Herr Lorenz, Ihrer Meinung folge ich. Die Jagd auf andersdenkende Gläubiger fällt aus. Dem Mörderduo mit Feist und dem Bestatter Haubach wird der Prozess gemacht. Lebenslange Haft ist nur gerecht. Ihre Ränkespiele um Machtausübung wurden aufgedeckt und zerschlagen. Der Bestattungshelfer ist tot. Dem getöteten Wanderführer Erich Feist erweisen wir die Ehre. Ich trage dem Stadtrat an, eine Stele mit seinem Namenszug zu stiften. Was hältst du von der Idee, Jürgen?«

»Hm, gefällt mir. Dennoch rieche ich heftige Gegenwehr.«

»Wo ist da das Problem? Gegen die muss sich ein Bürgermeister in vielerlei Hinsicht wehren. Der Harzklub hat ihn zum besten Tourismusführer ernannt. Die wenigsten Leute wussten, dass er über Jahrzehnte als Stahlwerksmeister gearbeitet hat. In dieser Kombination wäre die Ehrung eine Massnahme, die dem Vergessen der Harzer Eisenmetallurgie in der Region entgegenwirkt.«

»Hm, na ja, ich bin dafür, dass wir dieses Thema in Ruhe besprechen«, antwortete Jürgen.

»Das denke ich ja wohl auch. Ich bin Bürger dieser Stadt und ihr gewählter Amtsträger. In dieser Reihenfolge ist mir wichtig: Seine religiösen Ansichten stehen nicht zur Debatte. Andersdenkender zu sein, ist kein Ausschließungsgrund. Das wäre ein Verstoß gegen den Gottesbezug in der Präambel des Grundgesetzes!« Er setzte sich kerzengrade auf, verharrte einen Moment in Ruheposition und sagte: »Vermagst du dem etwas abzugewinnen?«

»Deine Worte unterstreiche ich. Verbündete schaden dem Ansehen der Stadt nicht. Und Arbeitsplätze in der Keramikmanufaktur sind willkommen. Was meinen Sie, Herr Lorenz? Ist unser Bürgermeister auf einem guten Weg?«

»Jürgen, Sie beide kennen sich viele Jahre. Menschen für eine Idee zu begeistern ist eine knifflige Angelegenheit. Ich würde es als Signal des Miteinanders begrüßen.«

»Das gefällt mir, clever geantwortet. Die Stadtverwaltung muss die Stelle des Pressesprechers neu besetzen. Oberkommissar, ich brauche Leute, die in der Lage sind, das umzusetzen. Fällt Ihnen jemand ein?«

»Nicht sofort! Ich horche mich um. Reicht Ihnen mein Wort?«

»Prima! Und was Sie betrifft, ich stelle Sie gern ein.«

»Ey, Bürgermeister, Sie übertreffen sich. Was ist los mit Ihnen? Es tut mir leid, ich gebe Ihnen einen Korb. Mir ist schon klar, Sie haben einen fähigen und loyalen Mitarbeiter verloren.«

»Herr Lorenz, ich spüre den Sarkasmus darin. Sagen Sie es mir ins Gesicht: Der sich von Wilhelm Feist täuschen ließ.«

»Ach kommen Sie. Das liegt in der Vergangenheit. Menschen sind nicht fehlerfrei. Rufen Sie mich an, wenn Sie Hilfe brauchen.«

Diese Zusage stand nach wie vor im Raum. Ein Jahr war vergangen. Evelyn brachte die Manufaktur weiter auf Erfolgskurs. Die Versammlung der Mitglieder trug ihr an, das Amt der religiösen Führerin zu übernehmen. Welch ein Omen! Für die Jüngste im Bunde eröffnete sich damit die Chance, eine ganze Palette an Verboten ins Wanken zu bringen. Das erste Zeichen dafür traf mit der Entscheidung zusammen, den ermordeten Opa vom Status des Abtrünnigen zu befreien. Großmutter Erna erhielt eine Bewährungsstrafe. Sie verkraftete diesen Makel nicht und erlitt einen schweren Schlaganfall. Zu dem Zeitpunkt war sie 86 Jahre alt und ein akuter Betreuungsfall.

Benno saß an seinem Schreibtisch im Magdeburger LKA. *»Herzlichen Glückwunsch zum Geburtstag«* lautete die WhatsApp-Nachricht von Rolf. *»Melde mich nachher über Festnetz.«*

Eine halbe Stunde verging. »Ehe ich´s vergesse, hab eine Überraschung für dich«, dröhnte es im Hörer.

»Ha, ha, verbiege dich nicht. Die Runde bezahle ich. Wer hat denn Geburtstag?«

»Ist nicht nötig, mein Freund. Die Geburtstagsrunde ist ein Geschenk an dich. Du bestätigst mir einen Termin im Harzer Bodetal, Frenzel´s Restaurant. Ich sammle deine Lebensretterin Simone ein und bringe einen Gast mit. Okay?«

»Hm, wenn's denn nicht anders funktioniert. Einverstanden! Hatten ja keine Gelegenheit zu feiern«, sagte er emotionslos und erhielt dafür prompt die Quittung.

»Wer hat sich denn im Job verkrochen. Vor wem bist du weggelaufen? Wirf das alles über den Haufen. Wir trinken, lachen und schlafen am nächsten Morgen aus. Es gibt Neuigkeiten, von denen ich hoffe, dass Sie dich erfreuen!«

Gelassenheit vortäuschend, saß Benno im Restaurant. Er hatte beschlossen, vor den Freunden dort aufzuschlagen. Wer über den Daumen gepeilt der Gast sein würde, beschäftigte ihn. Dadurch blieb die innerliche Simulation von Ruhe die ganze Zeit eine Täuschung.

»Na Benno? Gespannt auf den Besuch?«, erklärte sich der soeben eingetroffene Rolf fragend. »Verzeih! Es gab eine Planänderung. Simone bringt den angekündigten Gast mit. Hab Geduld!«

»Mensch, du verstehst es, Spannung zu erzeugen. Klingt nach einer bedeutungsvollen Person.«

»Stimmt! Kennst ja mein Grundprinzip.«

»Klar, das umzusetzen, was du für das Edelmütigste hältst.«

Er lächelte und erhielt eine vielsagende Antwort.

»Wart´s ab!«

Urplötzlich stieg Übelkeit in Benno auf. Auf den Tisch steuerte Simone im Gespann mit Evelyn zu.

»Wow, welch Überraschung«, platze es aus seinem Mund. »Damit hab ich nicht gerechnet.«

Rolf grinste verhalten. »Und du hast ebenfalls dichtgehalten, Simone. Alle Achtung!« Er erhob sich und sagte feierlich: »Bitte setzt euch. Ich denke, das ist ein gelungenes Geburtstagsgeschenk. Sekt?«, schob er fragend hinterher.

»Für mich ein Wasser«, wehrte Evelyn ab.

Rolf beobachtete die Reaktionen in der Tischrunde. Ihre Antwort erregte keine Aufmerksamkeit.

»Zeit, um aufzustehen«, signalisierte die Stimme im Ohr. Sie schrie: *»Tu es!«*

Er erhob sich und trat hinter Evelyn. Sein Blick heftete sich direkt auf Rolf, den Kriminalrat, Forensiker und Freund.

»Benno, du bist der allerbeste Partner und ehrenvolle Gefährte. Mein Respekt ist dir jederzeit sicher.«

Er spürte, dass die Ader an seinem Hals heftig pulsierte. Die Anspannung war nicht zu verbergen.

»Wir sind zusammengekommen, um deinen Geburtstag feiern. Dies ist nicht der einzige Grund. Jeder von uns hat nach dem Ermittlungserfolg eine Entscheidung getroffen. An meiner habt ihr teil. Ich versichere, diese Aufregung hat sich tief eingebrannt.«

Benno war kurz davor, hart zu kontern. Er besann sich und reagierte stattdessen mit einer Frage: »Rolf, was stimmt nicht mit dir?«

»Keine Sorge. Es ist alles in Ordnung.« Der Versuch, den Stimmfluss souverän zu kontrollieren, misslang. Er bemerkte es und sagte betont mitleidvoll: »Tut mir leid, euch erst bei dieser Gelegenheit über meine Entscheidung für die Zukunft zu unterrichten.« Er verstummte und sah in die Gesichter der Freunde. In seinen Augen hatte sich Flüssigkeit gesammelt.

»Sind das Freudentränen? Was geht hier vor?«, schoss es Benno durch den Kopf. Die Antwort folgte auf den Fuß.

»Ende des Monats scheide ich aus dem Polizeidienst aus. Fünfundzwanzig Jahre Aufopferung sind genug.«

»Das kann nicht sein.« Der Aufschrei hing wie eine Glocke über dem Tisch. »Das ist unmöglich, ein Test, eine Lüge!«, versuchte der Freund den Gedanken lauthals abzuschütteln.

»Beruhige dich bitte! Der Entschluss steht fest. Ich werde Unternehmer. Der allerwichtigste Grund für diese Entscheidung sitzt hier. Schaut euch dieses Mädel an. Meine Traumfrau. Ich liebe Sie. Zum Sommeranfang im nächsten Jahr feiern wir Hochzeit.«

»Lass mich ergänzen«, sagte Evelyn freudestrahlend. »Freut euch mit uns. Wir erwarten unser erstes Baby.«

Beschwörende Augenpaare richteten sich auf sie. Sie erzeugten für kurze Zeit gespannte Stille.

Bennos Worte durchbrachen sie. »Welch eine Geheimniskrämerei. Ich bin verwirrt«, erwiderte er verstört. Er gewahrte, dass Evelyn ihn ansah und sagte: »Ich spreche für dich. Alles an dir strahlt Aufrichtigkeit aus. Du bist ein Kämpfer. Unsere Kraft hat nicht gereicht, um mehr Zeit miteinander zu verbringen. Mit Rolf habe ich das Gefühl, Erfüllung zu finden. Wir segeln in eine gemeinsame

Zukunft. Bitte Benno, bleib uns auf dem Weg dahin in treuer Freundschaft erhalten. Es wäre mir eine Ehre, mit dir und deiner Freundin herausragende Trauzeugen an unserer Seite zu wissen.«

Für Sekunden herrschte absolute Ruhe am Tisch. Benno gewahrte die Berührung durch Simones Hand.

»Ich akzeptiere und begleite unseren Freund«, sagte sie auf Anhieb. Ihre Aussage verwunderte ihn nicht. Er erhob sich vom Platz.

»Ihr Lieben, euch beiden gehört meine aufrichtige Bewunderung. Ich werde Patenonkel! Na dann, auf eine sorgenlose Zukunft!«

Februar 2021. Seit dem Frühjahr 2020 bringt das Coronavirus den Menschen tausendfachen Tod. Wie stelle ich mich dem Chaos? Das ist die Hauptfrage, die eine Antwort verlangt. Die ungeschminkte Wahrheit heißt: Die Menschheit steht einem Feind gegenüber. Er ist unsichtbar und unersättlich.

Inspiriert durch wahre Ereignisse in der Region am nordöstlichen Harzrand halte ich dem eine eigene Sichtweise entgegen. Sie besteht in der Suche nach Antworten auf die Frage, wie wir mit der Gefahr umgehen und den Schmerz des Verlustes lindern. Zum Beispiel einen Krimi zu lesen, vollbringt oft genug Wunder. Für mich erschließt sich hier ein Weg, dem Druck der Sorge um die Existenz zu begegnen, weil die Zukunft der Menschheit davon direkt betroffen ist. Ein Buch in den Händen zu halten, darin zu blättern, es zu lesen, gibt dem Überlebenskampf ein Gesicht. Das schließt die Fähigkeit ein, Gefühle von Menschen auf einer anderen Ebene zu erleben. Zum Beispiel aus Mitgefühl teilzuhaben am Schmerz und der Trauer. Oder Hilfsbereitschaft zu zeigen. Mein Harzkrimi verschafft dem mit einer Geschichte am Rande der Ostharzer Eisenmetallurgie Aufmerksamkeit. Wahrheit und Fiktion verschmelzen miteinander in der Sehnsucht nach einem erfüllten Leben. Und, sie lobt einen Schlüssel aus. Das ist die Entschlossenheit. Erst dadurch rückt die Bürde in den Fokus, im Bewusstsein des unvermeidlich bevorstehenden Todes fortzubestehen. Unmengen an Gefahren sind zu bestehen. Sie beruhen auf Missgunst, falschem Ehrgeiz, Respektlosigkeit und bibeltreuer Hingabe. In der Literatur aber auch im realen Leben gipfelt dies oftmals in Gier und Machtstreben. Dem einen Unterhaltungswert abzuringen, ist mein Anliegen, um dem Virus mit einem Lächeln zu begegnen.

Ich bin mir nicht sicher, wie der einzelne Leser reagiert, um seine Urängste zu beherrschen. Eines ist verbrieft. Er kämpft darum, die Sehnsucht nach einem längeren Leben zu fördern. In dieser Gewissheit widersetzt er sich, indem er liest, kommuniziert, forscht und die Gebrechlichkeit der Gesellschaft am Tag X abschafft.

Ich ermutige jeden, eine Reise zu unternehmen. Virtuell, klar, weil Corona neue Maßstäbe setzt. Glückshormone sind garantiert. Eine Vielzahl an Stichworten im Internet bietet die Gewähr dafür.

Hüttenmuseum Thale reicht aus. Nicht, um nachzulesen, ob ein Mensch in der Lage ist, bei vollem Bewusstsein in flüssigen Stahl zu springen. Lesen Sie! Das sichert die Teilhabe am spektakulärsten Ereignis der Eisenmetallurgie aller Zeiten weit über den Harz hinaus.

Eine kleine Bitte

Wenn es mir gelungen ist, Sie wenigstens für ein paar Stunden aus dem Alltag zu entführen, dann habe ich mein Ziel erreicht. Für eine(n) Autor(in) gibt es keine schönere Bestätigung als LeserInnen, die mit einem Lächeln das Buch zuklappen oder den Reader ausstellen. Natürlich würde es mich freuen, wenn Sie dieses Buch weiterempfehlen oder sogar die Zeit für eine kurze Rezension finden. Herzlichen Dank!

Ansonsten habe ich für Fragen, Anregungen oder Rückmeldungen rund um meine Bücher stets ein offenes Ohr. Sie erreichen mich über den Verlag. Oder besuchen Sie mich auf der Harzkrimi-Website harzkrimis.de. Hier finden Sie nicht nur Informationen über mich und meine Bücher, sondern auch über weitere spannende Titel meiner AutorenkollegInnen, Veranstaltungstermine, YouTube-Videos, Neuigkeiten und vieles mehr. Vielleicht lernen wir uns ja auch auf einer Lesung kennen.

Danke & harzliche Grüße!

Über den Autor

Reinhard Lehmann ist ein urwüchsiger Ostharzer. 1951 im Landkreis Harz geboren, blieb er sein ganzes Leben dieser Region verbunden. Hier widmet sich der Metallurge und Ingenieur dem, was ihm unentbehrlich ist – der Familie. Daraus schöpft er die Inspiration für ein anspruchsvolles Hobby, dem Schreiben von Kriminalromanen. Die Harzregion bietet ihm hierfür eine ideale Kulisse. Sie erlaubt, wahre Begebenheiten mit den Mythen um die Huldigung heidnisch-germanischer Götter zu koppeln. Dabei setzt er auf einen Tatortermittler aus Sachsen-Anhalt. Ein Ostdeutscher mit Bezug zu den Menschen der Region. Ein Draufgänger, dem Berührungsängste fremd sind. Kein Unschuldslamm. Eine Symbolfigur, dem die Aufklärung von Verbrechen ein Herzenswunsch ist. Eine authentische Figur, die Spaß am Lesen bereitet.